KiWi
PAPERBACK
1061

Das Buch

Vom Gossenjungen aus Palermo zum gefeierten Heilkundigen und Logenvorsteher: Ein atemberaubender Roman über das Leben des Grafen Cagliostro und ein pralles Sittengemälde des 18. Jahrhunderts.

Als Magier, Wunderheiler und Scharlatan gelingt dem selbst ernannten Grafen Cagliostro ein rasanter Aufstieg zu einem der berühmtesten und rätselhaftesten Männer des 18. Jahrhunderts. Mozart schuf »Sarastro« nach seinem Vorbild, Goethe machte sich in Sizilien auf die Suche nach seiner Familie. Michael Schneider erzählt das Leben des Grafen, der als Giuseppe Balsamo in Palermo zur Welt kommt und von dort zunächst Italien, dann seine Frau, die schöne junge Römerin Lorenza und spätere Gräfin Serafina, dann ganz Europa erobert. Cagliostro heilt zahlreiche Menschen, findet reiche Gönner und versorgt die Armen, lebt und wirkt in allen Metropolen – und fliegt immer wieder wegen Betruges auf und muss dann fliehen: ein Nomadenleben im Zeitalter des Rokoko.

Gipfelpunkt seiner Karriere ist seine Beteiligung an der Pariser Halsbandaffäre, die wesentlich zum Ausbruch der Französischen Revolution beiträgt. Im Jahr 1791 schließlich macht der Großinquisitor Zelada ihm den Prozess – und auch er gerät in den Bann von Cagliostros Geheimnis.

»Ein virtuoser Schelmenroman.« SWR

Der Autor

Michael Schneider, geb. 1943 in Königsberg, studierte Naturwissenschaften, anschließend Philosophie, Sozial- und Religionswissenschaft. 1974 Promotion über Marx und Freud. Lektor, Journalist, Schauspieldramaturg, Professor an der Filmakademie in Ludwigsburg. Mitglied des PEN-Zentrums, des Akademischen Beirats von Attac Deutschland und des Magischen Zirkels. Einen Überblick über seine zahlreichen Veröffentlichungen, Essays, Romane, Novellen und Theaterstücke bietet seine Homepage www.schneider-michael-schriftsteller.de

Weitere Titel bei Kiepenheuer & Witsch

»Das Spiegelkabinett«, Novelle, Kiwi 373, 1995, neu aufgelegt als KiWi 994, 2006. »Das Ende eines Jahrhundertmythos. Eine Bilanz des Staatssozialismus«, KiWi 400, 1996. »Der Traum der Vernunft. Roman eines deutschen Jakobiners«, KiWi 711, 2002.

Michael Schneider

Das Geheimnis des Cagliostro

Cagliostro

Roman

Kiepenheuer & Witsch

1. Auflage 2008

Umschlaggestaltung: Barbara Thoben, Köln
Umschlagmotiv: © akg-images
Gesetzt aus der PMN Caecilia und der Walbaum
Satz: hanseatenSatz-bremen, Bremen
Druck: CPI Clausen & Bosse, Leck
ISBN 978-3-462-04024-1

Für

Ingeborg und Margarete,
Andrea, Katja und Stefan,
Dunja, Hamun, Golna, Gubin,
Klara, Lia und Angelina

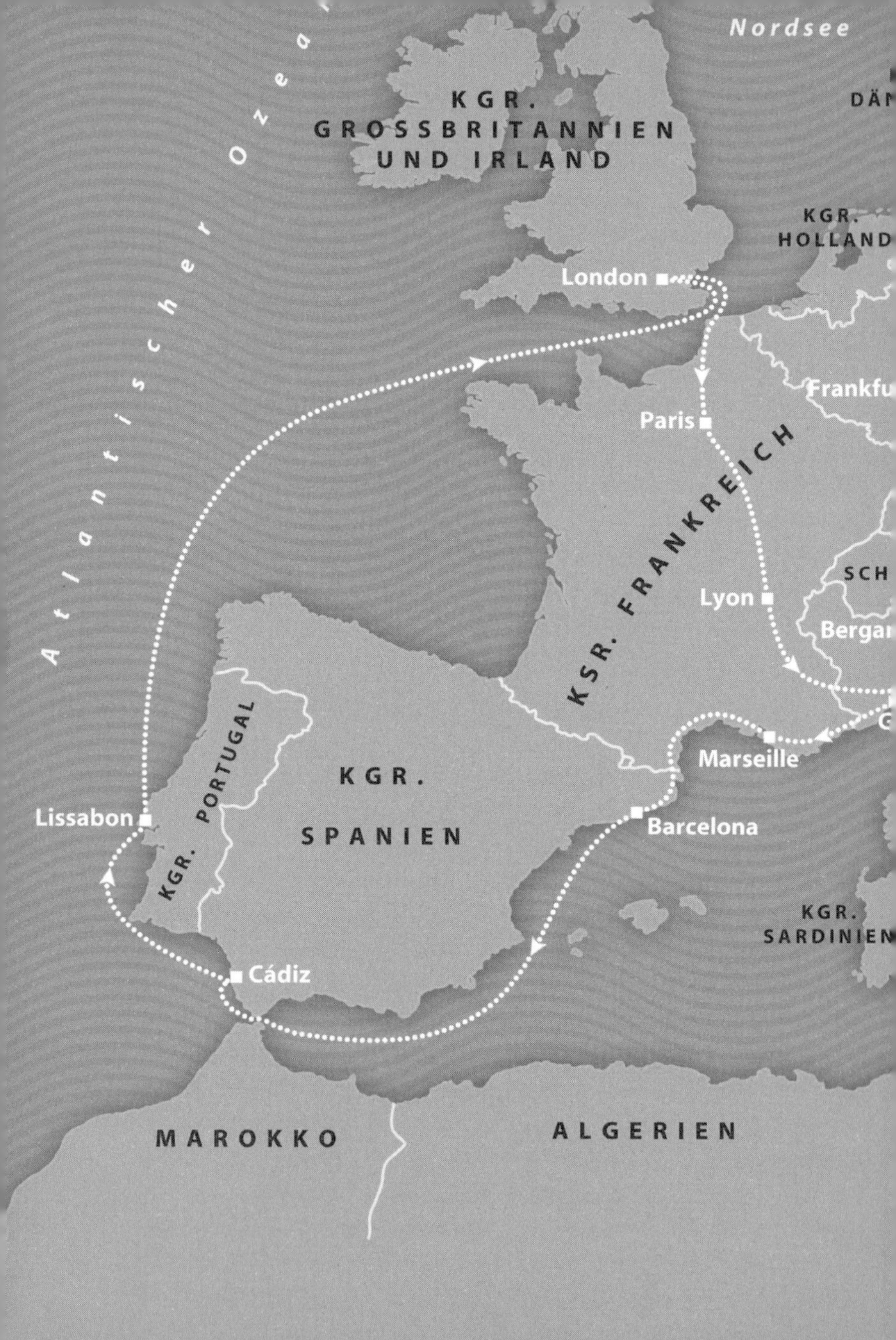

Balsamos 1. Tour d'Europe (1763-1773)

KGR. SCHWEDEN
KGR. PREUSSEN
KGR. POLEN
Berlin
KAISERREICH RUSSLAND
KSR. ÖSTERREICH
San Marino
OSMANISCHES REICH
Schwarzes Meer
KGR. BEIDER SIZILIEN
Neapel
Messina
Palermo
MALTA
Mittelmeer
Alexandria
ÄGYPTEN

Cagliostros 2. Tour d'Europe (1775-1789)

FINNLAND
St. Petersburg
KGR. NORWEG
KGR. SCHWEDEN
Riga
Mitau
RK
Königsberg
Danzig
KGR. PREUSSEN
Stettin
KAISERREICH
RUSSLAND
Berlin
KGR. POLEN
Warschau
Leipzig
Breslau
Dresden
DEUTSCHES
REICH
KSR.
ÖSTERREICH
EIZ
REP. VENEDIG
Verona
Schwarzes
Meer
San Marino
OSMANISCHES REICH
Rom
KGR. BEIDER SIZILIEN
Palermo
MALTA
Mittelmeer

Inhalt

I. Cautio criminalis Cagliostro 15

Prolog 55

1. *Ein echter Sohn Siziliens* 57

II. In dubio contra reo 95

2. *Gott hat den Schalk nicht weniger inspiriert als den Propheten* 101

III. Der Geist ist willig, aber das Fleisch ist schwach 126

3. *Krumm oder gerade – das ist hier die Frage* 129

IV. Maleficus bonus? 168

4. *Der Baccalaureus* 174

V. Gaukler oder Hexenmeister? 197

5. *Die römische Braut* 202

VI. Nekromant und Teufelsbündler 236

6. *Hochzeitsreise auf sizilianisch* 240

VII. Der ägyptische Orden 268

7. *Londoner Lehrjahre* 273

VIII. Adam vor dem Sündenfall 292

8. *Ehekrise* 297

IX. Memento (a)mori 322

9. *Heimweh – teuer bezahlt* 327

X. L. P. D. 342
10. *Die zweite Taufe* 346

XI. Unmoral per Rezept 367
11. *Der zweite Swedenborg* 371
12. *Morgenland im Abendland* 407

XII. Tempel der Lüste 439
13. *Durch deutsche Lande* 443

XIII. Die Versuchung 483
14. *Gastspiel im Reiche Katharinas* 488

XIV. Opera Buffa Chymica 531
15. *Wenn der Berg zum Propheten kommt* 536

XV. Der Widergänger 583
16. *Der Großkophta* 586

XVI. Verlorene Seele 613
17. *Das Halsband der Königin – ein Masterplan* 624

XVII. Aschermittwoch 654
18. *Amour fou* 663

XVIII. Melancholia 702
19. *Der Held der Nation* 707

XIX. Autodafé 738

XX. Dies irae 748

Zeittafel 760
Quellen 764

I. Cautio criminalis Cagliostro

Roma, Palazzo di Santi Ufficii, 27. Dezember 1789
Mit federndem Schritt durchmaß Francesco Valerio de Zelada die marmornen Hallen des *Palazzo di Santi Ufficii*. Er kam gerade aus der hl. Messe, die Seine Heiligkeit, Pius VI., selbst zelebriert hatte, denn es war der segensreiche Festtag des hl. Johannes. Die ihm entgegenkommenden Beamten und Geistlichen grüßten ihn mit ehrerbietigen Mienen. Erst vor kurzem hatte der Hl. Vater ihn zum Ersten Kardinal-Staatssekretär und Minister der vatikanischen Regierung berufen.

Wie lange hatte er nicht auf diesen Tag seiner Erhöhung gewartet! Nicht dass es ihm dabei um persönliche Ambitionen, gar um die Befriedigung sündhaften Ehrgeizes und eitler Machtgelüste gegangen wäre! O nein! Sein durch jahrelange Gewissensbefragung und strengste Beichtrituale geprüftes Herz war frei von solch niederen Beweggründen und jenen Versuchungen des Machttriebes, dem so viele weltliche Herrscher erlagen. Demut und Gottesfurcht, Gehorsam gegenüber den Geboten der hl. Kirche und Strenge gegenüber sich selbst – das waren die festen Prinzipien, auf denen er sein Leben gegründet hatte. Denn nur die wahrhaft Demütigen und Dienstfertigen erhöht der Herr.

Gleichwohl konnte er ein Gefühl stolzer Genugtuung nicht unterdrücken, dass er nunmehr den Gipfel seiner geistlichen Laufbahn erreicht und sich sein lange gehegter Lebenstraum endlich erfüllt hatte. Wer hätte das gedacht? Sein mürrischer Vater jedenfalls nicht, der wenig für seine Ausbildung getan und ihn lieber bei der königlich-spanischen Kriegsmarine als im Dienste des Vatikans gesehen hätte.

Zelada entstammte einem alten und angesehenen kastilianischen Adelsgeschlecht, das sich während der Reconquista, im Zuge der Rekatholisierung Spaniens und des Jahrhunderte währenden Kampfes gegen die Mauren, besonders hervorgetan und von der spanischen Krone mit entsprechenden Gütern und Lehen bedacht worden war. Doch als er im Jahre 1720 in Valencia das Licht der Welt erblickte, war von dem alten Glanze und Reichtum der Zeladas nicht mehr viel übrig geblieben. Seine Familie lebte in kaum mehr standesgemäßen Verhältnissen, er und seine sieben Geschwister wuchsen nicht in einem Palazzo auf, sondern in einem heruntergekommenen Patrizierhaus im Herzen der Stadt, wo der Putz von den Wänden bröckelte und der Schwamm an den feuchten Mauern fraß. Da sein Vater bei einer Seekanonade sein Bein verloren und hernach den Rest des ererbten Vermögens beim Spiel durchgebracht hatte, wurde ihm auch keine Erziehung zuteil, wie sie dem Spross eines spanischen Grande eigentlich gebührte. In einem ärmlichen Seminar der Benediktiner begann seine Ausbildung; und nur sein unermüdlicher Fleiß, seine Strebsamkeit, seine eiserne Selbstzucht, seine hervorragenden Kenntnisse der alten und neuen Sprachen, nicht zuletzt sein diplomatisches Geschick eröffneten ihm den Weg in die höhere geistliche Laufbahn. Als Titularerzbischof von Petra hatte er mehrere Jahre in Palästina verbracht, als Sekretär der Kongregation für das Tridentinische Konzil hatte er das Wohlwollen und die Wertschätzung seiner Heiligkeit Papst Clemens XIV. gewonnen, der ihn beim 11. Konsistorium im April 1773 schließlich zum Kardinal ernannte. Es traf sich gut und war eine glückliche Fügung, dass beim nächsten Konsistorium just Graf Giovanni Angelo Braschi, mit dem ihn eine alte Freundschaft verband, zum Generalschatzmeister der Apostolischen Kammer avancierte. Denn dieser sollte der nächste Papst werden. Auch ein Pontifex maximus weiß alte Freundschaftsdienste zu belohnen; und so war denn Zelada unter dem Pontifikat Pius VI. als Konsultor des Hl. Stuhls in den innersten Kreis der vatikanischen Machtzentrale vorgerückt. Als dann Kardinal Boncompagni, der Erste Kardinal-Staatssekretär, im Sommer 1789 schwer erkrankte, war es nur natürlich, dass er dessen Nachfolger im Amte wurde.

Dass die Wahl des Pontifex maximus just auf ihn fiel, war allerdings auch eine politische Entscheidung gewesen. Seit die Pariser Volksmassen die Bastille gestürmt hatten, herrschte in Frankreich die Anarchie. Die Revolution drohte nicht nur die Throne, sondern auch die Altäre umzustürzen; sie schickte ihre Agenten und Sendboten bereits über die Grenzen – in die europäischen Nachbarländer. Überall wurden, meist unter dem Schirme geheimer Freimaurer-Gesellschaften, Komplotte gegen die Souveräne und geistlichen Oberhäupter geschmiedet, auch im römischen Kirchenstaat. Der Hl. Vater war über diese Entwicklung höchst beunruhigt und hatte ihn in den letzten Wochen des Öfteren konsultiert. Zelada wusste, was angesichts dieser historischen Herausforderung zu tun und was er seinem neuen Amte schuldig war. Er würde es mit einem Fanal beginnen lassen, dessen Widerhall in ganz Europa vernommen werden sollte.

Im Hochgefühl seiner neuen Berufung betrat er den Konferenzraum, in dem das Kriegskabinett des Hl. Vaters bereits versammelt war. Er begrüßte den Vorsitzenden der Propaganda-Kongregation, Kardinal Antonelli, den Ratspräfekten Kardinal Palotta, den Prodatar Kardinal Campanelli und Monsignore Rinuccini, den Gouverneur von Rom. Wenig später erschien auch der Hl. Vater. Zelada kniete als Erster vor ihm und küsste seine ausgestreckte Hand. Der greise, gleichwohl noch immer vital wirkende Pontifex schenkte ihm ein wohlwollendes Lächeln. Wie kommt es nur, dachte Zelada, als er in die Runde der betagten Kardinäle und Magnifizenzen blickte, die nach dem Begrüßungszeremoniell mit gravitätischen Mienen in ihren mit rotem Sammet ausgeschlagenen Prunkstühlen Platz genommen, dass so viele geistliche Würdenträger und Stellvertreter Petri ein solch methusalemisches Alter erreichen? Weil das Auge Gottes auf ihnen ruht oder weil der Glaube an ihre göttliche Sendung sie am Leben hält? Oder liegt es, wie der Leibarzt des Pontifex maximus behauptet, an der verjüngenden Wirkung des Zölibats, der sie davon abhält, ihre Lebenssäfte zu verausgaben oder nur in bekömmlichen Maßen beim gelegentlichen Besuch ihrer Mätressen?

Nachdem der Hl. Vater die Sitzung eröffnet und seiner Bestürzung über die Ereignisse in Frankreich Ausdruck verliehen, erteilte er dem Ersten Kardinal-Staatssekretär das Wort.

»Hl. Vater! Verehrte Magnifizenzen!«, begann Zelada mit der gebotenen Würde und Feierlichkeit: »Aus dringendem Anlass habe ich Sie zu dieser Sondersitzung einberufen. Nur eine *Cautio* steht heute auf der Tagesordnung: die *Cautio criminalis Cagliostro*! ... Bekanntlich vermag der Teufel in vielerlei Gestalt, unter vielerlei Verkleidungen aufzutreten. Seine verführerischste und gefährlichste Gestalt aber ist die des Heilkünstlers, Magus und Propheten. Unter dieser täuschenden Maskerade und dem usurpierten Titel eines Grafen von Geblüt hat Cagliostro sich in allen Ländern Europas eine ungeheure Zelebrität verschafft, mit seinen angeblichen Wunderheilungen und Prophetien, seinen gottlosen und abergläubischen Doktrinen Abertausende von Menschen in seinen Bann gezogen und vergiftet. Vor allem in Frankreich hat er mit Erfolg seine Netze gespannt und vermittels eines weit verzweigten freimaurerischen Logensystems nach dem ägyptischen Ritus zahllose Proselyten gemacht. Selbst höchste geistliche Würdenträger, unter ihnen der Kardinal Rohan aus Straßburg und der Erzbischof von Bourges, huldigen diesem falschen Messias und seinem ketzerischen Ritus – eine Schande für die hl. Kirche und das Papsttum!«

Zelada hielt in seinem Vortrag inne, um den versammelten Magnifizenzen Gelegenheit zu geben, ihrer Empörung Ausdruck zu verleihen. Dann fuhr er fort:

»Nachdem Cagliostro im Zuge der ›Halsband-Affaire‹, die ganz Europa erschütterte, aus Frankreich ausgewiesen und allenthalben als gefährlicher Betrüger und Ränkeschmied erkannt worden, irrte er die letzten Jahre mit seiner Gattin durch halb Europa, von einem Land zum nächsten, denn keines wollte ihn mehr aufnehmen. Nur der Kirchenstaat war so gnädig, ihm freies Geleit nach Rom zu gewähren. Das hl. Offizium hat ihn zunächst als Informant zu gewinnen versucht, da er als weit gereister Mann eine unschätzbare Erfahrungsquelle bezüglich der freimaurerischen Geheimgesellschaften Europas darstellt, jedoch hat er sich der Zusammenarbeit verweigert. Stattdessen hat er in Rom eine geheime Loge nach dem ägyptischen Ritus gegründet – und damit wissentlich gegen die Verdammungsbullen Papst Clemens' VII. und Benedikts XIV. gegen die freimaurerischen Zusammenkünfte und Logen verstoßen ... Wie weit die Verschwörung bereits gediehen ist, beweist die Liste der Mitglieder jener ägyptischen Loge, in die sich zwei Mitarbeiter des hl. Offiziums zum Scheine aufnehmen ließen. Ihr gehören, neben fünf Franzosen, einem Amerikaner und einem Polen, auch einige hochrangige Persönlichkeiten an: unter ihnen der maltesische Komtur von Loras, der Marquis und die Marquise Vivaldi, der Herzog von San Demetrio und der Markgraf von Ansbach. Wenn Ihre Heiligkeit sich selbst überzeugen wollen ...«

Zelada übergab die Liste dem Hl. Vater, der sie mit sorgenvoller Miene überflog und sie sodann an die anderen Mitglieder der Kongregation weiterreichte. Unterdes setzte der Erste Kardinal-Staatssekretär seinen Vortrag fort:

»Das hl. Offizium hat soeben ein Schreiben Cagliostros abgefangen, das dieser an die französischen Generalstände richtete. Darin heißt es:

Voller Bewunderung und Verbundenheit mit dem französischen Volk sowie aus Respekt gegenüber seinen Gesetzgebern und Volksrepräsentanten sehne ich mich danach, ohne Gefahr in das Land meines Herzens zurückzukehren und den Rest meines Lebens im Schoße einer Nation zu verbringen, aus dem mich ein willkürliches königliches Edikt verwiesen hat.

Nun könnte man meinen, hierbei handle es sich um eine bloße Ergebenheitsadresse an die französischen Generalstände. Doch weit gefehlt! Bei seiner letzten Logenversammlung im Haus des französischen Malers Belle hat Cagliostro, wie einer unserer Mitarbeiter protokollierte, eine Prophezeiung ausgesprochen, die keinen Zweifel mehr an seinen wahren Gesinnungen aufkommen lässt: Pius VI., hat er ausgerufen, wird der letzte Papst sein und der Vatikanstaat aufgelöst werden!«

Ausrufe des Entsetzens flogen durch den Raum. Kardinal Palotta glitt vor Schreck der Rosenkranz aus der Hand. Kardinal Campanelli saß wie erstarrt, mit glasigem Blick, als habe er soeben das offene Tor zur Hölle erschaut. Der Gouverneur Rinuccini murmelte grimmige Verwünschungen in seinen eisgrauen Bart. Der Hl. Vater hielt seine gefalteten Hände gegen die zerfurchte Stirn gepresst, als bitte er um den Schutz des Allmächtigen. Bestürzte Mienen, wohin Zelada auch blickte. Auch wenn keiner im Raume es aussprach, mit Schrecken erinnerte man sich an den spektakulären Fall der Bauernmagd Renzi, welche die letzte Stunde des vormaligen Papstes Clemens XIV. und die genauen Umstände seines Todes vorhergesagt hatte. Über die Prophezeiung, die das gotteslästerliche Mädchen auch unter der Folter wiederholte, hatte sich der Hl. Vater dermaßen aufgeregt, dass er schwer erkrankte und im Jahre darauf verschied.

»Aus zahlreichen Hinweisen und Zeugnissen, die seitens unserer ausländischen Diplomaten und Dienste eingegangen sind«, fuhr Zelada fort, »hat das hl. Offizium die Überzeugung gewonnen, dass dieser sogenannte Graf Cagliostro in Wahrheit ein Emissär der Französischen Revolution, der Kopf einer riesigen Armee geheimer Agenten, wenn nicht gar das Haupt jener berüchtigten Illuminatensekte ist, welche die vollständige Zerstörung der Monarchie und der katholischen Religion zum Ziele hat.

Hl. Vater! Verehrte Magnifizenzen und Eminenzen! Die Französische Revolution droht die bisherige Ordnung der Welt umzustürzen. Man weiß, was in der Nacht des 4. August 1789 zu Paris geschah: Die Privilegien des Adels und des Klerus wurden mit einem Federstrich abgeschafft, in der Folge die Kirchen und Klöster geplündert und angezündet. Die geplante ›Zivilkonstitution des Klerus‹ sieht vor, alle Priester und geistlichen Würdenträger fortan dem Staate und nicht mehr ihrem geistlichen Oberhirten zu unterstellen. Dies ist die schlimmste Beleidigung für das Papsttum, der ärgste Angriff gegen die hl. Kirche seit den Tagen Martin Luthers. Darum muss jeder Versuch, die französischen Revolutionsideen im römischen Kirchenstaat einzuführen, im Keime erstickt werden. Ich plädiere dafür, an dem Sendboten der Revolution in Gestalt des Grafen Cagliostro ein Exemplum zu statuieren, indem wir selbigen einem hochnotpeinlichen Inquisitionsprozess unterwerfen. In diesen Zeiten gottloser Aberrationen und luziferischer Umwälzungen sind wir, als Diener der hl. Kirche und des Stuhls Petri, aufgerufen, unsere christliche Sendung und Wehrhaftigkeit zu beweisen. In Gloriam coeli Dei!«

Der Erste Kardinal-Staatssekretär konnte mit sich zufrieden sein. Dank seiner Beredsamkeit und stringenten Beweisführung hatte er es erreicht, dass die Cautio criminalis Cagliostro, die sein Vorgänger im Amte allzu lange hatte schleifen lassen, nun endlich zu einer Staatsangelegenheit von höchster Bedeutung geworden war. Das Kriegskabinett des Vatikans war sich einig. Pius VI. erteilte dem römischen Stadtkommandanten den Befehl, das Ehepaar Cagliostro und ihren Sekretär, den Pater François-Joseph, unverzüglich zu verhaften. Cagliostro wurde in das bestgesicherte Verlies der Engelsburg geschafft. Um zu seinem Kerker zu gelangen, musste man sieben verriegelte Bleitüren passieren. Die Wachen der Engelsburg wurden verdoppelt, alle Zufahrtswege gesperrt und die Zugbrücke hochgezogen.

Eine bessere Amtseinführung hätte sich Zelada nicht wünschen können. Der Hl. Vater hatte ihn mit allen nötigen Vollmachten ausgestattet, und die Hl. Kongregation der Römischen und Universalen Inquisition stand geschlossen hinter ihm. Nun konnte er einen exemplarischen Inquisitionsprozess führen – nicht gegen irgendeinen kleinen häretischen Dumm- oder Querkopf, sondern gegen den gefährlichsten und berüchtigsten Abenteurer, Magier, Ketzer und Illuminaten des Jahrhunderts. Er hatte genug Material gegen ihn in der Hand, denn die Beamten des hl. Offiziums hatten ganze Arbeit geleistet.

Dieser Prozess würde nicht nur eine heilsame und abschreckende Wirkung auf das gesamte europäische Freimaurer- und Illuminatenwesen haben, er würde auch, dessen war er gewiss, in die Annalen der Geschichte eingehen. Und damit – so flüsterte eine innere Stimme, die er jedoch nicht gehört haben wollte – auch er selbst: Seine Magnifizenz Frederico Saverio de Zelada, Erster Kardinal-Staatssekretär unter dem ruhmreichen Pontifikat Pius' VI.

*

In seinem seidengefütterten Morgenrock stand Zelada, eine Tasse heißen Kakaos schlürfend, vor dem hohen Bogenfenster seines Kabinetts und schaute über den Campo Santo. Niedrig und schnell zogen die Wolken, die ein heftiger Wind wie eine graue Armada vor sich her trieb. Der Nieselregen hatte den ersten Schnee in eine schlammige Brache verwandelt, die den heiligen Platz mit einer grauen Schmutzschicht bedeckte.

Für den Beginn des Inquisitionsverfahrens gegen Cagliostro waren alle nötigen Vorbereitungen getroffen. War es nicht eine besondere Fügung des Himmels, dachte der Kardinal-Staatssekretär, indes seine dünnen Lippen sich zu einem maliziösen Lächeln kräuselten, dass just er dazu ausersehen ward, diesem ruchlosen Ketzer, Konspirateur und größten Mysterienschwindler des Jahrhunderts den Prozess zu machen? Und welch böse Überraschung für den Inquisiten, wenn er erst gewahr würde, wem er da auf dem Ketzerstuhle gegenübersaß und wer ihn verhörte!

Schon einmal nämlich – es war etliche Jahre her – hatte Zelada die Ehre mit Cagliostro gehabt – im Salon des Kardinals Rohan. Eine Dienstreise als päpstlicher Legationsrat hatte ihn damals auch ins Elsass geführt …

Strassburgo, 1781

Während der Kutschfahrt von Basel nach Straßburg lauschte Zelada mit halbem Ohr dem Gespräch einer mitreisenden vornehmen Dame mit ihrer Gouvernante. Dabei fiel immer wieder der Name ›Cagliostro‹, von dem die beiden wie von einem höheren Wesen sprachen. Schließlich fragte er die Dame, wer denn dieser Cagliostro sei.

»Wie, Monsignore, Sie wissen nicht, wer Cagliostro ist?« Die Dame sah ihn an, als lebe er hinter dem Mond. »Er ist ein Genius der Heilkunst, ein zweiter Paracelsus!«

Und dann sprudelte sie los. Aus der Schweiz, aus Deutschland, aus Frankreich kämen die Patienten angereist, ob zu Wasser oder zu Lande, um sich in die Hände dieses neuen Aeskulap zu begeben, welcher derzeit in Straßburg weile, um sein menschenfreundliches Werk zu vollbringen. Zahllosen Kranken habe er die Gesundheit und das Leben wiedergegeben, mit Vorliebe solchen, welche von den Medici als unheilbar aufgegeben worden. Und dieser von Gott begnadete Heiler nehme kein Honorar. Er kuriere umsonst, bezahle den Mittellosen gar noch die Medikamente und spende aus vollen Händen. »Nun wissen Sie, Eminenz, wer Cagliostro ist!«

»Zweifellos ein Heiliger!«, bemerkte Zelada trocken. Doch die schwärmerische Dame überhörte seinen ironischen Unterton.

Kaum in Straßburg angelangt, schallte ihm von allen Ecken und Enden das Lob des Grafen Cagliostro entgegen. Überall, in den Kanzleien, den geistlichen Seminaren, den Hotels, auf den Straßen und Marktplätzen sprach man von seinen überraschenden Heilungen, seiner Freigiebigkeit und vom Zulauf des Publikums, der sich an manchen Tagen auf mehr als fünfhundert Personen steigere. Auch sei der Graf ungeheuer reich und habe eine ausnehmend schöne Frau.

Als Zelada am nächsten Morgen in Begleitung eines Straßburger Prälaten über den Waffenplatz spazierte, sah er plötzlich eine elegante schwarze Kutsche vorfahren, deren Verschläge mit vergoldeten Emblemen und allerlei magischen und kabbalistischen Zeichen verziert waren. Eine große Schar von Bürgern jeglichen Alters begleitete sie, in der Hauptsache Menschen in ärmlicher Kleidung, mehrere humpelten auf Krücken. Der Kutsche entstieg ein kleiner, korpulenter Mann. An seinem grauen Rock und seinen Händen funkelten Diamanten. Den Kopf hielt er vornehm zurückgeworfen, sodass sein gewaltiges Kinn zur Geltung kam. In der einen Hand trug er einen schwarzen Arztkoffer, in der anderen einen Mousquetaire-Hut mit weißen Federn garniert; dieser Kopfschmuck musste, laut polizeilicher Vorschrift, von Theriakkrämern, Zahnreißern und ähnlichen Heilkünstlern getragen werden, die nicht durch den gelehrten Grad eines Doktors der Medizin approbiert waren.

»Ist das etwa jener Cagliostro?«, fragte Zelada seinen Begleiter.

Der Prälat nickte, und seine Miene nahm sogleich einen ehrfürchtigen Ausdruck an.

»Erzählen Sie mir von ihm!«

»Seine Kutsche hält vor den Häusern der vornehmen Patienten nicht länger als vor denen der Armen und Mittellosen. Er macht zwischen Reich und Arm keinen Unterschied, behandelt den gemeinen Mann mit derselben Akkuratesse wie den Vornehmen. Darum wird er von dem *petit peuple* angebetet. Er ist ein großer Physiognomiker, ein Weissager aus den Gesichtszügen. Aus dem Angesichte offenbart er die Geheimnisse und Laster eines jeden. Im Hause der Mme. Lamarche hat er auf eigene Kosten ein *Maison de Santé* eingerichtet. Sein Leben verbringt er unter den Kranken, vor allem den Armen, an die er seine Heilmittel kostenlos verteilt, dazu noch Suppe, die er aus eigener Tasche bezahlt. Er selbst isst wenig, oft nur im Stehen. Er schläft wenig, oft nur im Sessel mit einem großen Kissen. Stets ist er bereit, den Unglücklichen zu Hilfe zu eilen, gleich zu welcher Tages- oder Nachtstunde. Viele seiner heilkräftigen Tinkturen, Salben und Elixiere stellt er selbst her. Fast die ganze Nacht brennt die Kerze hinter dem Fenster seines alchemistischen Laboratoriums in der alten Gasse am Weinmarkt. Er scheint unermesslich reich zu sein. Man munkelt, er verfüge über die Kunst des Goldmachens und das Geheimnis, aus kleinen Diamanten riesengroße zu machen. Mit einem Wort: Er ist der gesuchteste Mann von Straßburg und ein Segen für diese Stadt.«

»Und woher kommt er?«

»Er selbst macht sich ein Vergnügen daraus, die Neugierde des Publikums hierüber unbefriedigt zu lassen. Die einen sagen, er stamme aus Alexandria und sei der Großmeister des *Grand Orient* in Medina. Er selbst gibt an, bei den größten arabischen Meistern der Alchemie und der Arzneikunst in die Schule gegangen zu sein. Andere sagen, er sei der Sohn eines portugiesischen Juden, der in den brasilianischen Silberminen sein Vermögen gemacht und es diesem vererbt habe. Seine Neider und Gegner wiederum behaupten, er sei ein Geheimagent der Jesuiten; diese hätten ihn ausgeschickt, um das Publikum durch seine Mirakel und wunderbaren Heilungen zu blenden und es wieder an die Kette des Aberglaubens und des geistlichen Despotismus zu legen. So viele Köpfe, so viele Meinungen! Sicher ist nur, dass er ein Freimaurer und Eingeweihter der höchsten Grade ist, der über geheime Wissenschaft verfügt, wenn nicht gar einer der *Geheimen Oberen* selbst!«

Zelada schwirrte der Kopf. So viele Antworten auf eine so einfache Frage. Dieser Graf Cagliostro schien es wohl darauf angelegt zu haben, seine Person partout mit Geheimnis zu umgeben und seine Herkunft zu verschleiern. Aber warum? Was bezweckte er damit? Was hatte er zu verbergen?

Tags darauf stattete er Kardinal Rohan auf Schloss Zabern seinen Besuch ab. Die »schöne Eminenz«, wie der Fürstbischof wegen seiner vielen galanten Abenteuer im Volksmund genannt wurde, empfing ihn in bester Laune. Er war eine soignierte und elegante Erscheinung, von hoher Statur und ziemlich beleibt. Sein Haar schimmerte silbergrau über der hohen gelichteten Stirn. Trotz des lebhaften Ausdrucks seiner Augen wirkte sein Gesicht in seiner rundlichen Gepflegtheit ein wenig kindlich.

Der Fürstbischof führte den hohen Gast durch seinen weitläufigen Sandsteinpalast, zeigte ihm seine reichhaltigen Sammlungen zur Physik und Naturgeschichte und die wundervolle Bibliothek aus herrlich gebundenen Bänden, die in Gold das Kardinalswappen mit der Aufschrift »ex bibliotheca Tabernensis« wiesen. Lange verharrten sie vor der Sammlung alter Gebet- und Messbücher. Es waren kostbare und ganz einzigartige handschriftliche Breviere darunter mit schönen Malereien und Verzierungen, fromm in Gold und Zinnober.

Schließlich führte Rohan ihn in sein Kabinett und wies auf eine Marmorbüste, die der berühmte Houdon, Bildhauer und Hofmaler Seiner Majestät, des Königs, für ihn angefertigt hatte. Die Büste stellte den stolz zurückgeworfenen Kopf eines wild blickenden Mannes dar mit breitem Schädel, viereckigem Gesicht, tief liegenden himmelwärts gerichteten Augen und großem eindrucksvollen Kinn; auf dem Sockel aber stand in goldenen Lettern zu lesen: *Der göttliche Cagliostro.*

»Wie gefällt Ihnen diese Büste?«, fragte Rohan lächelnd.

»Ihre neue Passion, Eminenz? ... Ich habe schon davon munkeln hören.«

Lachend fiel der Fürstbischof ein. »Mir scheint, Sie haben etwas gegen Cagliostro?«

»Wie könnte ich etwas gegen ihn haben, mon prince, da ich ihn ja bloß vom Hörensagen kenne? Doch habe ich immer einen gewissen Widerwillen gegen die geheimen Wissenschaften. Sie riechen allzu sehr nach der großen Trommel des Jahrmarktes!«

»Wenn Sie heute Abend mein Gast sein wollen, werden Sie Cagliostro und sein Genie kennen lernen.« Mit Inbrunst fügte Rohan hinzu: »Er ist mein Freund, mein Meister, wenn Sie so wollen.«

Es war eine illustre Gesellschaft von etwa fünfzehn Personen, die sich an diesem Abend die Ehre im festlich beleuchteten Schloss des Fürstbischofs gab: unter ihnen Marschall

Contades, der militärische Oberbefehlshaber des Elsass, der Straßburger Stadtkommandant Marquis de la Salle, dessen Sekretär Cagliostro von einem schweren Leiden geheilt hatte, die Marquise de la Salle und ihre beiden Töchter, die Baroness Flachsland, die Baroness Oberkirch, Graf und Gräfin Salm-Manderscheid, Fürst und Fürstin von Hohenlohe und der Abbé Georgel, Rohans Privatsekretär und Faktotum. Gespeist wurde nach der hübschen Sitte, die der Kardinal bereits während seiner Gesandtschaft in Wien eingeführt hatte, an kleinen Tischen, damit es lustiger und lebhafter zuginge. Zeladas Tischnachbarin war die Baroness Oberkirch, eine gebildete und weltgewandte Dame aus dem elsässischen Adel, die eine alte Freundin des Fürstbischofs war.

Nur der Meister ließ auf sich warten. Indes war er hier, auch ohne anwesend zu sein, das Gesprächsthema Nummer eins. Gegen neun Uhr – man war längst beim Souper – betrat, ganz außer Atem, Mr. de la Borde, Steuerpächter des Elsass, den kleinen Bankettsaal, um dem Gastgeber mitzuteilen, Graf Cagliostro bitte seine Verspätung zu entschuldigen, doch seine ärztlichen Pflichten hätten für ihn nun einmal Vorrang vor dem Vergnügen, der Gast Seiner Eminenz, des Kardinals, zu sein. Das Herz des Boten war so voll des eben Erlebten, dass es förmlich überfloss. Während sich die Gäste mit allen Zeichen der Labsal den Tafelfreuden hingaben – es gab Austernpastete, gebratene Rebhuhnflügel, Truthahn in feinster Burgundersauce und andere Köstlichkeiten mehr –, schilderte Mr. de la Borde in bewegten Worten, was er soeben erlebt und gesehen:

»Ich komme gerade vom *Maison de Santé*. Stellen Sie sich einen riesigen Saal voll unglücklicher, meist hilfloser Geschöpfe vor, die mit emporgereckten Armen den Grafen um Mitleid anflehen. Er hört sich einen nach dem anderen an, merkt sich jedes Wort, verlässt kurz das Zimmer, kehrt aber sogleich wieder zurück mit einer Unmenge von Heilmitteln, die er an diese Geschlagenen verteilt, wobei er jedem wiederholt, was ihm dieser über seine Krankheit gesagt hat, und allen eine baldige Genesung zusichert, wenn sie sich genau an seine Verordnungen halten. Aber mit den Arzneien allein ist es nicht getan. Sie brauchen auch kräftigende Suppen; doch nur wenige dieser Unglücklichen haben die Mittel dazu; der mitfühlende Graf teilt den Inhalt seiner Börse unter die Armen auf. Sie scheint unerschöpflich. Es bereitet ihm mehr Freude, zu geben als zu nehmen, was sich an seinem Mitleid erweist. Die Unglücklichen werfen sich, von Dankbarkeit, Liebe und Achtung durchdrungen, ihm zu Füßen, umfassen seine Knie, nennen ihn ihren Retter, ihren Vater, ihren Gott. Das rührt den braven Mann, Tränen stürzen ihm aus den Augen. Er versucht sie zu verbergen, vermag es aber nicht. Er weint, und die ganze Versammlung bricht in Tränen aus. Köstliche Tränen, eine Labsal fürs Herz, deren Zauber man sich leicht vorstellen kann, wenn man noch nie das Glück gehabt, ähnliche zu vergießen!«

Dieser bewegende Bericht verfehlte nicht seine Wirkung auf die Gäste; trotz ihrer köstlich beschwerten Mägen schien eine feierliche Ergriffenheit alle Gemüter zu heben. Elogen auf den »edlen Mann« und »selbstlosen Helfer der Armen und Bedürftigen« wurden ausgerufen. »Sein Gesicht strahlt Geist, ja, Genie aus«, verkündete die Fürstin von Hohenlohe. »Seine feurigen Augen lesen auf dem Grund der Seele.« Und die Marquise de la Salle erklärte bewegt: »Er lässt uns wieder an das Gute im Menschen glauben. Sein Beispiel erweckt überall die Tugend und den edlen Trieb der Wohltätigkeit.« Sie habe sich gerade von ihrer alten Wintergarderobe getrennt und dem *Maison de Santé* gespendet, warf die Gräfin Salm-Manderscheid mit gezierter Bescheidenheit ein. Er habe soeben seinen Verwalter angewiesen, bemerkte wie beiläufig Marschall Contades, aus den Magazinen der Armee Pferdedecken, Kleider und Holzpantinen zu sammeln – zum Nutzen des neuen Volkskrankenhauses.

»Ich konstatiere«, bemerkte Abbé Georgel mit feiner Ironie, »Cagliostro macht aus uns allen bessere Menschen.« Gegen zehn Uhr abends war es endlich so weit. Der Kammerdiener öffnete die Flügeltür und verkündete laut: »Seine Eminenz, der Graf Cagliostro, und die Gräfin Serafina Cagliostro!« Unter dem Beifall der Gäste betrat das Paar den Bankettsaal. Kardinal Rohan erhob sich sogleich und eilte dem Meister entgegen. Er umarmte ihn und küsste sodann der »kleinen Gräfin«, wie er die Gattin des Meisters liebevoll nannte, die Hand.

Zelada war erstaunt über diesen pompösen Empfang und die alle Etikette missachtende Selbstvergessenheit des Fürstbischofs; hätte diese es doch verlangt, dass die »kleine Gräfin« ihm die Hand küsst – statt umgekehrt. Nun endlich hatte er Gelegenheit, den neuen Heiligen Straßburgs, der am schräg gegenüberliegenden Tisch neben der Marquise de la Salle Platz nahm, genauer zu betrachten. Auf den ersten Blick schien der kleine ›große Mann‹ mit dem stattlichen Embonpoint, dem kurzen Hals und dem olivfarbenen Teint für die Rolle des ›Signor Tulipan‹ in der italienischen Komödie wie geschaffen. Sein rundes Gesicht mit der Stupsnase, den breiten Nasenlöchern und den wulstigen Lippen hatte etwas von einer heiteren Bulldogge. Seine Haartracht war neuartig für Frankreich, das Haar war in mehrere kleine Zöpfe geflochten, die am Hinterkopf in einem Haarbeutel zusammenliefen. Er trug einen stahlgrauen Rock nach französischem Schnitt, der mit Goldtressen besetzt war, eine scharlachrote Weste mit spanischer Stickerei, eine rote Hose, den Degen in den Rockschößen. Dieses Kostüm schmückte er noch durch Spitzenstulpen und Schuhspangen, die so glitzerten, dass man sie für Diamanten halten konnte. Auch an seiner Uhrkette und seinen Fingern funkelten Diamanten, die, wenn sie so viel Wert gehabt hätten, wie sie schienen, das Vermögen eines Königs gekostet haben würden.

Zelada wusste nicht, was er von dieser Aufmachung halten sollte, die eher an den Protz eines Parvenus denn an die stilvolle Garderobe eines Grafen von Geblüt gemahnte. Auch des Grafen Tischmanieren – er redete, während er kaute, schmatzte wie ein Fuhrknecht und wischte sich, statt mit der Serviette, mit dem Handrücken über den Mund – waren nicht gerade eines Edelmannes würdig. Doch am meisten irritierte ihn der ständig changierende Ausdruck seiner hervorstechenden, dunkel schimmernden Augen, der kaum zu beschreiben war. Bald war sein Blick scharf und durchdringend, bald undurchdringlich und verschlossen, bald offen und warm, bald abweisend und kalt – wie eine Mischung aus Feuer und Eis. Bald sprach aus seiner Miene wie aus seinen Reden der Schalk des erfahrenen Volksarztes, bald der erhabene Dünkel des Meisters und Eingeweihten. Jedenfalls schien er vor Selbstbewusstsein zu strotzen. Dieses Gesicht, diese Augen, der ganze Mensch war Zelada nicht geheuer – und beeindruckte ihn doch wider Willen.

Im Gegensatz zu ihrem beleibten Gatten war die Gräfin Serafina eine zierliche und liebreizende Erscheinung. Sie war von mittlerer Größe, hatte eine ovale Gesichtsbildung und einen cremefarbenen Teint. Schön wölbten sich die dunklen Brauen über ihren himmelblauen Augen, die gleichwohl ein wenig verschattet waren und eine gewisse Melancholie verströmten. Ihre üppigen blonden Haare umrahmten ihr Gesicht wie ein Lockenfächer, der mit Schleifchen und winzigen Spiegelchen garniert war. Sie trug ein langes roséfarbenes »Chemise à la reine« aus Musselin, das die elastische Fülle ihrer Figur und die Geschmeidigkeit ihrer Bewegungen noch betonte. Ihr Alter war schwer zu schätzen, sie hatte den makellosen Teint und die vollen roten Lippen einer Zwanzigjährigen – und wirkte doch wie eine

Beauté im Stadium ihrer Reife. Nicht ohne Bosheit bemerkte die Baroness Oberkirch, die Gräfin Serafina Cagliostro sei in Wahrheit viel älter, als sie aussehe; ihre »scheinbare Jugendfrische« verdanke sich nur den alchemistischen Verjüngungsmitteln ihres Gatten. Jedenfalls war ihre ganze Erscheinung wohl geeignet, Begierden zu erwecken.

Kaum war das Souper beendet, begab sich die Gesellschaft in den angrenzenden Salon; dieser war nur spärlich durch Kerzen erhellt, die unter grünen seidenen Lampenschirmen brannten, und mit kostbaren Boulemöbeln ausgestattet. Ungeachtet seiner Korpulenz bewegte sich Cagliostro mit einer tänzelnden Leichtigkeit, als schlage er der Schwerkraft ein Schnippchen. Sogleich bildete sich um ihn ein Kreis von Bewunderern. Er schien es gewohnt, Mittelpunkt der Gesellschaft und Magnet der Damen zu sein, welche bald wie gebannt an seinen Lippen hingen. Er sprach in einem seltsamen, halb italienischen, halb französischen Kauderwelsch, mischte gewaltig viele arabisch klingende Zitate darunter, fand es jedoch nicht der Mühe wert, sie zu übersetzen. Selbst in den Ohren Zeladas, der des Arabischen mächtig war, klangen diese Arabesken fremd und unverständlich. Der Meister redete ununterbrochen, sprang von einem Gegenstand zum anderen und handelte wohl zehn verschiedene Themen ab, jedoch nur, solange es ihm beliebte. Alle Augenblicke fragte er, ob man ihn verstanden habe, und alle verbeugten sich zustimmend. Wenn ihn ein Thema berührte, schien es ihn fortzureißen, er steigerte sich mit Gesten hinein, erhob seine gewaltige Stimme, seine Augen begannen zu leuchten, sein Geist schien in höhere Sphären zu entschweben, als gliche er einem Inspirierten. Doch ebenso plötzlich, wie seine rauschhafte Suada anhob, brach sie auch wieder ab, indem er sich unvermittelt der einen oder anderen Dame zuwandte, sie mit seiner Stimme umschmeichelte wie eine in Seide gehüllte Trompete und ihr höchst galante und drollige Komplimente machte. Der rasche Wechsel vom hohen Ton des Inspirierten zum profanen Gestus des galanten Unterhalters war recht sonderbar und irritierend.

»Ist es nicht verrückt«, wandte sich die Baroness Oberkirch an den päpstlichen Gesandten, »wie all die Leute hier den Magier anbeten? Schauen Sie nur, wie man ihn umzingelt und bedrängt und wie glücklich ein jeder ist, auf den nur der Blick des Meisters fällt.«

Mit einer gewissen Erleichterung konstatierte Zelada, dass wenigstens eine Dame in dieser illustren Runde noch nicht vom »Cagliostro-Fieber« angesteckt war.

»Und was halten Sie selbst von ihm, Baroness?«

»Ich weiß es, ehrlich gesagt, nicht. Es geht etwas Verwirrendes von ihm aus. Er fasziniert den Verstand und betäubt gleichsam die Denkfähigkeit. Doch scheint er mit außergewöhnlichen, ja, übernatürlichen Kräften begabt. Ich war während jener Soiree zugegen, als er plötzlich in seiner Rede wie erstarrt innehielt, als habe er eine Vision, und nach minutenlangem Schweigen mit Grabesstimme verkündete: ›Maria Theresa ist tot!‹ Fünf Tage später traf in Straßburg die Nachricht ein, dass die Kaiserin just an jenem Tag und in derselben Stunde verschieden war, da Cagliostro seine betrübliche Erscheinung gehabt.«

Zelada wurde es zunehmend unbehaglich. Nicht genug damit, dass dieser sonderbare Heilige allenthalben als Heilkünstler Triumphe feierte und als »Wohltäter der Armen« gerühmt wurde – er wusste dem Publico auch noch als Magus und Hellseher zu imponieren!

»Ganz im Vertrauen, Eminenz!«, sagte die Baroness Oberkirch mit bekümmerter Miene. »Ich fürchte um das Seelenheil des Fürstbischofs. Seit er mit dem Zauberer verkehrt, ist er von ihm wie behext.«

Lautes Gelächter erschallte aus dem Kreis, der den Meister umgab. Er gab gerade einige Schnurren aus seiner ärztlichen Praxis zum Besten, wobei seine erstaunlich kleinen Hände mit den goldberingten Fingern so flink auf und ab tanzten wie die eines Puppenspielers.

»In Venedig war ein sehr kluger Mann, und hatte nur die eine Narrheit: nämlich zu glauben, alle Schiffe, die im Hafen ankämen, gehörten ihm. Nun, ich habe ihn von diesem Wahne glücklich kuriert. Aber dann geht doch der Kerl vor Gericht, um mich auf Schadensersatz zu verklagen: Zwar sei er jetzt von seiner Krankheit kuriert, erklärt er dem Richter, aber dafür habe er auch all seine Schiffe verloren!«

Die kleine Gesellschaft wieherte vor Vergnügen, und der Graf reckte die Brust wie ein Applaus gewohnter Salonlöwe. Auch Zelada musste schmunzeln – dieser »Wundermann« hatte zudem noch Esprit!

Mit erhobenen Brauen und tönendem Bass sprach er dann wieder von dunklen und hohen Dingen, von der heiligen Mystik, den sieben Engeln der Sphären, vom Großen Arcanum, der transzendentalen Chemie, von Memphis und den Pyramiden, in deren unterirdischen Schatzkammern das geheime Wissen der ägyptischen Priester aufbewahrt sei. Er sprach von Hermes Trismegistos, dem Urvater der hermetischen Wissenschaften und Geheimlehren, welche auf dem Wege der Initiation von Generation zu Generation, von Meister zu Meister weitergegeben worden, und von den vergessenen Heilmethoden der alten Ägypter, dem Zustand des Schlafwachens und dem Tempelschlaf: Aus den Träumen und Hellgesichten der Kranken zogen die Priester die Diagnose und bezeichneten den Weg und die Mittel zu ihrer Heilung. Die Kur aber sei immer ein göttlicher Auftrag an den Patienten gewesen, sein Leben zu ändern ... Die besondere Empfänglichkeit der Seele im Zustand des Schlafwachens hätten die ägyptischen Priester auch für ihre berühmten Orakel genutzt, wobei ihnen junge Knaben und

Mädchen, sogenannte »Waisen« und »Tauben«, welche die ersten Stadien der Initiation durchlaufen, als Medium gedient – eine Methode der Divination, die heute nur noch wenigen Erwählten, den Freimaurern der höchsten Grade und Großmeistern des ägyptischen Ritus, bekannt sei.

Hier brach die Suada des Meisters plötzlich ab, zweifelnd und ein wenig schuldbewusst blickte er in die Runde, als habe er eigentlich schon zu viel von seinem erhabenen Wissen verraten. Aber natürlich war nun erst recht die Neugierde der kleinen Gesellschaft geweckt. Man bat, bettelte und bedrängte ihn, ob er nicht hier und jetzt einige Proben seiner Hellsichtigkeit geben könne. Er schüttelte den Kopf, er bedauere sehr, doch sei es ihm nicht erlaubt, den Profanen solche Geheimnisse mitzuteilen. Indes gaben die Gäste keine Ruhe, man bat und bettelte weiter, der Meister zierte sich noch eine Weile, bis er sich endlich erweichen ließ.

Er werde sich jetzt zwar nicht der ägyptischen Methode der Divination bedienen – denn dies dürfe er nur vor Eingeweihten und Logenbrüdern –, doch wolle er mit dem folgenden Experiment demonstrieren, zu welch hohem Grade der Hellsichtigkeit, der *Clairvoyance*, der Mensch gelangen könne, wenn er sich vertrauensvoll seinen »inneren Gesichten« überlasse, die ja im somnambulen und desorganisierten Zustand der Seele besonders deutlich hervorträten. Dann ließ er seinen forschenden Blick über die Gäste schweifen und forderte den Marschall Contades, die Marquise de la Salle und die Baroness Oberkirch auf, ihm einen persönlichen Gegenstand auszuhändigen, ein Medaillon, einen Ring, eine Brosche, eine Taschenuhr oder dergleichen. Anhand dieser Gegenstände, welche das unsichtbare Siegel der Persönlichkeit ihres jeweiligen Besitzers trügen, werde er ein prägendes Bild oder Ereignis aus ihrem Leben in sich aufsteigen lassen. Dann bat er die Gäste, die Gespräche einzustellen und alle unnötigen Geräusche zu vermeiden.

Eine gespannte Erwartung legte sich über die kleine Gesellschaft.

»Was glauben Sie«, wandte sich Zelada im Flüsterton an die Baroness Oberkirch, »werden wir nun Zeugen eines echten Mirakels oder einer durchtriebenen Buffonerie?«

»Warten wir's ab!«, flüsterte die Baroness. »Doch werde ich ihm ein Anhängsel überreichen, das mit Sicherheit nicht den ›Siegel meiner Persönlichkeit‹ trägt!«

Cagliostro hatte inzwischen in einem Louis-quinze-Stuhl Platz genommen und lehnte sich entspannt zurück. Indem er nun den funkelnden Diamanten an seiner Uhrkette fixierte, schien er sich selbst in eine Art Zustand des Schlafwachens zu versetzen. Dabei murmelte er unverständliche magische Formeln, die wohl der Zitation seiner Hilfsgeister dienen sollten. Während dieser Selbstversenkung, die gut zehn Minuten dauerte, legte sich eine weihevolle Stille über das Publikum. Langsam hob der Meister den Kopf, sein glasig-starrer Blick und der verlangsamte Schlag seiner Lider schienen anzuzeigen, dass er sich nun in jener höheren geistigen Sphäre befand, in der er seine Hellgesichte empfing. All seine Bewegungen hatten von nun an etwas Verlangsamtes, Verzögertes und Schlafwandlerisches an sich.

Der schon recht betagte Marschall Contades hatte ihm ein zierliches, in Gold gefasstes Medaillon überreicht. Cagliostro wog es in seiner Hand, betrachtete es eindringlich, versenkte sich förmlich in das ovale Miniaturportrait, drückte es sodann an die Stirn, um es in seinen Geist aufzunehmen. Endlich begann er stockend, mit einzelnen Worten und Halbsätzen, als wenn er das gesuchte Bild aus den dunklen Archiven der Vergangenheit erst mühsam hervorholen müsse:

»Ich sehe einen Hügel ... höre den Donner von Geschützen ... Überall Pulverdampf ... Kaum kann ich die Uniformen erkennen ... Sind es französische, sind es preußische? ... Ein junger Reiter in Uniform ... ist es ein Offizier? ...

Er jagt den Hügel hinauf, nur wenige seiner Männer folgen ihm durch den Kugelhagel … Jetzt stürzt er vom Pferd … rollt ein Stück abwärts … bleibt liegen … Er krümmt sich am Boden vor Schmerz … fasst sich an die Brust … sie ist voll Blut … Er ruft um Hilfe, doch keiner hört ihn … Er sucht, sich aufzuraffen, doch er strauchelt und fällt … Mit letzter Kraft öffnet er sein Hemd … zieht eine goldene Halskette hervor … mit einem Medaillon … Er drückt es an den Mund … küsst das Bildnis seiner Verlobten … ruft einmal noch ihren Namen: Madelaine! … Dann versagt ihm die Stimme, er verliert die Besinnung.«

Mit wachsender Ergriffenheit war Marschall Contades der Offenbarung des Hellsehers gefolgt, Tränen rollten über sein runzeliges Gesicht. Auch die Damen hatten ihre Sacktüchlein gezückt, so gerührt waren sie.

»Genauso war es!«, sagte der Marschall, nachdem er seine Fassung halbwegs wiedergewonnen: »In der Schlacht von Kunersdorf wurde ich verwundet. Und das Medaillon mit dem Bildnis meiner Madelaine war das Letzte, was ich sah, bevor ich die Besinnung verlor.«

Eine Art ehrfürchtiger Scheu bemächtigte sich der kleinen Gesellschaft. Alles starrte gebannt auf den Hell- und Geisterseher, der reglos mit weit geöffneten Augen, als habe er die Grenzen von Raum und Zeit überschritten, in seinem Lehnstuhl saß. Obschon Zelada als Mann der Kirche eine tiefe Abneigung gegen solche okkulten Schaustellungen hatte, war er fasziniert. Wie war es möglich, eine solche Szene, die mehr als zwanzig Jahre zurücklag, in allen Einzelheiten zu rekapitulieren, als sei der Hellseher damals selbst dabei gewesen? War dies echtes Sehertum, wie man es den jüdischen Kabbalisten nachsagte, oder war hier irgendein raffinierter Betrug im Spiel?

Cagliostro nahm den zweiten Gegenstand in die Hand, den ihm die Marquise de la Salle übergeben hatte. Es war eine kleine Haarspange mit einem Bügel aus geschnitztem Elfenbein. Er betrachtete sie lange und ließ sie ebenso meditativ auf sich wirken wie zuvor das Medaillon. Dann hob er langsam an:

»Ich sehe ein Zimmer mit Tapete ... eine geblümte Tapete ... eine leere Wiege ... einen Kamin ... Vor dem warmen Kamin steht ein Stuhl ... Eine Dame in weißem Nachthemd sitzt darin ... Sie fiebert, schwitzt und presst aus Leibeskräften ... Mit ihren Händen drückt sie große Salzbrocken zu Puder ... Neben ihr kniet die Hebamme ... Sie drückt mit beiden Händen gegen den Bauch der werdenden Mutter ... Doch das Kind will und will nicht heraus ... Jetzt betritt ein schwarzgewandeter Herr das Zimmer ... Ist es der Arzt, ist es der Priester? ... Er beugt sich über die Gebärende, macht eine besorgte Miene ... Das Bild wird wieder dunkel, verschwimmt ... Jetzt sehe ich ein kleines Mädchen im weißen Kleidchen, freudig hüpft es seiner Mutter entgegen ... Im Haar trägt es eine Spange aus Elfenbein. Sie heißt Elisa.«

Aus seinem Zustand des Schlafwachens erwachend, wandte sich Cagliostro an die Tochter der Marquise de la Salle: »Es ist Ihre Haarspange, nicht wahr, Mademoiselle?«

Errötend gestand die junge Dame dies ein. Hingerissen stammelte ihre Mutter: »Es ist unfassbar! Die gelbgeblümte Tapete, der Gebärstuhl vor dem Kamin, die Salzbröckchen in meinen Händen, die ich zerbröselte, um die Schmerzen zu lindern und die Wehen zu befördern – alles ist genau so gewesen. Ich hatte wirklich eine sehr schwere Geburt und fürchtete schon, ich überlebe sie nicht. Man hatte bereits den Priester gerufen.«

»Und warum gaben Sie mir die Haarspange Ihrer Tochter«, fragte Cagliostro mit leisem Tadel, »und nicht einen Ihrer persönlichen Gegenstände?«

»Ich bekenne, ich wollte Sie prüfen, Monsieur le Comte!

Um Sie in die Irre zu führen, übergab ich Ihnen die Haarspange meiner Tochter. Doch jetzt haben Sie mich bekehrt.«

Verblüfft wandte Zelada sich an den Hellseher: »Und Sie haben das Haus der Marquise und das Zimmer, in welchem sie niederkam, wirklich noch nie betreten?«

Cagliostro lächelte nachsichtig. »Sie ungläubiger Thomas, Sie!«

»Er kann es gar nicht gesehen haben«, entkräftete die Marquise sogleich seinen skeptischen Einwand, »denn ich kam im Haus meiner Großtante nieder, und das steht in Den Haag.«

Zelada gab sich geschlagen, zumal der Triumph des Hellsehers noch vollkommener wurde durch die vorwitzige Frage der Baroness Flachsland:

»Monsieur le Comte! Da Sie so viel über die Vergangenheit eines Menschen wissen, lesen Sie gewiss auch in der Zukunft wie in einem offenen Buche. Wie alt ist mein Mann, und wann werde ich mit meinem zweiten Kind niederkommen?«

Cagliostro zögerte mit der Antwort. Er räusperte sich, strich sich verlegen über die wulstigen Lippen, kratzte sich an der Nase – war er mit seiner Weisheit etwa am Ende? Nachdem er die Gräfin lange eindringlich gemustert, sagte er mit verschmitztem Lächeln:

»Baroness! Sie sind unverheiratet, und Ihre zweite Frage erübrigt sich, da Sie Ihre erste Geburt noch vor sich haben.«

»Er weiß wirklich alles!«, wandte sich die verblüffte Baroness an die lachenden Gäste. »Man kann diesen Mann einfach nicht täuschen!« Dann adressierte sie die Gräfin Cagliostro: »Nicht wahr, Serafina, Sie haben es nicht leicht mit diesem Mann. Man kann wohl gar nichts vor ihm verbergen. Auch nicht die kleinste Affaire!«

Die Gräfin Serafina lächelte vielsagend – und schwieg.

Kaum war das amüsante Interlude zu Ende, heftete der

Hellseher seinen Blick auf die Baroness Oberkirch. »Sie haben mir, Baroness, eine Nagelfeile gegeben, einen sehr gewöhnlichen und gleichgültigen Gegenstand, der kaum etwas über seine Eigentümerin aussagt. Sie trauen mir wohl nicht?«

Die Baroness hielt seinem bohrenden Blick nicht stand und senkte verlegen die Augen.

»Wie Sie vielleicht gehört haben!«, fuhr Cagliostro fort, »besitze ich die Gabe, die verborgenen Leiden, Wünsche und Laster der Menschen aus ihren Gesichtszügen zu lesen.«

»Wäre ich aus Glas«, versetzte die Baroness spitz, »möchte Ihnen dies wohl gelingen. Doch da ich aus Fleisch und soliden Knochen bin ...«

»Nun, wir werden sehen!«

Der Meister erhob sich von seinem Stuhl und trat nahe an die Baroness heran. Er musterte sie lange mit unbewegter Miene. Dann sagte er:

»Madame, schon als Kind ist Ihnen ein großes Unglück widerfahren. Sie verloren Ihre Mutter. Sie haben sie kaum gekannt und fühlten sich sehr verlassen ... Sie sind die einzige Tochter Ihrer Familie. Sie selbst haben eine Tochter. Sie werden keine weiteren Kinder mehr bekommen.«

Die Baroness wurde rot, sei es vor Scham, sei es vor Zorn, sich in dieser illustren Gesellschaft derart bloßgestellt zu sehen. Hilfesuchend blickte sie sich um, dann erhob sie sich brüsk und strebte zur Tür. Sogleich ging Kardinal Rohan ihr nach:

»So bleiben Sie doch, Baroness! Graf Cagliostro ist ein sehr gelehrter Mann, wir sollten ihn nicht als gewöhnliche Person behandeln. Ich versichere Ihnen, es ist weder Sünde noch unziemliches Verhalten ... Bitte bleiben Sie, meine liebe Baroness! Sagen Sie uns, ob der Graf sich geirrt hat!«

Die Baroness Oberkirch wandte sich um und sagte mit bitterer Miene: »Er hat sich nicht geirrt – zumindest, was die Vergangenheit betrifft.«

»Und ich irre mich genauso wenig, was die Zukunft betrifft«, sagte Cagliostro in einem derart metallischen Ton, dass seine Worte widerhallten wie aus einer Trompete.

Mit Entrüstung hatte Zelada diese Szene verfolgt. Woher auch immer dieser anmaßende Mensch seine verblüffende Hellsichtigkeit bezog – ob aus der Kabbala oder der schwarzen Magie –, die Impertinenz, mit der er hier eine gebürtige Baroness und Dame von Ruf bloßstellte, war unerträglich. Nicht minder empörte es ihn, dass keiner in dieser illustren Runde es wagte, den Magier in seine Schranken zu weisen und ihm eine gebührende Antwort zu geben, als habe er sie bereits alle unter der Fuchtel.

Schon in den geistlichen Seminaren, erst recht im diplomatischen Dienste des Vatikans hatte es Zelada gelernt, auch in den heikelsten und angespanntesten Situationen kühlen Kopf zu bewahren und seinen Blick auf die Schwächen des jeweiligen Gegners zu heften, seien diese auch noch so verdeckt. Und die Achillesferse dieses Magus und Wundermannes, der angeblich mit allen geheimen Wissenschaften Arabiens vertraut war, hatte er nur zu gut erkannt.

Nachdem die vom Gastgeber mühsam beschwichtigte Baroness Oberkirch wieder Platz genommen, wandte sich Zelada in höflichem Ton an Cagliostro. Er stellte ihm eine ganz nebensächliche Frage – in arabischer Sprache. Dieser stutzte, kniff die Augen zusammen und wandte sich rasch wieder dem neben ihm stehenden Kardinal Rohan zu. Offenbar hatte er nicht das Geringste verstanden. Zelada wiederholte seine Frage auf Arabisch; doch der Meister tat so, als habe er sie überhört. Noch einmal, diesmal mit unüberhörbarer Lautstärke, setzte Zelada nach, sodass alle Gäste aufmerksam wurden. Cagliostro sah ihn missmutig an:

»Wir sind in Frankreich, Eminenz! Hier spricht man kein Arabisch.«

»Gewiss, aber da Sie des Arabischen mächtig sind, verschlägt es doch nichts, wenn wir uns zur Abwechselung einmal dieser Sprache bedienen.« Und dann parlierte er, dem vor ihm flüchtenden Meister immer auf den Fersen, in fließendem Arabisch weiter, ohne dass ihn dieser einer Antwort würdigte. Endlich sagte Zelada – nun wieder auf Französisch:

»Aber Monsieur le Comte! Mir scheint, Sie verstehen die arabische Sprache gar nicht, obwohl Sie sich doch den Anschein geben, mit ihr bestens vertraut zu sein?«

Aufbrausend gab dieser zurück: »Was erlauben Sie sich, mein Herr! Ich habe viele Jahre in Medina und Mekka studiert.«

»Umso verwunderlicher, dass Sie meine Frage weder verstehen noch auf sie antworten können!«

»Das mag wohl daran liegen«, gab Cagliostro mit frecher Effronterie zurück, »dass Sie einen arabischen Dialekt sprechen, der längst ausgestorben ist.«

»Aber Monsieur! Ich war fünf Jahre lang Titular-Erzbischof von Petra in Palästina und spreche die gewöhnliche arabische Sprache, die noch heute dort, ebenso wie in Medina und Mekka, in Gebrauch ist.«

Verwundert folgten die Gäste diesem Disput. Ihre fragenden Mienen wohl registrierend, wandte sich Cagliostro brüsk um und verließ wortlos den Salon. Wenig später ließ er, zum Erstaunen der Gäste und zum größten Bedauern des Gastgebers, seine Kutsche vorfahren.

Als sich Zelada von Kardinal Rohan verabschiedete, fragte ihn dieser, ob er noch immer an Cagliostro zweifle.

Höflich, aber bestimmt antwortete er. »Welche Mirakel er auch immer vollbringt, Arabisch spricht er jedenfalls nicht. Und seiner ganzen Aufführung nach ist er gewiss kein Edelmann!«

»Sie sind wirklich zu skeptisch, Eminenz! Einen Edelmann, der im Orient aufgewachsen ist, dürfen wir nicht nach unseren europäischen Maßstäben beurteilen. Und es ist ja schon lange her, dass er Arabien bereiste. Da verlernt sich auch die Sprache wieder. Hat Sie denn, was Sie heute Abend sahen und hörten, nicht von seinen außergewöhnlichen Fähigkeiten überzeugt?«

»Mit gutem Grund hat schon der hl. Petrus seine Landsleute vor Simon dem Magier gewarnt und ihn in den Bann getan.«

»Ich hoffe doch, die Zeiten, da die Hl. Inquisition die Hexer und Magier verbrannte, sind endgültig vorbei. Sind denn nicht Magie, Theologie und Wissenschaft seit alters her verschwistert? Denken Sie nur an Albertus Magnus, an Roger Francis Bacon, an Hellmund, an Agrippa von Nettesheim und all die anderen großen Gelehrten! Alle haben die Magie, die Magia naturalis, als Werkzeug der Erkenntnis benutzt!«

»Wir leben nicht mehr im Mittelalter, mon prince. Heute gehen Magie und Wissenschaft getrennte Wege!«

»Kommen Sie«, sagte der Kardinal leutselig und zog ihn in sein Kabinett. »Ich werde Ihnen ein wichtiges Geheimnis entdecken! ... Sehen Sie das?«

Er streckte ihm seine weiße feingliedrige Hand entgegen und zeigte ihm den schweren Ring, den er am kleinen Finger trug. In dem mit dem Wappen der Rohans verzierten Siegelring war ein außergewöhnlich großer Diamant eingefasst.

»Ein schöner Stein, Monsignore. Ich habe ihn schon bewundert«, sagte Zelada höflich.

»Sehen Sie! Und er stammt von ihm. Er hat ihn hergestellt, fast aus nichts. Ich war selbst dabei und habe den Schmelztiegel keinen Augenblick aus den Augen gelassen. Ist das nun Wissenschaft? Was meinen Sie? Niemand soll behaupten, dass er mir etwas vormacht, dass er mich ausnützt: Der Juwelier und der Graveur haben den Brillanten auf 25 000 Pfund geschätzt. Sie müssen doch zumindest zugeben, dass einer, der solche Geschenke macht, ein merkwürdiger Betrüger wäre!«

Zelada zeigte noch immer eine ungläubige Miene, und so fügte Rohan hinzu: »Aber das ist noch nicht alles, er macht auch Gold. Ich habe mit eigenen Augen gesehen, wie er aus Blei Goldbarren im Werte von 5000 oder 6000 Pfund hergestellt hat. Und ich werde bald noch mehr davon bekommen. Wenn es ihm beliebt, kann er mich zum reichsten Mann Europas machen ... Das sind keine Träume, das sind Beweise. Denken Sie dazu an all die wunderbaren Heilungen, die er vollbracht hat! Und an seine Prophezeiungen, die sämtlich in Erfüllung gegangen. Und dieser Mann soll ein Scharlatan, ein Betrüger sein? Ich versichere Ihnen, er ist der außergewöhnlichste, der prächtigste Mensch, und seinem Wissen kommt nur seine Güte gleich. Wie viele Almosen teilt er aus! Und wie viel Gutes hat er nicht schon getan! Es übersteigt jede Vorstellung.«

Die Miene des Kardinals hatte einen verklärten, einen Ausdruck von Verzückung angenommen. Zelada mochte sich die Gefahr gar nicht ausmalen, die aus dieser blinden Hingabe erwachsen konnte. Rohan war ja nicht nur Kardinal und Titularbischof des Bistums Straßburg, des reichsten in Frankreich, als Provisor der Sorbonne und Groß-Almosenier von Frankreich stand er an der Spitze der Staatsverwaltung. Nicht auszudenken, wenn einer der angesehensten, mächtigsten und reichsten Kirchenfürsten Europas zur Beute des Magiers, zur Marionette dieses Großmeisters der ägyptischen Freimaurerei würde!

Bevor er seine Dienstreise fortsetzte, beauftragte Zelada den in Straßburg ansässigen Pater Bernardo, der ihm als verlässlicher Diener der hl. Kirche bekannt war, ihm regelmäßig über Cagliostros Treiben und dessen Beziehungen zu Kardinal Rohan Bericht zu erstatten. Auch instruierte er unverzüglich das hl. Offizium in Rom.

Palazzo di Santi Ufficii, 2. Januar 1790

Der Raum, in dem die Verhöre stattfanden, lag eine Etage über der Folterkammer. Nach hinten zu erweiterte er sich zu einem kleinen Amphitheater, in dem die anderen Mitglieder der Hl. Kongregation Platz genommen hatten. Zelada und seine Inquisitoren-Kollegen, der Advokat Paradisi und der Abbé Domenico Cavazzi, saßen, dem Inquisiten direkt gegenüber, vor einem Tisch, auf dem griffbereit die Akten lagen. Der Abbé Giuseppe Lelli führte als Notar das Protokoll.

Schweigend, mit leerem Blick saß Cagliostro auf dem Ketzerstuhle, auf dem schon Giordano Bruno und Galileo Galilei gesessen hatten – genau im Kegel des Lichtstrahls, der durch die obere Fensterluke fiel, damit den Inquisitoren auch ja kein verräterisches Spiel seiner Miene, kein verdächtiges Zucken der Mundwinkel, kein unwillkürlicher Hinweis auf Verstellung und Lüge entging. Denn dass der Inquisite ein geborener Mime war und mit allen Schlichen und Finten seines betrügerischen Berufes vertraut, ein Meister in der Kunst der Verstellung, ein Virtuose der Hinterlist und der Täuschung, davon zeugte seine gesamte schändliche Vita.

Er hatte tiefe Ringe unter den Augen, seine schwarzen, gleichwohl an vielen Stellen ergrauten Haare hingen in wirren Strähnen; kein Gold, kein Diamant glitzerte mehr an seinen kleinen, feingliedrigen Händen. Da es auch keinem Barbier erlaubt war, seinen Kerker zu betreten, war ihm ein struppiger Backenbart gewachsen, waren auch seine gewaltigen Kinnladen mit Stoppeln bedeckt. Er trug einen grauen, von Suppe und sonstigen Essensresten befleckten Rock, denselben, den er bei seiner Verhaftung getragen, und löchrige Strümpfe, die in einfachen Sandalen steckten, wie man sie von den Bettelmönchen kennt, denn seine glitzernden Schnallenschuhe hatte man ihm ausgezogen. Auch roch er nach übler Kerkerluft und fauligem Stroh. Hätte Zelada nicht gewusst, dass hier Cagliostro, einer der berühmtesten

Männer Europas, vor ihm saß, er hätte wohl geglaubt, einen verwahrlosten Räuber oder entlaufenen Mönch vor sich zu haben.

Er begann das erste Verhör mit einer förmlichen Bosheit: Er sprach den Inquisiten auf Arabisch an. Dieser kniff, wie damals im Salon des Kardinal Rohan, die Augen zusammen, blickte ihn einen Moment verständnislos an. Dann verzog er sein Bulldoggen-Gesicht zu einem trotzig-abschätzigen Grinsen. Jetzt wusste er, wen er vor sich hatte.

»Wie man sieht«, sagte Zelada mit genüsslichem Sarkasmus zu seinen Kollegen, »ist der Großkophta* und Großmeister der ägyptischen Freimaurerei des Arabischen noch immer nicht mächtig.«

Die Magnifizenzen und Inquisitoren lachten.

»Beginnen wir mit den Personalien! ... Wie heißt Er?«

Der Inquisite starrte ihn schweigend an.

»Nun, wir verstehen natürlich«, sagte Zelada mit ätzender Ironie, »dass Ihm bei den verschiedenen Namen, die Er zu verschiedenen Zeiten geführt, die Antwort nicht leichtfällt.«

Cagliostro warf den Kopf in den Nacken und sagte mit bleierner Stimme: »Ich bin, der ich bin!«

»Ich konstatiere«, wandte sich Zelada an den Notar: »Der Inquisite lästert Gott, den Allmächtigen, indem er sich mit dem Attribute Jehowas schmückt! ... Noch einmal: Wie heißt Er mit seinem wirklichen Namen?«

Mit hohlem Blick und einer Stimme, die wie aus einer anderen Welt zu kommen schien, sagte Cagliostro: »Ich bin das Gestern. Ich bin das Heute. Ich bin das Morgen. Mein Name ist Geheimnis!«

* *Der Großkophta oder große Coft war eine Gestalt der orientalisch-frühchristlichen Legende, er galt als unsterblicher Begründer der ägyptischen Magie, dem die Fähigkeit zugeschrieben wurde, in Abständen von Jahrhunderten wiedergeboren zu werden, um die Menschheit zu erleuchten.*

»Seine ägyptischen Orakelsprüche kann Er sich sparen! ... Zum dritten und letzten Mal: Wie heißt Er, und wo ist Er geboren?«

Doch das Orakel kündete weiter: »Ich stamme aus keiner Epoche und von keinem Ort. Jenseits der Zeit und des Raumes lebt mein geistiges Wesen seine ewige Existenz.«

Irritiert sahen die Kollegen den Kardinal-Staatssekretär an. Hatte der Inquisite den Verstand verloren? Oder wollte er sie alle zum Narren halten?

Nun platzte Zelada der Kragen. Er solle sich ja nicht einbilden, herrschte er ihn an, er könne mit dem hl. Offizium dasselbe Spiel treiben wie im Zuge der »Halsband-Affaire« mit dem französischen Parlament. Wenn er sich aber der Kooperation mit Ihren Eminenzen, den Inquisitoren, verweigere, dann werde man andere Seiten aufziehen!

Schweigend wie ein Ölgötze saß Cagliostro da, kein Muskel rührte sich in seinem Gesicht, er hielt seinen bohrenden Blick auf Zelada gerichtet, als wolle er ihn verhexen. Dieser suchte diesem sphinxhaften Blick standzuhalten, doch der Inquisite sah ihm nicht direkt in die Augen, fixierte vielmehr einen Punkt oberhalb seiner Augen, etwa dort, wo die Stirnmitte war – und dies war ungemein irritierend. Zelada fing unwillkürlich zu blinzeln an, fühlte eine plötzliche Mattigkeit. Doch dann riss er sich zusammen und griff nach der vor ihm liegenden Akte:

»Wenn Er uns nicht sagen will, wie Er mit richtigem Namen heißt und wo Er geboren, dann werden wir es Ihm sagen: Der angebliche Spross eines arabischen Sultans, der unter dem Namen Acharat am Hofe des Großmufti in Medina erzogen wurde und der später unter dem erlauchten Titel Graf Alessandro di Cagliostro ganz Europa heimsuchte – dieses den Märchen von ›Tausendundeiner Nacht‹ entsprungene Fabelwesen heißt mit bürgerlichem Namen Giuseppe Balsamo, von Beruf Federzeichner, geboren am 2. Juni 1743 in Palermo, Sohn der Wäscherin Felicia Balsamo, geborene Bracconieri, und des Krämers Pedro Balsamo. Uns liegen vor: die Abschrift seines Taufscheins samt Adresse und Unterschrift der Taufpaten, das vollständige Ahnenregister seiner Familie väterlicher- und mütterlicherseits, die Anzeige und eidesstattliche Erklärung seines Onkels Antonio Bracconieri, die Anzeigen und eidesstattlichen Erklärungen seiner Frau Lorenza Feliciani und seines Schwiegervaters Giuseppe Feliciani sowie das Dossier der französischen Regierung, das die Enthüllungen des *Courrier de L'Europe* in allen Punkten bestätigt … Will Er jetzt noch immer Seine wahre Herkunft leugnen?«

Hatte Zelada geglaubt, den Inquisiten durch die geballte Aufzählung und Vorhaltung all dieser Dokumente, die seine wahre Identität unabweisbar belegten, aus der Fassung zu bringen, ihn gar am Boden zerstört zu sehen, so hatte er sich getäuscht. In ruhigem, fast sanften Tone, als sei ihm diese Entlarvung vollkommen gleichgültig, antwortete Cagliostro:

»Was liegt daran, wo ich geboren und woher ich komme? Wen kümmert mein Taufschein und meine Abstammung? Hat man Jesus oder seine Jünger jemals nach ihrem Taufschein gefragt? Was bedeuten schon Name, Titel und Stand eines Menschen? Man beurteile mich nach dem, was ich an Gutem für meine Mitmenschen gewirkt – gleichviel unter welchem Namen, Rang oder Titel. Ich verlange eine Audienz beim Hl. Vater, dann wird sich rasch alles aufklären.«

Die Inquisitoren wechselten ratlose Blicke. War dieser Mensch, der die Stirn hatte, sich mit dem Erlöser zu vergleichen und eine Audienz beim Hl. Vater zu verlangen, noch bei Sinnen? War er ein scheinheiliger Schurke oder ein größenwahnsinniger Narr, ein blasphemischer Ketzer, den man verbrennen musste, oder ein Fall für das Tollhaus? Auch Zelada hatte es die Sprache verschlagen. Doch dann, der Bedeutung des Falles und der hohen Verpflichtung seines Amtes eingedenk, entschied er mit schneidender Stimme:

»Giuseppe Balsamo! Sein Hochmut kennt keine Grenzen. Doch verlass Er sich drauf: Wir haben Mittel genug, Ihn wieder die Demut des Christen und die Zerknirschung des reuigen Sünders zu lehren. Abführen!«

Dem Kerkermeister befahl er sogleich, den Inquisiten in das schwere Halseisen zu legen und auf halbe Ration zu setzen.

Die Glocken des St. Petersdoms läuteten gerade die neunte Nachtstunde ein. Im Marmorkamin prasselten Holzscheite, denn Fröste und Meerwinde hatten das Tauwetter wieder vertrieben. Beim Schein einer Öllampe saß Zelada an seinem Mahagoni-Schreibtisch, der auf geschnitzten Löwenpranken ruhte, und stöberte in der *Akte Cagliostro* – einer umfangreichen Sammlung von Dokumenten und Schriftstücken, die seine fleißigen Beamten in jahrelanger Arbeit zusammengetragen und nach verschiedenen Rubriken geordnet hatten: *Geheimdossier der vatikanischen Informanten – Anzeigen ehrlicher Bürger – Cagliostros freimaurerische Logentätigkeiten und andere Zeugnisse seines ketzerischen Treibens – Berichte über Cagliostros Kuren und Wunder – Cagliostros alchemistische Operationen – Der Großkophta und die ägyptische Bewegung – Cagliostro und die »Halsband-Affaire« – Mémoire justificatif pour le comte Cagliostro – Cagliostros Privatkorrespondenz – Enthüllungsschriften über Cagliostro-Balsamo* etc. pp.

Je mehr sich der Kardinal in das Studium der Akten und Dokumente vertiefte, desto mehr nahm seine Verwunderung zu ... Wie war es möglich gewesen, dass der kleine Federzeichner und Betrüger aus Palermo sich in fast allen Ländern Europas, bei Hoch und Niedrig, Arm und Reich einen solch ungeheuren Nimbus hatte verschaffen können? Wie ging es zu – mit rechten Dingen wohl kaum –, dass just ein

Mann von solch krimineller Energie, der die Zehn Gebote mit Füßen getreten, zum Idol seiner Epoche geworden und wie ein »neuer Messias« verehrt und angebetet wurde? Hatte er doch Barone, Grafen, Herzöge, Minister und Gelehrte von Rang in seinen Bann gezogen. Die ersten Damen und Herren des Pariser Adels strömten in seine ägyptischen Logen und priesen seinen »Genius«. Dieser Teufelskerl, dem sogar gekrönte Häupter und Kirchenfürsten gehuldigt, hatte in der Tat die unwahrscheinlichste, die stupendeste Karriere des Jahrhunderts gemacht.

Was aber war das Geheimnis seines ungeheuren Erfolgs und seiner geradezu *unheimlichen Wirkung* auf die Zeitgenossen? War er nur ein ausgekochter und raffinierter Betrüger, oder verdankte er seine spektakulären Heilungen, Wunder und Prophetien, die seinen Ruhm begründet hatten, auch schwarzmagischen Künsten, respektive der Wirkung dämonischer und satanischer Mächte, wie Zeladas Kollegen von der Heiligen Kongregation glaubten?

Wieder fiel der Blick des Kardinals auf jene durch ein kleines Bronzeschloss bewehrte Mappe aus rotem Saffianleder, die auf seinem Schreibtisch lag. Die Beamten der Inquisition hatten sie im Hause des französischen Malers Belle, wo Balsamo seine ägyptische Loge abzuhalten pflegte, in einem Geheimfach entdeckt und sogleich konfisziert. Die Mappe enthielt ein geheimnisvolles Manuskript, das den Titel trug:

Lach, Satan!
Bekenntnisse des Grafen Cagliostro
Von eigener Hand
im Kerker der Bastille verfasst

Unter dem Titel war eine zum S gekrümmte Schlange aufgedruckt, die einen Apfel im Maul hält und deren Kopf und Schwanz von einem gefiederten Pfeil durchbohrt werden.

Dies war – kein Zweifel! – das magische Emblem Cagliostros und seines ägyptischen Ordens.

Stammte dieses in französischer Sprache verfasste Manuskript von ihm selbst, wie der Untertitel suggerierte? Oder handelte es sich um eine jener romanhaften Fälschungen und Apokryphen, die nur auf die Sensationsgier des Publikums spekulierten und in der Hoffnung auf guten Absatz die Autorschaft des »Großkophta« vortäuschten? Wie ein Schriftvergleich mit Original-Rezepten Cagliostros ergeben hatte, die man bei seiner Verhaftung sichergestellt, war dies jedenfalls nicht seine Handschrift – es sei denn, der gelernte Federzeichner und Fälscher bediente sich auch verschiedener Handschriften, so wie er sich zu verschiedenen Zeiten verschiedener Namen bedient hatte. Natürlich konnte er seine *Bekenntnisse* auch jemandem diktiert haben, so wie er seine Briefe, Memoranden und gerichtlichen Eingaben seinen Privatsekretären oder Anwälten zu diktieren pflegte, denn er beherrschte nur unvollkommen die französische Sprache. Andererseits dürfte ihm im Kerker der Bastille schwerlich ein Privatsekretär zur Verfügung gestanden haben. Vielleicht handelte es sich auch um eine Auftragsarbeit, die ein bezahlter Skribent respektive Biograph in seinem Namen verfasst hatte.

Wer auch immer der Urheber dieses mysteriösen Manuskriptes war, ein prozesstaugliches Dokument war es mitnichten. Ad 1) weil es sich allem Anschein nach um einen »Roman«, das heißt: um eine erfundene und erstunkene Geschichte handelte, die keinen Anspruch auf Authentizität und Wahrheit erheben konnte; ad 2) weil ihr Urheber nicht eindeutig zu ermitteln war. Und selbst wenn diese sogenannten *Bekenntnisse* von Cagliostro-Balsamo stammten, wer würde diesem notorischen Lügner und Schwindler schon Glauben schenken? Die Hl. Inquisition jedenfalls nicht. Außerdem konnte der Inquisite seine Autorschaft mit guten Gründen verleugnen, da das fragliche Scriptum nicht in seiner Handschrift abgefasst und nicht in seinem Hause gefunden worden war.

War es für das Inquisitionsverfahren auch ohne juridischen Wert – weder als Beweismaterial im Sinne der Anklage noch als Entlastungszeugnis für den Inquisiten –, der geheimnisvolle Titel erregte gleichwohl die Neugier des Kardinals. Er lehnte sich in seinem gepolsterten Louis-quinze-Stuhl zurück, legte die Beine auf den Fußschemel und begann zu lesen …

Lach, Satan!

Bekenntnisse des Grafen Cagliostro

Von eigener Hand im Kerker der Bastille verfasst

Prolog

»Das Leben wird entweder gelebt oder geschrieben«, sagte einst ein kluger Mann, der durch einen *lettre de cachet* seiner Freiheit beraubt und in die Bastille geworfen wurde. »Da ich zwangsweise am Leben gehindert werde, bleibt mir nur das Schreiben.«

Ich, Graf Alessandro di Cagliostro, unter welchem Namen ich dem europäischen Publikum seit vielen Jahren bekannt bin, folge notgedrungen seinem Beispiel. Am 23. August dieses Jahres 1785 wurde ich im Zuge der »Halsband-Affaire« verhaftet und in die Bastille gebracht. Als Kur und Selbsthilfe gegen die schwarzen Gedanken, die mich während der entsetzlichen Einsamkeit überfielen, zu der man mich verurteilt, habe ich begonnen, meine *Bekenntnisse* niederzuschreiben. Wenn die Zeit reif ist, spätestens dann, wenn ich meine irdische Hülle abgestreift habe, sollen sie der Öffentlichkeit übergeben werden.

Über mich kursieren so viele Legenden, dass ich selbst oft gar nicht mehr weiß, was an meiner Person real und was Legende ist. Schon als Knabe konnte ich kaum zwischen Wirklichkeit und Traum, Wahrheit und Fantasie unterscheiden, das eine ging oft unmerklich in das andere über. Oft habe ich mir Geschichten ausgedacht, die ich meinen Kameraden in dem festen Glauben erzählte, ich hätte sie wirklich erlebt. Darum möchte ich auch für die Wahrheit meiner *Bekenntnisse* nicht die Hand ins Feuer legen. Übrigens bringen nach meiner Erfahrung die meisten Menschen der sogenannten Wahrheit oder Wirklichkeit nur ein sehr mäßiges Interesse entgegen. Dagegen sind sie sofort bereit, etwas für wahr zu halten, wenn es gut erfunden ist. Mir ergeht es nicht anders. Da ich mich selbst neu erfinden musste, um aus der Bedeutungslosigkeit herauszutreten, muss mein Leben wohl wahr gewesen sein, auch wenn es mir zuweilen wie ein unwahrscheinlicher Roman vorkommt, den ich nur gelesen oder geträumt habe. Cagliostro – das ist nicht zuletzt eine Phantasmagorie meiner wundersüchtigen Zeitgenossen und eine fabelhafte Erfindung der Journaille, die meine Fama in einem Akt ununterbrochenen öffentlichen Mutmaßens, Spekulierens und Kommentierens erst erzeugt hat.

Es ist daher müßig zu fragen: Wer war Cagliostro *wirklich*? Je nach dem Standpunkt und Blickwinkel des Betrachters wird immer ein anderer Cagliostro zum Vorschein kommen. Es ist wie in der Geschichte von den drei Männern, die im Dunkeln einen Elefanten zu beschreiben suchen: Der erste, der den Rüssel berührt, sagt: »Dieses Tier ähnelt einer Wasserpfeife.« Der zweite, der das Ohr des Elefanten berührt, sagt: »Dieses Tier ähnelt einem Fächer.« Der dritte, der die Beine des Elefanten abtastet, sagt: »Dieses Tier steht auf vier Säulen.«

Wie aber würde der Elefant sich wohl selbst beschreiben, wenn er sprechen könnte?

Kapitel 1

Ein echter Sohn Siziliens

Als Gott Himmel und Erde erschuf, erlaubte er seinen Engeln, auch etwas zu seinem Werke beizutragen. Daraufhin ließen sie Sizilien aus dem Meer entstehen. Der Herr sah es – und griff ein. Denn weil es nach seinem Willen auf dieser Welt kein Paradies geben darf, erfand er – den Sizilianer.

Wenn mein Leben so quer zu allem verlief, was der christliche Tugendkatalog von einem Erdenbürger gemeinhin erwartet, so lag dies wohl schon an der verqueren Art meines ersten Auftritts: Denn ich zeigte der Welt, bevor ich am 2. Juni 1743 in Palermo ihr Licht erblickte, zuerst meinen Allerwertesten; was man in der Hebammensprache eine »Steißgeburt« nennt.

Doch bevor es so weit war, schwebte meine Mutter zwischen Leben und Tod. Meine ungebührliche Querlage verursachte ihr nicht nur eine lange und schmerzvolle Niederkunft, sondern mittendrin auch einen Blutsturz. Als die Hebamme sich nicht mehr zu helfen wusste, rief mein Vater den Stadtphysikus herbei. Nachdem dieser die leidende Wöchnerin begutachtet hatte, stellte er meinen Erzeuger vor die Wahl, sich entweder für die Mutter oder für die Leibesfrucht zu entscheiden – denn beide zugleich könne er nicht retten. Der Vater entschied sich für das Leben seiner Frau und befahl seinen Sprössling, noch ehe er ihn zu Gesicht bekommen, dem Segen des Herrn. Und so wäre ich wohl niemals in Erscheinung getreten, um die Menschheit mit meinen seltenen Fähigkeiten zu beglücken, wenn dem geschickten Medicus nicht das magische Kunststück gelungen wäre, mich im Mutterleib einmal um mich selbst zu drehen, mit einer Zange meinen Kopf an den Schläfen zu fassen, wovon ich den Abdruck noch länger behalten sollte, und mich – Abrakadabra! – an *einem* Stück herauszubefördern. So jedenfalls hat es mir die Mutter später erzählt. Vielleicht hat schon dieser vorgeburtliche Dreh, dieses erste inwendige Wendemanöver mir jenes Muster eingeprägt, das für meine spätere Lebensführung bestimmend werden sollte: jene besondere Wendigkeit und geistige Beweglichkeit, vermöge derer ich mich aus den diversen Quer- und Schieflagen, in die ich im Laufe meines abenteuerlichen Lebens geriet, zumeist herauswinden konnte.

Das Leben spielt seltsame Streiche: Wohl überlebte ich, wider Erwarten der Familie, meine Geburt; nicht jedoch mein Erzeuger. Man fand ihn, wenige Wochen später, alle viere von sich gestreckt und voll des süßen Weines, friedlich entschlafen unter einem Olivenbaum nahe der »Casa d'Amore«, dem Freudenhaus, in dem er die letzte Ölung genossen. Da hatte er gerade sein fünfundvierzigstes Jahr vollendet. Doch wäre er mir sowieso kein rechtes Vorbild gewesen, wie ich als heranwachsender Knabe den Andeutungen der Mutter und den Erzählungen meiner diversen Onkel und Tanten entnehmen konnte; denn was mein Babbo zu viel des Trinkens und Hurens tat, das tat er zu wenig in Geschäften. Er hatte einen Krämerladen betrieben, da er aber die Siesta über Gebühr auszudehnen pflegte und die Zeit bis zum Nachtmahl lieber in der Trattoria oder in der »Casa d'Amore« verbrachte, überstiegen seine Ausgaben regelmäßig seine Einnahmen. Immerhin gab er mir, wenn auch nur vermittelt über die wenig pietätvolle Nachrede meiner Familie, eine wichtige Lehre mit: dass ein Mann – zumal ein sizilianischer – ein Bramarbasseur, ein Faulpelz, ein Saufaus, ein Hurenbock, sogar ein Dieb und Betrüger sein darf. Nur eines darf er, bei Strafe, die Achtung seiner Sippe zu verlieren, niemals sein: ein Bankrotteur!

Haben mich auch viele Zeitgenossen bewundert und verehrt, mit den armseligen Verhältnissen, in denen ich aufgewachsen, hätte wohl keiner von ihnen tauschen mögen. Das Haus meiner Eltern war ein baufälliges zweistöckiges Gebäude im *Vicolo della Perciata*, einer engen Gasse, die im Volksmund *Vicolo della Pisciata* genannt wurde. Wer auf dem nahe gelegenen Marktplatz, der *Piazza Balaro*, ein dringendes Bedürfnis verspürte, erleichterte sich just in der Gasse, in der ich mit meinen Murmeln spielte. Lange bevor ich zum Alchemisten wurde, war Urin gleichsam mein erstes Elixier, dessen durchdringend-beizender Geruch den heranwachsenden Knaben stets begleitete.

Meine verwitwete Mutter, meine ältere Schwester Maria und ich bewohnten zwei kleine Zimmer zu ebener Erde. Nach dem Tod unseres Ernährers, dessen Kramladen samt Inventar im Rachen seiner Gläubiger landete, litten wir große Dürftigkeit. So waren wir auf die Unterstützung des alten Bracconieri angewiesen, meines Großvaters mütterlicherseits, der im Stockwerk über uns wohnte und einen kleinen Weinhandel betrieb. Wenn auch meine bewusste Erinnerung erst mit meinem siebten Lebensjahr einsetzt – die Jahre davor sind wie in Nebel getaucht –, den wackeligen Holztisch, auf dem die dampfende Schüssel mit der Fischsuppe stand, sehe ich noch heute vor mir. Und der fade Geschmack der

Makronen-Paste, die unser »Dessert« bildete und mir wie ein Stein im Magen lag, hat sich mir unauslöschlich eingeprägt. Dagegen priesen wir Geschwister den Tag – meistens war es der Tag des Herrn –, da es Thunfisch oder Makkaroni in Tomatensauce gab. Schuhwerk kannten wir nicht, barfuß liefen wir durch den Unrat, den man aus Fenstern und Balkonen auf die Gasse warf.

Schon wegen der drückenden Enge der beiden Zimmerchen, die uns gleichzeitig als Wohn-, Ess-, Vorrats- und Schlafraum dienten, spielte sich das Leben, selbst in den kälteren Jahreszeiten, vornehmlich draußen ab – im maurisch geprägten Armenviertel der *Albergheria.* Unter den vielen dunkelhäutigen, arabischstämmigen Bewohnern lebten auch arme Juden, schon äußerlich an ihren schwarzen Kaftanen und Kippahs, den langen Mosesbärten und drolligen Schläfenlocken erkennbar. Auf dem Markt der *Piazza Ballaro* roch es nach brutzelndem Erdnuss- und Olivenöl, nach Fisch, Knoblauch und Zwiebeln, nach Safran, Zimt und Koriander. Das Straßenpflaster war mit glitschigen Fischschuppen bedeckt, von den notdürftig getünchten Häusern bröckelte der Putz, und zwischen den Häusern flatterte die Wäsche an der Leine. Dazu das herrliche Stimmengewirr der *Albergheria*, die bald kehlig-langgezogenen, bald fröhlich schmetternden Arien der Händler und Fischweiber, die ihre Waren mit einer Inbrunst anpriesen, als hinge an ihnen die himmlische Glückseligkeit. Fast jede Stimme war reif für die italienische Oper oder der eines Muezzins würdig, der von der Spitze des Minaretts die Gläubigen zum Gebet ruft. Jenseits des Marktplatzes zeichneten sich in der Ferne die grauen Umrisse des *Monte Pellegrino* ab, der wie eine uralte heidnische Gottheit über Palermo thront. Ihm zu Ehren trug ich bei meinen späteren Reisen zuweilen den Namen »Marquis de Pellegrini«.

Auf der *Piazza Ballaro* wurde aber nicht nur Obst und Gemüse, Fisch und Geflügel, hier wurden auch Talismane und

Zaubermittel verkauft. Etliche Bewohner des Viertels standen im Rufe, als Seher, weise Frauen, Kräuterkundige, Wahrsagerinnen, Astrologen und Amulettverkäufer mit der Welt der Geister Verbindung aufnehmen zu können. Amulette waren am meisten verbreitet; sie wehrten den bösen Blick *(malocchi)* und die *Dschinnen* ab, wie die »bösen Geister« bei den Arabern heißen; sie erhielten die Gesundheit und brachten Glück in der Liebe. Noch ehe ich lesen und schreiben konnte, lernte ich hier, wie man geheimnisvolle magische Zeichen auf ein Stück Pergament malt, das man an einer Kette um den Hals trägt. Mit der Herstellung und dem Verkauf solcher Amulette verdiente ich mir meine ersten Soldi.

Neben den Ständen der Amulettverkäufer, Wahrsagerinnen und Kräuterhexen trieben die Gaukler ihr ergötzliches Spiel. In unvergesslicher Erinnerung ist mir Meister Pipetti, ein dunkelhäutiger Mann mit Hakennase, der einen schwarzen Spitzhut trug. Immer wieder verblüffte er sein Publikum mit der Vorführung des Becherspiels, das schon den alten Ägyptern bekannt war. Ohne dass man den fliehenden Wechsel bemerkte, wanderte eine Muskatnuss von dem einen unter den anderen Becher und wieder zurück. Schließlich stülpte er die drei Becher ineinander und »schlug« eine Muskatnuss nach der anderen durch den Boden der Becher, bis alle drei im untersten wieder versammelt waren. Zuletzt lag statt der Muskatnüsse plötzlich eine Zitrusfrucht unter dem Becher, die er uns Knaben schenkte und die wir uns brüderlich teilten.

Nicht minder faszinierte mich Omar, der Schlangenbeschwörer, ein bärenstarker Mann, der einen Fez auf dem Kopf trug. Um seine nackte behaarte Brust ringelten sich die Vipern, über die er vollkommne Gewalt zu besitzen schien. Den einen im Viertel galt er als Heiliger, den anderen als Filou; denn es wurde gemunkelt, dass er seine gezähmten Schlangen heimlich unter die Schwelle der Häuser legte, um sich dann von den erschreckten Hausbewohnern bitten zu lassen, sie wieder einzufangen. Dies gelang ihm, indem er sie mit seinem Blick und seinem monotonen Gesang bannte. Natürlich erhielt er dafür ein ordentliches Bakschisch.

Peppiiiino!

Obschon unter der hellen und heißen Sonne Siziliens aufgewachsen, ist es mir so, als habe sich diese vor meinem inneren Auge immer wieder verfinstert, sodass mir auf einmal kalt und frostig wurde. Als einziger Sohn meiner Mutter – so sollte man wohl glauben – wäre ich ihr stets umsorgter und umhätschelter Liebling gewesen, wie ich es bei den anderen Buben gewahrte, für die das mütterliche Entzücken immer neue Kosenamen fand: *mio figlio d'oro – tesoro mio – cuore della Mama – bello de la Mama – mio angelino* etc. Wie oft habe ich diese Kosenamen, die durch ihre herzhaft gedehnten und modulierten Vokale in meinen kindlichen Ohren wie Musik klangen, nicht aus dem Munde anderer Mütter gehört – nur nicht aus dem Munde der meinigen! Mammina pflegte mich kurz und bündig »Peppiiiino!« zu rufen – in einem Ton, der meistens streng, enerviert und durch das lange Verharren auf dem »i« besonders schrill klang.

Strenge lag auch in ihren Gesichtszügen, in ihrem Blick und ihrem leicht verkniffenen Mund, ebenso in ihrer Haartracht, ihrer Kleidung und ihrem ganzen Benimm. Die schwarzen Zöpfe akkurat zu einer Haarschnecke gerollt und festgesteckt, das schwarze Hauskleid mit der Halskrause bis oben zugeknöpft, die Arme wehrhaft vor der Brust gekreuzt – so erschien sie dem Knaben. Dabei war sie mit ihren ebenmäßigen Gesichtszügen, der strammen Figur und dem wohlgeformten Busen eigentlich eine hübsche Matrone und ansehnliche Witwe, um die nach dem Tod meines Babbos so mancher Mann sich bemühte. Doch sie wollte sich partout nicht wieder verheiraten – und dies gewiss nicht aus Anhänglichkeit an ihren verstorbenen Mann, von dem sie nur selten und dann eher in verächtlichem Tone sprach. Ob sie von der Ehe enttäuscht, ob keiner, der um sie warb, ihr gut genug war, ob ihre Bigotterie, die sie morgens und abends in die Kirche gehen hieß, sie von einer neuen Heirat abhielt – ich weiß es bis heute nicht.

Zwar war sie, vor allem im Beisein des Großvaters, meiner Onkel und Tanten, stets bestrebt, sich von ihrer mütterlichen Seite zu zeigen. Dann küsste und herzte sie mich demonstrativ, doch hatte ich dabei das ungute Gefühl, sie herze und küsse mich nur, weil jetzt die anderen dabei waren und zusahen. Waren sie wieder weg oder außer Sichtweite, konnte ihr eben noch warmer und herziger Ton von einem Moment auf den anderen umschlagen, ihre Züge wurden wieder streng, der Blick frostig, ja, abweisend. Manchmal, bei familiären Zusammenkünften oder Festen, wenn sie in zärtlichem Tone nach mir rief und die Arme nach mir ausstreckte, stockte ich auf halbem Wege oder lief an ihr vorbei – in die Arme meiner Tante Felicia.

Oftmals, wenn wir zu Tische saßen, schien sie wie abwesend. Schweigend kaute sie dann vor sich hin, ihr Blick ging ins Leere und verschleierte sich. Das Einzige, was sich in ihrem Gesicht noch regte, waren ihre mümmelnden Lippen, denn sie schlang das Brot eher hinunter, als dass sie es mit Genuss verzehrte. Dann wagte ich kaum, zu ihr aufzuschauen, als sei ich der Grund für ihre Schweigsamkeit und trübe Stimmung. Auch kränkelte sie oft und klagte über Kopfschmerzen oder Migräne. Meist schickte sie mich und die Schwester dann aus der Stube und schloss die Tür hinter sich zu, um vor uns Ruhe zu haben. Da sie tagsüber in vornehmen Häusern wusch und putzte, blieb ich oftmals den ganzen Tag mir selbst überlassen.

Suchte ich ihr aber eine Freude zu machen, dann wirkte ihre Erwiderung seltsam blass und unwirklich. Einmal – es war kurz vor dem Christfest, da zählte ich gerade sieben Jahre – hatte ich unter Anleitung Tante Felicias aus Draht und Stroh einen Ochs und einen Esel für die Weihnachtskrippe gebastelt, worauf ich sehr stolz war, während meine Schwester Maria aus Wachs und allerlei Stoffresten den hl. Joseph, die Hl. Jungfrau und das Jesuskindlein in der Krippe geformt hatte. Die Mutter war entzückt über Marias Weihnachtsgabe, herzte und lobte sie dafür, meinen Ochs und meinen Esel aber schaute sie kaum an. Ich rächte mich für diese Missachtung, indem ich Tage danach, als wir Kinder »Verstecken« spielten, mich so gut versteckte, dass ich unauffindbar blieb. Es dauerte jedenfalls Stunden, bis Onkel Mateo, von meiner Mutter alarmiert, mich endlich in einer stillgelegten Zisterne im Hof einer nahe gelegenen Winzerei gefunden hatte. Worauf es natürlich eine ordentliche Tracht Prügel setzte.

Den größten Verdruss aber bereitete ihr eine Kalamität, die ihr nicht weniger peinlich war als mir: dass ich mit acht Jahren noch immer das Bett nässte. Infolgedessen musste sie fast täglich mein Laken waschen und wechseln. Dass ich es nicht vermochte, meinem Harndrang zu gebieten – »wie die anderen Buben in meinem Alter« –, beleidigte ihren Stolz mehr, als dass es ihr Mitgefühl erregte. Denn ich nässte ja nicht mit Absicht oder aus bösem Willen das Bett, wie sie mir wohl unterstellte. Auch wenn ich es mir vor dem Einschlafen noch so fest vornahm, die Jungfrau Maria und den hl. Veith, den Nothelfer gegen das Bettnässen, anrief – am nächsten Morgen war das Laken wieder feucht und besudelt. Die angewiderte Miene aber, mit der Mammina es allmorgendlich abzog, sehe ich noch heute vor mir.

Wenn aber einmal der mütterliche Sonnenschein auf mir ruhte, fürchtete ich den nächsten Frosteinschlag. So verschloss ich mich vor ihr, kapselte mich ein und wurde bald zu dem, was sie und der Großvater einen »trotzigen und schwer erziehbaren Buben« nannten.

Schon früh hatte ich die ahnungsvolle Empfindung, dass es mit mir etwas ganz Besonderes auf sich habe. Jedenfalls ließen sich dafür im Umkreise meiner abergläubischen, wundersüchtigen und phantasiebegabten Landsleute leicht Hinweise und Zeichen finden, wenn man sie nur finden wollte. Ob ich mich beim Palmenfest, dem größten Feste der Insel, das erste Mal inmitten der festlich gekleideten Kinderschar im weißen Engelskostüm präsentierte, an den Schultern Pappflügelchen, die Tante Felicia mit Goldfarbe bemalt; ob meine Taufpatin und Großtante Vincenza mir zu meinem achten Geburtstag aus der Hand las und mir eine große Zukunft prophezeite; ob ich, kaum neunjährig, beim Fest der hl. Rosalia, unter geduldiger Führung Onkel Mateos und dem Beifallklatschen der Nachbarn, auf dem Maulesel durch die Gassen der *Albergheria* schaukelte wie Jesus beim Einzug in Nazareth – solche mir unvergesslichen Szenen und Auftritte gaben mir, dem vaterlosen und von Mutterliebe nicht gerade verwöhnten Knaben, die dunkle Ahnung und tröstliche Empfindung ein, dass das Auge einer höheren Macht auf mir ruhe, die mich zu Außerordentlichem bestimmt habe.

Darin wurde ich bestärkt durch die Ahnentafel meiner Familie, auf welche die Mutter schon früh mein Augenmerk richtete. An bestimmten Festtagen pflegte sie eine kupferbeschlagene Schatulle aus der Kommode zu holen, die innen mit violettem Samt ausgeschlagen war, um das alte Familienwappen der Balsamos hervorzuholen: Es zeigte, von Sternen umgeben, zwei sich mit den Schnauzen berührende Hunde auf silbernem Grund. Mit feierlicher Miene erklärte sie mir, dass zu unseren Vorfahren mehrere Würdenträger der Krone Siziliens und einige Malteserritter zählten. Ein Francesco Balsamo sei sogar Senator und Bürgermeister von Messina gewesen. Meine Taufpatin und Großtante Vicenza, die wir manchmal in Monreale besuchen durften, wo sie ein prächtiges Haus bewohnte, war mit einem gewissen Cagliostro verheiratet, der als Zeremonienmeister im Dienste des Prinzen Villafranca stand. Auch meine Mutter als geborene Bracconieri erhob Anspruch auf eine adelige Abstammung, wenngleich sie jetzt in fremden Häusern waschen gehen musste und ihr nur ein einziges Kleid für den Kirchgang geblieben war, das ich sie immer und immer wieder flicken und ausbessern sah. Mütterlicherseits war sie nämlich mit einer Familie Martello verwandt und rühmte sich gar, von Karl Martell* abzustammen. Jedenfalls fehlte es ihr nicht an hochmögender Phantasie, mit der sie tapfer dem Abstieg unserer Sippe trotzte und die sie früh auch mir ins Gemüt senkte.

Schon früh zeigte sich bei mir eine besondere Gabe, die mich selber erstaunte: Beim Betrachten von Wolken oder Sonnenflecken auf Mauern vermochte ich Erscheinungen von Bildern wahrzunehmen; es war mir dann, als ob ich mit offenen Augen träume oder gar in die Zukunft schaue: An der Hand einer großen weißgewandeten Frauengestalt sah ich mich durch ein goldenes Tor schreiten, auf einer glitzernden Kugel über die Dächer einer unbekannten Stadt schweben oder im prächtigen, mit Perlen und Edelsteinen bestickten Rock eines Prinzen an der reich gedeckten Tafel eines Sultans sitzen. Manchmal waren diese Bilder ganz verschwommen, manchmal jedoch so klar und gestochen scharf, dass ich für Augenblicke tatsächlich glaubte, sie seien real. Von dieser besonderen Gabe erzählte ich weder meiner Familie noch meinen Kameraden; sie hätten mich nur ausgelacht oder sich vor mir gefürchtet.

Auch genoss ich als kaum behüteter Knabe ungewöhnli-

* *Fränkischer Herrscher, der 732 den Arabersturm bei Tours und Poitiers abwehrte*

che Freiheiten, um die mich meine zahlreichen Cousins beneideten. Während sie ihren Vätern und Müttern zur Hand gehen mussten, sei es bei der Feldarbeit, sei es als Laufburschen und Ladenschwengel im väterlichen Geschäft, war ich solcher Pflichten gänzlich enthoben. Wenn sie spätestens mit dem Einsetzen des Vespergeläutes im Hause sein mussten, trieb ich mich noch Stunden danach ungestraft auf den Gassen herum. Und da sich sonst niemand für meine Erziehung zuständig fühlte, konnte ich mir allerlei Streiche erlauben: mit der Schleuder auf Tauben und Spatzen schießen, in den Stallungen herumstreichen und aus purem Mutwillen den Schwanz des Mulis mit dem der Ziege verknoten, bis beide wie toll einander umkreisten und mit ihrem Geschrei und Gemecker alle Hausbewohner und Nachbarn in Aufruhr versetzten. Einmal verkleidete ich mich als »Dschinn«, als böser Geist, indem ich ein schwarz bemaltes Laken über einen Stuhl zog, den ich mir verkehrt auf den Kopf setzte – eine Erscheinung, mit der ich meine Schwester so erschreckte, dass sie schreiend und im bloßen Hemde aus dem Hause lief. Indes saß der Stuhl auf meinem quadratischen Schädel dermaßen fest, dass ich ihn nicht mehr abziehen konnte. Schließlich musste Onkel Mateo mit der Säge kommen und zwei Stuhlbeine absägen, um mich aus meinem eigenen Gefängnis zu befreien.

Zwar hörte ich den Großvater, der meine Vormundschaft übernommen, so manches Mal mit seiner Tochter wegen meiner Erziehung hadern, man müsse mich endlich in eine strengere Zucht nehmen, »sonst tanze der kleine Kobold bald allen auf den Köpfen herum«; doch war der Alte schon zu müde und bequem geworden, um selbst diese erzieherische Aufgabe zu übernehmen. Und ich nutzte seine Schwerhörigkeit weidlich aus, indem ich ihm, wenn er mit mir schimpfte, freche Widerworte gab, die er ohne sein Hörrohr doch nicht verstehen konnte. Onkel Mateo aber hatte genug mit seinen eigenen Blagen zu tun, als dass er auch noch an mir die Vaterstelle hätte vertreten wollen. Onkel Antonio wiederum kannte nur eine Erziehungsmaxime, die nicht gerade geeignet war, mich auf den Ernst des Lebens vorzubereiten:

»Faul darfst du sein, bloß dumm darfst du nicht sein!«

Die Magie im Harn

Vielleicht hat nichts meinen Sinn fürs große Zeremoniell, den ich später als Großmeister der ägyptischen Loge unter Beweis stellte, mehr geprägt als die mit Pomp in Szene gesetzten heiligen und weniger heiligen Umzüge meiner Heimatstadt, in Sonderheit die große Karfreitagsprozession, die wir Buben als Fortsetzung des Karnevals betrachteten.

Wie immer am hl. Karfreitag versammelten wir uns nach Sonnenuntergang auf dem Cassaro, wie bei uns der Corso genannt wird, und blickten gespannt in Richtung des Doms, von wo die Prozession ihren Ausgang nahm. Ob groß, ob klein, ob alt, ob jung, alles war in dieser Nacht auf den Beinen, und alle Balkone waren besetzt. Da der Umzug fast die ganze Nacht andauerte, durften wir Kinder auch die ganze Nacht aufbleiben. Außerdem gab es reichlich Konfekt, Gebackenes und Limonade.

Wer von meinen Kameraden würde wohl diesmal im Zug der Knaben mitlaufen dürfen, der stets auf den Fackelzug der maskierten Kapuzenmänner folgte? Dem Aufmarsch der Knaben mit ihren Kerzen, Kreuzen und bemalten Laternen folgte stets das Defilee der Mädchen und Jungfern der Stadt, die sich in ihren langen, spitzenbesetzten weißen Kleidern, mit Brautschleiern und Kränzen auf dem Kopfe, als »Bräute des Herrn« präsentierten. Dass der Herr des Himmels, respektive sein eingeborener Sohn, über so viele Bräute gebot, erregte in meinem Herzen Bewunderung, die sich – ich gestehe es freimütig – schon damals mit einer Art heimlichen Futterneids paarte.

Doch erst wenn die Sterne am Himmel zu sehen waren, fing der heilige Umzug tatsächlich an. An die zwanzig Männer trugen dann auf schweren hölzernen Balken die lebensgroße Figur des Heilands vorbei, der in einem erleuchteten Glassarge ruhte. Diesmal, so hatte die Mutter gesagt, würden auch Onkel Mateo und Onkel Antonio unter den Trägern sein. Onkel Marco war gar die Ehre zuteil geworden, den gläsernen Schrein der schwarzgekleideten Madonna mitzutragen, die hoch über den Menschen thronte. Die Schwarze Madonna war nämlich der Stolz der Insel und ihr höchstes Heiligtum. Nicht nur, dass sie die Fürbitten der Gläubigen erfüllte und Wunder wirkte, ihr Herz war so groß und so voller Mitleid, dass es an bestimmten Feiertagen sichtbar zu bluten begann; und wer sein erkranktes Organ oder Körperteil mit ihrem Blut benetzte, der wurde wieder gesund. Der Schwarzen Madonna folgten im Zuge etwa zwanzig weitere Heiligenfiguren und Monstranzen aus Holz und Leinen, welche die einzelnen Stationen des Leidensweges Christi verkörperten. Bis in die frühen Morgenstunden pflegten die Gläubigen ihre heiligen Lasten durch die Straßen zu schleppen, in gleichmäßigem Wiegeschritt wieder und wieder den Dom, die Kirchen, die Plätze passierend. Wie Glühwürmchen leuchteten dann die tausend Lämpchen und Kerzen, die Musikkapelle spielte ihr ganzes Repertoire von Trauermärschen auf. Und wir Knaben mit Rasseln und Trillerpfeifen immer hinterdrein.

Nun also ist es wieder so weit! Aus der Ferne ertönt Blasmusik. Eine getragene, schwermütige Melodie erklingt – und da naht auch schon der furchterregende, nicht enden wollende Zug der Kapuzenmänner in ihren weißen Kutten, auf denen in blutroter Farbe ein Kreuz gemalt ist, die Gesichter hinter spitzen Masken mit kleinen Sehschlitzen verborgen. Sie gehen in strenger Formation, gruppiert nach den Farben ihrer christlichen Bruderschaften, die sie an den Gurten und Stolen, Kreuzen und Quasten ausweisen. In der einen Hand tragen sie brennende Fackeln, mit der anderen schwingen sie die Rute.

Auch jetzt wieder, da diese vermummten, im Takte der Trommeln stumm daherschreitenden Geiseln Gottes an uns vorüberziehen, läuft mir ein Schauer über den Rücken; und in einer Mischung aus Angst und wohligem Gruseln rücke ich näher an die Mutter und den Großvater heran. Denn natürlich hatte ich schon manche schrecklichen Dinge über die Hl. Inquisition gehört, als die Blutsbrüderschaften in spitzen Masken die Todgeweihten auf dem Wege zum Scheiterhaufen begleiteten. Großvater hat's noch erlebt – und mir des Öfteren davon erzählt.

Einer der weißen Kapuzenmänner fasst mich jetzt ins Visier, ich sehe das Weiße seines Auges durch den engen Schlitz seiner Maske, drohend hebt er den Arm und wischt mir mit der Rute übers Gesicht. Mir fährt der Schreck in die Glieder, und mir ist, als müsst' ich vor Angst in die Hose machen. Mein Harndrang nimmt zu, wird schier unerträglich. Wo aber soll ich mich hier, zwischen all den dicht gedrängten Menschen, erleichtern? In meiner Not renne ich bis zur Ecke in die Gasse hinein und erledige am ersten Prellstein endlich mein Geschäft.

Doch kaum habe ich meine Hose zugeknöpft, legt sich mir eine schwere Hand auf die Schulter. Ich fahre herum und blicke in die Augenschlitze eines Kapuzenmannes. Der hebt den Kopf, mein Blick folgt ängstlich dem seinen nach oben. Porca Madonna! Da hängt doch in einer Mauernische, just über dem Prellstein, an dem ich mein Wasser abgeschlagen, ein Schrein mit dem Bildnis der Hl. Jungfrau! Ich hatte es in der Eile gar nicht bemerkt.

»Und was ist das?«, zischt der Kapuzenmann zwischen den Zähnen hervor und deutet mit seiner ausgestreckten Rechten auf das gelbliche Ornament meiner Notdurft, das den frisch getünchten Prellstein verziert.

»Ich weiß nicht, Hochwürden!«

»Du weißt es nicht? Schau genau hin, du gottloser Bube!«

Nochmals betrachte ich die sich kreuzenden Linien meiner gelben Harnspur auf dem weißen Kalkstein, doch ich kann wahrlich nichts Auffälliges, geschweige denn Gottloses daran finden.

»Das ist ein Pentagramm, ein Drudenfuß, Kreuzsapperment!«, donnert der Kapuzenmann. Dann bekreuzigt er sich.

Ich wusste bis dahin gar nicht, was ein Pentagramm oder Drudenfuß ist, geschweige denn, welche Bedeutung er hat. Beim nochmaligen Hinstarren fiel mir indes auf, dass die gelben Linien auf dem Kalkstein eine Art Fünfeck bildeten, deren Geraden einander kreuzten. Ich staunte nicht schlecht über das bemerkenswerte geometrische Ornament, das durch unwillkürliches Hin- und Herschwenken meines Kränchens da mir nichts, dir nichts entstanden war. Ich musste die Magie wohl im Blut, jedenfalls im Urin haben!

Zu meinem Leidwesen war die Karfreitagsprozession, von der ich gerade den Anfang mitbekommen, für mich diesmal zu Ende. Denn der maskierte Unhold packte mich am Schlafittchen und schleppte mich sogleich ins nahe gelegene Benediktinerkloster, wo ich die Nacht auf dem feuchten Strohlager einer Klosterzelle verbringen musste. Am nächsten Morgen wurde ich vor den Abt gebracht. Dieser unterzog mich einem peinlichen Verhör, katechisierte mich, dass mir Hören und Sehen verging, und stellte mir die absonderlichsten Fragen: Ob ich zuweilen, beim Anhören der Messe oder während des Einschlafens, fremde Stimmen hörte? Ob ich Träume oder Gesichte hätte mit dämonischen Fratzen, dem Wolfe, Luchse oder Ziegenbock ähnlich? Ob ich während des Abendgebetes manchmal ein Grimmen im Bauche oder ein Rumoren in den Eingeweiden verspürte? – was schon vorgekommen war, nämlich wenn ich faule Eier gegessen oder sauren Wein getrunken. Ob ich gar manchmal in den Leisten und den Hoden ein Ziehen, Brennen und infernalisches Jucken verspürte? – was ich ehrlich verneinte, ich zählte ja erst neun Jahre. Ob ich den Unterschied zwischen weißer und schwarzer Magie kennte? – was ich gleichfalls verneinte.

Nach diesem Verhör musste ich mich entkleiden und wurde, unter Assistenz eines anderen Paters, der mit dem Abt mir unverständliche lateinische Brocken wechselte, einer peinlichen Leibesvisitation unterzogen. Eine Lupe vors Auge geklemmt, suchte der Pater meinen Rücken, meine Brust, meinen Bauch, meine Schenkel, ja, sogar mein empfindlichstes Glied nach ich weiß nicht was ab. Selbst die beiden Muttermale auf meiner Schulter und an meiner Lende erschienen dem Examinator höchst verdächtig. Zu ihrer genaueren Begutachtung winkte er zweimal den Abt herbei, der sie mit mysteriösen lateinischen Namen belegte. Erst später wurde mir klar, dass man meinen unschuldigen Knabenkörper nach Hexenmalen durchforscht hatte. Und dass aus der Lage des Pentagramms, das meinem Harndrang entsprungen, zu ersehen war, ob ich in den Bann der weißen oder der schwarzen Magie geraten: Zeigt nämlich eine Spitze des Fünfecks, die für den Kopf des Menschen steht, senkrecht nach oben, dann ist dies ein sicheres Indiz für das Wirken der guten Kräfte, also der weißen Magie. Steht das Pentagramm jedoch auf dem Kopf, sodass zwei Spitzen, die für die Füße stehen, nach oben zeigen – und dies war wohl bei mir der Fall gewesen –, dann ist dies ein böses Omen, hervorgerufen durch schwarze Magie.

Und so wurde ich noch am selben Tage von besagtem Pater exorziert. Es war eine stundenlange Prozedur, die unter den heftigsten lateinischen Beschwörungen und konvulsivischem Zucken meiner sämtlichen Glieder vor sich ging und mir so viel Angst und Pein bereitete, dass ich mich an nichts mehr erinnern kann, außer, dass ich in Weihwasser schier ertränkt wurde.

Dass man ihren »Peppino« wegen eines so lächerlichen Vorfalles exorziert hatte, versetzte die Mutter in helle Empörung. Sie wusste ja nur zu gut, wie schwer ich meinen Harn halten konnte. Sie zog sich ihr einzig gutes Kleid an und marschierte zum Benediktinerkloster, um Beschwerde gegen diesen willkürlichen Gewaltakt zu führen, der die ganze Familie in Verruf zu bringen drohte. Der ernsten Miene des Großvaters und dem beredten Schweigen Onkel Mateos aber konnte ich entnehmen, dass der an mir vollstreckte Exorzismus wohl nicht gar so fehl am Platze gewesen, denn wie Großvater zu sagen pflegte: »Der Junge hat es in sich!«

Ganz anders dagegen nahmen Giulio, Enno und Claudio, meine Freunde und Spielgefährten, die Nachricht der an mir vorgenommenen Teufelsaustreibung auf. Für sie war ich der Held der Karwoche. Und sofort kürten sie mich zum Anführer der kleinen Bande, die unser Viertel als ihr natürliches Jagdrevier betrachtete und es gegen die Banden der Nachbarviertel mit Pfeil, Bogen und Bolzenschleudern wacker verteidigte. In ihren Augen musste einer wie ich, der mit den unterirdischen Mächten auf so vertrautem Fuße stand, dass er aus dem Stand ein Pentagramm auf den Prellstein pinkeln konnte, ein weitaus verlässlicherer Führer sein als einer, der dem Priester als Messdiener oder Chorknabe schmeichelte. Und ich enttäuschte sie nicht. Dank des roten Drudenfußes, den ich mir sogleich mit Zinnober auf meinen hölzernen Schild malte und der zum Emblem unserer Bande wurde, trug diese hinfort stets den Sieg über die anderen Banden davon, besonders dann, wenn wir, mit hölzernen Degen und Speeren bewaffnet, als christliche Kreuzritter auftraten, welche die »Heiden« und »Ungläubigen« das Fürchten lehrten.

Die Ungebundenheit, die ich genoss, solange wir im Hause des Großvaters lebten, fand mit seinem Tode ein jähes Ende. Da hatte ich gerade mein elftes Lebensjahr vollendet. Kaum war der alte Bracconieri im Familiengrab feierlich beigesetzt worden, brach unter seinen Söhnen der Streit um das väterliche Erbe aus. Bei den sonntäglichen Familienzusammenkünften, welche meist im Anschluss an die hl. Messe stattfanden, pflegten sich meine Onkel gegenseitig als »Erbschleicher«, »Knicker«, »Neidhammel«, »Aasgeier« und »Räuber« zu beschimpfen. Vergeblich suchten Mammina und die Tanten die Streithähne zu beschwichtigen, doch diese führten sich auf wie bei jenen Banditendramen, welche einmal im Jahr auf Palermos Straßen und Plätzen unter erheblichem Militäraufgebot gegeben wurden und sich großer Beliebtheit erfreuten.

Jedenfalls war das Ende vom Lied, dass die Mutter mit Maria und mir in das Haus ihres Schwagers in der Via Bandieta zog. Von Onkel Marco, Kesselflicker von Beruf, hieß es, er sei in allem das Gegenteil seines Bruders, meines verstorbenen Babbos: Er sei ein kreuzfleißiger und gottesfürchtiger Mann, er trinke nicht, spiele nicht, habe auch keine Schulden, er hure nicht einmal, obschon man dies einem Witwer ohne weiteres nachgesehen hätte. Nur ein Makel haftete an seinem sonst untadeligen Rufe. Und dieser wog schwer: Sein Weib hatte ihm ehedem Hörner aufgesetzt, was in Sizilien vor allem dem Mann zur Schande gereicht. Nachdem er die Ehebrecherin aus dem Haus gejagt, hatte er sich eine Woche lang in seinen eigenen vier Wänden eingeschlossen, um sich und den Fleck auf seiner Mannesehre den hämischen Blicken der Nachbarn und der Familie zu entziehen. Obschon er das verräterische weibliche Geschlecht hinfort mit Verachtung strafte, konnte er eine Frau im Hause gut gebrauchen. Als Gegenleistung versprach er seiner Schwägerin, meine Vormundschaft zu übernehmen, die ihm gar niemand angeboten hatte, und mich als Lehrbub in seine Schmiede zu nehmen, damit ich endlich etwas Rechtes lerne. Überhaupt wolle er sich meiner so lange vernachlässigten Erziehung annehmen.

Von nun an hieß es, mit dem ersten Hahnenschrei aufstehen, und wehe!, ich blieb noch, wie gewohnt, dösend und dem letzten süßen Traume nachhängend, ein Weilchen in den Federn liegen! Schon stand Onkel Marco im Zimmer, packte mich an den Beinen, die er »Hammelbeine« nannte, und warf mich wie einen räudigen Hund von der Liege. Kaum dass ich Zeit genug hatte, den trockenen Wecken hinunterzuschlingen, trieb er mich wie einen störrischen Maulesel die Gasse hinab bis zur Schmiede. Und da hatte ich denn von frühmorgens bis abends zu schuften, dass mir Hören und Sehen verging: bis zum Rand gefüllte Wasserkessel vom nächsten Brunnen in die Schmiede schleppen, schwere Hölzer und Eisenteile mir auf die noch schwachen Schultern laden, in der Sommerhitze an der Esse stehen, mit der Zange die glühenden Eisen- und Kupferbleche wenden und dabei den Blasebalg treten, die glühenden Teile unter dem Amboss mit schweren Hämmern bearbeiten, bis mir der Arm erlahmte. Onkel Marcos Erziehungsmaxime war nämlich das schiere Gegenteil von der Onkel Antonios:

»Ein junger Mensch, der in der Welt fortkommen will, muss alles tragen können und sogar Holz auf sich hacken lassen.«

Bei den kleinsten Patzern während der Arbeit, erst recht, wenn ich maulte oder ihm Widerworte gab, setzte es gnadenlos Kopfnüsse, Backpfeifen und Maulschellen. Bei den geringsten Anzeichen von »Bummelei« ziepte er mich an den Haaren, mit Vorliebe an den kurzen Schläfenhaaren, wo es besonders wehtut, oder drehte mir das Ohrläppchen um, als habe er mich nur in die Lehre genommen, um jemand zu haben, den er nach Kräften schinden und schurigeln konnte.

Nein, das war kein Leben für mich, kein Leben, wie es einem Giuseppe Balsamo, der einen Bürgermeister von Messina und zwei Malteserritter zu seinen Vorfahren zählte, angemessen war!

Im Hause ging es nicht anders zu. Wehe, wenn ich einmal zu spät zum Nachtmahl kam oder sonntags vor dem Kirchgang nicht wie ein Affe geschniegelt und gebürstet bereitstand, oder wenn er mich gar beim Naschen in der Räucherkammer ertappte! Dann setzte es nicht nur Backpfeifen und Kopfnüsse, ich erhielt noch dazu Stubenarrest. Dies aber war für mich die weit schlimmere Strafe, denn wenigstens der Sonntag sollte meinen Freunden und der Bande gehören, deren Anführer ich war. Wenn ich aber dem Stubenarrest trotzte, indem ich mich, mitsamt meinem hölzernen Waffenarsenal, heimlich aus dem Fenster stahl, um erst nach dem Abendgeläut wieder heimzukehren, dann stand Onkel Marco schon mit Henkersmiene in der Küche bereit, den Prügel in der Hand, mit dem er sonst seinen Muli traktierte. Mit der Linken packte er mich am Genick und legte mich über den Küchentisch, indes er mir mit der Rechten »den Dekalog beibrachte«. Die Exekution bestand, entsprechend den Zehn Geboten, aus genau zehn Stockhieben auf die Hinterbacken, wobei ich die Ehre hatte, die Schläge mitzuzählen. Wenn ich mich dabei aber zu meinen Gunsten verzählte, setzte es »wegen des Versuchs, zu betrügen«, noch einmal drei Streiche dazu. Die Exekution fand stets in der Küche statt, nachdem der Onkel vorsorglich alle Fenster und Türen verschlossen hatte, damit meine Schreie die Nachbarn nicht etwa auf die irrige Idee bringen konnten, just am heiligen Sonntag werde im Hause des gottesfürchtigen Kesselflickers Marco Balsamo ein Schwein abgestochen.

Indes, viel schlimmer und schmerzlicher als diese Züchtigungen und Demütigungen war für mich das Gefühl, hierbei von der Mutter gänzlich im Stich gelassen zu werden. Zwar suchte sie manches Mal beschwichtigend auf ihren Schwager einzureden, aber wenn er dann doch zum Prügel griff, fiel sie ihm nicht in den Arm, geschweige denn, dass sie sich schützend vor mich stellte, sondern zog sich zurück und überließ mich meinem Peiniger.

Der Leser wird wohl verstehen, dass ich meinen Vormund bald aus tiefstem Herzen hasste. Je ohnmächtiger ich mich ihm gegenüber fühlte, desto reger wurde meine Einbildungskraft, die für ihn immer neue Unfälle und Bestrafungen ersann: Mal war ihm ein schwerer Kupferkessel auf den Kopf gefallen, mal hatte ihn der Huf seines Mulis in den Unterleib getroffen. Nicht lange, und ich vollstreckte im Geiste selbst, was ich bislang den höheren Mächten überlassen: Ich packte meinen Sklavenhalter, während er sich gerade über den Kupferkessel beugte, an seinen »Hammelbeinen« und stieß ihn kopfüber in den kochenden Sud. Ich klemmte seinen Schädel in den Schraubstock und drehte so lange an der Winde, bis er vor Schmerzen nicht mehr wusste, wie seine leibliche Mutter hieß. Indes wollten weder die höheren Mächte zu meinen Gunsten eingreifen, noch war ich schon Manns genug, das Werk meiner Rache selbst in die Hand zu nehmen.

Eines Nachts, als ich von einem Alp erwachte und mich verstört aufrichtete, sah ich, dass meine Schwester Maria, wie gewohnt, auf der Liege neben mir schlief, doch die Bettstatt meiner Mutter war leer. Zugleich hörte ich von nebenan höchst verdächtige Geräusche, wie ich sie in diesem ehrbaren und gottesfürchtigen Hause noch niemals vernommen. Ich stand auf und trat an die Tür, die unsere Schlafkammer vom Wohnraum trennte, in welchem Onkel Marco schlief. Ich legte mein Auge ans Schlüsselloch. Corpo di Bacco! Im schwachen Schein des Talglichts, das drinnen über der Bettstatt brannte, erkannte ich unschwer das von der Nachthaube umrahmte Gesicht meiner Mutter, die Augen starr zur Decke gerichtet, und auf ihr lag Onkel Marco im Adamskostüm!

Indes die Unterhose wie ein Wimpel an seinem Fußgelenk flatterte, werkelte und schaukelte, ächzte und schnaufte er wie ein Schiffer in Seenot.

Ich stand wie benommen in einer Mischung aus Lähmung und Wut. Dann überkam mich ein würgendes Gefühl in der Kehle. Ich riss mich von dem empörenden Anblick los, fuhr in Windeseile in meine Hose, schnappte mir die Jacke und stürzte aus dem Haus. Nur weg, weg von hier! ... Erst im Morgengrauen kehrte ich heim. Drei Tage lang sprach ich mit meiner Mutter kein einziges Wort. Dass sie sich just von Onkel Marco, meinem Peiniger, besteigen ließ, diesen Verrat verzieh ich ihr nie. Kam ich dieser Tage aber, sei's beim Kirchgang, sei's auf der Gasse, an einem Altarbild oder einem Schrein der hl. Madonna mit dem Kinde vorbei, hatte ich nur einen grimmig-verächtlichen Gedanken: »Auch sie – eine Hur!«

Von nun an hatte ich keine Skrupel mehr, sie zu belügen und zu betrügen. Fragte sie mich, wo ich gewesen, warum ich so spät erst nach Hause gekommen, was ich mit meiner Bande getrieben, ob ich diese Woche schon zur Beichte gewesen usw., hüllte ich mich in trotziges Schweigen oder tischte ihr dreiste Lügen auf. Wenn sie mich zum Krämer oder Bäcker schickte und sich hernach darüber wunderte, dass dem Wechselgelde ein oder zwei Soldi fehlten, gab ich ihr frech zur Antwort: Es sei nicht mehr im Geldbeutel gewesen. Meine Lügereien und kleinen Diebstahle am Haushaltsgeld erregten bald auch den Verdacht Onkel Marcos; und so verging denn kaum eine Woche, da er mir nicht den Dekalog auf die Hinterbacken buchstabierte.

Da ich der hl. Madonna nicht mehr grün war, wandte ich mich mit umso inbrünstigeren Gebeten an ihren eingeborenen Sohn: Er möge doch, kraft seiner Herrlichkeit, einschreiten und ein Wunder wirken, auf dass meine Pein sich endlich endige. Aber Woche um Woche verging, ohne dass ein Wunder geschah.

Und dann, am Tag des hl. Jakobus, geschah es doch. Mammina, Onkel Marco, Maria und ich waren gerade von der Frühmesse zurück und nahmen, wie gewohnt, das Frühstück in der Küche ein. Der Onkel ließ eben eine fürchterliche Tirade über ein Weib aus der Nachbarschaft los, das mit einem Schankwirt in gotteslästerlicher Winkelehe lebte. »Ehrlose Schlampe!, elende Hur!«, schimpfte er sie. Da erdreistete ich mich zu sagen: »Aber du treibst es doch auch nicht besser, Onkel Marco!« Die senkrechte Zornesfalte zwischen seinen Brauen färbte sich dunkelrot, dann brüllte er los: »Wie, du gottverfluchter Bengel wagst es …« Er fuhr vom Stuhle und riss den Prügel von der Wand. In diesem Moment geschah es: Die zierliche Madonnenfigur aus blauem Porzellan, die in der Wandnische des Hausaltars stand, fiel von der Konsole, stürzte krachend zu Boden und zerschellte in hundert Stücke.

Nie habe ich einen Menschen so entgeistert dreinblicken sehen wie Onkel Marco in diesem Augenblick. Er stand mit hängendem Kiefer und glotzte in heiligem Schrecken auf die Scherben zu seinen Füßen. Nur eines stotternden Wortes war er noch mächtig, das ihm so kläglich von den Lippen kam, als wäre es sein letztes: »Mama … donna!« Die Mutter aber rutschte von ihrem Stuhl, fiel auf die Knie und bekreuzigte sich, indes ihr heiße Tränen über die Wangen rannen. Dann stand sie auf, ging entschlossen auf ihren Schwager zu, der noch immer fassungslos, mit Armsünder-Miene auf die Scherben zu seinen Füßen starrte, nahm ihm den Prügel aus der Hand, den er ihr ohne Gegenwehr überließ, und sagte:

»Die hl. Madonna hat ein Zeichen gegeben. Nie wieder wirst du meinen Jungen züchtigen, hörst du? Nie wieder!«

Nie wieder sollte Onkel Marco es wagen, mir den Dekalog beizubringen. Und nie wieder sollte Mammina ihm als Matratze dienen.

Etwas allerdings sollten weder die Mutter noch mein Vormund jemals erfahren: dass dieses himmlische Zeichen einen sehr irdischen Mitspieler hatte. Irgendwann war ich es nämlich leid, Gottvater, Sohn und den Heiligen Geist vergebens um Beistand anzuflehen. Und ich begann, nach einem wirkkräftigen Mittel zu suchen, um der längst fälligen Intervention des Himmels nachzuhelfen.

Ein neues Marienwunder, das sich vor kurzem im Hause eines palermitanischen Zollbeamten ereignet und viel von sich reden machte, half mir auf die Sprünge. In der Stube jenes Beamten befand sich, wie in fast jeder sizilianischen Casa, ein kleiner Marienaltar, welcher rundum verglast war. Der Hausherr kommt eines Abends nach Hause, betritt seine gute Stube und will sich eben vor der Hl. Jungfrau bekreuzigen. Da sieht er: Der gläserne Schirm über der Heiligenstatue ist über und über mit himmlischen Tränen bedeckt. »Heiliger Joseph!«, ruft er. »Die Madonna weint!« Alsbald schallt es sogleich durch das Haus und durchs Viertel: »Ein Wunder ist geschehen!« Der Priester wird eilends herbeigerufen, auch er bestätigt das »Wunder der weinenden Madonna«. Sogleich wird die Stube, in der sich das Wunder ereignet, mit Weihwasser besprengt. Eine neue Wallfahrtsstätte ist geboren. Ein Maurer indes besieht sich das neue Heiligtum genauer. Er stellt fest, dass sich am Fuße des verglasten Marienaltars ein Kohlebecken befindet, mit glühender Holzkohle darin. Er untersucht die Wandnische, in welcher der Marienaltar steht. Und siehe da: Die Wand ist feucht. Ergo, schließt er messerscharf, hat die hl. Madonna gar keine Tränen der Barmherzigkeit vergossen, vielmehr hat sich, unter der Einwirkung der Wärme des Kohlebeckens, die Feuchtigkeit der Wand als Wasserdampf an der Innenseite des Glaskörpers niedergeschlagen.

Die Armen im Geiste mögen wohl selig sein, aber für dumm verkaufen sollte man sie nicht. So stand ich denn in der Küche vor unserem Marienaltar und überlegte fieberhaft, welches Wunder, außer dem Vergießen himmlischer Tränen, die Madonnenfigur aus blauem Porzellan, welche in der Wandnische auf einer kleinen Konsole stand, vielleicht noch vollbringen könnte. Nur wenige Ellen von ihr entfernt, gerade in Reichweite meiner Hand, hing der gefürchtete Prügel des Onkels an einem Haken. Und plötzlich hatte ich eine Erleuchtung!

Aus Mutters Nähkästchen holte ich mir sogleich eine Rolle Zwirn und führte mit dem abgespulten Faden einige Reißproben durch. Der schwarze Zwirn erwies sich zwar als zugfest, aber über eine weiße Wand gespannt würde man ihn deutlich sehen können. Auf die Lösung des Problems kam ich erst, als ich meiner Schwester Maria beim Kämmen ihrer prächtigen Haare zusah, die ihr bis über die Schultern fielen. Gottlob hatte sie einen so gesegneten Schlaf, dass sie nur ein wenig zuckte, aber nicht erwachte, als ich ihr drei Haare ausriss. Es mussten unbedingt dreie sein, nicht nur wegen der erforderlichen Länge des benötigten Haarfadens, sondern auch wegen der magischen Bedeutung der Zahl Drei. Am nächsten Tag knotete ich die drei Haare fest zusammen und erprobte ihre Zugfestigkeit an einem Henkeltopf, der in etwa das Gewicht der Madonnenstatue hatte. Und siehe da: Der nahezu unsichtbare Haarfaden hielt sein Gewicht, ohne zu reißen.

Am Tag des hl. Jakobus stand ich mit dem ersten Hahnenschrei auf und schlich mich in die Küche. Ich schlang den magischen Haarfaden mehrmals um den dünnen Hals der Madonna auf der Konsole, zog ihn dann an der Wand entlang hoch bis zum Haken und verknotete ihn dort fest mit der Schlaufe des Prügels. Und fertig war die Präparation!

Obschon ich alles sorgfältig erwogen und ausprobiert hatte, überkam mich, als wir endlich alle zu Tische saßen, ein entsetzliches Lampenfieber. Würde das Haar meiner Schwester den Zug auch aushalten, oder würde es zuletzt doch reißen, wenn Onkel Marco nach dem Prügel griff? – Maria (meine Schwester, nicht die Hl. Jungfrau) sei bedankt in alle Ewigkeit! Ihr starkes sizilianisches Haupthaar hat mich damals gerettet. Seither kann ich die Redewendung »um Haaresbreite« oder »um ein Haar« nicht mehr hören, ohne an diesen Augenblick zu denken, da mein Schicksal wirklich an einem Haar hing.

Im Seminar

Es dauerte nicht lange, und der Familienrat trat zusammen, um über mein weiteres Schicksal zu beraten. Man hatte Pater Jeremias, den Beichtvater der Familie, hinzugezogen. Dieser joviale Herr mit der rosigen Gesichtsfarbe und den Hamsterbäckchen erklärte meinen versammelten Onkeln in salbungsvollen Worten, die geschehenen Zeichen deuteten wohl darauf hin, dass mich die hl. Madonna unter ihren persönlichen Schutz gestellt. Es sei nun offenbar geworden, dass ich nicht für den profanen Dienst, vielmehr für die geistliche Laufbahn bestimmt sei. Im Seminar des heiligen Rochus würden meine hoffnungsvollen Anlagen gewiss besser zur Entfaltung kommen als in der Schmiede. Nicht jeder Vormund, fügte er mit Blick auf Onkel Marco hinzu, der nervös den Rosenkranz durch seine Finger gleiten ließ, gebe auch ein wahrhaft christliches Vorbild ab.

Ich hätte Pater Jeremias aus Dankbarkeit unentwegt die Hand küssen wollen: Endlich, endlich sollte ich der Plackerei in der Schmiede entkommen! Auch wenn mein Sinn mehr auf das Irdische gerichtet war, die geistliche Laufbahn erschien mir durchaus verlockend, ja, als Garant eines sorgenfreien und glücklichen Lebens. Nicht von ungefähr erfreuten sich die meisten Schwarzröcke einer stattlichen Leibesfülle, die geradezu ein Ausweis ihrer Würde war. Zu jedem Fest- und Leichenschmaus wurden sie geladen; jedes Haus rechnete es sich zur Ehre an, sie umsonst zu bewirten. Wenn sie auch öffentlich Wasser predigten, so tranken sie doch heimlich Wein. Und saß man erst mal auf einer geistlichen Pfründe, war man gegen die Wechselfälle des Lebens und jedwede Not gefeit. Außer ihren festen Bezügen hatten die Geistlichen erkleckliche Nebeneinkünfte: Jede Messe, die sie zur Errettung einer christlichen Seele lasen, ließen sie sich in bar oder in Naturalien bezahlen. Und da jede Seele mit Schuld beladen, war des Messelesens kein Ende.

Als Mammina die Nachricht empfing, dass ich durch Fürsprache des Pater Jeremias ins Seminar San Rocho aufgenommen war, glaubte sie erst, ich bände ihr einen Bären auf. Denn solche Auszeichnung traute sie einem Taugenichts wie mir nimmer zu. Doch dann verklärte sich ihre Miene in mütterlichem Stolz. Im Geiste sah sie mein Haupt wohl schon mit einer Prälatenmütze bedeckt und den altehrwürdigen Stammbaum der Bracconieris durch eine Mitra gekrönt.

In meiner jugendlichen Unerfahrenheit wusste ich noch nicht, dass der Weg zu den himmlischen Tafeln und Pfründen mit Disteln und Dornen gepflastert ist. Die Ernährung im Seminar San Rocho war so, als dauerte die Fastenzeit das ganze Jahr: Meist gab es Stockfisch und Makronen und, war der Koch gut gelaunt, eine Feige zum Nachtisch. Und Wein? Von wegen! Alle Seminaristen tranken aus dem gleichen irdenen Krug – es gab weder Gläser noch Trinkbecher – eine scheußliche Flüssigkeit, »graspio« genannt. Es war Wasser, in dem man abgebeerte Traubenstiele gekocht hatte.

Der gemeinsame Schlafsaal war erst recht ein Verbrechen gegen die Menschenwürde. Ein Saal – dass ich nicht lache! Ein Stall, ein Pferch für mindestens sechzig zusammengedrängte dumme Schafe von Jungen. Im Sommer schwitzend, vor Hitze vergehend und von Insekten zerstochen, im Winter vor Kälte schlotternd, hatten wir »zwecks Abtötung des Fleisches« auf Holzpritschen ohne Matratzen und ohne Kopfpolster mucksmäuschenstill bis zum Wecken zu verharren. Nur gewisse Geräusche wurden notgedrungen von dem Aufsicht führenden Bruder geduldet; gegen die Natur vermochte auch der hl. Rochus nichts! Aber die ganze Nacht brannte auf seinem Tisch die Lampe. Und wehe, wenn er bei seinen nächtlichen Patrouillen einen Zögling bei der »ältesten Sünde der Welt« ertappte! Der wurde am nächsten Morgen öffentlich mit Rutenhieben gezüchtigt und hernach vor den Rektor geführt, wo er mit auf den Rücken gebundenen Händen auf einem Schemel niederknien und Abbitte leisten musste.

Vor Morgengrauen mit derben Rippenstößen hochgescheucht, einen Guss eiskalten Wassers über die fröstelnde Haut geschüttet, in Windeseile das kurze Mäntelchen mit Kragen übergeworfen, mit leerem Magen zur Morgenandacht befohlen, in Reih und Glied am trockenen Brotkanten kauend, in Reih und Glied die öden lateinischen Grammatikstunden über sich ergehen lassend. Die einzig erträgliche Zeit war die Stunde der Recreation nach Mittag, da man sich im Garten erholen oder Kegeln spielen durfte. Danach hieß es wieder in Reih und Glied antreten: zum Repetieren der Lektionen und Büffeln der heiligen Texte, in Reih und Glied zur Abendmesse, zum Nachtmahl, zum Schlafengehen. Statt im »Weinberg des Herrn« war ich in einer geistlichen Exerzieranstalt gelandet.

Ob der kargen Mahlzeiten hatte ich ein ständiges Hungergefühl und träumte während des Unterrichts vom Einbruch in die Räucherkammer, wo die Schinken, Würste, Karpfen und Seezungen von der Decke hingen, die für die Patres bestimmt waren. Im Hof des Seminars stand ein Birnenbaum, dessen reife Früchte für mich eine ständige Versuchung darstellten. Einmal gelang es mir während der Recreation, eine Birne zu pflücken und sie rasch in meiner Tasche verschwinden zu lassen. Doch beim zweiten Versuch ertappte mich der Pedell. Er schleppte mich sofort vor den Präfekten, der mich einen »Dieb« titulierte, den man »auf frischer Tat ertappt«, und drohte mir im Wiederholungsfalle mit der Einberufung eines Concilium abeundi, was den sicheren Verweis vom Seminar bedeutet hätte. Zur Strafe erhielt ich drei Tage Karzer bei Wasser und Brot.

Mehr als einmal war ich drauf und dran, mit dem Kopf gegen die Wand zu rennen, hätte ich mich nicht rechtzeitig darauf besonnen, dass dieser mein einziges Zukunftskapital darstellte.

Der Zauberlehrling

»He, Giuseppe! Zeigst du mir das Kunststück, wie man ein Pentagramm auf den Stein pinkelt? Ich zeige dir dafür, wie du dein kleines armseliges Kapital im Handumdrehen vermehren kannst!«

Salvo, ein spindeldürrer Kerl mit schwarzgelocktem Haar, zierlich gebogener Nase und lustig funkelnden Augen, aus denen der geborene Schalk sprach, war drei Jahre älter als ich. Die meisten Seminaristen mieden ihn, da er der Sohn eines stadtbekannten Gauklers und Vaganten war und als heimlicher Ketzer galt. Wir aber waren rasch Freunde geworden. Gerade hatten wir Recreation und befanden uns hinter der Buchsbaumhecke, in einem Winkel des Gartens, wo uns die Aufsicht nicht mehr im Blick hatte.

»Schau!« Salvo legte eine Kupfermünze im Werte von einer Carline in seine Hand, schloss sie und murmelte einen Zauberspruch. Dann öffnete er wieder seine Hand: Schon hatte sich die Kupfermünze in eine gleich große Goldmünze verwandelt, die wohl zehn Carlinen wert sein mochte. Mir fielen fast die Augen aus dem Kopfe.

»Du siehst«, sagte er mit lässiger Miene, »die Verwandlung der Metalle ist für mich ein Kinderspiel. Übrigens kann ich noch mehr solche Sachen. Aber ich verrate dir das Geheimnis erst, wenn du mir bei der nächsten Lateinklausur hilfst.

Ich bin zwar schnell mit den Fingern, aber nicht so schnell mit dem Kopfe wie du!«

Leider endete mein Versuch, dem Freunde bei der nächsten Klausur zu helfen, mit einem Fiasko für uns beide. Pater Sulfario, ein kleines galliges Männlein, pflegte uns die lateinische Grammatik mit dem Rohrstock einzupauken und bedachte jeden, der beim Konjugieren und Deklinieren oder beim Übersetzen versagte, mit den herabsetzendsten Vergleichen aus der Welt der Würmer, Amphibien und niederen Wirbeltiere. Da dieser Pygmäe im schwarzen Talar sein Gift mit Vorliebe beim Übersetzen des Cicero versprühte, nannten wir ihn nur »Ciceros Giftzwerg«. Als ich nun während der Klausur meinem Freunde, der die Bank neben mir hatte, gerade ein Zettelchen mit mehreren ihm fehlenden Vokabeln hinüberschob, stürmte Ciceros Giftzwerg mit erhobenem Rohrstock auf mich zu, schlug mir auf die Finger, kassierte sofort den verräterischen Zettel und verwies uns »tückische Vipern« mit Donnerworten des Lehrsaales. Das niederschmetternde Resultat: Prüfung nicht bestanden und wegen des »betrügerischen Versuchs« zwei Tage Karzer für Salvo und mich. Mein moralischer Schuldensaldo stieg bedenklich an: zum »Dieb« kam jetzt der »Betrüger« hinzu.

Als wir uns nach verbüßter Strafe wieder im Hofe trafen, sagte Salvo: »Das nächste Mal gehen wir geschickter zu Werke. Im Karzer ist mir eine Erleuchtung gekommen! Doch erst verrate ich dir den Trick mit der Münze, denn du hast dich als wahrer Freund erwiesen!«

Die Erklärung des Kunststücks verblüffte mich nicht weniger als dieses selbst: Salvo hatte zuvor die Goldmünze mit etwas Wachs auf den Nagel seines linken Mittelfingers geklebt. Sie war natürlich nicht zu sehen, solange seine Handinnenfläche nach oben zeigte. Die Kupfermünze aber legte er nur zum Schein in die linke Hand. Vermittels eines geschickten Griffs klemmte er sie zwischen Daumen und Zeigefinger seiner rechten Hand, wo sie, für mich unsichtbar, verblieb. In dem Augenblick aber, da er die Kupfermünze scheinbar in seine linke Hand legte und diese schloss, streifte er die unter dem linken Mittelfingernagel klebende Goldmünze ab, und schon rutschte sie unbemerkt ins Innere der Hand: eine gelungene Vertauschung!

Unter seiner geduldiger Anleitung suchte ich den besagten Griff sogleich nachzumachen, doch was so leicht aussah, erwies sich in der Praxis als ziemlich schwierig. Es sollte noch einiger Übung bedürfen, bis ich ihn endlich beherrschte. Denn die erste Regel der Taschenspielerei lautet: Jede Bewegung, jeder Griff muss vollkommen natürlich wirken, um keinen Verdacht zu erregen.

»Das Dumme ist nur«, sagte Salvo mit dem ihm eigenen Schalk, »dass du, um eine Kupfer- in eine Goldmünze zu verwandeln, vorher schon beide *haben* musst. Die Goldmünze hier war mein Geschenk zum Namenstag. Der Stein der Weisen ist's also nicht.«

»Gleichviel!«, sagte ich ahnungsvoll, »es sieht immerhin wie eine alchemistische Metallverwandlung aus. Schon der überzeugende Anschein ist Goldes wert.«

»Ach, wenn man doch das sagenhafte Elixier finden könnte, um aus Quecksilber Gold zu machen!«, träumte Salvo vor sich hin. »Dann bräuchten wir beide nicht in diesem Seminar zu versauern.«

Ich erinnerte den Freund daran, dass wir zunächst ein vordringlicheres Problem zu lösen hatten: Noch eine vermasselte Latein-Klausur konnten wir uns nicht leisten, sie hätte den sicheren Rauswurf bedeutet. Im Karzer nun war Salvo eine Idee gekommen: In der Bibliothek des Seminars gab es kleine lateinische Grammatikfibeln, die wir zu Lernzwecken ausleihen durften. Sie passten bequem in den Handteller, und unter der Deckung der zusammengelegten Finger konnte man mit dem Daumen unbemerkt die einzelnen Seiten durchblättern, wie Salvo mir sogleich demonstrierte. So weit, so gut! Was aber tun, wenn Ciceros Giftzwerg, wie er es gewöhnlich während der Klausuren tat, sein Pult verließ, um die einzelnen Bänke zu visitieren? Just für diesen Fall hatte Salvo eine Lösung gefunden: Durch ein kleines Loch im Buchrücken der Grammatikfibel hatte er ein dehnbares Strumpfband gezogen, das er der Garderobe seiner Mutter entwendet; es lief in das Innere seines vorne offenen Mantels hinein und war, etwa in Achselhöhe, am Innensaum festgenäht. Wenn nun Ciceros Giftzwerg sich ihm näherte, brauchte er bloß die Fibel loszulassen, die dann vermittels des wieder zusammenschnurrenden Bandes, unter der Deckung des herabhängenden Ärmels, blitzschnell in das Innere des Mantels gezogen wurde und dort spurlos verschwand.

Auch ich bastelte mir nun eine solcherart präparierte Fibel. Das dazu nötige Strumpfband schwatzte ich bei Gelegenheit eines sonntäglichen Besuches meiner Schwester ab. Die Länge des dehnbaren Bandes bemaß ich so, dass ich die an der Innenseite des Mantels herabhängende Fibel mit einem beiläufigen Griff der linken Hand rasch wieder aufnehmen konnte.

Als nun die gefürchtete Stunde der Klausur kam, setzte Pater Sulfario, wie wir es nicht anders erwartet, jeden von uns an einen getrennten Tisch. Doch dank unserer magischen Ausrüstung hatten wir es nun nicht mehr nötig, voneinander abzuschreiben oder kleine konspirative Zettelchen zu tauschen. Ich konnte in Ruhe jede mir fehlende Vokabel oder unregelmäßige Verbform heimlich aus der in meiner Hand verborgenen Fibel ablesen. Desgleichen der Freund. Näherte sich aber der Giftzwerg meiner Bank, blickte ich ihn mit Unschuldsmiene an und spreizte spielerisch die Finger meiner leeren Hand, aus der, Sekunden zuvor, die verborgene Fibel blitzschnell verschwunden war.

Zum großen Erstaunen und kaum verhohlenen Ärger Pater Sulfarios – denn er hatte Salvo und mich längst abgeschrieben – ernteten wir für diese und die nächste Klausur ein »Magna cum laude!«. Unserer Versetzung in die nächsthöhere Klasse stand also nichts mehr im Wege.

So frohgemut ich über dieses Ergebnis auch war, hin und wieder, besonders wenn die Stunde der Beichte nahte, kratzte mich doch das Gewissen, es durch unlautere Mittel herbeigeführt zu haben. Salvo indes spottete nur ob meiner »törichten Skrupel« und wusste sie mir mit triftigen Argumenten auszutreiben.

»Glaubst du etwa, die hl. Kirche komme ohne Gaukeleien und Trug aus? Nimm das Wunder der blutenden Madonna! Es beruht auf einem so simplen Trick …«

»Salvo!«, unterbrach ich ihn vorwurfsvoll. »Die Schwarze Madonna solltest du nicht lästern!« Ich erzählte ihm, wie ich, gerade siebenjährig, mit meiner Mutter zur Wallfahrtsstätte gepilgert, wie wir vor dem gläsernen Schrein der Schwarzen Madonna niederknieten und in tiefer Ergriffenheit sahen, wie das Blut unter ihrem Brusttuch hervorquoll und in eine geweihte Schale tropfte. Die Mutter hatte, wie andere Wallfahrer vor ihr, ein weißes Batisttüchlein in die Schale getaucht, um ein Geschwulst am Halse, das sie seit langem plagte, mit dem wundertätigen Blute zu benetzen. Und tatsächlich bildete sich das Geschwulst zurück.

Spöttisch erwiderte Salvo: »Und warum sollte Schweineblut nicht heilkräftig wirken? Pferdemist oder Krötensud tun es nach Paracelsus ja auch!«

»Schweineblut? … Das ist Blasphemie!«

»Dann wäre eben die Wahrheit blasphemisch! Hättest du dir die Rückseite der Statue ein wenig genauer besehen, so hättest du dort eine kleine, gut kaschierte Kanüle entdeckt, welche in einen verborgenen Hohlraum führt. Über diese Kanüle wird der Schwarzen Madonna, bevor der offizielle Votivbetrieb beginnt, das Lamm- oder Schweineblut heimlich zugeführt, das dann, zur Ergriffenheit aller Wallfahrer, aus ihrem Herzen tropft. Übrigens: Was da so erbarmungsvoll tropft und alle Betschwestern Siziliens in heilige Ekstase versetzt, bringt der Kirche zigtausend Zechinen pro Jahr.«

»Aber der Fluss des Blutes in ihrem Corpus war ganz deutlich zu hören: Es rauschte ununterbrochen.«

Salvo lachte auf: »Was glaubst du wohl, warum man in der Krypta darunter einen kleinen Wasserfall installiert hat?«

Porca Madonna! Das altehrwürdige Wunder der blutenden Madonna – ein Gauklerstück? Ich wollte es kaum glauben. Ein bitteres Gefühl der Enttäuschung kroch in mir hoch, ja, ich fühlte mich regelrecht hintergangen. Gleichzeitig sah ich mich gerechtfertigt: Wenn selbst die hl. Kirche vor Lug und Trug nicht zurückschreckte, um die Gläubigen bei der Stange zu halten, warum sollte ich mir dann wegen einer solchen Bagatelle wie dem trickreichen Gebrauch einer lateinischen Grammatikfibel ein schlechtes Gewissen machen!

Während der nachmittäglichen Freistunden, die unsere Mitschüler meist zum Repetieren und Pauken nutzten, führte mich Salvo nach und nach in die faszinierenden Geheimnisse der Zauber- und Täuschungskunst ein, die ja nicht nur auf Fingerfertigkeit und Manipulation, sondern vor allem auf der psychologischen Kunst der Ablenkung beruht. Ich war ihm ein dankbarer Famulus und lernte mit einer Schnelligkeit, die mich selber erstaunte, das magische ABC: wie man durch suggestive Gesten, Blicke und Worte die Aufmerksamkeit des Zuschauers auf die eine Hand lenkt, während man gleichzeitig mit der anderen, die jener gerade nicht beachtet oder die man durch Einnahme einer Seitwärtsstellung seinem Blick kurzfristig entzieht, eine Münze, einen Ring, eine Muskatnuss oder eine Spielkarte »stiehlt«, die man dann an beliebig anderer Stelle wieder erscheinen lässt.

Salvo war so geschwind mit den Fingern, dass ich manchmal selbst dort ein Wunder und Phänomen wahrer Magie vermutete, wo doch nur eine geschickt kaschierte Manipulation vorlag oder ein kleines unsichtbares Requisit die Hauptrolle spielte. Mittels eines abziehbaren Daumens aus dünnem Metall, der mit einem hautfarbenen Lack überzogen war, sodass er von einem natürlichen Daumen kaum zu unterscheiden war, konnte er blitzschnell ein Tüchlein, eine Muskatnuss, einen Fingerring oder einen Zuckerwürfel erscheinen und verschwinden lassen oder eines gegen das andere austauschen, sodass es wie eine magische Verwandlung aussah.

Eines Nachmittags kündigte er mir nicht ohne Feierlichkeit eine magische Operation an, die von seinen hellseherischen Kräften Zeugnis ablege. Er gab mir ein Stück Würfelzucker und bat mich, darauf mit dem Kohlestift irgendein Zeichen meiner Wahl zu malen. Ich tat wie geheißen und überreichte ihm den Würfel mit der markierten Seite nach unten, sodass er sie nicht sehen konnte. Er schloss die Augen und warf den signierten Zuckerwürfel in ein Glas Wasser, das vor ihm stand. Unter allerlei magischen Beschwörungen rührte er um, bis sich der Würfel im Wasser aufgelöst hatte. Dann öffnete er wieder die Augen, blickte unverwandt auf das im Glas kreiselnde Wasser und sagte: »Du hast den Zucker mit dem Buchstaben ›M‹ gezeichnet!«

Genauso war es. ›M‹ war das Initial von Maria, dem Namen meiner Schwester. Ich mochte es kaum glauben. Denn wie konnte er das ›M‹ im Glase erkennen, nachdem der Zuckerwürfel, worauf es markiert war, sich längst im Wasser aufgelöst hatte?

»Du siehst«, sagte er mit wissendem Lächeln, »ich stehe auf gutem Fuß mit den unteren Mächten. Was gibst du mir, wenn ich dir verrate, wie man sie sich zu Diensten macht?«

»Alles, was du willst. Ich würde dir dafür sogar meine Seele verkaufen!«

»Deine Seele solltest du nicht so leicht zu Markte tragen,

Giuseppe! Aber wenn du nächste Woche für mich den Stubendienst übernimmst …«

Ich übernahm seinen Stubendienst. Dafür wurde mir durch meinen magischen Mentor gleich eine Offenbarung zuteil, die den biblischen Offenbarungen im Fache Dogmatik in nichts nachstand: Nachdem ich ihm das mit ›M‹ markierte Zuckerstück übergeben hatte, presste er dieses, indem er die Hand schloss, kräftig an deren Innenfläche. Dadurch übertrug sich der Abdruck des Zeichen auf seine feuchte Hand, Ungestört, solange er das Glas in der Hand hielt, konnte er dann das Spiegelbild des Abdrucks in seiner Hand auf dem Glase ablesen. Die Rundung des Glases vergrößerte noch das Abbild.

Bis dahin dachte ich, es komme bei der Zauberei vor allem darauf an, durch geschickt getarnte Griffe und gleichzeitige Ablenkungsmanöver das Auge des Zuschauers zu täuschen. Jetzt lernte ich, dass die verblüffendsten Kunststücke diejenigen waren, welche nicht nur das Auge, sondern auch die menschliche Denkkraft täuschten und in die Irre laufen ließen. Im Falle des Kunststücks mit dem markierten Zuckerwürfel und dem Glase lag die geniale Irreführung darin, dass man sich vergebens fragt: Wie ist es nur möglich, dass der Magier das Zeichen im Glase erkennt, nachdem dessen Träger, der Zuckerwürfel, sich längst im Wasser aufgelöst hat? Einmal auf diesen Irrweg des Denkens geschickt und vor dieses Rätsel der Logik gestellt, wird der Zuschauer dann andere und nahe liegendere Wege des Denkens, die ihn auf die Lösung brächten, gar nicht mehr einschlagen und zuletzt bedenkenlos glauben, dass es sich hierbei tatsächlich um ein hellseherisches Phänomen handle.

Immer wieder war ich bei unseren magischen Exerzitien verblüfft über die zahllosen Möglichkeiten der menschlichen Sinnes-, Wahrnehmungs- und Denktäuschungen, ein Phänomen, das mich mehr und mehr beschäftigte und faszinierte, gerade weil es die religiöse Sphäre der Wunder berührte. Religion und Magie waren ja seit alters her verschwistert; kein Prophet, kein Heiliger, der nicht auch Wunder gewirkt hätte! Zwar lernten wir im Seminar, dass die Propheten und Heiligen ihre außergewöhnlichen Gaben von Gott empfangen hätten aber wer, zum Teufel – pflegte Salvo zu sagen –, will denn seine Hand dafür ins Feuer legen, dass sie nicht auch geschickte Gaukler und Zauberer waren!

Leider sollte ich schon bald von meinem Freunde und magischen Mentor wieder getrennt werden. Denn auf Wunsch des Familienrates wurde ich nach Caltagirone in das Kloster der Fatebenefratelli geschickt. Die Gründe für diesen Wechsel waren sehr profaner Art: Im Gegensatz zu den »Barmherzigen Brüdern« verlangte das Seminar San Rocho von den Elternhäusern seiner Zöglinge Schenkungen, um seine Kosten zu bestreiten. Meine Onkel aber wollten von solchen Schenkungen nichts wissen, und meine Mutter, die mit meiner Schwester das Haus Onkel Marcos im Zorn verlassen hatte und nun wieder für kärglichen Lohn in fremden Häusern waschen gehen musste, hatte nichts zu verschenken.

»Schau zu, dass du bei den Fatebenefratelli in die Klosterapotheke kommst!«, riet mir Salvo. »Der Bruder Apotheker soll ein tüchtiger Alchemist sein. Die Alchemie aber ist die natürliche Schwester der Magie!«

Zum Abschied machte er mir ein wahrhaft königliches Geschenk, das ich ihm nie vergessen sollte. Nachdem wir uns wie Brüder umarmt, fühlte ich plötzlich auf dem Daumen meiner rechten Hand etwas Rundes und Hartes sitzen: eine künstliche Daumenspitze! Unbeschreiblich war meine Freude über dieses herrliche Requisit, das so vielfältig einsetzbar war. Wenn ich damals auch noch nicht ahnte, dass neben dem Arztberufe das Spiel mit der Täuschung und Illusion einmal zu meiner Profession werden sollte – denn noch war ich willens, die ehrbare geistliche Laufbahn zu nehmen –, so schien mir doch Salvos schalkhafte Miene zu sagen: »Jetzt, mein Freund, hast auch du dem Teufel den Daumen gereicht!«

*

Zelada legte das Manuskript beiseite. Ihn ärgerte der frivole und blasphemische Ton dieser *Bekenntnisse*, aus dem bereits der künftige Ketzer und Betrüger sprach. Kein Wunder, dass ein verwahrloster und fauler Knabe, dem die strenge Hand des Vaters gefehlt und dem die Achtung vor dem vierten Gebot – »Du sollst Vater und Mutter ehren!« – niemals ins Herz gepflanzt worden, schon früh zum Bösen neigte und mit betrügerischen Mitteln das zu erreichen suchte, was andere durch Fleiß, Disziplin und Strebsamkeit erreichten.

II. In dubio contra reo*

Voller Genugtuung registrierte Zelada, dass an diesem Vormittage, neben den anderen Mitgliedern der Hl. Kongregation, auch der Hl. Vater auf den Bänken des kleinen Amphitheatrums Platz genommen hatte, um den Gang der Verhöre zu verfolgen.

Tags zuvor hatte ihn der Pontifex maximus gebeten, mit Rücksicht auf den Ruf der Hl. Kongregation den Inquisiten keinen weiteren Martern zu unterziehen und auf die Anwendung der Folter zu verzichten – zumal ausländische Journalisten und Diplomaten sich immer wieder bei der Apostolischen Kammer nach dem Schicksal des Gefangenen erkundigten. Und es gebe kein gutes Bild für die Öffentlichkeit ab, wenn ruchbar würde, dass Europas berühmtester Häftling während des Inquisitionsverfahrens in corpore zu Schaden komme. Zelada musste dem Hl. Vater versprechen, für die körperliche Unversehrtheit des Inquisiten zu bürgen. Und so hatte man ihm denn das schwere Halseisen wieder abgenommen.

Indes gab es auch andere und subtilere Methoden, seinen Hochmut zu brechen und diesen Erzketzer zum Eingeständnis seiner Schuld zu bringen. Man musste nur den richtigen Hebel ansetzen. Und dieser Hebel war die Frau des Balsamo, geborene Feliciani, die man im Kloster Apollonia in Trastevere inhaftiert hatte. Sie hatte schon zwei Wochen vor ihrer Verhaftung eine Generalbeichte abgelegt und war durch ihren Beichtvater, Dom Giuseppe Tosi, eingehend befragt und

* *Im Zweifel gegen den Angeklagten*

katechisiert worden. Er hatte ihr eindrücklich klar gemacht, dass es kein Heil außerhalb der hl. Kirche gebe, und ihr mit den ewigen Höllenstrafen gedroht, wenn sie die Verbindung mit ihrem ketzerischen Mann nicht endlich löse. Nichts wünsche sie sehnlicher als das, beteuerte sie, zumal ihr Gatte sie stets daran gehindert habe, ihre katholische Religion auszuüben. Wenn sie dies durch glaubhafte Zeugen erweisen könne und eine entsprechende, von einem Notar beglaubigte Anzeige beim hl. Offizium einreichen würde, dann – so versprach ihr Dom Tosi – stehe der Annullierung ihrer Ehe nichts mehr im Wege.

Für Zelada und das hl. Offizium war die Anzeige der Lorenza Feliciani ein gefundenes Fressen. Da sie mit diesem Erzketzer und Betrüger das Leben und das Bett geteilt hatte, wusste sie auch bestens über ihn Bescheid, und da sie um das Heil ihrer Seele bangte, vertraute sie ihrem Beichtvater viele Dinge an, die ihr verstockter und lügnerischer Gatte immer ableugnen würde. Ihr hatte Zelada denn auch eine delikate Rolle zugedacht: Sie sollte als *Kronzeugin wider ihren Gatten zeugen*, ohne dass sie diesem bei den Verhören je gegenübergestellt wurde. Letzteres war auch deshalb geboten, damit diesem keine Gelegenheit mehr ward, auf sie einzuwirken, an ihre sentimentalen Gefühle und ihre Loyalität als Ehefrau zu appellieren, um sie wieder auf seine Seite zu ziehen.

Welche ihrer Aussagen aber für das Inquisitionsverfahren von Belang waren und welche nicht, dafür gab es bewährte und erprobte Regularien, wie sie in Eymerichs *Anleitung für Inquisitoren** niedergelegt waren:

* *Der spanische Dominikaner-Mönch Nicolaus Eymerich war seit 1356 General-Inquisitor von Kastilien und Aragonien. Das von ihm verfasste Directorium inquisitorum, mit diversen »Verbesserungen und Erläuterungen« des spanischen Canonisten Francesco Pegna und mit der Approbation von Papst Gregor XIII. versehen, bildete ab 1578 den Fundamental-Kodex der Inquisition, der bis zum Ende ihres Bestehens in Kraft blieb.*

Stets halte sich der Inquisitor an die Regel: In dubio contra reo! … Zeugnisse aus dem Kreise der Angehörigen eines der Ketzerei Bezichtigten – also seines Weibes, seiner Kinder, seiner Verwandten oder Dienstleute – mögen gegen ihn gehört werden, aber nicht für ihn. Als Schutzzeugen sind die bezeichneten Personen, als durch die Stimme des Bluts, der Anhänglichkeit oder des Interesses beeinflusst, nicht zuzulassen. Der Inquisitor beachte daher wohl: Wenn die erste Aussage eines Angehörigen oder Hausgenossen zu Ungunsten des Angeschuldigten geht und die zweite ihn entlastet, so ist nur der ersteren Wert beizulegen, nicht der zweiten … Im Notfall muss sich das Wort der Schrift bewähren: »Des Menschen Feinde sind seine Hausgenossen.«

In gebeugter Haltung saß Balsamo auf dem Ketzerstuhle. Das erzwungene Fasten hatte ihn sichtbar geschwächt, und das schwere Halseisen, das er getragen, seinem Hochmut übel mitgespielt; kaum vermochte er noch den Hals zu bewegen, der ringsum blau angeschwollen war. Seine Augenlider flackerten wie ein Zündholz vor dem Verlöschen, seine Mundwinkel zuckten. Nach Wochen verschärfter Kerkerhaft und mehreren nächtlichen Verhören schien er zur Kooperation mit den Inquisitoren endlich bereit.

»Er behauptet«, begann Zelada das Verhör, »Er sei immer ein guter römischer Katholik gewesen. Laut Zeugnis Seiner Frau aber hat man Ihn seit mehr als 27 Jahren weder das Zeichen des Kreuzes machen noch sonst eine äußerliche Religionshandlung verrichten sehen. In dem ganzen Verlaufe dieser Zeit ging Er kaum dreimal zum *Tisch des Herrn*. Noch weniger beachtete Er die Gebote der hl. Kirche: nämlich *die Messe zu hören, zu fasten und an bestimmten Tagen sich des Fleischessens zu enthalten*, wie allein schon Seine Fettigkeit beweist … Nun, hier in der Engelsburg wird Er zum Fasten reichlich Gelegenheit finden.«

»Es vergeht kein Tag«, erwiderte der Inquisite mit scheinbar bußfertiger Miene, »da ich nicht meine Gebete spreche, besonders das *Ave Maria*.«

»Hört, hört! ... Das *Ave Maria* beten und gleichzeitig die Hl. Mutter Gottes lästern.«

»Ich habe die Hl. Jungfrau niemals gelästert.«

»Laut Zeugnis seines Schwiegervaters Giuseppe Feliciani hat Er in seinem Beisein gesagt: *Der arme Zimmermann Joseph müsse wohl sehr darüber verzweifelt gewesen sein, dass er die Jungfrau Maria vor der Ehe geschwängert. Da habe er denn die tröstliche Mär verbreitet, sie sei vom Hl. Geist niedergekommen.*«

»Ich weiß nicht, aus wessen Munde mein Schwiegervater solche Dinge gehört haben will – aus meinem jedenfalls nicht.«

»Auch habe Er Seine Schwiegereltern dafür verspottet, dass sie in Jesum den Sohn Gottes verehren, statt ihn als das zu sehen, was er nach Meinung des Inquisiten gewesen sei, nämlich *ein Menschensohn, ein jüdischer Weiser und Reformator, ja, der erste Freimaurer seiner Zeit.*«

»Derselbe Geist der Gleichheit und Brüderlichkeit, der die urchristliche Gemeinde beseelte, findet sich auch bei den Freimaurern. Darum wird im Ritus meiner Logen Jesum von Nazareth alle Verehrung zuteil, ebenso seinem Lieblingsjünger, dem hl. Johannes.«

»Wenn Er den Gottessohn und die Heiligen so verehrt, wie Er behauptet, warum hat Er dann das Kruzifix und die Bilder der Heiligen im ehelichen Schlafgemach wieder entfernt? So bezeugt durch den Wirt Filippo Conti und Franzesca Mazzani, die Kammerzofe Seiner Frau.«

»Eben weil ich Jesum und die Heiligen so sehr verehre, wollte ich ihnen die Profanität dessen, was sich im ehelichen Bett vollzieht, nimmermehr zumuten.«

»Wie durch etliche Zeugen erwiesen, bestreitet Er die Göttlichkeit Jesu Christi, seine Auferstehung, sein großes Erlösungswerk, die Jungfräulichkeit Mariens, die Wirksamkeit der Sakramente, die Anbetung der Heiligen, die Existenz des Fegefeuers und die Würde der kirchlichen Hierarchie.«

»Man schaffe diese Zeugen herbei, damit sie mir Rede und Antwort stehen!«

»Doch nicht zufrieden, die Dogmen der hl. Kirche lächerlich und ihre Gebote selbst übertreten zu haben, nötigte Er auch andere zu denselben Freveln. In Sonderheit Seine Frau. Ich zitiere aus ihrer Anzeige, die das hl. Offizium zu Protokoll nahm:

Eines Abends, als mein Mann in die Casa di Conti zurückkam, fand er mich im Schlafzimmer, das zu ebener Erde liegt. Ich las gerade ein frommes Traktat und bekreuzigte mich dabei. Dieser Anblick erzürnte ihn so, dass er fluchend im Zimmer umhersprang. Er zeigte auf sein Hinterteil und höhnte, er fände darin mehr Heiligkeit als in meinen albernen Traktätchen. Dann ließ er seine Hose herunter, band Schleifen an seinen Penis (sic!) und fragte mich, ob ich nicht niederknien und seine heilige Reliquie anbeten wolle. In diesem Augenblick kam meine Kammerzofe ins Zimmer. Da bedeckte er das nämliche Organ mit einem Eierbecher und gluckste: ›Das ist der wahre Bischof. Ihn sollst du anbeten!‹

»Das soll meine Frau gegen mich ausgesagt haben! Das glaube ich nie und nimmer!«, schrie Balsamo und stampfte mit dem Fuße auf. »Sie würde mich niemals denunzieren – es sei denn, man hat sie erpresst.«

»Will Er etwa das hl. Offizium der Lüge und der Erpressung beschuldigen?«, herrschte Zelada ihn an. »Hüte Er Seine Zunge! Sonst kommt zur Anklage der Gotteslästerung noch die der Verleumdung hinzu.«

»Ich will meine Frau sprechen! … Lassen Sie mich zu meiner Frau!«

»Das sei Ihm durchaus gestattet. Nur will Seine Frau

Ihn nicht mehr sehen. Und dafür hat sie wahrlich Gründe genug.«

Unglauben und Bestürzung malten sich in Balsamos Miene, er begann, am ganzen Leibe zu zittern, Tränen stürzten aus seinen Augen.

Mit Befriedigung registrierte Zelada den anerkennenden Blick des Hl. Vaters. Er hatte gute Arbeit geleistet, indem er den Inquisiten an seiner verletzlichsten Stelle getroffen. Von nun an würde man ihn ausquetschen.

Kapitel 2

Gott hat den Schalk nicht weniger inspiriert als den Propheten

Ein geistreicher Zeitgenosse sagte einmal über mich: »Cagliostro hat der Hl. Trinität die Dreifaltigkeit seines profanen Genies entgegengesetzt: Schalk, Ketzer und Scheinheiliger!«

Dem Kloster der Fatebenefratelli gebührt das Verdienst, diese »Dreifaltigkeit meines profanen Genies« in jeder Weise gefördert zu haben. Es lag, unweit von Caltagirone, auf einer malerischen Anhöhe, von der man bei klarem Wetter in der Ferne die schneebedeckten Gipfel und die ewig lichte Rauchsäule des Monte Gibello sehen konnte, wie der Ätna hierzulande genannt wird. Zu Recht sagen die Franzosen von ihm: »On le voit toujours le chapeau blanc et la pipe à la bouche.«

Meine ersten Tage als Novize begannen mit einem geistlichen Gewaltakt, der dem Namen der »Barmherzigen Brüder« wenig Ehre machte und mich außerordentlich erboste. Schon als unsere kleine Maultierkarawane gemächlich durch das Ennatal im Süden der Insel zog, hatte Frater Fernando, der für mich die Verantwortung trug, meine »allzu kunstreiche Frisur« und den zarten Duft meiner Pomade kritisiert. Mittels der Pomade hatte ich mein üppiges schwarzes Haupthaar so gerichtet, dass die Locken in schöner Symmetrie mein Haupt bekränzten. Schließlich stand ich mit vierzehn in einem Alter, da man auf seine äußere Erscheinung und deren Wirkung auf andere ein gewisses Augenmerk zu legen beginnt. Frater Fernando indes meinte, der Teufel habe mich bei den Haaren genommen, und ich würde noch exkommuniziert, wenn ich mein Haupt weiter so pflegte, gemäß den Worten des ökumenischen Konzils »Clericus qui nutrit coman anathema sit!«*. Ich antwortete ihm, wenn ich hätte stinken wollen, wäre ich zu den Kapuzinern gegangen – und nicht zu den Fatebenefratelli.

Darum weigerte ich mich auch, den Klosterbarbier aufzusuchen, wie Frater Fernando mir befahl. Und wurde in meiner Weigerung vollends bestätigt, als ich der kahlrasierten Köpfe der anderen Novizen ansichtig wurde. Welch ein Entsetzen aber überfiel mich, als ich am nächsten Morgen auf meiner Pritsche erwachte und mir nichtsahnend über Stirn und Scheitel strich: Statt des langen wallenden Haupthaares fühlte ich dort nur noch kurze schweinsähnliche Borsten; auch meine schönen, gefälligen Stirnlocken, der Stolz meines Hauptes, waren rundum wegrasiert. Außer mir vor Zorn stürzte ich sogleich zum Fenster und betrachtete mein Spiegelbild: Mein rundum geschorener Kopf sah aus wie der eines Galeerensträflings!

Auf meine bestürzte Nachfrage erzählte mir ein Novize sogleich von dem nächtlichen Attentat, dessen Zeuge er ward, da er nicht einschlafen konnte: Frater Fernando war kurz nach Mitternacht in den Schlafsaal und an mein Bett geschlichen und hatte mir mit einer scharfen Schere unbarmherzig über der Stirn alle Haare von einem Ohr zum anderen abgeschnitten. Ich hatte nichts davon gemerkt, erinnerte mich

* *Im Kirchenbann sei der Geistliche, der sein Haar trägt!*

jetzt aber, im Traum einen Schnitter in der Wiese gesehen zu haben, der mit seiner Sense langsam auf mich zukam. Ich ging sofort zum Pater Novizenmeister und schilderte ihm den skandalösen Vorfall. Der aber höhnte nur: Der Schere des Klosterbarbiers wäre ich sowieso nicht entronnen, Bruder Fernando habe nur seine Pflicht getan.

Es dauerte etliche Tage, bis mein Zorn verraucht war, und Wochen, bis ich mich an die Tonsur gewöhnt hatte. Zwar war die Verpflegung bei den »Barmherzigen Brüdern« besser als im Seminar San Rocho und die Aufsicht weniger streng; dafür wurden wir Novizen gleich mit zwei religiösen Lastern infiziert: der Heiligenvergötzung und der Übung in christlicher Askese. Der Generalvikar des Klosters stammte nämlich aus Alexandria, und die Einsiedler und Wüstenväter des zweiten und dritten nachchristlichen Jahrhunderts, die zu den Ikonen der neuen Staatskirche wurden, hatten es ihm besonders angetan. So hatte denn jeder Novize die Aufgabe, einen dieser berühmten frühchristlichen Heiligen zu seinem persönlichen Patron zu erwählen, sich mit seiner Vita, seinen asketischen Übungen, Wundern und Prophezeiungen eingehend zu beschäftigen und dem selbst gewählten Vorbild nach Kräften nachzueifern. Die Klosterbibliothek stellte uns hierzu ein reichliches Schrifttum zur Verfügung.

Auf der Suche nach einem mir gemäßen Heiligen vertiefte ich mich in die Kirchenbücher und studierte die abenteuerlichen Viten und Taten dieser legendären Wundermänner der christlichen Frühzeit. Sie erstaunten und faszinierten mich ebenso, wie ihr religiöser Eifer und ihre asketischen Übungen meinen Lachmuskel reizten.

Da läuft etwa, zu Beginn des dritten Jahrhunderts, ein junger christlicher Gelehrter namens Origines, Sohn eines Märtyrers, barfuß durch die Weltstadt Alexandria. Vor einem erlesenen Publikum vornehmer Damen und nach spiritueller Erfahrung dürstender junger Gelehrten predigt er einen neuen Lebensstil: den »bios angelikos«, was manche Kirchenväter mit »Keuschheit der Engel« übersetzten, andere mit »christlicher Askese«. So überwältigend war der Erfolg des Origines, dass aus allen Städten des Römischen Reiches Abschriften seiner Askese-Predigten angefordert wurden. Origines brauchte bald ein Schreibbüro mit einem halben Dutzend »Schönschreiberinnen«. Schön wie die Engel müssen sie gewesen sein, diese »Schönschreiberinnen«, denn mitten im Diktat erlag er der Versuchung. Von rasender Reue gepeinigt, schnitt sich der große Keuschheitsprediger von Alexandrien das Glied, mit dem er gesündigt, ab. – Sollte ich mir den Erfinder des Zölibats etwa zum Vorbild nehmen, wo ich doch gerade in jenem Alter stand, da im Blute eine kreisende Unruhe beginnt und jenes Glied, das Origines seinem neuen Gott opfern zu müssen glaubte, mir bis dahin unbekannte Wonnegefühle schenkte?

Der schwache Punkt der Askese war ja das »schwache und sündige Fleisch«. Die eigentliche Verkörperung des Fleisches aber war die Frau. Darum hieß das erste Gebot jeglicher Askese: »Meide die Frau!« Aber gerade dann, wenn der Mann sie flieht, weit draußen in der Wüste oder in der Abschottung eines Klosters, drängt sie sich seiner Phantasie nur desto heftiger auf. Und gegen diesen Dämon der »porneia«, der auch den hl. Antonius geplagt (wie sein Chronist berichtet), kam ich nicht an. Beim besten Willen nicht. Ich brauchte nur die hübschen jungen Mägde zu sehen, die mit Weinlaub im Haar und geschürzten Röcken im Weinberg standen und uns Novizen, wenn wir im Gänsemarsch an ihnen vorbeizogen, mit kecken Blicken musterten – und schon fiel mich die Nacht darauf der Dämon der »porneia« an. Dies hatte auch mit dem heißen Klima zu tun. Von einem bestimmten südlichen Breitengrad an ist Keuschheit physisch einfach nicht mehr möglich oder nur als titanische Selbstüberwindung. Wie schreibt doch ein bekannter Afrikareisender: »Wo die Flamme entfesselter Gelüste einmal lodert, da vermag kein christliches Taufwasser sie mehr zu löschen.«

Darum hatte ich auch größte Mühe, mit den asketischen Übungen meiner Mitbrüder Schritt zu halten. Die einen geißelten sich Brust und Rücken mit Stricken, deren Enden durch Knoten verdickt waren, was die Schmerzen vergrößerte. Die anderen knieten stundenlang auf Holzscheiten vor irgendeinem Heiligenbild, bis sie vor Schmerzen kaum mehr aufstehen konnten. Ich staunte nicht schlecht, wie erfindungsreich meine Mitbrüder in der Kunst der Selbstkasteiung waren und wie begierig jeder darauf bedacht war, den anderen an Heiligkeit noch zu übertreffen.

Und doch musste auch ich irgendeine asketische Leistung, und sei es nur zum Scheine, vollbringen, wollte ich nicht beim Novizenmeister und beim Generalvikar als »schwach im Glauben« gelten und in Ungnade fallen. Und dies durfte ich keinesfalls riskieren, denn sonst würde man es mir niemals gestatten, beim Bruder Apotheker in die Lehre zu gehen. Tagelang, während des Chorsingens, des Brevierlesens, des Unterrichts, brütete ich über diesem Problem, bis mir endlich die Erleuchtung kam.

Mein erster Heiligenschein

Ich erinnerte mich, in der Schmiede meines Onkels ein Messer gesehen zu haben, welches in der Klinge so eingekerbt war, dass man einen Finger darein legen konnte, sodass es schien, als ob der Finger durchschnitten wäre. Während der Mittagszeit schlich ich mich in die Klosterwerkstatt und stibitzte zwei lange spitze Nägel. Mit Hilfe einer Zange bog ich den einen Nagel dergestalt auseinander, dass in seiner Mitte eine halbkreisförmige Wölbung, eine Art Bügel, entstand. Wenn ich den derart präparierten Nagel vom offenen Fingerspalt des Mittel- und Zeigefingers her auf den Handteller schob, sah es so aus, als habe der Nagel meine Hand durchdrungen.

Aber damit die Durchdringung auch echt und glaubhaft wirkte, musste meine derart »stigmatisierte« Hand natürlich bluten. Woher das Blut nehmen und wie es im Augenblick der Durchdringung fließen machen? Dieses Problem bereitete mir einiges Kopfzerbrechen. Erst dachte ich an Schweineblut, das Kloster hatte demnächst Schlachttag, doch rasch verwarf ich den Gedanken wieder, denn Blut hat ja die Eigenschaft, schnell zu gerinnen. Es musste also eine Flüssigkeit sein, die nur so aussah wie Blut. Roter Zinnober – das war's! Ich besorgte mir von dem Kirchenmaler, welcher gerade die Deckengemälde der Klosterkapelle restaurierte, einen Fingerhut voll roten Zinnobers. Den verdünnte ich mit einem Esslöffel Wasser und füllte die blutrote Flüssigkeit in ein Stück Darmhaut, die ich oben zuband. Die so gewonnene kleine Kapsel mit »Theaterblut« ließ sich bequem zwischen Daumen und Zeigefinger verstecken.

Der kleine Kapitelsaal war, wie immer bei geistlichen Vorträgen, voll besetzt. Ich hatte gerade meine disputatio über den hl. Origines beendet und dafür das Lob des Generalvikars geerntet. Da sagte ich mit jenem demutsvollen Hundeblick, den ich mir bei Frater Fernando abgeschaut hatte:

»Wie Seine Eminenz uns gelehrt hat, ist der Weg zum wahren Glauben ein dorniger. Und dieser führt nur über die Überwindung des Fleisches, seiner Begierden wie seiner Schmerzen. Wenn Seine Eminenz mir erlauben, möchte ich hic et nunc eine Probe meines Glaubens ablegen.«

Der Generalvikar, der unweit von meinem Pulte in einem mit rotem Sammet ausgepolsterten Sessel saß, nickte huldvoll. Nach diesem feierlichen Präludium trat ich auf die kleine Empore unter das Kruzifix und bekreuzigte mich dreimal. Dann zog ich den präparierten Nagel aus der Tasche meiner

Kutte, tauchte ihn in das Weihwasserbecken und sagte im inständigen Ton einer Fürbitte:

»Der Herr möge mir beistehen und mir die Kraft verleihen, die Schmerzen dieses geweihten Nagels zu ertragen, so wie er auch seinem eingeborenen Sohn die Kraft für sein Martyrium verlieh.«

Es war mucksmäuschenstill im Raume geworden. Auf mir ruhten jetzt die Blicke von achtzig Novizen, einem Dutzend Confrater und das Auge Seiner Eminenz. Mir zitterten die Knie wie einem Schauspieler, der das erste Mal auf der Bühne steht. Ich führte den langen Nagel, der kaum die Dicke einer Stricknadel hatte, an meine Lippen und küsste ihn, wie man es mit einer Reliquie tut. Dann hob ich langsam den Arm und bohrte den Nagel scheinbar in meine ausgebreitete andere Hand, während ich gleichzeitig mit der Nagelspitze die kleine Kapsel mit dem verdünnten Zinnober ritzte. Sogleich schoss das »Blut« auf. Ein Aufschrei aus hundert Kehlen. Diesen Augenblick nutzte ich, um rasch den von meinen Fingern verdeckten Bügel des Nagels auf den Handteller zu schieben, bis der Nagel auf der anderen Seite sichtbar in halber Länge hervortrat. Ich biss die Lippen zusammen, wie um den Schmerzensschrei zu unterdrücken. Dann hielt ich die blutende, gleichsam gekreuzigte Hand wie ein Szepter in die Höhe und sprach mit demselben selig verklärten Lächeln, wie es der hl. Sebastian auf einem Wandbildnis der Klosterkapelle zeigte, in die ergriffene Versammlung hinein:

»Siehe! Der Herr hat allen Schmerz von mir genommen!«

Die Wirkung dieser asketisch-fakiristischen Illusion war ungeheuer. Viele Novizen fielen auf die Knie und bekreuzigten sich, desgleichen einige der älteren Fratres. Der Generalvikar aber stand mit offenem Munde und verharrte in ungläubigem Staunen, dann aber, mit einem dankbaren Aufseufzen, verklärte sich sein Blick. Er trat zu mir auf die Empore und beugte sich mitfühlend über meine blutende, vom Nagel durchbohrte Hand.

»Und du fühlst wirklich keinen Schmerz?« Ich schüttelte den Kopf. »Mein Sohn, du hast wahrlich eine Probe deines Glaubens gegeben, wie es noch keiner hier vor dir getan. Und der Herr stand dir bei. Aber jetzt ist es genug. Zieh den Nagel wieder heraus! Wasche deine Wunde und lass sie verbinden!«

Mit einem Ruck zog ich den blutverschmierten Tricknagel »aus« meiner Hand. Während ich mit einem Tüchlein das Blut von ihm abwischte, vertauschte ich ihn unbemerkt mit dem zweiten unpräparierten Nagel, den ich dem Generalvikar überreichte. Dieser drehte und wendete ihn ergriffen in seiner Hand und wickelte ihn wie eine kostbare Reliquie in ein weißes Batisttüchlein.

So ging ich denn aus dem Wettbewerb der Selbstkasteiung als blendender Sieger hervor und erwarb mir meinen ersten Heiligenschein. Tags darauf rief mich der Generalvikar zu ungewohnter Stunde in sein Kabinett. Meine »stigmatisierte« Hand trug einen eindrucksvollen Wundverband, den ich aus guten Gründen mir selbst angelegt hatte. Nachdem er sich mitfühlend nach meinem Befinden erkundigt, sagte er, reines Wohlwollen in Blick und Tonfall:

»Mein Sohn! Die Gnade des Herrn ruht auf dir. Du kannst es, im Dienste des Ordens und zur höheren Ehre Gottes, noch weit bringen und verdienst jedwede Förderung. Verspürst du in dir eine besondere Berufung?«

»Die Apotheke!«, schmetterte ich heraus. »Kranken Menschen zu helfen war mir seit je ein Herzensbedürfnis. Ich fühle mich zum Heiler und Arzt berufen.«

»Nun, vom Apotheker ist es nicht weit zum Wohltäter der Menschheit. Da du es so sehr begehrst, sollst du dem Bruder Apotheker zugeteilt werden.«

Kaum unterdrückte ich meinen Jubelruf. Tags drauf nahm ich den Wundverband von meiner Hand. Denn die Wunde war so schnell und so vollkommen verheilt, dass weder eine eiternde Schwäre noch eine Narbe zu sehen war. »Seht nur«, raunte es andächtig durch die Klosterzellen. »Gott hat seine Wunde über Nacht geheilt!«

Der Apothekerlehrling

Pater Albert, ein hagerer Mann mit spitz zulaufendem Gesicht und eingefallenen Wangen, sah immer übernächtigt aus. Um seine Tonsur lief ein spärlich silbergrauer Haarkranz. Die Last der Jahre und das gekrümmte Arbeiten im Laboratorium hatten seinen Rücken schon ein wenig gebeugt. Auch hüstelte er oft, wohl infolge der giftigen Dämpfe, die er beim Köcheln und Experimentieren einatmete. Nichtsdestotrotz war er mit Leib und Seele Apotheker und Alchemist. Anfangs behandelte er mich mit einer gewissen Herablassung. Indes hatte er wohl noch nie einen so dankbaren und gelehrigen Famulus wie mich. In kürzester Zeit entwickelte ich ein solches Geschick im Salbenmischen, beim Trocknen und Zerstoßen von Heilkräutern, die ich nach den paracelsischen Tafeln und anderen Kräuterbüchern zu bestimmen lernte, dass er nicht anders konnte, als mit mir zufrieden zu sein. Auch wusste ich über die Wirkung und Dosierung der wichtigsten Heilkräuter, Salze und Pulver und ihre sympathetischen Beziehungen zu den Gestirnen, Jahreszeiten und Tierkreiszeichen bald so gut Bescheid, dass er voll des Lobes über mich war. Und er belohnte meinen Eifer, indem er mir aus dem Füllhorn seines pharmazeutischen Wissens bald die eine, bald die andere ungewöhnliche Rezeptur mitteilte und mir manch wichtigen Fingerzeig gab:

»Merke: Alle medizinische Wissenschaft fußt nach Paracelsus auf drei Säulen: *in herbis, in verbis et in lapidibus**! Die Heilkraft einer Medizin hängt aber auch von ihrer Wirkung auf die Sinnesorgane des Patienten ab. Versuchst du ihm beispielsweise eine harmlos wasserhell aussehende, womöglich noch geschmacksfreie Medizin einzuflößen, dann ist alle Überredungskunst fehl am Platze. Der Kranke wendet sich angewidert ab und zieht ein Gesicht, das deutlich seinen Unglauben an jede Möglichkeit einer Wirkung verrät. Ist sie aber milchig-trübe, schillert sie in irgendeiner Nuance, was du zum Beispiel durch einen geringfügigen Zusatz von Öl oder Alkohol erreichst, dann kannst du sicher sein, dass du schon allein damit den halben Heilerfolg erzielst.«

»Ergo kommt es auch bei der Medizin weniger auf die Substanz als auf die Akzidenz, will sagen: auf den äußeren Glanz oder Schein an?« Gerne suchte ich das gelehrt klingende aristotelische Vokabular, das ich im Seminar aufgeschnappt hatte, an den Mann zu bringen.

»Nun, ganz so ist es auch wieder nicht«, korrigierte er meine etwas voreilige Conclusio. »Jedes Kraut hat seine bestimmte substanzielle Wirkung. Johanniskraut lindert den Schmerz, Baldriantropfen und Melisse haben eine beruhigende und einschläfernde Wirkung, Sonnenhut hilft gegen Erkältungen, Eukalyptus und ätherische Öle reinigen die verstopften Atemwege usw. Indes kommt es nicht allein auf das Substrat des Heilmittels an, dieses muss auch die Vorstellungskraft des Kranken beeinflussen, um seine Wirkung zu entfalten. Kürzlich war in der Apotheke das Johanniskraut ausgegangen. Also gab ich einem Confrater, der an Schmerzen litt, ein Fläschchen aus geringprozentigem Alkohol, dem ich ein paar Tropfen Bisamwasser beisetzte. Ich ließ ihn indes in dem Glauben, dass die wohlriechende Tinktur aus Johanniskraut bestand. Und siehe da! Seine Schmerzen waren am

* *Den Kräutern, den Worten und den Mineralien*

nächsten Tag verschwunden. So kannst du mit einem harmlosen Scheinpräparat denselben Effekt erzielen, als wenn du das echte Mittel verabreichst.«

Das erstaunliche Phänomen interessierte mich sehr: Auch Illusionen konnten also heilkräftig wirken! Und so begann ich ein wenig zu experimentieren. Mit Vorliebe machte ich alkoholische Auszüge, deren Farbenspiel meine Sinne entzückte. Bald ging ich dazu über, der Natur ein wenig nachzuhelfen, indem ich einer bestimmten Tinktur wenige Tropfen eines Öls oder pflanzlichen Saftes beimischte. Obwohl alle Fläschchen dasselbe pharmazeutische Substrat enthielten, war die Wirkung je nach Farbe und Tönung auf die Kunden grundverschieden. Die scharlachrote Tinktur zum Beispiel stieß unwillkürlich auf Ablehnung, enthielt sie auch noch so heilkräftige Kräuteressenzen. Denn Blut als Inbegriff des Lebenssaftes will man weder vergießen noch verlieren noch trinken. Dagegen flößte eine honiggelbe oder orangefarbene Tinktur sofort Vertrauen ein, auch wenn sie bitter oder widerlich schmeckte. Denn Gelb ist nicht nur die Farbe des Honigs, des Löwenzahns und der Orange, es ist auch die Farbe der Sonne, des Goldes, der Engel und der Heiligen. Ob eine Tinktur sympathetisch oder antipathisch wirkte, hing also auch von den Vorstellungen ab, die ihre jeweilige Farbe beim Kranken auslöste.

Bei diesen Versuchen machte ich eine weitere Entdeckung, die mich außerordentlich faszinierte: dass auf Wasser schwimmendes Öl eine wunderbare, Farben und Licht reflektierende Oberfläche ergibt, auf der die Bilder meiner eigenen Vorstellungskraft erschienen, wenn ich nur lange genug in den Glaskolben starrte. Dieses Phänomen war schon den ägyptischen Priestern bekannt, und sie entwickelten daraus die sogenannte Hydromantik – eine bestimmte Wahrsagetechnik, derer auch ich mich später bedienen sollte.

Was für die Farbtönung einer Tinktur galt, musste auch

für die äußere Hülle gelten, in der sie enthalten war. So entwarf ich denn große Etiketten mit auffallenden Chiffren und klebte sie auf Flaschen und Büchsen. Erblickte der Kunde etwa auf dem Etikett eines Fläschchens das älteste Symbol der Heilkunst, den Äskulap-Stab, um den sich eine Schlange windet, dann fasste er sofort Vertrauen zu der Tinktur oder Salbe, auch ohne zu wissen, was sie enthielt. Eine ähnliche Wirkung hatten geheimnisvolle magische und alchemistische Symbole, wie etwa das Sonnenrad, die Schlange, die sich in den Schwanz beißt, der rote und grüne Löwe, das Einhorn oder der Vogel Phönix, der aus der Asche steigt.

Die wundersame Welt der Alchemie

Meine Erfindungen bezüglich der Farbgebung der Tinkturen und der Gestaltung der Etiketten bewirkten, dass die Klosterapotheke ihren Umsatz merklich steigern konnte. Dies trug mir das besondere Lob des Generalvikars ein und eröffnete mir den lang ersehnten Zugang in das Allerheiligste des Bruder Apothekers: in sein alchemistisches Laboratorium, das von Anfang an eine unwiderstehliche Anziehungskraft auf mich ausübte. Es war ein kleiner, unmittelbar an die spitzbogige Apotheke angrenzender Raum, dessen gekalkte Wände von beizenden Dünsten und den Rauchschwaden des Kamins zerfressen waren. In den gläsernen Apparaturen und Kolben, den teils spitzwinkligen, teils gestreckten, teils gewundenen Röhren, den metallenen Schalen und Porzellanbechern brodelte, siedete und zischte es. Festes verwandelte sich in Flüssiges, Flüssiges verdampfte, um sich als Destillat wieder zu verflüssigen, Flüssiges wurde wieder fest und kristallisierte: das Wunder der Metamorphose von Gestalt und Form!

Die frommen Klosterbrüder nannten das Laboratorium, teils mit heiliger Scheu, teils mit heimlichem Schauder, nur die »Hexenküche«. Für mich aber war diese eine Offenbarung; hatten doch christliche Orden wie die Barmherzigen Brüder während der zwei Jahrhunderte sarazenischer Herrschaft auf Sizilien die arabischen Handschriften und Rezepturen, die das Geheimwissen der orientalischen Magie und Alchemie enthielten, abgeschrieben, übersetzt und weitergegeben.

Selbstredend durfte ich die »Hexenküche«, deren Heiligtum der Athanor, der Alchemistenofen, war, nur im Beisein des Bruder Apothekers betreten. Was ihn immer wieder in das Laboratorium trieb und wofür er seine Kräfte, seine Freizeit, sogar seinen Schlaf opferte, war indes nicht profane Goldgier, sondern die Entdeckerlust, verbunden mit einem tiefreligiösen und mystischen Streben. Nicht dem Goldmachen an sich galt seine Passion, sondern der »Transmutation«, der Verwandlung der Metalle bis zur Reife des »philosophischen Goldes«, das für jeden wahren Alchemisten der Inbegriff der Reinheit und Vollkommenheit, ja, das Symbol der Gottheit selber darstellt.

»Merke! Als man das Gold vor fünftausend Jahren in Nubien zum ersten Mal aus der Erde holte, war es etwas Heiliges: Es war die Sonne auf Erden, und die Sonne war Gott. Sonne und Mond waren die Augen des ägyptischen Gottes Horus, der ein Sohn des Sonnengottes Ra war. Auch die ägyptischen Könige waren Söhne von Ra. Darum legten sie sofort die Hand auf die der schwarzen Erde, der ›kem‹, der ›cheme‹ entrungenen Sonne, damit die Rezepte zur Gewinnung des Goldes Geheimnis der Priester blieben. Auch die runde Form der Gold- und Silbermünzen weist auf ihre himmlischen Vorbilder hin. Wer aber die zwiefache Natur des Goldes, die irdische und die himmlische, missachtet und sich nur von profaner Goldgier treiben lässt, der handelt nicht im Sinne Gottes und bringt, wie die spanischen Konquistadoren bei der Eroberung der Neuen Welt, nur Unglück über die Menschen.«

»Aber ist denn die Alchemie auch wirkliche Wissenschaft?«, fragte ich den Meister mit gelindem Zweifel.

»Gewiss!, denn sie gründet auf die Naturlehre des Aristoteles, der zufolge alle Stoffe nur verschiedene Ausdrucksformen ein und desselben Urstoffes, der ›Materia prima‹, sind. Darum ist es auch möglich, einen Stoff in den anderen umzuwandeln.«

Vor der Autorität des Aristoteles musste jeder Zweifel weichen. Mit demselben Eifer wie schon bei der Zubereitung der Arzneimittel ging ich fortan dem Bruder Apotheker beim Experimentieren zur Hand, säuberte Glaskolben und Behälter, befreite Brennschalen von ihren Rückständen, zerstampfte und pulverisierte feste Substanzen, Salze und Kristalle und wog sie auf das Genaueste ab. Unter seinem gestrengen Blick durfte ich bald auch den Destillierapparat in Gang setzen, die flüssigen oder kristallinen Niederschläge wägen und ihre neuen chemischen Eigenschaften bestaunen. Der heilige Ernst, mit dem mein Lehrherr die »Königliche Kunst« betrieb, steckte mich an, auch wenn mir Sinn und Zweck vieler chemischer Prozeduren und Experimente ein Rätsel blieben.

Wenn wir beide, der Meister und sein Famulus, zur Vesper aus unserem Keller hochkamen, nach Sulphur und Ammoniak stinkend, oft mit Brandblasen an den Händen oder mit von Säure zerfressenen Löchern im Schurz, glühte mein Gesicht noch durch den Ruß hindurch. Und in den Augen der anderen Novizen, die bei Tische auf mich gerichtet waren, konnte ich den Respekt und die Bewunderung lesen, den sie dem angehenden Adepten entgegenbrachten. Wenn ich auch noch nicht viel von der »Königlichen Kunst« verstand, der Nimbus, der ihr anhaftete, schien mich in gewisser Weise zu adeln.

Nach einigen Monaten der Bewährung gewährte mir Bruder Apotheker sogar Zutritt in seine alchemistische Geheimbibliothek, die sich in einem an die Apotheke grenzenden Raum befand. Wenn er mit mir besonders zufrieden war, durfte ich in der bis zur Vesper verbleibenden Zeit in den schweren Folianten blättern, in denen die wundersame allegorische Welt der Alchemie in zahllosen Bildtafeln und Kupferstichen abgebildet und ihre ehrwürdige Geschichte beschrieben war. Die abenteuerlichen Chroniken ihrer Pioniere und Adepten erregten mächtig meine Einbildungskraft und boten mir reichlich Stoff beim Ausspinnen meiner eigener Lebensträume.

Mein Favorit unter den Alchemisten und Wunderheilern des Mittelalters war der um 1235 geborene Arnald de Villanova. Er studierte in Neapel, Montpellier und Barcelona, wo er sich als Arzt und Alchemist einen Namen machte und an der Universität lehrte. Im Jahre 1285 war er schon so berühmt, dass König Peter III. von Aragonien, der gefährlich erkrankt war, ihn als Leibarzt zu sich berief. Er kurierte den König und erhielt dafür von ihm ein Schloss in Tarragona geschenkt. Indes wurde er von der päpstlichen Zensur bald unter Anklage gestellt, da er behauptet hatte, die päpstlichen Bullen seien nichts anderes als Menschenwerk und die Barmherzigkeit sei mehr wert als das Anhören der Messe. Im Jahre 1296 wurde er in Paris von der Inquisition verhaftet. Da er in dem Rufe stand, ein Goldmacher und also mit dem Teufel im Bund zu sein, musste er vor einem geistlichen Gericht seine »Irrtümer« widerrufen, sein Buch »Tetragrammaton«, ein kabbalistisches Werk über den Namen Gottes und die Trinität, wurde zur Verbrennung bestimmt. Erst im Jahre 1301 wurde ihm gestattet, Frankreich zu verlassen.

Er ging nach Genua. Dort ließ ihn der Papst wiederum einsperren; alle seine Werke wurden von der Inquisition verboten. Vor einem geheimen Konsistorium musste er seinen Irrtümern ein zweites Mal abschwören, vor allem seiner Behauptung, er habe seine Reformideen von Christus selbst empfangen. Trotz seiner Bereitwilligkeit, den geforderten Eid zu leisten, wurde er zum Feuertod verurteilt. Indes rettete ihn die Erkrankung des Papstes. Man stelle sich vor: Der Häftling der Engelsburg wird in den Vatikan gebracht, um unter den argwöhnischen Augen der päpstlichen Leibgarde den Stellvertreter Petri, der ihn eben zum Feuertode verdammte, auf Herz und Nieren zu prüfen. Er untersucht seinen Urin, seinen Stuhlgang, stellt ihm die Diagnose und verordnet ihm sodann die entsprechende Kur. Und er weiß, wenn seine Kur fehlschlägt, wird er brennen! Allzu gerne hätte ich gewusst, welche Kur Arnald de Villanova dem Heiligen Vater verordnet, aber leider ist darüber nichts überliefert. Zum Dank für seine Genesung erließ der Papst ihm nicht nur den Scheiterhaufen, er beförderte ihn sogar zu seinem Leibarzt – und zu seinem persönlichen Hofnarren. Zur Belustigung seiner Gäste ließ er ihn seine aus alchemistischem Gold fabrizierten Stäbe vorführen. Und wiederum erhielt er zur Belohnung für seine Künste ein Schloss.

Zuletzt sehen wir Arnald de Villanova in Sizilien am Hofe König Friedrichs II. Er wirkte dort nicht nur als Arzt und Alchemist, sondern auch als Traumdeuter. Er benützte offenbar sehr geschickt diese Tätigkeit zur innen- und außenpolitischen Beeinflussung seines hohen Gönners. Sein Ehrgeiz war es nämlich, nicht nur Menschen, sondern auch Staaten und selbst die Kirche zu kurieren. Er ermahnte den König, die Verwaltung zu reformieren, Spitäler zu stiften, den Armen Almosen zu geben, mit der gleichen Gerechtigkeit Arm und Reich zu behandeln und die Steuern herabzusetzen – ein Programm, das auch heute jeder Regierung zur Ehre gereichen würde.

Ist's nicht ein Jammer, wie armselig im Geiste und Glauben unsere heutigen Regenten sind! Weder glauben sie mehr an die verborgene Wahrheit und Weisheit der Träume, noch kennen sie mehr den Traum einer gerechteren Welt.

Damit ich auch in der Krankenpflege praktische Erfahrungen sammle, teilte mich der Generalvikar schließlich dem Bruder Krankenpfleger zu.

Pater Christoforo war kein Freund der Askese; darauf deutete sein weiches, rosafarbenes Gesicht mit dem kleinen, wohlgerundeten Mündchen ebenso wie sein stattlicher Embonpoint, der seine Kutte wölbte. Hatte er auch die Gestalt eines Tönnchens, sein behender, trippelnder Schritt widerlegte das landläufige Vorurteil, dass ein Dicker notgedrungen behäbig und langsam sei. Auch verhielt er sich mir gegenüber nicht wie ein gestrenger und überlegener Lehrherr, sondern wie ein wohlwollend-väterlicher Freund. Seine Unterweisungen in der Krankenpflege leitete er stets mit »Mein Sohn!« ein. Und zum Zeichen seiner Sympathie legte er gerne den Arm um meine Schultern. Zeigte ich mich bei einer praktischen Verrichtung, wie dem Anlegen eines Wundverbandes oder dem richtigen Gebrauch eines Klistiers, einmal unsicher oder ungelenk, demonstrierte er mir mit Engelsgeduld wieder und wieder die richtige Handhabung. Gab ich ihm aber Grund für einen ernstlichen Tadel, wiegte er nur sanft den Kopf und berichtigte mich mit einer lächelnden Güte und Nachsicht, die mich meinen Fehler fast wieder vergessen ließ.

Es war nicht üblich, dass ein Novize mit der Außenwelt in Berührung kam. Umso mehr genoss ich das Privileg, aus Anlass der Krankenvisiten aus dem Kloster herauszukommen, hatte ich doch seit Wochen das Gefühl, dass mir die Decke auf den Kopf fiel. So trottete ich denn, vollbepackt mit den nötigen Gerätschaften, neben Frater Christoforo her. Wenn er eine Krankenstube betrat, war er die verkörperte Leutseligkeit und nahm in Worten wie Gebärden so viel Anteil am Leiden des Patienten, als ob er dieses am eigenen Leibe verspüre. Schon diese sympathetische Mitempfindung, die freilich zu seiner Routine gehörte, hatte auf jene einen wohltuenden Effekt. Ansonsten beschränkte sich seine medizinische Weisheit aufs Aderlassen und Purgiertränke, auf Diätvorschriften und Kräutertees aus der Klosterapotheke. Besonders empfahl er die Anrufung der jeweiligen Schutzheiligen, die für diese oder jene Krankheit zuständig waren. Litt ein Patient gleichzeitig an mehreren Übeln, so hatte er gleich ein halbes Dutzend Heiliger anzurufen, folglich ein ganz schönes Tagespensum zu absolvieren. St. Blasius etwa war für Darm- und Blasenbeschwerden, St. Paulus für Sausen im Kopf und in den Ohren, St. Fiacrus für Hämorrhoiden zuständig, St. Veith half gegen das Bettnässen. Wenn die Übel trotzdem nicht wichen, so hatte der Patient es entweder an der nötigen Inbrunst fehlen lassen oder sich an den falschen Heiligen gewandt.

Meine Lehrzeit bei Frater Christoforo war indes nur von kurzer Dauer, mündete sie doch in einem öffentlichen Skandal, der meine geistliche Laufbahn abrupt beendete.

An einem späten Sommerabend holte man Frater Christoforo und mich einmal zu einem Schwerkranken nach Caltagirone. Seine Kammer lag nach der Hofseite hin, einem mehrstöckigen Gebäude gegenüber, von dem Gelächter und Lieder herüberdrangen, vermischt mit dem Klang von Gitarren und Mandolinen. Während Frater Christoforo am Bett des Kranken saß und ihm den Puls fühlte, entfernte ich mich, vom Sirenengesang angelockt, auf Zehenspitzen und schlich zum Fenster. Als ich die Gardine beiseite schob, welch zauberhaftes Schauspiel bot sich da meinen Augen! Mädchengestalten an den Fenstern und Balkonen des gegenüberliegenden Hauses, in hautengen Seidenkleidern, einige mit kaum mehr bekleidet als einem funkensprühenden Schmuckstück, einer goldenen Halskette oder einer kunstvoll gearbeiteten Haarspange. Braune und blonde Nymphen, gertenschlanke und üppige – mit modisch aufgetürmten Frisuren, grell geschminkten Lippen und von Belladonna glänzenden Augen. Als sie mich am Fenster sahen, winkten sie mir zu und lachten.

»Giuseppe! Steh nicht herum! Reich mir Verband und Schere, statt dir die Augen auszuglotzen!«, rief Pater Christoforo verärgert. Ihm war wohl nicht entgangen, was meinen Blick so gefangenhielt.

Während des langen Rückwegs strafte er mich mit Schweigen. Kurz vor der Klosterpforte blieb er plötzlich stehen und blickte mich finster an: »Was hast du da vorhin gehört? Was hast du gesehen?«

»Ich, gesehen? ... Gehört? ... Ich weiß nicht, was Ihr meint«, log ich.

»Du weißt genau, was ich meine!«, herrschte er mich an. Dann zog er eine so schmerzliche Miene, als hätte ich ihn zutiefst gekränkt. »Nach der Venus Vulgivaga steht also dein Sinn?«

»Wieso? ... Ich verstehe nicht.«

Plötzlich wetterte er los: »Feile Metzen! Verkommene Huren! Otterngezücht! Buhlerinnen des Teufels!«

Ich war fassungslos. Nie hätte ich Frater Christoforo solch eine Sturzflut gehässigster Verleumdungen zugetraut ... Teuflisch? Verkommen? Welche Verkehrung der Tatsachen! Noch nie hatte ich so viele hübsche und verführerische Evas auf einem Haufen gesehen.

Am nächsten Morgen war Frater Christoforo wie ausgewechselt. Er sprach mich wieder mit »Mein Sohn, mein lieber Sohn« an, während der medizinischen Unterweisungen ruhte sein warmer Blick auf mir, väterlich strich er mir über das Haar. Für den Abend lud er mich sogar in seine Klause ein, er wolle mir dort etwas sehr Schönes zeigen.

Neugierig ging ich nach der Vesper zu ihm hin. Er empfing mich auf das Liebenswürdigste. Seine Kutte hatte er gegen einen weiten weißen Flauschmantel vertauscht, eine lose Kordel hielt seine Körperfülle notdürftig zusammen, als sei er gerade dem römischen Bade entstiegen.

Er bat mich, auf der Ottomane Platz zu nehmen. Auf dem Tischchen davor stand eine Kristallschale mit Konfekt, eine schon entkorkte Flasche Cypernwein nebst zwei Gläsern. Eine Kerze aus Honigwachs verströmte ein mildes Licht. Der ganze Raum war von einem süßlich betäubenden Duft erfüllt, einer Mischung aus Rosenparfüm und Paculi, wie mich dünkte.

Nachdem er mir eingeschenkt und eine humorige Hommage auf den Bruder Bacchus gehalten, der zwar kein Heiliger sei, dafür aber Leib und Seele erquicke, erging er sich in lobenden Worten über meine Anstelligkeit und mein Geschick bei der Krankenpflege:

»Gott hat dich mit vielerlei Talenten gesegnet, mein Sohn! Er hat dir außerdem eine robuste Gesundheit und einen kraftvollen Corpus geschenkt. Und er hätte gewiss an dir sein Wohlgefallen, wenn, ja, wenn ...« – ein Seufzer entrang sich seiner Brust, und seine Miene nahm den Ausdruck tiefster Besorgnis an –, »wenn dein Betragen nicht Anlass zur Sorge gäbe, dass deiner Jugend schönste Blüte durch die Begierde nach dem Weibe vergiftet werde. Du weißt: ›Meide das Weib!‹ heißt die erste Regel unseres Ordens. Und diese hat ihren Grund nicht nur im Sündenfall, den Eva heraufbeschwor, sondern auch darin, dass der weibliche Schoß, besonders bei den Venuspriesterinnen, seit jeher giftige und ansteckende Keime in sich birgt, welche der Gesundheit des Mannes verderblich sind. Denk nur an die französische Krankheit, die syphilitische Pestilenz, welche denen, die von ihr befallen sind, Verfall, frühes Siechtum, Geistesverwirrung und Tod bringt. Glaub mir, als praktizierender Heilkundiger weiß ich davon ein traurig' Lied zu singen.«

Nachdem er die Folgen der bösen Lustseuche mir in den schwärzesten Farben und mit dem Pathos eines Apostels ausgemalt, der die Hölle von innen gesehen, füllte er wieder die Gläser. Ich sprach dem Cypernweine kräftig zu, denn es war ein vorzüglicher Tropfen. Indes seine Gesichtsfarbe wieder ins Rosige wechselte, legte er mir den Arm um die Schulter und fuhr in milderem Tone fort:

»Das soll nun aber nicht heißen, mein Sohn, dass dir und mir, ob wir auch das geistliche Gewand tragen, die Freuden des Fleisches verboten seien. Weder Jesus noch seine Apostel haben die Enthaltsamkeit oder Keuschheit gepredigt. ›Denn es ist dem Menschen nicht gut, allein zu sein‹, sagte schon Paulus. Was aber den Zölibat angeht – dieser gilt nur dem Weibe gegenüber, nicht gegenüber dem eigenen Bruder. Und Brüder in Jesu, Brüder im Geiste sind wir doch alle, nicht wahr? Item dürfen wir auch Brüder im Fleische sein!«

Während dieser Sätze war er noch näher an mich herangerückt, und ehe ich mich versah, drückte er mir einen feuchten Kuss auf den Mund. Ich wandte den Kopf zur Seite und rückte verstört von ihm ab. Lächelnd nahm er die Hand von meiner Schulter und sagte:

»Was hast du gegen einen brüderlichen Kuss, Giuseppe? … Schau! Dieses Buch stammt von einem der größten Philosophen des Altertums.«

Er griff nach jenem Buche, das auf dem Tische lag, und hielt es mir vor die Nase. Es hieß »Platons Gastmahl«.

»In diesem Buche streiten sich die erlauchtesten Geister der Antike darüber, welcher Gottheit vor allen anderen der Vorzug gebühre. Und alle sind sich darin einig: Dieser Gott ist der älteste von allen, nämlich Eros, Begleiter der Aphrodite, denn Eros allein führt den Menschen zur Schönheit und zum Guten – und damit zur Tugend … Allerdings gibt es zweierlei Arten von Eros: Der Eros Urania ist der geistige, der Eros Pandemos der bloß sinnliche. Den geistigen findet man nur in der Männerfreundschaft, für die Platon darum eine dauernde Treue, eine Art Ehe fordert. Der Eros der Frauen dagegen ist nur auf das Irdische, auf Fortpflanzung und Ehe gerichtet und kann keinen höheren Wert beanspruchen. – Nun, mein Sohn! Wie denkst du darüber?«

Frater Christoforo legte seine Hand zart in die meine und sah mir innig in die Augen.

In frostigem Tone gab ich zur Antwort: »Soviel ich weiß, zählt die Hl. Schrift die Sodomie zu den schlimmsten Sünden überhaupt!«

Frater Christoforo lächelte nachsichtig: »Sodomie, mein Sohn, ist etwas ganz anderes. Sodomie ist Unzucht mit Tieren. Und nur sie ist des Teufels. Die Liebe zwischen Lehrern und Schülern aber ist das Natürlichste auf der Welt. Platon sagt: ›Ich wenigstens wüsste kein größeres Gut zu nennen als schon früh für den Knaben einen wahren Liebenden und für den Liebenden einen Liebling.‹«

Bei diesen Worten löste er die Kordel seines weißen Flauschmantels und sah mich erwartungsvoll an, indes seine dunklen Augen ölig glänzten. Er glaubte wohl, mir einen wahren Schatz zu offenbaren. Ich aber blickte verschreckt und angewidert zugleich auf sein bloßliegendes Gemächte, das unter den Fettrollen seines Wanstes hing wie ein verschrumpeltes Glockenspiel. Schon ergriff er meine Hand und führte sie an seinen Klöppel, um Platons »Gastmahl« einzuläuten. Ich zuckte vor der eklen Berührung zurück und suchte ihm meine Hand zu entreißen, doch er hielt sie im festen Klammergriff, sodass für Augenblicke ein zähes Ringen zwischen uns einsetzte. Endlich jedoch, indem ich ihm meinen freien Arm vor die Brust stieß, bekam ich auch die andere Hand wieder frei und stürzte zur Tür.

Mein Herz pochte wie eine Pauke, indes ich die dunklen und verwinkelten Gänge des Dormitoriums entlanglief. Als ich endlich im Freien war, hielt ich an, um Atem zu schöpfen. Lange stand ich unten im Kreuzgang, mit den Händen die steinerne Brüstung umklammernd, in einer Mischung aus Ekel und Scham, Wut und Enttäuschung. Denn eigentlich mochte ich Frater Christoforo, der mich stets mit väterlichem Wohlwollen behandelt und mir ein so geduldiger Lehrer gewesen. Darum hatte ich zu ihm Vertrauen gefasst. Jetzt aber zeigte sich: All dies war nur die berechnende Attitüde eines warmen Klosterbruders gewesen, um mich in sein Lotterbett zu ziehen.

Am nächsten Morgen erklärte ich dem Novizenmeister, ich sei krank, habe Fieber und könne daher nicht zu Frater Christoforo in die Lehrstunde gehen.

Erst Tage später erschien ich nolens volens wieder bei ihm. Doch er hörte nicht auf, mich zu belästigen, und wurde dabei sogar immer dreister. Bald war mir seine Gegenwart so unerträglich geworden, dass ich den Generalvikar aufsuchen wollte, um ihn zu bitten, mich einem anderen Bruder zuzuteilen. Doch da öffnete mir ein Novize, den ich ins Vertrauen gezogen, endgültig die Augen:

»Glaubst du, dann wird es besser? Ich könnte dir hier ein halb Dutzend Frater nennen, die es genauso treiben. Und ebenso viele Novizen, mit denen sie es heimlich treiben.«

»Du übertreibst!«

»Ich hab's mit eigenen Augen gesehen. Der Beichtstuhl ist die reinste Kuppelhöhle, und die Knabenliebe wird in diesem Kloster kaum als lässliche Sünde betrachtet. Darum drücken unsere Oberen beide Augen zu.«

Ich fiel aus allen Wolken. Da war ich ja in einem feinen Orden gelandet: Fatebenefratelli – der Orden der warmen Brüder! Die Knabenliebe war also der gängige Ausweg aus dem widernatürlichen Zölibat, zugleich Entschädigung für die hl. Askese. Ein Weib zu berühren, ja, es bloß anzuschauen, galt als schwere Sünde. Aber sich an minderjährigen Knaben zu vergreifen, war dem Zölibatär erlaubt. War das nicht der Gipfel der Heuchelei?

Von jetzt an gab es für mich nur noch ein Ziel: Raus aus diesem Kloster!, in dem man offenbar nur die Wahl hatte, asketischer Scheinheiliger oder Lustknabe eines unsauberen Klosterbruders zu werden. Raus – und zwar schnell! Doch wollte ich mich nicht einfach sang- und klanglos davonmachen. Ich wollte den Fatebenefratelli, in Sonderheit Bruder Christoforo, zum Abschied eine Lektion erteilen, die sie nicht so rasch vergessen sollten.

Es dauerte nicht lang, bis ich herausgefunden hatte, wie die zwölf bekanntesten und begehrtesten Kurtisanen von Caltagirone hießen. Ich wartete nur noch auf den Tag, da die Reihe an mir war, während der gemeinsamen Mahlzeit im Refektorium aus der Märtyrologie vorzulesen. Es war ein Dienstag. Zwar waren es nur kleine Veränderungen, die ich beim Vortrag des heiligen Textes vornahm, diese aber hatten es in sich: Immer wenn der Name eines heiligen Mannes im Text auftauchte, setzte ich an dessen Stelle den Namen einer jener stadtbekannten Kurtisanen: der hl. Origines wurde zur »hl. Susetta«, der hl. Antonius zur »hl. Verena«, der hl. Sebastian zur »hl. Arabella« usw.

Die Mehrzahl der Esser war viel zu sehr mit Kauen, Schlürfen und Schlucken beschäftigt, um überhaupt zuzuhören, auch kannte jeder die immer wiederholten Texte der Märtyrologie auswendig. Aber dann hob sich ein Kopf nach dem anderen, man sah einander verdutzt und mit blöder Miene an, hatte man sich etwa verhört? Andere hielten ihren Löffel steif von sich gestreckt, unfähig zu begreifen, wie ein heiliger Text nur so unsinnig, ja, blasphemisch klingen konnte. Frater Christoforo aber hatte verstanden; sein Gesicht war feuerrot geworden, mit hängendem Unterkiefer saß er da, als träfe ihn gleich der Schlag. Es war eine gelungene Rache: Durch meine Vertauschung degradierte ich die heiligen Männer zu nichts und erhob Dirnen zu Heiligen, setzte die Fleischeslust mit dem Weibe auf den Altar und traf die warmen Brüder damit an ihrer empfindlichsten Stelle.

Die Unruhe nahm zu: Murren, empörte Ausrufe, zornentbrannte Gesichter, wildes Herumfuchteln mit den Löffeln. Ich gestehe: Ich schwitzte Blut bei dem Eklat, der sich nun über meinem Haupte entlud. Trotzdem hielt ich tapfer durch, bis man mich mit brachialer Gewalt an der Fortsetzung der Lesung hinderte.

Man schleppte mich zum Novizenmeister. Der traktierte mich erst mit Stockhieben, dann sperrte er mich in den Karzer. Als sich anderntags die Kellertür vor mir auftat, warf er mir die Kleider, in denen ich vor einem Jahr angekommen, vor die Füße und sagte: »Du kannst gehen, du gottloser Lump! Aber lass dich hier nie wieder blicken!«

So endete meine geistliche Laufbahn. Der Generalvikar, bei dem ich meine Mönchskutte abliefern musste, bedauerte es sehr, dass ich dem Orden und der hl. Kirche verlorengegangen. Ich hätte wohl mehr Talent zum Schalk und Schausteller denn zum Propheten.

Gott hat den Schalk genauso inspiriert wie den Propheten; und noch ist es sehr die Frage, wer ihm lieber und verwandter ist.

III. Der Geist ist willig, aber das Fleisch ist schwach

Zelada war an diesem Morgen mit unerträglichen Kopfschmerzen aufgewacht.

Wie Messerstiche, die ihm das Hirn durchbohrten. Sein altes Migräneleiden. Einen so schlimmen Anfall hatte er lange nicht mehr gehabt. Nach dem frugalen Frühstück, einer Tasse Schokolade und einem Honigbrot, musste er sich wieder hinlegen, beide Hände gegen die Schläfen gepresst. Das helle, vom Campo Santo hereinflutende Licht war ihm unerträglich; er befahl dem Kammerdiener, die Vorhänge vor die Fenster zu ziehen und das Zimmer zu verdunkeln.

Auch hatten ihn wirre Träume gequält. Obschon er sonst kein Gedächtnis für seine Träume hatte, der Alp, der ihn aus dem Schlafe gerissen, ließ ihn den ganzen Vormittag nicht los: Er befindet sich allein im Andachtsraum einer Kirche, trägt das Ornat des einfachen Priesters und betet. Plötzlich wird mit Donnerstimme sein Name aufgerufen, vor ihm steht ein Gerichtsdiener, der packt und führt ihn in einen von zahllosen Kerzen erleuchteten Raum: Es ist der Verhörraum des hl. Offiziums. An einem langen Tisch sitzen, in schwarzen Talaren, seine Kollegen von der Hl. Kongregation. In ihrer Mitte aber thront der Hl. Vater, der ihn mit strengem Blick mustert. Vor dem Richtertische steht mit gesenktem Kopf eine barfüßige und barbusige Frau, mit nichts als einer grauen Kittelschürze bekleidet. Sie gibt gerade eine Aussage zu Protokoll, der Notar schreibt fleißig mit, was sie sagt. Auf einmal hebt sie den Kopf und lächelt Zelada anzüglich an –

da erkennt er seine ehemalige Haushälterin. Vor Schreck wacht er auf.

War es die Beschäftigung mit der Vita des Inquisiten, diesem Auswurf an Liederlichkeit und Obszönität, die ihm den üblen Traum beschert, oder das am Vorabend gelesene Kapitel seiner angeblichen *Bekenntnisse*, worin der Zölibat verhöhnt wurde?

Dass die Überwindung des Fleisches für einen jungen Mann, der voll im Saft steht, eine schwere Prüfung ist – davon wusste Zelada wahrlich ein Lied zu singen. Als junger Priester hatte er eine Zeitlang mit seiner Haushälterin im heimlichen Konkubinat gelebt. Aus nahe liegenden Gründen hatte er zunächst den Coitus interruptus praktiziert – bis er eines Tages das einschlägige Kapitel des hl. Augustinus, einer absoluten Kapazität bezüglich geschlechtlicher Moral und Stellungsfragen, las: Der hl. Kirchenvater befand nicht nur, dass beim Geschlechtsakt die Erbsünde weitergereicht werde – woraus er zwingend folgerte, dass Jesus »unbefleckt« gezeugt worden sein müsse, da der Heiland sündenfrei war –, er befand auch, dass der Coitus interruptus eine schlimmere Sünde sei als Hurerei und Ehebruch, ja, noch schlimmer als der Verkehr mit der eigenen Mutter.

Zelada, gerade erst zum Priester geweiht, war zu Tode erschrocken. Um seine Gewissenspein zu mildern, versuchte er, sich an das Rezept des Huguccius zu halten. Wie kann der Mann, der nach Heiligkeit strebt – so fragt der weise Kardinal –, den Geschlechtsakt ohne Sünde, sprich: ohne Lust vollziehen, denn die Größe der Lust bestimme auch die Größe der Sünde. Seine Antwort: Nachdem die Frau ihre Wonnen gehabt, habe der Mann sein Glied unverzüglich herauszuziehen und sich zu hüten, zum eigenen Samenerguss zu kommen ... Der Geist ist willig, aber das Fleisch ist schwach. Nicht immer war Zelada zu dieser übermenschlichen Zurückhaltung fähig gewesen. So lernte er, seine Lust zu genießen und sie gleichzeitig zu hassen – gemäß der Maxime Wilhelm von Auxerres, eines Zeitgenossen des Huguccius: »Wenn ein heiliger Mann seine Frau erkennt und ihm die auftretende Lust verhasst ist, dann ist dieser Verkehr für ihn ohne Sünde.«

Zwischen verhasster Lust und Gewissenspein hin- und hergerissen, hatte er schließlich, nach Ablegung einer Generalbeichte und aufwändigen Bußen, das Konkubinat beendet. Seither hatte er den Verlockungen des Fleisches nicht mehr nachgegeben – von ein paar schwachen Stunden während seines auswärtigen Dienstes abgesehen, aber die lagen lange zurück. Darum hatte er den ersten Platz im Vatikanstaat auch verdient, auf den der Hl. Vater ihn gestellt.

Erst nach einem Dampfbad in der römischen Therme ließen die Kopfschmerzen nach. Am Nachmittag war Zelada wieder imstande, sich seinen Amtsgeschäften zu widmen. Auch wenn er um die Unschuld seiner Träume fürchtete, nach der Vesper konnte er der Versuchung nicht widerstehen, dort weiterzulesen, wo er die vorige Nacht aufgehört hatte …

Kapitel 3

Krumm oder gerade – das ist hier die Frage

Mein Abgang aus dem Kloster der Barmherzigen Brüder machte rasch in meiner Heimatstadt die Runde. Meine Onkel – mit Ausnahme Onkel Antonios, der nie gut auf die Mönche zu sprechen war – schüttelten nur die Köpfe und zeigten mir fortan die kalte Schulter; hatte ich doch die Ehre zweier Familien, der Braccionieris und der Balsamos, besudelt. Was in den Klöstern heimlich getrieben wurde, davon wollten sie nichts wissen oder hielten es für üble Nachrede. Ebenso meine Mutter, die vor Kummer und Scham über meine »frevelhafte Tat« fast verging, zumal all ihre Blütenträume von meiner geistlichen Laufbahn nun zerplatzt waren. Ihre Miene war denn auch ein beständiger Vorwurf gegen mich.

Umso dringender stellte sich jetzt die Frage nach meiner Berufswahl. Mit der geistlichen Laufbahn war es vorbei. Zur Alchemie und Heilkunst fühlte ich mich zwar berufen, aber wo sollte ich die dazu nötige Ausbildung absolvieren? Die einzige Universität der Insel in Catania hatte wohl eine medizinische Fakultät, doch an ein Studium der Medizin war bei der Armut meiner Familie nicht zu denken.

So verfiel ich denn auf den Gedanken, mich zum Zeichenkünstler auszubilden, die hierfür nötige Ausstattung kostete ja nicht viel. Allerdings war mein Zeichentalent bislang durch nichts erwiesen – außer beim Zeichnen von Etiketten und beim Bemalen von Ladenschildern, mit denen ich mir ein paar Skudis verdiente. Ich besprach diesen Plan mit Onkel Antonio, der Verständnis für meine Absicht bekundete. Doch ein verlässlicher Brotberuf sei der Beruf des Zeichners und Portraitisten mitnichten. Ob ich nicht Lust habe, in seinem Büro als Schreibgehilfe zu arbeiten? Er könne einen solchen gut gebrauchen, zumal ich eine gute Feder führe. Ich lehnte zwar nicht rundweg ab, ließ aber vorsichtig durchblicken, dass ich mich zu Höherem berufen fühlte, denn als kleiner Federfuchser in einem Bureau zu versauern. Meinen sechzehnjährigen Feuergeist verlangte nach Unternehmungen, die mich durch Witz und Genie über die gemeine Welt hinaushoben.

Mit Unterstützung Onkel Antonios besorgte ich mir die Gerätschaften zur Ausübung meiner neuen Tätigkeit: Rohrfeder, Kohlestift, Sepia, Radierer, Tuschpinsel und einen Block aus dünnem Büttenpapier. Dann meldete ich mich bei Signor Brunelli, einem palermitanischen Maler und Zeichenlehrer, an.

Armut ist eine Schande

Der Zeichenunterricht fand zweimal wöchentlich in seinem Atelier statt. Schon am ersten Unterrichtstag, einem kühlen Novembertage, war es nur allzu offenkundig: Von den acht Schülern war ich der mit Abstand ärmste. Meine Mitschüler, zumeist aus vornehmen und betuchten Familien stammend, waren nach der allerneusten Mode gekleidet. Sie trugen Schnallenschuhe, weiße Kniestrümpfe und seidene Pumphosen, eng taillierte, gold- und silberbordierte Wämse und mit Straußen- oder Pfauenfedern geschmückte Barette, die schon von weitem den Maler und Künstler erkennen ließen. Dagegen sah ich aus wie ein armer Hausierer, steckte ich doch in dem abgetragenen Erbstück meines verstorbenen Babbos, einem mehrfach geflickten Mantel aus dunkelblauem Tuchrock. Um die Hände zum Zeichnen gebrauchen zu können, musste ich stets die langen Ärmel aufschlagen. Da mein Erzeuger einen stattlichen Embonpoint gehabt, war mir auch seine Hose zu weit und zu lang. Die Mutter aber, die gar nichts von meiner neuen künstlerischen Laufbahn hielt, hatte sich damit begnügt, an den Hosen ein Stück der Beine abzuschneiden, oben aber sie bloß in Falten zu legen, sodass ich in Hose und Mantel aussah wie eine aufgeplusterte Vogelscheuche.

Den Hohn und Spott zu beschreiben, mit denen meine Mitschüler diese verunglückte Garnitur von »Erbstück« bedachten, will ich hier unterlassen. Ihre teils spitzen Kommentare, teils mitleidigen Seitenblicke gingen mir wie Nadelstiche unter die Haut.

Doch es war nicht die Garderobe allein, die machte, dass ich mich zum ersten Mal bewusst meiner Armut schämte. Meine Scham verband sich mit einem nicht weniger bitteren Seelengift: Ich konnte nicht anders als meine Mitschüler dafür beneiden, dass sie das Schicksal dermaßen begünstigt hatte. Sie nahmen nicht nur bei Meister Brunelli Unterricht im Zeichnen, ihr Geldbeutel erlaubte es ihnen auch, zugleich in etlichen anderen Künsten unterrichtet zu werden: im Fechten, Reiten und Tanzen, im Gesang, Lauten- und Violinenspiel, im Deklamieren und Verseschmieden, in der französischen und englischen Sprache. Infolgedessen waren sie mir auf fast allen Gebieten der Lebensart, des Geschmacks, der Bildung, der Kunst und der Körperkultur überlegen. Und dieser stete Vergleich nagte an meinem Selbstgefühl.

Warum – so fragte ich mich oft mit geheimem Hader gegen mich selbst und meine Familie – waren die anderen auf der Sonnenseite des Lebens geboren und konnten sich in Muße allen Studien ergeben, zu denen sie Lust hatten, indes ich nur mit größter Mühe die Kosten für den Zeichenunterricht berappen konnte und nicht einmal ein Zimmer für mich allein hatte? Nur weil der Zufall der Geburt sie zu bevorrechtigten und vermögenden Menschen gemacht? Aber wo stand denn geschrieben, dass wirklich besseres Blut in ihren Adern floss als in den meinen? Wenn ich über all dies nachdachte, erschien mir die Einrichtung der Welt sehr ungerecht, und ich mochte nicht glauben, dass dies im Sinne der göttlichen Gerechtigkeit war, die uns doch überall gepredigt wurde. »Armut ist keine Schande«, pflegte Mammina zu sagen. »Die Armen haben im Himmel immer Vortritt vor den Reichen!« Ich aber empfand Armut als Schande, und die versprochene jenseitige Entschädigung vermochte mich nicht darüber zu trösten. »Arm, aber ehrlich!« war die Maxime meiner Mutter. Mir jedoch wäre es umgekehrt lieber gewesen.

Meister Brunelli ließ uns wochenlang nach entsprechenden Vorlagen Kopien berühmter Bildwerke anfertigen – meist waren es solche mit biblischen Motiven –, an denen wir den Sinn für die richtige Proportion üben sollten. Doch bald war ich es leid, ewig die gleichen Madonnen, Heiligen und Engelsgesichter nachzuzeichnen. Mich verlangte danach, mein Auge endlich am lebenden Objekt zu schulen, an wirklichen Menschen von hier und jetzt.

So trieb ich mich denn mit meiner Zeichenmappe viel auf Palermos Gassen und in den Tavernen herum und suchte hier ein Portrait, dort ein Profil aufs Papier zu bannen. Das Studium der Gesichter, die man zu Recht die »Fenster der Seele« nennt, faszinierte mich sehr. Was sich in den Mienen und Gebärden der Menschen nicht alles ausdrückte, vor allem dann, wenn sie sich unbeobachtet fühlten! Und wie oft stand diese stumme, unwillkürliche Sprache der Körper nicht im Widerspruch zu ihren Reden! Da preist einer sein Glück bei den Weibern und schneidet mächtig vor den Zechbrüdern auf, doch kaum haben ihm jene den Rücken gekehrt, fällt seine eben noch euphorische Miene förmlich in sich zusammen, und traurig stiert er in sein Glas. Da macht einer dem anderen die schmeichelhaftesten Komplimente und bläst ihm Honig ins Ohr, doch sein stechender Blick verrät, dass er ihm gar nicht grün ist. Nicht selten kamen mir die Gesichter der Personen, die ich mit schnellen Strichen zu portraitieren suchte, nur wie Masken vor, die sie sich schützend vorhielten, um nicht ihr wahres Gesicht zeigen zu müssen. Nicht zufällig kommt ja das Wort »Person« von lateinisch »persona«, d. i. die Maske. Wohl darum war das Maskentragen, nicht nur während des Karnevals, auch während der laufenden Theatersaison so beliebt. Doch wozu eigentlich noch eine Maske aufsetzen, wenn man schon eine trägt?

Bei meinen physiognomischen Studien wurde ich erstmals eines Phänomens gewahr, das mich beunruhigte, ja, erschreckte: Die meisten Menschen – mich selbst nicht ausgenommen – *sehen sich offenbar mit den Augen der anderen.* Als ob sie in sich selbst keinen Wert trügen, sondern sich selbst nur für so viel wert halten, als sie es in den Augen der anderen sind. Als ob es weniger auf das ankommt, was man ist, vielmehr auf das, was man in der Vorstellung der anderen *zu sein scheint*, also *darstellt.*

Da ich ständig in Geldnöten war, suchte ich meine Portrait-Skizzen in den Tavernen und Schenken zu verkaufen oder einen Kandidaten ad hoc für ein paar Soldi zu portraitieren. Manchmal leisteten mir Salvo und Enno dabei Gesellschaft. Einmal sah mir Salvo mit einem Ausdruck offenen Unbehagens zu, wie ich fleißig einen Bogen nach dem anderen mit Strichen und Silhouetten bedeckte.

»Was versprichst du dir davon, Giuseppe? Ebenso könntest du Kohlköpfe zeichnen!«

»Du solltest«, empörte ich mich, »nicht von Dingen reden, von denen du nichts verstehst!«

»Selbst wenn dieses Portrait eine entfernte Ähnlichkeit mit dem Krauskopf da hat, wer kauft es dir ab?«

Damit hatte er meinen wunden Punkt getroffen. Zu Hause häuften sich mittlerweile die Blätter, die ich trotz aller Überredungskunst nicht loswurde, wenn ich abends in den Tavernen diesen oder jenen zu konterfeien suchte. Die einen wollten ihr Portrait partout nicht wiedererkennen, die anderen taten es nur allzu sehr. In meiner, der naturgetreuen Wiedergabe verpflichteten künstlerischen Einfalt wusste ich noch nicht, dass eine schiefe Nase, ein hängendes Augenlid oder eine das Gesicht entstellende Blatternarbe nicht gerade zu jenen Attributen zählt, die der Bürger, der auf sich hält, auch noch auf Papier verewigt wissen will.

»Ich hätte da eine Idee!«, sagte Salvo plötzlich im Ton einer Erleuchtung.

»Und die wäre?«

»Da du so gut zeichnen kannst, warum kopierst du nicht Theaterbillets? Enno und ich bringen sie an den Mann. Und wir teilen durch drei!«

Die Idee war zu bestechend, um sie in den Wind zu schlagen. Schon am nächsten Tag brachte mir Salvo ein paar Theaterbillets der gerade laufenden Saison. Es kostete mich einige Mühe und etliche Fehlversuche, bis ich den richtigen Schriftzug des angekündigten Operntitels, der zu meinem Leidwesen von einer bombastischen Länge war, und der gerade gastierenden Schauspieltruppe getroffen hatte. Doch schließlich war die Kopie so perfekt, dass sie vom Original kaum mehr zu unterscheiden war. Die Freunde jedenfalls sparten nicht mit Lob für mein künstlerisches Talent. Abgesehen von dem Geld, das wir eine Zeitlang dafür einnahmen und mit dem ich Signor Brunelli bezahlte, bekamen wir das Vergnügen gratis dazugeliefert. Es war äußerst ergötzlich, aus der sicheren Entfernung der dem Theatro gegenüberliegenden Taverne mit anzusehen, wie vornehme Herrschaften sich gegenseitig Maulschellen anboten, weil jeder zuerst den mehrfach verkauften Platz einnehmen wollte, während ihre eleganten Begleiterinnen sich mit ihren bunten Fächern zwischen die Streithähne warfen.

Leider mussten wir das ebenso einträgliche wie vergnügliche Geschäft bald wieder abbrechen, nachdem die Polizei Salvo und mich ins Verhör genommen hatte – allerdings ohne uns etwas nachweisen zu können.

Da sich eine neue, vergleichbar bequeme Einnahmequelle nicht so bald auftat, entschloss ich mich, die mir von Onkel Antonio angetragene Stelle als Schreib- und Anwaltsgehilfe nun doch anzutreten. Sie war zwar miserabel bezahlt, aber ein festes, wenn auch bescheidenes Salär war in meiner Lage nicht zu verachten. Das Bureau war sehr günstig gelegen, nämlich am Cassaro, der an Länge und Schönheit mit dem Corso in Rom wetteiferte.

In der Hauptsache war ich damit beschäftigt, irgendwelche notariellen und juristischen Schriftsätze zu kopieren. Jedenfalls wusste Onkel Antonio meine rasche Auffassungsgabe beim Diktat ebenso zu schätzen wie meine sorgfältig und mit sicherer Hand geführten Schriftzüge. Außer als Federfuchser und Schreibgehilfe war ich für ihn als Laufbursche und Botengänger tätig.

Meine Aufträge führten mich manchmal auch in vornehme Häuser und Palazzi. Da stand ich denn, wie betäubt von all der Pracht und dem Luxus, in den weiträumigen Innenhöfen mit den majestätischen Porticos und schmucken Arkaden, den kostbaren Mosaikböden, den zierlichen Statuetten, den herrlichen Decken- und Wandfriesen und kam mir wie ein armer Bettler vor, der mit gesenkten Augen vor den Toren des Elysiums steht. Manchmal durfte ich auch die Kabinette jener vornehmen Herrschaften betreten, denen ich mit dem gebotenen Kratzfuß ein gesiegeltes Schriftstück auszuhändigen hatte. Wohin mein Auge auch blickte: Rosenholz und Mahagoni, Damast und Seide, Bronzeschlösser und Porzellan. Mussten sich die glücklichen Bewohner nicht wie Halbgötter auf Erden vorkommen? Oft genug ließen sie mich ihre gönnerhafte Herablassung spüren, selbst wenn sie am Botenlohne nicht sparten. Eines Tages, so schwor ich mir, würde auch ich in solchen Räumen wohnen und in Gold und Seide gehen.

Nichts liebte und hätschelte ich mit größerer Zärtlichkeit, als meine Tagträume. So teilte sich mein Leben immer mehr in zwei Stockwerke. In dem unteren wohnte ich gemeinsam mit allen, die um mich waren; hier kannte man mich als umgänglichen Burschen und höflichen Anwaltsgehilfen, als guten Kameraden und Freund. Das obere Stockwerk aber gehörte mir allein. Von dort stieg eine Jakobsleiter geradewegs in den Himmel. Dort war ich Malteserritter und Fürst, berühmter Alchemist, Magier und Heilkundiger, Weltreisender und Prophet. Dort hielt ich Zwiesprache mit den Großen der Epoche, dort rollte ein Bilderbuch sich unaufhörlich vor mir ab. Dort war ich edel, tapfer, großmütig und reich. Die schönsten Frauen bewarben sich um meine Gunst, die vornehmsten Herren beugten vor mir das Knie. Die Klügsten schlug ich durch die Macht meiner Rede und kam an Fülle des Wissens selbst den Gelehrtesten gleich. Alle Menschen waren meine Kinder. Die Brust schwoll mir vor väterlichem Wohlwollen. Ich lehrte sie das Wunder schauen. Ich zeigte ihnen, wie man dem grauen Alltag entging, den Goldstaub der Illusion über inhaltslose Stunden streute. Und dafür beteten sie mich an.

Eines Tages erschien ein spindeldürrer, schon leicht ergrauter Herr in tadelloser Garderobe, der sich als Signor Magnelli vorstellte, im Bureau. Er wünschte meinen Onkel in amtlicher Sache zu sprechen, aber da dieser gerade von Palermo abwesend war, nahm ich mir die Freiheit, ihn zu vertreten. Wie sich im Laufe des Gesprächs herausstellte, war der amtliche Grund Signor Magnellis nur vorgeschoben; es war vielmehr eine persönliche, eine Herzensangelegenheit, die ihn zu uns führte. Er wünschte nämlich liebend gerne einer gewissen jungen Dame näherzutreten, mit der ihn, wie er sich ausdrückte, »die göttliche Fügung in einer sehr verwirrenden Situation zusammengeführt«. Ich fand es verwunderlich, dass der Signor just in einer solchen Angelegenheit einen Advokaten aufsuchte – wir waren schließlich kein Kuppelbüro; indes begann mich die Sache zu interessieren. Ich fragte ihn, was denn das für eine »verwirrende Situation« gewesen sei, in der er mit jener Dame zusammengetroffen.

»Es war im Theatro, junger Mann! Und stellen Sie sich vor, sie hatte denselben Platz wie ich. Selbstredend ließ ich ihr als Kavalier den Vortritt. Und so fand unsere kurze Begegnung leider keine Fortsetzung. Aber ich habe am Ausgang des Theatro auf die schöne Donna gewartet und bin ihr heimlich gefolgt.«

Dass unser Coup mit den doppelt verkauften Theaterbillets nicht nur wüste Zwistigkeiten unter den düpierten Besuchern ausgelöst, sondern auch Begegnungen mit galanten Folgen zuwege gebracht, war mir neu. Und ich fühlte mich nachträglich gerechtfertigt. Wenn ich in dieser Angelegenheit, wandte ich mich an Signor Magnelli, etwas für ihn tun könne, dann müsse er mir schon den Namen der schönen Donna verraten.

»Sie heißt«, sagte er mit sich verklärender Miene, »nach der Schutzheiligen Palermos und kommt aus guter Familie.«

»Etwa Rosalia?«

»Sie sagen es!«

»Und weiter?«

»Rosalia Pagani!«

Maledetto! Nur mühsam konnte ich meine Fassung bewahren und meine aufsteigende Wut bezähmen. Just auf die bildhübsche Tochter des Tuchhändlers Pagani, just auf *meine* Rosalia, der ich seit Monaten den Hof machte, hatte dieser alte Kümmerling sein Auge geworfen!

In meinen Träumen hatte ich die rotlockige Tuchhändlertochter mit den türkisblauen Augen, dem hellen Teint und der nordisch hohen und schlanken Figur, diesen besonderen Schönheitsattributen ihrer normannischen Vorfahren, die einmal für Siziliens glücklichste Epoche gesorgt, längst zu meiner Geliebten gemacht. Sie hielt wohl, wenn sie in Begleitung ihrer Mutter zur Messe ging, züchtig die Augen gesenkt wie alle palermitanischen Jungfern, aber ihr federnder Gang und Hüftschwung sprachen eine ganz andere Sprache. Ich wusste es denn auch stets so einzurichten, dass ich während der hl. Messe hinter ihr zu sitzen kam. Wenn sie zum Gebet auf die Bank niederkniete und dabei wie aus Versehen ihr blaues Busentuch seitlich verrutschte, wanderten unwillkürlich alle Knaben- und Männeraugen in ihrem nächsten Umkreise von dem die Messe zelebrierenden Priester zu der knienden Madonna hinüber, um wie gebannt auf den beiden schneeweißen und prallen Halbmonden zu verharren, die ihr fest geschnürtes Mieder nach oben drückten. So war denn ihr herrliches Vorgebirge der Lust bald zum Gegenstand meiner Anbetung geworden und der eigentliche Grund dafür, dass ich auch nach dem Abbruch meines Noviziats ein fleißiger Kirchgänger geblieben.

Doch leider war sich die fünfzehnjährige Schöne mit dem normannischen Stammbaum nur allzu sehr ihrer anbetungswürdigen Reize bewusst, die sie von ihren schwarzhaarigen, dunkeläugigen und kleinwüchsigeren sizilianischen Schwestern so deutlich unterschieden. Sie befand sich nicht nur in der vorteilhaften Lage, unter den vielen jungen Galans, die ihr nachstellten, nach Belieben wählen zu können, sie war auch kokett und launisch genug, ihre Gunst von einem Tag auf den anderen wieder abzuziehen und einem anderen Verehrer zuzuwenden. Ja, auf Nachfrage gab sie mit dem scheinbar unschuldigsten Lächeln Auskunft über die Liste ihrer Verehrer wie über die genaue Rangfolge, in der diese in ihrer jeweiligen Gunst standen.

Eines Tages fasste ich mir ein Herz und fragte sie, ob ich sie zeichnen dürfe. Sie war einverstanden und lud mich für den nächsten Sonntag in die Villa ihrer Eltern. Ich hatte mir ordentlich Pomade ins Haar geschmiert, die zart nach Jasmin duftete, auch etwas Puder aufgelegt, um die hässlichen Pickel zu kaschieren, die seit einiger Zeit mein Gesicht verunstalteten. Im Beisein ihrer Mutter, die unsere Konversation überwachte, kredenzte Rosalia mir einen Tee mit Konfekt. Unter dem Vorwand, ein passendes Motiv für sie finden zu wollen, lockte ich sie schließlich in den Garten unter den Kirschbaum. Denn ich wollte mir ihr allein sein. Ich hockte mich mit Zeichenblock und Stift ins Gras, während sie, nach meiner Anweisung, als graziöse Nymphe mit einer Jasminblüte im Haar an dem Kirschbaum lehnte. In dieser reizenden Pose wollte ich sie zeichnen. Doch als sie auf einmal ihren nackten Arm nach oben streckte, um eine Kirsche zu pflücken, und mit dieser reckenden Bewegung ihres zierlich geschnürten Leibes zugleich das Musselinröckchen nach oben rutschte und den Blick auf ihre göttlich geformten weißen Schenkel preisgab, fiel mir beinahe der Stift aus der Hand, indes sich unter dem in meinem Schoße liegenden Zeichenblock etwas anderes mit Macht zu regen begann, das meine Sinne vollständig benebelte ... Endlich nahm ich all meinen Mut zusammen und fragte Rosalia mit hochrotem Kopf und peinvoll brüchiger Stimme – denn es war die Zeit, da diese zwischen knabenhaftem Diskant und männlichem Bass noch unentschieden changierte –, an welcher Stelle ich denn jetzt bei ihr stehe. Sie pflückte die Kirsche, steckte sie in den Mund, kaute genießerisch und spuckte den Kern in hohem Bogen aus. Dann sagte sie mit buchhalterischer Sachlichkeit: »An zehnter!«

Ich senkte den Kopf wieder aufs Zeichenblatt und suchte die ersten Striche und Konturen weiter auszuführen. Doch es wurde nichts mehr. Es kamen nur verquere und nichtssagende Stricheleien heraus. So packte ich denn meine Zeichenmappe wieder zusammen, brachte irgendeine Entschuldigung vor und stahl mich wie ein geprügelter Hund davon.

Dio mio! Erst an zehnter Stelle! Wie viele Mitbewerber lagen da noch vor mir! Es war zum Verzweifeln. Hatte ich mir vielleicht zu viel Ambra ins Haar geschmiert, sodass der Duft allzu aufdringlich wurde? Oder zu wenig Puder aufgetragen, um meine Pickel zu verbergen? War vielleicht meine ganze Erscheinung schuld an dem Malheur?

Warum nur, so haderte ich mit Mutter Natur, hatte sie mir eine so wenig anziehende Physis und Gestalt gegeben? Was mich, wenn ich mich im Zimmerspiegel betrachtete, viel mehr als meine Mitesser bekümmerte, war meine untersetzte, zur Dicklichkeit neigende Statur, die das unerfreuliche Erbteil aller Balsamos war, samt den kurzen und krummen Beinen, die jedem antikisch-harmonischen Ideal des wohlproportionierten Jünglings, von dem die Wandmalereien der palermitanischen Palazzi ebenso wie die Götterstatuen gewisser Lustgärten Zeugnis ablegten, Hohn sprachen. Gott sei's geklagt!, ich sah wahrlich nicht nach einem Adonis aus! Sah mich selbst eher in der Familie der krummbeinigen Faune und Satyre beheimatet, die von den Dachfriesen gewisser, im manieristischen Stile erbauter Palazzi am Cassaro herabgrinsten ... Wenn mir aber die Natur alles Wohlgefällige der Physis versagt hatte, dann musste ich eben auf andere Mittel sinnen, musste ganz besondere Fähigkeiten in mir entwickeln, um das schöne Geschlecht zu beeindrucken und in meinen Bann zu schlagen.

In meinem Liebeskummer suchte ich vorerst Trost und Hilfe bei der hl. Rosalia, von der auch mein Rosenmädchen ihren Namen hatte. So pilgerte ich denn an einem heißen Julitage, mit ein paar Feigen und Datteln als Wegzehrung, durch schattige Pinienwälder hinauf zur Grotte im karstigen Felsgestein des Monte Pellegrino. Während des Aufstiegs gedachte ich, um mich für mein Bittgesuch würdig einzustimmen, der bekannten Legende der wundertätigen Inselheiligen, die bei den Palermitanern in so hohem Ansehen stand. Als Vierzehnjährige hatte sich die Nichte des Normannenkönigs Wilhelm II. in eine Einsiedelei zurückgezogen, in der sie jung und von der Welt vergessen um 1170 starb. Und wahrscheinlich hätte niemals mehr jemand ihrer gedacht, wäre sie nicht während der furchtbaren Pestepidemie von 1624 einem Fischer im Traum erschienen. Ihm befahl Rosalia, ihre Gebeine zu suchen und diese in einer Bittprozession zum Meer zu bringen. Mehr als 450 Jahre nach dem Tod des Mädchens fand man tatsächlich in einer Grotte des Vorgebirges der Conca d'Oro seine sterblichen Überreste. Nachdem die Palermitaner getan, wie ihnen geheißen, erlosch die Seuche. Seither verging kein 15. Juli ohne einen pompösen Gedenkzug für die unerwartete Errettung der Stadt. Und da es als ausgemacht galt, dass die hl. Rosalia einen direkten Zugang zum Himmel hatte, war sie für alle Anliegen, ob für die Heilung schwerer Gebresten, ob für die Empfängnis unfruchtbarer Frauen, ob für die Abwendung von Trockenheit und Missernten, zuständig. Selbstredend auch für die Nöte derer, die Amors Pfeil rücklings ins Herz getroffen.

Nach einem dreistündigen Fußmarsch – nur ein paar Ziegenhirten und Kapuzinermönche kamen mir entgegen – hatte ich endlich den höchsten Gipfel des Felsenberges erreicht. Der herrliche Rundblick war eine einzige Versuchung, selbst zum Eremiten oder zum Dichter zu werden. In der Ferne blitzte die Vulkaninsel Ustica auf, ein gefürchtetes Piratennest. Schimmernd breitete sich Palermo im satten Grün der Ebene aus, zart zeichneten sich die Konturen von Cefalu und selbst die Bergkette von Tintari ab, tief unten lag wie ein dunkler Spiegel das schwarzblaue Wasser des Mare Tirreno. Ein weißer Glanz ruhte über Land und Meer, und duftend schwebte der Äther ohne Wolken. Wo das von Pinien beschattete Kloster stand, war ein Absatz von etwas fruchtbarem Erdreich, in dem Getreide spross.

Ich ging hinaus bis an die äußerste Spitze, wo die Kapelle der Inselheiligen stand mit ihrer überlebensgroßen Bildsäule. Ihr mildes, ein wenig ziegengesichtiges Antlitz strahlte im Schein der Abendsonne wohlwollende Güte aus. Die linke Hand mit dem Kreuz reckte sich gen Himmel, während ihre angewinkelte Rechte einen Totenkopf hielt, den Bittsteller derart an die Pest und die Vergänglichkeit allen irdischen Daseins gemahnend. Der Faltenwurf ihres Gewandes war, vom Halse bis zu den Fußknöcheln, mit zahllosen Namenszügen, lateinischen, griechischen und arabischen Schriftzeichen und Ornamenten bemalt; hier hatten sich die Pilger und die vielen fremden Besucher der Insel verewigt, der Besuch der hl. Rosalia gehörte schließlich zum Pflichtprogramm jedes Sizilienreisenden. Ihr zu Füßen vor dem Sockel lagen, zwischen vertrockneten Blumensträußen, Kerzenstummeln und Briefchen, gipserne Nachbildungen geheilter Arme und Beine, aber auch ganz alltägliche Votivgaben wie kleine Tonkrüge, irdene Schalen, gestickte Bänder und Haarschleifen. Die hl. Rosalia nahm die Sorgen der Menschen entgegen, nicht das Gold. Und wenn sie ein so großes Wunder gewirkt hatte, wie die Stadt von der Pest zu befreien, dann würde sie – so dachte ich mir – vielleicht auch bewirken können, mir das Herz meines Rosenmädchens geneigt zu machen, umso mehr, als es doch ihren Namen trug. So kniete ich mich denn vor der Inselheiligen nieder, bekreuzigte mich und trug ihr mit Inbrunst meine Bitte vor. Und damit sie es auch ja nicht vergesse, zog ich meinen Sepiastift aus dem Wams und malte auf ihre Nasenspitze, der einzig noch unberührten, unbemalten Partie ihres gebenedeiten Corpus, ein Herz, in dessen rechte Hälfte ich ein großes geschwungenes G (für Giuseppe) und in dessen linke Hälfte ich ein zierliches R (für Rosalia) einsetzte. Dann begann ich voller Hoffnung den Abstieg.

Einige Wochen später, in den Tagen der Saturnalien, da halb Palermo, das einfache Volk wie der Adel, in großem Zuge, voran die Fiedler, Klarinettisten und Trommler und im Schlepptau alle Dirnen der Stadt, in die nahe gelegenen Weinberge zog, traf ich auch Rosalia wieder. Sie ging am Arm ihrer Freundinnen und sah in ihrem korallenroten Feenkostüm und den schwarzen Schönheitspflästerchen auf den leicht gerougten Wangen und oberhalb des keck dekolletierten Busens überaus reizend aus. Ich folgte ihr, bis sich nahe dem von Palmen umsäumten Tanzplatz endlich eine Gelegenheit fand, sie unter vier Augen zu sprechen. Und fragte sie wieder mit klopfendem Herzen und brüchiger Stimme, welche Stelle ich jetzt bei ihr einnehme. Da sagte sie in leicht enerviertem und schnippischem Ton: »Ich hab's dir doch schon gesagt: an zehnter!«

In diesem Augenblick hatte es die hl. Rosalia – man verzeihe mir den harten und unflätigen Ausdruck! – bei mir verschissen. Mein Glaube an sie und ihre wundertätige Kraft war ein für alle Mal dahin. Auch wenn Mammina mich darum noch so sehr schalt – der anstehende Festzug zu Ehren der Inselheiligen, bei dem kein Palermitaner und aufrechter Katholik fehlte, fand diesmal, wie auch die folgenden Jahre, ohne mich statt.

Wenn aber Gott und alle christlichen Heiligen mir nicht in meinen Liebesnöten helfen konnten, dann musste ich mir eben selber helfen! Auf diesen Vorsatz besann ich mich jetzt wieder, als ich Signor Magnelli im Bureau meines Onkels gegenübersaß. Dass meine eingebildete und schnippische Schöne diesem geilen Kümmerling, der seine besten Jahre hinter sich hatte, nicht einmal ein Wimpernzucken gönnen würde, stand für mich fest. Ich sagte ihm daher:

»Der Himmel hat es gewollt, Signor Magnelli, dass ich die schöne Donna, deren nähere Bekanntschaft Sie zu machen wünschen, und ihren Vater persönlich kenne. Ich könnte daher, ohne die geringste Zudringlichkeit, für Sie den Vermittler machen, obschon ich nicht begreife, wieso dergleichen bei einem so hochachtbaren und ansehnlichen Manne wie Euch überhaupt nötig ist.«

Er blickte mich geschmeichelt an. »Wie gesagt, es soll Euer Schaden nicht sein, Signor Balsamo!« Und ließ zwei Dukaten zwischen seinen Fingern spielen. Im Tone gespielter Entrüstung ob solcher Verkennung meiner Selbstlosigkeit und mit theatralisch erhobener Hand wehrte ich seine »Zumutung« ab, während ich ihm die andere wie zufällig entgegenstreckte. Es sah denn auch eher nach einem Versehen aus, als die beiden Dukaten von seiner Hand in die meine glitten und unauffällig in meiner Hosentasche landeten.

»Dafür werde ich Eurer Angebeteten in Eurem Auftrag etwas sehr Schmuckes kaufen. Und so Sie nichts dagegen haben, werde ich mir erlauben, es ihr mit einigen passenden Zeilen von Euch zuzustellen. Wollen Sie, Signor, die Güte haben, Euch zu bedienen!«

Ich überreichte ihm die eingetunkte Gänsefeder, einen Bogen Papier und die frisch gefüllte Streusandbüchse. Er strahlte über das ganze Gesicht.

»Signor Balsamo! Ihr seid ein Ehrenmann!«

Unser Handel war perfekt. Signor Magnelli überließ meinem Geschmack Auswahl und Kauf der exklusiven galanten Geschenke, die er bezahlte und um deren schleunigste Weitergabe er mich vertrauensvoll ersuchte. Ich lieferte ihm dafür als Gegenleistung kleine Dankesbriefchen, mit zierlicher Mädchenschrift von mir angefertigt, welche von Mal zu Mal im Tone zärtlicher wurden. Dabei konnte Rosalia gar nicht schreiben, aber dies wusste Signor Magnelli nicht. Dank seiner verliebten Votivgaben, die ich als die meinigen ausgab, machte ich bei ihr rasante Fortschritte. Als Erstes präsentierte ich ihr mit magischer Grandezza ein fünf Ellen langes Band schwarzen Zindeltaftes, sogenannte Glanzseide, die selbst für eine verwöhnte Tuchhändler-Tochter eine große Kostbarkeit war. Und schon rückte ich von Platz zehn auf Platz acht vor. Das nächste Mal kredenzte ich ihr, als Beweis meiner Liebe, einen silbernen Armreif, den ich keck unter ihrem Reifrock erscheinen ließ. Und schon ward ich von Platz acht auf Platz fünf befördert. Endlich, nach der magischen Verwandlung eines gewöhnlichen Staub- und Läusekammes in einen aus Elfenbein geschnitzten Haarkamm – er hatte Signor Magnelli ein kleines Vermögen gekostet –, rückte ich von Platz fünf auf Platz zwei. Jetzt war es nicht mehr weit bis zum Gipfel meines Glücks. Ich jubilierte und sah mich im Geiste schon in Rosalias Armen und, wer weiß!, als Bräutigam in spe aufgenommen in den Schoß einer angesehenen und vermögenden palermitanischen Familie.

Aber just in dem Augenblick, da ich vor dem offenen Tore des Paradieses stand, geschah das Unvorhersehbare, das Unfassbare: Drei Tage vor dem Christfest gab die Familie Pagani die feierliche Verlobung ihrer Tochter Rosalia mit Ottavio Giotto bekannt, dem Sohn eines begüterten palermitanischen Teppichhändlers. Dabei hatte Ottavio, soviel ich weiß, niemals einen Platz auf Rosalias Liste innegehabt. Wieder einmal hatte das schnöde Familieninteresse über die wahre Liebe gesiegt.

Für mich war dies der schwärzeste Tag meiner Jugend. Ich verbrachte ihn und die folgende Nacht, in trauriger Saufkumpanei mit dem anderen betrogenen Liebhaber, mit Signor Magnelli, in einer Hafenkneipe – und schließlich in den Armen einer Dirne, die nur fünf Soldi kostete. Allerdings machte ich dabei die befremdliche Erfahrung, dass nicht einmal der einfachste menschliche Actus ohne Attrappe und Verkleidung vor sich geht, musste ich doch zuvor ein Ding überziehen, das verteufelte Ähnlichkeit mit einem künstlichen Daumen hatte und mir ein recht kratzbürstiges Gefühl vermittelte.

Ein unsittliches Testament

In eintöniger und lustloser Bureauarbeit dehnten sich mir die Tage.

Immerhin machte ich hier einschlägige Erfahrungen betreffs der in der Hauptstadt des Vizekönigreichs üblichen Rechtspraxis. Da führt etwa der Amtmann einer kleinen Gemeinde Beschwerde gegen einen Edelmann und reichen Grundbesitzer, der sich das zur Viehweide bestimmte Gemeindeland einfach unter den Nagel gerissen, ohne auch nur einen Soldi Entschädigung zu zahlen. Getreu nach dem Diktat Onkel Antonios setze ich die Beschwerdeschrift auf, für die der Kläger etliche Zechinen erstatten muss. Doch schon wenige Tage später sehe ich vom Fenster aus, wie auf dem Cassaro ein Herr in großer Garderobe einer Sänfte entsteigt und, wenig später, mit herrischem Gebaren unser Bureau betritt. Es handelt sich um jenen hochwohlgeborenen Herrn, gegen den besagte Gemeinde Klage erhoben. Er versteht es denn auch, meinem Onkel »seinen Rechtsstandpunkt« und seine Machtfülle so eindrücklich klar zu machen, dass dieser zuletzt, unter vielen Entschuldigungen und Kratzfüßen, verspricht, den Fall zu den Akten zu legen, nicht ohne zuvor einen Beutel Dukaten in Empfang genommen zu haben.

Ähnlich endete, vielmehr versandete der Rechtsfall einer anderen Gemeinde, die Klage gegen eine reiche Abtei des Ennatales führte. Diese hatte den Bauern nicht nur das Wasser abgegraben, das für die Bestellung ihrer Felder unabdingbar war, sondern auch die Hand auf einen großen Weinberg gelegt, der seit Jahrhunderten im Besitze zweier Bauernfamilien gewesen. Dabei gehört der Kirche in Sizilien bereits ein Drittel allen fruchtbaren Landes. Wo sich der Klerus mästet, wen bekümmert es da, wenn das Volk hungert, gar vor Hunger stirbt! Bei dem Überflusse an Klöstern, Kirchen und fetten Abteien verwunderte es mich nicht mehr, dass es in Sizilien, wie in ganz Italien, Mönche, Bettler und Banditen im Überfluss gab.

Immer wieder erschienen auch arme Handwerker, kleine Schankwirte und Händler in unserem Bureau, die meist vergeblich um Rechtsbeistand nachsuchten gegen die schlimmsten Büttel und Schmarotzer des Regimes: die Steuerpächter und -einnehmer, die nach Gutdünken alles besteuern konnten, was der Finanzierung des höfischen Luxus und der Füllung ihres eigenen Geldbeutels diente. Den Adel und die Inhaber geistlicher Pfründe und Ehrenstellen aber hatte der allgütige Gott von der Steuer befreit. In den drei Jahren meiner Tätigkeit als Anwaltsgehilfe habe ich so viele Klagen verzweifelter Familienväter, denen die Pfändung drohte, kleiner Ladenbesitzer oder Handwerksmeister, die sich mit einem Bein schon im Schuldturm sahen, mitanhören müssen, dass sich mit ihren traurigen Schicksalen ein ganzes Buch füllen ließe. Man musste wahrlich kein studierter Jurist, geschweige denn ein Philosoph sein, um die einfache Wahrheit zu begreifen: Recht hat immer der, der die Macht hat. Und die vielzitierte »Waage der Gerechtigkeit« schlägt stets nach der Seite aus, wo das meiste Gold liegt.

Wenn aber der arme und ehrliche Mann stets der Dumme

und Betrogene ist, dann – so sagte ich mir – muss man eben andere Wege beschreiten, dann muss man mit Schläue und List zu Werke gehen, um in diesem irdischen Jammertal dennoch sein Glück zu machen. Eine rechtschaffene List ist nichts anderes als geschickt angewandte Klugheit; freilich sieht sie oft einer Gaunerei ähnlich, aber das muss man hinnehmen. Wer sich ihrer bedient, mag zwar im Sinne des Gesetzbuches als »Betrüger« gelten; doch vom Standpunkt einer höheren, *auf Ausgleich bedachten Gerechtigkeit* handelt er durchaus moralisch, indem er den permanenten Diebstahl der Reichen und Mächtigen an den Armen und Ohnmächtigen dieser Welt ein klein wenig zu seinen und ihren Gunsten zu korrigieren sucht. *Corriger la fortune* nennen das die Franzosen. Im Übrigen war, was ich tat und mir vornahm, ein Spiel, ein Spiel mit Einsatz und Gewinn, nicht besser und nicht schlechter als jedes andere in hohem Ansehen stehende Hasard wie Ecarté, Tresett, Pharo oder L'hombre, bei denen es gleichfalls um geistige Beweglichkeit, Schläue, Geschick und Glück geht.

Dass auch mein Oheim und Chef ähnlich dachte wie ich, auch wenn er dies niemals offen ausgesprochen hätte, bewies mir seine stets offene Hand, mit der er das »Bakschisch«, die Vorschüsse und versteckten Zuwendungen seiner Klienten entgegennahm. Schließlich hatte er eine sechsköpfige Familie zu ernähren. Ob er die Vorbereitungen zu meinem nächsten Coup, der schon ein anderes Kaliber hatte als der mit den gefälschten Theaterbillets, wirklich nicht bemerkte oder ob er nur so tat, als bemerke er nichts – jedenfalls schien Onkel Antonio nichts Verdächtiges an dem plötzlichen Eifer zu finden, mit dem ich neuerdings nach Bureauschluss noch »für ihn« arbeitete. Da ich ihn des Öfteren über den »großen Magen der Kirche« habe lamentieren hören, glaube ich auch nicht, dass die kleinen, jedoch einschneidenden Veränderungen, die ich in diesen nächtlichen Stunden an einem gewissen Testament vornahm, nicht in seinem Sinne gewesen wären.

Warum musste auch der verstorbene Wucherer Testagrossa all seine Besitztümer zur Rettung seiner Seele ausgerechnet der hl. Kirche vermachen, nachdem ihm diese vorab die Absolution erteilt? Hätte er sie – sagen wir – dem städtischen Findelhaus oder Spital vermacht, hätte ich mich kaum genötigt gesehen, korrigierend in seinen letzten Willen einzugreifen. Doch der göttlichen, noch viel weniger der irdischen Gerechtigkeit war mitnichten dadurch gedient, dass das erwucherte Vermögen eines um sein Seelenheil bangenden Greises auch noch die fetten Pfründe des hiesigen Klerus vermehren half, indes meine Mutter bereits einen Teil ihrer Möbel versetzen musste, um die Steuern und den fälligen Mietzins zu zahlen, und meine Schwester Maria sich Tag für Tag für einen Hungerlohn in einer Tuchmanufaktur abrackern musste, wobei nur ihr gestrenger moralischer Charakter sie vor dem unwürdigen Schicksal vieler ihrer Arbeitskolleginnen bewahrte, die außerdem noch als »Pfennigdirnen« arbeiteten, um sich und ihre Familien über die Runden zu bringen.

Darum fand ich auch die Beschwerde des Marchese Maurigi, der eines Tages in unserem Bureau erschien, durchaus berechtigt und nachvollziehbar. Und ging auf seine vorsichtig tastende Anfrage mitfühlend ein, ob das Testament des besagten Testagrossa, der keine Kinder hinterlassen hatte und dessen nächster erbberechtigter Verwandter der Marchese war, ein unanfechtbares Dokument für die Ewigkeit oder bloß die willkürliche und eigensüchtige Verfügung eines bigotten Greises sei, der wenig Nächstenliebe, geschweige denn Verantwortung für seine Verwandtschaft an den Tag legte. Rasch waren wir uns einig geworden, dass mir, im Falle einer tadellosen Berichtigung dieses unsittlichen Testaments, fünf Prozent des dem Marchese zufallenden Vermögens als Lohn zukommen solle. In nächtelangen Bemühungen gelang es mir, Wortlaut und Siegel derart meisterhaft zu fälschen, dass volle fünf Jahre darüber verstrichen, bis man mir auf die Schliche kam.

Der Leser wird sich wohl vorstellen können, wie sehr ich dem Tag der Testamentseröffnung entgegenfieberte. Mein Entgelt für das kopistische Meisterwerk würde mir, so hatte ich ausgerechnet, mehr einbringen, als ich in einem Jahr im Bureau meines Onkels und meine Mutter in zwei Jahren mit Waschen verdiente. An einem Freitag, einem goldenen Oktobertage, war es endlich so weit. Das feiste Antlitz des Benediktiner-Abtes, der sein schönstes Ornat angelegt hatte, glänzte vor zufriedener Erwartung. Es war übrigens derselbe, der mich, den damals siebenjährigen Knaben, wegen des auf einen Prellstein gepinkelten Pentagramms hatte exorzieren lassen. Marchese Maurigi, der als Zeuge geladen war, blickte scheinbar gleichmütig aus dem Fenster, während ich mich dezent im Hintergrund hielt. Feierlich brach mein Oheim die unverletzten Siegel auf und begann mit geschäftsmäßig neutraler Miene den Inhalt des Dokuments vorzulesen. Das Gesicht des Abtes wurde von Minute zu Minute länger, als er erkennen musste, dass eine höhere Gerechtigkeit dem Marchese das gab, worauf er und seine fette Abtei selbst gerechnet hatten. Dass der bewährte christliche Grundsatz »Wer hat, dem wird gegeben« kraft einer ihm unbegreiflichen Verfügung hier einmal außer Kraft gesetzt ward, brachte den Gottesmann so außer Fassung, dass er sich beim Verlassen des Notariats selbst auf den Saum seines Gewandes trat und fast auf den Boden schlug, hätte mein Onkel ihn nicht im Sturze noch aufgefangen.

Die um das Vermögen des Verstorbenen geprellte Abtei aber ließ es diesen büßen, indem sie ihm nur ein Armenbegräbnis ohne Gepränge und christliche Chorknaben ausrichten ließ. Mit allen gebotenen Zeichen der Pietät erwiesen der Marchese Maurigi, mein Onkel und ich dem selig Dahingegangenen die letzte Ehre und folgten in würdigem Schweigen dem Leihsarge aus billiger Fichte, den die zwei Sargträger und der ihnen voranschreitende Armenpriester unter dem kläglichen Gebimmel der Totenglocke zur Grube geleiteten.

Als die Klappe des Leihsarges geöffnet wurde und der Papiersack mit dem Leichnam in die Grube fuhr, den der Totengräber sogleich mit zwei Schaufeln Kalk bedeckte, befiel mich eine wehmütig-philosophische Stimmung, und mir gingen jene weisen Sätze aus der *Legenda aurea* durch den Sinn, die zur Pflichtlektüre während meines Noviziats gehörten und sich mir besonders eingeprägt hatten:

Warum nur jagt der Mensch so sehr dem Golde nach? Kommt doch jeder von uns ohne Reichtum und nackend zur Welt, und so muss er auch sterben. Auch sind Sonne, Mond, Gestirne, Regen und Luft allen gemeinsam und spenden ihre Wohltaten allen; so sollte auch unter Menschen alles gemeinsam sein.

Alles gemeinsam? Von wegen! Auch der Marchese Maurigi entpuppte sich nicht gerade als Ehrenmann. Entgegen unserer vorherigen Absprache ließ er mir nicht einmal zwei Prozent des baren Geldes zukommen, und selbst das nur in Raten und auf mein beständiges Drängen hin. Ein ehrlicher Handel sah, weiß Gott!, anders aus. Mamminas müde Augen aber leuchteten dankbar auf, als ich ihr einen Teil des Geldes übergab, das ich, wie ich behauptete, meiner ersten Gehaltserhöhung verdankte. »Mein Peppino! Du wirst es doch noch zu was bringen!«

Nun, daran zweifelte ich nicht. Doch dazu musste ich meine Heimatstadt verlassen. Und zwar möglichst bald!

In Palermo war ich zwar bekannt wie ein bunter Hund, aber eben nur als Giuseppe Balsamo, Sohn eines bankrotten Krämers, bekannt als entlaufener Klosterbruder und Gehilfe eines Anwalts, in dessen Bureau sehr merkwürdige Dinge geschahen. Am bekanntesten war ich freilich der Polizei, mit der ich schon manches Mal die Ehre gehabt. Was konnte ich hier noch werden? Mein Leben als Amtsschimmel in einem Bureau verbringen? Oder als kleiner Gaukler, argwöhnisch beäugt und bewacht von den Spitzeln der Inquisition, von Schenke zu Schenke, von Jahrmarkt zu Jahrmarkt zu ziehen? Das waren ziemlich triste Aussichten für einen talentierten und unternehmenden jungen Mann wie mich! Nein!, *pour corriger la fortune* musste ich mein Leben auf eine ganz neue Grundlage stellen, musste *ich mich selbst neu erfinden.* Dazu aber musste ich alles hinter mich lassen, auch die eigene Familie.

Messina, Neapel und Rom, das Sprungbrett zur Welt, Paris und London, die Hauptstädte der Welt! – Im Geiste hatte ich die Stationen meiner Grand Tour schon oft durchgespielt. Jedenfalls konnte ich auf den neuen Schauplätzen unter ganz anderen Voraussetzungen auftreten als hier in Palermo, wo jeder mich kannte und mich der schlechte Leumund verfolgte. Bloß, mit leeren Taschen war an solch eine Tour überhaupt nicht zu denken. Schon die Schiffspassage von Palermo über Messina nach Neapel kostete ein kleines Vermögen. Und als Bettler wollte ich dort nicht ankommen. Leider schmolz das, was mir an Lohn für die Testamentsfälschung geblieben, durch meine eigene Schuld in wenigen Wochen dahin; denn ich hatte mich zum Pharospiel verleiten lassen, war nach einer anfänglichen Glückssträhne immer tollkühner geworden und hatte zuletzt alles zuvor Gewonnene wieder verspielt. Von meinem bescheidenen Salär als Anwaltsgehilfe aber blieb mir am Monatsende kein Soldi mehr übrig. Ich brauchte daher für meine Unternehmung dringend ein Startkapital von mindestens 100 Goldunzen. Doch woher sie nehmen?

Der Schatzgräber und die teuflische Flucht seines Kapitals

So begann ich mich denn nach einem neuen Kandidaten umzusehen, der reich genug war, dass er einen Verlust dieser Größe verschmerzen konnte – ich war schließlich kein Unmensch! –, und der es zugleich verdiente, im Sinne der ausgleichenden Gerechtigkeit von berufener Seite einmal gründlich gebeutelt zu werden. Ich brauchte nicht lange zu suchen. Eben hatte ich, mit geballter Faust in der Tasche, zusehen müssen, wie die kleine vergoldete Uhr, das letzte wertvolle Stück aus dem großväterlichen Erbe, an dem das Herz meiner Mutter hing, zu dem Goldschmied und Pfandleiher Marano wanderte, der sie, wie üblich, weit unter ihrem Werte in Zahlung nahm.

Auch Salvos Familie hatte diesem Wucherer schon mancherlei in den Rachen werfen müssen. Ich suchte also den Freund zu Hause auf, wo wir unter vier Augen und bei mehreren Schnäpsen den »Fall Marano« besprachen.

»Dass dieser Geier längst einen Denkzettel verdient hat, keine Frage, Giuseppe! Ich glaube, jeder im Viertel würde ihm gerne das Fell über die Ohren ziehen. Aber wie willst du an diesen misstrauischen Geizkragen herankommen?«

»Man muss ihn eben bei seiner schwächsten Stelle packen.«

»Und die wäre?«

»Seine Goldgier! Du weißt, seit Jahren bereisen reiche Engländer die Insel auf der Suche nach den verborgenen Schätzen der Antike. Man sieht sie überall mit Spaten in den alten Tempelanlagen und Ruinen herumstochern, und nicht wenige sollen fündig geworden sein.«

»Ja – und?«

»Eine Kusine von mir arbeitet als Magd bei Marano. Sie erzählte mir, auch ihr Herr träume Tag und Nacht von vergrabenen Schätzen der Insel aus der Römer-, Normannen- oder Sarazenenzeit, Schätze, die nur darauf warteten, von ihm gehoben zu werden. Er habe deshalb schon mit manchem Engländer ins Geschäft kommen wollen. Bislang vergeblich. Und Marano hat noch eine Schwäche: Er ist nicht nur katholischer als der Papst, er ist auch so abergläubisch wie ein Kind. Er glaubt an Geister und Dämonen.«

»Gut! Aber was nützt uns das?«

»Darauf ließe sich schon ein Plan bauen. Ich hab' da so eine Idee, eine echt magische Idee mit viel Hokuspokus und Gespensterzauber – und mit einer Glanzrolle für dich!«

»Aber wie willst du den alten Fuchs ködern?«

»Das lass nur meine Sorge sein!«

Maranos Goldschmiede und Pfandleihe lag in einer der vielen krummen Gässchen Palermos in der Nähe der Albergheria. Mit meiner Mappe unterm Arm ging ich die ausgetretenen, vor Nässe glitschigen Treppenstufen hinunter, um das Gewölbe zu betreten, in dem Marano sein Handwerk und seinen unlauteren Handel betrieb.

»Gott zum Gruße, Signor Marano!«

»Ach, Sie sind's – der junge Balsamo!« Das untersetzte Männlein mit dem fleckigen Lederschurz ragte mit dem Oberkörper gerade über den Ladentisch. »Will das Herrchen etwas kaufen? Oder will Er etwas versetzen? Dann mögen belieben, einzutreten!«

Auf eine höchst widerwärtige Art rieb er sich die Hände, deren pergamentene Haut ein trockenes Rascheln von sich gab. Sein Gesicht mit den glitzernden Knopfaugen, der gebogenen, schnabelförmig über den Mund hängenden Nase und dem aufgeplusterten spärlichen Haarkranz erinnerte an den Kopf einer halb gerupften Elster, die sich von ihrem Raub, den sie einmal in den Krallen hält, nicht trennen mag.

Ohne Präludium zog ich aus meiner Mappe sogleich einen bräunlich vergilbten, an den Rändern ausgefransten Bogen hervor und rollte ihn auf dem Ladentisch aus. Marano beugte sich darüber, beschnupperte den Papyrus, dann hob er mit abschätziger Miene den Kopf.

»Das junge Herrchen beliebt wohl zu scherzen. Denkt Er im Ernst, ich nehme solch alten Fetzen in Zahlung?«

»Er ist wohl mehr wert als Ihr ganzer Laden!«, sagte ich mit unverhohlener Geringschätzung.

»Ho, ho!«, grinste Marano und riss theatralisch das Maul auf, in dem wohl ein halb Dutzend funkelnder Goldzähne steckten. »Sieht Er das? Das ist mein Safe, wie der Engländer sagt. Ich trag' mein Vermögen nämlich im Maul. Nicht mal der Teufel holt's da heraus.«

»Wenn Er einen alten Papyrus aus der Römerzeit für einen alten Fetzen hält«, sagte ich gleichmütig und rollte den Bogen wieder ein, »dann ist Er der falsche Mann für dieses Geschäft.«

»Nu, nu! Nicht gleich so empfindlich, junges Herrchen. Ein Papyrus aus römischer Zeit, sagt Er?«

Ich rollte das Ding wieder aus, indes sich Marano seine Lupe vors Auge klemmte und sich über den geheimnisvollen Papyrus beugte.

»Kennt Er dieses Symbol?« Ich deutete auf ein Sonnenrad im oberen Teil des Papyrus. Den Mittelpunkt des Rades bildete ein von Schlangen und kleinen Flügeln umrahmter Mädchenkopf, um den drei abgewinkelte Beine liefen.

Marano rückte die Lupe über das bezeichnete Symbol. »Kommt mir bekannt vor … Wo hab' ich's nur gesehen?«

»Wohl an den Dachfriesen und Mauern hiesiger Palazzi. Der Mädchenkopf gehört der römischen Fruchtbarkeitsgöttin Ceres. Und die Schlangen sind Attribute des Äskulap, des griechischen Gottes für Heilkunde. Es handelt sich um das alte römische Wahrzeichen für Trinacria, die ›Insel der drei Vorgebirge‹. So hieß in römischer Zeit nämlich Sizilien.«

»Beim Barte des Propheten – ein gelehrtes Herrchen! Er war ja auch im Seminar, nicht wahr?« Marano schaute zu mir auf wie der Pedell zum Magister mit Doktorhut. Ich nickte mit gravitätischer Miene.

»Und nun sehe Er hier!« Ich drehte den Papyrus und wies mit dem Finger auf eine Reihe münzengroßer Symbole.

»Heilige Jungfrau! Das sind ja echte Siegel von Münzen.«

»Alte römische Goldmünzen«, bekräftigte ich. »Und wo führen die Pfeile und Zeichen hin?«

Der kleine Mann schnaufte erregt, indes sein knochiger Ringfinger, an dem ein goldener Siegelring mit eingefasstem Diamant steckte, den Pfeilen beharrlich folgte. »So Gott will, zu diesem Rechteck mit den vielen Kreuzen darin!«

»Und was bedeuten die Kreuze?«

Er glotzte mich sinnend an. »Friedhof ... vielleicht!«

»Und die Zeichen hier, neben den Kreuzen?« Ich deutete auf ein Ornament, das aus mehreren, durch parallele Linien miteinander verbundenen Halbkreisen bestand. In jedem war der Umriss eines Kopfes gezeichnet, den je zwei Knochen kreuzten.

»Sieht aus ... wie Totenköpfe!«

»Richtig! Und was bedeuten die Halbkreise mit den Totenköpfen darin?«

Marano kratzte sich erst am Ohr, dann am Halse. »Gräber vielleicht.«

»Heiß, sehr heiß, Signor Marano. Diese Halbkreise respektive Gräber sind miteinander verbunden durch unterirdische Schächte.«

Maranos Knopfaugen leuchteten auf, und mit dem Triumph eines begriffsstutzigen Famulus, der, schon fast resignierend vor der gestellten Aufgabe, zuletzt doch auf die Lösung kommt, rief er aus: »Katakomben, es sind die Katakomben!«

»Magna cum laude, Signor Marano!« Er quittierte mein Lob mit einem dankbaren Lächeln. »Und wo liegen in Palermo die Katakomben?«

»Im Convento dei Cappucini!«

»Recte! Und das Kapuzinerkloster liegt neben einem Friedhof. Es passt alles zusammen!«

»Jesus! Wer hätte das gedacht!« Auf Maranos zerrunzelte Stirn waren große Schweißperlen getreten. Er stammelte fast vor Erregung. »Und Er glaubt wahrhaftig, dass ... in diesen Katakomben ... der alte Römerschatz ...?«

»Alle Zeichen dieses Schatzplans deuten darauf hin – so wahr mir Gott helfe!«

»Aber die Katakomben«, seufzte er in plötzlichem Kleinmut auf, »sind groß, groß wie ein Labyrinth! Wo soll man denn da suchen?«

Ich nahm seinen Goldfinger und setze ihn energisch unter den fünften Halbkreis. »Diese Katakombe hier weist, im Unterschied zu allen anderen, keinen Totenkopf auf, sondern was?« Er starrte auf die bezeichnete Stelle.

»Eine Münze … Heiliger Joseph!«

»Ergo liegt der Schatz hier – in der fünften Katakombe.«

Maranos schwarze Äuglein unter den eulenhaften Lidern funkelten lüstern. Er wieselte vor dem Ladentisch hin und her, rieb sich die Hände und rief sämtliche Heiligen bei Namen, auf die er sich bei seinen trüben Geschäften wohl jemals berufen hatte. Doch plötzlich blieb er stehen und sah mich misstrauisch an.

»Woher hat Er diesen Papyrus?«

Ich tischte ihm nun eine umständliche und höchst melodramatische Geschichte auf – von einem Engländer und Altertumsforscher, der im Haus meines verstorbenen Babbos einige Zeit als Gast geweilt und diesen Papyrus in einer alten römischen Grabkammer gefunden. Doch bei dem Versuch, den Schatz in den Katakomben zu heben, seien die Dämonen, welche ihn bewachten, über den Schatzgräber hergefallen und hätten ihn zu Tode erschreckt. Denn so gelehrt der Engländer auch war, in der Kunst der Geisterbeschwörung sei er ein blutiger Anfänger gewesen. Und so sei er denn in den Armen meines Vaters verschieden. Den Papyrus aber habe mein Vater an sich genommen. Und von diesem sei er auf mich gekommen.

Mein Schauermärchen hatte Marano sichtlich beeindruckt. »Ja, ja«, murmelte er düster und mit kindlicher Ehrfurcht, »mit den Geistern ist nicht zu spaßen!« Aber schon malte sich neuer Argwohn in seinen Zügen.

»Nur – warum kommt Er zu mir? Er könnt' den Schatz ebenso gut ohne mich heben.«

Natürlich hatte ich mit dieser Frage gerechnet. »Wie Sie wissen, wird Gold nur von Gold angezogen, wie das Eisen vom Magneten. Man muss den Dämonen, die den Schatz bewachen, ein Opfer darbringen, um sie zu besänftigen. Denn wer lässt sich schon ohne Gegenwehr einen Schatz entreißen? Die Dämonen nicht, und Sie auch nicht, Signor Marano. Ist es nicht so?« Er nickte einsichtig. »Vergräbt man also neben der Stelle, wo der Schatz begraben liegt, einen Topf von – sagen wir – hundert Goldunzen, dann sind die Dämonen zufrieden und rühren sich nicht mehr. Eben dies hat der Engländer, sei es aus Unwissenheit, sei es aus Geiz, unterlassen. Und darum musste er sterben ... Freilich ist es nicht ungefährlich, sich der besagten Stelle zu nähern. Denn die Dämonen greifen sofort an. Darum muss man ihre Angriffe durch gehörige Beschwörungen abwehren. Aber darauf verstehe ich mich. Ich habe nicht umsonst jahrelang die Magie studiert. Mein Vorschlag zur Güte: Sie geben die 100 Goldunzen, und ich kümmere mich um die Dämonen.«

»Hundert Goldunzen!«, stöhnte der alte Geizkragen. »Das Herrchen will mich wohl ruinieren.«

»Aber bedenke Er, Meister! Der alte Römerschatz ist ein Zehnfaches, was sage ich?, ein Hundertfaches dessen wert. Wir teilen durch zwei – und über Nacht ist jeder von uns ein Krösus. Statt in diesen feuchten Kellerräumen, in der Er sich nur die Schwindsucht holt, wird Er in einem Palazzo wohnen, sich zehn Bedienstete halten und in einer goldenen Kutsche über den Cassaro fahren! Er wird der Hl. Jungfrau zu Ehren eine Kapelle stiften, wird sich großmütig gegen die Armen und Bedürftigen zeigen – und alle Welt wird ihn ehren und lieben.«

»Hundert Unzen!«, stöhnte er wieder. »Hundert schöne blanke Goldtalerchen! Nee, junges Herrchen. Das geht über mein

Vermögen ... Wären denn die Dämonen nicht auch mit der Hälfte zufrieden? Geben die denn keinen Rabatt?«

Nach längerem Gefeilsche einigten wir uns schließlich auf 60 Unzen.

Ich hatte die Nacht vor jenem Morgen, da die »Isabella« aus dem Hafen von Palermo auslaufen würde, für die Hebung des Schatzes bestimmt. Alle nötigen Vorbereitungen für meine heimliche Abreise waren getroffen: Die nötigen Papiere hatte ich mir beschafft. Mein Packsack mit dem Reiseproviant und der nötigen Wäsche, meiner Gaukeltasche, meinem Kräuter- und Apothekerbuch und einer Schrift des arabischen Arztes und Alchemisten Rhazes, stand reisefertig in Salvos Bude. Fehlte nur noch das Reisekapital von 60 Unzen, von denen etwa fünf für die Schiffspassage draufgehen würden.

In besagter Nacht, eine halbe Stunde vor Mitternacht, traf ich mich mit Marano an der verabredeten Stelle vor dem Kapuzinerkonvent. Ich trug den Spaten und die Fackel; meinen Degen hatte ich umgeschnallt. Die Nacht war mondlos, eine Nacht für höllische Gesellen. Salvo, mein heimlicher Mitspieler bei dieser Höllen-Operette, wartete schon, als Dämon mit Maske, Hörnern und Schwanz vermummt, unten in den Katakomben.

»Haben Sie auch wirklich die 60 Unzen mitgebracht?« Bei dem alten Geizkragen konnte man nie wissen. Marano, der sich die Kapuze übergezogen, zeigte mir den Topf. Er war bis zum Rande mit blanken Goldtalern gefüllt. Mit beiden Händen den Topf mit den Unzen haltend, stapfte er hinter mir her, bis wir vor einer mit Gestrüpp bedeckten Felsspalte haltmachten. Hier war ein verborgener Eingang in die Katakomben, den ich mit Salvo die Tage zuvor ausgekundschaftet hatte. Ich bog das Gestrüpp beiseite und setzte meinen Fuß in die felsige Höhle. Schon jetzt schlotterten Marano die Knie.

»Aber Sie lassen mich nicht im Stich, junges Herrchen!«

»Ich führe Sie so sicher hinein und wieder hinaus, wie Vergilius den Dante einst durch die Hölle geführt. Lasst nur nicht die Hoffnung samt dem Topfe fahren!«

Ich entzündete die mitgebrachte Fackel. Dann stiegen wir gebückt in den unterirdischen Gang, der sich alsbald vergrößerte und verbreiterte, sodass wir wieder aufrecht gehen konnten. Nach einer Weile gabelte sich der Schacht, wir bogen nach rechts ab. Kurz darauf erreichten wir die erste Katakombe. Da ich den Weg schon kannte, war ich auf die Begegnung mit dem Jenseits vorbereitet.

»Himmel – was ist das?«, schrie Marano und sank auf die Knie. Vor den Wänden des Gewölbes, auf die der Schein meiner Fackel fiel, standen mehrere Mumien und Totengerippe Spalier. Leere Augenhöhlen starrten aus den wie zu einem lautlosen Schrei zurückgebogenen Köpfen. Herabgekollerte Totenschädel grinsten in Käfigen zwischen Gerippen hervor.

»Keine Bange, Signor Marano! Die tun uns nichts. Das sind die Mumien unserer vornehmen Vorfahren. Sie geben sich hier ein ewiges Stelldichein.«

Doch so gelassen, wie ich mich gab, war mir keineswegs zumute. Auch mir stockte der Atem beim Anblick dieser stummen Ehrengarde von Männern, Frauen und Kindern, die in den Roben ihres Standes gekleidet waren. Einige lagen in offenen Särgen, andere klammerten sich mit skelettierten Fingern an enge Gitterstäbe oder ruhten mit gefalteten Händen hinter Glas. Salvo hatte mir, als wir das erste Mal zusammen die Katakomben betraten, von dem alten spanischen Totenkult erzählt, der hier noch praktiziert wurde: Die Angehörigen versorgten die Mumien regelmäßig mit Kleidern, richteten ihre herabgesunkenen Häupter wieder auf, brachten die gekrümmten Körper wieder in Positur und hielten regelrecht Zwiesprache mit den Verstorbenen. Bloß schnell heraus aus dieser schauerlichen Gruft!

Marano lag noch immer wimmernd auf den Knien, den

Topf mit den Goldunzen mit beiden Händen umklammernd. Er stöhnte und jammerte, als habe sein letztes Stündlein geschlagen. Ich packte den alten Hasenfuß unter den Achseln und stellte ihn auf die Beine. So zog ich den wimmernd Widerstrebenden von Katakombe zu Katakombe, wo uns immer dieselbe grause Galerie von Mumien, Gerippen und Totenköpfen empfing. Wo Samt und Seide zerfallen waren, hüllte grobes Sackleinen die Toten. Einer männlichen Mumie hatte man sogar Glasaugen eingesetzt, wohl in der irren Hoffnung, den schönen Frauen auch in der anderen Welt noch schöne Augen machen zu können.

Schließlich kamen wir in die fünfte Katakombe, eine geräumige Höhle ohne Mumien und Totengerippe. Drei große, aufrecht stehende Grabmale mit Inschriften bildeten die einzige Dekoration. Ich steckte die Fackel in die lehmige Erde und begann sogleich, in der Mitte der Höhle ein Loch zu graben. Sobald dies getan war, überließ mir Marano, wenn auch mit Sterbensmiene, den bannenden Topf mit den Unzen; diesen legte ich in das klaftertiefe Loch.

Dann begann ich mit der Geisterbeschwörung. Prächtig kamen mir hierbei die paar Brocken Kirchen- und Apothekerlatein zustatten, die ich inzwischen gelernt. Der hasenherzige Marano schlotterte und bibberte vor Angst und Entsetzen, indes ich mit hohler Grabesstimme bombastischen Unsinn hersagte, mit dem gezückten Degen wilde Zeichen und Orakel in die Luft malte und mit gespreizten Beinen und kühnen Ausfallschritten gegen den unsichtbaren Feind focht, dabei stampfte, schnaubte und mich wohl ebenso toll aufführte wie der hl. Antonius in seiner Höhle beim Kampf mit den Dämonen.

Nach diesem wilden Spektakel steckte ich den Degen in die Scheide und bezeichnete Marano die Stelle, an der er nun graben solle. Seine Goldgier war, wie ich vermutet, doch größer als seine Angst vor den Dämonen. Denn er grub, stöhnend und schwitzend, was Zeug und Leder hielt. Währenddessen legte ich mich bäuchlings auf den Boden über die Stelle, wo ich den Goldtopf abgelegt, damit kein unsauberer Geist vor Beendigung des Werks das bannende Geschenk stehlen konnte.

Als endlich das Loch, das Marano grub, fast mannstief war und sein Spaten immer noch keinen Schatz, dafür umso mehr Sand und bröckliges Gestein zutage gefördert, geschah etwas Schreckliches: Ein finsterer behörnter Teufel mit wehendem schwarzem Gefieder und glühenden Augen unter der Maske schoss plötzlich hinter einem der Grabmale hervor und stürzte sich schnaubend und stampfend von hinten auf den Schatzgräber, um ihn in die Grube zu werfen. Marano glaubte wohl, vor Grauen sterben zu müssen, er rief verzweifelt meinen Namen, zumal ihn die Last des Teufels sehr schmerzhaft zu drücken schien. Ich aber hatte Dringlicheres zu tun. Ich griff mir den Topf mit den Unzen und wollte mich mit dem Goldschatz gerade davonstehlen. Doch just in diesem Augenblick steckte Marano – weiß der Himmel, wie er sich der Last des Teufels so schnell wieder entledigt! – den Kopf aus der Grube und sah, was ich vorhatte. Ein Blitz der Erkenntnis durchfuhr ihn, und in rasendem Zorn schrie er: »Du diebischer Hundsfott! … Wart, dir werd' ich's zeigen!«

In seiner Todesangst waren ihm ungeahnte Kräfte zugewachsen; denn der Teufel lag sichtlich entkräftet und vor Schmerzen stöhnend neben der Grube. Dies und das Folgende aber war in meinem Plane mitnichten vorgesehen: Kaum nämlich war Marano aus der Grube geklettert, ergriff er zu meinem Schrecken den Spaten, schlug erst auf den armen Teufel ein und stürzte sich dann auf mich. Hart traf mich sein Spaten an der Seite und im Rücken. Den Degen ziehen konnte ich nicht, denn meine Hände hielten ja den Topf mit den Unzen. So suchte ich mit dem vorgehaltenen Topfe – zum Glück war er aus Eisen! – die wilden Spatenschläge des Goldschmieds zu parieren, der nunmehr selbst zum rasenden Teufel geworden, bis ich endlich den Ausgang der Höhle erreichte und die Flucht ergriff. »Dich bringe ich um! Dich bringe ich um!«, brüllte er.

Ich lief, was meine Beine nur hergaben, den langen Schacht zurück, von Katakombe zu Katakombe. Der Geprellte lief mit der Schaufel fluchend hinter mir her, wobei der Hall sein Gebrüll noch verstärkte und mich als schauerliches Echo verfolgte. Selbst die Mumien und Totengerippe, die er auf dem Rückweg gleich mir passieren musste, schienen ihm nichts mehr anhaben zu können. Kein Memento mori, auch kein Teufel vermag eben einen Geizhals zu schrecken, für den es im Himmel wie auf Erden nichts Schrecklicheres gibt als die Flucht seines Kapitals. Indes waren meine jungen Beine doch schneller als seine alten, und so erreichte ich vor ihm den Ausgang der Katakomben. Kaum wieder im Freien, rannte ich um mein Leben, riss mir die Haut an dornigen Hecken, sprang über Gräber und Grabsteine. Beulen, Schrammen, Kratzer achtete ich für nichts. Dass mein Rücken wie Feuer brannte, war eine geringe Bezahlung für das goldene Schicksal, das ich jetzt in Händen trug. Im Laufen schickte ich ein Stoßgebet zum Himmel, dass Salvo, der Freund und Komplize, nicht ernstlich verletzt und den Katakomben wieder glücklich entwichen sein möge. Die Teufelsmaske würde ihn jedenfalls vor Entdeckung und polizeilicher Nachforschung schützen.

Kaum hatte ich die Kirchhofmauer überwunden, rannte ich weiter die dunklen Gassen hinab, drückte mich, wenn ich einer oder mehrerer Gestalten gewahr wurde, schnell in einen Torbogen oder Hauseingang. Es war mir klar, dass Marano sogleich zur Polizei laufen würde, um mich anzuzeigen. Um diese nächtliche Stunde freilich würde er kaum ein offenes Bureau mehr finden. Erst am Morgen konnte er Anzeige erstatten, und dann war ich längst auf See. Ich hatte also bis zum Tagesanbruch noch einige Stunden Frist.

Kaum in Salvos Mansarde angekommen, reinigte ich meinen verschmutzten Rock auf das Gröbste und wusch mir das Blut von den Händen. Mein Rücken schmerzte, jeder Schritt tat mir weh. Ich zog meinen Reisemantel an, nahm zehn Unzen aus dem Topf, legte fünf für Salvo auf den Tisch und steckte die anderen fünf in meine Tasche. Die übrigen 50 verteilte ich auf zwei Geldkatzen, von denen ich eine in die linke, die andere in die rechte Innentasche unter die Achseln steckte, wo keiner sie mir würde stehlen können, es sei denn, er beraubte mich meines Mantels. Dann schnallte ich mir den Packsack um und verließ die Mansarde.

Doch bevor ich zum Hafen marschierte, war noch ein schmerzlicher Gang in den *Viccolo de la Pischiata* zu tun.

»Um Himmels willen! Wie siehst du aus? Willst du verreisen – mitten in der Nacht?« Die Mutter, die mir nach langem Klopfen endlich geöffnet hatte, stand in Nachthemd und Nachthaube auf der Türschwelle. Sie blickte mich erschrocken an.

»Ich komme, um Abschied zu nehmen, Mammina!« Ich wollte es kurz und schmerzlos machen, doch beim Wort ›Abschied‹ spürte ich schon den Ansturm der Tränen hinter den Lidern.

»Abschied? Warum denn?«

»Die Polizei ist hinter mir her.«

Mammina schlug die Hände vor dem Gesicht zusammen. »Hast du etwas verbrochen? Was ist geschehen?«

»Du wirst es früh genug erfahren.« Ich streckte ihr die fünf Unzen hin. »Hier! Das dürfte reichen für die Auslösung von Großvaters goldener Uhr und den Mietzins für ein Jahr!«

Mit einem Ausdruck des Entsetzens starrte sie auf die goldenen Taler. »Wo hast du das her? Das ist Diebesgut, nicht wahr?«

»Ich habe nur zurückgeholt, was ein notorischer Geizkragen und Betrüger den armen Leuten gestohlen.«

»Ich nehme kein Diebesgut. Bring es sofort zurück, Peppiiiino!«, befahl sie in schrillem Ton und wich vor mir zurück wie vor dem Leibhaftigen.

Ich bat sie noch einmal, die fünf Unzen anzunehmen. Doch sie schüttelte nur den Kopf und rang die Hände zum stummen Gebet. Endlich sagte sie mit gramvoller Miene:

»Wenn du so weitermachst, Giuseppe, landest du nochmal im Kerker oder am Galgen!«

Ihre düstere Prophezeiung schreckte mich nicht. Ich musste fort. Ich steckte die fünf Unzen in die Tasche, kniete vor meiner Mutter nieder und bat sie um ihren Segen.

Zum Abschied hängte sie mir das Teuerste um den Hals, das sie besaß: eine Reliquie in Gestalt eines rostigen Nagels, der angeblich vom Kreuz des Erlösers stammte. Dann legte sie ihre Hände auf mein Haupt. »Gott schütze dich, mein Sohn, und führe dich zurück auf den rechten Weg!«

Verloren kniete ich vor der, die mir das Leben gab. Dann aber raffte ich mich auf, drückte sie noch einmal fest an mich und stürzte hinaus.

Palmen und Bäume geisterten vor mir im bleiernen Zwielicht der Morgendämmerung. Es wurde zusehends heller, die Gassen waren noch leer. Bald war ich an der Hafenmole. Die »Isabella«, ein stolzer Dreimaster mit Bordkanonen, wiegte sich sanft im Hafen. Auf dem Schiff und an der Anlegestelle herrschte schon reger Betrieb. Matrosen und Lastträger, mit Fässern und Kisten beladen, passierten in vorsichtigem Schritt die schwankende Brücke, die von der Mole aufwärts zum Schiffsheck führte. Doch wie ich zu meinem Schrecken erfuhr, sollte sich die Abfahrt verzögern, da zurzeit nur eine mäßige Brise ging. Sollte ich es riskieren, hier, unter den Augen der Hafenpatrouille, so lange zu warten, bis die Schiffsglocke endlich das Signal zur Abfahrt gab?

Eilends entfernte ich mich wieder, lief den Pier entlang und versteckte mich in einem offenen Schuppen, der am Ufer über dem Wasser lag. Hier lagen zwei morsche Fischerkähne, die mit Wasser vollgelaufen waren, in fortschreitender Verwesung. Ich ließ mich auf ihren nassen Planken nieder – und saß doch wie auf glühenden Kohlen, indes ich im Geiste den Götterboten Hermes anrief, Beschützer aller Reisenden, Kaufleute, Diebe, Betrüger und Lügner. Mit pochendem Herzen und in beständiger Angst, Marano und der Polizei zuletzt noch in die Hände zu fallen, harrte ich in meinem Versteck aus, bis endlich die Schiffsglocke ertönte.

Mit einer Bedächtigkeit und Umständlichkeit, die mich fast zur Verzweiflung brachte, visierte ein alter grauköpfiger Seebär, der den Zugang zum Fallreep bewachte, meine Papiere, stempelte sie und händigte mir sodann gegen zwei Unzen das Ticket für die Passage nach Messina aus. Noch als ich in bänglicher Eile das Fallreep hinaufstieg, pochte mein Herz so laut, dass mir schien, es schlüge Alarm und ein jeder Polizist in Palermo müsse es hören.

Als die Matrosen endlich den Anker einzogen und die Taue lösten, wich der Druck langsam von mir. Ich atmete auf, indes die »Isabella« mit gehissten Segeln und bei guter Brise die steinerne Säule der Hafeneinfahrt passierte. In diesem Moment kam uns eine Galeere entgegen, die den Hafen ansteuerte. Der Anblick der halbnackten und angeketteten Galeerensklaven, die sich schwitzend, im Takte eines unerbittlichen Kommandos, im Rücken die Peitsche des Aufsehers, in die Riemen legen mussten, rief mir das eigene Schicksal vor Augen, das mich in Palermo erwartet hätte, wäre mir die Flucht nicht in letzter Minute geglückt.

Während das schöne Weichbild meiner Heimatstadt im Morgenrot erglühte und sich langsam von mir entfernte, machte die Wehmut des Abschieds von meiner Familie und meinem teuren Freund Salvo bald einem anderen, mächtigeren Gefühle Platz: Endlich war ich frei – frei wie ein Vogel, der sich hoch in die Lüfte schwingt. Vor mir lag der endlose Horizont und die große weite Welt, und ich, Giuseppe Balsamo, knapp zwanzig Jahre zählend, war ausgezogen, mein Glück zu machen, gleichviel ob mit Gottes oder seines gewitzten Gegenspielers Hilfe. Eines Tages würde nicht nur meine Familie und Verwandtschaft, die ganze Insel würde stolz auf ihren großen Sohn sein. Das rauschhafte Vorgefühl von Glück, Freiheit und künftigem Ruhm weitete meine Brust. Bald würde ich auch eine schöne Donna für mich gewinnen, die willens war, das bunte Abenteuer des Lebens mit mir zu teilen.

IV. Maleficus bonus?*

Schon eine ganze Weile las Zelada, in einer Mischung aus Verblüffung und Ratlosigkeit, die Zeitungsberichte über Cagliostros wunderbare Kuren, die hymnischen Kommentare und Briefe, die von dankbaren Patienten veröffentlicht worden waren:

Er (Cagliostro) ist ein äußerst intelligenter, äußerst sympathischer Mann, heiter, nüchtern, zupackend. Er ist sich seines Wertes bewusst und spricht mit den Großen und Fürsten wie ein Mensch, der ihnen Gutes tun kann, aber nichts von ihnen erwartet.
Pastor Blessig, Strassburg 1782

Ich verdanke alles dem Herrn Grafen von Cagliostro ... Er ist mein Retter. Seit acht Jahren schwebte ich in Lebensgefahr, die Mittel, die mir die angesehensten Ärzte verordneten, brachten mir nicht die geringste Linderung. Mein Zustand war so verzweifelt, dass mir und den Meinen ein baldiger Tod noch das geringste Übel schien. Ich beobachtete den totalen Verfall meiner Geisteskräfte. Der Graf hat mir Leben, Gesundheit, Verstand und Glück wiedergegeben. Seither habe ich nie wieder jene schrecklichen Schmerzen verspürt, die heftigen Anfälle, die mir so zusetzten, sind ganz ausgeblieben. Kurzum, er hat das Übel mit der Wurzel ausgerissen und mich vollständig geheilt, wie auch eine überaus große Zahl anderer, deren Namen ich Ihnen, falls Sie Wert darauf legen, nennen kann.
Chevalier de Langlois, Hauptmann der Artillerie, Strassburg 1782

* *Ein guter Bösewicht?*

Gewiss muss der Graf von Cagliostro jeden, der zum ersten Mal von ihm reden hört, in Erstaunen versetzen, sieht man doch in unserer Zeit so selten einen Menschen, der das Gute um des Guten willen tut, ohne Egoismus und Hintergedanken, der sich weder durch Neid noch durch üble Nachrede von seinem Weg abbringen lässt. Gerade ein solcher Mensch aber ist der Herr Graf von Cagliostro.

AUS: VARIÉTÉS HAUT-RHINOISES, JULI 1781

Bis zu Beginn des Jahres 1782 ging es mit meiner Schwester trotz aller Bemühungen der erfahrensten Ärzte unserer Stadt von Tag zu Tag mehr bergab. Um diese Zeit untersuchte sie der Herr Graf von Cagliostro. Er verordnete ihr zunächst einige Mittel, die er ihr von Straßburg sandte. Sogleich ging es ihr besser, und im August befand sie sich wohl genug, um ihren Wohltäter in Straßburg aufsuchen zu können. Dort wurde sie in wenigen Wochen vollständig wiederhergestellt. Sie können sich vorstellen, wie dankbar wir jenem einzigartigen Mann sind, der denen immer hilfreich die Hand reicht, die von Krankheiten niedergeschlagen sind, welche für unheilbar gelten, seiner erhabenen Kunst aber schließlich doch weichen müssen, und der in seiner Großmut keinen anderen Dank begehrt als den der wahrhaft großen Seelen: die unauslöschliche Freude, einen Menschen glücklich gemacht zu haben.

P. WIELAND, SCHATZMEISTER VON BASEL, JOURNAL DE PARIS 1783

Cagliostro sagt, er habe zu Medina die Medizin studiert und freilich daselbst anders die Natur kennen gelernt als unsere europäischen Ärzte. In seiner Schule werde man angeführt, die Seele nicht vom Körper zu trennen, nicht nur den Puls und den Urin, sondern auch die Gesichtsfarbe, den Blick, den Gang und jede Bewegung des Körpers medizinisch zu erforschen, daher denn die Physiognomik ein natürlicher Teil der Arzneikunde sei. Sei es nun durch diese Verbindung oder durch einen anderen Weg, ge-

nug, Cagliostro scheint ein Menschenkenner zu sein und hat unter anderem unseren größten Physiognomisten Lavatern sehr gut aufgenommen.
G. T., Schweizer Naturforscher,
bei einem Besuch in Basel, 1783

Cagliostro ist aus einem Guss, eigenständig, kraftvoll, aber oft wegen seiner Trivialität abstoßend. Halten Sie ihn nicht für einen Philosophen. Er ist eher ein in Geheimnisse vernarrter Alchemist, ein eingebildeter Astrologe nach Art des Paracelsus. Abgesehen davon kann man ihm nur wenige oder gar keine Fehler vorwerfen, er ist kompakt und solid wie ein Block, ein Monument, dessen ungeheure Masse Beachtung heischt.
Caspar Lavater an Wolfgang von Goethe

Es wäre überflüssig, Ihnen, mein Herr, im Einzelnen aufzuzählen, welche Anstrengungen der Herr Graf von Cagliostro auf sich nahm, um meine Frau, die schon dem Tode nahe war, wiederherzustellen; haben Sie doch selbst erlebt, mit welcher Hingabe sich dieser erlauchte Freund der Menschheit für die Linderung der Leiden einsetzt, wissen Sie doch so gut wie ich, dass der Weihrauch, den so viele begehren, für ihn keinen Reiz hat; sein Grundsatz ist, das Gute um des Guten willen zu tun, und sein Herz sucht seinen Lohn in seinen eigenen Tugenden. Meine Dankbarkeit auszudrücken geht über mein Vermögen. Mir fehlen die Worte, um die Gefühle meines Herzens zu schildern.
Jacques Sarasin, Tuchhändler und Bankier zu Basel,
an seinen Freund Straub, Journal de Paris 1783

Cagliostro ist ein außerordentlicher, wunderbarer Mann, dessen Feueraugen tief in der Seele lesen. Schon seine äußere Gestalt verkündet Verstand und Genie. Alle Vornehmen ehren und lieben ihn.
H. Mayer, Journal de Paris, 1785

Etwas kratzte am Gewissen des Kardinals, ihn beschlich ein mulmiges Gefühl. Wäre es möglich, dass man den falschen Mann in Verhaft genommen, einen, der sich bloß für Cagliostro ausgab und der nichts mit jenem gefeierten Arzt und Menschenfreund zu tun hatte, von dem diese Berichte und Briefe kündeten? ... Unlängst war in Mailand ein Mann aufgetaucht, der steif und fest behauptete, er sei der wirkliche Cagliostro, während jener, den man in Rom verhaftet, nur ein betrügerischer Doppelgänger sei. Welch eine Blamage für das hl. Offizium und den Hl. Stuhl, falls sich herausstellte, dass man dem falschen Cagliostro den Prozess machte! ... Indes hatte sich der Mailänder »Cagliostro« als ein Verrückter und Tollhäusler entpuppt, der dem städtischen Spital entlaufen war. In Rom hatte man das Original verhaftet, und nicht seinen Doppelgänger – das war so sicher wie das Amen in der Kirche!

Dennoch wurde Zelada das unheimliche Gefühl nicht los, es im Falle des Inquisiten mit *zwei verschiedenen Personae* zu tun zu haben: Der eine war – den veröffentlichten Berichten und Zeugnissen zufolge – ein ingeniöser Heilkünstler und Philanthrop namens Cagliostro, der andere ein gerissener Betrüger, abgefeimter Gauner und Ketzer namens Balsamo. Wie aber konnte der eine zugleich der andere sein, wie sich beide gar in ein und derselben Person inkorporieren? Konnten denn zwei so gegensätzliche Kräfte und Prinzipien – das göttliche Prinzip des Heilens und Helfens und das teuflische Prinzip des Lügens und Betrügens – in derselben Menschenbrust walten? War solche *Vereinigung des Unvereinbaren* nicht ein Indicium für die Wirkung dämonischer Mächte, für ein Blendwerk des Teufels, um die gesunde Urteilskraft zu täuschen und zu verwirren? ... Und woher bezog Cagliostro sein hochgerühmtes medizinisches Wissen, da er doch keinen Fakultätsabschluss und keine Approbation seiner ärztlichen Kunst vorweisen konnte? Aus der arabischen Alchemie und Heilkunst, wie er selbst behauptete, oder aus anderen, höchst verdächtigen Quellen wie der schwarzen Magie? ... Andererseits gab es in der Christenheit viele Propheten und Heilige, die wunderbare Heilungen vollbracht hatten, an erster Stelle der Heiland selbst. Diese außergewöhnliche Gabe war ihnen durch die heilende Kraft des Glaubens und des Gebets zuteil geworden, sie war ein Geschenk des Himmels und keine Leihgabe des Teufels ... Wie aber verhielt es sich im Falle Cagliostro-Balsamos? Konnte es denn sein, dass der himmlische Vater just einem seiner unwürdigsten und schändlichsten Geschöpfe die Gabe des Heilens verliehen hatte? Durfte es denn in der göttlichen Weltordnung solch moralisch zweideutigen Phänomene wie einen »guten Bösen« oder einen »bösen Guten« geben? Im Sinne des Dogmas jedenfalls nicht; drohte doch das ganze Fundament der christlich-katholischen Morallehre und Jurisdiktion einzustürzen, wenn zwischen Gut und Böse nicht mehr klar zu unterscheiden und zu trennen war.

Je länger der Kardinal über diese verzwickte Frage nachdachte, desto verwirrter und verdrießlicher wurde er. Schien er doch hier vor einer klassischen Aporie, einem schier unlösbaren Problem der Moraltheologie zu stehen, vor dem auch sein geschulter theologischer Verstand kapitulieren musste.

Beim Durchblättern des Dossiers stellte er mit Genugtuung fest, dass die vielen Elogen auf den »Wunderheiler Cagliostro« und »selbstlosen Helfer der Armen« durch das vernichtende Urteil der Straßburger Medizinischen Fakultät konterkariert wurde. Diese befand: Cagliostro habe nur *eingebildete* Kranke geheilt. An die vielen *Kuren aber, die ihm fehlgeschlagen*, wollten sich seine Bewunderer nicht mehr erinnern.

Ob Wunderheiler oder Scharlatan – seine medizinische Competentia war nicht Gegenstand des Inquisitionsverfahrens. Nicht gegen den Arzt, sondern gegen den Ketzer und Hexer, gegen den Freimaurer und Feind der römisch-katholischen Kirche und des Papsttums wurde Anklage erhoben. Die Hl. Inquisition aber war die größte moralische Autorität der Welt, und schon der Gedanke, sie klage den falschen Mann an, war Ketzerei! Punktum!

Kapitel 4

Der Baccalaureus*

In einem klugen Buche las ich einmal, die Zivilisation habe eigentlich erst mit dem Ackerbau, das heißt mit dem Sesshaftwerden der Nomadenstämme begonnen. Demzufolge dürfte ich niemals den Titel eines zivilisierten Menschen für mich in Anspruch nehmen. Ist doch mein Leben eine einzige abenteuerliche Reise gewesen mit nur wenigen Ruhe- und Erholungspausen darin. Das Wort »Sesshaftigkeit« ist mir fremd, ich verbinde es allenfalls mit dem tage-, ja, wochenlangen Sitzen in der Postkutsche, im Sattel eines Maultiers, Kamels oder Pferds oder auf Deck eines Schiffs.

Messina, Malta, Rhodos und – das am Oberlauf des Nil gelegene – Alexandria waren die ersten Stationen meiner Ausfahrt. Danach kehrte ich nach Italien zurück und hielt mich für einige Zeit in Neapel auf, wo ich mir meinen Unterhalt teils als Straßengaukler, teils als Federzeichner verdiente.

* *Lehrling eines Arztes*

Neapel, 1764/65
Eines Morgens klebten überall an Mauern und Hauswänden fettgedruckte Anschlagzettel folgenden Inhalts:

Der
Berühmte Chirurgus und fahrende Medicus
Antonio Benedetto

Doktore Ambrosius

Zahnbrecher, Okkulist, Steinschneider, Starstecher
Mit seinen auf Reisen und Jahrmärkten
vielfach erprobten Kuren in Not und Tod
bewährten Arzneyen und Wundertinkturen
samt vielen
Orakeln, Mirakeln, Spektakeln
Gibt sich die Ehre
Alle, so am Zahne, Augen, Magen, Galle, Milz und Leber
leiden, an Geschwüren, Exzemen, Verrenkung, Bruch
und Lähmung der Glieder, auch alle, so von
Melancholia, Hypochondria oder sonst einem
malefizischen Übel befallen sind
Einzuladen
zum
Großen Kurspektakel
Auf dem Markte St. Maria

Trompetengeschmetter, Trommelwirbel und Beckenschlag. Der Ausschreier und Spaßmacher betritt in bebänderter Pumphose die Tribüne und ruft durch seinen Schalltrichter:

»Herbei! Herbei! Ihr Leut' von Napoli!/Seht her, was unser

Doktor alles kann!/Kein Medicus aus Salerno/Ihm das Wasser reichen kann!/Von diesem Blasenstein in Spiritus/« – der Ausrufer streckt ein Glas in die Höhe, darin ein Blasenstein von der Größe eines Gänseeis zu sehen ist – »Befreite unser groß' Empiricus/einen spanischen Generalissimus!/Einem Abte, der an Dünnschiss litt/Bleich vom Beichtstuhl auf den Abtritt glitt/Schlug er, seine ird'sche Not zu lindern/diese Möhre in den Hintern!«

Triumphierend hält der Ausrufer eine Möhre in die Höhe. Tusch, Gelächter, Applaus.

Auf einem Mauervorsprung am Rande der Piazza hockend, verfolge ich das ergötzliche Präludium zum Großen Kurtheater. Die Musikanten in ihren farbenfrohen Kostümen und bunten Schärpen bilden ein hübsches Tableau auf der Tribüne. Halb Neapel ist zu dem großen Spektakel gekommen, wobei sich die vielen Schaulustigen mit den Stelzfüßen, Bruchleidenden, Zahnwehleidenden und sonstigen Kranken vermischen, die sich zu Fuße oder auf Krücken hergeschleppt haben.

»Dottore Ambrosius«, fährt der Ausrufer fort, »ist der größte Chirurgus und Optikus und hat bärbeißigste Jungfern so toll verliebt gemacht, dass sie piepsend wie die Wachteln ihm nachliefen wochenlang, nur um ein Tröpflein seiner ambrosischen Universal-Tinktur zu erstehen, welche alle Schmerzen lindert und die Lebensgeister verjüngt – zwei Skudi das Fläschchen! ... Ja, unser berühmter ambulanter Empiricus und Geniespiritus ist klüger als die ganze medizinische Akademie von Salerno. Denn er hat in Paris, Medina und Alexandria die Arzneikunst studiert. Und sein Doktorhut sitzt pfiffiger als die Tiara des Papstes. Allah ist Allah – doch Ambrosius ist größer! Hier kommt der Kopernikus der Medizin!«

Unter Trompetengeschmetter trippelt ein kleiner, beleibter Mann mit Doktorstock auf die Bühne, in zeisiggrünem Galafrack, den Dreispitz auf mächtiger französischer Lockenperücke, ein Dutzend Brillantringe an den Fingern – ganz Kavalier der Medizin. Ins Auge sticht sogleich die lange Schnabelnase und das spitze energische Kinn. Doch kaum öffnet der Maestro nach mehrfacher Verbeugung den Mund, verliert sich der Kavalier – aus ihm spricht der volkstümliche Marktarzt und geborene Schalk:

»Liebe Neapolitaner! Jedermann weiß: Es sind mehr Patienten durch die Medici zu Tode gekommen, als jemals von ihnen kuriert worden. Demnach wäre die Menschheit weit weniger unglücklich ohne die Kurpfuscher und Ärzte. Drum heißt meine Maxime: nicht dem Patienten helfen, sondern ihm möglichst wenig schaden! Item: wen ich in Behandlung nehm', der hat nachher garantiert geringren Schaden als vorher!«

Tusch!

»Bei mancher Kur freilich pfuscht einem der Teufel ins Handwerk, wie's mir jüngst passiert in Messina, wo der Bürgermeister mir seine bauchspeckige Frau zuführte, die dünn und schlank werden wollt'. Und ich Meister Dummbart merkte nimmer, wohin es zielte, denn als ich die runde Betthäsin durch Fasten und Abführpillen und Schwitzen glücklich entpolstert und verjüngferlicht hatte und ihre Tapferkeit bei der Kur hoch belobigte, da brannte sie mit dem Liebhaber durch, dem allein zulieb' sie so standhaft alles erduldet. Was Wunder, dass der gehörnte Ehemann die Kur für fehlgeschlagen erklärte und mich partout nicht bezahlen wollt'. Schon im Talmud aber steht: ›Ein Arzt, der umsonst heilt, heilt umsonst!‹«

Brausendes Gelächter. Die Stimmung wird immer besser.

»Doch will ich heut' eine Ausnahme machen. Zur Feier des Geburtstags unseres Vize-Königs zieh' ich acht Tag jedermann die Zähn' umsonst, bei den vornehmeren Herrschaften auch die Goldzähn', denn wozu brauchen sie Gold im Maul, wenn's doch heißt: ›Reden ist Silber, Schweigen ist Gold!‹ ... Hoppla! Wer wagt's?«

Ein Maurergesell mit dicker Geschwulst am Ohr, welche die Backe bis zum Hals aufgetrieben, steigt die Tribüne hinan. Seine Haut zeigt kränkelnde Blässe. Kaum kann er noch den Kopf bewegen, kaum kriegt er die Kiefer auseinander. Alles Sprechen, Kauen und Schlucken, presst er gequält hervor, bereite ihm große Pein – und so schleppe sich's schon bis zum fünften miserablen Krankheitstag.

»Das ist der Mumps und rührt nicht vom Zahn!«, diagnostiziert Ambrosius mit Autorität.

Der Gesell schüttelt den Kopf. Es müsse der Zahn sei, denn der Kiefer schmerze am meisten. Schon beginnen die Zuschauer zu tuscheln, auch bei mir regen sich erste Zweifel an der Competentia des Arztes. Da fragt Ambrosius kräftig und deutlich hörbar über den ganzen Markt: Ob denn auch das Gemächte unten mitgeschwollen wäre?

Alles kichert und gluckert über den dreisten Scherz. Doch zur eigenen Verblüffung muss der Gesell plötzlich bekennen, in seine breite Hose hineinfahrend: »Jesus! Der linke Sack ist dick!«

Die Zweifler sind widerlegt, alles folgt nun mit stiller Andacht jeder Prozedur, wie der Dottore die entstellte linke Wange und Kopfpartie mit warmem Öl einreibt und aus dem Kräuterbeutel des Medikamentenwagens zwei Handvoll reicht, die der Maurergeselle daheim in ein Kissen füllen soll: »Item, strengste Diät erforderlich! Sonst tritt schlimmere Eiterung ein, und ich muss mit dem scharfen Lanzett den Abszess öffnen, dass wüste Narben dein Gesicht bis zum Jüngsten Tag entstellen.«

»Herbei! Herbei, Ihr Leut' von Napoli!«, hebt wieder der Ausrufer an.

»Achtung – Platz da!«, stößt ein Jägersmann alles Volk beiseite und trägt seinen Jungen, der totenbleich mit schlotternden Beinen von seiner Achsel hängt, auf die Tribüne. »Hilfe! – eine Natter hat ihn gebissen. Er zuckt schon in Lähmung!«

»Hierher – auf die Bank lang hin!«, befiehlt Ambrosius, wischt sich mit dem Ärmel heftig über den Mund, stürzt dann in der Perücke wie ein Habicht auf den Kleinen nieder und saugt an der Wundnarbe. Eine Minute lautlose Stille, dann speit er heftig zu Boden ins Becken, um gleich wieder den Mund auf die giftige Wunde zu pressen. Atemstockendes Grausen. Weiber und Kinder schütteln sich. »Das Antidotum! Tinctura myrrhee!«, ruft Ambrosius dem Ausrufer zu. Der reicht ihm aus grünem Fläschchen eine Tinktur. Der Dottore gurgelt mit vollem Halse, dass es schäumt und spritzt, und spuckt ins Becken: »Sofort eingraben! Dass keine Fliege darüberfällt und den halben Markt ansteckt!«

Zwei Helfer halten den Jungen, indes Ambrosius den Oberarm des immer noch totenähnlich Liegenden mit Ruten abbindet und die Wunde mit heißem Cauterium ausbrennt. Der Junge schreit wie am Spieß, doch die Trommeln übertönen sein Gebrüll, man sieht es nur an seinen verdrehten Augen und dem aufgerissenen Mund, dann wird er ohnmächtig ins Zelt getragen.

Jetzt tritt zu rasselndem Paukenschlag der Schlangenbeschwörer auf mit nacktem, tätowierten Oberkörper, mit Bändern in den Achselhaaren, zwei mächtige Schlangen ringeln, züngeln, zischen an seinen Armen. Indes doziert Ambrosius von der Bühne herab:

»Viele glauben, die Schlangen stächen mit der Zungenspitze« – der Schlangenbeschwörer öffnet sperrweit das Maul einer Natter und zieht das Zünglein hervor –, »aber Ihr seht, ihre Zunge ist nur gespalten – wie bei manchen unsrer allergnädigsten Herrschaften. Die Schlangen beißen recht mit echten Zähnen, an welchen kleine Blätterchen liegen, die vom gelblichen Gifte vollgesogen sind.«

Der Schlangenbeschwörer zeigt jetzt die kreisrunden Zähnchen der Natter. »Vipern heißen die giftigsten, und wenn in Venedig die Vipern-Kügelchen, so vielen Arzneyen und Theriaks beigemischt sind, von ihrem Fleisch und Teig bereitet werden, peitscht man sie vorher mit Haselruten, dass sie ketzerwütig hüpfen, worauf man schnell von Kopf und Schwanz drei Fingerbreit abschneidet. Dann nämlich bleibt der Kopf so giftig, dass jeder binnen wenigen Tagen stirbt, der am Zahnhäkchen nur gering sich verletzt. – Wir aber haben die Schlangen gezähmt und dressiert.«

Auf seinen Wink wirft der Bändiger sie unter wildem Schreien und zärtlichen Koseworten hoch in die Luft, dreht sich mit ihnen wie ein tanzender Derwisch und fängt sie klatschend wieder auf bloßer Brust, wo sie, scheinbar festgebissen an seinen Brustwarzen, wie tanzende Zöpfe schaukeln. Mit angehaltenem Atem verfolgt das Publikum dieses Bravourstück, in schauriger Erwartung seines womöglich tödlichen Ausgangs.

»Ob solcher Wildheit und Gefahr«, beschließt Ambrosius das medizinische wie akrobatische Schaustück, »ist also schleunigst Gegengift erforderlich, denn aussaugen darf nur jemand, der gewiss kein Ritzlein an den Lippen hat oder sie mit Antidotum kunstvoll umspült.«

Indessen kommt der Junge, den man eben ins Zelt trug, munter wieder heraus, um mit stolzer Miene seinen Wundverband am Oberarme zu präsentieren. Tableau, Tusch und enthusiastischer Applaus für den wagemutigen Doktor, der soeben vor aller Augen sein eignes Leben für den kleinen Patienten riskierte. Von nun an hat er gewonnenes Spiel, die Kranken drängen sich in Richtung Tribüne.

»Aber nun seht her!« Der Maestro nimmt eine lange, leicht gebogene Nadel aus dem Instrumentenkasten. »Mit dieser Nadel – hab' sie selbst erfunden! – stech' ich den Star. Sie hat einen Haken, um Polypen aus der Nase zu ziehen! Damit mach' ich jede Schleiereule unter Euch wieder sehend. Doch bevor Ihr zu mir kommt, überlegt es Euch wohl! Kürzlich nämlich kam ein Blinder zu mir, der hatte eine sehr hässliche Frau, und wollte, dass ich ihm das Augenlicht wiedergebe, damit er endlich der Schönheit seiner Frau und überhaupt Gottes herrlicher Schöpfung gewahr werde. Da herrschte ich ihn an: ›Du

Narr, sei froh, dass du blind bist! So brauchst du nimmer zu schauen, woran du sehenden Auges verzweifeln müsstest.‹ Der Blinde dankte mir für die heilsame Lehre und ward fürderhin mit seinem Schicksal zufrieden.«

Der Markt wogt vor Gelächter. Nun steigen etliche Leute an Stöcken und Krücken, mit verbundenen Körperteilen hinter den Vorhang, indes sich der Dottore auf offener Bühne die Ohren mit Werg verstopft, damit ihn kein Marktlärm bei den Operationen störe. Dann folgt er gemessenen Schritts hinter den Vorhang.

Sogleich beginnt die Kapelle das große Chirurgische Konzert, damit das Gejammer und Geschrei der am Stein geschnittenen oder am Star gestochenen Patienten hinter dem Vorhang übertönend. Derweilen vollführen die Akrobaten auf der Bühne ihre Bravourstücke. Nach dem Jongleur, der mit seinen vier fliegenden Keulen der Schwerkraft auf wundersame Weise zu trotzen scheint, treten zwei Schaufechter in eiserner Rüstung zum Duell an und kreuzen die blitzenden Klingen. Den Abschluss bildet der Feuerfresser, der in weißer Pumphose und nacktem Oberkörper auf der Tribüne steht; grell beschienen von bunten Flammen, isst er aus einem Handbecken eine glühende Lohe, dass alle Gesichter im Kreise rot, gelb, grün und violett widerspiegeln. Etliche Pärchen strömen ihm zu, denen er zwischen seinen Flammenmahlzeiten seine Liebestränklein verkauft. Dohlen kreischen um die Türme der Kirche Santa Maria und fliegen über das phantastische Bild.

Dass derweilen so mancher Patient hinter dem Vorhang, unter dem Skalpell des Chirurgus und der Starnadel des Okulisten sich in Schmerzen windet, stöhnt, schreit und Gott seine arme Seele befiehlt, dies hat man, dank der aufregenden circensischen Schaustücke und des ohrenbetäubenden Chirurgischen Konzertes, so gut wie vergessen. Eben dies war auch der Hauptzweck des Spektakels.

Am Abend, nach Beendigung des großen Kurkonzerts, suchte ich den Maestro auf. Die Beine von sich gestreckt, hockte er im bloßen Hemde vor dem Medikamentenwagen und reinigte gerade seine medizinischen Instrumente. Mit dem gehörigen Respekt stellte ich mich ihm vor: dass ich als Apothekerlehrling schon einige praktische Erfahrung in der Arzneikunde, der Alchemie und der Krankenpflege gesammelt, mich zur Heilkunst berufen fühle und keinen sehnlicheren Wunsch habe, als bei einem so großen und berühmten Arzte wie ihm in die Lehre zu gehen.

Der Dottore musterte mich von Kopf bis Fuß und schunkelte bedenklich mit dem Kopf: »Beim Aeskulap! Wer hat dir denn den Floh ins Ohr gesetzt?«

Keck entgegnete ich: »Wenn nach der Weisheit des Volkes die ganze Welt nur Gottes Flohzirkus ist, dann muss wohl auch mein Floh göttlichen Ursprungs sein!«

Der Maestro schmunzelte. Sogleich legte ich nach und fand nicht genug der rühmenden Worte für seine medizinische Kunst und das ergötzliche Schauspiel seiner Truppe. Nur einen Mangel habe das sonst so bravouröse Programm: Es lasse nämlich die gebührende Reklame für des Meisters ambrosische Universaltinktur schmerzlich vermissen. Es fehle gewissermaßen das Tüpfelchen auf dem i.

»Was du nicht sagst«, mokierte er sich. »Und was wäre deiner Meinung nach dieses Tüpfelchen auf dem i?«

»Wenn Ihr erlaubt!«

Aus meiner Gaukeltasche zog ich einen roten Stoffbeutel hervor. Ich stülpte ihn um und bat den Maestro, mit der Hand hineinzugreifen, damit er sehe, dass der Beutel auch wirklich leer ist. Indessen kamen schon die andern Mitglieder der Truppe herbei, um zu gucken, was der kleine Gaukler da wohl zum Besten gab. Sogleich begann ich zu deklamieren:

Im Tempel des Königs Salomon
– Ihr habt gewiss gehört davon! –
Gehütet ward geheime Rezeptur
Der sagenhaften Universaltinktur!
Sie senkt das Fieber und besiegt den Schmerz
Stärket jedes altersschwache Herz
Mit ihr beträufelt, schließt im Nu
Sich jede Wunde wieder zu
Ein *Arzt im weiten Erdkreis nur*
Kennt die geheime Rezeptur
Abrakadabra! Heißt das Zauberwort
Und es füllt der Kolben sich sofort
Mit dem balsamisch' Spiritus
Des hochberühmt' Ambrosius!

Bei den letzten Worten griff ich in den Beutel und zog mit feierlich-theatralischer Gebärde einen offenen Glaskolben hervor, der mit einer lila schillernden Flüssigkeit gefüllt war.

»Maledetto!«, rief der Maestro verblüfft. »Dabei war doch der Beutel eben noch leer?«

Auch die Mitglieder der Truppe, obschon gewiss in allerlei Gaukelkünsten erfahren, staunten nicht schlecht.

»Und jetzt die Probe aufs Exempel!« Ich zog meinen Dolch, setzte ihn an meine Nase und schnitt kurzerhand hinein. Sogleich quollen rote Tropfen aus der Wunde.

»Bist du des Teufels!«, rief Ambrosius und sprang auf.

»Aber Maestro!«, sagte ich lächelnd. »Habt Ihr so wenig Vertrauen in Euren Genie-Spiritus? Seht nur, was er vermag!«

Ich zog ein Wollläppchen aus der Tasche, das ich mit einigen Tropfen der Tinktur aus dem Glaskolben benetzte, und presste das Läppchen, unter allerlei magischem Wortgeklingel, gegen die blutende Stelle meiner Nase. Kaum aber hatte ich das blutgetränkte Läppchen wieder abgenommen, war schon die Wunde verheilt.

Ambrosius begutachtete sogleich meine Nase und konnte es kaum fassen, dass dort weder Wunde noch Narbe mehr zu sehen war. Wortlos übergab ich ihm den Theaterdolch. Er strich mit den Fingern über die Kautschuk-Klinge und bog sie grinsend hin und her.

»Pfiffig, pfiffig! – Aber das Blut war doch echt, oder? Sah jedenfalls so aus.«

»Berufsgeheimnis!«

»Nun, was meint Ihr?«, wandte sich der Meister an seine Gehilfen. »Wollen wir den Gaukler auf Probe in die Truppe nehmen? Sein Handwerk versteht er wohl!«

Feixend sagte der Feuerschlucker: »Eine bessre Reklame für Euren Genie-Spiritus könnt' es nicht geben, Dottore!« Der Schlangenbändiger stimmte ihm zu.

»Topp!« Ambrosius ergriff meine Hand. »Wollen's miteinander probieren, Giuseppe! Kost und Logis hast du frei, und bei gutem Absatz meines ›Genie-Spiritus‹ kriegst du Provision!«

Per Handschlag ward ich zum Gaukler der Truppe befördert, und schon am nächsten Abend gab ich meinen magischen Einstand auf der Tribüne des Großen Kurtheaters. Die Wirkung des aus dem leeren Beutel erscheinenden Glaskolbens mit dem »Genie-Spiritus« und der anschließenden Blitzheilung meiner »angeschnittenen« Nase war so groß, dass die sogleich abgefüllten Apotheker-Fläschchen – pro Stück eine Zechine – dem Ausrufer nur so aus den Händen gerissen wurden. Der Maestro konnte mit mir zufrieden sein.

Zunftgeheimnisse

Da ich mich auf der Bühne so bewährt, ging der Maestro nicht fehl in der Annahme, dass auch sonst noch was in mir stecke; und so durfte ich ihn bald bei den Visiten und Hausbesuchen begleiten. Und da er wohl merkte, welch reges Interesse ich an all seinen Hantierungen, Verordnungen, Diagnosen und medizinischen Kniffen nahm, avancierte ich bald zu seinem Baccalaureus.

Abends pflegte er, die Beine von sich gestreckt, vor dem Medikamentenwagen zu sitzen, um sich bei einem Glas Cypernwein von den vielen Visiten und der Anspannung des Großen Kurtheaters zu erholen. Meist rauchte er sein Meerschaum-Pfeifchen dabei. Zu meinen Pflichten als Baccalaureus gehörte es, alsdann seine zerzauste Perücke zu kämmen, die er sich vom fast kahlen Schädel gezogen und die nunmehr verwaist wie eine Vogelscheuche auf dem Perückenständer hing. Dann teilte er mir so manches aus dem Borne seiner reichen Erfahrung mit.

»Merk' dir, das Wichtigste ist das Instrumentarium des Arztes. Was wär item der Pfaff ohne sein Instrumentarium? Ohne Bischofsstab und Barett? Schon der Doktorstock mit goldenem Knauf gibt Ansehung. Und warum?«

»Beim Aderlassen müssen die Patienten die Finger drumkrallen!«

»Recte! ... In England muss der Arzt in der Kutsche fahren, sonst kann er nichts! Recht so! Was wär' wohl der Kardinal ohne die Sänfte! So wirkt auch in der Medizin das reputierliche Auftreten Wunder. Wer als Arzt nur nüchterne Klarheit gelten lässt, sein Instrument zudeckt und kein Sinnbild seiner Weisheit macht, der deckt sich selber zu und wird von Aeskulap gehörnt und reüssiert nimmer. Freilich hat jedes Instrument auch seinen praktischen Zweck. So auch der englische Doktorstock.«

»In seinem hohlen Goldknauf liegt ein Schwämmchen mit Essig verborgen, sodass man unbemerkt am Krankenbett über widerlichen Geschwüren dran riechen kann.«

»Gut hingeschaut! – Und was lehrt' ich dich über die Rezeptur?«

»Besonders zu Anfang der Praxis soll man nicht am Rezept

sparen und sich also gewichtigen Namen machen durch viel Geschriebenes. Es steht nichts im Alphabet, was auf ein Rezept nicht geht! ... Auch macht ein langes Rezept gut Wetter beim Apotheker, dessen Einnahmen sich mehren.«

»Ita est! Ihn brauchst du nämlich als Bundesgenoss' deines guten Rufes. Hast du den Apotheker gegen dich, kannst du gleich einpacken und weiterziehen.«

Der Maestro blinzelte gegen die Abendsonne und nahm einen kräftigen Schluck. Dann steckte er sich wieder sein Pfeifchen zwischen die Zähne und paffte genießerisch.

»Aber woher wisst Ihr denn, Maestro ... ich meine, wie stellt Ihr bei jenen Krankheiten die Diagnos', die nicht mit bloßem Auge zu erkennen sind, wie dies bei den gewöhnlichen Wund- und Zahnkrankheiten, bei verrenkten Gliedern, Exzemen oder beim Mumps der Fall ist?«

»Ei, du nimmersatter Naseweis! Löcherst mir ja den Wanst mit deinen vielen Fragen. Bevor ich dich tiefer einführ' ins Zunftgeheimnis, schwör mir beim heiligen Apoll und Aeskulap, bei allen Göttern und Göttinnen des Olymp, wie der Eid des Hippokrates lautet, schwör' mir Zunftverschwiegenheit, oder du sollst den Arsch voll Bleiweiß kriegen!«

Mit theatralischer Gebärde hob ich die Hand und schwor. Der Meister war's zufrieden und gab mir das Extrakt seiner, aus langer Erfahrung gewonnenen diagnostischen Weisheit:

»Der Arzt, der nur auf den Leib und die Organe guckt, fischt immer im Trüben – wie die meisten Medici, welche die galenische Anatomie hinauf- und hinunterbeten, als wär's der Rosenkranz der Medizin. Merke: *In des Patienten Seel' liegt meistens der Hund begraben.* Hier musst du zuvörderst den Quell des Übels suchen. Das ist die erste Regula ... seit alters her weiß das Volk um die Wechselwirkung zwischen Seele und Leib, wovon zahllose Redewendungen zeugen: ›Das hat mir auf den Magen geschlagen‹, ›Das treibt mir die Galle hoch‹, ›Das geht mir an die Nieren!‹, ›Der nimmt mir die Luft zum

Atmen‹, ›Ich mach' mir vor Angst in die Hos'‹, ›Mir fällt ein Stein vom Herzen!‹ etc. pp. Doch im Lauf der Zeit wurde dieses volkstümliche Wissen, wie die Seele auf den Leib wirkt, durch das lateinische Kauderwelsch der Anatomen und gelehrten Doktorhüte ersetzt, drum verstehen sie heut' so gut wie nichts mehr davon. Der Kranke aber geht für gewöhnlich erst zum Doktor, wenn ihm etwas wehtut. Drum glaubt er, das schmerzende oder eitrige Organ sei krank. Aber das ist ein Trugschluss. *Zuerst nämlich ist er krank im Gemüt*, und dann erst erkrankt er am Magen, am Darm, an der Galle, an der Blase, an der Leber, am Herzen. Drum erkundige dich immer erst nach dem *Befinden und den Empfindungen des Patienten*, wann, bei welcher Gelegenheit sein Leiden das erste Mal auftrat. Höre ihm geduldig zu, und vor allem: Stelle die richtigen Fragen: Was schlug ihm auf den Magen? Was ging ihm an die Nieren? Wer oder was trieb ihm die Galle hoch? Wer oder was nimmt ihm den Atem und beklemmt ihm die Brust? Welcher Gram zehrt an seinem Herzen, welcher Kummer, welche Schuld drückt ihn? Was raubt ihm den Schlaf? Gegen wen oder was richtet sich seine Wut? Sie kann sich auch gegen ihn selbst richten, wie überhaupt Krankheit nicht selten ein Mittel ist, sich selbst oder einen andren zu bestrafen. Frage dich also immer: *Was will der Kranke mit seinen Symptomen sagen, welch inneren Zwiespalt drückt er durch seine Krankheit aus?* … Der eine wird krank vor Kummer, der andere vor Ehrgeiz, dieser vor Gier und Habgier, jener aus bösem Gewissen, dieser vor Schwermut, jener aus Groll gegen sich selbst. Jedes Laster und jede Art des Unglücks kann zum Quell' der Krankheit werden, aber auch jede falsche und übertriebene Tugend – wie per exemplum Frömmigkeit, die zur Bigotterie geworden, Selbstlosigkeit, die das eigene Selbst vergisst, Fleiß, der zur Plackerei und Arbeitswut entartet … Wie schon Hippokrates wusste, fließt Gesundheit nicht nur aus der Harmonie der vier Körpersäfte, sondern aus der leib-seelischen *Harmo-*

nie, dem natürlichen Rhythmus zwischen Arbeit und Muße, Anspannung und Entspannung, Einatmen und Ausatmen, Nehmen und Geben. Ist dieses fließende Gleichgewicht, dieser natürliche Rhythmus gestört, erkrankt der Mensch.«

Längst hatte ich Kamm und Schere mit dem Bleigriffel vertauscht, um diese bündigen Weisheiten in mein Wachstuchheft zu kritzeln.

»Ein guter Arzt muss vor allem den Menschen kennen! Ohne dies wird er immer ein Stümper bleiben und nur an Symptomen herumdoktern, was in unserer Zunft leider die Regel ist.«

»Und was folgt aus alldem für die Kur?«

»Du musst den Patienten dahin bringen, dass er seine Einstellung und Lebensart ändert. Drum bewirkt oftmals ein guter Rat, eine heilsame Lehre, zuweilen auch ein klug inszenierter Schock mehr als hundert Medicamenta. Denn der Schlüssel zur Heilung liegt in ihm selbst. Paracelsus sagt: ›Wie die Tiere, vor allem die Schlange, instinktiv das richtige Heilmittel finden, so muss dem Menschen seine animalische Seele helfen, die Heilmittel zu entdecken. Staune nicht darüber, dass die Schlange im Besitz der Heilkunst ist. Sie kennt sie schon länger als du.‹«

Eine solch bündige und einleuchtende Philosophie der Krankheit hatte ich noch nie vernommen. Sie sollte auch die Grundlage meiner eigenen Praxis als Heilkünstler werden. – Indes war Dottore Ambrosius nicht nur ein erfahrener Menschenkenner und Diagnostiker, er war auch ein schlauer Fuchs mit ausgeprägtem Sinn für das Geschäftliche. Schließlich hatte er eine große Truppe zu ernähren.

»Die sicherste Diagnos'«, dozierte er mit listigem Ausdruck seiner wachen, blitzgescheiten Äuglein weiter, »heißt: *Stets übertreiben, die Krankheit schwerer hinstellen, als sie ist!* Das ist die zweite Regula. Ad a) kannst du deine Besuche ad libitum ausdehnen. Der letzte Dukat klimpert nicht, eh' der Priester vom Jenseits spricht. Ad b) spürt der Patient dann von Anfang an weniger, als du draus machst, und schreibt's dir schon aufs Konto guter Tränklein! Ad c) ist der Arzt bei schließlicher Heilung immer der große Mann! ... Ferner musst du dir ein Remedium machen, das hauptsächlich nichts schadet – denn *nicht schaden, das ist die dritte oberste Geheimkunst des Arztes.* Bloß keinen Ehrgeiz an Krankenbetten! Medicus curat, natura sanat.* Drum nie der Natur ins Handwerk pfuschen! Du nämlich – und wenn du noch so viele Doktorhüte trügst – bist nur ihr unwissender Diener, ihr Wasserträger. Man muss überhaupt die meisten Patienten ad usum delphini behandeln.«

»Was meint Ihr damit?«

»Das heißt: Man kann sie nicht unmündig genug taxieren. Jedes Mittel, jeder Unsinn und jeder Tiefsinn ist Medizin, nicht bloß die paar armselig ordinierten Medicamenta. Wisse, dass es außer der Bibel noch andere gute Einfälle gibt. Wie aus einem gekochten Ei kein Küchlein schlüpft, so springt aus bloß gelehrtem Hirn heute nichts Glimpfliches mehr. Du kannst einer Migräne-Leidenden noch so viel Tränklein und Bäder verordnen, und sie wird ihren Kopfschmerz und ihre Übelkeit doch nimmer los. Aber wenn du ihr – wie ich's einmal bei einem adeligen Fräulein erprobt – per Rezept einen höllischen Liebesstrank verschreibst – und den Liebhaber gleich mit dazu –, dann wird der Schmerz im Kopfe sich alsbald in himmlisches Juchzen und Jubilieren auflösen. Und warum? Weil der hirnhälftige Migräne-Schmerz nur ein übler Abkömmling verhinderter Lust ist. Auf solche Einfälle freilich kommen die Medici gar nicht erst, weil sie stets nur ins Uringlas stieren und überm warmen Pipi brüten wie die Pythia überm Dreifuß ... All dies ist praktische Anwendung der vierten Regula: *Immer ex contrario behandeln!*«

* *Der Arzt hilft, die Natur heilt.*

»Ex contrario behandeln!«, notierte ich beflissen in mein Merkheft.

»Wie du beim giftigen Natternbiss das Antidotum verabreichst, so ist's mit aller Krankheit: Immer das Gegenmittel zum jeweiligem Malum suchen und verabreichen! So kannst du per Exempel einen Melancholiker durch den Humor heilen. Überhaupt gibt's kaum eine bessere Medizin als den Humor. Drum lerne und merke dir Witze, herzhafte und derbe fürs gemeine Volk, feinere und geistreiche für die vornehmen Leute! Dadurch machst du dich bei jedermann beliebt und trägst obendrein zur seelischen Hygiene bei. Wer viel lacht, ist glücklicher als der, der wenig lacht, und lebt gesünder ... Einen Hypochonder kannst du auch per Satire heilen, indem du ihm die nichtigen Gründe seiner eingebildeten Krankheiten und Ängste so lange vor Augen stellst, bis er über sich selbst lachen muss. Einen Griesgrämigen kannst du durch Zorn heilen, indem du ihn fuchswütend machst und ihn dazu bringst, sich einer plötzlichen Zumutung zu erwehren. So zwingst du ihn aus der Apathie und seinem lähmenden Selbstmitleid heraus, denn dieses ist ein wahres Seelengift ... Freilich, auch Fortune muss man haben. Zwar hatte ich nie solch Glück wie der Mann, der just an dem Tag Hofzahnarzt wurde, als der vormalige Vize-König beider Sizilien den letzten Zahn verlor ... aber heiliges Stichpflaster, was riech' ich da?«

Der Maestro schnüffelte näher, fasste mich unterm Kinn und zog mich zu sich herab.

»Du riechst ja aus dem Mund, als sprächst du aus deinen eigenen Strümpfen! So merke vor allem: Einige Ärzte begießen sich morgens mit Weinessig oder Salmiak, das gibt Respekt und riecht nach Malheur, aber viel besser wirkt auf die Weiber, ob Bauersfrau, ob vornehmes Fräulein, das Riechfläschchen in der Hose, das Riechfläschchen gehört unbedingt zum Instrumentarium wie Doktorstock und Perück', Sackuhr und Ohrlöffel. – Hier hast zwei Skudi! Kauf dir zur Arzttaufe stracks ein Flacon Bisamwasser, will ohne Bisamwasser dich nimmer zum Assistenten! Ohne Bisamwasser kannst du nichts. Will auch nicht, dass dein Mädchen dich abblitzen lässt, weil sie dich nicht riechen kann. – Jetzt aber genug für heute!«

Mit diesen Worten erhob sich Ambrosius, puffte mich feixend vor die Brust und nahm die frisch frisierte Perücke vom Ständer. Dann trippelte er auf den Wohnwagen zu. Er jedenfalls besaß jene Universalmedizin, die kein Apotheker erst mühsam zu mischen brauchte – den Humor.

Den ganzen Tag schon freute ich mich auf die abendliche Lehrstunde. Zwar gab es auch Tage, da der Maestro übellaunig und einsilbig blieb und mir kaum eine Lehre gab, doch wenn er einmal das Füllhorn seiner empirischen Wissenschaft über mir ausgoss, war's, als ob sein Hirn gleich mehrere Akademien beherberge. Dass er sich selbst gerne reden und bramarbasieren hörte, kam meiner Wissbegier nur zustatten.

»Und nun zum fünften Kapitel«, begann er nach einem genüsslichen Zug aus der Pipe, »es heißt: *Magie oder Suggestion* – nenn's, wie du willst! Wenn du zum Beispiel einen artifiziellen Magnet ans leidende Ohr hältst und dabei langsam wie der Pastor bei der Taufe murmelst: ›So, jetzt habt Ihr eine kalte Empfindung – nicht wahr? Jetzt aber spürt Ihr eine wallende Bewegung, nicht wahr?‹ Glaub mir, jeder Patient hört bald sein eigenes Blut deutlich klopfen in der Schläfe, wie er vordem den kalten Magnetstab gespürt hat! Aber sehr praktisch lässt du das Bett gen Norden drehen, der unbekannte Nordpol hilft nämlich bei allen Krankheiten tüchtig mit. Dabei raune nur gehörig von den heilsamen magnetischen Fluida, die dir aus den Fingerspitzen fließen – und schon fühlt der Patient sich besser!«

»Was aber ist, wenn alle Heilmittel des Arztes versagen und er mit seinem Latein am End' ist?«

»Dann bleibt ihm nur sein Latein. Je weniger er helfen kann, desto mehr muss er mit lateinischen Brocken um sich werfen, die keiner versteht, nicht mal er selber.«

»Leider«, bekannte ich kleinlaut, »ist das Lateinische nicht grad' meine Stärke.«

»Ein wenig Küchen- und Jägerlatein tut's auch. – Die Grundregel aber lautet: Schlägt eine Kur fehl, ist niemals der Arzt schuld, sondern der Patient, da er dessen weise Instruktionen nicht genügend beachtet. Verordne also immer so viel peinlichste Vorschriften, dass du stets auf irgendeine Unterlassung und Unachtsamkeit dich berufen kannst, welcher du alle bösen Folgen hübsch in die Schuhe schiebst! Bei der Gicht zum Beispiel, die meist von zu großer Feistigkeit kommt, musst du den Patienten den ganzen Tag mit hundert Hantierungen blödsinnig beschäftigen, das ist die Primär-Vorschrift, denn das lenkt den Querulanten ab. Vergisst er darüber seinen schmerzenden Zeh nur für ein paar Minütchen, schwört er bereits auf Besserung. Überhaupt ist Ablenkung ein vortreffliches Remedium. Denn wisse: Die Empfindung des Schmerzes hängt nicht nur vom kranken Organ ab, sondern auch vom Grad der Beachtung, die wir dem Schmerze schenken. Bei jedem Schmerz wirkt nämlich die größte Kraft der Seele, die Einbildungskraft, mit, und diese lässt sich trefflich manipulieren und auf andere Gegenstände lenken.«

»Das ist ja«, rief ich verblüfft, »wie bei der Zauberei!«

»Nicht von ohngefähr sind Magie und Heilkunst seit alters her verschwistert … Manchmal empfiehlt es sich, nicht die widerständige Krankheit an sich zu behandeln, sondern eine Kombination, eine Neben-Krankheit sozusagen, die du im Notfall auch geschickt konstruierst.«

»Eine Neben-Krankheit … wie meint Ihr das?«

»Zum Beispiel, so jemand an Lähmung des ein oder anderen Gliedes leidet, diagnostizierst du: ›Es kommt von falscher Ernährung!‹ Und nun kannst du dem Magen durch ein Tränklein gelinde Störung bereiten, sodass der Kranke die anhaltende Magenpein für die Ursache seine Krankheit ansieht. Daraufhin besserst du den Magen in seinen ursprünglichen Zustand. Bei Gott und der Angina! Wie dankt dir dann der Kranke für bewiesene schöne Diagnos' und sagt: ›Seit wir den Grund gefunden, ist halb schon das Gebrest überstanden!‹ Wette bei der Schlange des Aeskulap, der Patient spürt von der Hoffnung des Magens her trostreichere Linderung, als wenn du mit der Tür grob ins Krankenzimmer fällst: ›Die Lahmheit nehmt Ihr mit ins Grab!‹ – Es ist eine gar klassische Methode – und sehr abwechslungsreich. Beim ersten kleinsten Zeichen der Besserung aber versäume nicht, die Rechnung zu präsentieren, das ist nämlich der psychologische Moment der Zahlung.«

»Aber wenn nur die Neben-Krankheit kuriert ist und die Hauptkrankheit ist geblieben – hat man dann nicht bloß zum Scheine kuriert?«

Ein faunisches Lächeln umspielte des Meisters Mund. »Ja und nein! Es kommt nämlich vor, dass der Erfolg der einen Kur, der konstruierten Nebenkrankheit, sich positiv auch auf die Hauptkrankheit auswirkt. So habe ich die beschriebene indirekte Behandlung einmal bei einer Frau praktiziert, die an schwerem Gelenkrheuma litt. Da sie die Beine nur unter größten Schmerzen rühren konnte, lag sie den ganzen Tag im Bett. Durch das Ausweichen auf den Darm, dessen Verstopfung ich listig als Ursache ihres Rheumatismus diagnostizierte und dann durch ein Abführmittel kurierte, war sie so voller Hoffnung, dass sie all meine Verordnungen und umständlichen Hantierungen, die ich ihr auftrug, getreulich ausführte, zumal mein Abführmittel sie zwang, jede Stunde auf den Abtritt zu laufen. Und siehe da: Nach drei Wochen war sie wieder so gelenkig geworden, dass sie auf die Gasse, zur Messe und sogar zur Kirmes ging … Ich selbst hatte nicht mehr mit einer Besserung gerechnet, aber wie oft widerlegt nicht die geheimnisvolle Natur unsre Armut im Glauben! Drum ist das oberste Principium aller Arzneikunst: Nie darfst du den Patienten der Hoffnung berauben, selbst wenn seine Heilung dir aussichtslos scheint!«

»Ich habe noch nie«, rief ich in aufrichtiger Bewunderung, »einen Mann mit solch philosophischer Spitzfindigkeit das Problema der Arztkunst lösen hören!«

»Kennst du den Machiavell? Studier ihn nur fleißig! Von manchen seiner Maximen kann auch der Arzt profitieren! … Freilich, wunderbare Heilungen schenkt dir Fortuna nicht alle Tage, und oft genug musst du dich samt dem Patienten vor dem Malum geschlagen geben, vor allem bei chronisch Maladen. Vor denen musst du dich hüten. Denn dass ihr Leiden chronisch geworden, beweist nur, dass sie die Hoffnung und sich selber aufgegeben. Bei ihnen kannst du nur verlieren – vor allem an Ansehen! Und noch vor einer zweiten Sorte Kranken musst du dich hüten: nämlich vor denen, die ewig jammern und wegen jeden Zipperleins wehklagen. Du kannst sie getrost und mit gutem Gewissen ihrem Schicksal überlassen. In der Regel werden sie nämlich älter als die meisten Gesunden, da sie sich selbst über Gebühr und auf Kosten ihrer Mitmenschen zu schonen pflegen. Auch wenn sie auf Sparflamme leben, ihr ewiges Gejammer hält sie am Leben; 's ist gleichsam ihr Elixier! Auch wenn sie beim kleinsten Zipperlein stöhnen, ihr letztes Stündlein habe geschlagen – der Teufel holt sie zuletzt! Die Knorz-Gesunden aber, die Rotwangigen und die Kraftstrotzenden, oh!, die packt er am ehesten, weil sie am wenigsten sich schonen und in der schönen Selbsttäuschung ihrer robusten Unverletzlichkeit keine Stelle ihres Leibes sehen wollen, die dem Zugriff der Morbidität erliegen könnt'.«

Mit fliegendem Griffel schrieb ich in mein Merkheft, um

ja nichts von dem zu vergessen, was mir der Meister hier so bündig offenbarte.

»Doch nun zur letzten Regula: *Geh niemals mit einer Leich'!* Und wenn sie noch so schön ist oder ihr Tod dich noch so sehr schmerzt! Denn wisse: Trauer steht dem Arzte schlecht zu Gesicht, niemals ist seine Trauer ganz unparteiisch echt. Immer bleibt sie scheinheilig irgendwie, mit fatalem Beigeschmack: hat ihn ja nicht gerettet! Weint aber der Arzt wirklich am offenen Grabe, schaut's so kläglich aus, als beweine er nur seine eigene Kunst.«

Leider sollte meine so ergötzliche wie ertragreiche Lehrzeit bei Dottore Ambrosius nach einem Jahr zu Ende gehen. Die Praxen der neapolitanischen Stadtphysici hatten sich nämlich merklich geleert – infolge des großen Zulaufs von Patienten, die mehr der Kunst des gewitzten und berühmten Vagantenarztes trauten denn den rabiaten Purgiermitteln und Schwedentrünken der sesshaften Ärzte, die schon manchen ins Grab gebracht. Letztere aber, vom Konkurrenzneid getrieben, ruhten und rasteten nicht, bis sie bei Hofe eine höchst offizielle und peinliche Verordnung wider den fahrenden »Kurpfuscher« und seinen »medizinischen Zirkus« durchgesetzt hatten. So musste denn Ambrosius mit seiner bunten Truppe nolens volens die Segel streichen. Gerne wäre ich bei ihm und seiner Truppe geblieben, doch waren ähnliche Verordnungen und Verbote auch schon in Rom, Venedig, Genua und anderen Städten ergangen, sodass er sich genötigt sah, seine ganze Compagnie aufzulösen. Die Epoche der wandernden Marktärzte mit ihrem volkstümlich-beliebten Kurtheater ging zu Ende. Von den Ärztekommissionen und den Jüngern der neuen gestrengen Modewissenschaft, der Anatomie, die nunmehr ihren Siegeszug antrat, wurden sie nur noch als »Scharlatane« und »gefährliche Kurpfuscher« verunglimpft und schließlich von den Obrigkeiten mit Berufsverbot belegt.

Trotz der gegen ihn gerichteten Kampagne bereiteten die Neapolitaner Ambrosius und seiner Truppe einen enthusiastischen Abschied. Der Pier quoll über von Volk, Alt und Jung waren gekommen, alles winkte mit Schnupftüchern oder Papierfähnchen, um dem beliebten Vaganten-Arzt, der in seinem zeisiggrünen Galafrack mit schunkelnder Perücke hinter dem Schlangenbeschwörer, dem Seiltänzer und dem Feuerfresser einhertrippelte, ihre guten Wünsche mit auf die Reise zu geben. Hinter ihm bildeten die dankbaren Patienten – der eine mit einem geräucherten Schinken, der andere mit einem Karnickel, der dritte mit einem Fass Wein auf dem Buckel – ein förmliches Defilee, eine Parade der Danksagung für manch gelungene Kur und für das Gratis-Plaisir des Großen Kurtheaters.

Mit feuchten Augen erwartete ich den Meister am Fallreep. Er zog mich an die Brust und sagte in väterlich-aufmunterndem Ton:

»Hast einiges bei mir gelernt, nicht wahr, Giuseppe! Hast ja auch ein bärig' Talent zum Arzte und den Schalk im Blut! Sei nur getrost! Wirst deinen Weg schon machen in diesem irdischen Jammertal.«

Lange noch stand ich am Pier und winkte ihm nach – dem letzten barocken Vaganten-Arzte Italiens, bei dem ich so vieles gelernt. Da ich indes keine medizinische Fakultät besucht hatte, kein Examen und keine ärztliche Approbation vorweisen konnte, war mir die offizielle Ausübung der Heilkunst verwehrt. Es sollten noch etliche Jahre vergehen, bis ich als Graf Cagliostro über das nötige Renommee, die nötige Erfahrung und Ausstattung verfügte, um selbst als erfolgreicher Heilkünstler auftreten zu können.

V. Gaukler oder Hexenmeister?

Über seinen Schreibtisch gebeugt, studierte Zelada die Berichte der vatikanischen Informanten, die Cagliostros betrügerisches Treiben auf dem französischen Schauplatz seit langem beobachtet hatten …

Strassburgo, 5. September 1781

An das hl. Offizium zu Rom

Für das verspätete Eingehen dieses Rapports bitte ich untertänigst um Nachsicht. Doch besagter Graf Cagliostro, den Seine Eminenz, Kardinal von Zelada, meiner gewissenhaften Beobachtung empfohlen, genießt in hiesiger Stadt, Gott sei's geklagt!, eine solche Zelebrität, ist zudem von einer solch malefizischen Gerissenheit, dass eine wirksame Observation sich als höchst diffizil erweiset.

Das folgende Exemplum möge dies ad oculos demonstrieren: Ich wies zwei Studiosi der Medizin, welche bei mir zur Beichte gehen, an, sich unter dem Anschein einer Erkrankung zu dem Grafen zu begeben und ihn zu konsultieren, um sein hochgerühmtes Wissen auf die Probe zu stellen. Der Meister untersuchte sie, dann sagte er zu dem einen: »Ich werde Sie hier behalten. Sie müssen 14 Tage strenge Diät halten, das ist unbedingt nötig für Ihre Heilung.« Der verdutzte Studiosus wollte indessen nicht 14 Tage bei Wasser und Brot zubringen. Er habe nur eine Diagnose gewollt, erklärte er. Ohne eine Miene zu verziehen, schrieb Cagliostro auf seinen Rezeptblock: »Übersteigerte Gallentätigkeit bei den Herren der Fakultät!« Verlegen ließen sich die beiden Studiosi die Lektion gefallen.

Der Magier lud sie zum Essen ein, seither gehören sie zu seinen uneingeschränkten Bewunderern und verabsäumen, zum Schaden ihrer Seele, die hl. Messe ebenso wie die Beichte. – Was soll man da machen?
Auch macht der Graf durch seine verblüffenden Heilungen immer neue Proselyten. Das ›Haus der Jungfrau‹ zu Straßburg, wo er gewöhnlich ordiniert, wird von so vielen Kranken belagert, dass sogar ein Polizeidienst eingerichtet werden musste. Im Stiegenhaus und im Vestibül drängen sich die Patienten jeglichen Gebrestes und jeglichen Standes. Die hiesigen Medici sind denn auch aufs äußerste erbittert gegen diesen »hergelaufenen Ausländer«, der ihnen die Patienten wegnimmt, obschon er keinen Ausweis seiner ärztlichen Ausbildung und keine Approbation vorweisen kann.
Kürzlich jedoch hat eine Begebenheit für großen Wirbel gesorgt und dem Ansehen des Grafen einen schweren Streich versetzt. An verschiedenen Stellen der Stadt wurde folgende Bekanntmachung angeschlagen:
»Der Graf Cagliostro
Quacksalber auf Malta, wo er im türkischen Gewand auftauchte, Scharlatan in Toulouse und Rennes, Betrüger und Schwindler in Russland, Lügner und Abenteurer in Straßburg, impertinenter Hundsfott in Zabern, überall im gleichen Ruf.«

Als Urheber dieser Affichen gilt Cagliostros entlassener Arztgehilfe Carlos Sacchi. Dieser behauptet, er habe den Scharlatan seinerzeit in Spanien kennen gelernt, wo er unter dem Namen Marquis de Pellegrini seine Schönheitswässerchen an alte Damen verkaufte. Auch habe er den kostbaren Spazierstock des Grafen, in dessen Griff eine mit Brillanten versetzte Uhr eingebaut ist, als denselben Stock wiedererkannt, den dieser damals in Cadiz einem spanischen Edelmann gestohlen, weswegen der Bestohlene bei den dortigen Behörden Anzeige erstattet.
Indes wurden besagte Affichen von der Polizei wieder entfernt und Sacchi, auf Betreiben des Magistrats, aus der Stadt gewiesen.

Cagliostro aber wusste seine angeschlagene Reputation rasch wiederherzustellen, indem er ein neues Wunder vollbrachte, das seither in aller Munde ist.
Bei einem Diner, das Kardinal Rohan der eleganten aristokratischen Gesellschaft Straßburgs gab, passierte dem Oberst Narbonne, dem Tischnachbarn der Gräfin Cagliostro, ein Malheur: Er schüttete ihr eine Sauciere über das Kleid. Während sich alle um die Robe der Dame bemühten, erklärte er mit lauter Stimme:
»Was für ein Geschrei um ein Kleid! Ich werde es bezahlen.«
Da sagte Cagliostro, zu seiner Frau gewandt: »Ich habe Ihnen doch gesagt, Sie sollen sich nicht neben diesen Grobian setzen!«
»Welche Unverschämtheit!«, brauste der Oberst auf. »Sie werden mit dem Degen Satisfaktion geben, mein Herr!«
Darauf entgegnete Cagliostro: »Ihr Metier ist es, sich zu schlagen, nicht das meine.«
»Dann fordere ich sie eben auf Pistolen!«
»Mein Handwerk ist zu heilen, nicht zu töten!«
Mit den zornigen Worten: »Das hat man davon, wenn man mit frisch geadelten Grafen und Gräfinnen diniert, die wie Bomben von irgendwoher herunterfallen!«, stürzte der Oberst aus dem Saal.
Am nächsten Tag, als er den Grafen im Lustpark wiedertraf, bestand er auf seiner Satisfaktion. Cagliostro entgegnete ihm, auch eine Kugel könne ihm nichts anhaben, da die sieben Engel ihn beschützten.
Der Oberst höhnte ob seiner Großmäuligkeit und verlangte einen Beweis für seine anmaßende Behauptung. Da händigte ihm Cagliostro seine Pistolen aus; dann nahm er etwa zwanzig Schritt von ihm entfernt Aufstellung und befahl ihm, auf ihn zu schießen. Er möge sein Ziel nur ja nicht verfehlen. Narbonne, die Finger schon am Abzug, zögerte lange. Endlich drückte er ab. Doch zum größten Erstaunen aller Anwesenden fing Cagliostro die Pistolenkugel mit der bloßen Hand (sic!) auf. Narbonne stand wie vom Donner gerührt, dann sank er vor dem Magier in die Knie und bat ihn um Verzeihung. Seither gehört er zu seinen glühendsten Verehrern.

Wenn ich mir diese Conclusio erlauben darf, Eurer Exzellenz! – ist diese malefizische Begebenheit – wie auch manch andere, die uns zu Ohren gekommen – denn nicht ein untrügliches Indizium dafür, dass des Grafen Künste höchst verdächtigen Quellen, ja, dem finsteren Reich der schwarzen Magie entstammen?

Ich schließe meinen Bericht mit beigefügtem Kommentar eines Straßburger Medicus, der für das hl. Offizium nicht ohne Interesse sein dürfte:
»Wenn man sieht, dass seine aus allen Weltgegenden zusammenströmenden Patienten größtenteils schöne, reiche und vornehme Weiber sind, dass sie gemeiniglich in demselben Hause wohnen, wo er zur Miete wohnt, und ihre Logis ungeheuer bezahlen; wenn man das mit unbefangenen Augen sieht und sieht, wie der Mensch mehrere begüterte Leute so ganz in seiner Gewalt hat, dass sie keine Sinne als nur für ihn und sein Treiben haben und dass er sie jeden Augenblick sicher heißen könnte, Weib und Kind auf den glühenden Rost zu legen, um Wunder zu sehen: dann versteht man die elenden Kunstgriffe wohl, mit denen solch ein unverschämter Bube die Schwachheit und Torheit kurzsichtiger Menschen benutzt, um sich Ansehen und Güter zu erlangen.«
In der Hoffnung, durch diesen Rapport dem hl. Offizium zu Diensten zu sein, verbleibe ich mit den allerergebensten Grüßen

Ihr untertänigster Diener Pater Bernardo

Verwundert legte Zelada den Bericht beiseite ... Den Lauf einer Pistolenkugel zu lenken und sie mit den bloßen Händen aufzufangen – war dies ein raffinierter Gauklertrick, oder war hier schwarze Magie im Spiele? ... Wie dem auch sei, mit seinen mysteriösen Heilungen und Wundern hatte dieser Teufelskerl nicht nur den Medici die Patienten abspenstig, sondern auch der hl. Kirche und ihren Heiligen das Monopol fürs Wunderbare streitig gemacht, ja, ihr buchstäblich die Klientel gestohlen. Hatte er bei seiner letzten magischen Séance in der Villa Malta nicht auch das Wunder von Kanaan, die Verwandlung von Wasser in Wein, imitiert, wie ein Angehöriger des hl. Offiziums bezeugte? ... Wäre dieser neue Wundertäter nur rechtgläubiger Katholik statt Ketzer und Freimaurer gewesen, er hätte gerade in diesen gottvergessenen Zeiten der hl. Kirche vorzügliche Dienste leisten können. Leider hatte sie schon lange keinen heiligen Mann mehr vorzuweisen, der solche Zeichen und Wunder tat und die vielen Seelen, die schwach im Glauben geworden, hätte bekehren können.

Wie aber konnte man die europäische Öffentlichkeit von der Notwendigkeit und Berechtigung dieses Inquisitionsverfahrens überzeugen – gegen einen Mann, der, obschon längst als Betrüger und Hochstapler entlarvt, noch immer eine solch große Verehrung genoss? Darauf gab es nur eine Antwort: Man musste seinen Nimbus systematisch zerstören – und zwar durch die Publikation einer von der Apostolischen Kammer selbst herausgegebenen Schrift, respektive Biographie des Inquisiten, die aus den Verhörprotokollen und Akten des in Rom wider ihn geführten Prozesses geschöpft worden war. Denn die Akten lügen nicht!

Zelada wusste auch schon, wen er mit dieser delikaten Aufgabe betrauen würde: Montsignore Marcello, der seit langem als Notarius im Dienste des hl. Offiziums stand und eine vorzügliche Feder führte.

Kapitel 5

Die römische Braut

Rom 1768

Dass die schönsten Mädchen auch immer an die falschen Kerle geraten, die ihrer nicht wert sind – ist das nicht zum Verrücktwerden!

Tag für Tag betrat ich das Atelier Signor Farinellis an der Piazza d'Espagna, um mein Auge und meine Zeichenkunst an den diversen Modellen zu üben, die dem gut situierten Maler zur Verfügung standen. Es war jedoch ein ganz bestimmtes Modell, um dessentwillen ich hierherkam. Die schöne blondgelockte Jungfer mit den reizenden Grübchen in den Mundwinkeln und dem kecken Augenaufschlag hatte meine Phantasie und meine Sinne derart entzündet, dass mir beim Zeichnen oftmals die Hände zitterten. Zuweilen war ich so in ihren Anblick versunken, dass ich den Kohlestift mit dem Tuschpinsel und das Gummiarabicum mit dem Schwamm vertauschte. Kein Wunder, dass die junge Bellezza namens Lorenza Feliciani ihr Portrait in dem Geschmiere meiner Blätter kaum wiedererkannte!

Sehr viel mehr Fortune hatte dagegen Meister Farinelli,

der alle Farben seiner Palette und seine ganze Kunstfertigkeit spielen ließ, um das Portrait der jungen Römerin mit dem karmensinroten Lippenbogen und den marienblauen Augen auf die Leinwand zu zaubern. Sie stand, vielmehr lag ihm für die Venus Modell: Nur mit durchsichtigen Schleiern umhüllt, den Kopf auf den Ellbogen gestützt, lag sie hingegossen auf der Ottomane, während ihre Freundin Violetta im Hintergrund als Nymphe posierte und ein kleiner geflügelter Amor, der von der Decke hing, seinen Pfeil auf ihr Herz richtete. Doch in Wahrheit hatte er das meine getroffen.

Wie sollten meine armseligen Zeichnungen auch mit einem Gemälde in den sattesten Botticelli-Farben konkurrieren können! Im Gegensatz zu Signor Farinelli war ich eben nur ein armer Federzeichner, der kein Geld hatte, um die teuren Farben zu berappen. Ein Farbkasten kostete zwei Zechinen und eine Tube mit Ultramarin gar ein kleines Vermögen.

Aber nicht nur der Federzeichner befand sich gegenüber dem Maler im Hintertreffen. Zu meinem Leidwesen hatte dieser sein neues Modell vom ersten Tage an wie ein routinierter Verführer umgarnt und umschmeichelt. Keine Sitzung verging, ohne dass er sich nicht in blumigen Lobeshymnen erging: auf ihr »Engelsgesicht« mit der »edlen römischen Nase« und den »schön gebogenen Lippen wie auf den Bildnissen der Nazarener«, auf ihren »auffallend hellen Teint«, die »herrliche Rundung ihrer Hüfte« und die »klassische, geradezu vollendete Linie ihres Corpus«. Sein mit jeder Sitzung erneuerter Hymnus auf ihre Schönheit, seine Galanterien und süßlichen Schmeicheleien waren natürlich nicht ohne Wirkung auf sie geblieben. Das junge Ding möchte ich auch sehen, das, noch unerfahren in den Kriegslisten der Männer, dem Lobredner ihrer Reize nicht mit verliebten Gefühlen begegnet!

Obschon ich ihr manche Gefälligkeiten erwies und immer das Riechfläschchen mit Bisamwasser bei mir trug, hatte sie nur Augen für den Maler. Wie beneidete ich ihn um das Lächeln, das sie ihm schenkte, und um das verliebte Gekicher, das er ihr zu entlocken wusste!

Wieder einmal haderte ich mit Mutter Natur, die mich zwar mit mannigfachen Talenten, nur nicht mit einer gefälligen Physis gesegnet hatte. Wie sollte ein zu kurz geratener Adam wie ich mit diesem römischen Beau, der zudem noch ein angesehener Kunstmaler war, auch konkurrieren können! Es war zum Verzweifeln. Im Tausch gegen die Wohlgestalt eines Adonis hätte ich dem Teufel sogar meine Seele verschrieben. Leider machte er mir kein Angebot.

Dabei verdiente Farinelli solch ein liebreizendes Wesen, das die Tochter eines römischen Webers und Bandwirkers war, mitnichten. Vor mir brüstete er sich damit, schon etliche seiner Modelle zu Fall gebracht zu haben. Ja, es ging in Trastevere das Gerücht von einem heimlichen Handel, den der Maler mit seinem Beichtvater geschlossen: Er erhalte von diesem im Voraus die Absolution dafür, dass er Unzucht mit seinen blutjungen Modellen treibe, und überlasse sie ihm hernach als Gegenleistung zu eigenem Gebrauch.

Die Vorstellung, dieser abgefeimte Don Juan würde bald auch das Mädchen meiner Träume zu Fall bringen, machte mich rasend. So spülte ich denn an den lauen Sommernächten, wenn ich in meiner Bodega in Trastevere saß, meinen Liebeskummer mit Litern billigen Fusels hinunter.

Bis mir eines Tages, beim Stöbern in einem Buchladen, das Werk eines römischen Klassikers in die Hände fiel: *Ovids Liebeskunst.* Wenn ein Mann eine junge Schöne erobern will, die ihm wenig zugänglich ist – so empfiehlt der römische Klassiker –, solle er nicht weiter um sie werben, sondern ihrer Freundin den Hof machen. Auf dem Umweg über diese werde er mit der Zeit auch für seine Angebetete interessant; und diese werde sich glücklich schätzen, wenn sie den ersten Blick von ihm empfängt.

Ihrer Freundin den Hof machen – warum sollte ich dieses

Rezept des liebeskundigen Lateiners nicht einmal ausprobieren?

Wenn ich jetzt das Atelier betrat, ging ich an Lorenza vorbei, als sei sie für mich Luft, und begrüßte mit umso größerem Überschwang ihre schwarzhaarige und kleinwüchsige Freundin. Sie war zwar nicht gerade mein Fall, doch stand sie mir gerne Modell und war auch für meine Avancen empfänglich. Eben weil ich nicht im mindesten verliebt in sie war, konnte ich meinen Charme ihr gegenüber ohne peinvolles Erröten und ohne jene lächerlichen Patzer zur Geltung bringen, die einem verliebten Tolpatsch zu unterlaufen pflegen. Auch wenn Lorenza für andere Gemälde Farinellis hin und wieder in den verführerischsten Stellungen posieren musste, ich verkniff mir jeden Blick auf sie, so schwer mir dies auch fiel. Ich tat vielmehr so, als ließen mich ihre Reize, die der Maler nicht genugsam rühmen konnte, vollkommen kalt und als habe ich nur noch Augen für ihre Freundin. Wenn sie sich aber mir einmal näherte, um einen neugierigen Blick auf das gerade entstehende Portrait Violettas zu werfen, setzte ich eine mürrische Miene auf und bedeckte das Blatt mit den Händen, als ginge sie das gar nichts an.

Nicht lange, und Ovids Rezeptur zeigte erste Früchte. Eines Nachmittags, als ich früher als sonst das Atelier betrat, hörte ich, wie die beiden Freundinnen leise miteinander schwatzten. Ich verbarg mich hinter der angelehnten Tür und lauschte.

»Er hat den halben Orient bereist«, sagte Violetta in schwärmerischem Tone, »und er weiß von Malta, Rhodos, Alexandria und Ägypten, den Pyramiden und ihren Geheimnissen die interessantesten Dinge zu erzählen. Außerdem ist er ein Zauberer. Neulich waren wir zusammen im Kaffeehaus …«

»Wie, du gehst mit dem Sizilianer ins Kaffeehaus?«, fragte Lorenza mit gelindem Tadel.

»Was ist denn dabei? Du lässt dich ja auch gerne vom Meister karessieren, oder nicht? … Wir tranken also Kaffee. Er fragte mich, ob ich lieber Streu- oder Würfelzucker für den Kaffee bevorzuge. Ich sagte: Würfelzucker. Da nahm er die Zuckerdose, schüttete einen Fingerhut voll Zucker in seine Hand, schloss sie und murmelte einen Zauberspruch: Und schon hatte sich der Streuzucker in fünf Stück Würfelzucker verwandelt.«

»Vielleicht ist er ja weniger Zeichenkünstler als Gaukler von Beruf«, sagte Lorenza in abschätzigem Ton. »Mit seiner Zeichenkunst ist es jedenfalls nicht weit her!«

»Hättest du die Portraits gesehen, die er von mir gezeichnet, würdest du nicht so reden«, gab Violetta beleidigt zurück.

»Der Murrkopf lässt sie mich ja nicht sehen, weiß der Himmel, warum. Entweder ist er ein ziemlich ungehobelter Kerl, oder er kann mich nicht besonders gut leiden.«

»Er ist ein vorzüglicher Zeichner«, verteidigte mich Violetta. »Und er versteht sich auf die Magie.«

»Geh, du hast dich in ihn verguckt, das ist der ganze Hokuspokus!«, spottete Lorenza.

»Glaubst du, einer könnte einen Stich nach einem Gemälde von Rembrandt binnen fünf Minuten kopieren, ohne dass Magie dabei im Spiele ist?«

»In fünf Minuten? Das glaub' ich nimmer.«

»Ich hab' die von ihm gezeichnete Kopie mit eigenen Augen gesehen. Sie war perfekt.«

Einen besseren Werber als Violetta konnte ich mir nicht wünschen. Tags darauf, als Lorenza wieder für den Meister Modell stand, bemerkte ich mit Genugtuung, wie ihre Blicke heimlich zu mir herüberwanderten. Indes hütete ich mich davor, sie zu erwidern. Den »Murrkopf« aber wollte ich nicht auf mir sitzenlassen. Als wir nach Beendigung der Sitzung zu viert bei einer Tasse Schokolade saßen, zeigte Farinelli uns ein Gemälde des hl. Domenikus, das er im Auftrag der Kurie gerade fertiggestellt.

»Wisst Ihr eigentlich, wie der hl. Franziskus seine Wundmale empfing?«, fragte ich die beiden Freundinnen. Sie schüttelten den Kopf.

»Die heilige Klara war bekanntlich eine Zeitgenossin des heiligen Franziskus und des heiligen Domenikus; und sie machte beide glauben, sie sei jedem ausschließlich mit sehr feuriger christlicher Liebe zugetan. Jeder der beiden Heiligen glaubte es für sich und war selig, wie das zuweilen auch ohne Heiligkeit zu gehen pflegt. Domenikus war ein großer, starker, energischer Kerl – ungefähr wie der Moses des Michelangelo, und sein Nebenbuhler Franziskus mehr ein ätherischer, sentimentaler Stutzer, der aber auch seine Talente zu gebrauchen wusste. Nun lieben bekanntlich auch die heiligen Damen zu verschiedenen Zeiten verschiedene Qualitäten. Der handfeste Domenikus traf einmal den brünstigen Franziskus mit der heiligen Klara in einer geistlichen Ekstase, die seiner Eifersucht etwas zu körperlich vorkam. In seiner Wut ergriff er die nächste Waffe, welche ein Bratspieß war, und stieß damit so grimmig auf den unbefugten Himmelsführer ein, dass es den armen, schwachen Franz fast vor der Zeit dahingerafft hätte. Indes der Patient kam davon, und aus dieser schönen Züchtigung entstanden die berühmten Stigmen, die noch jetzt in der Katholizität mit allgemeiner Andacht verehrt werden.«

Lorenza musste ihr Sacktüchlein ziehen, um sich die Lachtränen aus dem Gesicht zu wischen.

Manchmal schaute sie jetzt, wenn sie dem Meister Modell stand, verstohlen zu mir herüber und schenkte mir sogar ein Lächeln, das mich zu einem weiteren Schritt ermutigte: Ich musste, koste es, was es wolle, den falschen Nimbus dieses eingebildeten Stutzers zerstören, in den sie sich verguckt hatte.

Schon bald bot sich hierzu Gelegenheit. Farinelli suchte gerade für ein neues Werk ein neues Modell. Natürlich musste es wieder eine blutjunge Schöne sein. Ich war mir sicher, dass er ihr ebenso viel Honig ins Ohr blasen würde, wie er es bei Lorenza getan. Es war nicht schwer, zu erfahren, wann und zu welcher Stunde er die Neue in seinem Atelier zu empfangen gedachte. So sagte ich Violetta, sie solle ihrer Freundin ausrichten, der Meister benötige sie just an dem nämlichen Tage für eine weitere Sitzung.

Als Lorenza zur besagten Stunde die Stufen des Ateliers hinaufstieg, erwartete ich sie bereits vor der Tür.

»Scusi, Signora, aber ich fürchte, Sie sind umsonst gekommen. Der Meister hat nämlich ein neues Modell!«

»Ein neues Modell? Aber ich dachte …« Enttäuschung zeigte sich in ihrem Gesicht.

»Wenn Sie sich selbst überzeugen wollen!« Ich legte den Finger auf meinen Mund und bat sie, mir leise zu folgen.

Wir betraten auf den Zehenspitzen den Vorflur. Da die Tür zum Atelier angelehnt war, konnte man jedes Wort des Malers verstehen. Wie aber verfärbte sich Lorenzas Gesicht, als sie aus seinem Munde die wohlbekannten Schmeicheleien und Hymnen vernahm, mit denen er nun auch sein neues Modell einstimmte: Welch ein Engelsgesicht! – Was für ein Lippenbogen! – Welch herrliche Rundung der Hüfte!, etc.

Lorenzas Lippen bebten vor Wut. Wortlos wandte sie sich um und rannte die Treppe hinunter.

Am nächsten Tag erschien sie wieder im Atelier und erklärte dem Maler im frostigen Tone, dass sie ihm nicht weiter Modell stehen wolle. Und verlangte die drei Skudi, die er ihr von den letzten Sitzungen noch schuldig geblieben. Farinelli herrschte sie an und gebrauchte die unflätigsten Ausdrücke. Da legte ich den Zeichenblock aus der Hand, stand auf und sagte in bestimmtem Tone:

»Du hörst sofort auf, die Signorina Feliciani zu beleidigen! Und jetzt gib ihr gefälligst die drei Skudi, die sie sich redlich verdient hat!«

»Du hast mir hier gar nichts zu befehlen!«, schrie Farinelli. »Sie ist mein Modell – und nicht deines!«

»Gib ihr das Geld – und zwar sofort!«

»Ich denke nicht daran!«

Da traf ihn meine Faust mitten ins Gesicht, er ging zu Boden. Entgeistert starrte er mich an, dann wischte er sich das Blut von der Nase. Ruhig zog ich meine Geldbörse, gab Lorenza die drei Skudi und sagte:

»Auch die Heiligen müssen zuweilen ihre Fäuste gebrauchen, erst recht wir unheiligen Adamssöhne. – Und jetzt, Madonna, gehen Sie lieber, bevor Signor Farinelli die seinigen gebraucht.«

Verblüfft sah sie mich an. Dass just »der Sizilianer«, von dem sie angenommen, er könne sie nicht besonders leiden, so beherzt für sie in die Bresche gesprungen und ihr aus Eigenem gegeben, was der Maler ihr schuldete, damit hatte sie nimmer gerechnet.

Tage später begegnete ich ihr »zufällig« in Trastevere wieder, als sie gerade aus dem Torbogen einer Hofeinfahrt trat. Von Violetta wusste ich, dass sie eine neue Stelle als Dienstmagd suchte. Ich trat auf sie zu und fragte sie, ob ich sie ein Stück begleiten dürfe. Sie nickte und lächelte verlegen. Ich nahm ihr den Henkelkorb ab und reichte ihr den Arm. So gingen wir eine Weile schweigend durch die belebten Gassen. Bald hatten wir die Tiber-Insel erreicht und gingen über den Ponte Quattro Capi. An der Brüstung blieben wir stehen, betrachteten die unter uns vorbeiziehenden Barken und Flößer und sahen den Fischern zu, wie sie ihre Netze aus dem Tiber zogen. Als eine leichte Brise meine Stirnlocken hob, bemerkte sie die blauen Flecken über meinem Auge.

»Hat Ihnen das Farinelli ...?«

»Nun, im Gegenzuge brachte ich ihm ein paar schöne Stigmen bei. Falls er demnächst den hl. Franziskus malen will, kann er sich selbst zum Modell nehmen!«

Sie lachte. Dann sagte sie mit leichtem Erröten: »Außer meinem Bruder Gaetano hat sich noch nie ein Mann für mich geschlagen.«

Ich fragte sie, ob sie schon eine neue Stelle gefunden habe. Sie schüttelte den Kopf. Die Häuser und Wirtshäuser des ganzen Viertels habe sie abgeklappert. Aber es sei wie verhext. Entweder seien die Stellen für Dienstmägde schon besetzt oder der Verdienst sei so gering, dass es kaum lohne, dafür zu arbeiten.

»Ich könnte Ihnen vielleicht helfen. Ich bin mit Baron de Breteuil, dem maltesischen Gesandten in Rom, gut bekannt. Und er sucht gerade für Donna Olivia, seine Maitresse, ein Kammermädchen.«

»Aber ich habe noch nie als Kammermädchen gearbeitet!«

»Keine Bange, das lernt sich rasch! Der Dame den Mocca zu reichen, ihren Nachtstuhl zu leeren, ihr bei der Toilette behilflich zu sein, einen unwillkommenen Liebhaber höflich hinauszukomplimentieren – mehr wird von Ihnen nicht verlangt. Gewiss, hin und wieder werden Sie auch die Launen und Kapriolen Ihrer Herrin ertragen müssen. Aber dafür verdienen Sie auch ein Vielfaches dessen, was Sie als Dienstmagd und Wäscherin bekommen.«

»Wirklich?«

»Wenn Sie wollen, führe ich Sie gleich morgen hin und stelle Sie vor! – Und nun sagen Sie mir bitte das Sternzeichen, unter dem Sie geboren sind!«

»In meinem Taufschein steht zwar der 20. Februar, aber es könnte auch der 19. sein. Denn ich wurde pünktlich um Mitternacht geboren. Bin also noch Wassermann und schon Fisch! Mit anderen Worten: Weder Fisch noch Fleisch!«

Erstaunt zog ich die Augenbrauen hoch. »Unter astrologischem Aspekt stellen Sie eine echte Rarität dar, Signorina!, ebenso dem Saturn wie dem Neptun, dem Element der Luft wie dem des Wassers verwandt, ein fliegender Fisch gleichsam!«

Sie lächelte mich an. Es gefiel ihr, wie ich sie mittels der Astrologie komplimentierte.

Dank meiner Fürsprache bekam sie die Stelle als Kammermädchen bei Donna Olivia. Ihre Freude war groß, nicht minder ihre Dankbarkeit gegen mich. Doch hütete ich mich, bei ihr den Eindruck zu erwecken, dass ich dafür irgendwelche Gefälligkeiten von ihr erwartete. Ich benahm mich ihr gegenüber vielmehr ganz wie ein Kavalier und väterlicher Freund. Gleichzeitig ließ ich sie in dem Glauben, dass ich noch immer ihrer Freundin Violetta den Hof mache.

Manchmal, wenn sie abends das Haus Donna Olivias verließ, stand ich schon unter dem Torbogen, nahm ihr den Henkelkorb aus der Hand und begleitete sie nach Hause. Sie wohnte mit ihrer Familie im *Viccolo delle Scripte* nahe der SS. Trinità de Pellegrini, gleich neben dem gleichnamigen Hospiz, wo die Rompilger mit ihrem Pilgerstab sicher sein konnten, für drei Tage Bett und Tisch zum halben Preis zu erhalten. Aber ich holte sie nicht immer ab. An einem Abend war ich da, am anderen nicht. Sie sollte sich meiner nur nicht zu sicher fühlen.

Das Liebesorakel

Alle römischen Frauen, gleich welchen Alters und Standes, bedienen sich des Liebesorakels. Den Ledigen soll es verraten, ob sie bald einen Mann bekommen, den Verheirateten, ob und wann sich der ersehnte Liebhaber einstellt. Von den Ledigen wird vornehmlich die Nacht, die dem Tag des hl. Andreas* vorangeht, zur Befragung des Liebesorakels gewählt, welche in ganz besonderer Weise zu geschehen hat. So ist die erste Bedingung, dass die Jungfrau sich splitternackt auszieht; denn nur wenn sie in diesem Zustand den Heiligen anruft, vermag dieser ihre Reize wie Fehler zu begutachten

* *St. Valentinstag*

und sein Votum abzugeben. In der folgenden Nacht wird ihr dann ihr künftiger Liebster im Traume erscheinen. Auch auf andere Weise kann das Liebesorakel erkundet werden: Die Jungfer wirft einen Schuh rückwärts gegen die Kammertür oder zieht mit abgekehrtem Gesicht ein Scheit aus einem Stapel Holz heraus. Zeigt im ersten Fall die Zahl der Sprünge, die der Schuh macht, bevor er liegen bleibt, die Zahl der Jahre an, welche die Jungfer noch zu warten hat, so im zweiten Fall ein gerades Scheit, dass sie einen jungen Liebhaber, ein krummes, dass sie einen alten zum Mann bekommen werde.

Der Tag des hl. Andreas war nicht mehr fern. Und da Lorenza – wie alle römischen Mädchen – an das Horoskop und die Bedeutung der Sternzeichen glaubte, hatte ich mir für sie ein ganz besonderes Liebesorakel ausgedacht, das der Begegnung mit dem Mann ihres Lebens die Aura einer schicksalhaften Fügung verleihen und ihr zugleich gewisse Prüfungen auferlegen sollte. Denn bei der Laufbahn, die mir vorschwebte, genügte es nicht, dass die »Frau an meiner Seite« eine Bellezza war, sie musste auch über eine gehörige Portion Courage, Abenteuerlust, Keckheit und Witz verfügen.

Eines Abends, als ich sie wieder nach Hause begleitete und wir an der SS. Trinità de Pellegrini angekommen waren, zog ich ein versiegeltes Briefchen aus der Tasche, drückte es ihr in die Hand und sagte nicht ohne Feierlichkeit:

»Sie haben gewiss schon gehört, Madonna!« – ich nannte sie gerne »Madonna«, wobei ich das aufquellende O stets ein wenig überdehnte und in gehörige Schwingung versetzte –, »dass ich ein Zauberer bin, Verkehr mit den Geistern pflege und mich auch auf die Astrologie verstehe. Ich habe mir daher erlaubt, Ihr Horoskop und Ihr Liebesorakel zu befragen. In diesem versiegelten Briefchen finden Sie den Weg beschrieben, den Sie am Tag des hl. Andreas selbst gehen müssen, um das Orakel zu erkunden. Wappnen Sie sich also mit Mut und folgen Sie getreulich seinen Anweisungen! Bevor der Tag sich neigt, werden Sie, so Sie die Prüfungen bestehen, dem Mann Ihres Lebens begegnen!«

»Prüfungen? Was für Prüfungen?«, fragte Lorenza mit einem Anflug von Unwillen.

»Das darf ich Ihnen nicht verraten ... Sie müssen mir aber versprechen, den versiegelten Brief erst am St. Andreastage zu öffnen.«

Sie versprach es.

Ich weiß nicht, wer von uns beiden aufgeregter war, als der besagte Tag endlich anbrach. Ich hatte mir die Kutte eines Kapuziners übergezogen, welche mein Gesicht verbarg, und wartete in dieser frommen Verkleidung am Portal der Kirche *SS. Trinità de Pellegrini.*

Nicht lange, und Lorenza kam auch schon die Gasse herauf. Sie hatte ihr schönstes Kleid angelegt, eng tailliert und sandsteinfarben, das gut zum Ton ihrer blonden Locken passte, die unter der Haube hervortraten. In der einen Hand hielt sie ihren Henkelkorb, in der anderen das geöffnete Briefchen, das ich ihr zugesteckt hatte. Es enthielt folgende Botschaft:

»Liebe Lorenza! Heute ist für dich ein verheißungsvoller Tag. Der hl. Andreas hat deine Bitte erhört. Aber erst will er dein Herz prüfen. Gehe als Erstes zur Piazza Guidia! Hinter dem Markthäuschen, in der Strada di Pescaria, wirst du eine alte Fischhändlerin finden. Frage sie, ob sie eine Post für dich hat.«

Es war ein strahlend schöner Februartag, und auf der Piazza schon reger Betrieb. Beflügelten Schrittes ging Lorenza die Gasse hinauf, an Ochsenkarren und bepackten Mauleseln, Fuhrknechten und fliegenden Händlern vorbei – und ich, in gehörigem Abstand, immer hinter ihr her. Dem Marktlärme folgend, lief sie bis zur Piazza Giudia. Natürlich kannte sie das in dem Briefchen bezeichnete Markthäuschen, wo der

Fischmarkt begann. Dahinter, gleich neben dem Springbrunnen, stand der Galgen mit der Schlinge – als Warnung für die Bewohner des angrenzenden hebräischen Viertels.

Ich folgte ihr in die enge Strada di Pescaria. Sie ging von Stand zu Stand, auf der Suche nach jener alten Fischhändlerin, von der das Orakel sprach. Aber es gab derer so viele. Welche war bloß die richtige? Sie fragte eine zahnlose Alte, die gerade mit dem Messer einen Thunfisch zerteilte, ob sie vielleicht eine Post für sie habe. Doch diese funkelte sie nur böse an. Sie wandte sich an eine andere Fischhändlerin, die mit gellender Stimme rief: »Kauft frische Aale/Und der Mann besorgt's Euch viele Male!« Die Marktweiber lachten, und Lorenza stieg die Schamröte ins Gesicht. Endlich wandte sie sich an die richtige Händlerin. Diese musterte sie mit wissendem Lächeln, dann griff sie unter ihren Stand und zog eine verkorkte Flasche hervor:

»Hier ist deine Post, schöne Jungfer! Sie wurde gestern aus dem Tiber gefischt. Geb's Gott, dass sie eine gute Botschaft für dich enthält!«

Lorenza bedankte sich und ging rasch zum Markthäuschen zurück. Verwundert drehte sie die grüne Flasche in der Hand, in der eine Rolle steckte. Immer wieder suchte sie an dem Korken zu drehen, doch der saß fest. Schließlich war sie es leid und schlug die Flasche auf das Rad eines neben ihr befindlichen Kippkarrens. Der Flaschenhals zerbrach, und sie zog die Rolle heraus. Gespannt entrollte sie das dünne Pergament und las ihr Horoskop:

Da du im Zeichen des Wassermannes und des Fisches geboren bist, hat dich diese Botschaft über das Wasser erreicht. Frau Wassermann gehört zu jenen wissbegierigen Evas, die gerne vom Baum der Erkenntnis naschen und lieber einen Sündenfall begehen, als sich mit einem hausbackenen Adam im Paradiese zu langweilen. Sie fällt lieber aus dem Rahmen, als dass sie brav am Stickrahmen sitzt. Da die Luft ihr Element ist, hat sie einen großen Drang nach Freiheit und Unabhängigkeit, aber als Kind des Saturn strebt sie zugleich nach Humanität und Gerechtigkeit.

Als Fischefrau wiederum ist sie ein zartes, sanftes und träumerisches Wesen; und es gibt wohl kaum ein männliches Herz, das sie nicht zum Schmelzen brächte. Doch wer glaubt, sie rasch erobern zu können, der täuscht sich sehr; dem schwimmt sie im Handumdrehen davon. Aber sie ist auch hingebungsvoll und tut alles für die Menschen, die sie liebt. Überhaupt schlägt das große Herz der Fischefrau für alle, die Hilfe benötigen. Ihr wahres Prinzip ist die Hingabe und die Heilung. Als Tochter des Neptun, der dieses Wasserzeichen beherrscht, ist sie mit besonderen Fähigkeiten ausgestattet, mit sicherem Ahnungsvermögen, einem reichen Traumleben und mit Phantasie. Sie liebt Pastelltöne und schimmernde Farben, und ihr zierlichstes Organ ist der Fuß.

Nun, war das etwa kein schmeichelhafter Spiegel, in den sie da blickte! Nur wenige Schritte von ihr entfernt, mich hinter einem Fuhrwerk verbergend, konnte ich sehen, wie sie selbstvergessen vor sich hin lächelte. Doch plötzlich verfinsterte sich ihre Miene, als sie die nächste Aufgabe las, die das Orakel ihr stellte:

Gehe nun durch das Tor des hebräischen Viertels und frage dort nach dem Schuster Abraham. Er wird dich weiterweisen!

Warum – schien sie sich schockiert zu fragen – schickte das Orakel sie just ins hebräische Viertel? Kein Christenmensch ging freiwillig ins Ghetto, schon gar nicht allein. War doch eine der ersten Lehren, die einem der Priester im Kommunionsunterricht erteilte: ›Meide die Berührung mit dem Volke Israels, das den Heiland ans Kreuz geschlagen!‹

Langsam und widerstrebend näherte sich Lorenza jetzt dem Galgen und blieb vor der schmalen Pforte des Judentors am Ende der Piazza stehen. Würde sie es wagen, das verruchte Ghetto zu betreten? Unschlüssig trat sie von einem Bein auf das andere, sah bald zum Galgen hinüber, bald zurück auf das Markthäuschen. Sie zögerte lange, kämpfte mit sich. Plötzlich aber fasste sie sich ein Herz und schlüpfte rasch wie ein Wiesel durch die schmale Pforte hindurch. Bravissimo! Die erste Mutprobe hatte sie bestanden!

Ich folgte ihr sogleich. Die Judengasse war eng, aber reinlich. Dicht an dicht reihten sich hier die Läden und Werkstätten; wie aneinander gepresst lagen die schmalen, spitzgiebeligen und schiefwinkligen Häuschen, deren Dachtraufen sich oben berührten; was ihnen an Breite mangelte, suchten sie durch Höhe wettzumachen. Die Hebräer, welche vor ihren Läden standen oder auf den Stufen der Hauseingänge hockten, trugen schwarze Kaftane und Käppchen, drollige Schläfenlocken und lange unbeschnittene Bärte. Lorenza beschleunigte ihren Schritt und vermied es, den Kopf nach rechts oder links zu wenden, sie fühlte wohl, dass viele Augen ihr folgten. Schließlich wandte sie sich an eine schwarzgekleidete Frau, die ihr die gewünschte Auskunft erteilte. Unterdes bog ich rasch in eine Nebengasse ab, wo die Werkstatt des Schusters Abraham lag, und verbarg mich in dem angrenzenden Raum, dessen Tür offen stand. Natürlich hatte ich den Schuster, ein altes freundliches Männlein mit schütteren Haaren, der so manches Mal meine Stiefel gesohlt, vorher eingeweiht.

Nicht lange, und Lorenza betrat den kleinen Laden.

»Gott mit Ihnen, junge Frau! Habe Sie schon erwartet.«

Der Schuster griff sogleich unter die Werkbank und übergab ihr einen versiegelten Brief. »Vielleicht führt er Sie ja ins Gelobte Land!«

Sie bedankte sich, erbrach den Brief und las:

Begebe dich nun dorthin, wo man das verkauft, woraus dein Schuhwerk gemacht ist! Und suche nach einem Bauwerk, das so viele Säulen hat, wie dein Fuß lang ist. Am Fuße der letzten Säule wirst du eine neue Botschaft finden.

Ratlos schüttelte Lorenza den Kopf. »Das verstehe ich nicht!«

»Kann ich Ihnen vielleicht helfen? Auf die Auslegung heiliger Schriften und geheimer Botschaften versteht sich unser Volk«, sagte der Schuster.

Sie gab ihm den Brief. Er las ihn und lächelte amüsiert. »Nun, junge Frau, woraus ist Ihr Schuhwerk gemacht?«

»Aus Leder.«

»Und woher kommt das Leder?«

»Von den Gerbern.«

»Woher haben es die Gerber?«

»Von den Viehhändlern.«

»Und wo wird das Vieh verkauft?«

»Auf dem Viehmarkt!«

»Nun, und wo ist der Viehmarkt?«

»Auf dem Campo Vaccino hinter der Tiberinsel, wo die alten römischen Tempel und Ruinen stehen.«

»Nun, dann wollen wir mal Ihren Fuß messen!« Schuster Abraham rieb sich vergnügt die Hände. Lorenza nahm auf seinem Hocker Platz und zog ihren Schuh aus. Der Alte ergriff ihren Fuß und betrachtete ihn mit Wohlgefallen:

»Sie haben einen herrlichen Spann, junge Frau. Ich habe nie verstanden, warum die Dichter immer nur den Busen einer Frau besingen und keine Huldigungszeile auf einen schönen Fuß verwenden. Der wahre Kenner und Liebhaber richtet sein Augenmerk zuerst auf den Fuß einer Frau. Und wenn er so schön ist wie der Ihre, liegt er Ihnen zu Füßen.«

Lorenza strahlte. Solch hübsche erotische Philosophie war ihr wohl noch nie zu Ohren gekommen. Mit der Elle nahm der Schuster nun Maß von ihrem Fuß.

»Er misst genau sieben Zoll. Die Sieben ist eine heilige Zahl der Schrift und der Kabbala: sieben Planeten, sieben Himmelssphären, an sieben Tagen hat der Herr die Welt erschaffen. Und nach den sieben fetten kommen die sieben mageren Jahre. – Und wer weiß, junge Frau, vielleicht ist ja der, den Sie suchen, ein Siebenschläfer!«

Lorenza bedankte sich bei dem humorigen Alten und ging die Gasse wieder zurück. Diesmal folgte ich ihr nicht, denn ich wusste einen kürzeren Weg zum Campo Vaccino. Ich verließ das Ghetto in der entgegengesetzten Richtung und marschierte zur Piazza Montanara, wo sich an den Markttagen die Bauern aus den umliegenden Dörfern zu versammeln pflegen. Ich passierte die Kirche Santa Anastasia und die farnesischen Gärten, bis ich endlich den alten Viehmarkt betrat. Hier lagerten und weideten, zwischen Tempelruinen und herumliegenden Marmorblöcken, Rinder, Ziegen und Schafe, von Schäferhunden bewacht. Unter Götterstatuen suhlen sich die Schweine, indes die Viehhändler mit den Bauern um die Preise feilschten. Hier und dort sah man zwischen dem meckernden und blökenden Vieh vereinzelte Herren im Reisekleid mit aufgefalteten Karten herumstapfen – auf der Suche nach dem versunkenen Glanze des alten Forum Romanum, das der schnöde Lauf der Zeit in einen gemeinen Viehmarkt verwandelt hatte.

Ich verbarg mich hinter einer abgebrochenen Säule und wartete. Nicht lange, und Lorenza betrat den Campo Vaccino. Sie blieb stehen, ließ den Blick über das vor ihr liegende Ruinenfeld schweifen und steuerte dann zielbewusst den Bogen des Saturnio Severo an. Tapfer, immer in Gefahr, im Kote auszurutschen, kämpfte sie sich durch das Getümmel der Händler und Bauern und ihres blökenden und meckernden Viehs, bis sie endlich jene Tempelruine vor sich hatte, von der nur noch sieben Säulen stehen. Mit suchendem Blick, die Augen auf die Sockel gerichtet, ging sie von Säule zu Säule, ein kleiner Freudenschrei! – sie bückte sich und zog aus einer Ritze im Podest der letzten Säule das wohlbekannte violette Briefchen hervor. Sie erbrach das Siegel und las:

Du befindest dich auf dem alten Forum Romanum. Am Eingang zu deiner Linken erhebt sich der Triumphbogen des Saturnio Severo. Auch du und dein künftiger Gemahl werden dereinst Triumphe feiern. Willst du mehr über das Sternzeichen erfahren, unter dem er geboren ist, so begebe dich nun zu jenem Tempel in der Mitte des Campo Vaccino, von dem noch drei Säulen stehen.

Nochmals querte sie den Campo Vaccino und stand schon bald vor der bezeichneten Drei-Säulen-Ruine. Ein einsamer Tourist in grauem Überrock und hohen Stiefeln klopfte mit einem Hämmerchen die alten Steine ab; er schien sehr verwundert, hier eine Jungfer zu sehen, welche die Ritzen der Säulenpodeste absuchte. Rasch hatte sie gefunden, was sie suchte, und erbrach das Siegel:

Du befindest dich unter dem ehemaligen Castor-und-Pollux-Tempel. Nach ihnen ist das Sternzeichen der Zwillinge benannt. Unter diesem Sonnenzeichen schillert das Leben in allen Farben. Denn der Zwilling ist ein Tausendsassa, er ist sehr unternehmend und mit vielen Talenten gesegnet. Er ist seiner Zeit – nicht selten auch sich selbst – immer um eine Nasenlänge voraus. Als Merkur-Wesen durchdenkt er blitzschnell Vor- und Nachteile und fasst ebenso schnelle Entschlüsse. Als ruheloser Luftgeist ist er ständig in Bewegung. Er liebt die Abwechslung und die Vielfalt. Er braucht stets ein Publikum und das Publikum ihn. Nur Routine und Langeweile stimmen ihn trübsinnig. Darum ist es auch keine leichte Übung, diesen Luftikus vor den Traualtar zu bekommen.

Der Zwilling wurde eigens für den Wassermann geschaffen. Beide Zeichen ziehen sich an und ergänzen einander vortreff-

lich. Die Liebe zwischen ihnen ist ein immerwährendes aufregendes Spiel voller Überraschungen und Höhepunkte.

Begebe dich nun zur Fontana di Trevi! Stelle dich rückwärts zum Brunnen, suche dir deinen Zwillingsmann vorzustellen und wirf zwei Münzen über deinen Rücken! Dann durchquere den Brunnen wie ein Fisch, schreite die marmornen Rosse ab und schaue ihnen genau ins Maul!«

Ein freudiges Lächeln glitt über Lorenzas Gesicht. Dieser schillernde Zwillingsmann gefiel ihr wohl. Und was er ihr verhieß, schien durchaus ihren Wünschen und Träumen zu entsprechen.

Der Weg zur Fontana di Trevi war weit. Sie machte sich sogleich auf, ich folgte ihr unauffällig bis zur Piazza Colonna, wo die Säule des Marc Aurel steht. Hier nahm ich eine Droschke, denn ich wollte vor ihr da sein. An der Fontana di Trevi suchte ich mir einen günstigen Platz vor dem Kaffeehaus – man hatte schon Korbstühle und Tische hinausgestellt –, von dem aus ich den Brunnen mit der berühmten, dem Neptun geweihten Skulpturengruppe gut im Blick hatte.

Endlich, um die Mittagsstunde, kam Lorenza. Vom langen Fußmarsch ermattet, hockte sie sich erst mal am Rand des Brunnens nieder, um Toilette zu machen, wusch die Dreckspritzer weg, die ihr Kleid verunreinigt hatten, und den Kot, der an ihren Schuhen klebte. Nachdem sie sich Gesicht und Hände gewaschen, holte sie aus dem Henkelkorb ihren Proviant heraus und verzehrte mit Appetit das mitgebrachte Brot, den Ziegenkäse, die Oliven und Datteln.

Nachdem sie ihre Mahlzeit beendet, klappte sie ihren kleinen Schminkspiegel auf, prüfte ihr Gesicht und erneuerte das helle Rouge ihrer Lippen. Dann stellte sie sich, in jeder Hand eine Münze, rücklings zum Brunnen und schloss die Augen. Eine ganze Weile stand sie so da. Was aber – dachte ich in einem plötzlichen Anfall von Verzagtheit und Kleinmut –, wenn das Mannsbild, das sie sich jetzt vorstellte, mit mir nicht die geringste Ähnlichkeit hatte und der ganze Aufwand meiner Werbung, einschließlich dieser magischen Schnitzeljagd, am Ende vergebliche Liebesmüh' war!

Sie war nicht die Einzige, die am Tage des hl. Andreas an der Fontana di Trevi ihr Glück beschwor. Etliche Jungfern stellten sich mit dem Rücken zum Brunnen, murmelten inbrünstig ihre Fürbitte und warfen dann, nicht selten in komischer Verrenkung, ihre Spargroschen hinter sich ins Becken. Vor dem Kirchentore der Maria a Trevi standen die Bettler schon in Bereitschaft, um spätestens nach dem Abgang der heiratslustigen Jungfern die Münzen wieder aus dem Brunnen zu fischen.

Nachdem Lorenza die Münzen in den Brunnen geworfen, streifte sie sich die Schuhe ab. Dann schwang sie sich auf die Brüstung des Brunnens, tauchte wie zur Probe einen Fuß ins Wasser, zog ihn aber gleich wieder zurück. Das Wasser war kalt und die Jahreszeit kühl. Außerdem hatte man noch nie eine Jungfer mit geschürzten Röcken durch die Fontana di Trevi waten, geschweige denn schwimmen gesehen. Wer dies am helllichten Tage wagte, würde sich vor den hier versammelten Jungfern und Gaffern unfehlbar lächerlich machen. Und wer weiß, wie tief der Brunnen war? Gab' s denn keinen anderen Weg, um an Neptuns Rösser heranzukommen?

Plötzlich rutschte sie von der Brüstung des Brunnens herunter, ging entschlossenen Schrittes um diesen herum und näherte sich der Brunnenskulptur von der Rückseite, vom Palazzo Conti aus. Sie überstieg einfach die eisernen Ketten, die den Zugang zur Rückseite versperrten, kletterte auf die marmorne Brüstung und sprang – ich traute kaum meinen Augen! – mit einem Satz über den schmalen Wassergraben auf den Rücken des ersten Rosses. Porco diavolo! Diese Braut hatte der Teufel geküsst – so findig und beherzt war sie!

Auf der Piazza hub ein großes Gaudi an, denn solch ein Schauspiel hatte man hier noch nicht gesehen. Sie hangelte sich nun zum Kopf des ersten Rosses vor und begutachtete sein Maul, aber da war nichts drin. Nun kletterte sie, am Wagen und Wagenlenker vorbei, zum nächsten Ross hinüber – und zog aus seinem Rachen den wohl bekannten violetten Umschlag mit dem roten Siegel hervor. Dann stieg sie, mit ihrer Beute zwischen den Zähnen, über die marmornen Gäule, Geschirre und Wagen wieder zurück.

Sie nahm ihren Henkelkorb wieder auf, steuerte mit hochbefriedigter Miene das Kaffeehaus an der Piazza an und ging geradewegs, als habe sie den »sechsten Sinn«, auf meinen Tisch zu. Erschrocken zog ich mir die Kapuze tiefer ins Gesicht und senkte meine Augen ins Brevierbuch. Gottlob! nahm sie nicht an meinem Tisch Platz, sondern an einem daneben. Nachdem sie sich einen Kakao bestellt, öffnete sie den Brief, den sie gerade mit so viel Bravour erbeutet, und zog aus diesem einen zweiten versiegelten Umschlag heraus. Der erste enthielt folgende Botschaft:

Bravissimo! Du hast dich als wahre Tochter Neptuns erwiesen. Zum Lohn dafür werden dich seine göttlichen Rösser über die Meere tragen und durch viele Länder ziehen. Um aber den Ort zu finden, wo du dem Mann deines Lebens begegnen wirst, musst du das folgende Rätsel lösen:

»Ein Bauer steht vor einem Fluss und will übersetzen. Er hat einen Wolf, eine Ziege und einen großen Kohlkopf dabei. Auf der Fähre hat außer ihm selbst immer nur einer Platz: entweder der Wolf, die Ziege oder der Kohlkopf. Wie oft muss der Bauer übersetzen, wenn er nicht will, dass der Wolf die Ziege und die Ziege den Kohlkopf frisst. Wenn du die Zahl ermittelt hast, öffne den zweiten Brief!«

Die Lösung des Rätsels schien ihr große Schwierigkeiten zu bereiten. Das Köpfchen auf den Ellbogen gestützt, brütete und brütete sie vor sich hin. Immer wieder suchte sie an den

Fingern der einen und der anderen Hand abzuzählen, wie oft der Bauer über den Fluss setzen musste, um Wolf, Ziege und Kohlkopf unbeschadet hinüberzubringen – und kam doch nicht auf die Lösung. Bald schlürfte sie gedankenverloren an ihrem Kakao, bald stöhnte sie hörbar, bald starrte sie missmutig ins Leere. Schließlich öffnete sie den kleineren Brief, der in dem ersten steckte – und las:

Multipliziere nun die Zahl, die der Bauer über den Fluss setzen muss, mit sich selbst! Dann suche einen Ort in Rom auf, der mehr Treppen hat als diese mit sich selbst multiplizierte Zahl, und gehe genauso viele Treppen hinauf. Setze dich auf diese Stufe und schau dir die Männer, die deine Stufe betreten, genau an! Wenn der dabei ist, den du suchst, dann gib dich ihm zu erkennen! Aber bedenke: Nichts ist, wie es scheint! Der Mann, der dir auf den ersten Blick gefällt, ist nicht der, welcher dir bestimmt ist.

Ihre Miene wurde immer bekümmerter. Wieder begann sie zu grübeln, legte ein Bein über das andere, schnupfte in ihr Sacktüchlein, zwirbelte geistesabwesend an ihren Löckchen. Eine halbe Stunde verging und noch eine halbe – war sie denn so dumm, dass sie einfach nicht auf die Lösung des Rätsels kam? Ich hatte es binnen fünf Minuten gelöst.

Plötzlich – der Kellner hatte ihr gerade noch einen Kakao gebracht – erhellte sich ihre Miene. Sie reckte nacheinander die fünf Finger der Rechten – und dann, nach kurzer Besinnung, Daumen und Zeigefinger der Linken. Sie besah sich die *sieben* ausgestreckten Finger – und strahlte übers ganze Gesicht! Sie hatte das Rätsel tatsächlich gelöst! Ich war perplex – und erleichtert. Meine ›Madonna‹ war nicht nur beherzt, sie hatte auch Köpfchen!

Sie rief sofort nach dem Kellner, zahlte und stand auf. Mit beschwingtem Schritt ging sie – ich folgte ihr in gehörigem

Abstand – die Gasse hoch in Richtung SS. Trinità dei Monti, wo die Spanische Treppe ist. Der *Ort in Rom, der mehr Treppen hat als diese mit sich selbst multiplizierte Zahl*, konnte ja nur die Spanische Treppe sein!

Kaum war sie hier angekommen, begann sie sogleich mit dem Aufstieg. Am Fuße der Spanischen Treppe jonglierte ein Gaukler mit seinen Keulen, während zwei Spielmänner in ihren bunten Kostümen ihre lustigen Stücke und Lieder zum Besten gaben, ein kleiner Kreis von Bürgern umringte sie und tänzelte im Rhythmus der Musik. Ich mischte mich unter sie, denn von hier aus konnte ich Lorenza gut im Auge behalten.

Als sie die 49. Stufe endlich erreicht hatte, wo sie dem Mann ihres Lebens begegnen sollte, setzte sie sich hin und musterte die von unten kommenden Gestalten. Erst kam ein älteres Pärchen, dann ein dickwanstiger Herr mit vornehmer Halskrause, nach ihm zwei Nonnen. Dann aber kam ein hochgewachsener Mann, der eine schwarze Pellerine und einen Federhut trug. Jetzt war er nur noch wenige Stufen von ihr entfernt. Lorenza sprang auf und ging ihm einen Schritt entgegen ... Teufel auch! Der Kerl schien ihr zu gefallen! Jetzt blieb er stehen, schwenkte vor ihr galant den Federhut und sprach sie an! Und sie? Wenn mich meine Augen nicht täuschten, dann lächelte sie ihn an, schwatzte gar mit ihm! ... Maledetto! Glaubte sie etwa, dieser Stutzer sei ihr zum Manne bestimmt? Hatte sie denn die Warnung des Orakels nicht begriffen? *Der Mann, der dir auf den ersten Blick gefällt, ist nicht der, welcher für dich bestimmt ist* ... Und sollte dieser Hurensohn, der ihr jetzt auch noch den Arm bot, mir in letzter Minute alles verderben und die Früchte meiner Bemühungen ernten?

Ich wollte schier aus der Haut, respektive der Kutte fahren. Schon hatte ich die ersten Stufen der Spanischen Treppe im Eilschritt genommen, um diesem ungebetenen Schürzenjäger aufs Maul zu hauen – da stieg er, gottlob!, weiter aufwärts. Nach ein paar Stufen drehte er sich noch einmal um und winkte Lorenza zu. Sie winkte zurück. Dann hockte sie sich wieder auf die Treppenstufe und wartete … Was sie jetzt wohl dachte? Und wenn er es doch gewesen! Wenn sie den Mann ihres Lebens jetzt gerade verpasst hatte! … Oder hatte sie sich womöglich verzählt und saß gar nicht auf der richtigen Stufe?

Plötzlich stand sie auf und stürzte, wie in Panik, immer zwei Stufen auf einmal nehmend, die Spanische Treppe wieder hinab. Unten angekommen, stieg sie langsam wieder nach oben, indes sie, den Blick zu Boden gesenkt, die Stufen zählte. Auf der 49. Stufe hielt sie wieder an. War es nun die gleiche wie vorher oder eine darüber oder darunter? Wie sollte man das auch unterscheiden? Schließlich sah eine Stufe der anderen gleich. Wieder musterte sie die aufwärts steigenden Gestalten. Aber o Jammer! Die Männer, die sich jetzt ihrer Stufe näherten, unter diesen auch ich, waren lauter Kuttenträger, eine halbe Prozession von Schwarzröcken zog an ihr vorbei. Sie aber schaute kaum hin, blickte keinem ins Gesicht, denn einen Pfaffen wollte sie nie und nimmer zum Manne haben … Wie sie da hockte, das Kinn auf die Hände gestützt, mit eingeknicktem Kopfe und hängenden Schultern, bot sie ein Bild der Trübsal, das wohl der Dürer'schen Melancholia als Modell hätte dienen können. Es geschah ihr ganz recht, hatte sie doch dem bloßen Augenschein vertraut und den Mann, der ihr bestimmt war, nicht erkannt – bloß weil er eine Kutte trug.

Ich ließ sie noch eine Weile schmoren und Trübsal blasen. Je bitterer ihre Enttäuschung, desto erhabener musste der Augenblick sein, da sich ihre Hoffnung wider Erwarten doch noch erfüllte. Auf dem Plateau der Spanischen Treppe angekommen, löste ich mich sogleich aus der Schar der Kuttenträger und beauftragte einen Botenjungen, der jungen blondlockigen Donna, die da unten auf den Stufen saß, einen versiegelten Brief nebst einer roten Rose zu überbringen und auf ihre Nachfrage, wer ihn geschickt habe, zu antworten: »Das Orakel!«. Sie würde die Botschaft – dessen war ich mir sicher – als ein Geschenk des Himmels betrachten:

Leider hast du den Mann, den dir das Schicksal bestimmt hat, auf der Spanischen Treppe nicht erkannt. Aber du sollst eine letzte Chance erhalten: Gehe zum Ponte d'Angelico! An der siebten Engelsstatue wird Er dich erwarten. Aber spute dich, denn er wartet nur bis zum fünften Glockenschlag.

Es war schon halb fünf und der Weg zum Ponte d'Angelico weit, zu Fuß würde sie es in einer halben Stunde so wenig schaffen wie ich. Ich ging zum nächsten Kutschenstand und bestieg einen Fiaker. Ich beschwor den Kutscher, sich nur ja zu beeilen, denn ich musste unbedingt vor ihr da sein. Während es im schnellen Trab die Strada Condotti hinunterging, zog ich die Kutte aus und wechselte meine Kleider. Am Corso, den wir queren mussten, stauten sich die Karossen und Equipagen, hier zog gerade eine Prozession zu Ehren irgendeines Heiligen vorbei. Ich zählte die Minuten und fluchte in Gedanken dem Heiligen Stuhl, dass er just vor dem Finale, da Lorenza ihren Zwillingsmann erkennen sollte, den Corso mit seinen nicht enden wollenden Zeremonien verstopfte. Endlich war die Prozession vorüber und die Durchfahrt wieder frei. Weiter ging's über die Strada Ripetta und danach die endlose Strada del Oro hinunter. Schon sah ich den Ponte d'Angelico, dahinter die düstere Ringmauer der Engelsburg und die goldglänzende Kuppel des Petersdoms ...

Nicht lange, und ein Fiaker hielt am Brückenkopf des Ponte. Lorenza stieg aus und bezahlte den Kutscher. Hastig kämmte sie, unter dem gnädigen Blick der Statuen des S. Pedro und des S. Paolo, ihre verstrubbelten Haare und richtete ihr Kleid, ihre Haube und ihr verrutschtes Busentuch. Dann ging sie langsam, mit suchendem Blick, über den Ponte, von einer Engelsstatue zur anderen. Unter dem siebten Engel hockte ein Bettler mit Schlapphut, der auf einer Mundharmonika eine traurige Weise spielte. Vor ihm lag eine kleine Büchse mit ein paar Münzen darin. Sie lehnte sich, nur ein paar Schritte von ihm entfernt, an das Brückengeländer und musterte die von beiden Seiten kommenden Männer. Doch keiner grüßte, hielt an oder ließ erkennen, dass er sie erwartete. Auch trug jeder zweite einen schwarzen Rock, eine Kutte oder Soutane, als sei das männliche Geschlecht eine einzige eintönige Kreation des Vatikans. Sie wartete und wartete und wurde immer nervöser. War sie wieder zu spät gekommen und hatte den Mann ihres Lebens verpasst? Schließlich fasste sie sich ein Herz und fragte den neben ihr hockenden Bettler, ob hier, unter der siebten Engelsstatue, ein Herr gewartet habe? Sie sei nämlich mit ihm verabredet.

Der Bettler unterbrach sein Mundharmonikaspiel und kehrte ihr sein Gesicht zu.

»Wie sollte ich, junge Frau?«

Jetzt erst sah sie, dass er eine schwarze Binde vor den Augen trug. »Doch wenn Sie so gütig sind, einem armen Blinden ein Almosen zu geben.«

Sie kramte ihre letzten Soldi zusammen und warf sie in seine Büchse.

»Gott wird es Ihnen danken. Sie haben ein gutes Herz, Madonna!«

Sie stutzte. Hatte sie sich da eben verhört? Nur einer sprach das »Madonna!« mit dem nach oben schwingenden O so aus wie dieser Bettler. Sie beugte sich zu ihm herab – und riss ihm mit einem Ruck die Binde von den Augen.

»Giuseppe?« Sie starrte mich an, als erblicke sie ein Gespenst.

»Nichts ist, wie es scheint, Madonna!«, sagte ich und strich ihr sanft mit den Fingern über die Lippen. Sie fiel mir um den Hals, und ich drückte und küsste sie, wie wohl noch nie auf dem Ponte d'Angelico, mit den sieben geflügelten Barberini-Engeln als stummen Zeugen, zwei Liebende sich geküsst und erkannt haben.

Arm in Arm, in glückseliger Stimmung gingen wir die Strada Giulia hinunter.

»Und ich dachte die ganze Zeit, du machst meiner Freundin Violetta den Hof.«

»Nun ja«, feixte ich, »ich brauchte doch einen Werber. Aber in Wirklichkeit hatte ich nur Augen für dich!«

Plötzlich blieb sie stehen und ließ meine Hand los.

»Und was wird jetzt aus Violetta?«

»Sie wird es verschmerzen. Als Skorpion hätte sie sowieso nicht zu meinem Sternzeichen gepasst.«

»Du bist mir vielleicht ein Filou! … Aber so leicht kommst du mir nicht davon!«

Sie zog mich fort durch die drangvollen Gassen. Schon bald querten wir die Piazza Bocca della Verità und betraten das Atrium der Kirche San Maria in Cosmedin und blieben vor einer mannshohen skurrilen Marmorfratze stehen: der Bocca della Verità, dem *Munde der Wahrheit.*

Sie sah mir fest in die Augen. »Liebst du mich wirklich?«

»Mehr als mein Leben.«

»Das ist unlogisch. Wie kannst du mich lieben, wenn du nicht mehr lebst? … Du steckst jetzt sofort deine Hand in den *Mund der Wahrheit.* Wenn du mich belügst oder nicht meinst, was du sagst, wird dir die Hand abgebissen.«

»Und wenn's die reine Wahrheit ist?«

»Geschieht dir nichts … So! Jetzt wird es sich weisen. Rein mit der Hand!«

Sie packte meinen Arm und schob ihn energisch in das offene Maul des steinernen Ungeheuers mit dem furchterregenden Antlitz. Ich wollte meine Hand wieder herausziehen, zog und zerrte an meinem Arm, der aber schien wie durch eine übernatürliche Kraft vom *Munde der Wahrheit* festgehalten zu werden. Erschrocken sah mich Lorenza an. Ich stöhnte und wand mich schier vor Schmerzen, dann zog ich mit einem Ruck den Arm wieder heraus. Entgeistert starrte sie auf meinen leeren Ärmel: Die Hand war weg!

Da ließ ich meine noch verbliebene linke Hand über dem leeren Ärmel kreisen und rief im schönsten Belcanto: »Abrakadabra! – und schon ist die Hand wieder da!«

Wirklich kam sie jetzt wieder aus meinem Ärmel hervor. Lorenza boxte mich in den Bauch, ich fing ihren Schlag auf und küsste ihr en revanche die Hände.

»Du Schummler, du!«, rief sie und lachte. »Jakob der Lügner solltest du heißen. Aber mir scheint, der war gegen dich ein ehrlicher Kerl.«

Wir heirateten am 20. April 1768.

Als wir in der Pfarrkirche San Salvatore in Campo vor dem Brautaltar standen – ich vollendet als Weltmann gekleidet, Lorenza ganz in Weiß, von durchsichtigen Schleiern umhüllt, stockte mir doch der Atem, als der Priester die übliche Frage an die Gemeinde richtete:

»Ist jemand unter Euch, der wider die Ehre des Ehemanns oder der Ehefrau ein gegründetes Zeugnis ablegen möchte, der trete vor!«

Doch zu meiner Erleichterung ließ sich keine diesbezügliche Stimme vernehmen. Auch ich hatte Tränen in den Augen, als der Priester unsere Hände, mit dem goldenen Zeichen der Ehe am Ringfinger, ineinanderlegte und mit sonorer Stimme erklärte:

»Was Gott der Herr zusammenfügt, soll der Mensch nicht scheiden!«

War ich auch ein verlorener Sohn der Kirche, das Sacramentum der Ehe war mir heilig!

Es wurde ein rauschendes Hochzeitsfest, das drei Tage lang dauerte. Die Hochzeitstafel fand im Freien auf der Piazza der SS. Trinità de Pellegrini, unter den Augen der an allen Fenstern hängenden Hospizinsassen statt. An langen, mit weißen Damasttüchern überzogenen Holztischen saßen die Brauteltern und die zahllosen Angehörigen der Familie, all die Tanten und Onkel, Großtanten und Großonkel, Cousins und Cousinen ersten, zweiten und dritten Grades, welche aus der Romagna angereist waren, nebst den zum Festschmaus geladenen Nachbarn, Freunden und Ehrengästen. Unter diesen befand sich auch Baron de Breteuil und Donna Olivia sowie der Marchese Agliata, mit dem mich seit kurzem ein sehr lukratives Geschäft verband. Ich hatte fünf Spielleute verpflichtet, die mit ihren Trompeten, Klarinetten, Zymbeln und Guitarren zum Tanz aufspielten und ihre fröhlichen Lieder zum Besten gaben.

Mein Geschenk für die Braut war eine echte Kostbarkeit, zugleich ein Unterpfand meines Versprechens, ihr die Welt zu zeigen: eine Reiseapotheke. Sie bestand aus einem tragbaren Köfferchen aus echtem Saffianleder, dessen abgeteilte Fächer und Täschchen zahllose Tuben und Döschen, Puderdöschen, Lippen- und Schmink- und Lidstifte, Parfümfläschchen und Schönheitspflästerchen, mehrere Nagel- und Fingerscheren, Pflaster verschiedenster Größe, Wund- und andere Salben enthielten.

Wohl wunderten sich meine Schwiegereltern über den Aufwand, mit dem wir unsere Hochzeit begingen, zumal Lorenzas Mitgift von 150 Skudi sehr bescheiden war. Besorgt fragte sie der Vater, ob denn die Kosten der Festivitäten meine finanziellen Mittel nicht überstiegen. Worauf sie mit fröhlicher Unbekümmertheit ausrief:

»Ach, Babbo! Welche Braut fragt an dem glücklichsten Tag ihres Lebens wohl nach den Kosten?«

Nach unserer Hochzeit bezogen wir eine komfortable Wohnung in einer Pension an der Piazza di Spagna. Von unserem Schlafzimmer aus sah man auf die Fontana della Barcaccia. Das sanfte gleichmäßige Rieseln und Plätschern der sprühenden Wasserkünste lullte uns in den Schlaf, aus dem wir erfrischt erwachten. Wir liebten uns bei Nacht und liebten uns am Morgen, machten es gut und jedes Mal besser.

Lorenza hatte es nun nicht mehr nötig, in fremden Diensten zu stehen, und gab ihre Stelle als Kammermädchen auf. Sorglos genossen wir die Flitterwochen, die gemeinsamen Promenaden, Ausflüge und Theaterbesuche – wie ich liebte sie das Theatro –, und gerne ließ sie sich von mir verwöhnen. Besondere Freude bereiteten ihr die hübschen Kleider, die ich ihr kaufte, die bestickten und raffiniert ausgeschnittenen französischen Mieder, die ihren Busen noch besser zur Geltung brachten, die neumodischen Blonden, die sie gerne mit den altbackenen Hauben vertauschte, die eleganten hochhackigen Schuhe, die ihren Hüftschwung betonten und ihrem Gang etwas Wiegendes gaben. Die Natur hatte sie nun einmal mit allen Reizen einer Bella Donna beschenkt, warum sollte sie diese verbergen?

Freilich, hin und wieder trübte auch mal ein Wölkchen den Honigmond unserer Ehe.

Wenn wir, Arm in Arm, über den Korso spazierten oder einen Tanzsaal betraten, blieb es nicht aus, dass Lorenza viele Männerblicke auf sich zog. Und ich kann nicht behaupten, dass mir dies missfiel. Es missfiel mir nur, wenn sie diese interessierten Blicke allzu freimütig erwiderte.

»Merke! Wenn ein Mann einem hübschen Weib nachguckt, spricht es nur für das Weib und für den guten Geschmack ihres Gatten. Wenn aber ein verheiratetes Weib einem andern Mann nachguckt, beleidigt sie damit ihren Ehemann!«

»Du verlangst also, dass ich mich blind stelle!«

»Wieso?«

»Du willst, dass ich die Blicke der Männer auf mich ziehe, nur ich selber soll sie nicht sehen dürfen! ... Ich bin aber kein Muli mit Scheuklappen.«

Immer musste sie mir Widerworte geben. Gleichwohl behauptete sie steif und fest, sie habe eine gute Kinderstube und Erziehung genossen. Zwar hatte sie, unter der Anleitung ihres Bruders, leidlich lesen und schreiben gelernt – und darauf konnte sie sich wohl etwas einbilden; galt doch im Vatikanstaat der Grundsatz, die Weiber vom Lesen und Schreiben fern zu halten, damit sie erst gar nicht auf die Idee kämen, eine verbotene Liebeskorrespondenz zu beginnen. Aber ist es wirklich ein Ausdruck guter Erziehung, wenn ein Weib ihrem Manne ständig Widerworte gibt?

Noch etwas anderes bereitete mir zuweilen Verdruss: ihre Neugierde. Nicht nur hatte sie die üble Angewohnheit, ihre Nase in meine Sachen zu stecken, sie wollte auch unbedingt wissen, womit ich eigentlich mein Geld verdiene. Überhaupt war sie der Meinung, ein Mann dürfe vor seinem Weibe keine Geheimnisse haben.

»Sag mir, Giuseppe!, wie bringst du es nur zuwege, in wenigen Minuten eine Zeichnung mit Tusche zu verfertigen, die den geschicktesten Zeichenmeister mehrere Tage kosten würde? Was sind das für Geister, die dir dabei behilflich sind?«

»Sei nicht so naseweis! ... Einem Weib ist der Verkehr mit den Geistern nun mal verwehrt!«

»Und warum?«

»Warum? Warum? Weil es eben so ist! Es heißt ja auch ›Il Santo Spirito‹* – und nicht ›La Santa Spirita‹!«

Eines Mittags, als ich zurück in die Pension kam, empfing sie mich mit wissender Miene: »Ich wusste gar nicht, dass die Geister, die dir beim Zeichnen und Kopieren zu Diensten sind, einen so weiten Weg haben.«

* *Der heilige Geist*

Verdutzt sah ich sie an.

»Nun ja«, fuhr sie belustigt fort, »sie müssen erst von London über den Kanal fliegen, dann über das Festland und die Alpen, bis sie in Rom ankommen ... Übrigens müssen sie weiblicher Natur sein, denn es heißt ›La macchina‹* – und nicht ›Il macchino‹.«

»Hast du wieder in meinen Sachen geschnüffelt!«

Sofort ging ich zum Schrank und öffnete die unterste Lade: Der Koffer war unverschlossen, ich hatte vergessen, den Schlüssel abzuziehen ... Sie hatte sie also entdeckt – meine ingeniöse Maschine, mittels derer ich einen alten Stich binnen weniger Minuten so reproduzieren konnte, dass er wie ein Original aussah. Um aber den Kunstgriff zu verbergen, überfuhr ich nachher mit einem in schwarzen Tusch getauchten Pinsel den Abdruck und brachte etwas stärkere Schwärze in den Schatten des Risses ein, sodass es so aussah, als habe ich die Reproduktion mit eigener Hand gezeichnet. Diese Kopiermaschine war ein ganz neues englisches Fabrikat, wie das kleine ovale, auf der Unterseite angebrachte Schildchen mit den bronzenen Lettern »London 1764« anzeigte. Ein britischer Handelsmann, der auf Durchreise war, hatte sie mir für wenig Geld überlassen, weil sie defekt war. In mühevoller Arbeit war es mir gelungen, sie wieder instand zu setzen. Ich hütete sie wie meinen Augapfel, verdankte ich doch ihrem wunderbaren Mechanismus meinen Nimbus, der schnellste und perfekteste Kopist alter Meister zu sein, der in ganz Rom zu finden war.

Ich machte meiner Frau eine Szene, die sich gewaschen hatte und in dem Befehl gipfelte: »Merk dir ein für alle Mal: Du hast weder in meinem Koffer noch in meinen Papieren zu schnüffeln! ... Und wehe, du erzählst irgendeinem etwas von dieser Maschine!«

* *Die Maschine*

Erst nachdem sie mir hoch und heilig versprochen, ihre Neugierde fortan zu zügeln, verrauchte langsam mein Zorn. Bis zum Nachtmahl war mir die gute Laune wieder zurückgekehrt.

»Wehe dem Mann«, sagte ich in versöhnlichem Ton, »der vor seinem Weib keine Geheimnisse hat! Wär' ich für dich wie ein offenes Buch, würdest du dich wohl bald mit mir langweilen.«

»Dann müsst' ich dich ja auch langweilen.«

»Wieso?«

»Weil ich vor dir keine Geheimnisse hab' – und auch gar keine haben möcht'!«

»Aber, aber!«, tätschelte ich ihre Wange. »Das Weib an sich ist schon Geheimnis genug. Es hat, wenn es schön ist wie du, den Zauber von der Natur. Wir Männer dagegen müssen uns den Zauber erst künstlich erschaffen, damit wir euch bezaubern können. Glaub mir, wir sind nicht zu beneiden. Was wär' ich ohne meine Kunst und ohne meinen Ruf? Ein verachteter sizilianischer Bauer, ein zu kurz geratener Adam mit Glupschaugen. Die palermitanischen Buben haben mich oft deswegen verspottet. Giuseppe, il rospo*!, nannten sie mich.«

Sie schmiegte sich an mich, nun wieder ganz die Schmeichelkatze. »Für mich bist du nicht hässlich, das weißt du doch! ... Und ich mag deine großen dunklen Kulleraugen – besonders wenn sie vor Liebe glühen!«

»Siehst du!«, rief ich entzückt, »das ist das eigentliche, das größte Wunder, das nur ein Weib vollbringt: dass es auch einen Frosch lieben kann! Mehr Wunder werden von deinem Geschlecht nicht erwartet!«

Danach begaben wir uns auf den Balkon. Der zunehmende Mond schwamm als goldgelber Ballon über den Dächern.

* *Der Frosch*

Auf der Piazza zogen Arm in Arm die Pärchen vorbei, andere saßen auf der kleinen Arena rund um den Springbrunnen und betrachteten das vom Mondschein vergoldete Wasserspiel. Aus einem offenen Fenster klang Gesang und das Spiel einer Mandoline herüber. Da flötete ich ihr ins Ohr:

»Der Mond ist das Gestirn des Weibes. Wenn der Mann im Mond wieder voll ist, gibt er allen Getieren auf Erden, auch uns Zweibeinern, damit ein Zeichen.«

Dann hob ich sie auf und trug sie auf meinen bärenstarken Armen zu Bette. Dass der Mann im Mond wirklich ein Mann war – und keine Männin –, daran zweifelte sie jedenfalls nicht.

VI. Nekromant* und Teufelsbündler

Zelada saß an dem kleinen Rosenholztischchen und studierte bei einer Tasse Kakao den *Römischen Anzeiger*. Die schwüle Sommerhitze, die seit Tagen wie eine heiße Glocke über der hl. Stadt lag, machte ihm das Atmen schwer. Und der süße Morgentrunk wollte ihm diesmal nicht schmecken. Zu schockierend waren die neuesten Nachrichten aus Frankreich:

Am 14. Juli 1790 ist das riesige Gefängnis im Faubourg Saint-Antoine unter den Schlägen der Piken gefallen: Der Pariser Pöbel tanzt auf den Trümmern. Der Fall der Bastille zieht die Kapitulation des Königs nach sich, der de facto ein Gefangener der Nationalversammlung ist. Indessen werden im ganzen Lande weiter die Kirchen und Klöster geplündert, viele katholische Prälaten und Bischöfe sind bereits emigriert … Der Heilige Vater hat alle Rechtgläubigen zu öffentlichen Fürbitten für das Wohl der bedrohten französischen Königsfamilie und zum Schutze der hl. Kirche aufgerufen …

Nun war genau das eingetreten, was Cagliostro vor vier Jahren in seinem berühmten *Brief an die französische Nation* prophezeit hatte: den Abriss der Bastille, die Demütigung des Königs und die Abschaffung des Klerus … Woher hatte dieser Erzketzer seine stupende Gabe des Voraussehens? Aus welch obskuren Quellen speiste sich sein Wissen um das Zukünftige? Oder war es die Boshaftigkeit seines Herzens,

* *Nekromantie: Die Kunst, mit den verstorbenen Seelen zu reden*

der Hass des geschworenen Freimaurers auf Thron und Altar, der ihn so hellsichtig machte? ... Mit Beklemmung dachte der Kardinal an die letzte Prophezeiung des »Thaumaturgen«: Pius VI. werde der letzte Papst sein und der Kirchenstaat aufgelöst werden! Welch ein Alptraum, sollte sich auch diese Prophezeiung erfüllen!

Er überflog noch einmal das Protokoll des letzten Verhörs, das der Advokat Paradisi und der Abbé Domenico Cavazzi geführt hatten. Obschon man den Inquisiten über vier Stunden lang nach Strich und Faden katechisiert hatte, war es nicht gelungen, ihn in die Enge zu treiben, geschweige denn, ihm ein diesbezügliches Geständnis abzuringen.

Inquisitor: *Glaubt man den Berichten, hat Er fünfmal hintereinander die Ziehung der Zahlen der Londoner Staatslotterie richtig vorhergesagt – hat Er auf Tag und Stunde genau den Tod der Kaiserin Maria Theresa prophezeit – hat Er den Sturm auf die Bastille und die Einberufung der Generalstände vorausgesagt. – Wer hat Ihm solches Wissen offenbart respektive eingeflüstert?*

Inquisite: *Ich schreibe es einem besonderen Beistand zu, mit dem Gott mich zu begünstigen geruht hat. Alle meine Vorhersagen rühren von einer höheren Eingebung her. Ich habe ihnen das Licht gegeben!, heißt es im Evangelium.*

Inquisitor: *Will Er uns etwa weismachen, Gott würde einem Erzketzer wie Ihm solche »Eingebungen« gewähren?*

Inquisite: *Gott gewährt seinen geistlichen Beistand und seine Erscheinungen, wem er will. Auch den größten Sündern. Wäre Saulus, der im Auftrage Roms die Christen verfolgte, zum Apostel Paulus geworden ohne seine Erscheinung, welche ihn zum Christentum bekehrte?*

Inquisitor: *Unterstehe Er sich, sich mit dem Apostel Paulus zu vergleichen! ... Seine ›Eingebungen‹ entstammen ganz an-*

deren Quellen, wie schon seine magischen Requisiten – Pentagramm, Degen, der Stern mit den fünf Strahlen – und Seine kabbalistischen Beschwörungsformeln ›Helion, Melion, Tetragrammaton‹ beweisen, mittels derer Er die Geister und Engel citierte.

Inquisite: Nicht nur jüdische und arabische Gelehrte, auch christliche Mystiker haben sich der Kabbala bedient, um Zukünftiges vorherzusagen und mit der Welt des Unsichtbaren in Verbindung zu treten. So auch ich.

Inquisitor: Woher hat Er seine Kenntnisse der Kabbala?

Inquisite: Ich habe die kabbalistische Wissenschaft und das Systema sephirotikum auf Malta studiert.

Inquisitor: Das Systema sephirotikum erlaubt dem Eingeweihten nur, die zehn Attribute der Gottheit zu erkennen, nicht aber die Vorhersage des Zukünftigen. Solches Wissen ist nur mit Hilfe schwarzmagischer Künste zu gewinnen, deren Ausübung jedem Christen bei schwerster Strafe untersagt ist. Wann und wo hat Er sich der schwarzen Magie verschrieben? Wann und wo ist Er den Bund mit dem Teufel eingegangen?

Inquisite: Meine Bekanntschaft mit dem Teufel beschränkt sich auf die ballu di li diavoli, den Teufelstanz meiner sizilianischen Landsleute während des Karnevals.

Inquisitor: Er glaubt wohl, Er könne das hl. Offizium zum Narren halten! Der Karneval wird Ihm schon noch vergehen … In den »Nachrichten von des berüchtigten Cagliostro Aufenthalte in Mitau« berichtet die Gräfin Elisabeth von der Recke von einer magischen Séance, während derer ein zum Seher geweihter Knabe in eine mit Wasser gefüllte Karaffe blickte und dort Vorgänge schaute, die zur selben Zeit in einem sieben Meilen entfernten Hause stattfanden, wie die Nachprüfung ergab. – Gestehe Er endlich, dass er Seine jungen Medien verhext hat!

Inquisite: Ein unschuldiges Kind, das die guten Geister und Engel beschützen, kann mehr sehen als das Auge des Erwachsenen. Ihm können sogar die Engel erscheinen, wovon sich in der christlichen Überlieferung viele Beispiele finden.

Inquisitor: Er citiert Engel und Geister, als sei die ganze Welt nur eine Jahrmarktsbude und Er ihr oberster Schausteller. Ja, nicht einmal vor den toten Seelen hat Er Respekt. So wird in den »Echten Nachrichten von dem Grafen Cagliostro« von einem magischen Nachtmahl der dreizehn Toten in der Rue Saint-Claude berichtet:

Die sechs von Cagliostro geladenen Gäste sahen zu ihrem Erstaunen, dass der Tisch für dreizehn Personen gedeckt war. Sie baten den Hausherrn, sechs verstorbene Berühmtheiten aus dem Jenseits zu zitieren und an dem Mahl teilnehmen zu lassen. Der Magier machte sich an die Beschwörung. Hierauf erschien der Geist des Herzogs von Choiseul, des Abbé von Voisenon, von Montesquieu, d'Alemberts, Diderots und Voltaires.

– Will Er noch immer leugnen, dass Er sich nekromantischer Künste bediente, die nur der Teufel seinen Adepten verleiht?

Inquisite: Besagtes Nachtmahl war nichts weiter als ein pikantes Gesellschaftsspiel – zur Unterhaltung und Erbauung meiner Gäste. Seine Malefizenz, der Teufel, war nicht geladen.

Inquisitor: Ja, ja, mit seiner gespaltenen Zunge weiß Er sich immer herauszureden. Doch verlass er sich drauf: Wir werden den Teufel schon noch aus Ihm herauskitzeln – so oder so!

Kapitel 6

Hochzeitsreise auf sizilianisch

Anfang September – die ersten Herbstnebel hatten sich über die Ewige Stadt gelegt – sagte ich zu Lorenza: »Du wolltest doch immer die Welt kennen lernen. Nun, jetzt ist es so weit! Wir gehen auf Hochzeitsreise, Madonna! Nach Venedig!«

»Nach Venedig?« Sie klatschte vor Freude in die Hände. »Dann werden wir bald in einer Gondel über den Canal Grande fahren?«

»Du sagst es. Morgen früh brechen wir auf. Der Marchese Agliata wird uns mit seiner Familie begleiten.«

»Wie? Schon morgen? Aber warum denn so plötzlich? Wie soll ich so rasch alles für die Reise richten?«

»Pack nur so viel ein, als nötig ist! Durch zu viel Gepäck beschweren wir uns nur. Vergiss indes ein paar warme Sachen nicht, denn im Appenin ist es kalt.«

Wir verließen Rom bei nassem und nebligem Wetter durch die alte Porta Flaminia, im Volksmund »Porta del popolo« genannt. Ich hatte eine offene zweispännige Kutsche gemietet, die gerade Platz genug für sechs Personen bot: für Lorenza und mich, den Marchese Agliata, der wie ich die Uniform eines preußischen Obristen trug, seine Frau und seine beiden Buben. Über schlechte, durch die Regengüsse aufgeweichte, oft kotige Wege ging's über Monterosi nach Civita Castellani, einem Ort, der fast rundum mit Felsen umgeben ist. Nur hin und wieder fuhren wir an einem erhabenen Ehrenbogen vorbei, dessen lateinische Inschriften weiter nichts besagten, als dass irgendein Papst einmal hier gewesen und sein Frühstück genommen habe. Vor jedem Stadttor, an jeder zweiten Brücke wurde uns Geleit- und Wegegeld abgefordert. Dabei waren die Wege so schlecht, dass wir oft in der Fahrrinne steckenblieben und uns kaum aus dem Kot herauswinden konnten.

Wir nächtigten in Otricoli, einem alten schmutzigen Orte nahe dem Tiber. Ich fragte den Wirt, ob die Stube und das Bettzeug auch frei von Läusen und Flöhen sei. Er beteuerte beim hl. Joseph, dass sein Haus so reinlich sei wie die beste Herberge in Rom. Indes verbrachten wir eine furchtbare Nacht, da die Stechmücken und Schnaken über uns herfielen. Außerdem sprangen im Dachboden über der Schlafkammer Ratten herum; vor Angst taten die Frauen kein Auge zu.

Zerschlagen und zerstochen nahmen wir am nächsten Morgen in der Wirtsstube ein kärgliches Frühstück ein. Der Wirt forderte eine unverschämte Summe für die Kost und die miserable Unterkunft. Da knallte ich eine kleine Dose auf den Tisch und hob den Deckel ab.

»Und was ist das?«

Der Wirt sah ungläubig hinein: »Das kann nicht sein! In meinem Hause gibt's keine Flöhe!«

»Sind das Flöhe oder nicht? Ich habe sie im Bettzeug gefunden! Wir bezahlen nur die Kost, aber keinen Soldi für die Übernachtung in diesem Rattenloch!«

Der Wirt jammerte, zeterte und drohte, uns wegen Zechprellerei anzuzeigen.

Ich antwortete seelenruhig. »Sollen wir in Terni, Loretto

und Ancona erzählen, was das hier für eine lausige Herberge ist?«

Da schwieg der Wirt still und ließ uns ziehen.

Ich führe auf Reisen stets einen kleinen Flohzirkus mit. Er hat mir oft gute Dienste geleistet, wenn ein Wirt unverschämte Preise verlangt. Und das ist in Italien die Regel.

Wir fuhren weiter durch das Interamner Tal, ein schöner Landstrich zwischen dem Ciminius und dem Appenin. Olivenwälder füllen das Tal, und hohe Zypressen ragen hier und da in den Gärten an den Felsenklüften empor. In Spoleto, einem dunklen und jämmerlichen Nest, das auf dem Grunde der Bergschlucht liegt, hatte man uns gewarnt, auf der Hut zu sein, weil die Wege nach Foligno durch Straßenräuber sehr unsicher gemacht würden. Diese würde man gleich ohne weiteren Prozess dort richten, wo sie ihr Unwesen trieben. In vierzehn Tagen habe man wohl zehn von ihnen gehängt, aber dies wäre nicht einmal der vierte Teil von denen, die sich noch in den Bergen befänden.

Diese Nachricht setzte uns ein wenig in Furcht; so hielt ich denn meine Pistolen im Anschlag. Es dämmerte bald und war ziemlich neblig geworden, bis Foligno hatten wir noch etliche Meilen vor uns. Als wir durch eine enge Waldschlucht fuhren, schlug plötzlich etwas Hängendes in unsre offene Chaise hinein und streifte Lorenzas Ohr. Sie schrie auf und zog entsetzt den Kopf zurück.

»Was war das?«

»Keine Bange!«, suchte ich sie zu beruhigen. »Die Bäume tragen in dieser Gegend mannshohe Früchte!«

Indes stockte auch mir der Atem: An den Ulmen hingen, mit eingeknickten Köpfen und vom Winde leicht bewegt, die Leichen von Räubern und Banditen. Mir war erst wieder wohler, als wir aus dem Walde heraus waren und sich ein Tal mit friedlichen Ölfeldern vor uns öffnete.

In Foligno verbrachten wir einen sehr vergnügten Abend in Gesellschaft mehrerer russischer Offiziere, die auf dem Weg in die heilige Stadt waren und uns mit ihrem Nationalgetränk, dem Wodka, bekannt machten. Am nächsten Morgen gab's eine böse Überraschung: Unsere Kutsche war aufgeschnitten, Agliatas beide Packsäcke waren weg. Der Marchese schrie Zeter und Mordio und war außer sich vor Wut, er beschuldigte erst den Kutscher, dann den Wirt, dabei war er selber an dem Malheur schuld, denn in der allgemeinen Wodkatrunkenheit hatte er vergessen, seine Packsäcke mit auf die Stube zu nehmen. Man verständigte den Bürgermeister, aber der sagte, er könne auch nichts machen, in der Gegend gebe es eben viel Gesindel, und jeder Reisende müsse selbst für seine Sicherheit sorgen.

Als die russischen Offiziere von dem Missgeschick der Familie Agliata hörten, zeigte sich die ganze Großmut dieses Volkes. Sofort begannen sie, ihre Packsäcke zu öffnen und zu geben, was sie entbehren konnten: der eine sein Hemd und seine Strümpfe, der andere sein Beinkleid, der dritte seinen Kochtopf samt Feuerstein und Kerzen. Der Marchese dankte ihnen mit allen Zeichen der Rührung und wollte ihnen die Dinge bezahlen. Aber die Russen wollten partout kein Geld annehmen. »Druschba!« (Freundschaft!), riefen sie immer wieder aus; wir seien doch Freunde und Brüder, und unter Brüdern werde geteilt.

Am dritten Tag, der Himmel war wieder klar, ging's weiter über Macerata nach Loretto. Bald sahen wir von den Anhöhen aus das ferne Blau der Adria schimmern. Wir zogen an Ancona vorbei in nördliche Richtung und verließen den Vatikanstaat. An der Zollschranke zum Venezianischen visitierten zwei Zöllner misstrauisch unsere Papiere und Kopulationsscheine. Unsere preußische Obristenuniform schien wenig Eindruck auf sie zu machen. Sie nötigten uns, unsere Reisemäntel zu entleeren, und drehten den Inhalt unseres

Gepäcks Stück für Stück um. Ich musste auch den Koffer mit meiner Kopiermaschine öffnen, die der Zöllner argwöhnisch beäugte. Ob ich dafür eine Ausfuhrgenehmigung habe? Die hatte ich nicht. Dann müsse er einen Strafzoll von zwei Zechinen auf die Maschine erheben.

Ich suchte dem Beamten gut zuzureden, ich hätte nichts von dieser Bestimmung gewusst. Doch er blieb stur. Scheinbar fügte ich mich ins Unvermeidliche und seufzte: »In Gottes Namen – dann zahle ich eben!«

Ich griff in die Tasche meines Reisemantels und stutzte: »Wo ist meine Geldbörse? Eben war sie noch da!« Und adressierte den älteren Zöllner: »Hat Er vielleicht meine Geldkatze gesehen? Wir haben doch eben unsere Taschen unter Euren Augen geleert!«

Der grinste nur höhnisch und erwiderte »Wenn Er nicht zahlen will, muss ich die Maschine konfiszieren!«

Ich trat nahe an ihn heran und fixierte ihn scharf: »Oder hat sich vielleicht ein Langfinger heimlich meiner Börse bemächtigt?«

»Ho, ho! Will Er uns etwa beleidigen? Sieh Er sich vor!«

»Und Er hat auch nichts gesehen?«, wandte ich mich an den jüngeren Zöllner:

»Ich sehe nur einen gewissen Herrn in arger Verlegenheit«, parierte dieser frech. Die beiden Zöllner lachten breit und in bester Kumpanei. Da packte ich den älteren am Revers und zog mit einem blitzschnellen Griff aus seiner Uniformjacke eine Geldbörse – *meine* Geldbörse – hervor!

»Und was ist das?«

Entgeistert starrte der auf die Börse und stotterte: »Jesus! … Wie kommt denn die da hinein?«

»Das frage ich mich allerdings auch!«, höhnte nun ich.

Der Zöllner erbleichte und beteuerte seine Unschuld: »Ich schwöre, ich habe Seine Geldbörse nicht angerührt!«

»Aber wir alle hier haben es gesehen!«, erklärte nun mit

harter Stimme der Marchese Agliata, »und werden es vor dem Richter bezeugen!«

Da stutzte der Zöllner und kniff die Augen zusammen. Mit plötzlicher Wut stieß er gegen mich hervor: »Er hat mir die Börse da hineinbugsiert, um mir einen Diebstahl anzuhängen. Er ist ein gottverdammter Schuft und Betrüger!«

Ruhig entgegnete ich: »Glaubt Er wirklich, der Richter wird Ihm dieses Märchen abnehmen? Bedenke Er: Zwei Obristen in preußischen Diensten und ihre Gemahlinnen werden gegen ihn zeugen.«

Der Zöllner wandte sich unsicher zu seinem Kollegen, beide gingen zurück ins Zollhäuschen, um sich dort zu besprechen. Nach einer Weile trat der Ältere wieder heraus und sagte mit kaum verhaltener Wut: »Zieht in drei Teufels Namen weiter!«

Kaum hatten wir die Zollschranke passiert, fragte mich Lorenza: »Du Schelm, du durchtriebener! Wie hast du das gemacht?«

»In der Not«, sagte ich feixend, »muss der Teufel eben ein wenig tricksen. Im Übrigen sind die meisten Zöllner Diebe und säckeln selber ein, was sie an die öffentliche Kasse abführen müssten. Da ist es nur gerecht, wenn man sie auch wie Diebe aussehen lässt!«

Die nächsten Tage fuhren wir entlang der Adria weiter gen Norden, an malerischen Küstenstrichen und Buchten vorbei, über Fano, Rimini und Ravenna. Doch in Chioggia beschlossen wir, die Route zu ändern. Ein venezianischer Kaufmann riet uns dringend von Venedig ab, denn in der Stadt sei nach Aufnahme eines Schiffes aus Messina, trotz der Quarantäne, eine Seuche ausgebrochen. So wandten wir uns nun landeinwärts durch das Lombardische nach Bergamo. Lorenza war ein wenig enttäuscht, denn sie hatte sich schon auf die schwimmende Stadt, auf den Rialto und die Gondelfahrten bei Mondschein gefreut.

Nach fünf weiteren Tagen kamen wir endlich in Bergamo an. In der schönen Bergstadt mit ihren alten Gemäuern und ehrwürdigen Bauten wollten wir ein wenig verweilen, um uns von den Strapazen der langen Reise zu erholen.

»Nun, wie gefällt dir unsere Hochzeitsreise?«, fragte ich meine Frau, als wir vom Balkon unseres Gasthofs die im Abendrot glühenden Gipfel des Canto Alto bestaunten. »Ist's auch nicht Venedig, über mangelnde Abwechslung kannst du dich nicht beklagen.«

»Das nicht. Nur bin ich vom ewigen Geschaukel der Kutsche wie durchgerüttelt und ganz verspannt!«

»Dafür hab' ich eine unfehlbare Medizin.« Ich begann, ihr den Hals zu kraulen und den Rücken zu massieren. Dabei blieb's freilich nicht, und so hatten sich ihre Verspannungen bald wie durch ein Wunder gelöst.

Blaues Wunder

Am nächsten Tag, während der Siesta, pochte es plötzlich an die Tür. Ohne das »Herein!« abzuwarten, wurde sie aufgerissen, und vier Sbirren, mit Piken und Karabinern bewaffnet, stürmten herein.

»Sind Sie Giuseppe Balsamo, zuletzt wohnhaft in Rom?«

Mir stockte der Atem.

»Und Sie die Frau des Beklagten? ... Im Namen der Republik Venedig! Sie sind beide verhaftet!«

Noch ehe ich nach dem Grund unserer Verhaftung fragen konnte, begannen die Sbirren, unsere Packsäcke zu durchwühlen und sämtliche Schubladen aufzureißen. In aller Eile kleideten wir uns an. Kaum waren wir damit fertig, führte man uns ab. Vor dem Gasthof stand eine Kutsche bereit, in die man uns höchst unsanft hineinbeförderte. Uns gegenüber saßen, die Karabiner zwischen den Knien, zwei Sbirren, die uns mit finsteren Blicken musterten. Bestürzt fragte mich Lorenza, ob ich wüsste, warum man uns verhaftet habe.

Ich ahnte es wohl, doch ich sagte nichts.

Die Fahrt zum Arresthaus war kurz. Über eine steinerne Treppe wurden wir in einen von hohen Mauern umgebenen Hof geführt. Der eine Sbirre, der hinter uns lief, rief den beiden anderen, die uns eskortierten, eine Order zu, sie hielten an und wandten sich um. In diesem Moment zog ich aus meinem Rock rasch ein Bündel Papiere und stopfte es Lorenza in den Ausschnitt.

»So dir mein Leben lieb ist«, beschwor ich sie im Flüstertone, »verschling diese Papiere!«

Noch ehe sie eine Frage herausbrachte, hatten uns die beiden Sbirren getrennt. Dann führte der eine mich, der andere meine Frau ab.

Man brachte mich in ein Bureau, wo mich der Kommissar bereits erwartete. An den Achselstücken trug er die Hoheitszeichen der Republik Venedig. Nachdem er mich kalten Blicks von oben bis unten gemustert, befahl er mir, auf einem Schemel Platz zu nehmen. Dann hielt er mir das »Corpus Delicti« unter die Nase: Ob ich dieses Papier nicht wiedererkennte? Ich stellte mich ahnungslos und verneinte. Dies sei, erklärte er in schneidendem Tonfall, derselbe Wechselbrief, den ich heute Morgen im hiesigen Bankhaus eingelöst habe. Doch der aufmerksame Bankmann habe schnell erkannt, dass das Merkzeichen nicht nur auffällig verschmiert und beschmutzt, sondern auch seitenverkehrt war.

Nun unterzog mich der Kommissar einem peinlichen Verhör: Ob noch mehr von diesen gefälschten Wechseln in meinem Besitz seien? Ob ich schon in Rom mit ihnen betrügerische Geschäfte gemacht? In welcher Fälscherwerkstatt sie hergestellt worden? Wer den Hehler gespielt?, et cetera pp.

Entrüstet berief ich mich auf meine Berufsehre – wie man mir, einem untadeligen Obristen und Diplomaten im Dienste des Königs von Preußen, einen solchen Betrug unterstellen könne! Ich sei ein gutgläubiger Fremder und mit den Währungen des Auslandes kaum vertraut. Wie ich denn hätte ahnen können, dass jener Wechsel, den ein guter Freund mir in Rom beschafft, das Werk eines Fälschers sei?

Unbeeindruckt von meinem Sermon befahl der Kommissar:

»Ziehe Er Seinen Rock aus!«

»Sie wissen wohl nicht, wen Sie vor sich haben!«, protestierte ich.

»Wird's bald! Oder sollen meine Sbirren Ihm Beine machen?«

Schon kam ein Hüne von Kerl mit drohender Miene auf mich zu. So fügte ich mich denn ins Unvermeidliche.

»Auch die Weste und die Beinkleider!«, bellte der Kommissar.

Bald stand ich im bloßen Hemde dar, indes der Kommissar meine Kleider durchwühlte und Stück für Stück umdrehte. Aber er fand nichts, und ich durfte mich wieder anziehen.

»Einen preußischen Diplomaten derart zu behandeln«, wetterte ich, »das wird ein ernstes Nachspiel haben! Ich werde meinen obersten Dienstherrn, den König von Preußen, unverzüglich in Kenntnis setzen!«

Mit kaltblütiger Ruhe versetzte der Kommissar:

»Betrug mit gefälschten Wechseln ist ein Kapitalverbrechen und wird in der Republik Venedig mit drei bis fünf Jahren Kerker geahndet. In schweren Fällen sogar mit der Galeere. Und wie schwer dieser Fall wiegt, das wird die weitere Untersuchung erweisen. Abführen!«

Der Sbirre führte mich hinaus, über den Hof zum Arresthaus. Als die schwere Eisentür hinter mir zufiel, fand ich mich allein in einem dunklen Raum, nur ein spärlicher Lichtstrahl fiel durch die schmale Luke. Die Luft war stickig, es roch nach Exkrementen, mich fröstelte.

Wie vor den Kopf geschlagen, sank ich auf dem Strohsack nieder, neben dem der Kübel für die Notdurft stand. Nur ein einziger Gedanke beherrschte mich, eine verzweifelte Hoffnung, an die ich mich klammerte wie ein Ertrinkender an einen Strohhalm: Gebe Gott, dass Lorenza das Bündel der gefälschten Wechsel, die ich ihr heimlich zugesteckt, irgendwie beiseite schaffte! Denn wenn man diese bei ihr fand, war ich geliefert. Dann würde ich für Jahre in einem venezianischen Kerker schmachten oder, wenn's ganz schlimm kam, auf der Galeere, allen Unbilden der See und der Peitsche der Aufseher ausgesetzt ... Ach, wie bereute ich jetzt das fabelhafte Geschäft, zu dem Agliata mich überredet!

Das Kopieren alter Stiche und Meister, die ich an die Romtouristen verkaufte, war nämlich keine verlässliche Einnahmequelle gewesen. Es gab einfach zu viele Federzeichner und Kopisten in Rom, die das Geschäft verdarben. Dabei brauchte ich doch dringend Zaster. Nicht nur die generösen Gastgeschenke für Lorenzas Familie, auch die Ausrichtung unserer Hochzeit, die Miete für unsre komfortable Pension an der Piazza di Spagna, die hübschen Kleider, Schuhe, Dessous, das Geschmeide für meine Madonna – all das wollte schließlich bezahlt sein. In dieser Lage kam mir die Bekanntschaft mit dem Marchese Agliata, der ein gebürtiger Sizilianer war, gerade recht; gleiche Herkunft verbindet bekanntlich. Und als berufsmäßiger Falschmünzer war er nie in pekuniärer Verlegenheit, er war äußerst spendabel und half mir hin und wieder aus. Um mich dankbar zu erweisen, weihte ich ihn eines Tages in mein Berufsgeheimnis ein. Ich zeigte ihm meine Zaubermaschine und erklärte ihm das simple Verfahren des Kopierens und wie ich den Kunstgriff hernach vertuschte.

Agliata war sehr verblüfft – und hatte sogleich eine göttliche Eingebung.

»Mit dieser fabelhaften Maschine kann man nicht bloß alte

Meister kopieren, Giuseppe! – dieses Ding da ist eine Goldgrube!«

Er blickte mich verheißungsvoll an, doch ich verstand noch immer nicht.

Agliata zog ein bedrucktes Papier aus seinem Rock und hielt es mir demonstrativ unter die Augen. »Was glaubst du, wie viel Mühe und Zeit es mich kostet, auch nur einen solchen Wechsel so perfekt zu fälschen, dass er wie ein echter aussieht? Es geht ja alles per Hand. Und dauert endlos. Ein falscher Strich – und die Arbeit eines ganzen Tages ist für die Katz! ... Mit dieser Maschine aber wär's ein Kinderspiel!«

Ich war fast eifersüchtig auf meinen Kumpanen, dass er auf diese geniale Idee gekommen war – und nicht ich. Und doch kamen mir sogleich Bedenken. Noch immer regte sich in mir der anerzogene Respekt vor dem, was der Menschheit gemeinhin als unantastbar und heilig gilt: der unverbrüchliche »Wert« des Geldes, das sich doch ehrlicher Arbeit verdankt, und die Gültigkeit solider Wechsel- und Kreditbriefe, in welche der Kunde sein Vertrauen setzt. Doch der zungenfertige Agliata, durch die strenge Denkschule der Jesuiten gegangen, begegnete meinen Skrupeln sogleich mit triftigen Argumenten:

»Sag, Giuseppe! Wer verdient denn heute sein Geld noch mit ehrlicher Arbeit? Etwa die reichen Händler, Verleger und Manufakturisten? Die lassen andere Leute für sich arbeiten. Oder etwa die Wucherer, Makler und Bankiers? Die lassen ihr Geld, respektive das ihrer betuchten Klienten, für sich arbeiten, vermehren es durch Zins und Zinseszins und windige Spekulationen. Und verdient etwa der Pfaffe, der Bischof, der Kardinal sein Geld mit ehrlicher Arbeit? Die lassen sich das Seelenheil ihrer gläubigen Schäfchen teuer bezahlen. Die Kirche lebt von der Zehntsteuer und der Adel von den Herren- und Frondiensten seiner Hörigen und Leibeigenen, die sich für seinen Luxus und Müßiggang unter das tägliche Joch beugen müssen ... Was aber den ›Wert‹ des Geldes betrifft, vor dem du, scheint's, noch eine heilige Pietät hast – wer verfälscht und verdirbt ihn denn ohne die geringsten Skrupel? Ich will es dir sagen: der Staat! Denn die Steuerkontributionen werden in gutem Gelde verlangt, Löhne und Gehälter dagegen in schlechtem Gelde ausbezahlt, indem die Münze, respektive ihr Gold- und Silberanteil, stetig verkleinert wird. Ich weiß, wovon ich rede, denn ich lege jede Münze auf die Waage, bevor ich ihr Duplikat anfertige ... Und ist das etwa keine Doppelmoral? Die kleinen Falschmünzer wirft man, so sie ertappt werden, in den Turm oder führt sie zum Galgen, indes der Staat selbst das Geschäft der Falschmünzerei ganz legal und in großem Stile betreibt ... Wenn aber der Staat selbst der Betrüger ist, warum – frage ich dich – sollten wir dann ehrlich sein?«

Waren das denn nicht einleuchtende Argumente, vor denen sich auch ein moralisch gefestigterer Mensch, als ich es war, geschlagen geben musste? So verging mir denn der Rest von Pietät und Loyalität, die mich noch an die monetäre Ordnung unseres Gemeinwesens banden.

Sogleich schritten wir zur Tat. Ich legte einen nassen Bogen Papier in das Metallbett meiner Kopiermaschine, befeuchtete sodann den Wechsel, den ich auf das Papier legte. Dann setzte ich mittels der Kurbel die Walze in Gang – und schon hatte ich einen rohen Abdruck des Wechsels hergestellt. Nur das fein gravierte Merkzeichen lag seitenverkehrt und war ein wenig verwischt.

In überschäumender Laune, als hätten wir den »Stein der Weisen« gefunden, ließen wir gleich die Champagner-Korken springen und beschlossen, ab jetzt gemeinsame Sache zu machen. Der Dritte im Bunde war ein sizilianischer Freund Agliatas namens Nikostratus, der ihm oft als Hehler gedient und der die Aufgabe hatte, die gefälschten Wechsel in Umlauf zu bringen. Zweimal die Woche trafen wir uns in der Pension an der Piazza di Spagna, schlossen uns in meine Kammer ein, setzten die Kopiermaschine in Gang, besserten hie und da, wo der Abdruck des Wechsels nicht ganz einwandfrei war, mit der Feder und dem Gravierstift nach und teilten redlich den Erlös aus dem fabelhaften Geschäft. Es lief glänzend, und mit einem Schlag war ich alle Geldsorgen los.

Doch eines Tages – es war Ende August – wurde Nikostratus bei der Hehlerei von der Polizei ertappt und ins Stadtgefängnis gebracht. Agliata und ich waren in heller Aufregung, denn bei den harten Verhörmethoden der römischen Polizei, die auch die Folter nicht scheute, war es sehr wahrscheinlich, dass Nikostratus uns verpfeifen würde. Ich befahl Lorenza, sofort die Koffer zu packen. Und so brachen wir denn Hals über Kopf auf und gingen auf »Hochzeitsreise«.

Gegen Abend brachte mir der Aufseher eine Schale mit Tee und Zwieback. Doch mir war der Appetit vergangen. Von peinigenden Gewissensbissen und reuevollen Gedanken gequält, wälzte ich mich auf meinem Strohlager und verbrachte schlaflos die Nacht. In meiner Not fing ich wieder zu beten an – zur Hl. Jungfrau und zur hl. Rosalia, der Schutzheiligen Siziliens. Ja, ich gelobte ihr, wenn sie meiner Frau jetzt ihren Beistand nicht versagte und wir beide wieder die Luft der Freiheit atmen würden, zum Dank eine Kapelle zu stiften – zur Not mit gefälschten Wechseln, mit den Merkzeichen nahmen es die himmlischen Richter bestimmt nicht so genau.

Am nächsten Tag, gegen Mittag, erschien der Aufseher wieder, diesmal in Begleitung eines Sbirren. Ich wurde in das Bureau des Kommissars geführt, wo auf einem Schemel schon Lorenza saß. Totenblass sah sie aus, mit tiefen Schatten unter den Augen. Mein Herz begann rasend zu pochen. Hatte man die Wechsel bei ihr gefunden? Und wurden wir beide jetzt dem Kadi vorgeführt?

Der Kommissar fasste mich streng ins Visier, dann erklärte

er in einem halb amtlichen, halb sarkastischen Tone: Zwar seien keine weiteren gefälschten Wechsel gefunden worden. Da indes der dringende Verdacht bestehe, dass ich dieses betrügerische Geschäft berufsmäßig betreibe, werde ich samt meinem Anhang aus der Republik Venedig unverzüglich ausgewiesen.

Mir fiel ein Stein – was sage ich? –, ein Fels vom Herzen: Wir waren wieder frei!

Kaum auf der Gasse, fiel ich meiner Frau um den Hals – doch sie stieß mich zurück, riss sich von mir los und rannte weg, als sei der Teufel hinter ihr her. Am Ende der Gasse, wo die Häuserzeile endete, holte ich sie wieder ein.

»Jetzt weiß ich«, stieß sie wütend hervor, »warum du immer reichlich Bargeld zur Hand gehabt und warum wir so plötzlich auf ›Hochzeitsreise‹ gingen. ›Das große Los mit dir gezogen‹ – von wegen! Um ein Haar hätt'st du uns ins Unglück geritten und unsre Zukunft durch leichtfertigen Betrug verspielt – und warum? Weil du unbedingt auf großem Fuße leben und immer den feinen Herrn spielen musst. Du kannst der Hl. Jungfrau und mir auf Knien danken, dass man die gefälschten Wechsel nicht bei mir gefunden hat!«

Mit der zerknirschten Miene eines armen Sünders ließ ich ihr Donnerwetter über mich ergehen. Kleinlaut gab ich zu, dass ich der verführerischen Geschäftsidee Agliatas nicht hätte widerstehen können und ihre üblen Folgen zu wenig bedacht hätte, weil ich eben in großer Geldnot gewesen und doch nicht als Bettler vor ihr und ihrer Familie hätte erscheinen wollte. Ja, in Wahrheit hätte ich mich nur ihr zuliebe auf dieses Geschäft eingelassen.

»Einen ehrlichen Bettler«, schnaubte sie, indes ihr Gesicht vor Zorn erglühte, »hätte ich noch eher geheiratet als einen Gernegroß und Betrüger, der immer mit einem Bein im Gefängnis steht.«

Erst als ich ihr feierlich gelobte, mich zu bessern und von

jetzt an mein Geld auf ehrliche Weise zu verdienen, verrauchte allmählich ihr Zorn.

»Und wie hast du die Wechsel beseitigt? Hast du sie verschluckt?«

Sie sah mich an wie einen dummen Jungen, der nicht weiß, wovon er redet. »Wie sollte das wohl gehen? … Es waren ja mehr als ein Dutzend. Ich konnte doch nicht das ganze Bündel verschlucken! Aber verschwinden mussten sie, das war mir klar, nachdem ich sie mir genauer besehen und begriffen hatte, dass sie gefälscht waren. Und so überlegte ich hin und her. Was, wenn ich sie in kleine Schnipsel zerriss und diese irgendwo versteckte! Aber wo? Im Strohsack? Nein, das war keine gute Idee, denn wenn man die Zelle untersuchte, würde man sie dort leicht finden.«

»Und wo hast du sie schließlich versteckt?«

Lorenza hatte sich die Wände der Zelle genauer besehen, aber die waren glatt und fest vermauert. Nach einer Weile indes hatte sie ein Stück Mauerwerk gefunden, von dem schon der Putz bröckelte. Sie kratzte mit den Fingernägeln an der losen Stelle, bis sich eine Ritze zwischen den Mauersteinen auftat. Doch der Mörtel darin saß fest, mit dem Fingernagel ließ er sich nicht herauslösen. Dazu bräuchte sie einen spitzen Gegenstand, einen Keil, einen Nagel oder etwas dergleichen. Aber woher einen solchen nehmen? Sie suchte die ganze Zelle ab – vergebens! Da fiel ihr plötzlich ein: Ihre Gürtelschnalle hatte doch einen eisernen Dorn! Mit diesem hackte und kratzte sie die Ritze zwischen den Mauersteinen aus, bis der Spalt breit genug war. Dann zerriss sie die Wechsel und stopfte die Schnipsel in das Loch. Jetzt brauchte sie dieses nur noch zu verstopfen und mit dem abgebröckelten Verputz zu verkleiden. Doch das war leichter gedacht als getan. Der Mörtel war nämlich so trocken, dass er immer wieder abfiel. Sie befeuchtete ihn mit ihrer Spucke, aber die reichte nicht aus für zwei Handvoll Mörtel.

»Ratlos stand ich da. Vor Angst, dass mich der Schließer überrascht, bevor ich das Loch in der Mauer verstopft, machte ich mir fast ins Höschen. Ich schaffte es gerade noch bis zum Eimer. Während ich auf dem Eimer saß, hatte ich eine Erleuchtung. Ich nahm zwei Handvoll Mörtel, tauchte ihn in meinen Pipi und stopfte ihn in die Mauerritzen – und siehe da! Er hielt. Der Mörtel war noch nicht trocken, da erschien auch schon der Kommissar in Begleitung einer Aufseherin. Sie unterzog mich einer Leibesvisitation, drehte jedes meiner Wäschestücke einzeln um, während der Kommissar den Strohsack durchwühlte. Ich sandte ein Stoßgebet zur Hl. Jungfrau, dass er nicht auch das Mauerwerk prüfe. Doch – gottlob! – kam er nicht auf diese Idee.«

Lorenzas Wangen glühten wie der Abendhimmel über dem Canto Alto, aber nun nicht mehr vor Zorn, sondern vor stolzer Genugtuung: dass sie durch ihre Findigkeit und Geistesgegenwart uns beide aus der verzweifelten Lage gerettet, in der wir uns befunden.

Ein Unglück, sagt das Sprichwort, kommt selten allein. Als wir im Gasthof ankamen und unsere Zimmer betraten, suchten wir vergebens unser Gepäck und unsere Papiere. Sie waren weg! Ich lief die Stiege in das obere Stockwerk hinauf, wo Agliata mit seiner Familie Quartier genommen. Doch da war niemand mehr. Sofort ließ ich den Wirt kommen und fragte ihn, wo unser Gepäck geblieben. Der war oder tat sehr erstaunt. Unser Gepäck habe mein Begleiter, der Marchese Agliata mitgenommen! Er wolle, habe er gesagt, nur die Habe seiner Freunde, des Ehepaars Balsamo, in Sicherheit bringen, solange dieses in Haft sei.

Schlimmes befürchtend, lief ich sogleich zum Stadttor und befragte die Schildwache. Man sagte mir, Agliata habe mit seiner Familie Bergamo am Vortage verlassen. Dieser Schuft hatte sich rechtzeitig aus dem Staube gemacht – mit all unserem

Gepäck und unseren Papieren! Für den Diebstahl, dessen Opfer er selbst in Foligno gewesen, hatte er sich an uns schadlos gehalten.

Außer mir vor Zorn lief ich zurück zum Gasthof, ich tobte und schrie, beschimpfte bald den Wirt, dass er Agliata so leichtfertig Glauben geschenkt, bald haderte ich mit mir selbst, dass ich so blöde und blauäugig gewesen, diesem falschen Freunde vertraut zu haben, der unsere Notlage so hinterhältig ausgenutzt. Lorenza nahm das neue Unglück eher mit apathischer Gleichmut hin, stand sie doch noch ganz im Banne des vorigen. Sie mochte sich die schlimmen Folgen, die dieser Diebstahl für uns haben sollte, noch gar nicht ausmalen.

Noch einmal suchte ich das Polizeibureau auf, um die Ordnungshüter zu bewegen, unverzüglich die Verfolgung des Diebes aufzunehmen. Doch der Kommissar beschied mir in barschem Tone, es sei nicht seine Aufgabe, die Anzeige eines Mannes aufzunehmen, den die Republik Venedig soeben ausgewiesen. Dann sagte er in drohendem Tone:

»Wenn Er die Stadt nicht bis zum vierten Glockenschlag verlassen hat, wird man Ihn mit Gewalt ausweisen.«

So fügten wir uns denn ins Unvermeidliche. Als wir das Stadttor hinter uns hatten, fanden wir uns auf einem staubigen Wege. Eine sengende Hitze lag über der kargen Landschaft aus Ginsterbüschen und Krüppelkiefern und machte uns das Atmen schwer. Was wir noch hatten, trugen wir am Leibe; von einer Stunde zur anderen waren wir arm wie die Bettler geworden.

Wo aber sollten wir hin? Nach Venedig konnten mir nicht mehr. Nach Rom zurückkehren, wie es Lorenzas erster Gedanke und Wunsch war, konnten wir auch nicht. Denn dort erwartete mich ein Haftbefehl.

»Hast dir einen feinen Kumpan ausgesucht«, sagte sie, indes sie mit stumpfem Blick neben mir hertrottete. »Er war so falsch wie die Wechsel, die ihr zusammen fabriziert habt.«

Wohl oder übel musste ich zugeben, dass meine Menschenkenntnis, auf die ich mir sonst einiges zugutehielt, mich bei der Wahl meines Komplizen vollkommen im Stich gelassen hatte. Seither traue ich keinem Sizilianer mehr über den Weg, ja, nicht einmal mir selber.

Mühsam nährt sich der Jakobspilger

Agliata hatte nicht nur meinen Packsack mitgehen lassen, in dem sich meine Gaukeltasche nebst all meinen magischen Requisiten befand, sondern auch den Koffer mit meiner Kopiermaschine. Auf der Galeere – wird sich der Schuft wohl gedacht haben – bräuchte ich all diese Dinge nicht mehr. So war ich aller Mittel beraubt, mit denen ich mir bisher mein Brot verdient.

Arm wie die Bettelmönche und schon bald auch wie diese zerlumpt, in Hospizen, Scheunen und Ställen, manchmal auch unter Brücken nächtigend, oftmals Hunger leidend, pilgerten wir gen Westen, nach Genua und durch die Länder Sardiniens. Es sollte eine lange Wanderschaft auf der Straße des Elends und der Erniedrigung werden.

In der Not verfielen wir auf die Idee, uns als Pilgrime zu kleiden. Ich hatte läuten hören, dass St. Jago de Compostella ein altberühmter Wallfahrtsort im Nordwesten des spanischen Königreichs ist. Die Kutten und die runden Hüte mit der Jakobsmuschel stellte uns ein gastfreundlicher Kaplan, den unser frommes Begehren von Herzen rührte, gegen geringes Entgelt zur Verfügung. Als Grund für unsere Pilgerreise gaben wir an, für eine Winkelehe büßen zu wollen, die wir aus Liebe geschlossen. Das verstand jedermann, selbst der eingefleischte Zölibatär.

Ich hatte keine Mühe, sogleich jene überzeugende Büßer- und Demutsmiene aufzusetzen, die einem frommen Pilger geziemt; schließlich hatte ich lange genug unter Klosterbrüdern gelebt. Lorenza jedoch kam sich in der langen wallenden Kutte wie eine Vogelscheuche vor.

»Dieser schwere, raue Stoff ist eine Zumutung, Giuseppe! Du weißt doch, wie zart meine Haut ist.«

»Du wirst dich schon daran gewöhnen!«

»Und dieser sackartige Schnitt! Keine Figur, keine Taille! Ich seh' darin aus wie eine Dickmamsell.«

»Du bist hier nicht auf dem römischen Korso, sondern auf dem ›camino‹, dem – seit dem elften Jahrhundert – heiligsten Pilgerpfade Europas. Also benimm dich danach! Im Übrigen schaut der himmlische Vater einer Pilgerin weder auf Taille noch Busen, sondern ins Herz.«

»Und überall diese verdammten Mücken! Es ist nicht auszuhalten.«

»Lorenza, ich bitte dich! Du kannst doch deinen runden Hut nicht als Fliegenklatsche gebrauchen. Bedenke, dass an ihm die heilige Jakobsmuschel klebt, unser Emblem als Pilgrime! Wir haben heute kaum 30 Centimes eingenommen. Kein Wunder bei deiner Aufführung! ... So! Und jetzt proben wir noch mal das Fürbitten.«

»Ich bitte um eine milde Gabe!«, deklamierte sie unwillig. »Schon die geringste wird Euch im Himmel hoch angerechnet werden.«

»Das klingt immer noch viel zu fordernd. Mehr Demut gefälligst, dein Ton muss leidend und wehklagend sein. Und die Hand dem Almosenspender nicht einfach forsch entgegenstrecken, sondern sie behutsam öffnen, dabei die Augen zu Boden schlagen und, statt einer beleidigten Miene, eine harmvolle Büßermiene aufsetzen! Schau nur, wie das bei mir aussieht!«

Dank meiner geduldigen Nachhilfe gab sie schließlich eine so überzeugende und liebreizende Büßerin ab, dass selbst die Ikonen der heiligsten Märtyrerinnen vor ihrem Bilde verblassten. So fanden wir denn in den Hospizen und Klöstern meist kostenlose Aufnahme, auch wenn wir unser müdes Haupt nicht selten auf ein Strohlager betten mussten.

Wenn Lorenza müde wurde oder den Mut zu verlieren drohte, suchte ich sie wieder aufzumuntern, indem ich Vogelstimmen imitierte oder ihr eine Geschichte aus meinem Lieblingsbuche, Boccaccios *Decamerone* erzählte. Diese köstlichen und sehr freizügigen Geschichten, deren Heldinnen oftmals gewitzte Frauen sind, welche die Bollwerke einer bigotten Moral mit List zu umgehen und der Liebe stets zu ihrem Recht zu verhelfen wissen, gefielen ihr sehr – und waren so manches Mal das Präludium zu einem Schäferstündchen in freier Natur. Jedenfalls ist uns das Wunder der Levitation, der Auferstehung des Fleisches, von dem so manche Heiligenlegenden künden, niemals offenbarer geworden als unter dem blauen Azur des südlichen Himmels und beim göttlichen Gezirpe der Grillen, die, für unsere Augen unsichtbar, die Ginster- und Oleanderbüsche zum Singen brachten.

Natürlich gelangten wir nie nach St. Jago de Compostella im spanischen Galizien, vielmehr zogen wir, teils zu Fuße marschierend, teils von Fuhrleuten mitgenommen, an der Mittelmeerküste entlang. Auf unseren Wegen begegneten wir immer wieder Bettlern und Vagabunden, unter ihnen zahllosen Weibspersonen, deren Heimat die Landstraße und deren Beruf Betteln, Gelegenheitsarbeit und Prostitution war. Mehrmals wurden wir Zeuge, wie diese armen Geschöpfe durch berittene Jäger und Büttel auf brutalste Weise eingefangen und mit Stricken zusammengebunden wurden, um in das nächste Arbeits- und Zuchthaus gesteckt zu werden. Nur unsere Verkleidung als fromme Jakobspilger schützte uns davor, ein gleiches Schicksal zu erleiden.

Als Pilgrime zogen wir weiter an der Mittelmeerküste entlang, wo auch im November noch ein warmes Klima herrscht. »Barmherzigkeit für zwei arme Pilger!«, riefen wir im Chorus, wenn eine vornehme Kalesche oder Chaise unseren Weg kreuzte. Wer aber legte in unsere Hände gerührt eine Kupfermünze? Außerhalb der Klöster und Hospize gab es wenig Barmherzigkeit und wenig Mitleid. So manches Mal ballten wir die Fäuste in der Tasche, wenn die feinen Equipagen an uns vorbeifuhren, und fluchten den geputzten und vornehmen Herrschaften, die mit hochmütigem Lächeln, das Lorgnon vors Auge geklemmt, uns wie eine Pittoreske der Armut begafften. So kamen wir schließlich nach Toulon.

Bis zum Überdruss leierten wir die Litanei herunter: »Um Christi willen, mein Herr! Habt Erbarmen, meine Dame! Wir tun schwere Buße. Man auferlegte sie uns, weil wir eine Winkelehe führten!«

Dieser und jener blieb stirnrunzelnd stehen, um meine Frau frech zu mustern oder mit geringschätzigen Blicken zu messen.

Fünfzig Centimes waren die gesamte Ausbeute des Tages. Lorenza warf sie wütend auf den schmutzigen Estrich unserer Herberge.

»Ich habe genug!«

»Ich auch!«

»So geht es nicht weiter!«

»Du siehst«, sagte ich, »all unsre fromme Tugend bringt uns nichts ein!«

Toulon, die Stadt der schmucken Offiziere. Sie winkten uns nach, warfen meiner Frau Kusshände zu und klimperten mit Geld. Ihnen war die Erde näher als der Himmel.

Vergebens versuchte ich, mich am Hafen als Taglöhner zu verdingen. Doch da lungerten viel zu viele herum, und als Stadtfremder ohne Papiere war ich jedem Patron verdächtig.

Mit knurrenden Mägen hockten wir auf der Pritsche unserer lausigen Herberge und betranken uns. Für den billigen Fusel hatten wir unsere letzten Centimes ausgegeben.

Als die Nacht hereinbrach, ging ich mit Lorenza ins Kasino

und verhandelte mit den französischen Offizieren über den Preis. Nach getaner Arbeit kam sie mit einem Beutel klingender Münze zurück, den sie mir wortlos übergab. – Nun war meine ›Madonna‹ zur Hure geworden, und ich ihr Zuhälter. Aus Not die eigene Frau zu vermieten – konnte man noch tiefer sinken?

Ja, schimpft mich nur ruhig einen ›Zuhälter‹ und ›Lumpenhund‹! Spuckt vor mir aus, wenn Ihr wollt! Ihr könnt mich gar nicht mehr beleidigen und verachten, als ich es selbst damals getan. Wenn ich meine Visage im Spiegel betrachtete, hatte ich gute Lust, hineinzuschlagen. Drum schaute ich lieber gar nicht mehr rein. – Aber wenn man keine Arbeit mehr findet und ganz schwach vor Hunger ist, fragt man nicht mehr nach Tugend, Moral und Sittlichkeit. Den Luxus können sich nur diejenigen leisten, die genug auf dem Tisch und genug im Beutel haben.

Nur Pharisäer und satte Spießbürger konnten den verlogenen Spruch geprägt haben: »Geld macht nicht glücklich!« Und ob es glücklich macht! Das erste Mal seit Wochen konnten wir uns wieder satt essen: Geflügel statt dünner Suppe, Wurst und Schinken statt gesalzenem Hering, Wein statt Wasser!

Bloß mit der Liebe war's erst mal vorbei. Es war, als ob ein böser Zauber mir die Manneskraft geraubt. Zwecks eines wirksamen Gegenzaubers beschwerte ich fortan meinen Gürtel und meine Männlichkeit mit einem Amulett, einem magischen Stein aus dunkelrotem Porphyr, den ich bei einem Zigeuner erstanden. Aber dadurch wurde es auch nicht besser. Es war wie verhext: Denn als ich wieder konnte, konnte oder wollte Lorenza nicht mehr.

Über Aix-en-Provence zogen wir weiter durch die Languedoc. Bei zunehmend nebligem und frostigem Wetter erklommen wir schließlich den Pass der Pyrenäen. Da wir keine Papiere mehr hatten, stahlen wir uns, an den Grenzern vorbei, auf verschlungenen und verlassenen Maultierpfaden ins Königreich Spanien. Über unwegsame Berghänge und felsige Schluchten stiegen wir wieder ab – keine geringe Strapaze für uns beide. Dabei mussten wir immer gewärtigen, von Wegelagerern und Banditen überfallen zu werden. Um die Ängste meiner Frau zu zerstreuen und gegen ihre Müdigkeit anzukämpfen, ließ ich meinen ganzen Vorrat an Geschichten spielen.

Einmal kamen wir, nach langem Fußmarsch, am Ufer eines Wildbaches an. Obschon mir die Zunge zum Halse heraushing, wollte Lorenza unbedingt noch eine Geschichte hören. Ich begann so:

»Es war einmal ein Bauer, der mit seinen zweitausend Schafen an einen vom Unwetter geschwollenen Fluss kam. Endlich fand er einen Fährmann, aber das Boot war so klein, dass er immer nur ein Schaf übersetzen konnte.«

»Und weiter?«

»Jetzt warte erst mal, bis die zweitausend Schafe übergesetzt sind.«

So konnte ich endlich mein müdes Haupt ins Gras betten.

Anfang Dezember kamen wir in Barcelona an. Im Hafenviertel fanden wir eine billige Absteige. Da wir jedoch kaum Kost und Logis bezahlen konnten, riet ich meiner Frau, in der Klosterkirche, die unserem Quartier gegenüberlag, zu beichten und dem Beichtvater anzugeben, wir wären von vornehmem römischen Adel, seien aber durch widrige Umstände in Not geraten.

»Warum gehst du nicht zur Beichte?«, maulte sie. »Du hast es viel nötiger als ich.«

»Na hör mal!«

»Wie hast du mich doch gelehrt? *Der Ehebruch einer Frau ist keine Sünde, sofern sie sich aus Not und nicht der Liebe wegen einer andern Mannsperson überlässt.*«

»Doch nicht das sollst du beichten, du Schaf!«

»Was denn dann?«

»Muss ich dir immer alles vorkauen!«

Der Beichtvater glaubte ihr und ließ uns durch den Kirchendiener eine bescheidene Summe Geldes nebst einem geräucherten Schinken überbringen. Am nächsten Tage statteten wir Padre Christobal einen Besuch ab, um uns zu bedanken. Indes geriet die Unterhaltung nach den üblichen Fragen nach dem Woher und Wohin bald ins Stocken.

»Exzellenz«, wandte sich der Padre an mich und räusperte sich. »Würden Sie es mir verübeln, wenn ich Sie bitte, mir Ihren Kopulationsschein zu zeigen? Es handelt sich um eine reine Formsache.«

»Selbstverständlich. Nur haben wir ihn bedauerlicherweise nicht bei uns.«

»Nicht?«

Peinliche Stille.

»Wir wurden nämlich beraubt.«

»Wo, wenn ich fragen darf?«

»In Italien. In Bergamo!«

Der Padre sah uns mit zweifelnder Miene an. Er erhob sich und gab damit das Zeichen zu einem etwas plötzlichen Aufbruch. Von weiterer Unterstützung war nicht mehr die Rede. Ich wollte vor Wut die Wände hochgehen. Da waren wir nun regulär verheiratet, und der Kerl wagte, es offen anzuzweifeln. Da sah man wieder einmal, wohin man mit der Wahrheit kommt. Für die ›Exzellenz‹ konnten wir uns nichts kaufen.

Wenigstens verwies uns der Padre an einen einflussreichen und vornehmen Herrn der Regierung namens Don Fernandez. Dieser versprach, nachdem ich ihm unseren Fall vorgetragen, nach Rom um den authentischen Kopulationsschein zu schreiben.

Eine Zeitlang versuchte ich mein Glück mit »Schönheitswässerchen«, die ich aus dem milchigen Saft gewisser Pflanzen und wohlriechenden Kräutern herstellte und, mit mäßigem Erfolg, an ältere Frauen und Marktweiber verkaufte. Die Apotheker indes verunglimpften mich bald als »Giftmischer« und »Scharlatan« und drohten mir mit einer Anzeige bei den Stadtbehörden, wenn ich mein »unlauteres Geschäft« nicht sofort einstellte. Als Stadtfremde ohne Papiere und Empfehlungsschreiben waren wir so gut wie rechtlos, und ohne den verflixten Kopulationsschein stets in Gefahr, als Vaganten und loses Gesindel ins Arbeitshaus gesteckt zu werden.

Während der kalten Wintermonate verdingte ich mich als Lastträger. Es waren freilich nicht gewöhnliche und nicht immer lästige Lasten, die ich mir auf die Schultern packte. Da der Korso, infolge der starken Regenfälle, voller Wasserlachen stand, die sich mit dem stinkenden Kote vermischten, konnten die vornehmen Damen, wenn sie ihre Garderobe nicht ruinieren wollten, ihn nur überqueren, indem sie sich gegen ein geringes Entgelt von einem Lastenträger Huckepack nehmen ließen. Diese Art von Dienst pflegte während der Wintermonate einen ganzen Zweig von Taglöhnern zu beschäftigen. So hatte ich denn, nicht selten bis zu den Knöcheln im Schlamm und Kote watend, so ziemlich alles auf dem Rücken, was Barcelonas vornehme Weiblichkeit zu bieten hatte.

»Im Unterschied zu mir«, beklagte sich Lorenza, »trägst du sehr angenehme Lasten. Für dich ist es mehr Vergnügen als Arbeit.«

»Cara mia, du unterschätzt das Gewicht der spanischen Matronen.«

Die Vorsehung hat es wohl so gewollt, dass ich den vornehmen Damen erst als schlecht bezahlter Lastesel dienen musste, bevor es mir vergönnt war, sie als *divo Cagliostro* zu meinen Füßen zu sehen.

Anfang April kam endlich unser Kopulationsschein. Allerdings bekamen wir ihn nicht umsonst. Lorenza musste erst mit dem ehrenwerten Herrn Don Fernandez kopulieren, bevor er so gnädig war, ihr das amtliche Dokument auszuhändigen. Da wir jedoch auf diesem mit unseren bürgerlichen Namen geführt wurden, strafte er unsere Behauptung Lügen, wir würden von altem römischen Adel abstammen. Padre Christobal zieh uns der arglistigen Täuschung und verweigerte uns jede weitere Unterstützung. Dabei saß uns der Wirt im Genick, der uns für die Bezahlung unserer Schulden eine letzte Frist gesetzt hatte. Es wurde höchste Zeit, Barcelona zu verlassen.

Bei Nacht und Nebel stahlen wir uns mit unserem bescheidenen Gepäck zum Hafen. Mit dem italienischen Kapitän eines Paketbootes, das über Cadiz nach Lissabon segelte, wurde ich rasch handelseinig: Die Passage erhielten wir gratis. Dafür sollte ich die Passagiere mit meinen Gaukelkünsten unterhalten – ein paar Requisiten hatte ich mir inzwischen wieder beschafft – und Lorenza dem Schiffskoch zur Hand gehen. Meine Hauptattraktion war ganz auf die Bedürfnisse der trinklustigen Passagiere und Matrosen berechnet: Ich zeigte ihnen einen Samtbeutel leer vor, indem ich dessen Innerstes nach außen kehrte, um nach einer magischen Evokation des heiligen Nikolaus, des Schutzheiligen der Seeleute, sogleich ein volles Glas Rum oder Portwein aus ihm hervorzuzaubern. Diese Paradenummer erhöhte den Absatz der Schiffsbar, und die Trinkgelder fielen naturgemäß noch reichlicher aus, wenn Lorenza in ihrem neuen Seidenkleidchen die Drinks servierte.

So schaukelten und gaukelten wir bei guter Brise bis Cadiz, wo das Paketboot wegen eines Lecks für zwei Wochen aufs Dock gelegt wurde. Hier begegneten wir einem anderen Abenteurer und losen Vogel namens Carlos Sacchi, der sich mir als Gefährte und Komplize andienerte und mir später noch viel Ungemach bereiten sollte.

Weiter ging's über Gibraltar entlang der portugiesischen Küste bis Lissabon. Hier verweilten wir einige Wochen, bis wir das Geld für die Überfahrt nach England endlich beisammen hatten. Ich hatte nämlich gehört, dass italienische Zeichenkünstler und Maler in Britanniens Hauptstadt sehr gefragt seien. Unterdes sorgte ich dafür, dass Lorenza bei einem portugiesischen Kaufmann, der das Englische wie seine Muttersprache beherrschte, Sprachunterricht erhielt. Und sie lernte so schnell, dass sie dem reichen Kaufmann in seinem Landhaus auf der Algarve, wo er sie zweimal die Woche empfing, bald auf Englisch erklären konnte:

»Sir! In order to prevent the English disease, you should put on this preservative, created by Mr. Condon, the medical doctor of His Majesty, Charles II. of England. It costs you only five Piaster ... I beg your pardon, Sir, but you have to pull it not over your finger, but over your cock!«*

So übel uns das Leben auch gebeutelt hatte – das Lachen war uns noch nicht vergangen.

*

Über dem letzten Kapitel war Zelada langsam eingenickt ... Als er die Augen wieder aufschlug, war er noch wie betäubt von dem süßen Traum und der eben erlebten Seligkeit: Eine nackte Venus mit blondgelockten Haaren, himmelblauen Augen und wunderschön geschwungenen Lippen kniete vor ihm, nestelte mit ihren feingliedrigen Fingern behutsam an seinem Unterkleide, legte da etwas frei, für das es keinen anständigen lateinischen Namen gab, und nahm es in ihren

* *»Sir! Sie sollten, zwecks Verhütung der englischen Krankheit, dieses Präservativ überziehen, eine Kreation Mr. Condons, des Leibarztes Seiner Majestät, Karls II. von England! Es kostet sie nur 5 Piaster! ... Entschuldigen Sie, Sir! Aber Sie müssen es nicht über den Finger, sondern über Ihren Schwanz ziehen!«*

roten Mund. Eine anschwellende Woge von Lust überspülte ihn und raubte ihm die Besinnung …

Als er gewahr wurde, welche Versuchung des Bösen ihn da eben heimgesucht hatte, schämte er sich sehr und bekreuzigte sich sogleich … Qué diablos! Er war doch längst über jenes Alter hinaus, da die Begierde ihn noch anfechten konnte. Hörte das denn niemals auf? … Das kam davon, wenn man solche schlüpfrigen Memoiren las, in denen ein Erzgauner und Zuhälter vom Geschäft der Buhlerei erzählte!

VII. Der ägyptische Orden

22. Januar 1785

An das hl. Offizium zu Rom!

Würde der hl. Petrus, Bewacher der Himmelspforte, auch die Stadttore Lyons bewacht haben, er hätte den Grafen Cagliostro und sein Gelichter wohl nimmer hereingelassen, hätte ihm vielmehr mit dem Schwerte die Durchfahrt verwehrt und ihn mit dem Anathema belegt wie damals Simon den Magier. Leider waren unsere gewöhnlichen Schildwachen nicht dieses wehrhaften Sinnes; und so konnte denn dieser neue Simon und Schwarzmagier unter dem Incognito »Graf Phoenix« am 20. Oktober vorigen Jahres nicht nur unbehelligt, sondern auch noch unter dem Geläute sämtlicher Glocken in die Rhône-Stadt einfahren. Dieser maleficische Spitzbube hatte nämlich so lange vor dem Stadttor gewartet, bis es 12 Uhr Mittag schlug, sodass die Lyoner des Glaubens waren, man habe die Glocken dem »hohen Gaste« zu Ehren geläutet, zumal selbiger just im Hôtel de la Reine am Quai St. Clair abstieg, in dem nur Hofleute und Fürsten von Geblüt zu logieren pflegen. O vanitas mundi!

Anfangs begegneten ihm die hiesigen Freimaurer und ihre Meister vom Stuhle mit kühler Reserve. Dann aber vollbrachte er ein angeblich biblisches Wunder, indem er einen Mann und Familienvater, den der zuständige Arzt und der Leichenbeschauer bereits für tot erklärt hatten, wieder zum Leben erweckte. Nun liefen die Brüder der zwölf Lyoner Logen scharenweise zu dem »neuen Heiland« über, denn sie sind ganz versessen darauf, in die höheren ägyptischen Mysterien eingeweiht zu werden. So beschloss

denn der »Großkophta«, wie Cagliostro sich selbst tituliert, auf Drängen seiner Jünger hier die Mutterloge seines ägyptischen Ordens zu errichten, den Neuen Tempel Salomonis, der den Namen »Triumphierende Weisheit« erhalten soll.
Dieser Hexenmeister versteht sich, Gott sei's geklagt, nicht nur auf die Seelenfängerei, sondern bestens auch auf das Geschäftliche. Mit den von ihm selbst entworfenen Logenpatenten und -diplomen blüht ihm ein höchst einträgliches Geschäft; müssen doch seine Adepten, die ihn mit DER GROSSE ANFANG anzureden haben, bei jeder neuen Beförderung – vom Lehrlingsgrad in den Gesellengrad und von diesem in den Meistergrad – ein neues Patent und Diplom erwerben und dafür tief in die Tasche greifen.
Da die ägyptische Loge auf dem Prinzip der Gleichheit fußt, sind Bürger aller Stände und aller Konfessionen (sic!) zugelassen; gleichviel ob Katholiken, Lutheraner, Calvinisten oder Juden, Beschnittene oder Unbeschnittene, sofern sie nur an die Existenz Gottes und an die Unsterblichkeit der Seele glauben und in der gewöhnlichen Maurerei eingeschrieben sind.
Der »Großkophta« selbst betrachtet sich als Wiederhersteller der »wahren und ursprünglichen ägyptischen Maurerei« sowie als Mittler zwischen dem christlichen Okzident und dem Orient – nach dem Motto: »Ex oriente lux!«
Durch seine rauschhaften Predigten, seine Handauflegungen und Gebete zum »Großen Baumeister der Welten«, den er, die Augen auf die Bibel geheftet, anruft, entflammt er allenthalben die Gemüter der Glaubensschwachen; und derer sind leider, nicht nur in hiesiger Stadt, allzu viele. Nicht minder ketzerisch ist der Aufnahmeritus der neuen Sekte: Bei der Initiation zieht der Großmeister mit den heiligen Worten »Helios« (Sonne), »Mene« (Mond) und »Tetragrammaton« (Jehova) allerlei Zeichen mit dem Degen, haucht dem Kandidaten seinen Odem ein und erklärt: »Mit meinem Odem weihe ich Euch zu einem neuen Menschen, einem Menschen, der nichts gemein hat mit dem, der Ihr bis zum heutigen Tage wart, zu dem, der Ihr von nun an sein sollt.«

Der Gipfel der Blasphemie und Ketzerei aber ist, dass seine zwölf Meister die Namen der zwölf erwählten Propheten Gottes tragen: Salomo, Samuel, Elias, Elisäus, Zacharias, Isaias, Jeremias, Ezechiel, Daniel, Osee, Jonas und Amos. Jeder von ihnen, so bläst der »Großkophta« ihnen ein, sei ein Apostel Gottes auf Erden, um Gutes zu verkünden und zu tun. Wahrlich, einen solch durchtriebenen Schausteller des Himmels hat die Welt noch nicht gesehen!
Auf Drängen seiner Adeptinnen hat er jüngst auch eine Adoptionsloge für Weibspersonen eröffnet, der seine eigene Frau als Großmeisterin vorsteht. Da die Weiber bislang von den Freimaurer-Logen ausgeschlossen sind, war der Andrang groß, zumal der ehrwürdige Grundsatz des hl. Paulus »Das Weib schweige in der Gemeinde« hier gänzlich aufgehoben scheint. Viele sich zurückgesetzt fühlende Lyoner Damen und grämliche Jungfern preisen jetzt Cagliostro, dass er ihnen den »ersten Schritt zur Emancipation« ermögliche, und freuen sich schon auf die fünf Küsse der Brüderlichkeit, mit denen sie bei der Initiation bedacht werden. Bei der Inauguration der Frauenloge hat er gar ein neues Wunder vollbracht, das tagelang Stadtgespräch war: Minutenlang schwebte er – so wird erzählt – »gleich einem Engel über dem Boden«, indes er den neu aufgenommenen ägyptischen Schwestern den Segen erteilte.

Wie Euer Exzellenz aus diesem Tableau ersehen, schreit das ketzerische und blasphemische Treiben dieses neuen Baal, der vor seinen Homilien stets dem Weine zuspricht, wahrlich zum Himmel. Und der Götzendienst um seine Person kennt kaum noch Grenzen. Und dies in einer Stadt, die es sich zur Ehre anrechnet, Heimstatt solch ehrwürdiger christlicher Mystiker und frommen Denker wie Dom Pernéty, Saint Martin und Willermoz zu sein. Jetzt zeigen sich einmal mehr die schrecklichen Folgen der Aufhebung der Inquisitionsgerichte im Königreich Frankreich; denn wer wacht jetzt noch über die Reinheit der religiösen Sitten und die heiligen Dogmen der allein seligmachenden Kirche?

In tiefer Besorgnis um das Seelenheil meiner Landsleute verbleibe ich

Ihr untertänigster Diener
Kanonikus St. Pierre Marmorin

Zelada vibrierte vor Zorn, als er diesen Bericht wieder las. Dieser sizilianische Gauner und Zuhälter ließ sich als »Erleuchteter« und »Großmeister« eines weit verzweigten ägyptischen Ordens mit Tausenden von Adepten und seine Hure in der ehrbaren Rolle der Großmeisterin feiern – es schrie zum Himmel! Der Kardinal bedauerte sehr, dass ihm der Hl. Vater, mit Rücksicht auf den Ruf der Hl. Inquisition, verboten hatte, diesen blasphemischen Gaukler und schwarzen Messias auf die Streckbank zu legen. Man hätte ihm alle Knochen brechen und ihn dann ohne viel Federlesens verbrennen sollen, statt sich in endlosen Verhören mit ihm abzuplagen …

Er dachte an das letzte Verhör, da er ihm auf den theologischen Zahn gefühlt. Das Ergebnis der Examination war schier unglaublich gewesen: Der »neue Apostel« war nicht einmal mit den elementarsten Begriffen der christlichen Morallehre vertraut. Von den sieben christlichen Hauptsünden wusste er mit Mühe und Not fünf zu nennen. Bezeichnenderweise rechnete er zu diesen weder den Hochmut noch die Wollust. Auch seine »Bibelkenntnis« spottete jeder Beschreibung: Den Propheten Moses hielt er für einen Ägypter, das Buch Josua schrieb er dem Propheten Jonas und das Johannes-Evangelium Johannes dem Täufer zu. Von den Sprüchen Salomonis wusste er nur einen – und bezeichnenderweise nur diesen zu zitieren: *Der Segen des Herrn macht reich ohne Mühe!* Von den vier Evangelien des Neuen Testaments aber hatte er so viel Ahnung wie ein Ladenschwengel von der euklidischen Geometrie. Und just dieser theologische Ignorant, dieser Heide, maßte sich an, von Gott die Gabe der Prophetie empfangen zu haben und als »Sendbote des Himmels« aufzutreten. Es war unfassbar!

Zur Erneuerung seiner völlig mangelhaften, verworrenen und ketzerischen Religionsbegriffe hatte er dem Inquisiten die Lektüre der *Verteidigung des römischen Pontifikats und der Katholischen Kirche* des Paters Niccola Pallavicini dringend nahe gelegt – die einzige Schrift, die ihm während seiner Kerkerhaft zu lesen erlaubt war.

Kapitel 7

Londoner Lehrjahre

London 1771/72

Schon am frühen Morgen, als die »Queen Elizabeth« vor Anker ging, lag über der Themse ein undurchdringlich gelber Nebel. Er vergrößerte die Lagerhallen und Magazine zu Riesengebäuden und verschluckte schon auf kurze Entfernung Matrosen und Passagiere, Lastenträger und Kutscher. Das Einzige, was man trotz des Nebels deutlich wahrnahm, war der unausstehliche Gestank der Steinkohle, in den ganz London eingehüllt zu sein schien. Dio mio! Die Hauptstadt Britanniens hatte ich mir einladender vorgestellt.

Wir nahmen ein billiges Quartier in Houndsditsch, einem übel beleumdeten Viertel. Doch was scherte uns das? Wir waren in der Metropole des Welthandels, da würde sich gewiss die eine oder andere Verdienstmöglichkeit auftun.

Es ist immer gut, sich in der Fremde mit Landsleuten zusammenzutun, welche schon mehr Erfahrung mit dem Gastland und seinen besonderen Gepflogenheiten haben. Keiner hätte um uns Heimatvertriebene besorgter sein können als der Marchese Vivona, ein italienischer Emigrant mit Hinkebein, der im selben Haus sein Quartier genommen. Er war nicht nur ein unterhaltsamer und kauziger Gesellschafter, sondern auch ein kundiger Stadtführer. Die erste Regel, die er uns dringend einzuhalten empfahl, lautete: immer die Hand auf dem Geldbeutel in der Tasche zu haben. Denn in keiner Stadt gebe es so viele und so geschickte Diebe wie in London.

»Nirgends«, erklärte er uns mit verschmitztem Lächeln, »werden die Diebe so öffentlich geduldet wie in London. Sie haben hier ihre Klubs, ihre Tavernen und teilen sich in verschiedene Klassen. Es gibt Diebe zu Pferde und zu Fuße, *Highwaymen and Footpats*, Hausdiebe und Taschendiebe, *housebreaker and pickpockets*. Die Engländer – und das ist wohl ihre vorzüglichste Eigenschaft! – sind keine Freunde einer strengen Polizei und lassen sich lieber bestehlen als bewachen. Dafür sind sie freilich sehr auf der Hut.«

Dann griff er in die Tasche seines Gehrocks und überreichte meiner Frau mit Grandezza den kleinen, in Emaille gefassten Schminkspiegel, den sie stets bei sich trug, und mir meine Geldbörse. Wir waren sehr verblüfft, denn weder sie noch ich hatten den doppelten Diebstahl bemerkt.

Vivona war wirklich ein Meister seines Faches. Seine »Spezialität« bestand darin, dass er sich betuchten ausländischen Besuchern als Stadtführer andiente. Während er sie zur Westminsterabtei, zum St.-James-Palast und zum Tower führte und sie mit unterhaltsamen Histörchen über die englischen Könige, ihre Schandtaten und Laster unterhielt, pflegte er sie um ihre Brieftaschen, Taschenuhren, Tabakdosen und die

Damen um ihre kostbaren Angebinde zu erleichtern. Einmal führte er einen preußischen Offizier, der aus Angst vor Londons Dieben seine Geldkatze in seiner Gesäßtasche eingenäht hatte, die endlosen Stufen der St.-Pauls-Kathedrale hinauf. Während sie die schmale Wendeltreppe hinaufstiegen, hinkte Vivona hinter dem Preußen her und erläuterte ihm fachmännisch die Baugeschichte und Bedeutung der Kathedrale; dabei trennte er mit einem scharfen Rasiermesser von Stufe zu Stufe die Naht an der Gesäßtasche des ahnungslos vor ihm Aufsteigenden durch. Bevor dieser die obere Plattform erreicht hatte und den herrlichen Blick auf die Themse und das unter ihm liegende Meer von Ziegeldächern genoss, hatte seine Geldkatze den Besitzer gewechselt. Dieses Meisterstück trug Vivona in der Zunft den ehrenden Beinamen »König der Taschendiebe« ein.

»Und nun zeige ich Euch, wo die großen Diebe ihr Geschäft betreiben!«

Der Hinkefuß führte uns durch die City. Für die Fußgänger ist wohl keine Stadt so bequem wie London. Die Straßen sind breit und gut gepflastert. An den Häusern laufen breite Trottoirs, die jeden Morgen gereinigt werden, sodass man bei dem ärgsten Kote trockenen Fußes geht. Allerdings stößt man überall auf Schächte, die tagsüber offen stehen. Ist man nicht auf der Hut, so läuft man Gefahr, in diese Mausefallen hineinzustürzen. Diese Löcher sind entweder Luftschächte für unterirdische Küchen und Tavernen oder Treppen, die in Keller führen. Die meisten Häuser in London haben nämlich Kelleretagen, in welchen gewöhnlich die Küche und die Stuben für die Bedienten sind. Auch die armen Leute und Bettler hausen größtenteils in solchen unterirdischen Kellern. In Paris ist gerade das Gegenteil der Fall. Da wohnt der Arme im sechsten Stockwerk, nahe an den Wolken. Dort trägt man die Armut auf dem Kopfe, hier tritt man sie mit Füßen.

Wir kamen zum Hause der Ostindien-Company. Während

wir die ungeheuren Warenlager betrachteten, die hier aufgetürmt waren, erläuterte Vivona uns die Organisation dieser berühmten Handelsgesellschaft:

»Eine Gesellschaft von Kaufleuten besitzt reiche und weitläufige Landstriche und ganze Reiche in Übersee, setzt Gouverneure und andre Befehlshaber ein, hält eigene Armeen, führt Kriege und schließt Frieden. Ein Präsident und vierundzwanzig Direktoren besorgen die Geschäfte der Ostindien-Company. Ihre Waren werden immer in öffentlicher Auktion verkauft. Wer nur ein kleines Aktienpaket bei dieser gottgleichen Company hat, die vom Sklavenhandel lebt und ganze Erdteile ausplündert, der ist ein gemachter Mann. Ach, wie gerne« – Vivona zwinkerte mir zu – »würde unsereiner nicht mit solch einem honorigen Dieb tauschen, dem kein Gesetz etwas anhaben kann!«

Die Sonne war noch nicht untergegangen, da brannten schon alle Laternen auf den Straßen. Es waren Tausende, eine neben der anderen, und wohin man blickte, sah man einen feurigen, durch die Luft gezogenen Faden. Ich hatte noch nie so etwas gesehen und wunderte mich nun nicht mehr über den Irrtum jenes italienischen Fürsten, der bei seinem Einzug in London diese herrliche Erleuchtung für eine Ehre hielt, mit welcher man ihn persönlich willkommen hieß.

Du sollst nicht begehren deines Nächsten Weib!

Ich war zunächst durchaus willens, mein Geld auf ehrliche Weise als Zeichenkünstler zu verdienen, der Schock unserer Verhaftung in Bergamo steckte mir noch in den Gliedern. Doch wie zur Besinnung kommen, woher die Ruhe und Konzentration nehmen, die der Künstler so nötig hat, wenn man dauernd gestört wird?

In dem engen, baufälligen Haus, an dessen Wänden der

Schwamm fraß, bewohnten wir die zwei kleinsten Dachkämmerchen, die Mr. Brown zu vermieten hatte. Man hörte beständig lose Ziegel im Winde klappern, Mäuse liefen fiepsend in der Nähe hin und her, durch die dünnen Wände erschallten Flüche in allen Weltsprachen, drang Türenschlagen, Knarren, Babygeplärr, Gezeter, peinvolles Stöhnen und Seufzen. Dazu das ewige Gerenne treppauf – treppab, Getrippel von Damenschuhen, Trampeln von Wasserstiefeln: Wie soll man da seine Geister sammeln können?

Der Absatz meiner Bilder und Radierungen erwies sich denn auch als äußerst schwierig, zumal ich des Englischen nicht mächtig war und über das Radebrechen nicht hinausgelangte. Jedes *Ti-eitsch* wurde mir zum Stolperstein, da ich die richtige Zungenstellung einfach nicht traf. Meine Frau mit ihrer spitzen Zunge spöttelte, ich spräche Englisch wie ein spuckendes Lama. Nein!, für einen Italiener, an die vokalreiche und klangvolle Melodie seiner Muttersprache gewöhnt, welche nicht zufällig die Sprache der Oper ist, ist die mit sperrigen Konsonanten und unappetitlichen Zischlauten gespickte Sprache der Angelsachsen die reinste Zumutung.

Auch fehlte es mir gänzlich an Beziehungen zur Londoner Kunstwelt. Überhaupt schien das britische Krämervolk mehr an der Börse, an Lotterie und Pferderennen denn an italienischer Malerei interessiert. Nicht besser als mir mit meinen Radierungen und Kopien erging es Lorenza mit ihren Stickmustern.

»Wieder nichts verkauft?«

»Leider nein, Giuseppe! Dabei habe ich alle Schänken von Houndsditsch abgeklappert!«

»Maledetto! Offenbar handeln wir mit den falschen Waren!«

»Wenn wir unsere Miete bezahlen, haben wir nichts mehr zu brechen und zu beißen.«

»Und wenn wir sie nicht bezahlen, wirft Mr. Brown mich ins Schuldgefängnis.«

Lorenza sank vernichtet aufs Bett, die einzige Sitzgelegenheit, die unser Gewicht ohne Schaden aushielt. Ich wusste genau, an was sie jetzt wieder dachte, zumal die »Penny-Dirnen« direkt unter unserem Fenster auf- und abstöckelten. Wenn ich nicht wollte, dass sie wieder ihren gebenedeiten Leib zu Markte trug, musste ich mich schleunigst nach anderen Einnahmequellen umsehen, auch wenn sie nicht gerade gentlemanlike waren.

Unser Freund Vivona hatte nicht nur gute Beziehungen zur Londoner Halbwelt, sondern auch zu den englischen Quäkern. Eines Tages lud er einen gewissen Thomas Galbright zu Gast, der genau das war, was ich mir unter einem Quäker vorgestellt hatte. Steif wie ein Stock, pedantisch und von übertrieben feinen Manieren, setzte er sich nicht eher, als bis alle anderen Platz genommen hatten, und wagte nicht zuzugreifen, ehe wir den Löffel zum Munde führten. Auch redete er nur, wenn man ihn dazu ermunterte. Manchmal sah er verstohlen zu Lorenza hinüber, doch wenn sie seinen Blick erwiderte, wurde er rot wie ein ertappter Junge. Das Einzige, was er sich, ohne zu fragen, herausnahm, war ein leise gemurmeltes Tischgebet zu Beginn und am Ende der Mahlzeit. Ein sterbenslangweiliger Gesell. Ich verstand gar nicht, was sich Vivona von dieser Bekanntschaft versprach.

Erst als sich beim anschließenden Kaffee das Gespräch der Londoner Börse zuwandte, kam Bewegung in die wächserne Miene des Quäkers. Offenbar spekulierte er mit Erfolg, denn er nannte mehrstellige Zahlen, in Pfund Sterling ausgedrückt, bei deren bloßer Nennung mir das Wasser im Munde zusammenlief. Seine selbstzufriedene Lebensmaxime »Wer reich ist, den liebt Gott!« empfand ich allerdings wie eine persönliche Beleidigung.

»Und wer arm ist und in der Gosse landet?«, fragte ich provokativ.

»Ist selber schuld. Denn er lebt nicht in der Gnade des Herrn!«

Per bacco! Dieser britische Biedermann glaubte allen Ernstes, mehr Anspruch auf des Allerhöchsten Liebe zu haben als ich, nur weil seine Börsengeschäfte gerade gut liefen.

Kaum war er gegangen, zitierte Vivona, während er mir und Lorenza vielsagende Blicke zuwarf, aus dem Gedächtnis einen gewissen Paragraphen des britischen Gesetzbuches: *Ein Ehemann, der sein Weib beim Ehebruch überrascht und die Aussage eines Augenzeugen für sich hat, kann den Ehebrecher entweder gerichtlich belangen, in welchem Falle dieser äußerst streng bestraft wird, oder sich mit ihm über eine Abfindung in Geld in beliebiger Höhe einigen.*

Auch in England pflegt man seiner Angebeteten rote Rosen zu verehren. Das erste Mal trafen sie ohne Absender ein, beim zweiten Mal bekannte sich Mr. Galbright mutig zu ihnen, beim dritten Mal legte er den Blumen ein Kärtchen bei, auf dessen lavendelduftendem Umschlag sich zwei Paradiesvögel schnäbelten.

Lorenza war von so viel Delikatesse hingerissen. »Ein Kavalier! Warum kommst du nie auf so etwas, Giuseppe!«

Es war allerdings beschämend für mich, just von einem englischen Quäker Nachhilfe in Galanterie zu erhalten. Doch wenn man nicht weiß, wie man seine Miete bezahlen soll, denkt man weder an Rosen noch an Lavendel. So viel immerhin sei zu meinen Gunsten gesagt: Diesmal fädelte ich die Sache so ein, dass meine Frau kein Opfer bringen musste.

Als sie nach längerem, wohl überlegten Hinhalten dem verliebten Quäker endlich ein Stelldichein in einem der Dachstübchen gewährte, war er kaum wiederzuerkennen. Stürmischen Schritts, mit wehenden Rockschößen und hochrotem Kopf trat er vor sie hin und umschlang ihre Knie, um ihr mit verlöschender Stimme das Geständnis zu machen, er liebe sie mehr als sein Leben.

»Aber Mr. Galbright, wie können Sie Ihre strengen Sitten derart vergessen!«, rief Lorenza mit gespieltem Tadel, den ihr reizendes Lächeln sogleich wieder aufhob, auf dass er nur nicht den Mut verliere. Sie spielte ihre Rolle wirklich gut, wie eine jener gewitzten Liebesintrigantinnen aus den Geschichten des *Decamerone*, mit denen ich sie während unserer Pilgerschaft so manches Mal unterhalten.

Mr. Galbright atmete nicht mehr, er schnaufte. In seinem Liebesrasen kam es ihm nicht in den Sinn, Zeugen und verborgene Lauscher im Nebenzimmer zu vermuten, wo Vivona und ich abwechselnd am Schlüsselloch schauten und horchten.

»Thomas!«, hörten wir Lorenza rufen – sie war schon zum vertraulichen Du übergegangen –, »wenn jetzt mein Mann zurückkehrt und dich im Unterkleide sieht!«

Höchste Zeit, einzugreifen, ehe es zu Weiterem kam. Die Situation war eindeutig genug.

»Herr! Was erdreisten Sie sich?« Ich hielt dem Ehebrecher, der bereits ohne Hut, Rock und Weste dastand, die Faust unter die Nase. »Haben Sie keine Spur Scham im Leibe, mich so zu hintergehen? Das hab' ich gern: Bei Tisch beten und nach dem Tisch mit dem Teufel in die Hölle fahren! – Marchese Vivona, Sie sind mein Zeuge! – Mr. Galbright, ich bin empört. Was werden wohl Ihre Glaubensbrüder zu diesem Auftritt sagen! – Marchese, rufen Sie den Büttel. Gottlob gibt es in England noch Gesetze!«

Mit weinerlicher Stimme suchte sich der auf frischer Tat Ertappte Gehör zu verschaffen und den drohenden Skandal abzuwehren. Vor die Wahl gestellt, sich vor Gericht verantworten zu müssen und seinen guten Quäkernamen befleckt zu sehen oder die Ehre des beleidigten Ehemannes durch eine Geldbuße in angemessener Höhe wiederherzustellen, entschied er sich für Letzteres. Ich gebe zu, es war nicht gerade christlich gehandelt, einen liebestollen Mann im Unterkleide zu nötigen, sein Scheckbuch zu zücken, aber schließlich war er als Quäker mehr als jeder andere verpflichtet, das neunte Gebot zu achten: »Du sollst nicht begehren deines Nächsten Weib!«

Vivona übernahm die Einlösung des Schecks von 100 Pfund Sterling auf der Bank. Zum Dank bereiteten wir ihm ein Mahl mit ausgesuchten Leckerbissen und erlesenen Weinen.

Kings Bench

Doch London war ein teures Pflaster. Und da wir mit unserem kleinen Kapital, das wir mit Vivona brüderlich teilten, nicht gerade kargten, war es nach drei Monaten so gut wie erschöpft. Bald hatten wir nur noch das anzuziehen, was wir am Leibe trugen. Die Schuhe versetzt, die Kleider und den Schmuck verkauft. Was für ein Hundeleben! Ich fragte schon lange nicht mehr: Was kostet die Welt? Ich fragte nur noch: Was kostet dieser Hering? Was kostet die Scheibe Wurst, was kostet dieses Fläschchen Lampenöl?

Sollte ich, einst voller Hoffnung ausgezogen, mein Glück zu machen und mir die Welt zu Füßen zu legen, mit meinen nunmehr achtundzwanzig Jahren als Handlanger, Schuhputzer oder Dockarbeiter enden – und meine Frau als Penny-Dirne?

Mich überkam eine Art Nach-mir-die-Sintflut-Stimmung. Wenn man vor dem blanken Nichts steht, hilft nur noch der Übermut.

»Zieh dir was Hübsches an, carissima mia! Heute lassen wir die letzten Schillinge springen.«

»Und was wird morgen?«

»*Carpe diem* – genieße den Tag!, sagt der Lateiner.«

Wir fuhren auf einem Fährboot die Themse hinunter, bis wir gegen zehn Uhr abends die Vaux-Halles betraten, eine englische Erfindung, die man in anderen Ländern vergebens nachzuahmen sucht. Es war, als ob wir den Zaubergarten einer Fee betraten. Unabsehbare Alleen und ganze Wälder aufs Prächtigste erleuchtet, Galerien, Kolonnaden, Pavillons, Nischen aufs Schönste bemalt und mit den Büsten großer Männer geziert. Nur die meine fehlte noch. Mitten im dichten Grün der Gebüsche brennende Triumphbogen, unter denen rauschende Musik ertönt, überall festlich gedeckte Tische. Hier tummelten sich Leute aus allen Ständen: Lords und Lakaien, Ladys und Freudenmädchen. Die einen Schauspieler, die anderen Zuschauer. Das Orchester spielte Lieblingsstücke der Insulaner, man spendete ihm reichlich Applaus und warf ihm Geld zu.

Auf einmal hörten wir den Schall einer Glocke. Ein Vorhang flog in die Höhe, und wir sahen in feurigen Buchstaben die Worte: *Take care of your pockets!* Nehmt Eure Taschen in Acht! Wie auf Befehl griffen plötzlich alle Herren in ihre Hosen- und Jackentaschen, die Damen stöberten nervös in ihren Handtaschen, um sich zu vergewissern, ob ihre Geldbörsen noch da waren. Ich musste lachen über die plötzlich ausgebrochene Hysterie, über diesen grotesken Gleichklang der hektischen Suchbewegungen um mich herum. Ich war wohl weit und breit der Einzige, der nicht nach seiner Geldbörse griff, es war sowieso nichts mehr drin. Die letzten Schillinge hatten wir eben für eine Bowle ausgegeben.

Es wurde ein vertanzter Abend und, nachdem wir uns in die Büsche geschlagen, eine verteufelt schöne Nacht. Mond und Sterne, Castor und Pollux, schienen durch unser Laubdach, während die in der Ferne verklingenden Stücke des Orchesters unseren Liebesschlaf begleiteten. Schiffe glitten mit geschwellten Segeln durch meinen Traum, indes ich oben im Mastkorb stand und dem britischen Händlervolk frei nach Dante zurief: Lasst die Börse und alle Hoffnung fahren! Wer kein Geld hat, hat auch keins zu verlieren. Erfreut Euch des Lebens! Erfreut Euch Vaux-Halles und Eurer schönen blonden Frauen!

Liebe! Freiheit! Weite!

Der Zauber dieser Nacht hielt mich noch umfangen, als ich auf Mr. Browns Betreiben hin im Schuldgefängnis von Kings Bench landete. Denn nichts ahndet Britanniens Krämervolk so eifrig wie unbezahlte Schulden.

Nicht um mich – ich wurde leidlich verpflegt –, um Lorenza machte ich mir Sorgen. Wie sollte sie sich ernähren ohne einen Schilling in der Tasche? Unser Vorrat an Brot, Hering, Tee, Salz und Zucker reichte gerade noch für ein paar Tage. Musste sie dann nicht wieder aus Not …? Die Vorstellung quälte und beschämte mich. Und das Warten und untätige Herumlungern in dieser Quarantäne der Schuldner entnervte mich. Während des Mittagsschlafs, manchmal auch nachts, erwachte ich auf meinem Lager immer mit dem gleichen Gefühl: Dir ist ganz recht geschehen – Giuseppe! Nicht die geraden, die krummen Wege sind die deinen. Ich war hart im Nehmen und würde schon wieder auf die Füße fallen. Aber Lorenza? Sie war ja noch so jung, so zart besaitet und hatte solch ein Leben gewiss nicht verdient. Mehr als die Schulden drückte mich das schlechte Gewissen: Zu viel versprochen und zu wenig gehalten. Illustre Pläne, aber miserabel ausgeführt. Dio mio! Wie lange würde sie dieses Leben noch hinnehmen und aushalten?

So grübelte ich die Tage nutzlos vor mich hin und suchte unser Schicksal bald aus den Karten, bald aus dem Kaffeesatz, bald aus den Sternen zu lesen, denn der Sternenhimmel über Kings Bench ist wirklich erhebend, wenn London nicht gerade in Regen und Nebel versinkt.

Eines Mittags hörte ich plötzlich lautes Schlüsselgerassel vor meiner Zelle. Was hatten sie am helllichten Tage mit mir vor? Brachten sie mich jetzt vor Gericht?

Auf der Schwelle stand Lorenza und neben ihr ein mir völlig unbekannter Herr mit graumeliertem Backenbart und vom Portwein geröteten Wangen. Er trug einen tadellos sitzenden Überzieher.

Lorenza fiel mir um den Hals. »Liebling! Ein Menschenfreund hat für dich gebürgt. Das ist Sir Edward Hales!«

»Seien Sie mir gegrüßt, Sie Ärmster! Sie haben bestimmt Appetit auf Roastbeef und Plumpudding!«

Ich war sprachlos und ließ mich, noch immer ungläubig und auf eine böse Wendung der Dinge gefasst, erst zum Vorsteher des Schuldengefängnisses, der mir meinen Entlassungsschein aushändigte, und dann aus Kings Bench hinausführen.

Während der Kutschfahrt erzählte mir Lorenza, wie es zu dieser märchenhaften Befreiung gekommen war. Vom East End bis zur katholischen Kirche des bayrischen Gesandten in London war es eine reichliche Wegstunde zu gehen. Täglich war sie zur Frühmesse gegangen, um für meine baldige Entlassung aus der Haft bei der Heiligen Jungfrau Fürbitte zu leisten und in den Genuss der anschließenden Armenspeisung zu gelangen. Beim Verlassen des Kirchenportals hatte Sir Edward Hales sie angesprochen:

»Ich beobachte Sie schon einige Tage, Miss, sehe Tränen in Ihren Augen ... Welcher Kummer bedrückt Sie?«

Sir Edward Hales war nicht nur ein vermögender, sondern auch ein mitfühlender Mann, ein echter britischer Gentleman, dem der Kummer einer schönen Frau ans eigene Herz greift. Kaum hatte ihm Lorenza von dem Unglück erzählt, das uns beide getroffen, war er sofort bereit, für mich die Kaution zu hinterlegen. Damit nicht genug, war er auch noch so freundlich, unsere aufgelaufenen Mietschulden zu tilgen und uns als Gäste in sein schmuckes Heim einzuladen, das im vornehmen Londoner Distrikt Kensington lag. Verdankten wir all dies wirklich nur seiner uneigennützigen Güte und Menschlichkeit, oder hatte Lorenza ...? Ich wollte es lieber nicht so genau wissen.

Einige Wochen lang lebten wir auf der Sonnenseite des Lebens. Nachdem uns Mr. Eddy, wie er sich freundlich von uns titulieren ließ, mit allem reichlich versehen, auch mit ansehnlicher Kleidung equipiert hatte, stellte er uns sogar seine Reitpferde zur Verfügung. Und so flanierten wir denn hoch zu Ross, Lorenza zu meiner Linken und Susan, Mr. Eddys siebzehnjährige Tochter, zu meiner Rechten, in Gesellschaft flirtender Nichtstuer und gelangweilter Dandys kreuz und quer durch den gepflegten Park.

Nirgends ist die ländliche Natur so verschönert wie in England, und nirgends freut man sich so über einen heiteren Sommertag wie hier. Der düstere phlegmatische Brite verschlingt gleichsam mit Heißhunger die Strahlen der Sonne, welche die beste Arznei gegen seinen Spleen ist. Ja, gebt den Engländern den Himmel von Italien, und sie werden singen und tanzen wie meine Landsleute!

Susan schien es gewohnt zu sein, dass sich die jungen Dandys mehr um die schöne Römerin denn um sie kümmerten. Die Natur hatte das arme Mädchen nicht gerade mit Reizen gesegnet. Ihr spitz zulaufendes, bleiches Gesichtchen mit den wehmütig blickenden Augen und dem kaum vorhandenen Kinn hungerte sichtlich nach Beachtung und Liebe. Da ich mich in ihres Vaters Schuld fühlte, war es nur billig, mich seiner Tochter erkenntlich zu zeigen und ihr offenkundiges Interesse an mir nicht kalten Herzens abzuweisen. Schon bald zeigte sich, dass sie eine verhinderte Künstlerin war. Darin war sie mir ähnlich, nur mit dem Unterschied, dass ich, nachdem sie mir einige ihrer Zeichnungen gezeigt, sofort wusste, wie es mit ihrem Talent bestellt war: nämlich schlecht. Sie dagegen hielt mich, weiß der Himmel warum?, für ein verkanntes Genie.

Nachdem sie mich unablässig dazu gedrängt hatte, blieb

mir nichts anderes übrig, als sie schließlich mit der Feder zu portraitieren, wobei ich meinen alten Fehler einer allzu naturalistischen Wiedergabe tunlichst vermied. Vielmehr folgte ich der alten orientalischen Weisheit: ›Sieh einen Menschen so wie er ist, und er wird schlechter. Sieh ihn so, wie er gerne sein will, und er wird besser!‹

»Wonderful! Really wonderful!« Susan war hingerissen von ihrem Portrait. »Sie müssen Papa unbedingt in Öl malen!«

Auch ihrem Vater hatte sie inzwischen die Meinung beigebracht, dass in mir ein zweiter Raffael schlummerte, dem nur der richtige Mäzen fehlte.

»Mr. Balsamo! Ich bin entzückt, dass Sie bereit sind, mein Landhaus künstlerisch auszumalen.«

»Wer sagt das?«

»Ihre Frau!«

»Aber Mr. Eddy! Ich habe schon lange nicht mehr in Öl gemalt. Sie wissen ja: die schlimmen Umstände!« In Wahrheit hatte ich noch nie in Öl gemalt.

»Dann wird es höchste Zeit. Übung macht den Meister.«

Bei nächster Gelegenheit knöpfte ich mir Lorenza vor. »Was hast du Mr. Eddy über mich vorgelogen?«

»Ich habe ihm nur erzählt, du seist ein sehr talentierter italienischer Maler mit großer Zukunft. Das war doch nicht gelogen, oder?«

»Wann wirst du endlich lernen, einen Federzeichner von einem Maler, einen Radierer von einem Farbenkleckser zu unterscheiden! Ich schwöre dir: Das ist wieder einmal der Anfang vom Ende.«

»Aber ich musste doch dein Talent irgendwie herausstellen. Für einen Nobody hätte Mr. Eddy bestimmt nicht die Kaution hinterlegt. Dagegen war er sofort bereit, einem verkannten Genie zu helfen.«

Jetzt war es an mir, den sicheren Instinkt, die Klugheit meiner Frau zu bewundern. Auf eine geschickte Weise hatte sie

Wahrheit und Lüge zusammengefügt. Hätte sie nichts als die Wahrheit gesagt, säße ich wohl noch immer in Kings Bench.

Aber wie sich jetzt aus der Affaire ziehen? Da ich nicht wollte, dass mein Wohltäter und künftiger Mäzen mich der Undankbarkeit zieh, blieb mir nichts anderes übrig, als seinen Auftrag schweren Herzens anzunehmen. In den folgenden Tagen schickte ich den Butler los; auf Rechnung seines Herrn sollte er mir eine Riesenstaffelei, Farben in Hülle und Fülle und Pinsel in allen Größen beschaffen.

»Wie schön, Mr. Balsamo, dass Sie sich entschlossen haben!«, riefen Mr. Eddy und Susan wie aus einem Munde. »Fangen Sie gleich mit dem Malen an?«

Eben dies suchte ich nach Kräften zu vermeiden. Zuerst müsse ein Gerüst errichtet werden, erklärte ich. Als dies geschehen war, beanstandete ich die mangelnde Sicherheit des Gerüstes und inszenierte wie zum Beweis einen kleinen Unfall, indem ich absichtlich auf den Planken ausrutschte. Ich schützte eine Verstauchung vor, die mir, gottlob!, einige weitere Tage Aufschub gewährte. Als das Gerüst verstärkt worden war, bemängelte ich den Zustand der Wände. Die Gerüste wurden wieder entfernt und die Wände nochmals verputzt.

Doch dann fiel mir keine Ausrede mehr ein.

»Darf ich mal Ihre Entwürfe sehen?«, fragte Mr. Eddy.

Auch das noch! Ich hatte keine.

»Aber Papa!«, belehrte Susan ihren Vater. »Raffael hat auch keine Entwürfe und Pläne zu seinen großen Werken gemacht. Er verließ sich allein auf seine Inspiration!«

Ein kluges Kind, diese Susan!

»Wir werden Sie beim Arbeiten auch gewiss nicht stören«, versicherte der Vater.

Ich begann also, Farben zu mischen, dünne und dicke, lange und kurze Pinsel in Brühen zu tunken, und zermarterte mir dabei den Kopf über das, was ich eigentlich malen sollte. Da der Lord einen konservativen Geschmack hatte, sollte ich vielleicht ein biblisches Sujet wählen. Ich dachte an Raffaels »Maria mit dem Jesuskinde«, an Michelangelos »Kreuzigung Christi«, an Tintorettos »Sturz der Engel«. Aber ein verkanntes Genie durfte sich keinesfalls dem Verdacht eines Plagiats aussetzen; sonst wäre es ja in den Augen seines Mäzens zu Recht verkannt. Nein, ich Pinsel musste schon ein neues Motiv, etwas wirklich Originales auf die Wände zaubern. Aber was?

Warum nicht die delikate Dreiecksgeschichte zwischen der hl. Klara, dem hl. Domenikus und dem hl. Franziskus zum Sujet nehmen? Die hatte sich meines Wissens noch kein Maler vorgenommen. Und würde sich als fortlaufende Bildergalerie an den Wänden des Schlafzimmers seiner Lordschaft gewiss vortrefflich ausnehmen. Ein erotischer Appetizer sozusagen! Es musste nur irgendwie nach italienischer Renaissance und dem Cinquecento aussehen. Nach meinem irdischen Ableben würden die Kunstkenner andächtig vor dem Bildnis des hl. Domenikus stehen und sagen: »Seht nur! Hier hat sich Balsamo selbst portraitiert – wie Rembrandt in der ›Nachtwache‹.«

So begann ich denn mein schöpferisches Werk, indem ich zunächst die Figurenumrisse und Hintergrundmotive auf die weißen Wände des Schlafzimmers strichelte. Das gelang mir nicht schlecht. Doch das Ausmalen in Ölfarbe wurde mir zum reinsten Martyrium. Ich gab mir zwar redliche Mühe, Augen, Nase, Mund, Ohren, Arme, Beine, Füße und Hände auf den großen Flächen möglichst dort unterzubringen, wo sie nach menschlichem Ermessen hingehörten. Doch die zu dünnflüssigen Farben an der Wand verteilten sich ohne mein Zutun in Gegenden, wo sie partout nicht hingehörten, bildeten hässliche Triefnasen und ausufernde Farbpfützen. Vergebens kämpfte ich mit Pinsel, Schwamm und Spachtel gegen das ölige Chaos: Hier tropfte das Schwarz einer Augenbraue bis über Nase und Wange, dort verschwamm eine dunkelblau schimmernde Iris bis über das Augenlid, hier verzog sich ein eben noch makelloser karmesinroter Lippenbogen, dank der Schwerkraft der Farbe, zur reinsten Grimasse, dort entartete eine fleischfarbene römische Nase zu einem kartoffelähnlichen Gebilde – und dies bei der hl. Klara! Es war, als führte nicht ich den Pinsel, sondern als ginge dieser, von Geisterhand geführt, seine eigenen geheimnisvollen Wege. Kein Wunder, dass unter dem geballten Ansturm so vieler aus dem Ruder laufender Farben auch die Proportionen der heiligen Korpusse samt der Perspektive völlig verrutschten, die Arme zu lang, die Beine zu kurz, die Schenkel zu dick, die Brüste und Pobacken auf ungleiche Höhe und die Taillen unter statt über den Bauch gerieten.

Mit wachsender Verzweiflung begutachtete ich das Werk meiner wochenlangen Bemühungen. Weder als naive Malerei noch als manieristische Kunst konnte dies durchgehen. Es sah vielmehr aus, als habe ein böswilliger Satyr, allen großen Meistern des Cinquecento zum Hohn, seinen ganzen Vorrat an Farben mutwillig über die Wände gekleckst. Götter und Kunstfreunde, verhüllt Euer Haupt! Nein, da war wirklich nichts mehr zu retten! Es sei denn ...?

Plötzlich kam mir ein Gedanke, wie ihn nur der Mut der Verzweiflung eingeben kann. Könnte es denn nicht sein, dass ich nicht nur dem Cinquecento, sondern auch meiner Epoche um Jahrhunderte voraus war? Ein Künstler der Moderne eben, der sich über alle ästhetischen Konventionen und Traditionen kühn hinwegsetzte, der bewusst und mit Vorsatz gegen die Perspektive und die klassischen Gesetze der Proportion und der Harmonie verstieß und stattdessen die Dissonanz, die Disproportion und die Anarchie zum neuen Kunstprinzip erhob? Ein künstlerischer Aufschrei gegen die falsche Majestät des Barock und die dekadente Verspieltheit des Rokoko?

Als es schließlich gar nicht mehr zu umgehen war, erklärte ich mich mit einer Besichtigung durch meinen Auftraggeber einverstanden.

»Great!«, flüsterte Susan, als sie mit offenem Munde mein Werk anstaunte.

»Horrible!«, rief Mr. Eddy und raufte sich vor Entsetzen die Haare. Taub für all meine künstlerischen Argumente, schmetterte er die Tür hinter sich zu.

»Sie Ärmster!«, äußerte Susan mitleidsvoll. »Papa ist eben hoffnungslos altmodisch und hat von moderner Kunst nicht die geringste Ahnung.«

Dankbar über ihr treuherziges Lob und den Gleichklang unserer Künstlerseelen streichelte ich ihr über die Wange. Ihr Gesicht erglühte, und ehe ich mich's versah, umschlang sie meinen Hals und presste ihre Lippen auf die meinen.

Für sie war ich ein Gott, für ihren Papa eine glatte Fehlinvestition. Die Augen traten ihm schier aus den Höhlen, als er überraschend noch einmal mit Lorenza zurückkam und mich selbstvergessen in den liebenden Armen seiner Tochter fand. Ehe ich noch eine Erklärung stammeln konnte, hatte er mich mit seinem drohend erhobenen Spazierstock aus dem Hause gejagt. Unsere Habseligkeiten warf uns der Butler hinterher. Woher soll ein Mäzen auch wissen, ob er es mit einem Genie oder einem Scharlatan zu tun hat?

Undank ist der Welt Lohn. Wir kehrten Old England, das meine künstlerischen Talente so wenig zu würdigen wusste, auf schnellstem Wege den Rücken, bevor es zu einem gerichtlichen Nachspiel kam.

*

Verdrießlich legte Zelada die *Bekenntnisse* beiseite ... Welch eine Unverschämtheit! Dieser Halunke und abgefeimte Betrüger sollte dem Publico nachgerade als listenreicher Schelm und sympathischer Schalk verkauft werden!

Der Kardinal erinnerte sich an einen Bericht im *Courrier de L'Europe* über Balsamos ersten Londonaufenthalt von 1772.

War da nicht auch von einer Strafanzeige Sir Edward Hales gegen den Sizilianer die Rede? … Er suchte sogleich aus den Akten den fraglichen Artikel heraus. Allerdings! Hier stand es schwarz auf weiß, dass Balsamo sich nicht nur als italienischer Kunstmaler ausgegeben, sondern dem Lord obendrein seine Gastfreundschaft übel vergolten, indem er *nicht nur sein Landhaus, sondern auch seine Tochter geschändet* – einmal mehr ein Beweis dafür, mit welcher Skrupellosigkeit der Autor dieser *Bekenntnisse* (wer auch immer er sei) Balsamos schändliche Vita frisiert und geschönt hatte!

VIII. Adam vor dem Sündenfall

Protokoll des Verhörs vom 30. Juli 1790 (Auszug)

Inquisitor: *Er bezeichnet sich selbst als »guter römischer Katholik« – und hat doch orthodoxe Christen, Protestanten, Calvinisten, Juden, Beschnittene und Ketzer aller Art in Seinen ägyptischen Orden aufgenommen!*

Inquisite: *Seit wann gilt der versöhnliche Geist der Ökumene als Ketzerei? … Zu keinem Zeitpunkt habe ich die Religion meines jeweiligen Gastlandes verletzt, sei diese nun katholisch, protestantisch, calvinistisch oder orthodox. Haben sich denn nicht Juden und Christen, Orthodoxe, Katholiken und Protestanten viele Mythen und heilige Legenden, viele bedeutende Männer und Propheten einmal geteilt, bevor sie damit begannen, sich gegenseitig die Köpfe einzuschlagen? Nach Jahrhunderten blutigster Glaubenskriege und der Verfolgung Andersgläubiger, die man als »Ungläubige« verketzerte, will der »ägyptische Orden« endlich ein Zeichen der Versöhnung setzen: der Versöhnung zwischen den Religionen, zwischen Okzident und Orient. Indem er neben Jesus auch die Verehrung der Patriarchen Moses und Elias in seinen Ritus aufnimmt, verbindet er den Geist des Alten mit dem Neuen Testament, den Talmud mit der Bibel … Was sollte daran ketzerisch sein?*

Inquisitor: *Dass Er alle Glaubensbekenntnisse einander gleichsetzt, als sei die allein selig machende Religion so gut oder so schlecht wie jede andere.*

Inquisite: *Die Liebe und Verehrung des Großen Baumeisters der Welten und die Anerkennung der christlichen Religion gehören zu den ersten Geboten meines Ritus. Darum wurde zu Beginn der Logenarbeiten stets das Veni Creator und am Schluss das Te Deum gesungen.*

Inquisitor: *Wie kann Er sich unterstehen, als blutiger Laie das Veni Creator und das Te Deum anstimmen zu lassen?*

Inquisite: *Mein ganzes Sinnen war darauf gerichtet, die Freimaurerei mit der katholischen Religion zu versöhnen und die Irrgläubigen, wenn auch mit neuen Methoden, auf den Weg der Rechtgläubigkeit zurückzuführen.*

Inquisitor: *Merkt Er denn nicht, wie Er sich in Seinen eigenen Schlingen verfängt? Einerseits behauptet Er, eine neue Ökumene stiften zu wollen, andererseits will Er die Ungläubigen auf den Weg der Rechtgläubigkeit zurückgeführt haben … Die Wahrheit ist: Er hat aus Rechtgläubigen Irrgläubige, und aus Irrgläubigen erst recht abergläubische Ketzer, sprich: ›ägyptische Maurersöhne und -töchter‹ gemacht. Unter dem Deckmantel der christlichen Religion hat Er höchst verwerfliche, abergläubische und heidnische Doktrinen eingeführt. In seinem Ritus ersetzt die Rose das Kreuz und das Werk des Gekreuzigten. Der ägyptische Ritus – so machte Er seine Adepten glauben – versetze den Menschen wieder in den Zustand Adams vor dem Sündenfall, vor seiner Vertreibung aus dem Paradies in die Welt der Strafe und Arbeit. Ergo bedarf der Mensch des Erlösungswerkes Christi gar nicht, noch der Absolution durch die hl. Kirche: Es genügen ein paar Anhauchungen, Berührungen, Einblasungen und Küsse durch den Großmeister – und schon befinde sich der Initiierte wieder im Primordialzustand, im Zustand vor dem Sündenfall. – Wahrlich eine feine Methode, dem Sünder die Absolution zu erteilen und die Erbsünde wegzuwischen!*

Inquisite: Sie kömmt ihn allemal billiger zu stehen als der römische Ablasshandel.

Inquisitor: Unterstehe Er sich, den Gnadenerlass der Hl. Römischen Kirche zu lästern!

Inquisite: Selbst unter den gelehrtesten Theologen sind Herkunft und Wesen der Erbsünde umstritten. Nicht dass ich mir als Laie hiezu ein Urteil anmaßen würde, doch als erfahrener Arzt weiß ich nur zu gut, dass ein Dauerzustand drückender Schuld der leiblichen und seelischen Gesundheit schweren Schaden zufügt. Der Erfolg so mancher Kur, die ich vollbrachte, lag darin, den Kranken von seinem schlechten Gewissen und seiner eingebildeten Schuld zu befreien. Das hat nichts mit Theologie zu tun, sondern allein mit praktischer Menschenkenntnis und der Liebe zum Nächsten, die zu den ersten Geboten meines Ritus zählt.

Inquisitor: Seine wohltätigen Veranstaltungen waren nur Lockmittel, um Seine Adepten auf den Weg der Ketzerei, der Verderbnis der Seelen und der Unbotmäßigkeit gegen die Souveräne zu führen.

Inquisite: Die Achtung vor dem Souverän kommt in meinem Ritus gleich nach der Gottesliebe.

Inquisitor: Ein schlauer Winkelzug seines Stifters, um nach dem Verbot des Illuminatenordens* der Verfolgung zu ent-

* Der 1776 von Adam Weishaupt gegründete Geheimbund der Illuminaten verstand sich als »Kampfbund für die Aufklärung«. Er suchte die ursprüngliche Botschaft des Evangeliums mit den Zielen der Aufklärung zu verbinden. Ihm gehörten viele Männer des öffentlichen Lebens, Gelehrte, Geistliche, Dichter (unter ihnen Goethe und Herder), Buchhändler und Publizisten (unter ihnen der Freiherr von Knigge und Bode, Herausgeber der »Berlinischen Monatszeitschrift«), Rechtsanwälte, Lehrer und Ärzte an. Die Verbindungen des Ordens reichten weit über Bayern, Sachsen und Preußen hinaus bis nach Österreich, Holland, Frankreich und Polen. Der Plan des Ordens ging dahin, den Mächtigen unmerklich die Hände zu binden, sie zu regieren, ohne sie zu beherrschen, das Ohr der Fürsten zu erreichen, indem man die Stellen der Prinzenerzieher, der Hof- und Gehei-

gehen und die Wachsamkeit der Behörden einzuschläfern! ... Indes haben wir sichere Zeugnisse davon, dass der »Großkophta« in seinen Reden und Predigten mehr als einmal, nach Art der Illuminaten, von der Notwendigkeit einer Generalreformation des verderbten Zeitalters gesprochen und die Logenbrüder aufgefordert, »wenn die Zeit reif sei, das Joch der Despoten abzuschütteln«.

Inquisite: Mit den Illuminaten hatte ich nie auch nur die geringste Gemeinschaft. Und der möge vortreten, der mich solcher frevlerischen Aussprüche zeiht!

Inquisitor: *Und wenn nun Seine eigene Gattin vorträte und solches bezeugte?*

Inquisite: Das glaube ich nie und nimmer!

Inquisitor: *Ist dies die Anzeige mit der Unterschrift Seiner Frau? ... Ja oder nein? Warum schweigt Er denn plötzlich? Hat Er etwa das Lesen verlernt? Nun, dann werden wir es Ihm vorlesen:*
»Wiederholt hat mein Gatte nicht nur die hl. Dogmen, die katholische Hierarchie und das Papsttum gelästert, sondern auch die Souveräne als ›Despoten, Blutsauger und Verderber des Volkes‹ schimpfiert.«

men Räte möglichst mit Mitgliedern des Bundes besetzte, ebenso die höheren Verwaltungsstellen, die geistlichen Ämter, Schulratstellen und Kommissionen. Der Zweck des Bundes war, in den Worten seines Begründers: die durch Jesum bewirkte, große, noch nicht vollendete Revolution fortzuführen, eine kosmopolitische Weltordnung ohne dynastische und nationale Schranken, ohne Fürsten und Stände zu errichten, Herrschaft ohne Willkür, Herrschaft der Vernunft und des gleichen Rechtes für alle zu verwirklichen.
1785 wurde der Illuminatenorden durch den bayerischen Kurfürsten Karl Theodor verboten. Schon zuvor hatte eine beispiellose Hatz gegen die Illuminaten eingesetzt, die als »gefährliche Deisten und Kabalenmacher«, als eine »Brut von Schurken im Staat« verschrien wurden, die »wie das Ungeziefer sich durch sich selbst vermehren«, als »Giftmischer und Sodomisten«, die allesamt »Rad und Galgen« verdienten. Adam Weishaupt wurde per kurfürstlichen Erlass seines Lehramtes für verlustig erklärt, musste aus Ingolstadt fliehen und suchte in Gotha Schutz.

Inquisite:	*Ich will meine Frau sprechen!*
Inquisitor:	Sie will Ihn aber nicht sehen. Und dafür hat sie wahrlich Gründe genug.
Inquisite:	*Was für Gründe?*
Inquisitor:	Nicht genug damit, dass Er seine Frau ihrer natürlichen Religion entfremdet und sie auf den Weg der Ketzerei geführt, hat Er sie auch zur Prostitution und zu Liebeshändeln aller Art gezwungen ... Er erinnert sich doch wohl an die »Affaire Duplessis«?

Kapitel 8

Ehekrise

It rains cats and dogs, wie der Engländer sagt. Lorenza und ich saßen vor einem Glas Rum in einer verrauchten Hafenkneipe in Dover, während unaufhörlich der Regen gegen die Fensterscheiben prasselte. Draußen an der Mole schaukelte die »Jeanne d'Arc« im Auf und Ab der Brandungswellen. Die schweren Herbststürme hatten ihre Abfahrt verzögert. Auf dem Kai herrschte hektische Betriebsamkeit. Mit Koffern und Kisten beladen, schimpfend und sich gegenseitig auf die Füße tretend, suchte jeder vor dem anderen die Laufbrücke zu erreichen. Familienväter schubsten ihre Frauen, zeternde Mütter zogen ihre brüllenden Bälger am Arm hinter sich her. Dazwischen fliegende Händler, die ihre Erfrischungen für die bevorstehende Kanalfahrt an den Mann zu bringen suchten. Hunde stöberten in den Abfällen und kläfften sich an.

Auch wir waren in gereizter Stimmung. Unsere letzten Pfund Sterling hatten wir für die Postkutsche von London nach Dover ausgegeben und saßen jetzt hier fest; denn Geld für die Überfahrt hatten wir nicht.

Ich beugte mich über den Tisch, griff nach Lorenzas goldenem Halskettchen mit dem Medaillon daran und wog es in meiner Hand. »Reines Gold! Könnte uns fünf Pfund Sterling bringen.«

Sie klopfte mir auf die Finger. »Dieses Medaillon mit dem Bildnis der Hl. Jungfrau rührst du nicht an. Es war mein Geschenk zur Kommunion. Sonst kannst du mich gleich mitverpfänden!«

»Dio mio!, bist du sentimental.«

»Warum versetzt du nicht deine Manschettenknöpfe? Die sind immerhin aus Elfenbein.«

»Bist du übergeschnappt? Soll ich etwa mit offenen Hemdsärmeln herumlaufen?«

»Du kannst sie ja hochkrempeln – zum Zeichen dafür, dass du endlich mal was Solides anpackst.«

»Was soll ich denn, deiner Meinung nach, Solides anpacken? Soll ich mich vielleicht als Kofferträger verdingen?«

»Immer noch besser, als hier rumzusitzen und deine eigene Frau wie ein Pfandleiher zu taxieren.«

So stichelten und muffelten wir übelgelaunt vor uns hin, als plötzlich die Tür aufging und ein hoch gewachsener Mann im Pelzmantel die Schänke betrat. Nachdem er vergebens nach einem Platz Ausschau gehalten, bat er sehr höflich um die Erlaubnis, an unserem Tisch Platz nehmen zu dürfen. Mit leichter Verbeugung stellte er sich als M. Duplessis vor.

»Balsamo. Graf Balsamo!«, erwiderte ich frostig.

»Enchanté!«

M. Duplessis bestellte ein Glas Rum und knöpfte seinen Mantel auf. Seine elegante Garderobe verriet auf einen Blick den französischen Chevalier. Er trug einen tadellos sitzenden lila Rock mit langen Schäßen, eng anliegende, aus feinstem englischen Tuch verfertigte Beinkleider, Schuhe aus schmiegsamem Antilopenleder, ein schneeweißes Vorhemd mit Kragen und Manschetten aus Brüsseler Spitze.

»Scheußliches Reisewetter, nicht wahr? Sie wollen gewiss auch nach Calais.«

»Wollen schon, doch leider können wir nicht.«

»Und warum nicht, wenn ich fragen darf?«

»Man hat uns bestohlen.«

»Ich bin untröstlich, Monsieur!«

Ich tischte ihm nun eine herzerweichende Geschichte auf, in der ich die Rolle des barmherzigen Samariters einnahm. Erzählte von einem sizilianischen Landsmann, den ich in London aus dem Elend gezogen und reichlich mit Geld unterstützt. Dieser jedoch habe es mir übel gedankt und sich mit meiner Geldbörse und unserem Gepäck aus dem Staube gemacht. Lorenza legte sogleich die passende Kummermiene auf, die obligaten Tränen kamen wie von selbst.

In einem Anfall von Edelmut erklärte M. Duplessis: »Madame la Comtesse! Monsieur le Comte!, vielleicht darf ich mir erlauben ...« Er zückte sogleich sein Portemonaie.

»Monsieur! Das ist mir höchst peinlich!«

»Das braucht Ihnen nicht peinlich zu sein. Sie geben mir die Auslagen später zurück.«

»Natürlich. Ehrensache. In Paris werde ich sofort meinen Bankier ...«

»Sie reisen auch nach Paris? Es wäre mir eine Ehre, wenn Sie und Ihre reizende Gemahlin mir von Calais nach Paris Gesellschaft leisteten. Ich führe nämlich eine eigene Karosse mit.«

»Sie sind zu großmütig, Monsieur. Wie sollen wir Ihnen danken?«

Da auf den Edelmut eines Kavaliers nur so lange Verlass ist, als auch sein Eigeninteresse geweckt wird, sagte ich zu meiner Frau, kaum dass wir unsere Kajüte bezogen hatten:

»Den hat uns der Himmel geschickt. Du solltest dich ihm ein wenig erkenntlich zeigen, aber nicht zu rasch! Die Fahrt nach Paris ist lang.«

M. Duplessis war nicht nur ein großzügiger Mann, er hatte auch vorzügliche Manieren. Und dass Lorenza ihm gefiel, zeigte die Bereitwilligkeit, mit der er während der Überfahrt auf Deck ihre Nähe suchte und sie in seine beruflichen und privaten Verhältnisse einweihte. Er war um die vierzig und bekleidete einen angesehenen Posten als Intendant und bevollmächtigter Advokat des Marquis de Prie, in dessen Auftrag er soeben eine ausgedehnte berufliche Reise durch England beendet hatte.

So vorteilhaft diese neue Bekanntschaft auch für uns war, ihre Begleiterscheinungen waren für mich weniger angenehm. Während der langen und beschwerlichen Fahrt von Calais nach Paris musste ich auf dem Rücksitz der eleganten zweisitzigen Equipage stehen, dort, wo normalerweise der Platz des Lakaien ist. Denn natürlich war es dem Besitzer nicht zuzumuten, selbst den Diener-Platz einzunehmen. Meine Stimmung während der fünftägigen Reise sank denn auch rasch auf Minustemperaturen, musste ich doch bei Wind und Wetter auf dem Dienerstand ausharren, indes meine Frau und Gustave – sie waren rasch beim »Du« angelangt – im Trockenen saßen und sich auf die angenehmste Weise unterhielten. Dass ich Zeuge ihrer zunehmenden Vertraulichkeiten wurde, war nicht gerade geeignet, meine Stimmung zu heben. Auch ärgerte es mich über die Maßen, dass ich vom Wirt und Personal der Gasthöfe, in denen wir unser Quartier nahmen, frech geduzt und wie ihresgleichen behandelt wurde; hielten sie mich doch für den Diener des Ehepaares Duplessis. So wurde ich denn von Poststation zu Poststation immer verdrießlicher.

»Du solltest dich schämen, Lorenza!«

»Wofür?«

»Während du mit Gustave tändelst, habe ich mir fast eine Lungenentzündung geholt.«

»So schlimm kann's nicht sein, denn deine Lungen sind

kräftig genug, um alle Flüche deiner Heimat über die Häupter der armen Franzosen zu entladen.«

»Außerdem behandelt ihr mich wie einen Lakaien.«

»Wieso? Du wurdest doch standesgemäß erhöht: vom falschen Grafen zum echten Diener.«

Manchmal schien mir, der Teufel leihe ihr seine Zunge: So spitz war sie.

Erst als wir uns Paris näherten, schlug mein Herz wieder hoch. Endlich erblickte ich es in seiner ganzen Größe auf einer weiten Ebene. Mein Blick verlor sich in dieser ungeheuren Häusermasse wie in einem unermesslichen Ozean. Das also war Paris, die Königin der Städte, die so viele Jahrhunderte hindurch Europa zum Muster diente und die Quelle des Geschmacks und der Moden für so viele Nationen wurde, deren Namen Gelehrte und Ungelehrte, Philosophen und Stutzer, Künstler und Banausen in allen Weltteilen mit Ehrfurcht aussprachen. Keiner Stadt habe ich mich mit solch erregten Gefühlen und mit solcher Ungeduld genähert.

Wir fuhren in die Vorstadt ein. Aber was erblickte man hier in der Nähe? Enge, unreinliche, kotige Straßen, schlechte Häuser, zerlumpte Hausierer und bettelnde Kinder, die sich wie eine Traube sogleich an unsere Equipage hingen und ihre Händchen durch das Fenster streckten. Das also war auch Paris, die Stadt, die von weitem so glänzt! Doch kaum waren wir an den Quais der Seine gelangt, änderten sich wieder die Dekorationen. Hier sah man herrliche Häuser von fünf bis sechs Stockwerken, Paläste und reiche Kaufläden. Eine ungeheure Menge Volks trieb hier durcheinander. Wagen jagte hinter Wagen, unaufhörlich hörte man das Geschrei: »Gare! Gare!«, und der Lärm, den dies alles zusammen machte, glich dem Toben eines aufgebrachten Meeres.

Endlich hielt der Wagen vor dem Palais des Marquis de Prie, in dessen Dachetage M. Duplessis sein Logis hatte. Zwei gallonierte Lakaien mit Goldschnüren auf Schultern und Brust eilten herbei und öffneten den Verschlag. Der eine bot Lorenza mit artiger Verbeugung seine behandschuhte Rechte, als sei sie eine vornehme Dame, und half ihr aus der Chaise heraus. Der andere mühte sich um M. Duplessis.

»Haben Sie viel ausgestanden, Graf?«, fragte er zu mir herauf.

»Ça va, ça va!«, murmelte ich. So viel Französisch hatte ich inzwischen gelernt. Vorsichtig half er mir vom Dienerstand herunter und stellte mich wie einen gefrorenen Schneemann auf das Pflaster.

»Kommen Sie, mon ami! Ein warmes Bad wird Ihnen gut tun.« Kaum vermochte ich, die marmorne Treppe im Innern des Palastes hochzusteigen, so steif vom langen Stehen waren meine Glieder. Selbst meine Bartstoppeln waren vom Froste bereift.

Oben angelangt, klingelte Gustave nach seinem Leibdiener. »Pierre! Ich bringe liebe Gäste mit. Sie werden uns hoffentlich« – er warf Lorenza einen verliebten Blick zu – »nicht sobald wieder verlassen. Lass es die gnädige Frau und Monsieur an nichts fehlen! Sie sollen sich bei uns wie zu Hause fühlen.«

Dank Lorenzas Tändelei mit Gustave gebrach es uns an nichts. Wir logierten in einer prächtigen Suite. Samt und Seide, Gobelins an den Wänden, Schränke mit Spiegelglastüren und ein französisches Himmelbett. Ein Wink – und Pierre eilte herbei, fragte nach unseren Wünschen, brachte dies und das und erledigte sämtliche Aufgaben, die man ihm auftrug. Es war wie im Märchen.

Natürlich ließ Gustave es sich nicht nehmen, uns die nächsten Tage persönlich durch Paris zu führen. Das Gedränge des Volks, in das wir uns mischten, trug uns wie das wogende Meer nach dem Pont-Neuf. Und weiter ging's die Ufer der Seine entlang mit ihren malerischen Gärten und Lusthäusern. Wir stiegen zum Montmartre hinauf, der ganz mit Windmühlen besetzt ist, die einem Heer geflügelter Riesen gleichen. Wir promenierten über die Champs-Élysées, einen Lustwald, durch kleine Rasenplätze unterbrochen, in welchem man hier und da auf Kaffeehäuser oder Kaufläden stößt. Sonntags spaziert hier das Volk, Musik erschallt überall, und die jungen Leute tanzen. Arme Leute ruhen hier von der Arbeit der Woche aus, trinken ihre Flasche Wein und singen Vaudevilles.

Betritt man dagegen die dichten Alleen des Tuilerien-Gartens, die nach dem Palast führen, trifft man schon nicht mehr das einfache Volk. Hier, zwischen den hohen Terrassen, die sich auf beiden Seiten durch die ganze Länge des Gartens erstrecken, promeniert die sogenannte feine Welt, gepuderte und geschminkte Herren und Damen. Geht man weiter, stößt man wieder auf enge Gassen, auf das widrigste Gemisch des Reichtums mit der bettelhaftesten Armut. Neben dem blitzenden Laden eines Juweliers erblickt man einen Haufen verfaulter Äpfel oder Heringe; überall ist Kot und hier und da sogar Blut, das wie Bäche aus den Fleischerbuden herausströmt. Hier möchte man Auge und Nase verschließen. Geht man wieder ein paar Schritte weiter, so umduften einen plötzlich alle Wohlgerüche Arabiens, denn hier sind unzählige Buden, wo man Gewürze, Pomaden und Parfüme verkauft. So hat man fast bei jedem Schritt eine neue Atmosphäre vor sich, sieht neue Gegenstände des Luxus oder der Unreinlichkeit, sodass man Paris mit Recht die schönste und hässlichste, die wohlriechendste und stinkendste Stadt auf dem Erdenrunde nennen kann.

Liebe um jeden Preis

Zu Recht wird Paris die Stadt der Liebe genannt. Das ist sie freilich in mehr als einem Sinne.

Eines Abends flanierten wir rund um das Palais Royal, ein ungeheures Gebäude, das man die Hauptstadt von Paris nennt. Man stelle sich einen prächtigen Palast im Quadrat vor, um welchen ringsum Arkaden laufen, darunter den erstaunten Blicken in unzählbaren Läden alle Reichtümer der Welt entgegenstrahlen. Alle Schätze Indiens und Amerikas, Brillanten, Perlen, Gold und Silber – alle Produkte der Natur und Kunst, alle Erfindungen des Luxus zur Verschönerung des Lebens sind auf die geschmackvollste Weise hier ausgelegt und mit verschiedenfarbigen Lampen erleuchtet. Ein Anblick, dessen Glanz die Augen blendet. Dazu eine ungeheure Volksmenge, die in diesen Arkaden auf und nieder wallt, um zu sehen und gesehen zu werden.

Auf dem Rückweg fanden wir uns plötzlich in einer engen beleuchteten Gasse. Hier reiht sich Schaufenster an Schaufenster; und hinter jedem posiert halbnackt oder im Negligé ein Mädchen, eines schöner und jünger als das andere, die Gesichter mit Belladonna bemalt, die Lippen grellrot oder violett geschminkt. Und diese blutjungen Dirnen in allen Hautfarben, halbe Kinder zumeist, präsentieren sich den vorbeiflanierenden Freiern in den aufreizendsten Posen. Neben den Fenstern stehen die Kupplerinnen, aufgedonnerte Matronen in buntem Kopfputz, hässliche Vetteln mit verlebten Gesichtern, die ihre Ware wie Marktschreier anpreisen, ihre jeweiligen Qualitäten und Liebesdienste mit den obszönsten Worten und Gebärden bezeichnen und gleich den Preis dafür nennen.

Der Anblick dieser Mädchen von vielleicht elf, zwölf oder dreizehn Jahren, die hier wie auf dem Sklavenmarkt feilgeboten werden, bestürzte Lorenza; sie brach in Tränen aus. Ich wollte sie von hier fortziehen. Doch sie riss sich von mir los und lief ein Stück weiter die Gasse hoch, um sich die Szenerie genauer zu betrachten: wie die Kuppelmütter diesem und jenem interessierten Herrn nähere Auskünfte erteilen oder mit ihm um den Preis der Ware feilschen, indes die Sklavinnen der Wollust sich wie aufgezogene Puppen vor den Kunden drehen, ihnen mit traurigen Kinderaugen Kusshändchen zuwerfen und die Schenkel spreizen, um ihnen einen Vorgeschmack jener Lust zu bieten, die sie erwartet, wenn sie erst mit der Kupplerin handelseinig geworden.

Gustave und ich holten Lorenza wieder ein und nahmen sie in die Mitte, um ihr diesen Anblick des Lasters und der Liederlichkeit zu ersparen. Sie aber konnte sich kaum beruhigen. Noch im Kaffeehaus stürzten ihr immer wieder die Tränen aus den Augen – so nahe ging ihr das Schicksal der blutjungen Dirnen. Gustave bedauerte sehr, dass wir in dieses üble Viertel geraten, dessen Anblick er uns gerne erspart hätte.

»Nein, nein!«, widersprach Lorenza ihm heftig. »Man darf vor solchen Abgründen menschlicher Gemeinheit nicht die Augen verschließen. Auch das gehört zu Paris ... Es wundert mich nur, wie ihr Männer einen solchen Anblick ertragen könnt, ohne dass sich euch das Herz im Leibe umdreht. Sind es denn nicht halbe Kinder noch, die hier wie auf dem Viehmarkt feilgeboten werden und jedem Freier, der zahlen kann, zu Willen sein müssen? Werden ihre zarten Seelen denn nicht für immer geknickt und gebrochen? Ihr Menschsein erniedrigt, ihre Gesundheit ruiniert und ihr Erlebnis der Liebe schon in frühester Jugend vergiftet?«

»Dies sind, Gott sei's geklagt!« – Gustave hob bedauernd die Arme –, »die Ausgeburten der Armut und des Lasters. Denn nicht selten sind es die Mütter selbst, die ihre Kinder an die Kupplerinnen für ein Linsengericht verkaufen.«

»Und die Regierung lässt dies zu? Gibt es denn keine Gesetze gegen die Prostitution von Kindern?«, fragte Lorenza empört.

»Gewiss gibt es Gesetze. Aber der Staat drückt hier beide Augen zu, denn die Prostitution ist ein blühender Geschäftszweig, der ihm reichlich Steuern und Abgaben bringt. Darum können die Kupplerinnen ihr Geschäft in aller Öffentlichkeit betreiben.« Und als ob es dadurch weniger schmutzig erscheine, dass es auch anderswo betrieben wird, fügte er hinzu: »Übrigens nicht nur in Paris, auch in Rom, London, Den Haag, Brüssel oder Berlin.«

Lorenza hatte den ganzen Abend am Wasser gebaut. Alle Versuche, sie wieder aufzumuntern, glitten an ihr ab.

Lange konnte es nicht mehr so gehen, dass Gustave seine beiden italienischen Gäste freihielt und alle anfallenden Kosten – für die Gastmahle, die Ausfahrten, die Opern- und Theaterbesuche – übernahm. Zwar wäre er von sich aus nie auf das zu sprechen gekommen, was man in seinen Kreisen »Kavaliersschulden« nennt; dafür war er viel zu vornehm. Aber auch vornehme Leute möchten gelegentlich ihr Geld zurückerhalten. Immer häufiger belegte er mich mit ernsten und nachdenklichen Blicken, die kaum anders zu verstehen waren denn als stumme Mahnung, meinen in Dover eingegangenen Verpflichtungen endlich nachzukommen.

Ich registrierte sie wohl – und sie machten mich zunehmend nervös. Hin und wieder ließ ich etwas von Wechseln und Pfandbriefen verlauten, die ich schon lange erwartete, die aber aus unerklärlichen Gründen bis jetzt nicht eingetroffen seien.

Eines Abends fragte mich Gustave wie aus heiterem Himmel: »Verstehst du dich eigentlich aufs Tanzen?«

»Nun ja, so lala!«

»Ich rede von den neuen Tänzen Gavotte, Gigue, Allemand, Bourée – und was der vertrackten Hopsereien mehr sind.«

»Muss ich die denn können?«

»Aber mon ami! Der Ballwinter naht.«

»Beherrschst du denn die neuen Tänze?«, wandte ich mich an Lorenza.

»Einer Frau liegt das im Blut«, sagte sie nonchalant, als habe sie schon im Laufstall Menuett und Gavotte getanzt.

»Du musst nämlich wissen«, fuhr Gustave fort, mir wie einem lahmen Gaul zuredend, »unsere Pariser Bälle sind Ereignisse allerersten Ranges. Ein ungeschickter Tänzer ist gesellschaftlich für immer unten durch. Du möchtest doch nicht, dass das auf mich zurückfällt?«

Ich war nicht gerade von der Idee begeistert, Nachhilfe in der Tanzkunst zu nehmen, zumal ich mit meinen kurzen Beinen nicht eben die beste Figur auf dem Parkett machte. Doch nach vielem Zureden ließ ich mich endlich breitschlagen, fortan regelmäßig zwei Abende die Woche bei Monsieur Lyon zu verbringen, den Gustave mir als Tanzlehrer wärmstens empfohlen hatte.

Und wider Erwarten fand ich sogar ein gewisses Vergnügen an der Sache. Als gestandener Mann mit Grafentitel war ich unter den pickeligen Ladenschwengeln und albern kichernden Laufmädchen, die bei Monsieur Lyon das Tanzbein schwangen, naturgemäß der Hahn im Korbe. Gerne hätte ich meine Fortschritte in der Tanzkunst auch meiner Frau vorgeführt. Doch wenn ich nach Hause kam, lag sie bereits mit geschlossenen Augen im Bett, die Decke bis über die Nase gezogen. Es verwunderte mich, dass sie neuerdings, entgegen ihrer sonstigen Gewohnheit, schon so früh zu Bett ging. Und es besorgte mich, dass sie immer häufiger über Kopfweh oder Migräne klagte – vornehmlich dann, wenn ich mich ihr in liebender Absicht zu nähern suchte.

Eines Nachts, als ich wieder vom Tanzunterricht heimkehrte, war sie nicht da. Unruhig ging ich durch alle Räume der Bel Etage – aber keine Lorenza! Einer bösen Ahnung folgend, riss ich den Spiegelschrank im Schlafzimmer auf: Ihre Kleider waren weg. Ebenso die ansehnliche Kollektion ihrer Strümpfe, Strumpfbänder und Dessous, die sie in der Kommode verwahrte. Ich weckte den Diener. Ob er wisse, wo meine Frau geblieben sei? Sie habe, erklärte er mit betretener Miene, in aller Eile ihre Koffer gepackt und sich dann eine Droschke genommen. Und Monsieur Duplessis? Auch sein Herr sei heute überraschend abgereist. Und wohin? Er bedaure sehr, Pierre sah mich voller Mitgefühl an, aber er wisse es auch nicht.

Ich stand wie vom Donner gerührt. Jetzt verstand ich, warum Gustave mir den Tanzkursus bei M. Lyon aufgeschwatzt hatte und warum Lorenza immer so müde war, wenn ich nach Hause kam. Ich wollte sofort los, um die Ehebrecherin zu suchen, da befiel mich eine plötzliche Atemnot. Keuchend wankte ich ins Schlafzimmer, warf mich auf das leere Doppelbett – und heulte. Zwischen Wut und Ohnmacht, gekränktem Stolz und schlechtem Gewissen hin- und hergerissen, wälzte ich mich in den seidenen Kissen. Einerseits kam ich mir auf das Schändlichste betrogen und hintergangen, andererseits wie ein elender Versager und Bankrotteur vor, der nicht einmal die eigene Frau auf anständige Weise ernähren konnte. Ein Mann wie Gustave konnte ihr wahrlich ein besseres Leben bieten als ich. War es da ein Wunder, dass sie mit ihm durchbrannte?

Endlich raffte ich mich auf. Auf der Suche nach meiner Frau zog ich durch die nächtlichen Gassen von Droschkenstand zu Droschkenstand und befragte die Kutscher, klapperte die Kaffeehäuser und Restaurants rund um das Palais Royal ab – aber niemand konnte mir Auskunft geben. Die nächsten Tage und Nächte irrte ich bei Schneetreiben durch halb Paris, von den Champs-Élysées zum Montmartre, von den Tuilerien zur Île de France, wieder und wieder suchte ich die Schänken und Boutiquen rund ums Palais auf, stand, vor Kälte schlotternd, vor den Pariser Theatern, in der verzweifelten Hoffnung, sie und ihren Entführer vielleicht unter den Besuchern zu finden. Doch es war vergebens! Wie sollte ich sie denn auch in dieser Riesenstadt finden ohne Hilfe der Polizei!

In meiner Verzweiflung entschloss ich mich, die Pariser Sûreté mit der Suche zu beauftragen und eine Anzeige »wegen Untreue« gegen meine Frau und ihren Entführer aufzugeben. Der Beamte, der meine Anzeige zu Protokoll nahm, hatte mir nämlich erklärt, Ihre Majestät, König Ludwig XV., habe seinem Hof ein nachahmenswertes Beispiel durch Hebung der allgemeinen Volksmoral zu geben gewünscht und daher einen besonderen Gesetzesparagraphen für »betrogene Ehemänner« geschaffen – der wohl weiseste und gerechteste Akt seiner gesamten Regierungszeit!

Endlich, am zwölften Februar, wurde ich wieder in das Bureau der Pariser Sûreté bestellt. Man habe – so wurde mir mitgeteilt – meine Frau und ihren Liebhaber endlich gefunden. Und zwar in einem kleinen, von Efeu umrankten Haus im Park an der Bannmeile, das ihnen als Versteck und Liebesnest gedient. Der unverschämte Entführer habe erst behauptet, dass die leicht bekleidete Dame an seiner Seite nicht die gesuchte Signora Balsamo, sondern »Madame Duplessis« sei. Erst als man ihm den Arrestbefehl vorlas, der auf »Signora Balsamo, geborene Feliciani« und auf »Gustave Duplessis« ausgestellt war, habe er klein beigegeben. Die Anklage lautete auf »Ehebruch und gewaltsame Entführung«. Beide wurden arretiert und Lorenza ins Gefängnis Ste. Pélagie gebracht.

Zwei Monate war sie hier mit lauter Dirnen in einem vergitterten, kaum belüfteten Raume zusammengesperrt. Mit einem Dutzend von ihnen musste sie sich das faulige Strohlager, das halb verschimmelte Brot, die dünne, salzlose Suppe und das Wasser der Seine teilen, in welche alle Unreinlichkeiten des Hôtel-Dieu fließen. Kein schöner Aufenthalt, gewiss! Aber Strafe muss sein. Schließlich hatte sie das Sacramentum der Ehe gebrochen.

Am dritten Tag ihrer Haft wollte ich sie besuchen. Doch als ich den Warteraum betrat, erklärte mir der Aufseher, meine Frau wolle mich nicht sehen. Die Tage und Wochen darauf kam ich wieder und wieder. Doch sie ließ mich jedes Mal abweisen. Nur meine Mitbringsel, die ich mir vom Munde abgespart hatte, nahm sie an. Mal war es ein Körbchen mit Hühnchen und Käse, mal mit Thunfisch und Weißbrot, mal mit gedörrtem Rindfleisch und Datteln.

Im Unterschied zu mir hatte sie in Ste. Pélagie immerhin ein

Dach über dem Kopf. Kaum nämlich war dem Marquis de Prie, in dessen Palast wir logiert, zu Ohren gekommen, dass sein Intendant mit meiner Frau durchgebrannt war, warf er mich kurzerhand hinaus; denn er fürchtete nichts mehr als den öffentlichen Skandal. So stand ich denn, mit meinem Koffer und nur noch ein paar Écus in der Tasche, wieder auf der Straße.

In weiser Voraussicht und gleichsam als kleine Entschädigung für die Entführung meiner Frau, hatte ich einige Garderobenstücke des schamlosen Entführers mitgehen lassen: seinen aus feinstem englischen Tusch gefertigten Rock, seine Beinkleider und Gamaschen und seine Schuhe aus Antilopenleder. Schließlich galt das geflügelte Wort »Kleider machen Leute« nirgendwo mehr als in Paris.

So befand ich mich denn in der paradoxen Lage eines elegant gekleideten Herrn, den jeder Kellner mit »Seigneur!« ansprach, dem jeder Kutscher den Verschlag aufhielt – und der doch die kalten Februarnächte bald unter Brücken, bald in irgendeiner Scheune zubringen musste.

Medizinisches Gesellenstück

So wie bisher konnte es nicht mehr weitergehen! Wenn ich meine Frau zurückgewinnen wollte – für ihren Ehebruch war sie ja genugsam gestraft –, dann musste ich ihr, sobald sie aus der Haft entlassen, ein anderes, ein besseres Leben als bisher bieten.

Vor mir stand eine dampfende Tasse Schokolade. Neben mir auf dem Marmortischchen des *Café Bavarois* lag die Zeitung. Von ungefähr fiel mein Blick auf folgende Annonce:

Vermögendes Ehepaar sucht einen Arzt, der mit den geheimen Rezepturen und Elixieren der arabischen Medizin vertraut und in der Behandlung delikater Symptome erfahren ist. Dis-

kretion erwünscht, und angemessene Honorierung bei erfolgreicher Kur. M. und Mme. Rochelle, Rue d'Angoulême 4.

War das nicht ein Wink des Schicksals? »Garcon! L'addition!«

Ich ging ins nächste Leihhaus, wo ich mir einen englischen Doktorstock und einen gebrauchten schwarzen Arztkoffer auslieh. Auch wenn er leer war, so vermittelte er doch den würdigen Anschein medizinischer Empirie. Vor dem Spiegel prüfte ich den Sitz meines Rocks, respektive den Gustaves – er war mir in den Schultern zu eng, aber daran hatte ich mich inzwischen gewöhnt, zupfte den Spitzenkragen des Vorhemds zurecht, wischte den Kot von den Absätzen der Schnallen-Schuhe und polierte sie gründlich. Sodann kaufte ich mir in der Apotheke ein Riechfläschchen mit Bisamwasser. So ausgestattet, ließ ich mich von einem Fiaker zu der im Journal angezeigten Adresse kutschieren.

Das Haus Nr 4. in der Rue d'Angoulême machte einen sehr honorigen Eindruck. Ein Diener in goldbetresster Livree öffnete mir und führte mich in den Salon, der in ein rötliches Licht getaucht war. Wohin man blickte, Seidentapeten und Gobelins, Bronze und Mahagoni. Auf den formschönen Ottomanen im Louis-XV-Stile saßen, bei Champagner und Konfekt, vornehm gekleidete und bestens gelaunte Herren, umräkelt und umgarnt von jungen, bildschönen Circen verschiedener Hautfarbe, die in durchsichtige Seide gehüllt waren. Kaum hatte ich registriert, wo ich mich hier befand, nämlich in einem Etablissement der gehobenen Sorte, fühlte ich mich schon durch das große Lorgnon ihrer Inhaberin erspäht. In einem eleganten violetten Seidenkleid mit abstehenden steifen Falten und einer auffallend großen roten Schleife an der Brust – dem einzigen verräterischen Signal ihres Berufes – thronte sie auf einem erhöhten Sitz und überwachte die Dezenz im Benehmen ihrer Besucher. Jetzt stieg sie herab von ihrem Thron und kam, mit dem chinesischen Fächer wedelnd, auf mich zu. Ich stellte mich ihr mit einer galanten Verbeugung als Doktor Tycho vor.

»Enchanté, Monsieur Tycho! – Ich bin Madame Rochelles. Kommen Sie!«

Sie führte mich, an ihren Mädchen vorbei, in ein Separee, wo sie mir sogleich einen Tee mit Konfekt servieren ließ.

»Sie haben also die arabische Medizin studiert, M. Tycho?«, begann sie förmlich.

»Ich hatte das Privileg, Madame, in Messina und Alexandria bei den besten Ärzten Arabiens in die Schule zu gehen. Ich selbst bin in Sizilien geboren.«

»Sizilien!« Madame Rochelle verdrehte verzückt die Augen, ein Liedchen intonierend, das sie wohl für sizilianisch hielt.

Nachdem wir allerlei Artigkeiten ausgetauscht hatten, kam sie endlich zur Sache. Madame Rochelle lebte nicht nur vom Geschäft der Liebe, die Liebe selber war ihr ganzer Kummer. Denn als vollblütige Vierzigerin einen Gatten und Lebensgefährten zu haben, der die sechzig überschritten, und ihn auch noch von Herzen zu lieben, das kann – wie sie mir unter leisen Seufzern zu verstehen gab – zu »gewissen Komplikationen führen«. Sie und ihr Gatte hatten schon mehrere gut beleumdete Medici zu Rate gezogen, die aber gar nichts bewirkt, außer dass sie erkleckliche Honorare verlangt.

Monsieur Rochelle, den Madame sogleich aus dem Nebenzimmer rief, auf seinen Körperzustand zu untersuchen, erwies sich als ziemlich schwierig; denn er war im Wortsinne zugeknöpft, und Madame verlangte auch noch, dabei zu sein.

»Wollen Sie sich bitte entkleiden, Monsieur! ... Wo tut's Ihnen denn weh?«, fragte ich im geschäftsmäßigen Ton des erfahrenen Arztes.

»Gar nichts tut weh«, sagte er und senkte schamvoll den Blick. Dann wandte er sich an seine Frau. »Hast du ihm denn nicht gesagt ...?«

»Aber Chéri«, rief sie geziert, »was verlangst du von mir!«

»Sie brauchen sich nicht zu entkleiden!«, schaltete ich mich ein. Ich hatte verstanden, woran Monsieur litt. Ich zog eine arabische Handschrift aus der Innentasche meines Rocks, schlug sie auf und begann mit gewichtiger Miene darin zu blättern.

»Sie lesen auch Arabisch, Monsieur Tycho?«, fragte Madame in ehrerbietigem Tone.

»Gewiss, Madame! Sonst könnte ich ja die arabischen Geheimrezepturen nimmer applizieren!«

»Stellen Sie denn Ihre Medizinen selbst her?«

»Natürlich, Madame! Ich kenne in ganz Paris keinen Apotheker, der sich auf solche Rezepturen verstünde, geschweige denn des Arabischen mächtig wäre.«

In die Augen des Ehepaares kam ein ehrfürchtiges Glimmen. »Und Sie meinen, dass Ihr Elixier auch bestimmt hilft?«, fragte Monsieur unsicher.

»Wenn es dem Großwesir von Konstantinopel geholfen hat, der am gleichen Malheur litt, wird es gewiss auch Ihnen helfen.«

»Dem Großwesir von Konstantinopel«, wiederholte Monsieur Rochelle andachtsvoll.

Ich zog einen Rezeptblock hervor.

»Vor jedem Schlafengehen«, wandte ich mich an Madame, »nimmt der Patient ein großes Glas vom ägyptischen Wein. Davon fühlt er sich jung. Aber regelmäßig, Madame, regelmäßig! In Ihrem Interesse! … Und am Morgen nach dem Aufstehen«, wandte ich mich an den Patienten, »benutzen Sie die Pomade, deren Anwendung ich Ihnen auf diesem Rezeptblatt beschreibe. Sie sollen sich ja nicht nur jung fühlen. Sie sollen auch jung wirken.«

Tags darauf brachte ich eigenhändig die Dose mit der wohlriechenden Pomade und die Flasche mit dem »ägyptischen Wein« vorbei, einen schweren Madeira, den ich mit einem aphrodisiakisch wirkenden Mittel versetzt hatte, das aus der »Spanischen Fliege« gewonnen wird – einem Insekt, welches sich auf Eschen und Ligusterbäumen aufhält. Das Rezept zu diesem uralten Liebestrank verdankte ich meinem medizinischen Lehrmeister Dottore Ambrosius.

Indes wollte ich mich auf das Aphrodisiakum alleine nicht verlassen, seine Wirkung vielmehr durch ein gehöriges Quantum Psychologie unfehlbar machen. Darum nahm ich auch die Einladung Madame Rochelles zum gemeinsamen Souper dankbar an. Hierbei ließ ich mein Talent als galanter Unterhalter spielen, gab manche Bonmots und pikante Histörchen aus der Welt der Medicusse zum Besten, die das heikle Thema von der humorigen Seite beleuchteten. So erzählte ich dem Ehepaar, wie der berühmte holländische Arzt Boerhaave einen an Impotenz leidenden Bischof kurierte: Er gab ihm den Rat, sich dreimal täglich, morgens, abends und mittags, von jungen Mädchen anhauchen zu lassen. Und siehe da: Der frische Odem und Anblick der hübschen Jungfern beflügelte so sehr die ermattete Manneskraft des Kirchenfürsten, dass seine Mätresse nicht mehr befürchten musste, in Ungnade zu fallen.

»Nun«, sagte Madame Rochelle mit anzüglichem Lächeln zu ihrem Mann, »an jungen Schönen fehlt es uns ja nicht.«

»Aber Chérie«, protestierte er halbherzig, »du weißt doch, dass ich mir aus jungen Mädchen gar nichts mache.«

Sodann gab ich eine meiner Lieblingsanekdoten aus den *Novellinos** zum Besten: »Ein Kaufmann von düsterer Miene und mürrischem Wesen hatte eine Frau, deren Antlitz den Glanz aller Wohltäter in sich vereinigte. Der Gatte liebte sie um alle Leiden der Welt, sie aber verabscheute ihn und war durch nichts zu bewegen, ihm auch nur einen Augenblick lang zu Willen zu sein. Da drang eines Nachts ein Dieb in ihr Haus ein. Die Frau schloss vor Angst ihren Mann fest in die Arme. Der wachte auf und sprach: ›Welch unverhoffte Zärtlichkeit! Wie kommt es, dass du mich solcher Gnade

* *Italienische Novellensammlung aus dem 13. Jahrhundert*

würdigst?‹ Als er aber den Dieb bemerkte, rief er: ›O wackerer Mann, willkommen! Nimm dir, was du begehrst, ohne zu zaudern! Hat doch dein glückliches Erscheinen bewirkt, dass diese Frau mir endlich ihre Liebe schenkt.‹«

Das Amusement meiner Gastgeber war groß, und die Stimmung wurde immer besser. Dabei ließ ich es gegenüber Madame Rochelle nicht an Galanterien und Komplimenten fehlen, die sie in beste Laune versetzten. Jedenfalls musste M. Rochelle den Eindruck gewinnen, dass das Objekt seines nachlassenden Begehrens für andere Männer durchaus begehrenswert war. Und dies blieb nicht ohne Wirkung auf ihn. Nach einer weiteren gemeinsam verbrachten Soiree zeigten sich bei ihm die ersten Symptome einer heilsamen Eifersucht, zumal ihm nicht entgehen konnte, dass sich der Arzt und Nebenbuhler bei seiner Gattin einer zunehmenden Wertschätzung erfreute. Sein trüber Blick belebte sich bald, und seine Mattigkeit wich einer zunehmenden Aufgekratztheit; augenscheinlich wollte er mir und seiner Geliebten beweisen, dass er nicht gewillt war, mir das Feld zu überlassen, und dass auch in ihm, trotz seines Alters, noch ein koketter Cupido steckte. Im Grunde war es ein uraltes Rezept, das jedem Bauern bekannt ist: Kaum nämlich wittert der müde Hahn einen Rivalen, schwillt ihm wieder der Kamm.

Einige Tage später empfing mich M. Rochelle mit frohlockender Miene: »Man sollte nicht meinen, wie viel Feuer in Ihrem ägyptischen Weine steckt! Ein echter Liebestrunk!«

»Sie machen uns ja so unendlich froh!«, gestand Madame mit leichtem Erröten. »Wie sollen wir Ihnen bloß danken?«

»Nach Ihrem Dafürhalten, Madame!«

So viel hatte ich inzwischen gelernt – man bekommt mehr, wenn man auf Dank spekuliert. Und ich darf wohl sagen: Weder Monsieur noch Madame ließen sich für ihr neugeschenktes Glück im Winkel lumpen. Außer dem Beutel voller Louisdor bot Madame mir noch Exquisiteres an:

»Meine Mädchen, Doktor Tycho, sind nicht nur sehr liebenswürdig und von tadelloser Hygiene, sie haben auch alle den Aretino studiert und verstehen sich auf die höheren Raffinements der Liebe!«

»Ihr Angebot ist zu reizend, Madame! Aber auf mich wartet zu Hause ein liebendes Weib! Sie verstehen.«

Nach einer Woche erlitt der Patient jedoch einen Rückschlag. Ich schloss dies aus der kummervollen Miene, mit der mich Madame empfing. Schon sah ich die weitere Belohnung, die sie mir in Aussicht gestellt, in den Sternen. Doch dann erinnerte ich mich jener peinvollen Tage während unserer Pilgerschaft, da auch mir die Manneskraft versagte und Lorenza ungetröstet neben mir lag. Damals hatte ich ihr gegenüber ein sehr schlechtes Gewissen, fühlte mich als Versager – und darum versagte ich bei ihr. Ergo, schloss ich messerscharf, musste es auch bei Monsieur Rochelle einen tieferen Grund geben, der ihn bei seiner Frau schlappmachen ließ.

Ich bat Madame, mit ihrem Gatten unter vier Augen sprechen zu dürfen.

»Monsieur!«, begann ich, »mein ägyptischer Wein wirkt Wunder. Aber nur dann, wenn der Patient ein reines Gewissen hat ... Gibt es etwas, das Ihre Seele belastet und das Sie vor Ihrer Gattin peinlich verschweigen?«

Monsieur schlug die Augen zu Boden und druckste herum. »Ich wüsste nicht ... Ich meine, wir haben vollstes Vertrauen zueinander!«

Nun setzte ich alles auf eine Karte, respektive auf meinen Instinkt. »Monsieur! Wenn Sie mit einem der Mädchen hier etwas hatten, wäre es besser für Sie und Ihr gemeinsames Glück, Sie würden es Ihrer Gattin beichten!«

Er sah mich verdattert an. »Woher wissen Sie das?«

»Ein Arzt, der in Arabien studiert hat, sieht bis auf den Grund der Seele ... Ich versichere Ihnen: Wenn Sie meinen Rat befolgen, werden Sie vollständig kuriert sein!«

Drei Tage später empfing mich Madame mit freudestrahlendem Gesicht. Sie konnte meine ärztliche Kunst und die Wirkung meines »ägyptischen Weines« gar nicht genugsam rühmen. Und bat mich, ihr einen genügenden Vorrat davon zu beschaffen, sie werde es mir überreich lohnen. Ich lieferte ihr gleich ein ganzes Fass ins Haus und weihte sie bei dieser Gelegenheit in das Geheimnis des Aphrodisiakums ein: Der »ägyptische Wein« stamme von einem Weinbauern aus Tunis. Dieser habe die Gewohnheit, nach der Weinlese mit seinen Mägden in dem noch leeren Fass der Liebe zu pflegen. Daher die unvergleichliche Blume und anfeuernde Wirkung des veredelten Saftes.

Mme. Rochelle musste herzhaft lachen und belohnte mich fürstlich. Die Belohnung bestand in einer nagelneuen himmelblauen Kutsche. Endlich ein eigenes Reisegefährt! Und, was noch mehr zählte: Ich hatte, gleichsam aus dem Stand, mein erstes medizinisches Gesellen- und Kabinettstück vollbracht.

Tätige Reue

Als sich Anfang April endlich die schwere Eisenpforte von Ste. Pélagie öffnete und Lorenza mit ihrem Bündel heraustrat, stand ich schon bereit und öffnete ihr den Verschlag unseres neuen Reisegefährts.

»Wo hast du denn die Edelkutsche her?«

»Habe sie mir redlich verdient.«

Sie sah mich zweifelnd an. Während der Fahrt durch die lärmenden Gassen hüllte sie sich in Schweigen. Ihr bleiches Gesichtchen und ihre frostige Miene waren ein einziger Vorwurf gegen mich. Erst als ich vor einem ansehnlichen Haus in der *Rue Mazarin* anhielt, sie hinauf in den dritten Stock und durch das feinmöblierte, aus zwei Zimmern und einem

Boudoir bestehende Appartement führte, das ich gemietet hatte, erhellte sich ihr Blick. Gleichwohl kam ihr kein Dankeswort über die Lippen.

Ich geleitete sie an den gedeckten Tisch, wo schon ein kaltes Buffet mit gebratenem Hühnchen, Lachs, Käse, Tomaten, Oliven und frischem Salat bereitstand. Der hochprozentige »ägyptische Wein«, den ich sogleich kredenzte und von dessen feurig-benebelnder Kraft ich mir einiges erhoffte – nicht nur die Vergebung meiner Sünden, sondern auch eine Wiederbelebung unserer seit Monaten auf Eis gelegten erotischen Fluida –, zeigte bei meinem Weibe leider nicht die geringste Wirkung. Sie aß und trank zwar mit großem Appetit, doch gewährte sie mir nicht einen dankbaren oder zärtlichen Blick, keine noch so flüchtige und züchtige Berührung ihres gebenedeiten Corpus, nach dem ich mich doch seit Wochen verzehrte. Nachdem sie sich im Boudoir bettfertig gemacht und ihr neues Negligé aus feinstem Musselin angelegt hatte, das mich 20 Louisdor gekostet, wünschte sie mir in frostigem Ton »gute Nacht«, verzog sich ins Schlafzimmer und drehte den Schlüssel in der Tür zweimal um. Ich war ausgesperrt und verbrachte die Nacht auf der Chaiselongue. So auch die folgenden Nächte.

Vergebens suchte ich ihr begreiflich zu machen, dass nicht nur sie, sondern auch ich gelitten, nachdem sie mich verlassen.

»Mein armer Giuseppe!«, höhnte sie. »Mir kommen gleich die Tränen.«

»Du kannst von Glück sagen, dass ich mir nicht den Strick nahm. Die Schlinge hatte ich schon geknüpft.«

»Ich wette, mein Zaubermann«, spottete sie, »es war nur ein Scheinknoten, der sich beim geringsten Zug wieder gelöst hätte.«

Auch meine zu Herzen gehende Schilderung, wie ich auf der Suche nach ihr tage- und nächtelang bei Wetter und Frost durch Paris geirrt, vermochte sie nicht zu erweichen.

»Nun, das war *dein* Liebesorakel. Wurde ja höchste Zeit, dass es dir auch einmal ein paar Herzensprüfungen auferlegte ... Mir aber hat, als ich auf der Suche nach meinem Zwillingsmann halb Rom durchstreifte, keine Polizei dabei geholfen.«

»Wie hätt' ich dich denn sonst in diesem Babylon finden sollen?«

Mit Wut gab sie zurück: »Erst stellst du deine ›Madonna‹ auf den Sockel, in der Not darf sie dann für dich anschaffen, und wenn sie das nicht länger mitmacht, traktierst du sie wie eine kriminelle Ehebrecherin ... O Sancta Sicilia! Bewahre uns Weiber vor deinen Hurensöhnen und rachsüchtigen Haustyrannen!«

Wie sie so mit funkelnden Augen und glühenden Wangen vor mir stand und den Wetterstrahl ihres aufgestauten Zornes gegen mich schleuderte, erschien sie mir noch schöner und begehrenswerter als sonst. Ich musste all meine Beherrschung zusammennehmen, um diese liebreizende Furie nicht vor lauter Begehr auf der Stelle zu notzüchtigen. Nach einer Weile bemerkte ich kleinlaut:

»Du weißt doch, das Sacramentum der Ehe ist mir heilig!«

»Es ist unfassbar!«, schnaubte sie. »Da bin ich mit einem notorischen Gesetzesbrecher verheiratet, aber der Paragraph eines gekrönten Hurenbocks ist ihm grad' recht, um seine eigene Frau hinter Schloss und Riegel zu bringen.«

»Im Kittchen konntest du mir wenigstens nicht mehr davonlaufen ... Auch war's zu deiner eigenen Genesung. Ich musste dich auf Entzug setzen, bis du vom Faulfieber namens Gustave kuriert warst.«

Ihr Zorn schlug in glucksendes Gelächter um. »Mit *der* Kur wirst du ganz gewiss der neue Paracelsus werden und in die Annalen der Medizin eingehen. Und alle gehörnten Ehemänner Siziliens werden dich lobpreisen.«

Es war einfach nicht vernünftig mit ihr zu reden. Dass nicht nur ich sie, sondern auch sie mich gekränkt und gedemütigt hatte, indem sie mit diesem Pariser Stutzer durchgebrannt war, dies schien ihr gar nicht in den Sinn zu kommen. Alles Leiden und alle Kränkung hatte sie gleichsam für sich gepachtet, und alle Schuld lag selbstredend bei mir – eine prächtige Rollenverteilung, auf die sich unsere herzigen Frauen seit alters her verstehen, sie liegt ihnen gewissermaßen im Blut.

So nahm ich denn die Rolle des Büßers auf mich, schlich mit zerknirschter und reuiger Miene hinter ihr her und war eifrig darum bemüht, sie wieder aufzupäppeln. Alle Wünsche las ich ihr von den Augen ab und bereitete ihr wie ein Butler alle nur denkbaren Annehmlichkeiten. Ohne Murren stand ich vor ihr auf, um ihr das petit déjeuner und den café au lait ans Bett zu bringen, lief zum Bäcker oder Delikatessladen – sie war gerade in dieser Zeit ausgesprochen naschsüchtig und auf Süßigkeiten erpicht –, kutschierte sie mit unserem neuen Reisegefährt zum Coiffeur, zur Anprobe in der Boutique, zur Promenade durch den Bois de Boulogne oder wohin sonst es ihr beliebte. Ich verwöhnte sie, wie ich nur konnte und wie es meine Geldbörse erlaubte; doch wenn ich geglaubt hatte, durch so viel tätige Reue ihre Gnade wiederzuerlangen, so sah ich mich bitter getäuscht. Auch unser bescheidener Wohlstand, der sich meinem medizinischen Gesellenstück verdankte, entlockte ihr kein Wort der Anerkennung, im Gegenteil:

»Und du hast dich nicht geschämt«, ereiferte sie sich, »einer Puffmutter die Cour zu machen, während deine Frau bei Wasser und Brot im Arresthaus schmachtete!«

»Reg dich ab, Lorenza! Die Cour war ja Teil der Kur.«

Schließlich war ich die ewige und nutzlose Büßerrolle satt. Eines Abends, als sie gerade wieder den Schlüssel zum Schlafzimmer umdrehen wollte, stellte ich meinen Fuß in die Tür und entwand ihr den Schlüssel.

»Heute Nacht«, sagte ich mit entschlossener Miene, »bleibt die Tür offen!« Sie sah mich verdattert an, mit solch einem Ton hatte sie nicht gerechnet. »So – und jetzt sage mir gefälligst, was ich noch tun muss, um deine Gnade wieder zu erlangen! Willst du, dass ich aus dem Fenster springe und dir im Himmel der unbefleckten Madonnen schon mal ein Plätzchen reserviere?«

Ich öffnete das Fenster, stieg entschlossen auf den offenen Bord und setzte zum Sprunge an.

»Bist du verrückt?«, schrie sie, stürzte ans Fenster und hielt mich mit beiden Armen fest, zog und zerrte an mir, bis ich zu guter Letzt in ihre Arme fiel.

Damit war, nach monatelanger Eiszeit, endlich das Eis gebrochen. Hoch und heilig musste ich ihr versprechen, sie nie wieder in eine so elende Lage zu bringen, dass sie ihren Leib zu Markte tragen müsse. Nach einer langen heißblütigen Aussprache, bei der beiderseits Tränen flossen, hatte Amor uns wieder – und wir vollzogen die Absolution bei zwei Flaschen »ägyptischen Weins«.

IX. Memento (a)mori*

Zelada legte die *Bekenntnisse* aus der Hand und streckte die Beine von sich. Die untergehende Sonne warf ihre letzten Strahlen durch das Bogenfenster seines Kabinetts und tauchte es in ein güldenes Licht. Auch ihm war jetzt nach einem guten Tropfen zumute. Er zog die Klingelquaste und befahl seinem Kammerdiener, eine gute Bouteille, eine, die schon lange gelagert, aus dem Weinkeller zu bringen. Wein war sein einziges Laster, das einzige, das Gott gefällig.

Auf einem Silbertablett servierte Benito die schon entkorkte Bouteille nebst einem Kristallglas. Nachdem der Kardinal gebührend die Blume berochen und ihren Duft genüsslich in sich eingesogen, nahm er den ersten Schluck und behielt ihn lange im Munde. Dieser Rotwein mundete köstlich, süß, erdig, vollmundig – das reinste Extrakt einer göttlichen Traube. Nicht lange, und ein wohliges Gefühl durchströmte ihn und versetzte ihn in eine angenehme Lethargie.

Er dachte an seine lange zurückliegende Dienstzeit als Titularerzbischof in Palästina. Einmal hatte ihn der Scherif von Petra zu einer Festivität in seinen Palast geladen. Alle Wohlgerüche Arabiens erfüllten die mit zahllosen Kerzen beleuchteten Hallen. Und die Tafel war mit allen Köstlichkeiten und Gaumenfreuden des Orients gefüllt.

Höhepunkt des Festes aber war der Schleiertanz der ersten Haremsdamen des Scherifen. Dieser Zauber verhüllter und gleichzeitig betonter Sinnlichkeit! Nie hätte Zelada ge-

* *Gedenke des Todes*

dacht, dass der Schleier, mit dem sich die arabischen Frauen gewöhnlich bedeckt hielten, bei ihren Tänzen eine derart elektrisierende Wirkung hatte, indem er bald mystisch, bald geheimnisvoll, bald kokett in den schönsten Formen und Farben um ihre dunkelhäutigen Körper schwang. Schon beim Entree ließen die bildschönen Tänzerinnen den Schleier hinter sich herschweben, drehten sich ein paar Male mit ihm, öffneten ihn für einen kurzen Moment, sodass er den Blick auf ihre nur mit durchsichtiger Seide bedeckten Körper freigab, um diese schon im nächsten Augenblick wieder zu verhüllen. Bald schwangen sie den Schleier über dem Kopfe, bald ließen sie ihn von den bloßen Schultern und Hüften gleiten, kombinierten den Tanz mit rhythmischen Bauchwellen, mit den kreisenden, schwingenden, stoßenden Bewegungen des Unterkörpers bei gleichzeitig straffster Haltung des leicht zurückgelegten Oberkörpers. Und wie viele kunstvolle, fließend ineinander übergehende Figuren sie nicht mit dem Rundschleier ausführten: Kreise, Achten und Wellenbewegungen, Schmetterlingswirbel und rasende Derwisch-Drehungen, bis sie ihn schließlich mit einer eleganten Armbewegung nach hinten abwarfen, ohne ihm nachzusehen.

In dieser arabischen Nacht verstand Zelada, der mit dem Scherifen die mit einem berauschenden Opiat gestopfte Tonpfeife tauschte, warum Herodias der Salome alles versprochen hatte, nur um den mythischen »Tanz der sieben Schleier« zu sehen, von dem schon das Matthäus-Evangelium erzählt. Und warum er ihr als Preis sogar das abgeschlagene Haupt Johannes des Täufers offerierte, der Salomes Stolz verletzt hatte. Die Schleiertänze der schönen Haremsdamen hatten die Sinne des jungen römischen Erzbischofs in einen solchen Aufruhr versetzt, dass er das erste Mal in seiner geistlichen Laufbahn dem Zölibat fluchte, der in der arabischen Kultur gänzlich unbekannt ist. Die muslimischen Imame und Schriftgelehrten konnten zu Allah beten und hernach bei ihren Frauen liegen, ohne dass sie das Gewissen kratzte. Und so konnte er denn der Versuchung nicht widerstehen, als ihm der Scherif lächelnd das Angebot machte, sich aus seinem Harem nach Belieben zu bedienen. Er verbrachte die Nacht in den Armen zweier junger arabischer Schönheiten, die ihn, ganz unverschleiert, mit solchen Raffinerien der Wollust beglückten, dass er Johannes den Täufer nachträglich für einen großen Narren ansehen musste, da dieser es verschmäht hatte, der schönen Salome zu Willen zu sein.

Doch schon am nächsten Morgen, als er verkatert unter einem Baldachin auf seidenen Kissen erwachte, holte ihn das schlechte Gewissen des pflichtvergessenen Oberhirten ein und zwickte und zwackte ihn so, dass er sich zur Buße langes Fasten auferlegte. Es war der einzige Fehltritt in seinem ansonsten untadeligen Leben als Erzbischof. Die Scham, die er mit dieser Erinnerung verband, war gleichwohl noch immer mit einem Gefühl süßer Wehmut gepaart.

Es war wahrlich ein guter Tropfen, der ihm Leib und Seele wärmte. Hoffentlich hatte er noch mehr von der Sorte in seinem Weinkeller. Zelada griff nach der Bouteille, um sich das Etikett genauer zu besehen – und zog seine Hand wie elektrisiert zurück: Das Etikett zeigte eine zum S gekrümmte Schlange, deren Kopf und Schwanz von einem spitzen Pfeil durchbohrt wird. Dem Kardinal stockte der Atem: Wie kam diese Bouteille mit dem Emblem Cagliostros in seinen Weinkeller? Ging das mit rechten Dingen zu?

Hastig klingelte er nach dem Kammerdiener.

»Benito, woher stammt diese Bouteille?«

»Aus Ihrem Weinkeller, Monsignore!«

»Schwöre mir bei der Hl. Mutter Gottes, dass du die Wahrheit sprichst!«

Benito sah seinen Herrn verwundert an, dann legte er die Hand aufs Herz. »Ich schwöre es.«

»Hatte in letzter Zeit jemand außer dir Zugang zum Keller?«

»Das ist unmöglich, Herr, denn ich alleine verwahre die Schlüssel zum Weinkeller!«

»Siehst du dieses Wahrzeichen auf dem Etikett? ... Geh sofort in den Keller und schau nach, ob noch andere Bouteillen mit diesem Zeichen in den Regalen liegen! Und diese Bouteille hier schütte sofort in den Ausguss!«

»Sehr wohl, Herr!«

Kaum war der Kammerdiener aus der Tür, wurde Zelada von Argwohn und Panik ergriffen. Wie verlässlich war Benito, der seit fünf Jahren in seinen Diensten stand? Er allein hatte Zugang zum Weinkeller. Hatte er diese Bouteille vielleicht ...? Erst vor kurzem hatte man in Rom den Sitz einer weiteren geheimen Freimaurer-Loge ausgehoben, die sich »Achtbare Loge der Vereinigung der wahren Freunde« nannte. Aus den beschlagnahmten Protokollen ging hervor, dass sie mit etlichen anderen Logen in Verbindung stand, mit denen auch Cagliostro korrespondiert hatte: u. a. mit der Loge »Zum Geheimnis und der Harmonie« auf Malta, mit der »Eintracht« zu Mailand und der »Vollkommenen Einheit« zu Neapel ... War er, der Erste Kardinal-Staatssekretär, etwa das Opfer eines heimtückischen Giftanschlages der hiesigen Freimaurer geworden?

Angespannt und wie gelähmt vor Angst krümmte er sich in seinem Stuhl und horchte auf das Orakel seiner Eingeweide, befühlte seinen Puls und lauschte mit angehaltenem Atem jedem noch so unverdächtigen Geräusch seiner inwendigen Organe. Bald glaubte er, eine leichte Atemnot, bald ein Rumoren im Gedärm, bald ein Ziehen, einen beginnenden Krampf im Magen zu verspüren – waren dies die ersten Symptome der Vergiftung? Mors certa, hora incerta!*

Während er in Gedanken schon nach dem Priester rief,

* *Der Tod ist gewiss, die Stunde ungewiss!*

auf dass er ihm die Sterbesakramente erteile, fiel es ihm plötzlich wie Schuppen von den Augen: Diese verhexte Bouteille mit dem Emblem Cagliostros auf dem Etikett war ein persönliches Geschenk des Kardinals Rohan gewesen, als er diesen im Jahre 1781 auf Schloss Zabern besuchte. Der Fürstbischof hatte geglaubt, ihm mit diesem Präsent eine besondere Freude zu machen, denn Cagliostros »ägyptischer Wein« galt in den Augen seiner Bewunderer und Klienten als ein wahres Elixier, das die Lebensgeister verjüngte und viele Krankheiten heilte. Doch misstrauisch gegen die Elixiere dieses dubiosen Wunderheilers, hatte Zelada diese Bouteille nach seiner Rückkehr irgendwo in seinem Weinkeller versenkt – und sie im Laufe der Jahre vergessen.

Erleichtert atmete er auf und reckte und streckte, wie zum Beweis seiner Lebendigkeit, alle Glieder. Jetzt tat es ihm leid, dass er Benito befohlen hatte, den guten Tropfen wegzuschütten, denn – beim Bacchus! – auf gute Weine verstand sich dieser sizilianische Alchemist und Hexenmeister, der gerne ein Fass aufmachte, bevor er Loge hielt und sich seiner Rauschrede und seinen »göttlichen Eingebungen« überließ. *In vino* war eben nicht nur *veritas*, sondern auch *vanitas*!

Kapitel 9

Heimweh – teuer bezahlt

Paris-Palermo 1773/74

Wer hätte gedacht, dass unsere edle himmelblaue Kutsche uns ausgerechnet zurück in die Heimat führen sollte, die ich aus guten Gründen verlassen hatte!

Doch Lorenza wurde plötzlich von Heimweh erfasst; ein Gefühl, das so mächtig war, dass selbst die Freuden und Attraktionen des Pariser Lebens es nicht aufzuwiegen vermochten. Fünf Jahre war es jetzt her, dass sie mit mir Rom verlassen hatte. Sie sehnte sich nach dem Wiedersehen mit ihrer Familie. Immer häufiger sprach sie mit sehnsuchtsvollem Augenaufschlag von Rom und Italien, von der Sonne, dem Meer, den herrlichen Landschaften der Romagna und ihren fröhlichen Landsleuten. »Man darf seine Wurzeln nicht verleugnen, Giuseppe! Unsichtbare Bande verknüpfen den Menschen mit der Stätte seiner Geburt!«, predigte sie neuerdings mit monotoner Wehmut. Es war wie eine fixe Idee, die sie mit solchem Nachdruck verfocht, dass auch ich wider Willen von diesem gefährlichen Fieber namens Heimweh angesteckt wurde. Dabei waren wir gerade dabei, uns in Paris eine solide Existenz aufzubauen. Madame Rochelle hatte inzwischen kräftig Werbung für »Dr. Tycho« und seine »arabische Wundertinktur« gemacht und mir neue Patienten zugeführt.

»Es soll doch nur für ein paar Wochen sein, Giuseppe!«, bettelte und flehte Lorenza unter Tränen. »Dann kehren wir wieder zurück nach Paris!«

Eine ganze Weile blieb ich standhaft und machte alle Vernunftgründe geltend, die für den Verbleib in unserer neuen Wahlheimat und gegen eine unüberlegte Heimkehr sprachen. Doch was vermag ein Mann gegen die Tränen eines Weibes! Und was tut ein verheirateter Mann, der in der Schuld seiner Frau steht, nicht alles ihr zuliebe!

»Wie lange willst du mir Ste. Pélagie denn noch nachtragen. Ich für mein Teil habe dir deinen Ehebruch längst verziehen.«

Meine Verzeihung, behauptete sie, sei nur ein geringes Entgelt für die Demütigung, die ich ihr zugefügt, und für das, was sie in Ste. Pélagie gelitten.

»Also gut! Ich stehe auf ewig in deiner Schuld. Bist du jetzt zufrieden?«

Wie jeder erfahrene Katholik weiß, gewährt die Absolution nur einen vorübergehenden und daher trügerischen Freispruch; in Wahrheit spornt sie ihn insgeheim an, neue Sünde und Schuld auf sich zu laden, um wiederum in den unvergleichlichen Seelengenuss neuer Absolution zu gelangen. Von diesem ewigen Zyklus lebt die hl. Kirche seit eineinhalbtausend Jahren. Nicht anders ist es mit der Absolution, die ein Mann im Bett seines Weibes empfängt: Kann diese doch bei der geringsten Weigerung, ihren »sehnlichsten« Wünschen zu entsprechen, sofort wieder entzogen werden. Und schon wieder fällt er aus der Gnade und befindet sich im Zustand der Schuld.

Die schlimmste Feigheit, pflegt man zu sagen, sei die Feigheit vor dem Feind. Welch ein Irrtum! Viel schlimmer ist die

Feigheit vor dem eigenen Weib. Sie sollte mich teuer zu stehen kommen.

So beluden wir denn in den letzten Augusttagen unsre himmelblaue Kutsche mit unseren Reisekoffern und verließen Paris in südlicher Richtung. Hinter Lyon bogen wir ins Savoyardische ab und fuhren an der Mittelmeerküste entlang – Richtung Genua. Immerhin genossen wir es, nunmehr als freie Menschen im eigenen Reisegefährt, wenn auch in umgekehrter Richtung, dieselben Gegenden und Ortschaften wieder zu passieren, die wir vor Jahren als bettelarme Jakobspilger und rechtlose Vagabunden mit hungrigen Mägen durchstreift hatten.

Die erste Woche reisten wir recht bequem ohne nennenswerte Hindernisse und konnten wohl an die siebzig Meilen am Tag zurücklegen. Doch hinter Genua ereilten uns die Herbstgewitter; eine wahre Sturzflut von Regen brach über uns herab, welche die Furten und Flüsse binnen weniger Stunden anschwellen ließ. Es lassen sich wenig Unfälle mehr denken, die uns nicht an einem Tage zustoßen sollten. In 36 Stunden zerbrachen wir zwei neue Achsen und zwei Stangen. Schließlich gingen die Pferde mit uns durch und setzten über solche Gräben, dass wir nicht anders als den schrecklichsten Tod vor Augen sahen, bis endlich die Stränge des einen Zugpferdes rissen. Zu unserem Glück! Denn dadurch verloren sie die Macht, über die Gräben zu setzen, und kehrten auf die andere Seite um, wo uns Bauern zu Hilfe eilten, die sie zuletzt bei den Zügeln erhaschten. Tags drauf fiel uns eines der Rösser in die Furt. Wir konnten es zwar noch retten, weil zufällig Leute in der Nähe waren, die uns zu Hilfe kamen. Wir stiegen aus, allein unser Wagen stand im Wasser, und die beiden Rösser vermochten ihn nicht mehr herausziehen. Wir mussten eine Stunde nach dem nächsten Dorfe gehen und bei jedem Schritt, den wir taten, die Beine mit Macht aus der aufgeweichten Erde ziehen. Es goss in solchen Strömen, dass wir keinen trockenen Faden mehr am Leibe hatten. Als wir endlich wieder im Wagen saßen, seufzte Lorenza:

»Für heute werden wir doch wohl genug Fatalitäten überstanden haben!«

»Will's Gott!«, war meine Antwort. Aber das »Will's Gott« traf nicht ein, denn wir mussten noch durch drei Gewässer, die alle in den Wagen kamen. Das letzte war so hoch, dass alles, was im hinteren Chaise-Kasten lag, nass wurde. Erst als die Sonne wieder durchbrach, konnten wir daran denken, unsre Kleider und unsre Wäsche zu trocknen. Nein, diese Reise stand wahrlich unter keinem guten Stern.

Unsere Ankunft hatte Lorenza ihren Eltern auf dem Postwege angekündigt. Da indes die Vorsicht gebot, nicht nach Rom zu fahren, wo noch ein alter Haftbefehl auf mich wartete, hatten wir Neapel für das Familientreffen vorgesehen.

Es wurde ein zu Herzen gehendes Wiedersehen. Lorenza liefen Tränen der Freude aus den Augen, als sie ihre nicht minder glücklichen Eltern und ihren Bruder Gaetano in die Arme schloss. Mir war nicht ganz so wohl in meiner Haut; hatte ich doch allen Grund zu der Annahme, dass nach unserer überstürzten Abreise aus Rom die Polizei auch meine Schwiegereltern vernommen hatte. Doch zu meinem Erstaunen hießen sie mich auf das herzlichste willkommen und beglückwünschten mich zu dem eigenen Reisegefährt, das ihnen wohl als Ausweis meiner erfolgreichen Laufbahn erschien. Offenbar wollten sie sich die Freude dieses Familientreffens nicht durch unschöne Erinnerungen trüben lassen. Auch hatten meine Frau und ich so viel von London und Paris zu erzählen, wobei wir in seltener Einmütigkeit die unschönen Kapitel »Vagabondage« und »Ehekrise« ebenso übergingen wie unsere einschlägigen Erfahrungen mit den diversen Arresthäusern, dass meine Schwiegereltern aus dem Staunen gar nicht herauskamen. Mit Bewunderung blickten sie auf ihre

Tochter, die sich, unter meiner Führung, zu einer richtigen »Dame von Welt« gemausert habe, wie Signor Feliciani mit sichtlichem Vaterstolz immer wieder verkündete.

So verbrachten wir denn mit der Familie eine ungetrübte Woche in Neapel. Am letzten Tage schipperten wir gemeinsam nach Capri, wo Gaetano uns rund um die Insel mit ihren herrlichen Gestaden geleitete. Während des Rundgangs erklärte Lorenza auf einmal mit leuchtenden Augen:

»Giuseppe! Ich möchte unbedingt deine Familie kennen lernen! Da hab' ich eine Schwiegermutter und eine Schwägerin in Palermo – und kenne sie gar nicht. Meinst du nicht auch, es ist höchste Zeit, dass du mich ihnen endlich vorstellst?« Und mit vergnügtem Schmunzeln fügte sie hinzu: »Möcht' gern wissen, wie du als Bübchen warst!«

Dio mio! Ein Familientreffen war ihr nicht genug. Jetzt sollte auch meine Familie noch heimgesucht werden. Warnend sagte ich:

»Meine Mutter – deine Schwiegermutter – ist ein Kapitel für sich. Ich fürchte, du würdest wenig Freude daran haben.«

»Geh – du alter Geheimniskrämer! Ich bin gewiss, sie wird mich ebenso lieb haben wie meine Eltern dich.«

Bislang hatte ich ihr nicht erzählt, dass auch in Palermo ein alter Haftbefehl auf mich wartete. Auch jetzt fand ich nicht den Mut dazu.

Nach etlichen Ausflüchten, die sie alle nicht gelten ließ und mit ihrem schnellen Mundwerk zerpflückte, gab ich schließlich nach – wie alle feigen Ehemänner.

So gaben wir denn unsre Kutsche bei einem neapolitanischen Stallmeister in Verwahrung und bestiegen mit leichtem Gepäck das Schiff nach Palermo. Die Vorsicht gab mir ein, in meiner Heimatstadt unter dem Namen Marchese Pellegrini aufzutreten. Von meinem Incognito brachte mich kein Bitten und kein Betteln ab, auch ließ ich mir weiter den Bart stehen, der mir während der Reise gewachsen.

»Du siehst aus wie Moses bei der Flucht aus Ägypten!«, spottete Lorenza, die etwas gegen Männer mit Bärten hatte. »Deine Mammina wird dich gewiss nicht wiedererkennen. Auch deine Schwester nicht.«

»Hauptsache, gewisse Herrschaften erkennen mich nicht wieder!«, murmelte ich in meinen Bart. Ein Blick in den Spiegel beruhigte mich. Ich war mir so unähnlich geworden, dass es mir fast vor mir selber grauste.

»Peppiiiino!« rief Mammina nicht bei unserem unerwarteten Auftauchen. Sie fragte vielmehr: »Wen habe ich vor mir, Signor?«

»Marchese Pellegrini!«, sagte ich mit verstellter Stimme.

Sie knickste und haschte unterwürfig nach meiner Hand. Arme Mutter! Sie schien um mehr als zehn Jahre gealtert. Ihr dünnes Haar war silbergrau geworden, ihr Gesicht faltig und mager, die Augen müde.

»Ich bin's, Giuseppe!«

»Duuuu?«, fragte sie. »Ist das wahr?«

»Es ist wahr!«, sagte ich, so herzlich ich konnte, und schloss sie in meine Arme.

»Mein Peppino! Dass ich dich noch einmal seh'!« Eine kleine Weile hing sie schluchzend an meinem Halse, dann aber löste sie sich, trat zwei Schritte zurück und fragte in vorwurfsvollem Ton:

»Weißt du überhaupt noch, dass du eine Familie hast?«

»Sonst wäre ich ja nicht hier. – Das ist Lorenza, meine Frau.«

Mit einem Ausdruck ungläubigen Staunens musterte sie ihre Schwiegertochter, als könne sie es nicht fassen, dass ihr missratener Sohn solch einen »Engel« von Mädchen abgekriegt hatte. Doch dann lösten sich ihre Züge, und sie nahm Lorenzas Händchen in die ihrigen:

»Gott segne dich, meine Tochter!«

»Und dich, meine Schwester!«, schloss sich Maria der Mutter an. »Früher wollte ich immer so gern eine Schwester haben. Und was bekam ich? Einen Strolch, einen Kobold von Bruder.« Neckend wie in unseren Kindertagen fuhr mir Maria durch das Haar. »Alter geliebter Kobold!«

Sie hatte sich gar nicht verändert, außer dass sie das zweite Mal guter Hoffnung war und jetzt Maria-Anna Capitummino hieß, sie hatte einen braven palermitanischen Zimmermann geheiratet.

Ich hatte allen Grund, meine Frau zu bewundern. Wie rasch sie durch ihr unbefangenes und liebenswürdiges Wesen das Vertrauen und die Zuneigung ihrer Schwiegermutter und Schwägerin gewann! Bald schwatzten und kicherten sie zusammen, als wären sie alte Freundinnen und als gehöre sie schon immer zur Familie. Und doch war mir nicht wohl dabei. Wer weiß, was Mammina nicht alles über mich ausplauderte! Sie war noch bigotter als früher geworden, ständig ließ sie den Rosenkranz durch die gichtigen Finger gleiten und murmelte irgendwelche Gebete. Auch befragte sie uns immer wieder nach unserem Verhältnis zu Gott, der Jungfrau Maria und den Heiligen, als fürchte sie um unser Seelenheil. Ich wunderte mich, wie Lorenza das aushielt. Aber von dieser lähmenden Ödigkeit und Bigotterie, von dieser erstickenden Ärmlichkeit war ja ihr Leben auch verschont geblieben.

Am meisten enervierte mich die mütterliche Litanei, die da begann mit: »Weißt du noch, Peppino? ... Weißt du noch, wie man dich in der Karwoche exorzierte, weil du unter dem Schrein der Hl. Jungfrau dein Wasser abgeschlagen? ... Weißt du noch, wie abgerissen du hier ankamst, nachdem dich die Barmherzigen Brüder aus dem Kloster geworfen? ... Ja, meine Tochter, er hat mir viel Herzeleid bereitet. Nächtelang weinte ich in mein Kissen.«

Manchmal sah mich Lorenza von der Seite an, als ob sie einen unbekannten Menschen in mir entdeckte.

Nicht einmal die peinvolle Periode meiner Bettnässerei

konnte die Mutter für sich behalten. »Wie oft hab' ich dem Bub nicht das Laken gewechselt, weil er so unreinlich war!« Ich war nahe daran, sie zu fragen: »Weißt du noch, wie mich Onkel Marco aufs Blut gepeinigt und du nichtsdestotrotz mit ihm in den Alkoven stiegst?« Doch ich verkniff es mir.

Schon längst nicht mehr betrachtete ich voll stiller Rührung die Bettstatt, in der ich als Junge geschlafen, den Stuhl, auf dem ich gesessen, als Mutter mir mit dem Staubkamm die Läuse aus den Haaren riffelte. Dem alten wurmstichigen Schrank fehlte noch immer ein Bein, der Wanduhr ihr kleiner Zeiger – als sei die Zeit hier stehen geblieben. Von unserem Haus bröckelte noch immer der Putz, den zwei Fuß breiten Balkon durfte man wegen Einsturzgefahr nicht betreten, und im *Vicolo de la Perciata*, den die Bewohner des Viertels wie ehedem *Vicolo de la Pischiata* nannten, stank es noch immer nach Urin. Auch am Familientische ging es zu wie immer: dieselbe Beschränktheit der Ansichten, Unduldsamkeit und kleinliche Sticheleien gegen die Nachbarn. In der Welt hatte sich mancherlei verändert. Hier nicht.

Ob ganz Palermo so im alten Trott ging? Aus Vorsicht hatte ich es bisher vermieden, mich in der Stadt umzusehen. Den Cassaro und das Bureau Onkel Antonios, für den ich als Anwaltsgehilfe und Laufbursche gearbeitet, wollte ich lieber nicht bei Tage aufsuchen. Wer weiß, vielleicht würde mich dieser oder jener Klient wiedererkennen – und dann könnte die frohe Botschaft von meiner Rückkehr sehr rasch auch der hiesigen Polizei zu Ohren kommen. Doch eines wollte ich, bei aller gebotenen Vorsicht, nimmer versäumen: nämlich meinen alten teuren Freund Salvo aufzusuchen. Ob er noch in der Albergheria wohnte?

Den Schlapphut tief in die Stirn gezogen, ging ich die engen winkligen Gassen hinunter zum Ballaro-Markt, wo zwischen den Balkonen die Wäsche an der Leine flatterte. Es roch nach Fisch und Muscheln, nach brutzelndem Erdnussöl, Safran, Zwiebeln und Knoblauch, nach Ziege und Dung. Wie wohl vertraut mir all diese Gerüche waren! Ebenso die stämmigen, kleinwüchsigen und dunkelhäutigen Händler, Kräuterhexen und Amulettverkäufer, die ihren Kopf mit einem schwarzen Tuch, einem viereckigen Fez oder einem runden Judenkäppchen bedeckt hielten. Selbst Omar, der Schlangenbeschwörer, saß noch wie früher vor seinem Korb und bannte die Vipern mit seinem Blick und seiner monotonen Stimme. Er hatte graue Haare bekommen. Gerne hätte ich mich ihm zu erkennen gegeben, doch ich wollte es lieber nicht riskieren. Erstmals überkam mich in diesem bunten Getümmel der Piazza Ballaro mit seinen ärmlichen Buden und Ständen wieder ein Gefühl von Heimat. Es war zwecklos, es zu leugnen: Hier, zwischen den vollgepackten Mulis und Kippkarren, zwischen all den feilschenden Händlern und Maulhelden, auf diesem mit Unrat und dem Staub der afrikanischen Wüste bedeckten Stückchen Erde an der äußersten Stiefelspitze Italiens, umbraust von der furiosen Kakafonie, die aus den gottbegnadeten Kehlen meiner Landsleute kam, war ich zu Hause. Hier waren meine Wurzeln. Wie hatte ich das all die Jahre nur vergessen können!

Während ich den Eindruck dieser mir vertrauten Szenerie nicht ohne Rührung in mich aufnahm, rief eine weibliche Stimme lauthals hinter mir:

»He! Giuseppe!«

Es war meine Schwester Maria, die mit vollem Korbe zu mir trat und mich am Arm fasste.

Doch wie erstarrte ich vor Schreck, als ich in ihrem Rücken ein leider nur allzu gut bekanntes Gesicht gewahrte, das mich unverwandt anstarrte: Es war der Goldschmied und Pfandleiher Marano!

Ich drehte mich sofort um und ging, meine Schwester am Arm, mechanisch weiter, um mir nichts anmerken zu lassen. Aber Marano schrie plötzlich aus Leibeskräften:

»Das ist er – der verfluchte Giuseppe Balsamo! Haltet den Dieb!«

Er schrie gellend um Hilfe. Ich nahm meine Beine in die Hand, aber zwei uniformierte Büttel, die am Markt gerade auf Streife gingen, waren rascher als ich. Sie schnitten mir den Weg ab.

»Verhaften Sie das geschniegelte Herrchen!«, schrie Marano. »Er hat mich bestohlen. Er hat mich geprügelt. Er hat Testamente gefälscht. Er gehört an den Galgen!«

Kein Ableugnen half. Ich wurde ins Stadtgefängnis abgeführt. Auch meine theatralische Empörung, hier müsse eine Verwechslung vorliegen, mein Name sei Marchese Pellegrini und nicht Balsamo, fruchtete nichts. Denn der – inzwischen bejahrte – Gefängnisdirektor erkannte mich wieder, er kannte mich nur zu gut aus früheren Tagen.

Als sich die Kerkertür hinter mir schloss, sank ich vernichtet auf das Strohlager. War's ein verdammter Zufall, war's böse Fügung des Schicksals, dass ich bei meinem ersten Gang durch Palermo just Marano begegnen musste? In meiner Verzweiflung war ich versucht, an Letzteres zu glauben. Der Täter, den es an den Ort seiner Tat zurückzieht – war das nicht ein uraltes, in zahllosen Geschichten beschworenes Fatum?

Ich hätte die Wände hochgehen mögen, wären es nicht fest gemauerte Kerkerwände ohne die geringste Hoffnung auf ein Entkommen gewesen. Oh, wie verfluchte ich jetzt Lorenzas Gefühlsduselei, ihre sentimentale Beschwörung von Heimat und Familie, von Herkunft und Wurzeln! Da sah man, wohin das Heimweh und verwandtschaftliche Bande einen führten! Ein Mann meines Kalibers konnte sich nun mal den Luxus heimatlicher Gefühle nicht leisten. Mehr noch verfluchte ich die elende Feigheit vor meinem Weib.

Es war schier zum Verrücktwerden: Da war ich vor zehn Jahren ausgezogen, um mein Glück in der großen Welt zu machen, hatte endlich, nach vielen Mühen und etlichen Rückschlägen, in Paris das Fundament zu einer viel versprechenden Laufbahn als Heilkünstler gelegt – und jetzt saß ich just an dem Ort wieder fest, von dem ich damals aufgebrochen, wie eine Maus in der Falle!

Gegen Abend wurde die eiserne Pforte aufgeschlossen. Herein trat, in der Hand eine kleine Lampe, Onkel Antonio im Mantel. Ein Hoffnungsschimmer, er war schließlich ein Advocatus und mit allen Wassern seines Gewerbes gewaschen. Wir umarmten uns. Er hätte sich nach so vielen Jahren gern ein anderes Wiedersehen gewünscht, doch leider – er verfiel sogleich in jenen pietätvollen Ton, den er stets anzuschlagen pflegte, wenn er schlimme Nachrichten zu überbringen hatte –, leider habe die Benediktiner-Abtei nicht geruht und gerastet, um das Testament des verstorbenen Testagrossa anzufechten und als Fälschung zu erweisen. Und so werde auch dieser Fall wohl oder übel vor Gericht kommen. Allerdings, fügte er aufmunternd hinzu, sei ein gerichtsgültiger Beweis für die »exzellente Fälschung« wohl nur schwer zu erbringen. Und hier liege »unsere Hoffnung«. Was aber den Fall Marano anbelange, so sei der Tatbestand des Diebstahls und vorsätzlichen Betruges so klar und eindeutig, dass keine noch so listreiche Verteidigung ihn werde entkräften können. Höchstwahrscheinlich werde man mich auch der »schwarzen Magie« anklagen, denn ich hätte ja, nach dem Zeugnis des Goldschmieds, auch Dämonen und Geister beschworen.

»Aber sind denn all diese Dinge nicht längst verjährt?«

Onkel Antonio schüttelte den Kopf.

»Lieber Onkel«, bettelte ich, »kannst du mir denn nicht eine Kaution stellen, damit ich bis zur Verhandlung wieder auf freien Fuß komme?«

Seufzend gab er zur Antwort: »Ich hab's ja versucht. Aber der Richter hat abgelehnt, denn es bestehe seitens des Delinquenten dringende Fluchtgefahr.«

»Und was soll ich jetzt tun?«

»Abwarten und nur nicht die Hoffnung verlieren!«

Mit dieser Phrase empfahl er sich wieder und ließ mich in meinem Elend zurück. Dass dieser verdammte Marano überhaupt noch am Leben war! Aber Geizhälse wie er werden ja bekanntlich uralt. Da sie nichts verausgaben, kein Geld und keine Lebensenergie, holt sie der Teufel zuletzt ... Wenn man mich jetzt wegen meiner gesammelten Jugendsünden verklagte – Fälschung, Diebstahl, schwerer Betrug und schwarze Magie –, dann war mir die Galeere sicher, wenn's ganz schlimm kam – der Galgen. Und Lorenza konnte sich schon mal nach einem kleidsamen Witwenschleier umsehen.

Ein Tag und eine Nacht und noch ein Tag und noch eine Nacht vergingen, indes ich mich schlaflos auf meinem Strohlager wälzte, bald von den qualvollen Bildern eines Galeerensträflings in Ketten, auf dessen Rücken die Peitsche des Aufsehers niedergeht, bald von der düsteren Vorstellung meines letzten Ganges zum Galgen gepeinigt, den all meine Feinde und Widersacher in Palermo mit Genugtuung umringen würden. Zuletzt würden die Aasgeier kommen, um mir die Augen auszuhacken. Alle Denkkraft und Hoffnung hatten mich verlassen, gleich einem wimmernden Bündel Elend kauerte ich im Stroh, fühlte mich am Ende.

Der einzige Mensch, dessen ich in diesen Tagen ansichtig wurde, war der alte graubärtige Wärter, der mir zweimal am Tag einen Krug mit Wasser und ein Stück trockenen Brots oder Zwieback in die Zelle brachte und den Eimer meiner Notdurft leerte. Er tat dies stumm, wechselte kein einziges Wort mit mir, sah mir auch nicht ins Gesicht, als könne schon mein Blick ihn vergiften. Bevor er den Fuß über die Schwelle meines Kerkers setzte, pflegte er sich zu bekreuzigen, als müsse er sich »vor dem Bösen« schützen.

Endlich, am dritten Tage, erhielt ich neuen Besuch. Es war

Salvo. Welche Freude und Pein zugleich, den teuren Freund unter diesen Umständen in die Arme zu schließen! Auch wenn er um zehn Jahre älter geworden, den alten Schalk hatte er noch immer im Blick. Auch den Beruf des Gauklers übte er noch aus. Jedenfalls konnte er davon leben.

Plötzlich zog er aus der Innentasche seines Mantels ein langes behaartes Ding hervor. Ich traute kaum meinen Augen: Es war ein Pferdefuß.

»Den habe ich mir beim Abdecker geholt«, sagte Salvo. »Wie du siehst, ist er sogar behuft. Ich denke, er könnte dir in deiner jetzigen Lage sehr gute Dienste leisten. Ein Hufeisen bringt Glück.«

Ratlos starrte ich im Halbdunkel auf den abgeschlagenen Pferdefuß. Ich nahm und drehte ihn in der Hand, beschnupperte ihn – er roch nach Gaul – und betastete den Huf. Noch immer verstand ich nicht, worauf der Freund hinauswollte, glaubte gar einen Moment, er wolle sich nur einen Scherz erlauben.

»Ich kenne den alten Gefängniswärter von früher«, sagte Salvo mit verschmitztem Blick. »Hatte auch schon mal die Ehre, unter seiner Aufsicht einige Tage hier zu verbringen. Von daher weiß ich: Er ist abergläubischer als ein Kind und glaubt an den Leibhaftigen ... Nun, begreifst du endlich?«

Langsam dämmerte mir, was Salvo im Sinne hatte. »Du meinst, mit diesem Ding ließe sich bewirken, dass ihm ... der Leibhaftige auch wirklich *erscheint*?«

Salvo grinste zustimmend.

Die Idee war genial, eben weil sie so einfach war. In aufwallender Hoffnung und Dankbarkeit drückte und küsste ich den treuen, den einzigartigen Freund, der mir vielleicht das Mittel zu meiner Befreiung verschafft hatte. Sogar an einen listigen Fluchtweg hatte er gedacht und alles Nötige hierzu vorbereitet. Mit Lorenza hatte er bereits die nötigen Verabredungen getroffen.

»Deine Lorenza«, sagte er, nachdem er den Pferdefuß unter dem Stroh versteckt, »ist ein reizendes Geschöpf. Wer solch einen Engel hat, dem steht in der Not auch der Teufel bei. Mach's gut, alter Gaukler, und enttäusch deinen Zauberlehrer nicht!«

Am nächsten Morgen, noch bevor der Hahn krähte – ich lag gestiefelt und gespornt auf meinem Strohlager und hatte kaum geschlafen –, holte ich den Pferdefuß hervor und legte ihn so in das Stroh, dass der Huf nebst einem Teil des behaarten Beines zur Seite hervorsah. Dabei achtete ich darauf, dass der einzige Lichtstrahl, der durch die schmale Luke drang, direkt auf den Pferdehuf fiel. Wenn der Wärter hereinkam, um den Eimer meiner Notdurft zu leeren, musste ihm des Teufels Klumpfuß unmittelbar ins Auge springen.

Als der Schlüssel im Schloss knackte und der Alte mit dem Kanten Brot und dem Krug Wasser hereinschlurfte, stellte ich mich schlafend. Wie immer bekreuzigte er sich, bevor er über die Schwelle und an mein Strohlager trat. Welch ein Entsetzen aber zeigte sich in seiner Miene, als er, den Eimer aufnehmend, an meinem Fuße das untrügliche Merkmal des *Leibhaftigen* erblickte! Einen Augenblick stand er wie zur Salzsäule erstarrt, mit offenem Maule, dann aber riss es ihn herum, in panischem Schrecken stürzte er aus dem Raum, ließ den Eimer fallen, rannte ohne Halt und ohne Gedanken an sein Wächter- und Schließeramt den Gang entlang, als seien die Furien hinter ihm her. Ich nämlich war sofort von meinem Lager aufgesprungen und verfolgte ihn mit tierischem Gebrüll und wölfischem Gejaule. Kaum war ich, ihm immer dicht auf den Fersen, durch das Tor zum Gefängnishof geschlüpft, das der Alte in seinem Schrecken gleichfalls offen hinter sich gelassen, hielt ich inne, spähte und fand sogleich die mir von Salvo bezeichnete Stelle der Mauer, aus der mehrere unbehauene Steine hervortraten, die mir als Trittbrett dienten, und schwang mich darüber.

Endlich im Freien lief ich die fast menschenleere Gasse hinab, bald in einem Hoftor oder Hauseingang, bald hinter einem abgestellten Ochsenkarren Deckung suchend. Wenn jemand sich mir näherte, bog ich in die nächste Gasse ein, die zur Küste hinführte – die Gassen meiner Heimatstadt kannte ich ja im Schlaf –, bis ich den Stadtrand hinter mir hatte und auf engen Maultier- und Trampelpfaden außer Atem die kleine Bucht erreichte, die mir der Freund bezeichnet hatte. Ich kletterte das Felsgestein abwärts. Hier unten wartete schon, in Kopftuch und Mantille gehüllt, die Stiefel in den Händen, Lorenza auf mich. Unweit von ihr im Wasser schaukelte ein Fischerboot, der Fährmann hielt die Stange zum Abstoßen bereit.

»Jesus!«, rief sie bleichen Gesichts. »Und ich dachte, sie haben dich wieder eingefangen. Rasch, zieh die Stiefel aus!«

Ich entledigte mich meiner Stiefel und stapfte mit ihr durch das knietiefe Wasser, bis wir glücklich ins Boot gelangten.

»Und wo geht es hin?« Die Vorstellung, auf dieser Nussschale hinaus aufs offene Meer zu treiben, behagte mir gar nicht.

»Zu einem spanischen Zweimaster, der hinter der Bucht vor Anker liegt.«

»Und wenn's ein Piratenschiff ist?«

»Besser wir fallen den Piraten als der Justiz in die Hände.«

Der Fährmann stieß das Boot ab. Als wir das Ende der Bucht erreicht hatten, sah mich Lorenza mit Strenge an und sagte: »Du hast mehr Schwein, als der liebe Gott erlaubt. Gibt es überhaupt noch einen Ort in Italien, wo kein Haftbefehl auf dich wartet?«

»Ich wüsste schon einen.«

»Da bin ich aber gespannt!«

»In deinem Schoß!«

Mit einem Seufzer verdrehte sie die Augen zum Himmel, dann aber musste sie lachen, so aus vollem Halse und Herzen lachen, dass ihr die Tränen kamen und unter ihrem bebenden Körper das Boot ins Wanken geriet.

X. L. P. D.

Protokoll des Verhörs vom 18. August 1790 (Auszug)

Inquisitor: *In allen Ländern, die Er unter dem Namen ›Graf Cagliostro‹ bereiste, trieb Er einen gewaltigen Aufwand: Er reiste mit großem Gefolge, nicht selten in sechs Extra-Postchaisen, stieg in den teuersten Hotels ab und hatte immer reichlich Gold, Dukaten und Diamanten im Gepäck. – Woher nahm Er die Mittel für diesen Aufwand, da Er doch die Kranken unentgeltlich behandelte?*

Inquisite: *Ich habe mir stets ein Vergnügen daraus gemacht, die Neugierde des Publikums hierüber unbefriedigt zu lassen.*

Inquisitor: *Dem hl. Offizium wird Er sich schon erklären müssen, wenn Er nicht will, dass man Ihn der Tortur unterziehe.*

Inquisite: *Einen Teil meiner Mittel verdanke ich zwei Freunden und reichen Bankiers.*

Inquisitor: *Wer sind diese Bankiers?*

Inquisite: *Der eine ist M. Sarasin in Basel, der mir aus Dankbarkeit, dass ich seine Frau von einer tödlichen Krankheit kurierte, einen unbegrenzten Kredit ausstellte, der andere M. Saint-Costar aus Lyon.*

Inquisitor: *Selbstredend sind diese betuchten Herren Mitglieder Seiner ägyptischen Sekte. Zu welchem Behufe finanzierten sie den »Großkophta«?*

Inquisite: *Sie gaben mir Kredit, damit ich die Möglichkeit habe, mein wohltätiges Werk als Arzt und Helfer der Armen fortzuführen.*

Inquisitor: *Ja, ja! Unter dem Deckmantel der Wohltätigkeit lassen sich trefflich Komplotte schmieden ... In Seiner Korrespondenz finden sich höchst verdächtige Briefe, die Er mit geheimen Freimaurer-Logen in Neapel, Venedig und Malta geführt. Was bezweckte Er mit diesen Korrespondenzen?*

Inquisite: *Es ging um einen Austausch von Gedanken und Erfahrungen ...*

Inquisitor: *Warum finden sich dann in dieser Korrespondenz so viele geheime Chiffren? ... Was bedeutet die Chiffre* L. P. D, *die auch auf Seinem Maurerschurz aufgestickt ist?*

Inquisite: *Schon Paracelsus hat diese drei Buchstaben auf seinem magischen Dreizack geführt. Das* »L« *bedeutet* »Libertas«, *die Freiheit ...*

Inquisitor: *Er meint wohl die Freiheit zum Umsturz von Thron und Altar?*

Inquisite: *Nein, sondern die Freiheit des Hermetikers, die durch nichts zu unterdrückende Freiheit des menschlichen Geistes, die Geheimnisse der Natur zu ergründen und zu erforschen ... Das* »P« *steht für* »Potestas« *und versinnbildlicht die Macht, die Wirkgewalt des Gesprächs mit der Gottheit. Und das* »D« *bedeutet* »Deliberatio« *und steht für die tragende Vernunft, die Überlegung und die Pflicht, bis ans Ende zu gehen.*

Inquisitor: *Nichts als Lügen und faule Ausreden! Jeder Freimaurer weiß, was diese drei Buchstaben bedeuteten, nämlich:* **L**ilium **P**edibus **D**estrue! *Tretet die Lilie der Bourbonen in den Staub!*

Inquisite: *Für mich hatten diese Buchstaben niemals diese Bedeutung.*

Inquisitor: *Spiele Er hier nur nicht den Ahnungslosen! Er weiß genau um die Bedeutung dieser geheimen Chiffre ... Im gleichen Sinne erklärt sich auch das magische Signum des »Großkophta« und seines ägyptischen Ordens: der Pfeil, der die in sich gekrümmte Schlange hinterrücks durchbohrt. Die Schlange, das Reptil, steht für den Tyrannen, und der Pfeil soll ihn zu Tode treffen.*

Inquisite: *Sie irren! Die Schlange heißt* »Orubus« *und galt schon den alten Persern und Ägyptern als Symbol der Versuchung, des Ungehorsams und der Auflehnung. Darum soll der Pfeil sie zu Tode treffen. Für die Freimaurer aber haben Schlange und Pfeil noch eine andere Bedeutung: Diese ist zu einem S gekrümmt, jener zu einem I gestreckt. Das I steht für die Einheit, das S für die Vielfalt.* IS *und* SI = ISIS. ISIS *symbolisiert die Einheit in der Vielfalt.*

Inquistor: *Glaube Er ja nicht, Er könne uns hier ein X für ein U vormachen! Die Geheimchiffre* IS *bedeutet, wie jeder Freimaurer weiß,* »**I**nconnus **S**uperieurs« *– Unbekannte Obere! … Entweder ist Er selbst einer dieser Unbekannten Oberen, oder Er hat von ihnen Seinen geheimen Auftrag empfangen.*

Inquisite: *Meinen Auftrag habe ich allein von Gott empfangen.*

Inquisitor: *Hört! Hört! … Bei Gelegenheit einer Tafel, als einer der Gäste am Tisch betete, Gott möge Rom vor den Schrecknissen einer Revolution bewahren, hat Er gesagt: »Gott hat wohl Wichtigeres zu tun.«*

Inquisite: *Ich kann mich nicht an einen solchen Ausspruch erinnern.*

Inquisitor: *Erkläre Er uns, wer sich hinter dem Namen Altothas verbirgt, den Er selbst in seinem* »Mémoire justificatif pour le comte Cagliostro« *als Seinen wichtigsten Lehrer und Mentor bezeichnet und den Er auf Malta kennen gelernt!*

Inquisite: *Er hat mir seinen echten Namen und seine wahre Herkunft nie verraten.*

Inquisitor: »Altothas« *ist ein griechischer Name. Und nur die Mit-*

glieder des Illuminatenbundes tragen griechische Tarnnamen. War dieser mysteriöse Altothas nicht einer der »Geheimen Oberen«, von dem der Freimaurer Cagliostro seine Instruktionen bezog? Von wem erhielt Er Seinen neuen Namen, unter dem Er dann in ganz Europa auftrat? Welches war die »geheime Mission«, die Er zu erfüllen hatte? … Warum antwortet Er nicht? Hat es Ihm plötzlich die Sprache verschlagen, oder will Er uns die Wahrheit nicht sagen? … Wenn Er weiterhin so verstockt bleibt, wird Er Seine Frau nie mehr sehen.

Inquisite bricht in Tränen aus.

Kapitel 10

Die zweite Taufe

Malta 1773/74

Das kleine Schiff, das uns aufnahm, erwies sich zum Glück nicht als Piratenschiff, vielmehr als ein unter spanischer Flagge segelndes Handelsschiff des Malteserordens. Entsprechend hilfsbereit zeigten sich die Matrosen und Ordensleute, die uns an Bord nahmen, ohne weiter nach dem Grund unserer Flucht zu fragen. Dass wir jetzt bei mäßiger Brise und herrlichem Wetter gen Malta steuerten, kam mir wie ein Wunder vor, hatte ich mich im Geiste bereits auf der Galeere, wenn nicht am Galgen gesehen.

Lorenza und ich standen am Bug, während wir uns der Inselhauptstadt La Valetta näherten, deren Weichbild in ein verklärendes Licht getaucht war – ein paradiesischer Archipel mit fingerförmig eingeschnittenen Buchten und von hohen Festungsmauern umgürteten Landzungen. Mein Herz pochte wie eine kleine Pauke ... Malta, die Insel meiner Jugendträume, Heimstatt des berühmten Malteser- und Johanniterordens, dem einige meiner Vorfahren angehört hatten! Giovanni Salvo Balsamo war 1618 Großprior der Malteser in Messina, was mehreren Familienmitgliedern Zugang zum Orden verschaffte. Auch mein Großonkel Giuseppe Cagliostro war maltesischer Großwürdenträger. Eine Vorahnung sagte mir, dass auf Malta meine Laufbahn eine entscheidende Wendung nehmen würde. Schon einmal, im Jahre 1767, hatte ich mich von Messina aus nach Malta eingeschifft, wo ich dem Malteserritter Altothas begegnete. Er hatte mich, den jungen Ausreißer und Abenteurer aus Palermo, damals unter seine Fittiche genommen, und ich durfte ihn als sein persönlicher Diener und Sekretär auf seine Reise nach Palästina und Ägypten begleiten, die er im Auftrag des Malteserordens unternahm. Das war jetzt sieben Jahre her. Ob ich meinen verehrten Freund und Lehrer wohl in La Valetta wiedersehen würde?

Die Ordensleute, die uns an Bord genommen, waren so freundlich, uns in ihrem Gästehaus Quartier zu geben. Der Innenhof des Palastes des Großmeisters war ein riesiges Geviert turmhoher Mauern, an denen ringsum die schönsten Balustraden, Balkone und Arkaden entlangliefen. Nach außen durch hohe Festungsmauern und Zinnen bewehrt, glich der Palast nach innen einer weitläufigen Wohn- und Gartenanlage mit einer großen Zisterne, schattenspendenden Palmen, Maulbeerbäumen und Oleanderhainen.

Kaum hatte sich die Kunde von unserer Ankunft verbreitet, kam mir auch schon mit ausgestreckten Armen Altothas entgegen. Er hatte sich kaum verändert, trug noch immer das Ordensgewand mit dem Malteserkreuz, nur seine Haare schimmerten jetzt silbergrau. Obschon die Last der Jahre seinen Rücken etwas gebeugt hatte, war er noch immer eine stattliche Erscheinung.

»Welch schöne Fügung des Himmels hat dich wieder hierhergeführt, mein Sohn!«, rief er und schloss mich gerührt in die Arme. Meine Frau begrüßte er mit den Worten.

»Ex Oriente lux! Seid mir willkommen, schöne Donna!«

Er führte uns in einen kleinen Saal mit getäfelter Decke,

wo schon die Tafel für uns gedeckt war. Mit seiner mächtigen Stirn, der markanten Nase und den dunkel schimmernden Augen, die forschend auf uns gerichtet waren, strahlte er eine natürliche Autorität, zugleich ein Wohlwollen aus, das meine Befangenheit sogleich löste. Ich verhehlte ihm nicht, dass ich auf der Flucht und durch welche List ich dem Stadtgefängnis Palermos entkommen war. Meine Erzählung ergötzte Altothas sehr, ihm war nichts Menschliches fremd. Sodann wandte er sich an Lorenza:

»Wie lange kennst du deinen Mann?«

»Wohl an die fünf Jahre.«

»Nun, ich kenne ihn um einiges länger. Und er hat sich, scheint's, gar nicht verändert. Noch immer ist er auf der Flucht – vor sich selbst!«

Der gelinde Tadel aus dem Munde meines väterlichen Freundes, der mich damals wie seinen eigenen Sohn aufgenommen hatte, gab mir einen Stich. Hatte ich mich denn wirklich so wenig verändert?

Altothas war ein weltläufiger und sehr gebildeter Mann, der nicht nur Europa, sondern auch den Orient bereist hatte und mehrere Sprachen beherrschte. Und was ich über Ägypten und die Pyramiden, die arabische Alchemie und Heilkunst und die Kultur des Morgenlandes wusste, das hatte ich von ihm gelernt. Nur über seine Herkunft hatte er sich stets in Schweigen gehüllt, ich habe nie erfahren, wo er geboren und welches sein wirklicher Name war. Als Lorenza ihn fragte, was für ein Landsmann er sei, gab er ihr die sibyllinische Antwort:

»Ich entstamme dem Lande Utopia, schöne Donna! Und viele Väter haben mich erzogen.«

Bevor er die Tafel aufhob, lud er uns ein, als Gäste des Ordens für einige Zeit in La Valetta zu verweilen. Er wies uns die Räume um die Loggia vor der Zisterne als Wohnstatt zu. So verbrachten wir denn die nächsten Monate auf Malta. Und es gebrach uns an nichts. Nach all den Jahren des Vagabundierens und unsteten Umherschweifens kamen wir hier endlich einmal zur Ruhe und Besinnung.

Eine ältere Ordensschwester machte Lorenza mit den verschiedenen wohltätigen Einrichtungen des Ordens, vor allem mit seinen vorzüglich geführten Hospizen und Spitälern bekannt. Da sie nicht untätig in der Rolle der Besucherin verharren wollte, ging sie ihr schon bald bei den Visiten und der Krankenpflege zur Hand. So lernte sie, von der Schwester angeleitet, die wichtigsten Regeln und Hantierungen der Krankenpflege und erwarb sich jene praktische Erfahrung, die sie mir als Assistentin meiner Kuren bald unentbehrlich machen sollte.

Während sich meine Frau um die Kranken und Alten kümmerte, widmete ich mich, unter der Ägide des gelehrten und weisen Altothas, ganz den Geheimwissenschaften, in Sonderheit der Kabbala und der Alchemie, welche bei den Maltesern und ihrem Großmeister Don Manuel Pinto de Fonseca in hohem Ansehen standen; hatten doch schon viele bekannte Ärzte und Alchemisten in seinem Palast experimentiert.

Neben dem bestens ausgestatteten Laboratorium stand mir auch die altehrwürdige Bibliothek des Ordens zur Verfügung. Und hier waren wahre Schätze zu entdecken. Seit Jahrhunderten war Malta die umkämpfte Grenzbastion und Brücke zwischen der christlichen und der muselmanischen Welt gewesen. Der Malteser- und Johanniterorden, der die Züge der Kreuzritter und frommen Jerusalem-Pilger beschützt und begleitet, hatte im Heiligen Land viele wertvolle Erfahrungen gesammelt und so manches vergessene und versunkene Wissen der alten Ägypter, der Hebräer, der alexandrinischen Schule und der arabischen Welt in sich aufbewahrt. Nach dem Verbot und der Auslöschung des Templer-Ordens durch den französischen König Phillip den Schönen* war ein

* *Um 1314*

Großteil des Templerbesitzes den Johannitern übertragen worden. Auf diese Weise waren auch die geheimen Schriften der berühmten Tempelherren nach Malta gelangt, die ihr magisches Wissen, das bis auf die Zeit von Salomonis' Tempel zurückgeht, den alten Priestern Ägyptens verdankten.

Besonders faszinierte mich die jüdische Geheimlehre der Kabbala, in deren Geheimnisse mich Altothas peu à peu einweihte. Stundenlang hockte ich, wie ein Buddha mit unterkreuzten Beinen, auf dem Teppich des kleinen Andachtsraumes und starrte, ohne ein Lid oder einen Muskel zu rühren, auf die kleine Pyramide, auf deren vier Dreiecke lauter hebräische Buchstaben und Zahlen in geometrischen Reihen angeordnet waren. Über dieser meditativen Versenkung konnte ich Raum und Zeit vergessen; mein Geist fühlte sich dann von aller Erdenschwere und allen Sorgen befreit. Selbst wenn Lorenza, ein Liedchen summend, den Raum betrat, bemerkte ich sie kaum. Dies ärgerte sie, zumal sie in ihrer Einfalt glaubte, Meditation sei nur eine bequeme Ausrede für Nichtstun und Faulenzerei.

»Worauf glotzt du da eigentlich die ganze Zeit, Giuseppe? Und wozu soll das gut sein?«

»Ich studiere das Systema sephirotikum, die Handschrift Gottes! Bist du jetzt zufrieden?«

Sie stellte ihren Wäschekorb ab und sah mich missbilligend an. »Die Handschrift Gottes? ... Ich denke, die ist in der Heiligen Schrift!«

»O Sancta Simplicitas! Die Heilige Schrift wurde von Menschen geschrieben. Wie kann sie da die Handschrift Gottes sein?«

»Dann kann aber auch kein Mensch die Handschrift Gottes lesen!«

»Ein Mann schon! ... Leider ist es deinem Geschlechte verwehrt, an den Geheimnissen der Kabbala teilzuhaben.«

Sie zog eine beleidigte Miene. »Und warum?«

»›Viele sind berufen, doch nur wenige auserwählt‹, heißt es schon in der Hl. Schrift.«

»Und warum sollte ein Weib nicht berufen sein?«

»Warum haben Jesus und Moses nur Jünger gehabt, und warum hat Gott, hat Allah nur Propheten berufen, aber keine Prophetin?«

»Es hat aber auch«, gab sie trotzig zurück, »weise Frauen und Sagas gegeben, die in die Geheimnisse der Heilkunde und andere Mysterien eingeweiht waren.«

»Was wüsste ein Weib mit den zweiundzwanzig Buchstaben des hebräischen Alphabets und den zehn pythagoreischen Zahlen wohl anzufangen? Du kannst gerade mal addieren und subtrahieren.«

»Wie du wohl weißt, kann ich auch multiplizieren!«, echauffierte sie sich. »Sonst hätt' ich das Rätsel, das du mir bezüglich der Spanischen Treppe in Rom aufgabst, nimmer gelöst.«

»Gewiss, für ein Weib hast du ein recht helles Köpfchen … Doch der verborgene Sinn jener unendlichen Kombinationen aus Buchstaben und Zahlen, in welchen der Geheimcode der Schöpfung abgefasst ist und aus denen sich dem Eingeweihten auch das Wissen um das Zukünftige erschließt, bleibt deinem Geschlecht auf ewig verschlossen.«

»Dann wünsche ich dir viel Vergnügen bei deinen ›unendlichen Kombinationen‹! Ich gehe jetzt mit der Wäsche zur Zisterne, denn dein Nachthemd stinkt, dass Gott erbarm!«

Sie nahm den Wäschekorb wieder auf und stapfte wütend davon.

*Lux in tenebris**

An den lauen Frühlingsabenden saßen Altothas und ich oftmals in einer kleinen Laube des Palastinnenhofes, die durch eine Oleanderhecke vor fremden Augen und Ohren geschützt war. Dann disputierten wir über die Religion und die Geheimwissenschaften, über den ewigen Konflikt zwischen der christlich-abendländischen und der muselmanisch-arabischen Welt, über die Verdorbenheit der dynastischen Mächte und die Bedrückung der Untertanen, über die Anmaßungen des Klerus und den Absolutheitsanspruch der römisch-papistischen Kirche. Wie viele Malteserritter, die mit der morgenländischen Kultur in enge Berührung gekommen, war mein philosophischer Mentor in Fragen der Religion sehr tolerant und als solcher ein heimlicher Gegner der katholischen Hierarchie und Amtskirche.

Eines Abends erklärte er mir im Tone wohlwollender Strenge:

»Betrachte dein bisheriges Leben, mein Sohn! Du hast immer wieder gewagte Sprünge gemacht, bald hierhin, bald dorthin, hast dich, wie viele Abenteurer und Glücksritter, so recht und schlecht durchgeschlagen, teils mit List und Schalk, woran es dir gewiss nicht mangelt, teils durch leichtfertige Betrügereien, die dich immer wieder mit dem Gesetz in Konflikt gebracht und deiner Frau das größte Ungemach bereitet. Du kannst Gott und deinem Schutzengel, sprich: Lorenza, danken, dass dir nicht die Galeere zum bitteren Los geworden.«

Etwas kleinlaut musste ich zugeben, dass er wohl Recht hatte.

»Was deinem Leben fehlt«, fuhr Altothas mit Autorität fort, »das ist die klare Linie, der wohl durchdachte Plan. Für eine große Laufbahn als Magus und Heilkünstler, zu welcher du

* *Licht in der Finsternis*

alle Talente mitbringst, sind nämlich bestimmte Voraussetzungen vonnöten, gewisse *Prinzipien*, die du strikt einhalten musst ... Du hast gewiss von Valentin Andreae Rosencreutz gehört, dessen Gedächtnis die Malteser in hohen Ehren halten. 1485 im Alter von 106 Jahren gestorben, hatte er Arabien, Marokko und Ägypten bereist, um dort die Geheimnisse der Heilkunde und der Alchemie zu erforschen. Er gründete einen Kreis von acht großen Eingeweihten und machte ihnen zur Aufgabe, die Kranken und Bedürftigen *unentgeltlich* zu pflegen, wie er selbst es auf seinen Reisen getan. Das Volk liebte und verehrte ihn dafür. Wenn du dich hingegen vom Dämon des Eigennutzes, der Eitelkeit und der Goldgier leiten lässt, verlierst du mit dem moralischen Kompass zugleich dein besseres Selbst und wirst das Herz des Volkes nimmer gewinnen. Das erste Prinzipium, das deinem Tun zugrunde liegen muss, lautet daher: Behandle die Mächtigen, Reichen und Hoffärtigen so, wie sie es verdienen; doch vergiss nie deine christliche Pflicht gegen deine ärmeren und bedürftigen Mitbrüder und Schwestern! Sosehr du gegen jene auch mit Schläue und List vorgehen magst, diese behandle stets gut und mit Großmut! Sie werden dich dafür lieben und auf den Schild heben. Stehst du erst in dem Ruf, ein Wohltäter der Armen und Kranken zu sein, wirst du mehr Einfluss und geistige Macht über die Menschen gewinnen als mancher Großer in seiner angemaßten Machtfülle und mancher Fürst in seinem eingebildeten Gottesgnadentum.«

»Ich werde es beherzigen!«, gelobte ich.

»Und doch wird deine Tätigkeit niemals über das Mittelmäßige hinausragen, solange du sie aus einem beschränkten, bloß auf das Hier und Heute gerichteten Blickwinkel ausübst, solange ihr die *große Vision* fehlt. Und damit bin ich beim zweiten Prinzipium ... Wir sprachen in letzter Zeit viel über die Verderbtheit unserer Zeitläufe, über die Korruptheit und schrankenlose Willkür der dynastischen Mächte, die zur Befriedigung des höfischen Luxus und zur Finanzierung ihrer kriegerischen Raubzüge das Mark ihrer Völker aussaugen, die Blüte der Jugend in die Uniform stecken, die Untertanen mit immer neuen Abgaben und Steuern bedrücken und sie mit allen Mitteln an den Ketten der Knechtschaft und der Unwissenheit festzuhalten suchen. Was daher heuer notwendig ist und worauf mehr und mehr Untertanen hoffen, ist eine *Generalreformation der Welt.*«

»Generalreformation? Was soll das heißen?«

»Erst wenn du mir bei dem Allmächtigen schwörst, dass du strengstes Stillschweigen bewahrst, darf ich dir mehr hierüber sagen!«

Ich legte die Hand aufs Herz und gelobte Verschwiegenheit.

»Schon Andreae Rosencreutz«, fuhr Altothas mit gesenkter Stimme fort, »arbeitete mit seinen Jüngern an einer solchen Generalreformation. Er kämpfte nicht nur gegen Armut, Krankheit und Not, er suchte auch, zur Hebung der allgemeinen Aufklärung und zum Nutzen des Volkes, Wissenschaftsakademien zu begründen; er träumte sogar von einem *vereinten Europa ohne dynastische Mächte, Fürsten und Stände.*«

»Einem Reich Utopia, einem Reich in den Sternen!«, warf ich nicht ohne Spott ein.

»Urteile nicht vorschnell!«, tadelte mich Altothas. »Was damals noch in den Sternen stand, schlummert schon im Humus der Gegenwart – gleich einem Samenkorn, das nur auf den ersten warmen Sonnenstrahl und den ersten Frühlingsregen wartet, um aufzugehen und dereinst Früchte zu tragen ... Hast du je von Jean Amos Komenky, bekannter unter dem Namen Comenius, gehört?

Ich verneinte.

»Comenius war Bischof der mährischen Brüder, die er nach dem Scheitern ihres Aufstandes gegen Österreich im Jahre 1620 nach Pommern führte. Es war der Geist des Andreae Rosencreutz, der ihm die Fackel übergab. Im Jahre

1657 veröffentliche Comenius das berühmte Pamphlet *Lux in tenebris*. Darin heißt es:

»Der Papst ist der große Antichrist des universellen Babylon ... Das Tier, das jeder Kurtisane zu Willen ist, das ist das Römische Reich Deutscher Nation und im Besonderen das Haus Österreich ... Gott wird diese Dinge nicht länger dulden. Er wird die Welt dieser Ungeheuer in einer Sintflut von Blut ertränken ... Am Ende des Großen Krieges werden das Papsttum und das Haus Österreich zerstört sein ... Diese Zerstörung wird von jenen Nationen bewirkt werden, die ihrer Despoten müde sind, an erster Stelle von den Völkern des Nordens und des Orients.«

*

Zelada hielt inne. Wie benommen las er diese ungeheuerlichen Sätze noch einmal. Eine Gänsehaut kroch ihm über Arme und Nacken, ihn fröstelte. Welch abgründige Prophezeiung! Was Comenius 1657 prophezeit hatte – drohte dies nicht eben jetzt in Erfüllung zu gehen? Waren die umwälzenden Ideen der Französischen Revolution von Rosenkreutz, Comenius und anderen Vertretern der gnostisch-politischen Geheimbünde denn nicht mit vorbereitet und inspiriert worden? Es war dieselbe hermetisch-subversive Tradition, derselbe giftige Born, aus dem auch der Freimaurer Cagliostro seine spektakulären Prophezeiungen vom Ende des Ancien Régime und des römischen Papsttums geschöpft hatte. Der Malteserritter Altothas hatte ihm die Fackel der rosenkreuzerischen Initiation und Subversion gleichsam in die Hand gedrückt. Schon immer war ja der Malteserorden, der das geistige Erbe des Templerordens zu bewahren suchte, eine geheime Brutstätte der antipapistischen Rebellion gewesen. Noch der vorige Papst hatte den Großmeister des Malteserordens mehrfach verwarnt, da unter seinem Regiment häretische Riten eingerissen waren und gefährliche Geheimlehren verbreitet wurden.

In tiefer Beklommenheit las Zelada weiter ...

*

»Auch heute«, setzte Altothas seine Unterweisung fort, »arbeiten viele Brüder der *unsichtbaren Kirche* an der großen Generalreformation. Sie kann indes nur von solchen Menschen vorbereitet werden, die frei von den Fesseln religiöser und ständischer Vorurteile sind. Wir nennen sie die *Illuminaten*, die Erleuchteten, welche sich in geheimen Bruderschaften organisieren. Das Geheimnis hat nichts mit Geheimnistuerei zu tun, sie dient vor allem dem Schutz vor polizeilicher Nachstellung und den Spitzeln der Inquisition; hat doch Papst Clemens XII. in seiner bekannten Bulle die Excommunicatio latae sententiae über den Freimaurerbund und dessen Mitglieder geschleudert.«

»Und was ist der Endzweck dieser erlauchten Bruderschaft?«

»Das darf ich dir nicht sagen, denn das wissen nur die Eingeweihten der höchsten Grade.«

Allmählich schwante mir, warum Altothas sein Geburtsland das ›Land Utopia‹ nannte. Was aber hatte er mit mir vor?

»Was nun dich und deine Laufbahn betrifft, mein Sohn!, so könntest du, auch ohne Mitglied jener geheimen und erleuchteten Bruderschaft zu sein – denn hierfür musst du dich durch mancherlei Proben und Prüfungen erst würdig erweisen –, doch *in ihrem Sinne wirken*: als fahrender Arzt, Magus und Freimaurer in geheimer Mission. Denn hierfür bringst du alle nötigen Eigenschaften und Talente mit: einen freien und vorurteilslosen Geist, Kühnheit und Furchtlosigkeit, Kenntnisse in den Geheimwissenschaften, Klugheit, mit Witz und List gepaart, Zungen- und Schlagfertigkeit, die nötige Wendigkeit und das angeborene Schaustellertalent deiner Heimat. Dazu hat dich Fortuna mit einem Weib gesegnet, das von natürlichem Liebreiz und erlesener Schönheit ist, die sie zum Anziehungspunkt der vornehmen und galanten Welt machen wird.«

»Aber wie soll ich«, fragte ich zweifelnd, »als Autodidactus, der nie ein höheres Seminar, geschweige denn eine Akademie besucht, in der gelehrten und vornehmen Welt bestehen?«

»Glaub mir, mein Sohn!«, ermutigte er mich. »Du verfügst über ein ungleich wertvolleres Kapital als akademische Gelehrtheit, nämlich über die reiche Erfahrung deiner Reisen, die dich mit den Sitten und Gepflogenheiten vieler Nationen und der Denk- und Lebensweise aller Stände besser vertraut gemacht als jeden Diplomaten in ausländischen Diensten. Diese Anschauung und Kenntnis, die du aus dem Buche des Lebens und der Erfahrung geschöpft, wiegt hundertmal mehr als alles in geistlichen Seminaren und Akademien erlernte Wissen. Und bist du erst einmal in eine Loge und damit in die große internationale Familie der Freimaurerei aufgenommen, wirst du auf ihren weit verzweigten Bahnen von Gesellschaft zu Gesellschaft, von Land zu Land reisen können und überall mit offenen Armen empfangen werden. In jeder Stadt werden du und deine Gattin einen Bruder finden, der euch unterstützt und euch die verschlossenen Türen der vornehmen und einflussreichen Kreise öffnet.«

»Aber wie werde ich Mitglied einer Loge? ... Ich verfüge weder über ein Amt noch über einen Titel, der mich zu solcher Ehre berechtigen könnte.«

»Die Mitgliedschaft im altehrwürdigen Malteserorden wird dein Entrebillet in die Londoner Großloge der Schottischen Ritter sein, die mit uns in engster Verbindung steht und viele Malteserritter zu ihren Mitgliedern zählt. Im Übrigen vertraue auf meine Verbindungen, die sich bis nach England, Frankreich, Holland, in die deutschen Lande und nach Russland erstrecken. Ich und die *Geheimen Oberen* werden dich stets begleiten und sicher geleiten.«

»Aber wie soll das gehen?«

»Wir haben überall unsere Boten und geheimen Kuriere ... Freilich – und damit komme ich zum dritten Prinzipium –, einer solchen Mission ist das *Geheimnis* nötig: sowohl zum Schutz deiner selbst als auch zur Wahrung und Stärkung deiner Autorität. Umgebe dich also fortan mit der Aura des Geheimnisses! Niemand soll wissen oder auch nur ahnen, in wessen Auftrag du wirkst. Aber lass ruhig durchblicken, dass du in einer hohen, wenngleich geheimen Mission unterwegs bist! Glaub mir, dies verschafft dir mehr Ansehen und Zelebrität als alle Titel und Ämter. Zwar sind Klerus und katholische Amtskirche als tragende Säulen dieses verderbten Systems unsere quasi natürlichen Feinde; gleichwohl können wir von den Methoden der Kirche einiges lernen. Worauf beruht denn ihre jahrtausendealte Macht? Auf *Geheimnis, Wunder und Autorität*! ... Lass es dir von einem gesagt sein, der die Welt noch um einiges besser kennen gelernt hat als du: Auch durch Aufklärung, das Zauberwort der Epoche, werden wir den Aberglauben nimmermehr ausrotten. Er gehört zur menschlichen Natur wie die Dummheit. Kein noch so kluger und gut gemeinter Plan, die Menschen und die Nationen in die Freiheit zu führen, kann gelingen, wenn er nicht die menschliche Dummheit – sowohl die der Mächtigen als auch die der Untertanen – in Rechnung stellt. Es führt auch zu nichts, den Aberglauben und die Dummheit widerlegen, bekehren oder bekämpfen zu wollen, vielmehr kommt es darauf an ...«

»... sie sich zunutze zu machen, sie zu überlisten und auf gute Endzwecke zu lenken!«, führte ich seinen Gedanken zu Ende.

»Du begreifst rasch!« Altothas musterte mich mit anerkennendem Blick wie ein Lehrer seinen Primus. Dann fuhr er fort. »Zwar träumen heute etliche Philosophen davon, die Vornehmen und Mächtigen dieser Welt durch Aufklärung zur Vernunft und zur Humanität zu bekehren. Doch ist dies ein hoffnungsloses Unterfangen. Denn selbst die Aufklärung nutzen die Fürsten und Kirchenfürsten noch zur Verteidigung ihrer angemaßten Privilegien und zur Festigung ihrer Herrschaft. Jedoch kann der listige Adept sie bei ihrer Hab- und Goldgier, der Menschenkenner und Psycholog' sie bei ihrer nie versiegenden Eitelkeit, der Arzt sie bei ihrer Hypochondrie, der Magier und Geisterbeschwörer sie bei ihren mystischen Grillen packen und, indem er sich geschickt ihrer Spleens bedient, Einfluss und Macht über sie erlangen und sie so an unsichtbaren Fäden leiten und lenken. Ich denke, auf diesem Felde eröffnen sich deinem magischen Talent, von dem du mir einige staunenswerte Proben gegeben, ungeahnte Möglichkeiten.«

In diesem Augenblick läutete die Konventsglocke zur Abendmesse. Bevor er sich erhob, zog Altothas aus seinem Mantel ein schwarzgebundenes Büchlein hervor und überreichte es mir: »Zur Vertiefung dessen, worüber wir eben sprachen, empfehle ich dir diese Schrift aus dem Jahre 1550: *Discours de la servitude volontaire** von Étienne de la Boétie. Sie wird dir ein Licht aufstecken.«

Schlaflos verbrachte ich die folgende Nacht. Den schonungslosen Spiegel, den Altothas mir vorgehalten, die wohlwollende Strenge, mit der er mein bisheriges, nicht eben reputierliches Leben bilanzierte, sowie die Erörterung jener drei Prinzipien, die er als Voraussetzung für eine große Laufbahn erachtete – dies alles hatte meinen Geist mächtig aufgeregt und mir reichlich Grund zum Nachdenken gegeben. Zugleich fühlte ich mich von der Aussicht beflügelt, im Schutze und Auftrag jenes machtvollen Geheimbundes, von dem er in mysteriösen Andeutungen gesprochen, endlich die große Bahn zu betreten, von der ich schon in meiner Jugend ge-

* *»Diskurs über die freiwillige Knechtschaft«*

träumt. Nicht nur mein Ehrgeiz als Magus und Heilkünstler, mein ganzes Wesen fühlte sich herausgefordert.

Da ich doch keinen Schlaf fand, zündete ich die Lampe an und begann in dem *Discours de la servitude volontaire* zu lesen, den Althothas mir zur Lektüre empfohlen. Es war, wie ich allmählich begriff, eine Abhandlung über die Macht und die menschliche Dummheit.

Die Gewohnheit, die uns überall in der Gewalt hat, ist nirgends so groß wie bei der Verführung zur Knechtschaft. Sie bringt uns dazu, dieses Gift zu schlucken und es nicht einmal bitter zu finden …

Wir sind nicht die Opfer der Tyrannen und Mächtigen; es sind die Opfer, denen der Tyrann seine Macht verdankt. Was könnte er uns antun, wenn wir diesem Spitzbuben nicht den Hehler machten, wenn wir diesem Mörder unsrer selbst nicht als Helfershelfer dienten? …

Der Tyrann verdankt seine Autorität nicht etwa irgendwelchen Tugenden oder erstaunlichen Qualitäten, sondern es ist genau andersherum: Der Tyrann übt seine faszinierende Macht aus, wenn nur seine wahre, »idiotische« Art im Verborgenen bleibt. Die Könige der Assyrer und Meder zeigten sich dem Volke so selten als möglich. Das Volk sollte nicht wissen, dass sie bloß gewöhnliche Menschen waren, es sollte glauben, sie seien mehr als das … Das war ein Trick, um diese Nationen in der Knechtschaft zu halten …

Falls es die Untertanen wollen, nimmt die Macht des Tyrannen ein Ende. Warum bleiben sie dann freiwillig seine Sklaven? Weil auch sie davon profitieren. Sie glauben, der Tyrann würde sie an seinen Reichtümern teilhaben lassen, aber in Wirklichkeit verhält es sich genau umgekehrt: Die Tölpel merken nicht, dass man ihnen nur ein bisschen von dem wiedergab, was ihnen sowieso gehörte …

Anfangs verwirrten mich diese bündigen und paradoxen Sentenzen – warum sollten die Menschen *freiwillig* die Knechtschaft wählen und erdulden? Doch je mehr ich über sie nachsann und sie mit meinen eigenen Erfahrungen verglich, desto schlüssiger erschienen sie mir. Und allmählich dämmerte mir, warum Altothas und der hinter ihm stehende Geheimbund just mich mit dieser geheimen Mission betrauen wollten. War ich – von meinem ganzen Naturell und meinen vielseitigen Talenten her – denn nicht geradezu prädestiniert, auf der Klaviatur der menschlichen Dummheit zu spielen und diese auf gute Endzwecke zu lenken? War es denn nicht ein wahrhaft christlicher Gedanke, im Auftrag eines angesehenen Ordens das Gute zu tun, kranke Menschen zu heilen und die Armen und Bedürftigen *unentgeltlich* zu behandeln? Und war es denn nicht ein höchst ehrenwertes und humanes Ziel, als geheimer Agent einer höheren, ausgleichenden Gerechtigkeit zu wirken und – gleich einem Robin Hood* im Freimaurerschurz – den Mächtigen, Reichen und Vornehmen etwas von dem wieder abzuluchsen, was sie den Armen und Mittellosen durch Willkür und Gewalt abgepresst oder ihnen unter dem Schein legitimer Gesetze gestohlen hatten?

Zwar war ich alles anders als ein Betbruder, vielmehr ein verlorener Sohn der Kirche. Indes waren die Malteser und Johanniter kein lumpiger Orden wie jener der Fatebenefratelli, sondern eine von alters her im ganzen christlichen Abendland hochgeachtete Institution mit einer geradezu legendären Aura. Abgesehen von der Ehre, einem solchen Orden anzugehören, der manchen berühmten Arzt und Kabbalisten hervorgebracht, seine weit verzweigten und einflussreichen Verbindungen zu den Fürstenhöfen Euro-

* *Englischer Volksheld und legendärer Räuberhauptmann des Mittelalters, der mit seinen Getreuen im Wald von Sherwood reiche Adelige und Klöster ausraubte und die Armen beschenkte.*

pens konnten meiner Laufbahn nur förderlich sein. Denn es ist nun einmal so, dass ein Mann aus armen Verhältnissen, und sei er noch so talentiert, ohne Protektion und Förderung von höherer Seite auf keinen grünen Zweig kommt: Diese Lehre hatte ich aus unserer ersten Tour d'Europe gezogen, die ja nicht gerade ein Zuckerschlecken gewesen.

Am nächsten Morgen erklärte ich meiner Frau, dass wir die nächsten neun Tage Enthaltsamkeit üben müssten. So erheische es der Aufnahmeritus des Ordens.

»Das tun wir doch schon die ganze Zeit«, gab sie patzig zurück. »Seit du die ›Handschrift Gottes‹ studierst, ist bei dir tote Hose! Da kommt es auf weitere neun Tage auch nicht mehr an!«

»Man kann eben nicht beides zugleich erkennen: sein Weib *und* die Handschrift Gottes!«

Sie stemmte die Arme in die Hüften und sah mich herausfordernd an: »Und wenn sich just im Weibe die Handschrift Gottes verkörpert?«

»Das kann nicht sein. Denn sonst hätte Gott nicht seinen eingeborenen Sohn, sondern seine eingeborene Tochter auf Erden gesandt, um die Menschheit zu erlösen.«

Darauf wusste sie nichts mehr zu erwidern.

Selbstredend durfte sie als Weib, das vom unreinen Stamme Evas war, der feierlichen Aufnahmezeremonie nicht beiwohnen. Und dies mit Grund; denn als ich im langen weißen Ordensgewand mit dem Malteserkreuz auf der Brust und den über Kreuz geschnürten Sandalen gemessenen Schrittes den kleinen Bankettsaal betrat und ihr einen keuschen Kuss auf die Stirn drückte, konnte sie kaum ein Kichern unterdrücken. Auch während Altothas' feierlicher Ansprache ließ sie jegliche Andacht vermissen.

»Werte Signora!«, sprach er zu ihr. »Ihr Gatte hat heute seine zweite Taufe erhalten. Jede Taufe bewirkt, dass der alte Adam, Gegenstand der Sünde, stirbt und an seiner Stelle ein sittlich besserer Mensch geboren wird.«

»Wenn das bedeutet – keine Zungenküsse mehr, ist mir der alte Adam allemal lieber!«

»Lorenza! Ich bitte dich!«

»Zum Zeichen, dass mit dieser zweiten Taufe ein neuer Mensch aus ihm ward«, fuhr Altothas in salbungsvollem Tone fort, »führt er von heute an einen neuen Namen: *Graf Alessandro di Cagliostro!* Indem er sich für den Namen seines Großonkels entschied, dessen gräfliches Wappen, geteilt und halb gespalten, im linken oberen Feld einen schwarzen Vogel auf Goldgrund trägt, wählte er die *caglia*, die Wachtel seiner Vorfahren, zu seinem Emblem, den wilden Vogel der Felder, der das Symbol der vier Jahreszeiten und von alters her ein Symbol der Urchristen ist.«

»Dio mio! Welch eine Umgewöhnung!«, maulte Lorenza. »›Giuseppe‹ ist mir in Fleisch und Blut übergegangen – aber ›Alessandro‹?«

»Auch du, meine Tochter!« – Altothas reichte ihr einen mit Wein gefüllten Becher –, »wirst fortan zum Zeichen eurer neuen Bestimmung einen neuen Namen tragen ... Trinken wir auf das Wohl unserer reizenden Gräfin *Serafina di Cagliostro, geborene Prinzessin aus Trapezunt*!«

»Man hätte mich wenigstens vorher fragen können, ob mir der Name Serafina auch zusagt! Bevor ich ein neues Kleid anlege, schaue ich auch erst, ob es mir passt.«

»Serafina«, belehrte Altothas sie geduldig, »ist ein sehr edler und symbolträchtiger Name. Er kommt schon im Alten Testament vor und stammt von dem hebräischen Wort *saraph* ab, was bedeutet: das heilige Feuer bewahren. Ein Seraphim trug das göttliche Feuer vom Altar Jahwes zu Jesaias Lippen, als dieser zum Propheten geweiht wurde. In

der christlichen Überlieferung bekleiden die Seraphime, zusammen mit den Cherubimen, den höchsten Rang in der himmlischen Hierarchie. Sie stehen dem Throne Jehowas am nächsten. Sie sind gleichsam die ersten Ministerinnen des Himmelreiches!«

»Aber für eine orientalische Prinzessin aus Trapezunt bin ich viel zu hellhäutig. Habt Ihr das denn nicht bedacht?«

Altothas und ich wechselten ratlose Blicke. Daran hatten wir allerdings nicht gedacht. Indes kam ich rasch auf die Lösung:

»Zu deinem ehrwürdigen Stammbaum gehören eben mehrere christliche Kreuzritter. Intime Verbindungen zwischen diesen und den Töchtern Arabiens waren durchaus üblich. Daher dein heller Teint.«

Nachdem wir getafelt hatten, zeigte ich meiner Frau die neuen Reisepapiere, die auf unsere taufrischen Namen und Adelstitel ausgestellt waren. Sie betrachtete sie mit skeptischer Miene.

»Denk nur nicht, diese Papiere seien gefälscht! Sie tragen – sieh nur! – die originalen Siegel des Malteserordens. Was glaubst du, wie man uns ansehen und behandeln wird, wenn wir mit diesen Papieren demnächst das Schiff besteigen! Der Kapitän wird es sich zur Ehre anrechnen, Graf und Gräfin Cagliostro persönlich in der Offiziersmesse zu empfangen … Von seinem fremdländisch-geheimnisvollen Klang abgesehen, hat unser neuer Name einen doppelten Vorzug: Er steht nicht im europäischen Adelsregister, entzieht sich also der Nachprüfung – und attestiert uns doch eine hohe, sowohl adelige als auch orientalische Abkunft.«

»Cagliostro«, fügte Altothas hinzu, »lässt sich übrigens auch als Zusammensetzung aus *Caldo* und *Austrum* verstehen, das heißt Südwind, heißer Wind, der von Arabien kommt. Ich bin sicher, er wird euch Glück bringen!«

Als wir uns in unsere Gemächer zurückzogen, maulte Lorenza noch immer, sie wolle keine Gräfin aus dem Morgenland spielen, sie könne das nicht – und überhaupt! Der ganze Schwindel würde früher oder später doch auffliegen – und dann stünden wir beide als Betrüger und Hochstapler da und würden wieder im Gefängnis landen. Ich tadelte ihren Kleinmut, appellierte an ihre Courage, an ihre Chuzpe und Geistesgegenwart, die sie ja noch stets in brenzligen Situationen bewiesen. Im Grunde sei es nicht anders als beim römischen Karneval, der ihr doch immer so viel Vergnügen bereitet: Ein exotisches Kostüm, eine pittoreske Maske, ein klangvoller Name – und schon schlüpft man aus seiner Haut, ist man ein anderer Mensch, ein anderer Charakter, und wächst über sich selbst hinaus. Schließlich malte ich ihr den Prospekt unserer Zukunft in so glänzenden Farben, dass ihre Augen wieder zu leuchten begannen.

»Von nun an, cara figlia, werden wir wie die *caglia*, der wilde Vogel der Felder, den der heiße Wind aus Arabien in die Lüfte hebt, Europa im Sturme erobern. Unsere erste Tour war gleichsam der Erkundungs- und Probeflug, bei dem wir etliche Federn gelassen und uns einige Schrammen geholt. Doch jetzt, nachdem wir die Schauplätze inspiziert, um viele Erfahrungen reicher geworden und einen mächtigen Verbündeten haben, beginnt die eigentliche Kür ... Und ich gebe dir mein Wort: Nie wieder sollst du Not, Armut und Erniedrigung erleiden. Ich werde arbeiten, hart arbeiten, und du wirst mir bei meinen Kuren hilfreich zur Seite stehen und die allseits geachtete und bewunderte Madame Cagliostro sein. Zusammen sind wir nämlich unschlagbar, cara mia Serafina!«

»Ich will aber nur dann Serafina heißen, wenn Alessandro sie nicht schlechter küsst als der vormalige Giuseppe seine Lorenza!«

Ich hob sie schwungvoll auf, warf sie auf den Diwan und

küsste und herzte sie, dass ihr Hören und Sehen verging. Durch das offene Fenster drang das sanfte Brausen des Meeres, während der heiße Wind aus Arabien all unsre Sinne erglühen ließ. Und so lustvoll brachte ich ihr nun die Mysterien der Kabbala bei, dass sich all jene Knoten wie von selber lösten, welche die Seele an den Leib binden, und sie befreit durch alle sieben seraphischen Himmelssphären schwebte.

XI. Unmoral per Rezept

Zelada war an diesem Morgen wieder mit unerträglichen Kopfschmerzen aufgewacht. So viele Ärzte er wegen seiner Migräne schon konsultiert hatte, keiner hatte ihm helfen können. Erst nachdem sein Kammerdiener, bei zugezogenen Vorhängen, ihm den Kopf mit warmem Öl eingerieben und ihm eine ausgiebige Kopfmassage hatte angedeihen lassen, ließen die schmerzhaften Stiche in der linken Schädelhälfte ein wenig nach.

Jetzt saß er wieder an seinem Schreibtisch und las die Expertise einer von ihm eingesetzten Kommission erfahrener Heil- und Arzneikundiger. Diese Kommission, die unter der Leitung von Doktor Micheli stand, hatte Caligiostros berühmte Elixiere, Tropfen, Pulver, Pillen und Salben, die man bei seiner Verhaftung in seiner Wohnung beschlagnahmt, in den vatikaneigenen Laboratorien untersucht. Die meisten seiner Mittel wie Bleiessig, Aloesaft, allerlei stärkende Kräutertees, das rosa Pulver und der ägyptische Wein waren unvermischte und natürliche Mittel und nach den üblichen Rezepturen italienischer Klosterapotheken hergestellt. Andere Präparate wie der Ölzucker (ätherisches Öl, mit Zucker und Eiweiß vermischt), saure Pulver, Perlwasser, Terpentin- und Myrrhenpillen gingen auf arabisch-hermetische Rezepte zurück. Die Prüfung der vatikanischen Apotheker ergab, dass all diese Mittel entweder unschädlich und harmlos oder aber tatsächlich heilsam waren. Wenn Cagliostro gleichwohl etliche Menschen von schweren, als unheilbar geltenden Krankheiten und Leiden kuriert hatte, wie ihm nachgesagt werde, dann müsse er sich wohl – so schloss die Kommission – obskurer Mittel bedient haben, die der Praxis der abergläubischen Magie entstammen.

Plötzlich erinnerte sich der Kardinal, beim Durchblättern von *Cagliostros Privatkorrespondenz* auf den Dankesbrief einer gewissen Mme. Boyer gestoßen zu sein, die der Wunderdoktor von der Migräne kuriert hatte. Vielleicht würde sich darin ja ein Hinweis auf die Art der Kur finden lassen. Nach längerem Suchen – die Post dankbarer Patienten wollte schier kein Ende nehmen – fand er endlich besagten Brief:

Bordeaux, 18. Jan. 1785

Verehrter Meister und Freund!

Als Sie und Ihre Gemahlin unsere Stadt verließen, begleiteten Sie unsere tiefst empfundenen Gefühle der Dankbarkeit. Und ich spreche hier nicht nur für uns, sondern für viele Stadtbewohner. Erst jetzt, da die hiesigen Kranken und Armen ihren Wohltäter wieder entbehren müssen, beginnt man die Leere zu fühlen.

Doch sosehr wir Sie und Ihre reizende Gemahlin auch vermissen, diese Zeilen schreibt ihnen eine glückliche Mutter, die vor drei Wochen mit einem gesunden Söhnchen niederkam. Dass mir nach siebenjähriger Kinderlosigkeit solches Glück beschieden ward, verdanke ich vor allem Ihrer ingeniösen Behandlung, Herr Graf. Sie wissen, was ich durch die Migräne zu leiden hatte, wie ich oft stundenlang mit entsetzlichen Kopfschmerzen darniederlag im verdunkelten Zimmer. Wie ich vor Krampf und Verspannung kaum den Hals und die Schultern rühren konnte und oftmals an Verstopfungen des Darmes litt. Sie aber wiesen mir den Weg aus dem dunklen Tal der Schmerzen, den Weg zu meiner Heilung! Es waren gewiss nicht nur Ihre schmerzlindernden Mittel und berühmten »gouttes blanches«, es waren vor allem die vielen Gespräche,

die zum Grund meiner Krankheit führten und mir zu einem besseren Verständnis meiner selbst verhalfen.
O ja, Sie hatten ganz Recht: Ich war ein furchtbar kopflastiger Mensch und glaubte, alle Probleme mit dem Verstand lösen zu können. Auch jene, die unterhalb der Gürtellinie verborgen waren. Ich hatte, trauriges Erbteil meiner klösterlichen Erziehung, wohl kein rechtes Verhältnis zu meinem Körper, zu meiner eigenen Weiblichkeit. Als Sie mich das erste Mal fragten, wann meine rasenden Kopfschmerzen gewöhnlich aufträten, und ich Ihnen antwortete: oft am Tage nach dem ehelichen Beilager, horchten Sie auf und sagten mir frei heraus:
»Madame! Der Schmerz, der Sie plagt, ist nur ein Abkömmling verhinderter Lust. Seien Sie weniger streng mit sich selbst, lernen Sie loszulassen – und Ihre Migräne wird weichen!«
Oh, erst war ich furchtbar böse auf Sie und wollte schon zu meinem alten Arzte zurückkehren. Doch Ihr Satz ging mir tagelang nach, und je länger ich ihn bedachte, umso mehr musste ich einräumen: Es ist ja wahr! Ich konnte nur schwer loslassen. Um ehrlich zu sein: Ich empfand das eheliche Beilager eher als Pflicht denn als Lust und Freude. Nicht selten spielte ich mir und meinem Mann die große Lust nur vor, doch ich empfand sie nicht oder nur halb. Diese Einsicht machte mich erst sehr traurig, aber sie war der Beginn meiner Heilung. Und Sie taten ein Übriges hinzu, indem Sie mir rieten, mich gehenzulassen, weniger auf die Etikette und das Comme-il-faut und mehr auf meine eigenen Sentiments zu achten, statt dreimal die Woche auf Damenkränzchen und zweimal am Tag in die Messe, lieber mal mit meinem Mann auf Redouten und Tanzbälle zu gehen, die Freuden des Bacchus und echter Geselligkeit zu genießen. Ausgelassenheit statt Benimm – das war in der Tat für eine Dame wie mich, die nach strengsten Regeln erzogen wurde, eine heilsame Offenbarung. Und dass Sie mir und meinem Mann Boccaccios Decamerone zur abendlichen Lektüre empfahlen, war die vielleicht beste Diät,

die uns beiden je verschrieben worden. Denn es gibt wohl kein besseres Heilmittel gegen die Verkrampfung und die Krankheiten des Kopfes als das Lachen – und die gliederlösende Liebe! Dass so manche Krankheiten ihre Ursache in der christlichen Verachtung und Unterdrückung des Leibes haben, wie Sie zu sagen pflegten, dies habe ich wahrlich an mir selbst erfahren. Oftmals, wenn mein kleiner David vor mir auf dem Wickeltisch liegt und mich selig anlächelt, denke ich: Dass ich diesen kleinen Schatz noch bekommen habe, verdanke ich nicht zuletzt Ihrer Behandlung und orientalischen Weisheit, Herr Graf!

Es grüßt Sie und Ihre Gemahlin
in tiefer Dankbarkeit und Verehrung
Ihre Louise Boyer

Irritiert und pikiert zugleich hob Zelada den Kopf. Die Migräne – ein Abkömmling verhinderter Lust? Die Krankheiten des Kopfes – eine Folge der christlichen Verachtung und Unterdrückung des Leibes? Das klang ihm eher nach Ketzerei und Gossenmoral denn nach medizinischer Weisheit. Dieser »Wunderarzt« verschrieb die Unmoral per Rezept und suchte den Teufel mit Beelzebub auszutreiben ... Wenn nun aber solch sittenwidrige Kur tatsächlich anschlug? Konnte denn das Laster, zumal die Befriedigung der fleischlichen Begierden, heilkräftig wirken? ... Die Wollust zählte schließlich zu den sieben Kardinalsünden, und eine Sünde zu begehen konnte niemals ein Heilmittel sein. Sonst müsste ja der Umkehrschluss lauten, dass die christliche Tugend der Keuschheit – erst recht der Zölibat – ein krankmachendes Übel sei. Ein verwerflicher, ein geradezu teuflischer Gedanke!

Der Kardinal fasste sich an die Schläfen und biss die Zähne zusammen. Nein! Lieber würde er die Messerstiche im Kopf ertragen, als eine Kardinalsünde zu begehen!

Kapitel 11

Der zweite Swedenborg

London, August 1777

Im Morgenrock, das Frühstückstablett auf dem Schoß, saß ich in dem großen zweischläfrigen Bett unter dem hochroten, goldbestickten Baldachin und ließ mir das englische Breakfast – Toastbrot mit ham and eggs – schmecken. Aus dem Nebenzimmer drang das gedämpfte Palaver zweier Frauenstimmen: Serafina war schon bei der morgendlichen Englisch-Lektion, die Madame de Blévary, ihre Gesellschaftsdame, gerade mit ihr durchging. Wohlgefällig ruhten meine Augen auf der vergoldeten Repetieruhr, die auf der marmornen Konsole stand, auf dem dunkelroten Perser, der den Boden zierte, und den prächtigen Gobelins an den Wänden. Durch das offene Fenster ging mein Blick auf das Meer von Dächern, Türmen, Kaminen, spitzwinkligen Giebeln. In der Ferne zeichnete sich die Kuppel der St.-Pauls-Kathedrale gegen den verwölkten Himmel ab.

Wie eine unerbittliche Litanei war unser bisheriges Leben dem ewig gleichen Refrain gefolgt: Flucht – Gefängnis – Flucht. Jetzt endlich, nach Jahren der Vagabondage und des

Lebens von der Hand in den Mund, logierten wir standesgemäß in einer komfortablen Mietwohnung in Clerkenwell, einem der vornehmsten Stadtteile Londons. Wir fuhren eine ansehnliche Kutsche, ich konnte mir sogar einen Sekretär und Serafina sich eine Gesellschafterin leisten, und die hiesigen *Free masons* rissen sich um die Ehre, uns in ihre Loge aufnehmen zu dürfen. Vor mir lag das in gotischen Lettern auf edlem Büttenpapier gedruckte Einladungsbillet der Londoner Freimaurerloge »L'espérance«. Wir hätten Altothas' Empfehlungsbriefe gar nicht nötig gehabt. Schließlich hatte ich Londons Bürger mit einer magischen Sensation beglückt, die mir niemand so schnell nachmachen würde.

Ich zog die Klingelquaste. Vitelli, mein Diener und Sekretär, ein hagerer Bursche mit brandroten Haaren, dessen Livree mich zehn Guineen gekostet, kam mit dem Rasierbecken und der Morgenzeitung herein.

»Dieser Artikel in der heutigen Ausgabe des *Mirror* wird Sie gewiss erfreuen, My Lord!«

Er reichte mir den Gesellschaftsteil der angesehenen Londoner Zeitung. Es war ein zweispaltiger Artikel, den ich bei einer Tasse Schokolade mit wachsender Genugtuung las:

Graf Cagliostro – der zweite Swedenborg?

Am 14. November vorigen Jahres fand die Ziehung der Staatslotterie von England statt. Graf Cagliostro, dem es seinen Worten zufolge »gelungen war, die Gewissheit kabbalistischer Berechnungen bis zur Evidenz zu erhöhen«, gibt spielerisch die Zahl 20 an. Ein schottischer Lord namens Scott und eine gewisse Mary Fry setzen einen kleinen Betrag und gewinnen. Drei Tage später verkündet Cagliostro die Zahl 25, die Lord Scott und Miss Fry den hübschen Betrag von hundert Guineen einbringt. Am 18. ist wieder eine Ziehung. Cagliostro empfiehlt seinen Freunden, auf 55 und 57 zu setzen – und sie gewinnen. Und so ging es fort, bis der kleinwüchsige italienische Graf mit den wuchtigen Kinnladen seine phänomenalen Voraussagen der Zahlenlotterie von einem Tag auf den anderen einstellte.

Obwohl das Ehepaar Cagliostro von vornehmer Zurückhaltung ist und sich nur selten in der Öffentlichkeit zeigt, ist es das Tagesgespräch in den Londoner Salons. Viele vergleichen den Grafen aus dem Morgenland mit Emanuel Swedenborg, dem »Geisterseher von Stockholm«, der bekanntlich auf den Tag und die Stunde genau den Brand von Stockholm vorausgesagt hat. Auch wird darüber gerätselt, warum der Graf von seiner hellseherischen Gabe bislang in eigener Sache keinen Gebrauch gemacht. Denn er selbst hat noch nie an der Londoner Lotterie gespielt. Auf Nachfrage erklärte sein Sekretär, »sein Herr habe es nicht nötig zu spielen, denn er habe Mittel genug. Und wer eine Gabe, wie Gott sie dem Grafen verliehen, für den eigenen Nutzen statt zum Nutzen seiner Mitmenschen einsetze, der verdiene nicht den Titel des Weisen, denn er handle nicht im Sinne des wahren Christentums.«

Wann hat man in unseren Zeiten, da von allen Gesellschaftstänzen der Tanz ums Goldene Kalb der mit Abstand beliebteste ist, ein solches Bekenntnis christlicher Demut und wahrer Selbstlosigkeit vernommen?

»Das hast du der Journaille trefflich gesteckt!«, lobte ich meinen Sekretär, der durch meine Vorhersage der Lotteriezahlen gleichfalls ein hübsches Sümmchen gewonnen hatte.

Er lächelte geschmeichelt. »Ich habe mir übrigens erlaubt, My Lord, gleich zwei Dutzend Exemplare des *Mirror* zu erstehen. Meiner Meinung nach verdient dieser Artikel, an den wichtigsten Plätzen der City ausgehängt zu werden.«

»Eine ausgezeichnete Idee!«

Ich warf Vitelli eine Guinee zu, die er geschickt auffing. Der ehemalige Seminarist aus Mailand, der das Englische und Französische wie seine Muttersprache beherrschte, war nicht nur ein vorzüglicher Bartscherer – er führte das Rasiermesser so sanft wie ein Geiger seinen Bogen beim Cantilene –, er war mir auch als Dolmetsch und Propagandist meines Rufes in London unentbehrlich geworden. Mit Bedacht ließ ich ihn hin und wieder beim Experimentieren in dem kleinen alchemistischen Laboratorium, das ich mir eingerichtet, mithantieren und auch mal einen Blick in meine Kasserolle mit der Barba Jovis, dem rosa Pulver, werfen. So bedurfte es keines einzigen Wortes von mir, um ihn glauben zu machen, ich sei auch im Besitz der legendären *Materia prima* und verfüge über das Geheimnis des Goldmachens – eine Kunde, die er nicht zuletzt aus Wichtigtuerei in Windeseile verbreitete.

»Was wünschen My Lord heute zum Lunch? Vielleicht Beefsteak und Plumpudding?«

»Maledetto! Nicht schon wieder! Hat denn die englische Küche nichts anderes zu bieten? Man sehnt sich nach einem Kalbsragout mit frischem Gemüse und Champignons – und man bekommt Beefsteak und Plumpudding. Man wünscht sich Südfrüchte und Salat, und man bekommt welkes, mit Essig begossenes Kraut.«

»Die Engländer machen sich leider nichts aus Salat, Küchenkräutern und frischem Gemüse. Roastbeef und Beefsteak – mehr fällt ihnen nicht ein.«

»Und daher haben sie dickes Blut und werden phlegmatisch, melancholisch und nicht selten Selbstmörder.«

»Vielleicht sollten Ihre Lordschaft einmal unter medizinischen Gesichtspunkten den englischen Speisezettel revolutionieren«, sagte Vitelli amüsiert.

»Das würde mich garantiert nach New Gate* oder an den Galgen bringen.«

»Der Henker würde Ihnen gewiss nicht die Schlinge um

* *Londoner Zuchthaus*

den Hals legen, bevor Sie ihm nicht die Zahlen der nächsten Ziehung der Lotterie ins Ohr geflüstert.«

Nur eines konnte meinen südländischen Gaumen für die Zumutungen und Entbehrungen der englischen Küche entschädigen: der britische Humor.

Schon bei unserem ersten Aufenthalt in Britanniens Hauptstadt war mir aufgefallen, dass die hiesigen Bürger im Grunde nur drei Themen haben: Börse, Lotterie und Pferderennen. Aber da ihnen dies auf die Dauer selbst zu langweilig wird, pflegen sie einen besonderen Spleen, den der Nebel, der beständig Londons Straßen und Häuser umhüllt, wohl begünstigt hat: den Okkultismus und die mystische Schwärmerei. Tagsüber sitzen die begüterten Insulaner, Handelsleute, Reeder und Advokaten gähnend in ihren Kontoren und frönen dem schnöden Mammon, abends verkehren sie in geheimen Gesellschaften und spintisieren über okkulte Mächte und übersinnliche Erscheinungen. Ihr großer Mann ist der – unlängst verstorbene – Emanuel Swedenborg, ein schwedischer Naturforscher, Theosoph und Seher, der Zwiesprache mit den Engeln und den Geistern der Verstorbenen hielt und den die englischen Freimaurer wie einen Heiligen verehren. Er steht hier so hoch im Kurs wie die Aktien der Ostindien-Company.

Was der Stockholmer Geisterseher kann, sagte ich mir, das kann ich auch, und vielleicht noch ein bisschen besser! Es käme nur darauf an, den englischen Spleen, die Okkultgläubigkeit, mit der englischen Spielleidenschaft effektvoll zu kombinieren. So ließ ich denn folgendes Inserat in die Zeitung setzen:

> **Sie gewinnen todsicher im Zahlenlotto!**
>
> Nie wiederkehrende einmalige Gelegenheit, mühelos einen Treffer zu erzielen! Hoch gestellte Persönlichkeit aus dem Ausland, im Besitz geheimer Kenntnisse der kabbalistischen Wissenschaft, berechnet gegen entsprechendes Honorar die bei der nächsten Ziehung garantiert herauskommenden Gewinnzahlen! Näheres Whitcomb Street 4, 2. Stock.

Das Inserat erwies sich als Volltreffer, die Klienten rannten mir die Türe ein. Vor jeder Ziehung saß ich meditierend, wie die Pythia über dem Dreifuß, vor einer kleinen, mit hebräischen Schriftzeichen und Zahlen bedeckten Pyramide, befragte sodann, in Gegenwart der vor Ehrfurcht erstarrten Kunden, das kabbalistische Orakel. Die jeweilige Gewinnzahl, die mir die Geister souffliert, schrieb ich auf ein Billet, das ich sogleich versiegelte und dem Kunden mit der strengen Auflage übergab, das Billet nicht zu erbrechen, sondern es direkt am Schalter X der Staatlichen Lotterie-Annahme abzugeben. Nicht lange, und die Kunden verdoppelten, verdreifachten, vervierfachten ihre Einsätze, entsprechend kletterten meine Honorare in die Höhe. Vitellis Mundpropaganda tat ein Übriges dazu.

Allerdings hatte diese einen äußerst lästigen Nebeneffekt. Er hatte im ganzen Viertel verbreitet, er stehe im Dienste eines außergewöhnlichen Mannes, der nicht nur sehr reich, sondern auch äußerst freigiebig sei. Und so wurde unsere vormalige Wohnung in der Whitcomb Street nahe der Leicester Fields förmlich belagert von zudringlichen Klienten und Bittstellern, die entweder auf meine Freigiebigkeit rechneten oder mich auf Knien darum baten, ihnen die Gewinnzahl der nächsten Ziehung zu nennen. Besonders jene Mary Fry und besagter Lord Scott konnten den Hals nicht voll genug bekommen. Mit immer neuen Geschenken suchten sie sich meine Freundschaft zu erhalten, um meine hellseherische Gabe weiter für sich ausbeuten zu können. Mehrfach wies ich ihnen die Tür, doch am nächsten Tage standen sie wieder davor.

Nicht lange – und unser Domizil wurde zur Wallfahrtsstätte für alle Schuldner und armen Schlucker Londons. »Mein Weib und ich – wir haben kein Obdach überm Kopf, wir frieren. Bitte, erbarmen Sie sich, Herr Graf!« – »Ich brauche nur noch eine Restschuldtilgung von 20 Pfund. Gott beschütze Sie, Herr Graf!« – »Ich habe zwei kleine Kinder und nichts zu essen. Sie sind ein guter Mensch, Herr Graf, das weiß ich, seit ich Ihren Namen zum ersten Mal in der Zeitung las.« – »Könnten Sie nicht meine beiden Kinder adoptieren, werte Gräfin, bei Ihnen würden sie gewiss sorgenfrei aufwachsen.« – So ging es von morgens bis abends. Noch die ausgefallensten Wünsche sollte ich erfüllen: einer armen Witwe ihren »Herzliebsten«, ihren entfleuchten Kanarienvogel, ersetzen, einem Einäugigen das Geld für ein künstliches Glasauge vorstrecken, einem Schausteller und Saufaus einen neuen Tanzbären kaufen usw.

Der neue Geist der Bürgerlichkeit – Wohltun ohne Gewinn – kam über mich – dank des Einflusses meiner Frau. Wir gaben, was unsre Börse und unser bescheidener Wohlstand nur hergaben – getreu dem alten Bibelvers: »Geben ist seliger denn Nehmen!« Indes waren wir bald am Rande unserer Nervenkraft und unserer finanziellen Mittel angelangt. Etwas kleinlaut mussten wir uns schließlich eingestehen, dass Wohltätigkeit nicht nur ein hoher Selbst- und Seelengenuss, sondern auch ausgesprochen ruinös sein kann. Um den vielen aufdringlichen Bittstellern zu entkommen, sahen wir uns zuletzt genötigt, das Domizil zu wechseln und in die Suffortstreet umzuziehen.

»Rat mir, Giu-Alessandro! ... Dio mio! Ich kann mich immer noch nicht an deinen neuen Namen gewöhnen. Was soll ich anziehen heute Abend?«, trällerte Serafina, die auf nackten Sohlen ins Schlafzimmer hüpfte. Sie war im Dessous und hielt wie zur Anprobe ein Kleid aus blauer fließender Seide vor ihre Schultern. »Einen von meinen Reifröcken mit Volants und Blumenranken oder eines von den fließenden Kleidern?«

»Das überlasse ich deinem Geschmack, Liebling! Hauptsache, du verplapperst dich nicht und nennst mich nicht ›Giuseppe‹!«

»Aber es macht einen großen Unterschied, Giu ... äh Alessandro! Sind die Logenbrüder konservativ, dann hänge ich mir vielleicht besser das Rohrgestell um, obschon ich es hasse. Ich brauche ja wohl vor den Schottischen Rittern keinen Hofknicks zu machen. Schwärmen sie dagegen fürs Moderne ...«

»Ein tiefer Ausschnitt ist immer modern.«

»Aber sie sind doch Puritaner!«

»Auch eingefleischte Puritaner sehen gerne ein bisschen Fleisch, selbst wenn sie sich hinterher dafür schämen.«

»Gut. Dann werde ich dieses Kleid anziehen ... Und was sagst du zu meiner Frisur?«

»Prächtig, prächtig! ... Die Schottischen Ritter werden entzückt sein!«

Sie trug eine kunstvoll hochtoupierte Turmfrisur, die allerdings in eine bedenkliche Schräglage geriet, wenn sie den Kopf neigte.

»Mir ist, als trüg' ich den schiefen Turm von Pisa auf dem Kopf!« Serafinas Augen funkelten vor Frohsinn und Frivolität; und ich freute mich, dass sie ihren kecken Witz wieder hatte. Unseren ersten London-Aufenthalt hatte sie in unschöner Erinnerung; und es hatte mich einige Überredung gekostet, sie davon zu überzeugen, dass Britanniens Hauptstadt gleichwohl die geeignete Bühne und der Londoner Nebel, der ihr leicht aufs Gemüt schlug, genau das richtige Ambiente für meine Premiere als kabbalistischer Gelehrter und Hellseher war.

»Übrigens fragen mich hier alle Leute, warum du nicht

selbst Lotterie spielst, wo du doch die Gewinnzahlen voraussagen kannst.«

»Das hat seinen guten Grund, cara mia. Oder willst du demnächst die Constabler im Hause haben?«

»Aber wieso denn? Du tust doch nichts Ungesetzliches – oder?«

»Ich sage keine Lotteriezahlen mehr voraus. Basta!«

Meine Frau hatte zum Glück keine Ahnung, was mich das »kabbalistische« Hellsehwunder, von dem ganz London sprach, gekostet hatte. Hätte sie die auf meinen Namen ausgestellten Schuldscheine gesehen, die sich in einer verschlossenen Schublade meines Sekretärs stapelten, sie hätte nachts kein Auge mehr zugedrückt. Den famosen Ruf, der »zweite Swedenborg« zu sein, hatte ich mir nämlich teuer erkaufen müssen. Doch diese Investition sollte sich auszahlen. Noch ruhte das in rotem Saffianleder eingeschlagene kabbalistisch-arabische Manuskript, auf das Vitelli schon manchen begehrlichen Blick geworfen und das, dank seiner Redseligkeit, in den Londoner Freimaurer-Kreisen längst zur Legende geworden, gut verschlossen in meinem Sekretär. Doch bald, vielleicht schon heute Abend, würde ich unter den Logenbrüdern den oder die Käufer finden, die es mir in barem Golde aufwiegen würden.

Primus inter pares

Der maskierte Bruder war vor zehn Minuten verschwunden. Ich saß in einem schwarz ausgeschlagenen Zimmer vor einem Tisch, auf dem eine gelbe Wachskerze brannte. Vor mir lag ein Bogen Büttenpapier, das auf dem Briefkopf das Emblem der Loge zeigte. Von einer Konsole herab starrte mich ein Totenschädel aus flackernden Augenhöhlen an. In seinem Innern brannte eine kleine Kerze, die diesen Effekt hervorbrachte. Wozu dieses lächerliche Theater? Sollte es dem Kandidaten den Ernst der vor ihm liegenden Entscheidung ins Gewissen rufen?

Mit Bedacht hatte mir Altothas geraten, meine Laufbahn als Freimaurer in der »Loge der Hoffnung« zu beginnen, die zum Zweig der »Strikten Observanz« gehörte und der ebenso mächtigen wie reichen »Großloge von England« unterstand. Sie stand in der Tradition der schottischen Freimaurerei und betrachtete den heiligen Johannes, der bekanntlich als der Verfasser des vierten Evangeliums, der Offenbarung und dreier Sendschreiben gilt, als ihren Schutzherrn. Daher auch ihre Verehrung für Swedenborg, der seine göttlichen Einflüsterungen und Prophetien über das kommende *Neue Jerusalem* aus der Offenbarung des hl. Johannes geschöpft. Die Schottischen Ritter waren denn auch besonders empfänglich für magisch-mystische Offenbarungen der besonderen Art. Und diese sollten ihnen heute Abend zuteil werden.

Doch zunächst musste ich, beginnend mit dem niedersten Grad des Lehrlings, das Aufnahmeritual hinter mich bringen. Drei Fragen hatte man mir aufgegeben. Die ersten beiden waren rasch beantwortet. Was der Mensch Gott schuldig sei? Natürlich hatte ich *Demut* hingeschrieben, weil das die gängige Antwort war, die man von jedem Kandidaten erwartete ... Was der Mensch der Gesellschaft schuldig sei? Ich wollte ihr keineswegs etwas schuldig sein, doch hatte ich pflichtgemäß *Gehorsam* hingeschrieben. Bei der dritten Frage indes: Was der Mensch sich selber schuldig ist?, geriet ich ins Grübeln, obschon ich die gewünschte Antwort natürlich kannte: nämlich *Treue!* ... Sich selber treu bleiben, das setzte voraus, dass man wusste, wer man war. Wusste ich denn, wer ich selber war? Der, welcher ich einmal gewesen, nämlich ein sizilianisches Armeleute-Kind namens Giuseppe Balsamo, wollte ich nimmermehr sein; aber wer war ich dann, wenn nicht der, zu dem ich inzwischen geworden, zu dem ich mich in kühner Anmaßung selbst ernannt und umgeschaffen hatte? War der illustre und geheimnisvolle Graf Cagliostro nicht gleichsam mein zweites Selbst geworden? Treue zu sich selbst konnte in meinem Fall also nur heißen: Treue gegen mein zweites Selbst zu üben, was wiederum die Untreue gegenüber meinem ersten, früheren Selbst voraussetzte. Die zwingende Conclusio: Ich konnte nicht Treue gegen mich selbst üben, ohne mir selbst untreu zu werden. War das nun ein logischer Widerspruch, ein Circulus vitiosus oder angewandte sophistische Dialektik? Andererseits – wie konnte ich Treue gegen mein zweites Selbst üben, wenn dieses in Wahrheit nur eine angemaßte Fiktion, eine schmeichelhafte Selbsterfindung, ein täuschendes Konstrukt, mithin das Gegenteil dessen war, was man mit dem Begriff des Selbst gemeinhin verbindet?

Während ich hierüber ins Grübeln geriet, brach mir wahrhaftig der Schweiß aus, und mir war, als verirre ich mich in einem Gedankenlabyrinth ohne Ausweg. Maledetto! Sollten doch die Moralphilosophen diese Fragen klären; mir waren sie entschieden zu hoch und zu knifflig. Ich zog es daher vor, mich schleunigst wieder auf das sichere Terrain der Tatsachen zurückzuziehen. Und die simple Tatsache war: Ich wollte heute Abend Mitglied der Großloge von England werden und, wenn möglich, gleich den Meistergrad erwerben. Also hatte ich die erwünschten Antworten zu geben und mich den Prüfungen zu unterziehen. Punktum!

»Kandidat!« – geräuschlos war der Maskierte auf dem schwarzen Teppich hinter mich getreten –, »der venerable Meister befiehlt Ihnen, was Sie an Metall tragen, abzulegen: Schuhschnallen, Uhr, Degen und Geld; den Strumpf am linken Fuß herabzulassen und die rechte Schulter nebst dem Arm zu entblößen!«

»Wozu?«

»Fragen Sie nicht, tun Sie es und halten Sie still, denn jetzt werde ich Ihnen die Augen verbinden!«

Ich gehorchte zögernd. Die zunehmende Entblößung meiner äußeren Person behagte mir gar nicht, erinnerte sie mich doch fatal an die mir wohl bekannte Prozedur bei der Aufnahme in ein Arresthaus. Noch unwohler wurde mir, als mir der Maskierte die Augen verband. Dann schob er mich vor sich her – eine Treppe hinauf. Ich spürte nach dem Passieren einer Türe, dass ich einen geräumigen Saal betrat, darin sich viele Menschen befanden.

»Knien Sie nieder, Kandidat!«

Ich tat, wie mir geheißen. Eine Hand zog mir die Binde von den Augen. Die Helligkeit der unzähligen Kerzen blendete mich. Ich kniete vor einem mit maurerischen Sinnbildern, Dreieck, Zirkel, Kelle, Kompass, Winkelmaß, Hammer, Totenkopf, Waage, Jakobsleiter und Globus, ausgeschmückten Thron, auf dem in feierlicher Positur der Venerable saß, ein dürrer Greis im reich bebänderten Maurerkostüm. Vor dem Thron hatten die Brüder Aufstellung bezogen, weißlederne Schürzen vor der Brust, weißseidene Binden um den Hals, Handschuhe und die bloßen Degen in den Händen. Sogleich gesellte sich Vitelli zu mir, der mir als Dolmetsch diente und während der ganzen Prozedur meine bald italienischen, bald französischen Ausführungen flugs ins Englische übersetzte.

Prüfend lagen die wässrigen Augen des Venerablen auf mir; nun öffnete er die Lippen. »Im Namen Mac-Benacs! Wollet Ihr leisten den Schwur des Gehorsams?«

»Ich will.«

»Sprecht mir die Formel nach!«

Der Schwur war mit grässlichen Drohungen und unwiderruflichen Worten gespickt: »Ich, Alessandro di Cagliostro, verpflichte mich in Gegenwart des Großen Baumeisters des Weltalls und meiner Oberen wie auch der ehrwürdigen Gesellschaft, in der ich mich befinde, alles und jedes zu tun, was mir von meinen Oberen wird anbefohlen werden. Desgleichen verpflichte ich mich unter den bekannten Strafen, meinen Oberen blindlings zu gehorchen, ohne nach dem Warum zu fragen, und weder mündlich noch schriftlich, noch mit Gebärden das Geheimnis all dessen, was mir wird eröffnet werden, zu offenbaren.«

Welch absurder Eid!, dachte ich, während ich ihn mit den Lippen ablegte. Gehorsam ist alles in dieser Welt verrückter und scheinbar unverrückbarer Hierarchien. Drum krümme sich beizeiten, wer ein Häkchen werden will!

Der Venerable stieg vom Thron und umarmte mich: »Graf, so begrüße ich Sie denn als Mitglied des größten Bundes der Welt.« Ein Murmeln der Entspannung ging durch die Menge. »Desgleichen heiße ich Ihre Gattin, Gräfin Serafina, in unserer Gesellschaft herzlich willkommen.«

Alle Blicke wanderten zu Serafina hinüber, die, auf einem dem Throne nächstgelegenen Stuhle sitzend, sich nun erhob und mit einem reizenden Lächeln gegen den Venerablen verbeugte. Die Augen der Logenbrüder waren von ihrer Erscheinung wie hypnotisiert. In ihrem langen, mit Volants besetzten blauen Seidenkleid, das ihre feingliedrigen weißen Unterarme ebenso vorteilhaft zur Geltung brachte wie ihr raffiniertes, von Brüsseler Spitze umsäumtes Dekolletee ihren Busen, erschien sie ihnen wohl als verwirrende Mischung aus seraphischer Engelsgestalt und vornehm-mondäner Dame. Dass die Loge auch meiner Gattin den Zutritt gewährte, hatte ich zur Bedingung meiner Mitgliedschaft gemacht. Zwar hatte der Schatzmeister Sir Archibald schwer daran zu kauen gehabt – denn nach den Statuten waren keine Frauen zugelassen –, doch schließlich hatte er meine Bedingung akzeptiert »als Ausdruck unserer ganz besonderen Wertschätzung Ihrer hochmögenden Person und der geheimen Wissenschaft, mit der Sie unsere Loge hoffentlich beglücken werden«.

Als frisch gebackener Lehrling tauschte ich mit jedem Logenbruder die brüderliche Umarmung oder schüttelte ihm treuherzig die Hand, als stünde er mit mir auf ein und derselben Stufe. Für einige der Mitglieder mochte dies wenigstens entfernt zutreffen, wie etwa für Pierre Brasseur, der in ganz London für seinen exquisiten Geschmack bei der Bereitung kulinarischer Genüsse bekannt war, oder für Doktor Sullivan, der sich mit der englischen Übersetzung einiger Werke Swedenborgs hervorgetan hatte. Ansonsten bestritten Anwälte, Schneidermeister, Perückenmacher, Küchenchefs und ähnliche Exemplare des gediegenen bürgerlichen Mittelstandes das Hauptkontingent der Loge, darunter auffallend viele Franzosen.

Neues Jerusalem

Der Venerable winkte. Die Kerzen wurden gelöscht, langsam schob sich ein schwarzer Vorhang nach dem anderen von den hohen Bogenfenstern. Mildes Abendlicht drang in den Saal. Schwarz- und silberlivrierte Diener glitten stumm über die dicken Teppiche. An der Längsseite des Raumes wurde eine Tafel aufgeschlagen. Ein scharlachrotes Gewebe bedeckte sie, Hirnschalen auf bleiernen Füßen standen darauf. Das Getränk darin roch nach altem englischen Portwein. Serafina und mir wurde die Ehre zuteil, am Tisch des Venerablen Platz zu nehmen. Er stellte mich sogleich seinem Stellvertreter Dr. Reynold vor, einem glattrasierten, mageren und sehnigen Engländer, der im bürgerlichen Leben Staatsanwalt des Königs war. Nachdem der greise Venerable auf mein und meiner Gattin Wohl angestoßen hatte, sagte er:

»Herr Graf! Sie wurden uns von bester Seite empfohlen. Wie man hört, sind Sie ein vielgereister Mann.«

»Keine bedeutende Stadt des Okzidents und Orients ist mir fremd«, holte ich sogleich aus – denn das britische Understatement lag mir nicht. »In Medina war ich Gast des Mufti, in Mekka wohnte ich beim Scherifen, in Ägypten führten mich Priester durch die Labyrinthe der Pyramiden und weihten mich in die uralten Geheimnisse der Astrologie, der Alchemie und der Heilkunde ein. In Rom konferierte ich fast täglich mit Kardinal York, durch den ich alsbald in intime Beziehungen zum Hl. Vater trat ...«

Kaum hatte Vitelli meine Worte ins Englische übersetzt, schwirrten Ausrufe des Erstaunens durch den Raum. Die Augen der Logenbrüder wurden immer größer.

»Offenbar gehören Sie dem römisch-katholischen Glauben an, Herr Graf ...«, warf plötzlich die kalte Stimme Dr. Reynolds ein. »Wissen Sie auch, dass die papistische Kirche unsere erbitterte Feindin ist?«

Irgendetwas führte dieser Staatsanwalt gegen mich im Schilde. Mein geübtes Ohr kannte solche versteckten Kampfansagen. Jetzt galt es, kaltblütig zu sein. Selbstbewusst entgegnete ich: »Wenn meine Gattin und ich soeben Ihrer erlauchten Gesellschaft beitraten, so in der begründeten Hoffnung, sie stehe über den Konfessionen.«

Die Brüder klopften, zum Zeichen ihrer Zustimmung, gegen die Tische.

Dr. Reynold lächelte säuerlich. »Gewiss! Die Toleranz ist die Grundlage unserer Loge.«

»Herr Graf!«, schaltete sich nun wieder der Venerable ein, offenbar bemüht, den peinlichen Missklang vergessen zu machen. »Woher haben Sie diese Gabe des Vorhersehens, von der ganz London spricht? Ist sie eine Folge magisch-kabbalistischer Berechnungen?«

Eine atemlose Stille setzte ein. Es war, als hätten alle im Raum auf diese Frage gewartet. Die andächtigen Mienen nahmen bald den Ausdruck der Ergriffenheit an, als ich den hier Versammelten eine Ahnung von den tiefen Erkenntnissen gab, die mir in der hohen Schule der arabischen Astrologie zu Medina verliehen worden. Wie hätte ich es hier unterlassen können, in ebenso hohen und vagen Andeutungen von den zehn heiligen Sephirot der Kabbala, den Mysterien des hl. Johannes und des sagenhaften Templerordens zu sprechen, die mir in Malta durch den Großmeister Pinto de Vanseca und den Malteserritter Altothas, den Großsiegelbewahrer aller hermetischen Weisheiten, mitgeteilt worden!

Wieder war es Dr. Reynold, der die gerade aufgekommene weihevolle Stimmung verdarb, indem er in spitzem Ton die Frage stellte:

»Ihre orientalischen Initiationen in Ehren, Herr Graf, aber kann es nicht sein, dass Sie die Treffer in der Zahlenlotterie einfach dem Zufall verdanken?«

Es war, als habe er sauren Essig in den köstlichen Portwein gegossen, der meine Zunge so recht beweglich machte. Warum misstraute er mir? Wusste er etwas über mich und meinen ersten London-Aufenthalt, das mich bloßstellen konnte? Er war immerhin Staatsanwalt des Königs. Diesen Beckmesser musste ich kaltstellen, bevor es zu spät war.

»Was nennen wir Menschen eigentlich Zufall, verehrter Dr. Reynold?« Ich sah ihm nicht direkt in die Augen, fixierte vielmehr seine Stirnmitte. »Zufälle sind Fälle, die von der Regel abweichen. Widersprechen Zufälle aber darum dem Begriff der Regel? Mitnichten! Was heißt das überhaupt – Regel? Nun, Regel nennen wir die Vielzahl gleicher Abläufe. Weist die Minderzahl demnach keine Regel auf? O doch, eben die Regel, in der Minderzahl zu sein. Sehen Sie, von dieser unbezweifelbaren Grundtatsache ging ich bei meinen Berechnungen aus. Kann man aber eine Regel berechnen – und man kann es, sonst wäre sie keine Regel –, so muss man die Ausnahmen von der Regel genauso verlässlich berechnen können. Denn wenn die Norm dasselbe ist wie die Regel in der Vielzahl, dann spricht man mit Recht von der Ausnahme als der Regel in der Minderzahl.«

Mit zusammengekniffenen Brauen suchte Dr. Reynold meiner Gedanken-Akrobatik zu folgen. Schon begann sein rechtes Augenlid nervös zu zucken. Indem ich meinen Blick nun über die ganze Tafelrunde schweifen ließ, fuhr ich gemessenen Tones fort: »Was wir ›Zufall‹ nennen, meine Brüder, ist nur ein hilfloser Ausdruck für die blinden Flecken unserer Erkenntnis, für die unerkannte und verborgene Kausalität, die unser beschränkter Verstand nicht zu fassen vermag. Für den Eingeweihten aber, der hinter der Welt der Erscheinungen, die unsere Sinne blenden, den verborgenen Zusammenhang erkennt, gibt es keinen Zufall!« Ich machte eine bedeutungsvolle Pause und schloss die Augen. Mehrmals strich ich mir mit der Hand über die Stirn, als ob mich schwere Bedenken ankämen, mein geheimes Wissen den Profanen preiszugeben. Endlich, nach einem tiefen Seufzer, Ausdruck meines inneren Seelenkampfes, fuhr ich mit gesenkter Stimme fort: »Dem, der in die Kabbala, die Handschrift Gottes, eingedrungen ist, erschließt sich nicht nur die verborgene Regel, nach der in der Staatlichen Lotterie die Zahlen gezogen werden – was dem Weisen und Menschenfreund ziemlich gleichgültig ist –, ihm erschließen sich auch die tiefsten Geheimnisse der Natur und der uralten hermetischen Texte, der Turba philosophorum wie der Tabula smagdarina, die Mysterien der verschollenen ägyptischen Maurerei, das Geheimnis des Magisteriums, der Transmutation der Metalle und der Herstellung der Materia prima.«

Bei diesen Losungsworten der Verheißung, die ich zelebrierte wie ein Priester, der den Segen über die Gemeinde spricht, flammte allgemeine Begeisterung auf, die Wangen der Brüder röteten sich, ihre Augen funkelten vor trunkener Erwartung.

Da platzte wieder mit ätzender Nüchternheit Dr. Reynold dazwischen, als sei er auf die Rolle des Störenfriedes förmlich verpflichtet worden: »Herr Graf führen eine sehr hochmögende Sprache, als sei Er ein Sendbote des Himmels. Aber kann Er auch halten, was Er verspricht?«

Ich senkte die Augenlider auf Halbmast und setzte meine traurigste Miene auf, als habe dieser Beckmesser in mir zugleich alle Propheten und Großsiegelbewahrer geheimen Wissens beleidigt.

»Als der Satan«, sprach ich, »unsern Herrn auf dem Berg Sinai dreimal versuchte, sagte er: ›Wenn du Gottes Sohn bist, dann spring hinab. Der Herr wird dich retten!‹ Doch Jesus gab der Versuchung nicht nach. Er wollte nicht, dass die Menschen nur an ihn glaubten, weil er Wunder tue ... Auch Sie, Doktor Reynold, glauben mir nicht. Es sei denn, ich ließe Sie das Wunder schauen. Nun, da wir uns hier nicht auf dem Berg Sinai, sondern in der ›Loge zur Hoffnung‹ befinden, da Sie nicht Satan sind und ich nicht Jesus, will ich Ihnen den Gefallen tun und Ihnen eine Probe meiner geheimen Wissenschaft geben.«

Ein Raunen ging um die Tafelrunde. Ich befahl Vitelli, mir meinen magischen Koffer zu bringen. Ich schloss ihn auf, holte einen Schreibblock und einen Kohlestift heraus und überreichte beides dem königlichen Anwalt.

»Ich bitte Sie, Dr. Reynold, eine x-beliebige Zahl Ihrer Wahl, aus fünf Stellen bestehend, auf diesem Block zu notieren. Sie mögen dabei an Ihr Geburtsdatum, den Tag Ihrer Hochzeit, der Geburt Ihres ersten Kindes oder an etwas anderes denken – ganz wie Sie wollen! Und damit Sie auch sicher sein können, dass ich während der folgenden magischen Prozedur keinen Gebrauch von meinen Augen mache, bitte ich den Maskierten, mir wieder die Binde vor die Augen zu legen.«

Während Dr. Reynold eine Zahl auf dem Schreibblock notierte, wurden mir abermals die Augen verbunden.

»Und nun bitte ich vier andere Brüder, gleichfalls eine x-beliebige Zahl Ihrer Wahl, aus fünf Stellen bestehend, unter die erste zu schreiben!«

Dann zog ich ein versiegeltes Kuvert aus der Innentasche meines Rocks. »Gestern Nacht ist es mir, nach einer langen magischen Evokation, endlich gelungen, Kontakt zu dem Geiste eines verstorbenen Meisters aufzunehmen, den wir alle hier hoch verehren. Ich empfing von ihm eine Botschaft, die ich in diesem versiegelten Kuvert niedergelegt habe. Darf ich Ihnen, Herr Reynold, dieses Kuvert zu treuen Händen übergeben. Aber bitte halten Sie es noch verschlossen!«

Eine atemlose Stille senkte sich über die Tafel. Die Logenbrüder wagten bei dieser Ankündigung kaum mehr, ihre Trinkschalen zum Munde zu führen.

»Und nun bitte ich darum, mir den Block mit den fünf Zahlen wieder zurückzugeben! ... Danke! Darf ich den venerablen Meister bitten, die Summe aus diesen fünf Zahlen zu ziehen, die ja, wie es scheint, einer rein ›zufälligen‹ Wahl entsprungen sind!«

Nachdem ich den Schreibblock an den Venerablen weitergereicht, griff ich abermals in meinen Koffer und holte acht Bücher heraus. Ich hielt sie der Reihe nach in die Höhe, sodass jedermann die Buchtitel lesen konnte: *Hieroglyphischer Schlüssel zu den natürlichen und geistigen Geheimnissen – Lehren der Hl. Schrift – Die wahre christliche Religion – Die Wonnen der Wahrheit über die eheliche Liebe, gefolgt von den Wollüsten der Torheit über die buhlerische Liebe – Doctrina Novae Hierosolymae de Domino* ... Von Tisch zu Tisch ging ein erregtes Geflüster: »Wahrhaftig!, es sind Swedenborgs Werke.«

»Bruder Sullivan, bitte wählen Sie nun eines der Bücher des großen Sehers aus! ... Welchen Band haben Sie gewählt?«

»Die *Doctrina Novae Hierosolymae de Domino*«, kam die Antwort.

»Der venerable Meister möge nun laut diejenige Zahl nennen, die bei der Addition der fünf Zahlen herausgekommen ist.«

»2.812.389!«, verkündete der Venerable.

»Dr. Sullivan! Bitte schlagen Sie die *Doctrina Novae Hierosolymae de Domino* auf Seite 281 auf! ... Gehen Sie nun auf die 23. Zeile von oben und dann auf das 8. und 9. Wort in dieser Zeile! ... Welche beiden Worte finden Sie da?«

Inzwischen war es so still im Raume geworden, dass man eine Stecknadel hätte fallen hören. Fast im Flüstertone sprach Doktor Sullivan die geheiligten Worte aus: *»Nova Jerusalem – Neues Jerusalem!«*

»Und nun möge Doktor Reynold das versiegelte Kuvert öffnen! Wie lautet die Botschaft?« Man hörte jetzt nur noch das leise Rascheln von Papier, von zittrigen Händen entfaltet.

»Nova Jerusalem!«, kam es tonlos aus seinem Munde.

Ich nahm mir die Binde von den Augen. »Nun, Dr. Reynold, glauben Sie noch immer, dass es sich hierbei um lauter ›Zufälle‹ handelt?«

Der Staatsanwalt des Königs starrte fassungslos auf das Kuvert in seinen Händen. Die Logenbrüder glotzten mich in stummer Ergriffenheit an, als wollten sie sagen: Der da ein Lehrling – von wegen! Ein Meister ist das, ein Eingeweihter, ein Prophet, wenn nicht gar einer der Unbekannten Oberen. Selbst meine Gattin hielt in stummer Verwunderung die Hand vor den Mund gepresst, als gehe ihr erst jetzt auf, mit welch einem Teufelskerl sie verheiratet war.

Auf diesen Moment schien Sir Archibald gewartet zu haben. Er rief, er trompetete: »Brüder und Meister! Es dürfte unserer Loge kaum zur Ehre gereichen, einen so begnadeten Kabbalisten und Seher wie Cagliostro als Lehrling aufgenommen zu haben. In Abweichung von unserem Ritual schlage ich vor, ihn unter Umgehung des Gesellengrades noch heute zur Meisterprüfung zuzulassen und ihn sogleich in den dritten Grad zu erheben!«

»Three times, three!«, donnerten die Stimmen. Der Bann war gebrochen. Die Logenbrüder hatten ihren Helden. Sie drängten sich um mich und stießen mit mir an.

Mit demütigem Blick trat Dr. Sullivan, der die Rolle des Terriblen versah, heran. Er stotterte vor Erregung: »Herr Graf, es ist mir fast pp… einlich, einen Mann wie Sie … Aber Sie wissen ja, die lei… leidigen Statuten … Die Meisterprüfung ist meines Amtes. Be… be… belieben Sie einzuwilligen?«

Huldvoll erwiderte ich: »Ich will Ihnen den Gefallen erweisen, aber zuvor muss ich mich noch ein wenig sammeln. Weisen Sie mir ein nach Osten gelegenes Gemach mit einer weichen Ottomane an. Wir Bewahrer des tiefsten Wissens pflegen uns nur im Liegen zu sammeln.«

Per aspera ad astra

Als ich erwachte, war es bereits dunkel. Ich weiß nicht, wie lange ich geschlafen, doch hatten mich unruhige Träume gequält.

Der Maskierte trat ein und fragte mit hohler Stimme: »Sind Sie bereit?«

Ich nickte. Wieder legte er mir eine schwarze Binde um die Augen. Doch diesmal zog er die Schlinge so fest, dass es mir wehtat.

»Folgen Sie mir!«

Nach einem kurzen Gang zu ebener Erde führten Stufen nach oben. Gänge kreuz und quer und wieder Stufen. Bald hatte ich gänzlich die Orientierung verloren, das Gefühl des blinden Ausgeliefertseins erschreckte mich. Plötzlich fiel es mir siedend heiß ein: Mein magischer Koffer! Ich hatte ihn im Logensaal gelassen. Hatte im Triumph meiner geglückten Swedenborg-Nummer doch glatt vergessen, ihn zu verschließen. Nicht auszudenken, wenn neugierige Hände ihn öffnen und den verräterischen Schreibblock mit den fünf vertauschten Zahlen entdecken würden, die ich zuvor auf der Rückseite des Blocks – selbstredend jede in einer anderen Handschrift – notiert und die der Venerable dann addiert hatte, im festen Glauben, er addiere die originären Zahlen der fünf Logenbrüder.

Wo brachte mich der Maskierte hin? Das war jedenfalls nicht der Weg in den Logensaal. Brannten die Brüder nicht darauf, meine Geheimnisse zu erfahren? Hatte der misstrauische Reynold sich vielleicht meines magischen Koffers bemächtigt und beim Durchblättern der Bücher Swedenborgs entdeckt, dass zwar jedes einen anderen Titel trug, ihr Inhalt jedoch stets derselbe war, hatte ich doch auf die acht Exemplare der *Doctrina Novae Hierosolymae de Domino* nur verschiedene Titel geklebt. Nicht auszudenken, wenn dieser Staatsanwalt des Königs …

Ich riss meine Hand aus der meines Führers und blieb stehen. »Was soll der lange Weg? Wohin führt er?«

»Der Weg zum Grabe ist noch länger!«, scholl es dumpf hinter mir.

Hatte man mir etwa eine Falle gestellt? Ich blieb stehen und griff nach meinem Kopf, um die Binde abzureißen. Aber da fühlte ich plötzlich etwas Spitzes und Kaltes im Nacken – es war die Spitze eines Degens. Ich hätte über meine eigene Dummheit weinen mögen. Da war sie – die Falle!

»Maledetto!«, fluchte ich. »Man wird es mir wohl noch vergönnen, bei dem ewigen Treppauf, Treppab ein wenig zu verschnaufen.«

Jedoch man vergönnte es mir nicht. Ich musste vorwärts, und dabei wurde es immer heißer. Die Luft war wie ein Backofen, der Boden unter mir wurde glühend heiß, mir war, als ginge ich auf glühenden Kohlen. Und die verfluchte Hitze stieg immer noch. Ich keuchte und wischte mir alle paar Schritte mit dem Ärmel den Schweiß vom Gesicht. Es herrschte eine solche Gluthitze, als befände ich mich in einer Wüste oder mitten in der Apokalypse des hl. Johannes, wo das Feuer vom Himmel regnet. Kühlung, nur Kühlung! Sonst würde ich umfallen vor Hitze.

Schritt um Schritt tappte ich, von der Hand meines Führers unerbittlich gezogen, durch die entsetzliche Glut, plötzlich aber entglitt die Hand, er blieb stehen, ein Stoß von hinten – und ich lag zappelnd im eiskalten Wasser. Im ersten Moment genoss ich die Kühlung, dann aber packte mich Entsetzen. Wussten denn diese verdammten Logenbrüder nicht, dass ich nicht schwimmen konnte? Kein Sizilianer, auch kein anständiger Römer geht zum Baden ins Meer, er geht ins römische Bad. Wir Italiener sind keine Enten, wir stehen mit beiden Beinen auf dem Boden der Tatsachen. Nicht das Wasser, die Erde ist unser Element! ... Ich paddelte, schrie um Hilfe, ging unter, kam wieder hoch und schnappte nach Luft, paddelte und ruderte mit den Armen, schrie aufs Neue ... bis meine Hand plötzlich an etwas Hartes stieß.

Es musste so etwas wie eine das Wasser überragende Brüstung sein. Ich versuchte, mich emporzuziehen, was mich viel Kraft kostete, denn der Stein war glatt, mehrfach rutschte ich ab und plumpste ins Wasser zurück, doch endlich gelang es mir, das Trockene zu gewinnen. Ich schüttelte mich wie ein nasser Pudel, dabei alle Flüche meiner Heimat ausstoßend. Aus dem Hall meiner Stimme schloss ich, dass ich mich in einem Gewölbe befand. Nur fort vom Wasser, nach der Feuerhitze dieses eiskalte Bad – das musste ja eine Erkältung, wenn nicht gar eine Lungenentzündung geben. Widerlich klebte die nasse Wäsche an meiner Haut. Nur fort! Wie ein Blinder tastete ich mich vorwärts. Das Gewölbe verengte sich jetzt zu einem schmalen, aufsteigenden Gang. Ich taumelte weiter, stieß mich bald hier, bald dort am kantigen Gestein. Wo sollte das enden? Etwa in einem Kerkerloch? O hätte ich doch nur auf die verdammte Swedenborg-Nummer verzichtet! Jetzt, nachdem mir die Brüder auf die Schliche gekommen, würden sie mich zur Strafe peinigen, mir keine Folter ersparen ... Schritt für Schritt ging es mühselig vorwärts, dabei wollte mir der Kopf fast platzen, so sehr drückte die Binde über den Augen. Vorwärts! Nur raus hier! Einmal musste der Gang doch ein Ende haben!

Jäh trat mein Fuß ins Leere. Ich wollte mich nach rückwärts fallen lassen, da glitt der Boden unter mir fort; im Sturze nach irgendeinem Halt suchend, warf ich beide Arme in die Luft – und bekam plötzlich ein dickes Seil zu fassen, das offenbar frei im Raume hing. Oder hatte es mir jemand zugeworfen? Sofort griff ich auch mit der anderen Hand nach dem rettenden Seil, doch meine Füße wollten keinen Halt finden, ich hing und pendelte in weiß Gott welcher Höhe in der Luft. Ich wollte weinen, so elend war mir. Lange konnte ich es so nicht mehr aushalten, ich war mir selber zu schwer. O meine verfluchte Leibesfülle! Nicht einmal die miserable englische Küche hatte mir die Völlerei austreiben können. Das grobe Seil, das meine Hand umspannt hielt, schnitt mir in die Finger – es tat höllisch weh! Meine eigene Last wurde mir unerträglich. Wie eine tonlose Glocke hing ich verzweifelt zwischen Himmel und Erde und vibrierte am ganzen Leibe. Was blieb mir, als noch einmal jammervoll zu schallen – und dann unterzugehen! Adieu, liebste Serafina! Wenigstens du wirst mein Ende beweinen.

Mit lautem Gebrüll ließ ich das Seil los. Doch ich stürzte nicht ab. Wenige Zoll unter meinen zappelnden Fußspitzen, die vergeblich nach festem Boden geangelt hatten, musste sich die weiche Unterlage befunden haben, auf der ich jetzt stand. Porco di bacco! Welch unverhoffte, welch weiche Landung!

Eine gedämpfte Stimme drang an mein Ohr, die mir bekannt vorkam: »Er hat den Sprung gewagt. Ein mutiges Stück!«

Oh, guter Sullivan, guter Terrible! Offenbar befand ich mich nicht allein im Raume. Zwar war ich schweißnass und völlig außer Atem, doch gelang es mir, mit einigem Anstand die Worte herauszupressen: »Neue Kleider! Die hier sind nass.«

Diensteifrig antwortete mir die dünne Stimme des Venerablen: »Sofort, Herr Graf! Sie haben die Feuerprobe, die Wasserprobe und die Luftprobe mit Bravour bestanden. Nur eine letzte Probe müssen Sie noch absolvieren.«

»Dann bitte schnell!«, sagte ich. »Graf Cagliostro hat nur vor einem auf der Welt Angst: vor Schnupfen.«

Ein anerkennendes Raunen glitt durch den Raum. Nun aber sprach eine mir nur zu gut bekannte Stimme in eisigem Ton:

»Wirst du den Eid auch halten, den du eben abgelegt hast?«

»Gewiss!«

»Wehe, du hältst ihn nicht! … Führt ihn zur Richtstätte!«, befahl Dr. Reynold.

Man packte mich an den Schultern und zog mich fort. Vergebens all mein Sträuben und Wehren. Meine Knie begannen zu zittern, mein Keuchen ging in Wimmern über.

»Dieser Mensch«, fuhr die schneidende Stimme des Staatsanwalts fort, »hat in seinem bisherigen Leben so viel auf sein Gewissen gehäuft, dass eine Kugel aus zweiter Hand für ihn zu schade wäre. Er richte sich selbst!«

Jetzt packte mich das Entsetzen. Man war mir also doch auf die Schliche gekommen … Ein metallisches Klicken dicht neben meinem Ohr. Jemand zwängte mir die Finger auseinander und legte etwas Hartes, leicht Gebogenes hinein.

»Sage uns, was das ist?«

»Der … der … Knauf … eines Pistols.«

»Das Pistol ist geladen … Richte es gegen deine Schläfe!«

»Nein.«

»Die Unbekannten Oberen befehlen es dir!«

»Aber … Euer Ehren … Ich … Dio mio«, stammelte ich.

»Ich zähle bis drei. Bei drei drückst du ab!«

»Nein!«

»Eins – zwei –«

»Gnade!«, winselte ich. »Ich werde alles erklären! Ein lebender Graf Cagliostro nützt euch mehr als ein toter!«

Die Stimme Dr. Reynolds klang auf einmal spöttisch. »Er wird doch nicht etwa feige werden?« Dann nahm sie ihren kalten Ton wieder an: »Ich zähle nochmals: eins-zwei-drei.«

Mit dem Mut der Verzweiflung drückte ich ab. Ein scharfer Knall, ein heftiger Stoß gegen die Schläfe, das war alles. Ich fühlte, wie mein Plagegeist mich freigab. Hastig fuhr ich mir mit der Hand über den Kopf. Nichts. Auch nicht das kleinste Tröpfchen Blut. Man knöpfte die Binde auf und zog sie mir von den Augen. Die plötzliche Helligkeit war wie ein Schmerz.

In der Hand des Terriblen sah ich ein Hämmerchen und eine Metallplatte, um einen künstlichen Knall zu erzeugen. Eine maßlose Wut stieg in mir hoch. Ich fiel um.

Ich fiel mit vollem Bewusstsein um, aus halb geschlossenen Augen den dadurch ausgelösten Effekt studierend. Jetzt war die Reihe an ihnen, entsetzt zu sein. Ich genoss die allgemeine Aufregung, die plötzliche Totenblässe im Gesicht Dr. Reynolds, die erschrocken aufgerissenen Augen Dr. Sullivans, den besorgten Blick des Venerablen, der sofort seinen Thron verließ und zu mir eilte. Ich simulierte einen Anfall: meine Glieder, mein ganzer Körper verfiel in Zuckungen wie bei einem Epileptiker. Ich trat mit den Beinen um mich; als Dr. Reynold sich über mich beugen wollte, versetzte ich ihm einen kräftigen Stoß gegen das Schienbein.

Solch einen Schrecken hatte den Logenbrüdern wohl noch kein Kandidat eingejagt. Dr. Sullivan und Sir Archibald bemühten sich umständlich um mich, doch erst als sich das blasse Gesicht meiner Frau über mich beugte, geruhte ich, die Augen aufzuschlagen und, mich auf sie stützend, mich langsam vom Boden zu erheben.

»Heiliger Joseph, hast du mich erschreckt!«, sagte Serafina.

»Three cheers for Cagliostro!«, krachte es durch den Saal.

Der Raum erstrahlte wie ein gigantisches Lichtermeer. Begeistert schrie der Venerable: »Ich begrüße den neuen Großmeister der Strikten Observanz, Seine Herrlichkeit, den Grafen Alessandro di Cagliostro. Er lebe hoch!«

Hochrufe von allen Seiten. Die Logenbrüder waren beglückt. Ich hatte ihnen nicht nur ein hellseherisches Wunder vom Feinsten geboten, ich hatte auch Courage gezeigt. Noch immer schlotterten meine Glieder vor Frost. »Neue Kleider für seine Lordschaft!«, rief Sir Archibald einem Bruder zu. Der brachte mir sogleich einen Mantel aus rotem Hermelin und half mir hinein.

Ernst und gesammelt trat ich mit meiner Gattin am Arme vor. Stumm bildeten die entblößten Degen der Freimaurer die funkelnde Stahlstraße, unter welchem wir feierlich hindurchschritten. Sie führte geradewegs zu den Stufen des Throns, dem leer stehenden Sitz des Venerablen. Ich zauderte nicht einen Augenblick; ich nahm auf dem Throne Platz. Schließlich hatte ich ihn mir sauer verdient.

»Einigkeit! Schweigen! Und Tugend!«, trompetete der Venerable. Und der Chor der Brüder fiel ein.

Dann überreichte man mir feierlich die Insignien meiner neuen Würde: Schürze, Binde, Stola, Winkelmaß, Zirkel, Kelle und die mit bombastischen Siegeln und Unterschriften versehene Urkunde meines Meistergrades, für die man mir hernach 50 Guineen abknöpfte. Serafina erhielt zum Zeichen ihrer Würde ein violettes Band überreicht mit den eingestickten Worten: *Union, Silence et Vertu!*

»Dieses Band, gnädigste Gräfin und Logenschwester!«, flüsterte ihr Sir Archibald zu, »wollen Sie die erste Nacht um einen Ihrer Schenkel gebunden tragen.«

»Um den linken oder den rechten?«, fragte ich Serafina, als wir in unserer Kutsche heimwärts fuhren.

»Aber Alessandro!« Sie klopfte mir auf die Hand. »Weißt du übrigens, dass Dr. Reynold, kaum dass du den Logensaal verlassen, seine Pfoten in deinen magischen Koffer stecken wollte?«

Mir trat nachträglich der Schweiß auf die Stirn. »Und? Hat er etwa …?«

Sie zog aus ihrem Schminktäschchen einen kleinen Schlüssel hervor. »Ich habe den Koffer sofort abgeschlossen und den Schlüssel an mich genommen.«

»Cara mia! Wenn ich dich nicht hätte! … Wie lange haben die Prüfungen eigentlich gedauert?«

»Eine halbe Stunde.«

»Nur? … Mir kam es wie eine Ewigkeit vor.«

Als sie später aus dem Boudoir kam mit nichts als dem seidenen Band bekleidet, das um ihren rechten Schenkel geknüpft war, huldigten wir mit Leib und Seele dem freimaurerischen Dreiklang *Einigkeit, Verschwiegenheit und Tugend.*

Unerwarteter Besuch

Leider weckt man nicht ungestraft die Geldgier und Gewinnsucht der Menschen, indem man die Zahlen der Staatslotterie vorhersagt. Man wird vielleicht sagen: Als Hellseher hätte ich dies voraussehen müssen. Aber auch ich bin eben nur ein Mensch!

Eines Vormittags – ich befand mich gerade in meinem Kabinett und musterte wohlgefällig die Insignien meiner freimaurerischen Meisterwürde – trat Vitelli herein.

»Verzeihen die Störung, My Lord! Ein Herr, der behauptet, ein alter Freund von Ihnen zu sein, wartet im Vorzimmer.«

»Wie sieht er aus?«

»Er ist klein, trägt einen schwarzen Backenbart und hinkt!«

Mich befiel ein leichter Schwindel. Das konnte nur Vivona, der Langfinger sein, Gefährte und Komplize unseres ersten Londonaufenthaltes vor vier Jahren. Maledetto! Musste dieser unselige Zeuge aus alten Tagen gerade jetzt hier auftauchen, da meine Laufbahn als Graf Cagliostro so verheißungsvoll begonnen hatte? Nicht auszudenken, wenn er …

»Soll ich ihn abweisen, My Lord?«

Ich überlegte fieberhaft, was riskanter wäre: mich einfach verleugnen zu lassen oder den unliebsamen Besucher zu empfangen.

»Lass ihn herein!«, befahl ich.

Vivonas aufleuchtender Blick, als er mein Kabinett betrat, sagte mir, dass er mich unfehlbar wiedererkannt hatte. Leugnen war zwecklos. So ging ich denn mit ausgebreiteten Armen auf den Hinkefuß zu, begrüßte und umarmte ihn mit jener Überschwänglichkeit, mit der man einen potenziellen Gegner zu erdrücken sucht.

»Wie geht's dir, alter Freund? Wie hast du mich nur gefunden?«

»Ich habe den *Mirror* gelesen«, sagte er mit spitzbübischem Lächeln. »Bei der Stelle von dem ›kleinwüchsigen italienischen Grafen mit den wuchtigen Kinnladen‹ musste ich unwillkürlich an einen gewissen Balsamo denken, der auch so wuchtige Kinnladen hatte und damals mit mir in derselben Absteige in Houndsditsch wohnte.«

Vivona ließ die Augen durch mein Kabinett schweifen und musterte jedes Stück der Einrichtung. Im Unterschied zu mir hatte er sich gar nicht verändert. Er trug noch denselben abgeschabten Gehrock mit langen Schößen wie damals, denselben schwarzen Schnauz- und Backenbart, der die Blatternarbe seines Gesichts notdürftig kaschierte.

»Wirklich schön habt ihr's hier. Du und deine Lorenza, pardon!, Serafina, Prinzessin aus Trapezunt« – er feixte frech –, »ihr seid jetzt gemachte Leute.«

»Nichts ist, wie es scheint, mein Lieber!«, sagte ich mit schmerzlicher Miene, eingedenk der Schuldscheine, die sich in meinem Sekretär stapelten. Was sollte ich bloß tun, um Vivona zufriedenzustellen?

»Und was macht die Kunst?«

»O, ich kann nicht klagen. Du kennst ja meine Spezialität.«

Er grinste mich auf die alte kumpelhafte Weise an, wobei er seine schwarzen Zahnstumpen entblößte, und für einen Moment vergaß ich, welche Gefahr er für mein jetziges Dasein bedeutete.

»Eines muss man den Engländern lassen«, nahm er meinen gewollten Plauderton auf. »Sie haben eine faire Gerichtsbarkeit: In Britannien setzt man nie einen Menschen ins Gefängnis, weil er als Dieb verdächtigt ist. Er muss auf frischer Tat ertappt werden, und es müssen Zeugen aufgeboten werden ... Anders bei den Hochstaplern. Die finden im puritanischen England wenig Gnade. Vor zwei Jahren wurde ein Hochstapler, der sich als falscher Lord und angeblicher Goldmacher in die Royal Society eingeschlichen hatte – in Wirklichkeit war er ein gewöhnlicher Apotheker –, zum Galgen verurteilt.«

Unwillkürlich fuhr ich mir mit dem Daumen über den Mund. Schlang doch in England der Büttel einem zum Tode Verurteilten eine Schnur um den Daumen und zog die Schlinge zu, als wäre das schon der Strick, der sich später um seinen Hals legte.

»Schade, dass du keine Voraussagen der Zahlen-Lotterie mehr machst«, fuhr Vivona ungerührt fort, »denn ich hätte auch gern ein paar Pfund vor der nächsten Ziehung gesetzt.«

Für einen Moment verwackelte seine Gestalt vor meinen Augen; so schwindlig war mir plötzlich. Im Geiste sah ich ihn schon im Zeugenstand des Gerichtssaals, die Hand zum Schwur erhoben, und mich auf der Anklagebank. Es half alles nichts, ich musste in den sauren Apfel beißen.

»Welch einen Lotterie-Gewinn hattest du dir denn vorgestellt?«, fragte ich seufzend.

»Nun, ich dachte so an die 1000 Guineen!«

»Tausend Guineen? Dio mio! Das ist ja ein Vermögen.« Ein Mann meiner Profession, dachte ich in einem Anfall reuiger Selbstzerknirschung, sollte niemals zweimal in derselben Stadt sein Spiel treiben. Denn irgendein Lump findet sich immer, der plötzlich aus der Gosse auftaucht, einen wiedererkennt und zu erpressen sucht. Kleinlaut, in fast bettelndem Tone sagte ich:

»Und ich dachte, du hättest ein gutes Auskommen in deinem Gewerbe.«

»Schon. Aber man muss auch ans Alter denken.«

Vivona sah mich an, als genieße er die peinvolle Lage, in die er mich gebracht. In der Hoffnung, ihn vielleicht herunterhandeln zu können, lud ich ihn zum Lunch ein. Als Serafina hereinkam und unseren Spießgesellen aus alten Tagen erblickte, erbleichte sie vor Schreck. Ich nahm sie beiseite und suchte sie, so gut es ging, zu beruhigen.

»Wenigstens eines habe ich euch Heimatvertriebenen voraus!«, sagte Vivona mit befriedigter Miene, nachdem er sich mit der Serviette über den Mund gewischt. Das Kalbsragout, das ich eilends aus der Küche meines Logenbruders Pierre Brasseur hatte kommen lassen, hatte ihm sehr gemundet. »Stellt euch vor: Der Rat von Houndsditch hat mir vor kurzem das volle Bürger- und Bleiberecht verliehen!«

»Und wie hast du dieses Kunststück vollbracht?«

»Nun, erst wollten die fünf Ratsherrn meinem Antrag nicht stattgeben. Ich war erstens ein Ausländer, zweitens ein stadtbekannter Dieb, wenn auch einer, den man niemals auf frischer Tat ertappt hatte. Als sie gerade aus dem Sitzungszimmer kamen, um mir mit gestrengen Mienen den abschlägigen Bescheid mitzuteilen, erhob ich mich von meinem Stuhl, auf dem ich zwei Stunden gewartet, und händigte dem ersten Ratsherrn seine Taschenuhr, dem zweiten seine Brieftasche, dem dritten seine Schnupftabakdose, dem vierten seine goldene

Anstecknadel und dem fünften seinen Schlüsselbund aus. Die Herren waren erst ziemlich indigniert, dann aber lachten sie schallend und sagten: ›Bei allem, was recht ist: Ein solch ehrlicher Dieb hat das Bürger- und Bleiberecht allemal verdient!‹«

Das war Vivona, wie er leibt und lebt. Auch wenn er mich jetzt zu erpressen suchte, im Grunde war er einer jener Spitzbuben mit Herz, deren gewitzte Überlebenskünste mir stets Respekt und Bewunderung abgenötigt haben. Gemeinsam durchlebte Notzeiten verbinden bekanntlich, und so dauerte es nicht lange, bis wir bei Mocca, Konfekt und einer gemeinsam gerauchten Brazil uns wieder jener Tage erinnerten, da Lorenza und ich das erste Mal und mit fast nichts in der Tasche die Stadt an der Themse betraten und Vivona uns bezüglich der Kunst des Überlebens in diesem neuzeitlichen Babylon die nötigen Fingerzeige gegeben. In zunehmend gelöster Stimmung ließen wir noch einmal die kleine Opera buffa mit dem englischen Quäker Revue passieren.

Das Aufwärmen unserer gemeinsamen Vergangenheit hatte Vivona sichtlich weich gestimmt. Bevor er aufbrach, schlug er mir mit der Hand auf die Schulter und sagte: »Nichts für ungut, Graf Kumpel! Lass mir hundert Guineen vom Hauptgewinn – und ich bin's zufrieden.«

Eingedenk unserer alten Kameradschaft schien mir jedoch sein Schweigen mit hundert Guineen zu billig erkauft, und so bot ich ihm zweihundert an. Dies wehrte wiederum er entschieden ab, und so einigten wir uns nach längerem Feilschen mit komisch vertauschten Rollen schließlich auf hundertfünfzig Guineen. Wohl nie hat man einen Erpresser und einen Erpressten in so herzlichem Einvernehmen auseinander gehen sehen.

Trotz unserer glorreichen Aufnahme in die erlauchte Gesellschaft der Schottischen Ritter und trotz meiner Blitzbeförderung zum »Meister der Strikten Observanz« war ich leider noch nicht am Ziel meiner Wünsche. Zwar hatte der Schatzmeister Sir Archibald mir gegenüber angedeutet, dass die Loge der Schottischen Ritter beabsichtige, mein arabisch-kabbalistisches Geheimmanuskript zu erwerben. Doch die Tage und Wochen vergingen, ohne dass ein Kaufvertrag aufgesetzt wurde. Ich begann, unruhig zu werden, denn schon bedrängten mich meine Gläubiger und erinnerten mich ungeduldig an die Zahlungsfristen, nach deren Ablauf ich nur die trübe Aussicht hatte, wieder in Kings Bench zu landen. Bald wurde mir der Boden in London zu heiß, schon war ich entschlossen, unser Meublement zu verkaufen und die Koffer zu packen, da – endlich! – hielt vor unserem Haus in der Suffortstreet ein eleganter Zweispänner, dem der langersehnte Bote Fortunas in Gestalt des Schatzmeisters entstieg. Er begrüßte mich mit den salbungsvollen Worten:

»Andere kommen, um zu lernen. Er aber kommt und lehrt uns alle erst die Geheimnisse des Orients, die wahre ägyptische Freimaurerei!«

Dann überreichte er mir den Kaufvertrag und, nachdem ich ihm das Geheimmanuskript übergeben, eine Schatulle mit – sage und schreibe – 3000 Guineen! Ich unterdrückte den Jubelruf, der mir schon auf der Zunge lag, und sagte stattdessen gönnerhaft:

»In Wahrheit, Sir Archibald, ist dieses Manuskript, welches das geheime Wissen der größten arabischen Kabbalisten und Alchemisten in sich birgt, unbezahlbar!«

»Das ist uns wohl bewusst, Herr Graf! Da es in Gold sowieso nicht aufzuwiegen ist, mögen Sie uns die Ehre erweisen, den Posten eines Grand Expert, eines Vielerfahrenen, anzunehmen und in unserem Auftrag als Visitator unserer zahlreichen Schwesterlogen den Kontinent zu bereisen … Wären Sie demnächst zu einem Abstecher nach Holland bereit?«

»Ich bin es, Sir Archibald«, erwiderte ich gemessen.

Die Tage darauf entledigte ich mich all meiner Verbindlichkeiten und zahlte auch meinen verschwiegenen Mitspieler in der Staatlichen Lotterie-Annahmestelle aus.

Schon Salvo, mein palermitanischer Zauberlehrer, hatte mich gelehrt, dass die verblüffendsten Kunststücke diejenigen sind, die auf einem ganz einfachen Prinzip beruhen. Gerade auf die einfachste Lösung pflegt das Publikum nicht zu kommen, befindet sich sein Denken erst einmal auf dem Holzweg. Überhaupt pflegt es lieber an Wunder zu glauben, als seinen Verstand zu bemühen.

Tatsächlich habe ich von den fünf ersten Gewinnzahlen keine einzige *vor* der Ziehung der Staatlichen Lotterie verkündet. Vielmehr habe ich jedem meiner Klienten einen versiegelten Brief mit irgendeiner Zahl übergeben, den ein jeder bei der Lotterie-Annahmestelle einreichte, ohne zu wissen, auf welche Zahl er gesetzt hatte. Erst *nach* der Ziehung beschied jener Beamte, der mein Komplize war, dem glücklichen Spieler, dass er just auf die »Gewinnzahl« gesetzt, die ich »vorausgesagt« hatte – und zahlte ihm den Lotteriegewinn aus. Diesen hatte ich jedoch zuvor *selbst eingezahlt*. Erst nachdem mein Ruf als Hellseher gefestigt war, wagte ich es das ein oder andere Mal, die Gewinnzahl *vor* der nächsten Ziehung vorherzusagen. In einem Fall kam mir das Glück zu Hilfe – die von mir vorausgesagte Nr. 65 war tatsächlich die Gewinnzahl –, doch in anderen Fällen lag ich daneben, und die Einsätze gingen verloren. Indes taten die Nieten meinem hellseherischen Ruf keinen Abbruch, denn natürlich kommt auch das unfehlbarste kabbalistische Orakel nicht gegen eine »ungünstige Konstellation der Gestirne« an. Auch hat ja das Spielfieber die schöne Eigenschaft, die schmerzenden Verluste in Erwartung der kommenden Gewinne rasch vergessen zu machen.

Niemand kam auf die einfache Idee, auf der dieser Bluff beruhte, lief er doch der Logik des Wettspiels und dem merkantilen Geist der Engländer völlig zuwider. Man spielt ja, um zu gewinnen, nicht, um zu verlieren. Daher kam es keinem Spieler in den Sinn, dass der Hellseher den Gewinn auf den jeweiligen »Treffer« aus eigener Tasche bezahlt haben könnte. Auch konnte er schlechterdings kein Betrüger sein, da er ja seine hellseherische Gabe nur zum Vorteil anderer, nicht zum eigenen einsetzte. So war der Denkweg zur eigentlichen Lösung des Mirakels versperrt. Ich aber spekulierte darauf, dass ein Vielfaches der Summe, die ich vorstrecken musste, um die Gewinner auszahlen zu lassen, schon bald in meine Börse zurückfließen würde. Und in der Tat: der Ruf, ein begnadeter Kabbalist und Hellseher zu sein, der magisch-mystische Nimbus des »zweiten Swedenborg« trug mir zuletzt 3000 Guineen ein – und obendrein den unbezahlbaren Titel eines Großmeisters der Freimaurerei. Das eigentlich »Wunderbare« an dem ganzen Mirakel war die nachträgliche Mystifikation der Klienten und der fabelhafte Selbstbetrug der Öffentlichkeit: Jedermann glaubte steif und fest daran, eben weil man daran glauben *wollte*, ich hätte *alle* Gewinnzahlen schon *vor* der Ziehung verkündet.

*

Kopfschüttelnd hielt Zelada in seiner Lektüre inne. So verblüfft er über Cagliostros Londoner Hellseh-Wunder gewesen, so verblüfft war er nun über dessen simple Erklärung. Seine Ernüchterung ging einher mit einem schmerzlichen Gefühl der Enttäuschung; hatte er doch, wie die meisten seiner Kollegen, geglaubt, nur mit Hilfe schwarzmagischer Künste ließe sich ein solches Vorhersage-Wunder bewerkstelligen. Im Grunde hing sein Herz an dem dämonischen Bild des Magiers, der mit den unteren Mächten, gar mit dem Teufel im Bunde steht und eben darum mit der ganzen Strenge und Strafgewalt der christlichen Glaubenshüter und -richter bekämpft und zur Strecke gebracht werden muss. Jetzt aber entpuppte sich dieser Hexenmeister namens Cagliostro – folgte man seinen oder den in seinem Namen verfassten *Bekenntnissen* – als ein gewöhnlicher, wenngleich ausgefuchster Betrüger und Psycholog', der sich gar noch ein Vergnügen daraus machte, sein genasführtes Publikum posthum aufzuklären. Der Kardinal kam sich nicht nur ausgelacht und lächerlich vor, es war ihm, als habe man ihn plötzlich seines liebsten Feindes beraubt. Mit einem Anflug von Nostalgie gedachte er der guten alten Zeiten, da es noch echte Hexenmeister und Schwarzkünstler gegeben, die dem Teufel ihre Seelen verschrieben und die man ohne Skrupel hatte verbrennen können.

Kapitel 12

Morgenland im Abendland

Immer wieder haben sich meine Zeitgenossen darüber gewundert, dass meinem ägyptischen Orden just im christlichen Abendland, besonders in Frankreich, dem Lande der Enzyklopädisten und Aufklärungsphilosophen, ein solch stupender Erfolg beschieden war. Wie konnte dieser »Heide Cagliostro« mit seiner »Knoblauchtinktur von Freimaurerei, Magie und Religion«, wie ein erboster deutscher Aufklärer schrieb, so viele brave Christenmenschen in seinen Bann ziehen, auch und gerade Personen von Stand und Bildung, ja, selbst hohe Kleriker und Kirchenfürsten?

Ich bin durchaus kein Gegner der Aufklärung, als den mich die deutschen Publizisten und Stubengelehrten gerne verketzern. Würde ich sonst hier über meine Laufbahn, über meine magischen und medizinischen Praktiken, die zahlreichen Finten und Listen, derer ich mich dabei bediente, so ehrlich Rechenschaft ablegen?

Die Aufklärung hat der Menschheit zweifellos viele Fortschritte gebracht, sie von den Fesseln religiöser und ständischer Vorurteile befreit und sie zum selbstbewussten

Gebrauch ihrer Vernunft ermuntert: Sapere aude!* Aber gleichzeitig hat sie unser Dasein entzaubert, ihm den Flair des Geheimnisses genommen. Sie musste daher ihr schieres Gegenteil auf den Plan rufen: den aus der Langeweile und Routine des Alltags geborenen Drang zum Nichtalltäglichen und Außergewöhnlichen, zum Phantastischen und Mystischen, zur Schwarmgeisterei und zum Wunder. Nun, ich tat meinen Zeitgenossen den Gefallen, indem ich sie das Wunder schauen ließ – und sie dankten es mir. Der Mensch lebt eben nicht vom trockenen Brot der Vernunft allein.

Seit jeher scheint es eine Eigenart des menschlichen Geistes zu sein: Je fremder und exotischer eine Kultur und ihre Riten, desto größer ihre Anziehungskraft! Bei meinen Reisen durch die Hauptstädte Europens war mir nicht entgangen, dass die gebildeten Europäer von den Geheimnissen des Orients sehr fasziniert waren. Von alters her verbinden sie mit dem Orient das Rätselhafte, Phantastische und Mystische, aber auch das Ursprüngliche, Echte und Wahre, denn die Wiege des Abendlandes stand im Morgenland. Nicht zufällig heißt es: »sich *orientieren*« – und nicht »sich okzidentieren«. Die Reisen und Expeditionen in das Land der Pyramiden und Pharaonen, die jüngsten archäologischen Ausgrabungen in Herkulanum, die Pergamentrollen der Cheopspyramide, die wiederentdeckten Zeugnisse der alten ägyptischen Kultur und Religion, von denen viele Orient-Fahrer eindrucksvoll zu berichten wussten, die Totenkulte, Heilungsrituale und Wahrsagetechniken der ägyptischen Priester, über die manch gelehrte Abhandlung erschien – all dies hatte bei den Gebildeten, in Sonderheit bei den Freimaurern, zu einer regelrechten Ägyptenschwärmerei geführt, zumal das Land am Nil auch die Wiege der arabischen Alchemie war.

Schon auf Malta war mir die Idee gekommen, einen eige-

* *Wage zu wissen!*

nen Orden zu gründen, der die Weisheit des Orients und die älteste Quelle der mystischen Offenbarungen mit der christlichen Religion verband und der den Mitgliedern *aller* Konfessionen und Glaubensrichtungen offen stehen sollte. Zugleich sollte sein Ritus so einzig in seiner Art sein, dass ich die Konkurrenz der zahllosen anderen Freimaurerlogen, die wie die Pilze aus dem Boden schossen, nicht mehr zu fürchten brauchte. Nun, da ich den ehrfurchtheischenden Titel eines »Grand Expert« und Großmeisters der Freimaurerei führen durfte, konnte ich diese Idee endlich ins Werk setzen. Dass es sich hierbei auch um eine geniale Geschäftsidee handelte, die sich mir beizeiten vergoldete, darüber mag sich moralisch entrüsten, wer will! Jedenfalls wäre ich ohne die Einnahmen aus der ägyptischen Loge niemals imstande gewesen, in verschiedenen Städten Europas Volkskrankenhäuser zu errichten und, nach Art der alten Rosencreutzer, die Armen und Mittellosen umsonst zu behandeln und zu kurieren.

Last but not least: Auch ein Robin Hood im Freimaurerschurz hat Anspruch auf ein gutes Leben!

Den Haag, 1778

Schon vor unserer Ankunft in Den Haag hatte meine Fama das Festland erreicht. Entsprechend war unser Empfang. Vor ihrer Loge *L'Indissoluble (Die Unauflösliche)* bildeten zwei Reihen Freimaurer, die kreuzweise ihre Degen in die Luft hielten, mir zu Ehren Spalier. Erhobenen Hauptes schritten Serafina und ich unter der blauen Stahlstraße einher und betraten den festlich geschmückten Logensaal, wo man uns die Ehrensitze unter dem Thron des Venerablen zuwies.

Man konnte es kaum erwarten, dass der »Grand Expert« und »Wiederhersteller der wahren ägyptischen Maurerei« das Wort ergriff. Ich redete, dozierte und fabulierte, nur hin und wieder von ehrfürchtigen Fragen, freimaurerischen Sinn- und Trinksprüchen unterbrochen, wohl anderthalb

Stunden lang: über den »Großen Baumeister der Welten« und seine Propheten Moses, Elias und Jesus, welche die ersten Freimaurer gewesen; über die Mysterien der alten Ägypter, in die man mich unter den Pyramiden eingeweiht; über die heilige Mystik, die sieben Engel der Sphären, die mir das Wissen über das Zukünftige offenbarten; über die göttliche Alchemie und die Heilkunde. Je dunkler der Sinn meiner Rede war, die ich mit arabisch klingenden Ausdrücken durchsetzte, umso tiefsinniger und erhabener erschien sie den Brüdern. Lange dozierte ich über Sinn und Zweck meines ägyptischen Ordens, wenngleich dieser bislang nur aus mir selbst bestand: »Gleichheit«, »Toleranz«, »Wohltätigkeit«, »physische und moralische Regeneration«, »Erleuchtung«, »Versöhnung zwischen Okzident und Orient« – diese Losungsworte der Verheißung versetzten meine Zuhörer in einen wahren Taumel der Begeisterung. Man bat mich um die Erlaubnis, meine Ausführungen mitschreiben zu dürfen; ich erteilte sie gnädig. Ich selbst benutzte kein Manuskript – tue dies nie, denn ein Redner, der abliest, kann nicht vom Geiste, geschweige denn von einer höheren Macht inspiriert sein –, vielmehr überließ ich mich meinen spontanen Eingebungen, wechselte überraschend von hohen auf profane, von jenseitigen auf diesseitige Gegenstände – etwa von der ägyptischen Sonnenbarke, auf der die Pharaonen die Reise ins Jenseits antraten, auf die holländische Seeschifffahrt, die »ihresgleichen in der Welt suche«; oder von meinem Wunderheilmittel, dem ägyptischen Wein, auf den »so schmackhaften holländischen Käse«, der sich mit jenem bestens vertrüge. Von den alten arabisch-ägyptischen Kulturpflanzen und Delikatessen wie Aubergine und Artischocke schlug ich einen kühnen Bogen zur holländischen Tulpenzwiebel und -zucht, deren farbenfrohe Produkte »jedermanns Auge erfreuen« und die mit Recht der »Stolz dieser Nation« seien. Will man ein Publikum für sich gewinnen, muss man ihm eben auch ein wenig um den Bart gehen – und schon wird ihm der Bart des Redners wie der »Bart des Propheten« vorkommen.

Im Unterschied zu mir hatte Serafina anfangs ziemliche Schwierigkeiten mit ihrer neuen Rolle als »Gräfin Serafina aus dem Morgenland«. Sie errötete schon, wenn sie unter diesem Titel vorgestellt wurde. Entgegen ihren Befürchtungen weckte ihr heller Teint indes nicht den geringsten Verdacht bezüglich ihrer orientalischen Abstammung, er galt im Gegenteil als Ausweis vornehmer Blässe – selbst bei einer »morgenländischen Gräfin«. Dennoch zog sie es vor, in Gesellschaft vornehmer Damen und Herren zu schweigen. Es dauerte eine Weile, bis sie ihre Befangenheit ablegte und begriff, dass auch in den feineren Kreisen nur mit Wasser gekocht wird und dass es genügte, die Klatschspalten der Adelsblätter und die Modejournale einmal querzulesen, um als »gebildet« zu gelten. Andererseits schien gerade ihre Natürlichkeit im Auftreten allgemeines Wohlgefallen zu erregen. »Sei, wie du bist«, sagte ich ihr, »und alle werden dich lieben!«

Da besonders die älteren Damen, die bis zu sieben Schichten Reismehlpuder aufzulegen pflegen, um ihre vornehme Blässe zu erhalten, meine Frau um ihren makellosen Teint beneideten, verfiel ich auf eine pfiffige Geschäftsidee: Ich ließ das Gerücht ausstreuen, dass meine Gemahlin in Wahrheit viel älter sei, als sie aussehe, und dass ihre Jugendfrische sich den alchemistischen Salben und Verjüngungsmitteln ihres Gatten verdanke. Ihr trug ich auf, falls jemand in Gesellschaft einmal die Unhöflichkeit beginge, sie nach ihrem »wirklichen« Alter zu fragen, darauf nur mit einem vielsagenden Lächeln zu antworten. Meine wohlriechende »ägyptische Verjüngungssalbe« namens »Aurora aeterna« (»ewige Morgenröte«), vom Meister selbst nach geheimer alchemistischer Rezeptur hergestellt, fand denn auch reißenden Absatz – sehr zum Vorteil unserer Börse und zum Verdruss der Den Haager Apotheker und Parfümhändler.

Neben meinen freimaurerischen Tätigkeiten konnte ich mich in Holland nun meiner eigentlichen Berufung widmen: der Heilkunst. Endlich verfügte ich über die notwendige Ausstattung dazu, vor allem über einen prächtigen Medikamentenwagen, eine »fahrbare Apotheke«, die allein schon meiner Kunst Ansehen verlieh.

Kaum hatte sich in Den Haag die Kunde verbreitet, dass ein Arzt aus dem Morgenlande, der seine Heilmittel gratis verteilt, im Hotel »Zum Goldenen Fließ« abgestiegen war, kamen von allerorten die Kranken angepilgert. Frühmorgens schon standen sie Schlange in der Hotelauffahrt, die bald einem Heerlager glich. Manche nächtigten sogar unter freiem Himmel, in der Hoffnung, am nächsten Tage zu mir vorgelassen zu werden. Anfangs kam es zu regelrechten Händeln und Handgreiflichkeiten, wem als Erster der Vortritt gebühre. Ich gab die Ordre aus, die ich durch die Hotelbediensteten peinlich überwachen ließ, dass der Einlass sich nicht nach dem Rang und Stand des Patienten, sondern allein nach der Reihenfolge ihres Ankommens zu richten habe. Denn vor dem Gewissen des Arztes seien alle Menschen gleich. Diese Parole machte bald die Runde und vermehrte meine Popularität beim gemeinen Volke ebenso, wie sie manche Leute von Stand verbitterte, welche nun ebenso warten mussten wie der gemeine Ackersmann oder Müller.

Das Hotel hatte mir zwei große Räume zur Verfügung gestellt, der eine diente als Wartezimmer, der andere als Behandlungsraum. Natürlich konnte ich nicht alle Patienten behandeln, zumal ich kein approbierter Medicus war. Mit dem Messer und dem Skalpell zu heilen, überließ ich getrost den Chirurgen, Badern und Anatomen. Die Zahn- und Bruchleidenden, die Stelzfüße und Invaliden, die am Gallen- und Nierenstein, am grauen oder grünen Star Leidenden schickte ich denn auch gleich wieder weg. Unter den übrig gebliebenen Patienten wählte ich mit sicherem Blick diejenigen aus, bei denen meine Behandlungsmethoden Erfolg versprachen. Die meisten Salben, Pulver, Tinkturen und Tropfen präparierte und mischte ich selbst in der kleinen fahrbaren Apotheke. Wenn ich jedoch den Apotheker bemühen musste, bezahlte ich den mittellosen Patienten das Rezept. Die ganz armen Patienten, die sichtlich an schlechter Kost, mangelhafter Ernährung oder Hunger litten, ließ ich auf meine Kosten bewirten. Für manche war dies schon die halbe Heilung. Ihre Dankbarkeit nahm denn auch die überschwänglichsten Formen an.

Von Dottore Ambrosius hatte ich gelernt, dass die richtige Diagnose das A und O jeder Kur ist. Darum verwandte ich viel Zeit und Sorgfalt auf das Gespräch mit den Kranken. Schon dies unterschied meine Vorgehensweise von der Praxis der meisten Medici. Eingehend befragte ich die Patienten nach ihren Symptomen, wann und unter welchen Umständen diese das erste Mal aufgetreten, nach ihrer Ernährung und ihren persönlichen Lebensumständen, welche Ängste und Sorgen sie plagten, aber auch nach ihren geheimen Lastern und Süchten, die ich oftmals aus ihren Gesichtszügen las. Meine physiognomischen Studien, deren ich mich als Federzeichner befleißigt, kamen mir hierbei sehr zustatten. Ich hörte den Patienten geduldig zu und gewann aus ihren Erzählungen oftmals den entscheidenden Hinweis für die Diagnose. War diese richtig, war das Heilmittel rasch gefunden, auch wenn es in keinem Apotheker-Handbuch oder medizinischen Lehrbuch stand.

Mit welchen – bald simplen und drastischen, bald raffinierten und gewitzten – Mitteln ich meine »Wunderkuren« vollbrachte, mögen einige Beispiele aus meiner Den Haager Praxis demonstrieren.

Eines Tages rollte eine Diligence heran, die sogleich in der Hotelauffahrt parkte. Hinter geblümten Gardinen kam ein hochfrisierter, junoschöner Frauenkopf schüchtern zum Vorschein. Ich kam gerade mit diversen Medizinen aus dem Medikamentenwagen. Artig öffnete ich den Wagenverschlag.

»Oh Monsieur le Comte!«, hauchte die Schöne. Und sogleich begann das Fräulein überstürzend ihr eigenes Lamento, als sie die vielen Kranken ihre Kutsche umringen sah.

»Mon chèr ami! – Meine Distorsion ist grenzenlos. Bin in voller Toilette selbst in der Kutsche auf dem Bett geblieben.«

»Gewisslich eine beschwerliche Fahrt, Madame!«, schnarrte ich galant.

»Mais non, bin's Liegen gewöhnt, und weil ich mich nicht mehr erheben kann, leist' ich mir wenigstens das Plaisir, im neuesten Schäferinnen-Kostüm à la mode hübsch angekleidet täglich zweimal frisiert zu sein – sonst wär's zu ennuyant in Den Haag.«

»Hm – drücken denn besondere Schmerzlichkeiten?«, fragte ich durch die große Lorgnette.

»Mais non – nur Müdigkeit, Faiblesse, sobald ich mich nur wenig erheb' – ich setz' meine ganze Hoffnung auf Eure Kunst, von der ich so viel Wunderbares gehört!«

»Seit wann leiden Sie denn an dieser Schwäche?«

»Seit dem Schrecken böser Kindsgeburt – vor acht Monaten!«

»Maledetto!«, wandte ich mich an das gaffende, kranke Fußvolk. »Die Damen von Stand sollten nicht nur das Säugen, sondern auch das Gebären den Ammen überlassen!« Schallendes Gelächter, mit Husten vermischt, umwogte die vornehme Kutsche.

»Mais oui, mais oui«, seufzte die Schöne, ohne die Ironie meiner Worte zu bemerken.

»Was haben die Medici verordnet?«

»Oh mon Dieu!« Madame rang die Hände zum Himmel. »Sie haben mich fast zu Tode purgiert!«

Ich versprach ihr, sie noch heute vollständig zu heilen. Nur müsse sie so lange warten, bis sie an die Reihe käme. Als ich zurück im Behandlungszimmer war, sagte ich zu Serafina, welche die Szene verfolgt hatte:

»Sie ist eine Kapriziöse, eine durch Nervenchoc eingebildete, spasmodische Kranke. Geh rasch mit einem Weidekorb zum Stadtgraben und ...«, den Rest flüsterte ich ihr ins Ohr.

Serafina tat sogleich, was ich ihr aufgetragen. Und kam schon bald mit dem gefüllten Korb wieder zurück. Inzwischen hatte sich das kapriziöse Fräulein in gebeugter Haltung, an der Hand ihrer Zofe, ins Behandlungszimmer geschleppt. Serafina stellte den chinesischen Paravent vor die Liege und half ihr beim Entschnüren und Entkleiden. Gemeinsam mit ihrer Zofe geleitete sie die hilflos Wimmernde dann vorsichtig Schritt für Schritt an den Weidekorb, den ich hinter der Tür abgestellt hatte.

»Röcke hoch!«, befahl ich und zog den Degen blank.

Und die völlig Überraschte sank mit rundem Gesäß in den offenen Korb voller – Brennnesseln! Die Wirkung war exorbitant: Mit einem einzigen Hopser sprang sie steil hoch. Ich öffnete im Hui die Tür zum angrenzenden Warteraum und ließ sie vor den Patienten wie eine Tarantel hüpfen, dass der Reifrock um ihre Hüften schunkelte. Vor Schreck und Scham brachte sie noch immer kein Wort über die Lippen, hielt sich mit beiden Händen und schmerzverzerrtem Gesicht ihren Cul. Endlich verließ sie unter allgemeinem Gelächter das Behandlungszimmer, stapfte mit der Zofe die breite Rundtreppe hinab, wollte konsterniert in ihre Kutsche zurück und merkte doch, dass sie vor lauter Blasen sich nicht legen, sich erst recht nicht setzen konnte. Ich war ihr gefolgt, reichte ihr galant den Arm und spazierte mit ihr um die Kutsche:

»Sehen Sie, Madame, es geht – heißa, es geht – tandaradei, es geht!«

Auf meinen Wink begann der Spielmann, der vor dem Entree die Gäste zu unterhalten pflegte, auf seiner Mundharmonika eine lustige Weise zu spielen. Erst langsam im Trippeltakt, dann im neckischen Pas tanzte ich mit der Dame, um die Taille sie stützend, rund um die Kutsche. Endlich verzog sie das Mäulchen zu einem halb gequälten, halb seligen Lächeln:

»Mon dieu! So rabiat die Kur!, mein Cul feuert noch grässlich. Der Tanz ist Tortur. Doch Ihr habt mich dem Leben wiedergegeben, schrecklicher Hexenmeister!«

Applaus aus den offenen Fenstern des Wartezimmers, wo sich die Patienten schier die Köpfe eindrückten ob des ergötzlichen Schauspiels. Wenig später hüpfte die Dame munter wie eine junge Maid in die Kutsche, aus der sie noch eben wie eine lendenlahme Greisin gestiegen war. Aus dem Fenster reichte sie mir einen Beutel mit Dukaten, dem noch etliche Kusshände folgten.

In den Schänken aber gab es an diesem Tag kein anderes Thema als diese wundersame Blitzgenesung. Wie ein Lauffeuer verbreitete sich die Kunde, Cagliostro habe eine seit anderthalb Jahren Gelähmte und Bettlägerige – aus acht Monaten waren im Nu achtzehn geworden – durch ein »alchemistisches Wundermittel« in fünf Minuten geheilt.

Eines Morgens kam eine Mutter in der Tracht einer holländischen Bäuerin mit ihrer sechzehnjährigen Tochter in unsre Praxe. Sie wohnte in einem Dorf nahe Den Haag. Das Mädchen war eigentlich bildschön, doch waren ihr ganzes Gesicht, ihre Brust, ihre Arme und Beine von hässlichen roten Pusteln übersät. Und da der Ausschlag fürchterlich juckte, musste es sich unentwegt kratzen. Während der Konsultation erzählte mir die Mutter, ihre Tochter sei seit zwei Jahren verlobt und wolle demnächst heiraten, alles sei schon für die

Hochzeit vorbereitet. Ob ich kein Mittel wüsste, den juckenden Ausschlag, der das Gesicht und den Körper der Braut so entstelle, zu kurieren?

Ich fragte das Mädchen, wann denn dieser Ausschlag sich das erste Mal gezeigt habe. Eine Woche, antwortete an seiner Statt die Mutter, nachdem es den »Tugendpreis« ihres Heimatdorfes bekommen. Dieser werde einmal im Jahr den drei »schönsten und tugendhaftesten Jungfern« des Dorfes verliehen.

Ich bat die Mutter, sich für eine Weile in das Wartezimmer zu begeben, ich wolle mit ihrer Tochter unter vier Augen reden. Ich sprach ihr gut zu, ich werde ihr eine Salbe verschreiben, die das böse Exzem zum Verschwinden bringe, und sie werde gewiss mit glatter und gesunder Haut vor den Traualtar treten. Doch das Mädchen weinte immerfort in sein Sacktüchlein und ließ sich kaum beruhigen. In väterlichem Tone fragte ich sie, ob sie ihren Künftigen denn auch wirklich lieb habe und zum Mann haben wolle. Sie liebe ihn sehr und wolle keinen anderen zum Mann, bekräftigte sie – und dies kam von Herzen. Plötzlich aber brach sie in Schluchzen aus und stammelte:

»Nur bin ich … bin ich … keine Jungfer mehr!«

Unter Tränen erzählte sie mir, dass sie vor einem Jahr etwas mit einem jungen Burschen gehabt, dem sie sich in einer schwachen Stunde hingegeben, den sie aber niemals heiraten wolle. Jetzt habe sie Angst, dass ihr Bräutigam spätestens in der Brautnacht merken werde, dass sie nicht mehr unschuldig sei. Und dass er sie dann verstoßen werde.

Die Sache war für mich klar: Sie kam sich selbst wie ein gefallenes Mädchen, obendrein wie eine Heuchlerin vor, da sie doch den »Tugendpreis« erhalten – und nun bestrafte sie sich selbst dafür durch ein Exzem, das ihr Gesicht und ihren Körper verunstaltete.

Ich wandte mich wieder dem Mädchen zu und sagte begütigend. Wie eine Schwalbe noch keinen Sommer mache, so mache ein Fehltritt noch kein gefallenes Mädchen. Sie liebe ihren Bräutigam – und nur darauf käme es an. Von ihrem Fehltritt brauche dieser ja nichts zu erfahren. Ich würde ihr außer der Hautsalbe ein Mittel für die Brautnacht verordnen, das sie wie eine Jungfer, wie eine untadelige Virgina aussehen lasse. Morgen solle sie wiederkommen und besagtes Mittel bei mir abholen. Nur dürfe sie sich, bei Strafe, für immer hässlich zu werden, auf gar keinen Fall mehr kratzen.

Das besagte Mittel passte zwar nicht gerade in den »Almanach der guten Sitten«, war jedoch ein altes und bewährtes Hausmittel, das die Kräuterhexen von Palermo gefallenen Mädchen vor ihrer Hochzeit zu verabreichen pflegten. Es bestand aus einem Wachskügelchen, das ich mit Schweineblut füllte und das sich die Braut vor der Brautnacht in die Vagina schieben musste. Dass die holländische Schöne nicht nur ihren juckenden Ausschlag fristgerecht losgeworden, sondern auch ihre »Defloration« ohne Malheur überstanden hatte, bewies die Fuhre mit mehreren Ballen holländischen Käses, die wenige Tage nach ihrer Hochzeit vor dem Medikamentenwagen abgeladen wurden – nebst dem überschwänglichen Dankesbrief der Mutter an den »großen Medicus, der ihrer Tochter die Gesundheit und das Glück ihres Lebens wiedergegeben«. Mit dem Käse verköstigten wir eine halbe Kompanie von armen Schluckern und Bresthaften, die das Hotel belagerten.

An einem trüben und regnerischen Novembertage trugen zwei livrierte Diener auf ihren Schultern eine Sänfte ins Hotel. Auf dieser lag ein junger Adeliger mit totenblassem Gesicht, schwitzend und von Fieberfrösten geschüttelt. Keuchend gab er zu verstehen, dass er übermorgen sterben werde, wenn Graf Cagliostro ihm nicht helfe. Da mehr aus ihm nicht herauszubringen war, befragte ich seinen Diener, was denn seinen Herrn auf diese fixe Idee gebracht. Und der erzählte mir folgende Geschichte:

Am 24. November vorigen Jahres war der junge Adelige wegen eines Liebeshandels zum Duell gefordert worden und hatte seinen Kontrahenten mit dem Pistol durch die Brust geschossen. Dieser war sofort tot. Danach hatte er eine Wahrsagerin aufgesucht. Diese prophezeite ihm, dass er am 24. November kommenden Jahres – das war übermorgen! – sterben werde. Schon Anfang des Monats litt er plötzlich an Schwindelgefühlen und schweren Kopfschmerzen, bald kamen Schüttelfröste und eine Magenkolik hinzu, er aß immer weniger, wurde zusehends schwächer, bis ihn ein schweres Fieber aufs Lager zwang. Seitdem war er felsenfest davon überzeugt, dass am kommenden Vierundzwanzigsten sein letztes Stündlein geschlagen habe – wenn nicht ein Wunder geschehe!

Nach einigem Nachdenken gelangte ich zu folgender Diagnose: Die fixe Idee des Adeligen und all seine Symptome rührten von seinem bösen Gewissen. Da er einen Menschen getötet hatte, dachte er wohl, dass er selbst es auch nicht verdiene, am Leben zu bleiben. Darum glaubte er blindlings der Wahrsagerin und entwickelte, je näher der schicksalhafte Tag rückte, alle Symptome eines Moribunden. Es war wieder einmal ein schlagendes Beispiel dafür, wie stark die Seele über die Einbildungskraft auf den Körper wirkt.

»Und wie willst du ihn von seiner fixen Idee befreien?«, fragte mich Serafina.

»Hier helfen keine Medicamenta, hier hilft nur ein wirksamer Gegenzauber, sprich: eine Suggestiv-Kur!«

Auf Malta und im Zuge meiner Ägyptenreise war ich mit jenen magischen Praktiken und Heilmethoden in Berührung gekommen, die erst im »Zustand des Schlafwachens« appliziert werden. Dass Beschwörungen und »gute Reden« besonders wirkmächtig in jenem Zwischenstadium der Seele sind, da unsere Sinne sich von der Außenwelt zurückziehen und sich die Wahrnehmung ganz nach innen kehrt – dieses Phänomen war schon den alten Ägyptern und Griechen bekannt. In diesem Zustand verminderten Bewusstseins sind wir für Suggestionen und Bilder besonders empfänglich, sie prägen sich der Psyche tief ein und können daher Wunder wirken.

Nachdem ich dem jungen Adeligen ein Beruhigungsmittel gegeben, versetzte ich ihn vermittels eines kleinen Pendels, das ich ihm vor das Gesicht hielt und das seine Augen rasch ermüdete, in den Zustand des Schlafwachens. Über eine Stunde sprach ich in ruhigem, aber eindringlichen Ton auf den somnambulen Patienten ein. Es waren kurze, einprägsame Sätze, die ich mit geringfügigen Varianten immer wiederholte und die stets dieselbe Botschaft enthielten: Nicht er, der Patient, sei am Tod seines Kontrahenten schuld, vielmehr habe ihn dieser zum Duell gefordert und damit seinen eigenen Tod in Kauf genommen. Und die zweite Botschaft, die ich ihm auf gleich eindringliche Weise suggerierte: Niemand könne vorhersagen, wann unser letztes Stündlein geschlagen habe. Schon gar nicht eine alte Vettel, die sich als Wahrsagerin aufspiele. Darum könne er dem Ultimatum des 24. November getrost entgegensehen. Er werde nicht nur diesen Tag, sondern noch manchen anderen schönen Tag erleben.

Nach dieser Suggestiv-Kur verabreichte ich dem Patienten ein Schlafmittel und ließ ihn in eine abgedunkelte Kammer des Hotels schaffen. Am Morgen des 25. November, also einen Tag nach Ablauf des todbringenden Ultimatums, weckte ich ihn wieder auf. Als er die Augen aufschlug und den stiernackigen Mann mit den mächtigen Kinnladen neben seinem Bett erblickte, glaubte er wohl, er stehe vor seinem himmlischen Richter. Erst als ich ihm mitteilte, dass er den Jüngsten Tag verschlafen habe und jetzt ohne Furcht sein Lager verlassen könne, um den neuen Tag zu genießen, begriff er allmählich, dass er sich auf Gottes schöner Erde befand und also noch lebte. Noch selbigen Tages verließ er, von allen Fiebern und

Schüttelfrösten befreit, sein Lager und dankte seinem Lebensretter auf den Knien. Nur mit Mühe konnte ich ihm das Gelübde wieder ausreden, aus Dankbarkeit gegen mich und die Hl. Jungfrau, für die er in der Benommenheit des Erwachens wohl meine Frau ansah, eine Kapelle zu stiften. Mit einer Spende in Gold oder Dukaten zum Nutzen der bedürftigen Kranken könne er gleichfalls seine Dankbarkeit bekunden. So schlagartig, wie der betuchte Patient von seinen Symptomen befreit war, füllte sich auch wieder meine Schatulle.

Mein wichtigster Verbündeter als Arzt ist gerade jene besondere Kraft der Seele, welche die herkömmliche Medizin so gerne verteufelt und als Quelle vieler Übel, in Sonderheit der Hysterie und Hypochondrie, ansieht: nämlich die menschliche *Einbildungskraft*. Sie sollte der wichtigste Hebel meiner Kuren werden.

Eines Tages kam ein etwa fünfzigjähriger Notar in meine Praxe, der sehr hohläugig und abgehärmt aussah und dessen rechter Arm in Intervallen immer wieder zu zittern begann. Er könne kaum mehr den Gänsekiel führen, klagte er, da seine Hand so zittere. Auch leide er seit Monaten an schweren Schlafstörungen; oft schlafe er nachts nur drei, vier Stunden.

Der Grund für seine Schlaflosigkeit war rasch gefunden: Vor einem Jahr hatte ihn seine sehr viel jüngere Frau verlassen und sich mit einem holländischen Kapitän davongemacht. Doch was hatte das Zittern seines Armes damit zu tun? Ich konnte mir das rätselhafte Symptom zunächst nicht erklären und wusste, außer der Verabreichung von Schlafmitteln und Baldriantropfen, auch kein Mittel für die Kur. Bis ich mich auf die diesbezüglichen Redewendungen besann: Man »zittert vor Angst«, man »zittert vor Schreck«, man »zittert vor Wut«. Ist der Schrecken vorbei oder die Wut verraucht, hört für gewöhnlich das Zittern wieder auf. Nur eben nicht bei diesem Patienten.

Nach einer längeren Befragung schälte sich heraus, dass

der Notar seine junge und schöne Frau zwar abgöttisch liebte und nichts sehnlicher wünschte, als dass sie zu ihm zurückkehre, zugleich aber das unterschwellige Bedürfnis hatte, sie für ihren Verrat zu bestrafen. Jedoch als frommer Calvinist, der er war, mochte oder konnte er sich diesen bösen Wunsch nicht eingestehen. Auch hatte er gar keine Gelegenheit mehr, seine Frau zu bestrafen – und so fraß er denn seine Wut in sich hinein.

Nun hatte ich dieser Tage gerade einen heftigen Streit mit meiner Frau. Sie warf mir wieder einmal vor, ich sei ein Verschwender und wolle immer den großen Herren spielen, würde das Geld zum Fenster hinauswerfen und mich hernach darüber wundern, wo es geblieben sei. Ihre spitze Zunge brachte mich ziemlich in Rage. Schon hob ich den Arm, um ihr das Maulwerk zu stopfen, besann mich aber doch eines Besseren und hielt in der heftigen Bewegung inne. Vor Anstrengung begann mein Arm zu zittern.

»Sieh nur«, rief ich verblüfft, »was passiert, wenn ich mit meinem Arm gleichzeitig zwei Bewegungen machen will, die sich wechselseitig hemmen!« Ich demonstrierte ihr dies nochmals – mit dem gleichen Effekt. »Ebenso macht es unser Patient. Er will die geliebte Frau festhalten und gleichzeitig zuschlagen. Diese beiden gegensätzlichen Impulse erzeugen einen Krampf in den Muskeln und machen seine Arm zittern!«

Auch Serafina war verblüfft. »Und was bedeutet das für die Kur?«

»Er muss lernen, die Frau loszulassen und gleichzeitig seine Wut herauszulassen, so schwer dies dem eingefleischten Calvinisten auch werden mag.«

Erstaunt fragte mich meine Gattin, wie ich nur immer zu meinen trefflichen Diagnosen gelange. Ich antwortete mit einem Merksatz meines verehrten medizinischen Mentors, Dottore Ambrosius:

»Jede Krankheit hat einen verborgenen Sinn. Nur wenn

man den Sinn des Symptoms erkannt hat, findet man auch den Schlüssel für die Kur.«

Es wurde eine recht beschwerliche Kur, bei der ich mich verschiedener Methoden und Listen bediente. Zum einen provozierte ich den Notar, wenn dieser wieder sein altes Lamento anhub und den Verlust seines »Engels« in den wehleidigsten Tönen beklagte. Ein »Engel« sei sie gewiss nicht, beschied ich ihm barsch, sondern ein »treuloses und undankbares Weib«, ein »Miststück«. Im Grunde könne er froh sein, sie los zu sein, denn sie verdiene einen Mann wie ihn gar nicht. Zum anderen erlegte ich ihm gewisse Übungen auf, die ihn das »Loslassen« lehrten. Eine davon war folgende: Ich öffnete das Fenster und befahl ihm, auf einem Schemel Platz zu nehmen und die Augen zu schließen. Nun solle er sich vorstellen, dieser Raum sei angefüllt mit diversen Gegenständen und Möbeln seiner Frau: mit ihrem Spiegel, ihren Parfümfläschchen, ihrem Stickrahmen, ihrem Nähtischchen, ihrem Kleiderschrank, ihrem Sekretär, ihrer Waschschüssel, ihrem Nachttopf, ihrem Negligee, ihrem Brautschleier. Und dann solle er jeden dieser Gegenstände oder Möbel im Geiste aus dem Fenster werfen, bis der Raum kahl und leer geworden sei.

Nachdem der Patient, mit allen Anzeichen innerer Pein und unter heftigem Zittern des Armes, einen Gegenstand nach dem anderen im Geiste aus dem Fenster befördert, fragte ich ihn, wie er sich jetzt fühle. Diese Übung, antwortete er, sei für ihn eine furchtbare Selbstkasteiung gewesen, dennoch fühle er sich ein wenig besser. Ich gab ihm auf, diese Übung dreimal täglich zu wiederholen. In zwei Wochen solle er wiederkommen und ein Bildnis seiner Frau mitbringen.

Als er wieder in die Praxe kam, sah er schon besser aus als in den Wochen davor, das Zittern seines Armes hatte merklich nachgelassen. Das Bildnis seiner Frau, einen gerahmten Kupferstich, hatte er mitgebracht. Ich ließ sogleich aus der Hotelküche eine Schüssel mit Suppe kommen. Dann nahm ich das auf goldenem Grund geprägte Bildnis der Frau ohne jede Pietät aus dem Rahmen, übergab es dem Notar und befahl ihm, es in kleine Stücke zu zerreißen. Dieser machte eine so bestürzte Miene, als kommandiere man ihn geradewegs zum Galgen.

»Zerreiß er dieses Bild – oder er wird nimmer genesen!«, erklärte ich gebieterisch. Zögerlich und unter Tränen begann er, das Bild seines »Engels« langsam in Stücke zu reißen. Während er die abgerissenen Teile noch einmal in kleinere Fetzen zerriss, wurden seine Bewegungen immer heftiger und seine Miene immer zorniger. Als schließlich alle Fetzen am Boden lagen, trampelte und stampfte er auf ihnen herum wie ein tollwütiges Kind und schrie: »Du verdammtes Miststück! Hast es nicht anders verdient!«

Mit Mühe konnte ich ob dieser tragikomischen Szene meine ernste Miene bewahren und mir das Lachen verkneifen. Ich sammelte die Fetzen des Bildes wieder auf und streute sie in die Suppenterrine, als handle es sich um frische Petersilie oder Salatblätter.

»Und jetzt löffle er die Suppe aus, die er sich selber eingebrockt!«, befahl ich dem Notar. Entgeistert starrte er erst in die Terrine, dann auf den Arzt, der so Haarsträubendes von ihm verlangte. Widerstrebend setzte er sich an den Tisch, tauchte den Löffel in die Suppe und rührte unschlüssig darin herum.

»Nun, was zögert er denn? Die Göttin Artemis hat sogar die Asche ihres Geliebten getrunken, um ganz mit ihm vereint zu sein.«

Mit zittriger Hand führte der Patient schließlich den Löffel samt den obenauf schwimmenden Fetzen zum Munde und schluckte die bittre Medizin.

Nachdem er unter wiederholtem Aufstoßen die ganze Suppe ausgelöffelt, erklärte ich befriedigt. »Nun hat er das Miststück endlich verdaut. Seine Nerven werden es ihm danken! Ich bin gewiss, ab heute braucht er kein Schlafmittel mehr, und schon bald wird er den Gänsekiel wieder so ruhig führen wie früher.«

Zwei Monate später kam aus Brüssel ein Dankesbrief in gestochenen Lettern. Seit er *die Suppe ausgelöffelt*, schrieb der Notar, schlafe er wieder leidlich, und seit kurzem zittere auch seine Hand nicht mehr.

Diese Kur ging fast ohne Medikamente vonstatten. Sie wirkte allein vermittels eindrücklicher symbolischer Handlungen auf die Einbildungskraft und das Gemüt des Patienten, indem sie dessen innere Einstellung zum Objekt seiner Hassliebe veränderte. Kaum hatte sich der Fall in Den Haag herumgesprochen, ließen sich schon die Lästerzungen vernehmen; die ansässigen Medici verspotteten mich sogleich als »obskuren Geistheiler« und »Scharlatan«. Die galenischen Stubengelehrten wissen wohl, wie man im Harnglase zu lesen und welche Autorität aus dem vorletzten Säkulum was über den Urin gelehrt hat, doch wie der Geist auf den Körper wirkt und welchen Sinn die Symptome haben, davon haben sie nicht den blassesten Schimmer.

Meine erfolgreichen Kuren und die Gratisbehandlung der armen Patienten machten mich binnen weniger Monate zum berühmtesten Arzte Den Haags, wenn nicht der Niederlande. Schon bald nannte man mich den »zweiten Boerhaave«* – ein Ehrentitel, auf den ich nicht wenig stolz war.

Isis und Osiris

Der Erfolg meiner Kuren bewirkte, dass immer mehr holländische Freimaurer begehrten, unter ihnen auch solch erlauchte Herren wie der Herzog von Braunschweig, in die höheren

* *Berühmter niederländischer Mediziner und Chemiker, der an der Universität von Leyden lehrte.*

Mysterien der ägyptischen Loge eingeweiht zu werden. Da auch etliche vornehme Damen hinter ihren Männern nicht länger zurückstehen wollten, beschloss ich, eine Adoptionsloge für Frauen zu eröffnen, denn diese waren bislang von den Logen ausgeschlossen. Eine Damenloge – das war nicht nur eine heilsame Herausforderung für die zeitgenössische Freimaurerei und ewige Männerbündelei, sie würde mir und meinem Orden auch eine riesige neue Klientel eröffnen. Ich besprach diesen Plan sogleich mit Serafina:

»Freilich, Weisheit sollte nicht billig zu haben sein, sonst ist sie nichts wert. 100 Gulden pro Kandidatin – für Aufnahme, Einkleidung, Logendiplom und Festtafel. Dazu ein Fond für wohltätige Zwecke – die betreffenden Damen gehören ja nicht gerade zu den Ärmsten ihres Geschlechts … Nur müssten sie« – ich sah Serafina verheißungsvoll an – »auch von einer Dame, sprich: einer Großmeisterin, initiiert werden. Sonst wär's ja keine Damenloge.«

Ihr erschrockener Blick zeigte mir an, dass ihr eine solche Rolle ganz und gar nicht behagte. Ich ergriff ihre Hand und flötete:

»Ich bin gewiss, carissima mia, du würdest eine ungemein liebreizende und würdige Großmeisterin abgeben und wärst obendrein die erste Frau auf dem Meisterstuhle – gleichsam eine zweite Königin von Saba.«

»Nein, Alessandro! Dieser Schuh ist wahrlich zu groß für mich … Ein ehemaliges römisches Dienstmädchen in der Rolle der Großmeisterin – das ist doch lächerlich! Ich kann nicht so reden und schwadronieren wie du – schon gar nicht vor lauter gebildeten Damen. Ich würde mich unsterblich blamieren – und dich dazu.«

»Glaub mir, spätestens beim Entree, wenn die Damen sich ihrer profanen Kleidung entledigen, wirst du den Respekt vor ihnen verlieren. Und bedenke, cara figlia!: Mit diesem Schritt würdest du deinem Geschlecht endlich das Tor zu den freimaurerischen Logen und Weisheitstempeln öffnen, die den Weibern bislang verschlossen sind. Ja, als erste Frau auf dem Meisterstuhle könntest du der Damenloge einen ganz neuen Geist einhauchen. Würzen wir den ägyptischen Ritus mit einer Brise ›Emanzipation‹ – und die holländischen Damen werden entzückt sein!«

Als sie noch immer zauderte, stellte ich ihr das Schwinden unserer finanziellen Reserven drohend vor Augen. Nur mit Hilfe der Logeneinnahmen seien wir imstande, unser wohltätiges Werk an der kranken und leidenden Menschheit fortzusetzen. Letztlich sei ja die ägyptische Loge nur Mittel zu einem guten und edlen Endzweck.

Das überzeugte sie. Damit sie mindestens eine Ahnung davon habe, in welch ehrwürdiger Tradition der neue Weisheitstempel stehe, dem sie als Oberpriesterin vorstehen werde, gab ich ihr einen kurzen Abriss der Geschichte des Ersten Tempels Salomonis (und seines Erbauers Hiram) bis zu seiner Zerstörung.

Dann begannen wir mit den Proben. Unter meiner geduldigen Anleitung lernte Serafina bald, wie die Großmeisterin eines ägyptischen Weisheitstempels sich zu bewegen, zu sprechen und zu agieren hatte. Es war ein hartes Stück Arbeit – musste doch all ihren Worten, Gesten und Handlungen eine zeremoniöse Feierlichkeit anhaften, die ihrem Wesen im Grunde zuwider war. Indes fand ich immer ein Mittel, sie zu ermuntern und ihr die neue Rolle schmackhaft zu machen.

»Stell dir vor, du gehst auf den römischen Karneval und spielst zur Abwechslung einmal die Rolle der Isis, während ich ihren Bruder und Geliebten Osiris gebe! Ja, ja, das göttliche Geschwisterpaar hat wahrhaftig miteinander Inzest getrieben, es war ja auch noch nicht katholisch! ... Weißt du übrigens, wie Rhea den Osiris gebar? Hermes-Thot war der Liebhaber der Rhea, die zur Strafe für ihre Untreue von ihrem Gatten, dem Gott Seth, auf immerdar zur Unfruchtbarkeit verdammt wurde. Hermes-Thot indes setzte diesen Fluch listig außer Kraft, indem er Rhea für jedes Rendezvous, das sie ihm gewährte, den 70. Teil eines Tages schenkte. Das ergab, aufs ganze Jahr gerechnet, zusammen fünf Tage, für die der Fluch ihres Gatten nicht galt. Und so wurde Rhea am fünften der dem ägyptischen Sonnenkalender angehängten Tage schwanger und gebar, ihrem gehörnten Göttergatten zum Trotz, den Osiris. Du siehst, die ägyptischen Göttinnen waren bereits sehr emanzipiert!«

Bald beherrschte Serafina ihre Rolle so gut, dass ich sie mit gutem Gewissen der Öffentlichkeit präsentieren konnte. Während einer feierlichen Zeremonie in der Loge *L'Indissoluble* im März 1778 nahm sie aus meiner Hand das Meisterinnen-Diplom entgegen und durfte fortan den illustren Titel »Gräfin Serafina, Großmeisterin des ägyptischen Ordens« führen.

Nun stand der Eröffnung der Adoptionsloge nichts mehr im Wege. Für die Aufnahme der Kandidatinnen stellte ich folgende Bedingungen: Erstens sollte jede 100 holländische Gulden in die Logenkasse entrichten. Zweitens mussten die Kandidatinnen einen Eid darauf schwören, den Anweisungen der Großmeisterin Folge zu leisten. Drittens mussten sie sich neun Tage vor der Eröffnung der Loge streng des Beischlafes enthalten. – Letztere Bedingung einzugehen wäre in Neapel, Rom, Wien oder Paris wohl unmöglich gewesen, allein in Den Haag schienen die Damen der feinen Gesellschaft so wenig heißes Blut zu haben, dass sie auch diese Bedingung willig akzeptierten.

Für die Eröffnung der Loge mietete ich ein großes und prächtiges Haus mit einem Lustgarten, das am Rande der Stadt lag. Der Beginn der Soiree war für elf Uhr abends bestimmt. Beim Entree in den Vorsaal musste sich jede Dame ihrer profanen Kleidung entledigen, ihren pariserischen Hintern, ihre Bouffante, ihre Stelzen und ihre Korsetts nebst dem falschen Haarputz ablegen, um sich in eine schlichte weiße Levite zu kleiden, die bis zu den Fersen reichte, und einen blauen Gürtel umlegen. Blau war die Farbe des Himmels, Weiß die Farbe der Unschuld – und »dem Himmel, dem paradiesischen Zustand vor dem Sündenfall, sollten die befleckten Töchter der Erde nun wieder zurückgegeben werden«, wie ich vorab hatte mit Salbung verlauten lassen.

Auch Serafina trug eine weiße Tunika und einen blauen Gürtel mit dem Emblem des ägyptischen Ordens und den in blauer Seide aufgestickten Buchstaben: *SILENCE*. In ihrer Rechten hielt sie ein Schwert – zum Zeichen der Vollmacht, die ihr der Großmeister *im Namen des Großkophtas* verliehen. Willig folgten die eintretenden Damen, von denen einige den ersten Familien Den Haags angehörten, ihren Anweisungen. Obschon mit den weiblichen Verkleidungskünsten einigermaßen vertraut, bot die Umkleidungsszene selbst für mich einen ernüchternden Eindruck: Unter manchen der abgelegten Bouffantes, Korsetts und Schnürleibchen traten solch unappetitliche Wülste und Fettpolster hervor, dass ich den Kandidatinnen vor ihrer Initiation am liebsten meine »vierzigtägige ägyptische Fasten- und Verjüngungskur« verordnet hätte.

Paarweise wurden die Damen sodann in den beleuchteten Tempel geführt, der mit weißen und blauen Tüchern und Tapisserien ausstaffiert war. In der Mitte der Säulenhalle entfaltete ein majestätischer Lebensbaum sein üppiges Laubwerk, der das *Paradies auf Erden* symbolisierte. Um seine Äste ringelte sich die *Schlange der Versuchung und der Erkenntnis*, in ihrem Maul hielt sie den schicksalhaften Apfel, dessen Kern die *Materia prima* umschloss, das sagenhafte Elixier der Alchemisten. Neben dem Baum war eine Feuerstelle: Flammen züngelten um eine Räucherpfanne, die auf einem Dreifuß stand und mit einem schillernden Liquid gefüllt war. Im hinteren Teil des Tempels führten drei Stufen zu einem Thron, den ein königlicher Baldachin überdachte. Dem Thron gegenüber erinnerte ein kolossales Tableau mit Säulen aus Stuckgips an den *Tempel Salomonis*. Auf dem Vorhang, der die

Frontseite des Tempelimitats verhüllte, standen Sinnsprüche in goldenen Lettern: *Wohltätigkeit oder Tod!, Erkenne dich selbst!, Ego sum homo!*

Nach und nach wurden die meisten Kerzen gelöscht, bis der ganze Tempel in ein dämmriges Clair-obscur getaucht war. Gemessenen Schrittes ging Serafina nun auf den Thron zu, vor Lampenfieber zitterten ihr die Knie. Zu ihrer Rechten und Linken standen je zwei Schwestern, die *Sœur Oratrice* (Vorsängerin), die *Sœur des sceaux, archives et deniers* (Siegelbewahrerin), die *Sœur Secrétaire* (Sekretärin) und die *Sœur Terrible*, welche die Prüfungen zu überwachen hatte.

Um die ägyptische Loge mit einer zeitgemäßen Brise Emanzipation zu würzen, hatten wir uns einen pikanten Ritus ausgedacht, der die schmähliche Zurücksetzung des schwachen Geschlechtes symbolisieren und dieses gleichzeitig Prüfungen unterwerfen sollte, die seine Seelenstärke erweisen.

Nachdem die Gespräche verstummt waren, befahl Serafina den Damen, ihren linken Fuß zu entblößen. Als dies geschehen war, sollten sie den rechten Arm emporheben und an die benachbarte Säule anlehnen. Nun gingen die vier Gehilfinnen von Kandidatin zu Kandidatin, um sie mit seidenen Banden um Arm und Fuß an die Säulen zu fesseln. Nachdem die Damen derart ihrer Bewegungsfreiheit beraubt waren, begann Serafina ihre sorgsam einstudierte Rede:

»Mes Dames! Ich begrüße Sie herzlich zur Eröffnung der ägyptischen Adoptionsloge, der ersten Damenloge hierzulande. Sie mögen wohl verwundert sein über den unbequemen Stand, worin Sie sich im Augenblick befinden. Nun, er ist ein Spiegel desjenigen, den ihnen die bürgerliche Gesellschaft zuweist. Indem uns die Männer von der Teilnehmung an all ihren Unternehmungen und öffentlichen Anstalten fernhalten, indem sie uns auch von den Akademien und Seminaren, den Zünften und Logen ausschließen, bezwecken sie, uns auf ewig mit Ketten der Unwissenheit und Unterwürfigkeit zu fesseln. In allen Teilen der bewohnten Welt ist die Frau ihre erste Sklavin. Und von dem Serail, in dem ein tumber Türke fünfhundert Personen unseres Geschlechtes verschlossen hält, bis in jene von Wilden bewohnte Gegend, wo wir uns nicht unterstehen dürfen, an der Seite eines Gatten zu sitzen, dessen einzige Beschäftigung Jagd, Fischfang oder Krieg ist, sind wir von Kindheit an die ergebenen Dienerinnen jener eingebildeten Götter, die man ›Männer‹ nennt.«

Serafina hielt einen Moment inne, um zu sehen, welche Wirkung ihre Rede tat. Ein beifälliges Murmeln war zu vernehmen.

»Würden wir nun«, fuhr sie fort, »einen tauglichen Plan zum Zerbrechen dieses Jochs entwerfen und ausführen, so würden diese stolzen Herren des Erdkreises bald um uns herumkriechen und unsere Gunst erbetteln. Überlassen wir es daher ihnen, blutige Kriege zu führen und dunkle Gesetze zu enträtseln, die für uns nicht gemacht wurden. Das Gesetz, vor dem unsere Unterschriften ungültig sind, behandelt uns ja wie unmündige Kinder und empfiehlt uns in Vermögens-, Scheidungs- und anderen Sachen noch einen Vormund, ob wir gleich erwachsene Frauen und Mütter sind.«

Die Zustimmung wuchs und machte sich in empörten Ausrufen Luft.

»Lasst uns diese Loge, welche uns erstmals als einig' Schwestern zusammenführt, dahin gehend nutzen, unseren Einfluss auf die öffentliche Meinung geltend zu machen! Statt demütig auf die Befehle unserer Männer zu warten, sollten wir uns der Reinigung der Sitten widmen, uns der Bildung und Erziehung unserer Töchter und der Unglücklichsten unseres Geschlechtes annehmen, die so arm sind, dass sie sogar ihren eigenen Leib zu Markte tragen müssen. Ist eine solche Sorge denn nicht wichtiger, als lebendige Marionetten zu Soldaten zu dressieren oder über abgeschmackte Prozesse das Urteil zu sprechen? Wer daran etwas zu tadeln findet, der rede!«

Der Beifall, den ihre Worte auslösten, war allgemein. Nun befahl sie ihren Gehilfinnen, den Kandidatinnen die fesselnden Bande wieder abzunehmen. Während dies geschah, setzte sie ihre Ansprache fort:

»Das erste Gut jedes lebenden Wesens ist, seine ihm von Natur gegebene Freiheit wiederzuerlangen. Wenn dieses Prinzip auch in Ihr Herz und Ihren Geist eingedrungen ist, steht Ihrer Initiation zu einem selbstbewussten Geschlecht nichts mehr im Wege. Doch zuvor, mes Dames, wird man prüfen müssen, ob Sie dabei auf Ihre eigene Kraft und Standhaftigkeit rechnen können. Nur wer diese Prüfungen besteht, kann Mitglied dieser Loge werden.«

Sie befahl nun den Damen, sich in den Lustgarten zu begeben, den nur der Mond beschien. Hier – so sah es unsere Regie vor – sollten sie, ohne dass man sie darauf vorbereitet hatte, von ihren Liebhabern erwartet werden, die seit neun Tagen nicht mehr auf ihre Kosten gekommen waren. Von den teils delikaten, teils tragikomischen Szenen, die sich in den einzelnen Lauben abspielten und die ich, im Garten umherspazierend, belauschte, will ich hier nur zweie zum Besten geben:

Einer der Kavaliere wollte gerade die Hand seiner Dame ergreifen und sich zum Kusse über sie beugen. Diese entzog sie ihm brüsk mit den Worten: »Wenn Sie mich lieben, so bitte ich Sie herzlichst darum, mir keine chinesischen Porzellanvasen mehr als Präsente zu machen. Mon Dieu! Ich weiß partout nicht mehr, wo ich sie aufstellen soll. Mein Salon ist schließlich kein Museum!« – »Aber lieben Sie mich denn gar nicht mehr? Sie wissen doch, das ich alles für Sie tue.« – Die Dame antwortete: »Zum Beweis Ihres Gehorsams, dessen Sie sich gegen mich rühmen, verlange ich, dass Sie mich neun Tage lang nicht sehen!« – »Wie, Sie wollen meine Qualen um nochmals neun Tage verlängern? Sie sind grausam, Madame!« – »Nur was man nicht alle Tage genießt, weiß man wahrhaft zu schätzen!« Mit diesen Worten entließ sie ihren Liebhaber.

Eine andere Dame, eine junge Comtesse, hatte sichtlich Mühe, ihre Unruhe zu verbergen, als ihr Geliebter sie im schönsten Romanstil mit seinen Bitten, Fragen und Vorwürfen bedrängte: »Ich bitte Sie, sagen Sie mir, was mein Verbrechen ist! Was habe ich Ihnen seit neun Tagen getan? Sind nicht meine Gedanken und Gefühle, ja, mein ganzes Dasein nur Ihnen geweiht? Sie können nicht so kalt zu mir sein.« Die Comtesse erwiderte. »Nicht Sie sind es, den ich hasse. Es ist Ihr Geschlecht, Ihre grausamen, tyrannischen Gesetze!« – »Ach«, sagte der Liebhaber, »von dem Geschlecht, welches Sie heute verbannen, haben Sie ja niemand gekannt als mich.« – »Ich bedaure sehr«, erwiderte diese, »Ihnen diese schöne Einbildung nehmen zu müssen. Sie sind nicht der erste Mann, dem ich mich schenkte.« – »Wie, nicht der erste? ... Sie machen mich doppelt unglücklich, Madame!« Mit diesen Worten verließ er die Laube.

Zwei Stunden dauerten die Prüfungen und Anfechtungen, durch welche die Standhaftigkeit der Kandidatinnen auf die Probe gestellt werden sollten. Ich war selbst über das Resultat erstaunt. Weder spöttisches Räsonnement noch Galanterie, noch Schmeicheleien, noch Bitten, Tränen, Verzweiflung, mit einem Worte: nichts von dem, was Männer sonst zur Verführung weiblicher Herzen anzuwenden pflegen, hatte sie wankend gemacht. So kamen sie denn alle, mehr oder weniger mitgenommen von all den verführerischen und zu Herzen gehenden Szenen, die einen mit erhitzten und geröteten Gesichtern, die anderen mit stolzen und triumphierenden Mienen, zurück in den Logensaal. Jede ging an ihren Platz und wurde mit abgezogenen Wassern erquickt.

Schließlich stimmte die *Sœur Oratrice* den Psalm *Laudate nomen Domini* an, womit die feierliche Zeremonie der Aufnahme begann. Als Großmeisterin oblag es Serafina, den Kandidatinnen die Eidesformel vorzusprechen und ihnen den Schwur bezüglich der *sieben Regeln* des Ordens abzunehmen: der Liebe zu Gott, der Achtung gegen den Souverän, der Verehrung der Religion, der Wohltätigkeit gegenüber dem Nächsten, der Verschwiegenheit, der Ergebenheit für den Orden und des unbedingten Gehorsams gegen die Statuten und Gesetze *de notre cher fondateur* – »unseres verehrten Gründervaters!« –, womit meine Wenigkeit gemeint war. Ich verbarg mich noch, für die Kandidatinnen unsichtbar, hinter dem Tempelfries und wartete auf meinen Auftritt, welcher als Krönung der ganzen Soiree gedacht war.

Zum Beweis ihrer Ergebenheit und ihres Gehorsams musste jede Kandidatin nun eine Haarlocke opfern, die ihnen die *Sœur Terrible* mit einer Schere abschnitt. Manch eine machte wohl eine schmerzliche Miene, ihre Haarpracht derart vermindert zu sehen, doch keine muckte auf.

»Indem Ihr diesen Tempel betretet«, erklärte mit feierlicher Stimme die Großmeisterin, »legt Ihr zugleich Euren Stolz und Dünkel ab, den Euer Stand euch eingeflößt – gleich der Königin von Saba, die, bevor sie den Tempel des Königs Salomon betrat, sich mit einem einfachen, schlichten Gewande bedecken musste. Nun, meine Schwestern, tretet an das heilige Feuer, um Euer Gewand und Eure Seelen zu reinigen!«

Nacheinander traten die Kandidatinnen vor die Feuerstelle und den Dreifuß, auf dem die Rauchpfanne stand, schürzten ihre langen weißen Gewänder und hielten sie in die Schwaden.

Dazu psalmodierte Serafina: »Möge der Große Baumeister der Welten diese Gewänder und jene, die sie tragen, von Grund auf reinigen!«

Nachdem das Reinigungsritual beendet, erklärte sie den eingeräucherten und halb benebelten Damen »im Namen unseres Gründers und Großmeisters, der seine Gewalt vom Großkophta empfing«, dass sie sich nun wieder »im Zustand der physischen und moralischen Reinheit« befänden. Diese salbungsvolle Versicherung wurde allenthalben mit dankbarem Lächeln und befreitem Aufseufzen quittiert. Die Damen schienen sehr erleichtert zu sein, dass die Sünden ihres Lebenswandels nunmehr getilgt waren, ohne dass sie dafür lästige Beichtrituale und Bußen auf sich nehmen mussten. Danach trat jede vor den Thron der Großmeisterin, um von ihr den zweifachen Kuss der Freundschaft – einen auf jede Wange – und eine blühende Rose zu empfangen. Dazu sprach sie:

»Diese Rose, Sinnbild der Unschuld und der Tugend, ist die erste Blume der Weisheit, die Ihr vom Baume der Erkenntnis pflückt. Als König Salomon der Königin von Saba den Tempel und das Innere seines Palastes zeigte, beschenkte er sie mit einer Krone aus Rosen. Möget Ihr, meine Schwestern, durch Euer wohltätiges Wirken Euch eine ebenso schöne Krone verdienen!«

Nachdem alle Schwestern den Kuss der Freundschaft und die Rose empfangen, wurde es wieder dunkler im Saal. Plötzlich erschallt ein Trommelwirbel, und unter heftigen Paukenschlägen wird vor dem Tableau, das den Tempel Salomonis symbolisiert, der Vorhang hochgezogen. Alle Köpfe fahren herum, alles starrt in maßloser Verwunderung und heiligem Schrecken auf die biblisch anmutende Erscheinung zwischen den Säulen: In einem wallenden weißen Gewande, das Haar mit Weinlaub bekränzt, in der Hand eine Schlange von beträchtlicher Länge und Dicke, steht – vielmehr *schwebt* – der Großmeister höchstselbst wohl zwei Fuß *über* dem Boden des Tempels!

Wie gebannt, in stummer Ergriffenheit glotzen die Damen, ihr Verstand kann nicht fassen, was ihr Auge da schaut: das *Wunder der Levitation*, von dem so viele biblische und Heiligenlegenden berichten – hier ward es vollbracht. Kaum wagen sie sich zu rühren, geschweige denn zu sprechen. Erst nach einer Weile flüstert mit verzückter Miene die eine und die andere: »Er ist es! … der Großmeister … der Prophet!«

»Töchter der Erde!«, ruft der über dem Boden schwebende

Meister mit seinem volltönenden Bass. »Bereitet Euren Geist, um die großen und sublimen Wahrheiten der wahren ägyptischen Maurerei zu empfangen! Vorbei die Zeit, da Euer Geschlecht durch die Bande des Vorurteils im Stande der Unterwürfigkeit und Unwissenheit gehalten wird! In dieser Loge werdet Ihr mit aufsteigendem Grade zum Lichte und zur Erkenntnis Eurer wahren Natur geführt. Euer künftiger Wahlspruch sei: *Ego sum homo!* Ich bin ein Mensch! Das bedeutet: Der unsterbliche geistige Teil, der Euer Wesen ausmacht, ist weder männlich noch weiblich. Er hat kein Geschlecht ... Von nun an, meine lieben Schwestern, sollt Ihr nicht mehr durch Euer Geschlecht charakterisiert sein, sondern durch Euren Geist! Und zum Zeichen, dass Ihr nun alle, ob jung oder alt, ob Bürgersfrau oder Edeldame, durch den gleichen Geist vereint seid, bitte ich Euch, einander zu umarmen und von jeder Schwester die beiden Küsse der Freundschaft zu empfangen.«

Nach diesen Worten senkte sich wieder der Vorhang vor den schwebenden Meister. Und alle Schwestern, obschon noch ganz benommen von dieser Erscheinung und von der erhebenden Rede des Meisters, taten, wie er ihnen geheißen. Die Umarmungen und die Küsse der Freundschaft lösten alsbald alle Herzen und Zungen, und die allgemeine Begeisterung machte sich Luft in überschwänglichen Worten und Danksagungen an die Großmeisterin und den Großmeister. Mit einer gemeinschaftlichen Tafel, die in einem Nebensaal vorbereitet war, wurde die Versammlung dann gegen drei Uhr morgens beendet.

Die Eröffnung der ersten ägyptischen Damenloge war tagelang Stadtgespräch und das Dauerthema in den Den Haager Salons, umso mehr, als hier, wie es sich in Windeseile herumgesprochen, die »Tyrannei der Männer« angeprangert wurde – für die verschlafenen holländischen Patriarchen eine Provokation und Sensation sondergleichen. Die Gazetten verstärkten noch das Echo. Auch wurde allerorten darüber gerätselt, wie Cagliostro das ›Wunder der Levitation‹ vollbracht.

Nur meine Frau – sie hatte ihre Rolle wirklich fabelhaft gespielt – brauchte nicht lange zu rätseln infolge eines Malheurs, das mir am Abend vor der Eröffnung passiert, als wir mit unseren Gehilfinnen im leeren Logensaal noch einmal den Ablauf der Soiree probten: Als der Vorhang vor dem Tempelfries aufgezogen wurde, um mit dem »schwebenden Meister« das Finale einzuleiten, fiel mein einer Schuh auf den Boden. Als ich diesen leise fluchend aufhob und, nach kurzer Vorbereitung, meine Luftnummer wiederholte, rief Serafina verblüfft:

»Dio mio, dein einer Schuh ist ja leer! Und du stehst wie ein Storch auf einem Bein!«

Während ich den rechten Fuß anhob, stand mein linker Fuß, durch mein langes Gewand gut kaschiert, fest auf dem Boden – der Tatsachen. Der leere linke Schuh aber war mit dem rechten durch eine Spange derart verklammert, dass er beim Heben des rechten Beines mit in die Höhe gezogen wurde. Da mein Gewand bis an die Fersen reichte, sah man auch nicht, dass im linken Schuh weder Fuß noch Bein steckte, sodass die Illusion entstand, der Meister schwebe über dem Boden. So einfach der Trick, so fulminant war seine Wirkung!

Nicht lange, und die ersten Fächer mit dem Portrait des »schwebenden Meisters« erschienen in den Auslagen der Modeboutiquen. Wir aber wussten uns vor Einladungen und Empfängen kaum noch zu retten.

Der Erfolg der ägyptischen Loge kam nicht nur unserem Haushalt zustatten, er beflügelte auch die Wohltätigkeit. Bereits in der dritten Logensitzung wurde ein Fond zu wohltätigen Zwecken aufgelegt. Ein ansehnlicher Posten war dazu bestimmt, minderjährige Dirnen, von denen es auch in Den Haag viele gab, von ihren Kupplerinnen loszukaufen. Diesen Vorsatz hatte Serafina gefasst, als sie seinerzeit in Paris mit lauter Dirnen eingesperrt war, die ihr erzählten, wie sie auf die traurige Bahn gestoßen worden und in die Schuldknechtschaft der Kupplerinnen geraten waren. So war denn auch die bittere Erfahrung von Ste. Pélagie noch zu etwas gut gewesen.

Das Geschäft des Freikaufs ging allerdings nicht ohne Komplikationen und üble Szenen ab, wollten doch die meisten Kupplerinnen ihre einträglichen Lustsklavinnen auch gegen bares Geld nicht einfach ziehen lassen. Gewöhnlich beschimpften sie Serafina und ihre Helferinnen, manchmal wurden sie sogar handgreiflich, oder sie redeten ihren Mädchen ein, jene steckten mit der Polizei unter einer Decke und seien nur gekommen, um sie ins Arresthaus zu stecken. Indes, manche Kuppelmutter konnte der Lockung eines guten Batzen Geldes, verbunden mit der Drohung, sie wegen Freiheitsberaubung anzuzeigen, zuletzt doch nicht widerstehen. Welche Genugtuung für Serafina, wenigstens einige dieser armen Mädchen, die ihren jungen Leib zu Markte tragen mussten, aus der Schuldknechtschaft befreit zu haben!

Meine Mission in Den Haag war bald erfüllt. So zogen wir denn weiter nach Brüssel, wo wir nur kurze Zeit verweilten. Dann wandten wir uns ostwärts, denn auch die deutschen und kurländischen, die polnischen und russischen Brüder und Schwestern warteten darauf, vom *Grand Orient* und Großsiegelbewahrer geheimen Wissens erleuchtet zu werden.

XII. Tempel der Lüste

Protokoll des Verhörs vom 10. Oktober 1790 (Auszug)

Inquisitor: *Inquisite hat wiederholt beteuert, Hauptzweck seines ägyptischen Ordens sei es gewesen, die Logenbrüder und -schwestern zu höherer sittlicher Vollkommenheit zu führen und in ihnen den Geist der Wohltätigkeit und der christlichen Nächstenliebe zu wecken.*

Inquisite: *»Wohltätigkeit oder Tod!« stand in goldenen Lettern über dem Portal meiner Logen.*

Inquisitor: *Dann wollen wir einmal hören, worin diese »sittliche Vollkommenheit« bestand. Ich zitiere den Bericht eines Augenzeugen, der bei den »ägyptischen Mysterienspielen« in der Pariser Adoptionsloge »Isis« anwesend war. Die Rolle der Oberpriesterin wurde bekanntlich von Mme. Cagliostro gegeben:*

Nachdem die Oberpriesterin alle Damen der Reihe nach mit dem Kusse der Freundschaft bedacht hatte, befahl sie, die profane Kleidung wieder anzulegen. Nach und nach ward es wieder hell im Tempel. Und nach einigen Augenblicken feierlicher Stille ertönte ein Krachen, als wenn die Decke einfallen wollte. Sie kam auch wirklich beinahe ganz herab, und in ihrer Mitte befand sich eine kostbar garnierte Tafel. Die Damen nahmen alle Platz daran. Hierauf erschienen sechsunddreißig Geniusse der Wahrheit in Atlas gekleidet, mit einer Larve vor dem Gesicht. In der Mitte der Mahlzeit gab ihnen die Oberpriesterin ein Zeichen, die Lar-

ve abzunehmen, und jede Dame erkannte ihren Liebhaber.

Die Geniusse setzten sich nun auch zur Tafel. Wohl zwanzigmal sprengte der Champagner den Stöpsel an die Decke. Die Munterkeit nahm zu; man machte Schwänke; feine Zoten folgten nach; handgreifliche Erklärungen ließen die Damen die Notwendigkeit von Flortüchern fühlen, bald aber zerrissen diese, und Liebestrunkenheit blinzelte aus allen Augen, begeisterte zu Liebesliedern; unschuldige Freiheiten wurden gestattet, die Toilette kommt in Unordnung, die schon in Wallung gesetzten Körper verlangen einen Tanz, man walzet, tanzt Cotillons, trinkt beim Ausruhen Punsch, begibt sich in die Nebenzimmer, weil man sich viel zu sagen hat. Amor kehrt wieder und schwingt seine Fackel, man vergisst Eid, Genius der Wahrheit, Unrecht der Männer, und eine Dame nach der andern sinkt in die Arme ihres Geliebten.

Währenddessen sucht man vergebens nach der Oberpriesterin, die schon eine gute Weile mit einem der Geniusse verschwunden ist. Sie kommt zurück und ihre Frisur ist übel zugerichtet. »Es ist nicht mehr Zeit, sich zurückzuhalten«, spricht sie. »Seht, worauf alle unsere Mühe abzielt. Studiert zwanzig Jahre; meditiert wie ein Locke, räsonniert wie ein Bayle, schreibt wie ein Rousseau, und eure ganze Wissenschaft ist nichts, als zu wissen, dass das Wesentliche in dieser sublimarischen Welt des Vergnügens besteht. Dieser Tempel ist dem Vergnügen geweiht. Dieser Gottheit werdet ihr darin opfern; aber denkt daran, dass wiederholtem Genusse die Hülle des Geheimnisses nötig ist; dass kein Glück sich ohne Verborgenheit denken lässt, dass die Publizität das Grab des Vergnügens ist! Und damit wir nun alle durch gleichen Eid und Interesse gebun-

den sein mögen, wollen wir diese erste Sitzung durch einen Actus beschließen, welcher der heiligste, der unschuldigste, der leichteste, der angenehmste, der nützlichste, der ernsthafteste und komischste zugleich, und endlich der allgemeinste ist, den man nur denken kann.«

Alles vollzieht nun den Befehl der Oberpriesterin, und nachdem man ihr eine Danksagung gemacht, begibt man sich, unter den sanften Klängen der Gambas und Violinen, zur Ruhe in die Separees.

Die darauf folgenden Tage sprach man zwar nicht von dem, was bei den ägyptischen Mysterien vorgegangen war, allein der Enthusiasmus für Cagliostro stieg auf eine Höhe, die man in Paris selbst bewundern musste.

Nun, was sagt Er zu diesem Tableau der »sittlichen Vollkommenheit«?

Inquisite: Es ist von A bis Z erlogen – ein übles Machwerk des Pariser Gossenjournalismus.

Inquisitor: Bei dem Verfasser handelt es sich aber nicht um irgendeinen Pariser Gossenjournalisten, sondern um keinen Geringeren als den Marquis de Lumet.

Inquisite: Der Marquis de Lumet ist ein geschworener Feind meiner Person und war niemals Mitglied der ägyptischen Loge. Er hatte folglich gar keinen Zugang zu ihr, geschweige denn zur Frauenloge Isis.

Inquisitor: Es ist auch durch andere Zeugnisse erwiesen, dass die »ägyptische Loge« nur ein Deckname für Unzucht, lesbische Lustbarkeiten und gemeinschaftliche Orgien war.

Inquisite: Seit wann gelten Pamphlete und bloße Gossengerüchte als Zeugnisse? Was aber den Marquis de Lumet betrifft – er ist in ganz Paris als Lebemann und Wollüstling bekannt. Was er meiner Frau hier in den Mund gelegt, ist nichts anderes als das Produkt seiner eigenen ausschweifenden und schmutzigen Phantasie.

Inquisitor: *Immerhin war Mme. Cagliostro vom Fache. Die Rolle der Venuspriesterin war ihr doch auf den Leib geschrieben …*

Kapitel 13

Durch deutsche Lande

Die Deutschen sind schon ein sonderbares Völkchen. Sie brauen nicht nur ein vorzügliches Bier, auch in ihren Hirnen braut sich so allerlei zusammen, die tollsten Fabeln und Phantasmen, die aberwitzigsten Spekulationen und Ideen, auf die andere Nationen nicht mal im Traume verfallen. Sie sind geradezu vernarrt in alles Geheimnisvolle und Irrationale, Übersinnliche und Okkulte – mögen Vernunft und Wissenschaft bei ihren Denkern und Philosophen auch in hohem Ansehen stehen. Vor allem seine kindliche Begeisterung für das Wunder macht mir dieses Völkchen sympathisch. Wenn die deutschen Brüder so richtig bezecht sind, öffnet sich ihr Geist allem höheren Unsinn. Besonders haben sie es mit dem *Dämonischen.* Daher bewahren sie auch dem mittelalterlichen Schwarzkünstler Dr. Faust, der seine Seele dem Teufel verschrieb, ein ehrendes Angedenken.

Zu ihren vorzüglichsten Eigenschaften aber gehört, dass sie sich gerne führen und anführen lassen. Es braucht nur der Richtige zu kommen.

Eine Loge findet ihren Meister

Leipzig, 1778

Für die Leipziger Brüder der Loge »Minerva zu den drei Palmen« hatte sich Johann Georg Schrepfer jedenfalls als der Falsche erwiesen. Er hatte in der Klosterstraße eine gut florierende Kaffeewirtschaft betrieben und gab sich keck für den Hüter der wahren Geheimnisse der Freimaurerei aus. Sobald seine Kaffeegäste, unter ihnen so erlauchte Personen wie der Prinz Hans von Sachsen, vom Kaffee, Punsch oder Bier benebelt waren, ließ er im abgedunkelten Hinterzimmer vor ihren Augen die Geister erscheinen. Die gebannten und erschrockenen Gäste sahen nicht nur die Schatten-Geister tanzen, sie hörten diese auch, unter schrecklichem Kettengerassel, Reden, Wehklagen, Seufzen und Stöhnen.

Doch eines schönen Tages hatte sich der geschäftstüchtige Schankwirt und Geisterbanner eine Kugel durch den Kopf gejagt. Er war von der fixen Idee besessen, der Böse habe ihn berührt. Sein unrühmliches Ende hatte indes wenig mit dem »bösen Feind« zu tun. Seine etwas plumpe Geisterseherei, die sogar in sächsische Hofkreise Eingang gefunden, war aufgeflogen, und den Schimpf ertrug er nicht. Dio mio! Als ob das ein Grund wäre, sich eine Kugel in den Kopf zu jagen! Dann hätte ich mir schon manches Mal den Rest geben müssen!

Das alles war nun schon vier Jahre her und stand trotzdem der Leipziger Loge »Minerva zu den drei Palmen« noch frisch im Gedächtnis. Der »tragische Abgang« ihres Meisters habe »eine schmerzlich-tiefe Wunde in ihre Herzen gerissen«, erklärte mir Bruder Fröhlich, der mich in die Loge einführte. Nun glich sie einer verwaisten Herde ohne Hirten.

Serafina und ich waren ihre Ehrengäste. Die Brüder ließen es zu unserem Empfang an nichts fehlen. Nach der Tafel gedachten sie ihres verstorbenen Meisters mit einer mir unverständlichen Ehrerbietung und Rührung. Immerhin erfuhr ich dabei allerlei Interessantes und Wissenswertes. Einer der Brüder erklärte mir, wie jene Zauberlaterne konstruiert war, die – wie in Platons Höhlengleichnis – bewegte Schatten an die Wand warf. Auch erfuhr ich, Schrepfer habe seine Geister durch Bauchreden zum Leben erweckt. Schade, dass ich solche Kunst nicht beherrschte! Aber man sah ja, wohin ihn das geführt hatte.

Bruder Fröhlich, dessen ewige Betrübnis seinem Namen wenig Ehre machte, führte mich vor einen kleinen, mit rotem Sammet ausgekleideten Schrein, den die Loge zum Gedenken ihres verehrten Meisters errichtet hatte. Um sein Portrait, das von zwei brennenden Kerzen gesäumt war, lag sein Logendiplom, seine versilberte Taschenuhr, sein Siegelring, eine kleine, in Gold und Silber getriebene Schatulle und das Abschiedsbillet, das er in der Nacht vor seinem Tod an seinen Bruder, den Weinschenk vom Naschmarkt, geschrieben hatte:

Mein lieber Bruder!

Der Böse hat mich bei den Haaren gefasst. Bete für meine arme Seel'! Buhle zu meiner Frau und stehe ihr bey, sonst wird dich Gott strafen. Es wird dir und den deinigen noch wohlergehen. Ich liebe dich bis in den Tod.

Dein Bruder Joh. Georg Schrepfer

Bruder Fröhlich schilderte mir sodann die letzte Stunde des Meisters, die er im Kreise seiner Jünger verbracht, bevor er sich im Rosental nahe Leipzig die Kugel gab.

Eine andächtige Stille war eingetreten. Bruder Matthias nahm die kleine Schatulle aus dem Schrein und öffnete sie: Auf rotsamtenem Grund lag da die Kugel, die sich Schrepfer in den Mund geschossen. Sie wurde, scheint's, wie eine Reliquie verehrt. Bruder Matthias sah mir lang und tief in die Augen, als wolle er meine Verschwiegenheit prüfen; dann neigte er sich zu meinem Ohr und flüsterte:

»Wir haben den Meister *ohne Einschussstelle* im Kopfe tot aufgefunden. Die Kugel lag einfach in seinem Munde – ein Beweis, dass er im Schutze höherer Mächte stand, die ihn selig entrückt haben.« Dann drückte er seinen Daumen auf meinen Mund, wie um ihn zu versiegeln.

Nun reichte es mir. Finsteren Blicks erhob ich mich und las den Brüdern die Leviten: »Schluss mit dem Satansspuk und den abergläubischen Kindereien, mit der Verwirrung in den Köpfen! Als ob eine Kugel, die sich einer in den Mund schießt, kein Loch im Kopf hinterließe! Als ob dieser Schnepfer oder Schröpfer« – mit den deutschen Namen hatte ich so meine liebe Not – »kein Bankrotteur, vielmehr ein ›Meister‹ wäre! Ein Schankwirt, der sich als Magier, ein Bauchredner, der sich als Geisterseher aufspielt! Dass ich nicht lache! ... Ein echter Magier und Geisterbanner braucht keine Zauberlaterne, er braucht auch das Licht nicht zu scheuen. Er vollbringt alles kraft seines Geistes und seiner Macht über die unsichtbaren Kräfte der Natur ... Kommt morgen um sechs Uhr in der Frühe mit mir zu jener Allee, wo Euer geliebter Schnepfer seinem Leben ein Ende gemacht. Und bringt die Kugel mit, die er sich gab! Dann sollt Ihr ein wirkliches Wunder schauen!«

Die Brüder starrten mich entgeistert an. So hatte ihnen noch niemand den Marsch geblasen. Bruder Matthias erhob sich brüsk, stieß mir unverständliche Verwünschungen in sächsischer Mundart aus und verließ unter Protest den Logensaal. Andere folgten ihm. Der Abend endete in schrillem Missklang.

Trotzdem waren sie am nächsten Morgen vollzählig an der Pforte des Rosentales versammelt, die uns der Schließer öffnete. Schweigend, noch immer mit schmollenden Mienen folgten sie mir und dem Bruder Fröhlich entlang der Allee, die ihr Meister vor vier Jahren mit ihnen gegangen. Als wir nach einer Biegung endlich die Stelle erreichten, wo er sein Leben geendigt, machten wir halt. Ein vom Unkraut überwucherter grauer Gedenkstein erinnerte an die fatale Tat.

Ich befahl den Brüdern, sich in gebührender Entfernung vom Stein im Halbkreise aufzustellen. Dann zog ich mit dem Degen um den Stein einen magischen Kreis und zeichnete in seine Mitte ein Pentagramm, dessen fünf Spitzen genau auf der Kreislinie lagen. Nach dieser Prozedur reichte ich dem Bruder Fröhlich, der die kleine Schatulle mit der Kugel trug, einen Sepiastift. Um jeden Schwindel von vornherein auszuschließen, erklärte ich ihm, solle er die Kugel, mit der Schrepfer sein Leben geendigt, mit irgendeiner Chiffre, einem untrüglichen Zeichen seiner Wahl versehen.

Nachdem Bruder Fröhlich die Kugel derart gezeichnet, zog ich mein Pistol aus dem Halfter. Ich legte Schießpulver in die Zündkapsel, schob dann die Kugel vor aller Augen langsam in den Lauf – und spannte den Hahn.

Die Brüder waren mucksmäuschenstille geworden, mit angehaltenem Atem verfolgten sie das wunderliche Schauspiel. Wollte Cagliostro es ihrem Meister jetzt etwa gleichtun und sich dieselbe Kugel in den Kopf jagen?

Ich trat auf Bruder Matthias zu, der von allen Logenbrüdern am meisten auf mich geladen war, und überreichte ihm die Waffe. Er solle sie auf denjenigen abfeuern, der das Andenken seines Meisters auf das schändlichste beleidigt. Er solle mich nur ja nicht verfehlen.

Dann ging ich zurück und stellte mich in den magischen Kreis – genau in die Mitte des Pentagramms vor den grauen Gedenkstein. Bruder Matthias war kreidebleich geworden, entsetzt blickte er auf das geladene Pistol in seiner Hand und wechselte mit den umstehenden Brüdern ratlose Blicke. Endlich sagte er kleinlaut, nein!, das könne er nicht. Er wolle kein Blut auf sich laden!

Er werde kein Blut auf sich laden, versicherte ich ihm.

Denn ich befände mich ja im magischen Bannkreis, den die guten Geister beschützten. Auch hätte ich eine solche Gewalt über die Geister, dass sie die Bahn dieser Kugel nach meinem Willen lenkten.

Das könne wohl jeder Prahlhans von sich behaupten, höhnte nun Bruder Matthias.

Ob ich ein Prahlhans oder ein echter Magier sei, erwiderte ich, werde das Experimentum sogleich erweisen. Ich faltete die Hände zum Gebet und sprach einen Psalm, dann hob ich die Arme, als erteile ich den Brüdern meinen Segen, und sprach dreimal mit donnernder Stimme, sodass die aufgeschreckten Vögel aus Busch und Strauch flogen: »Helion Melion Tetragrammaton!« Danach gab ich Bruder Matthias, der kaum zwanzig Fuß von mir entfernt war, das Zeichen zum Schuss.

Dieser hielt zwar das Pistol auf mich gerichtet, doch seine Hand zitterte so erbärmlich, dass er drohte, sein Ziel zu verfehlen.

Ob er etwa Zitterwasser getrunken habe, spottete ich. Vielleicht entscheide das Experiment ja auch nur darüber, ob Bruder Matthias ein Hasenfuß oder ein Mann sei.

Kurz darauf krachte ein Schuss. Wie aber glotzte der Schütze, wie glotzten die Brüder, als sie nach dem Knall mich noch immer aufrecht im magischen Kreis stehen sahen, und *zwischen meinen gefletschten Zähnen steckte die Kugel*, die Bruder Matthias soeben auf mich abgefeuert! Mit offenen Mäulern standen sie da – wie weiland die besoffenen Burschen in Auerbachs Keller vor dem Doktor Faust und seinem unheimlichen Begleiter, als aus dem Biertisch plötzlich die Flammen schlugen.

Ich nahm die Kugel aus meinem Mund und übergab sie zur Begutachtung dem Bruder Fröhlich. Ob er seine Chiffre auf der Kugel erkenne? Er nickte in stummer Ergriffenheit. Dann fiel er auf die Knie und bekreuzigte sich, Bruder Matthias tat es ihm gleich. Die Loge »Minerva zu den drei Palmen« hatte ihren Meister gefunden.

Ich aber hub mit tönender Stimme an: »Ich bin gesandt, um die Verwirrung in Euren Köpfen und das Schisma zu beenden. Zur Freude all unsrer Gegner und Feinde ist die unsichtbare Kirche heute in zahllose Richtungen und Sekten zersplittert. Dabei heißt doch ihr erster Grundsatz: *Union* – Einigkeit. Ich bin gekommen, um die Einheit herzustellen und den Wirrwarr in den Logen zu beenden. Ich bringe das wahre Licht mit der Fackel in der Hand. Es walte von nun ab über Euch, meine Maurersöhne! ... Und den Namen ›Schrepfer‹ will ihn nie wieder hören.«

Dann brachte ich ihnen, nach einem Umtrunk unter freiem Himmel, die Grundbegriffe und Regeln meines ägyptischen Ordens bei. Zwei Stunden Unterweisung genügten für den Anfang, zwei Tage, um auch aus dem Letzten von ihnen einen gläubigen Adepten meiner Lehre zu machen, zwei Wochen, um mich in der schönen Pleißestadt richtig wohl zu fühlen. Keiner der Brüder wagte mehr, den Namen »Schrepfer« in den Mund zu nehmen.

Der Leser wird sich wohl fragen: Wie fängt man eine gezeichnete Kugel, die aus einem Pistol gefeuert wurde, zwischen den Zähnen auf? An den Beißerchen liegt es jedenfalls nicht, mein Gebiss ist über jeden Zweifel erhaben. Eine markierte Kugel unbemerkt mit einer gehärteten Wachskugel zu vertauschen, bevor man sie in das Pistol lädt, ist für den geschickten Taschenspieler ein Kinderspiel. Und eine Wachskugel mit einer Sulfur-Phosphor-Mischung zu füllen, die, richtig dosiert, beim Zerspringen einen lauten Knall erzeugt, für den erfahrenen Alchemisten Ehrensache.

Mein Leipzig lob' ich mir. Als ich am Tag unserer Abreise im »Hotel Bayern« die Rechnung verlangte, erwies sie sich erfreulicherweise als schon bezahlt. Eine mit sächsischen Silberdukaten gefüllte Schatulle zeugte gleichfalls vom guten Willen meiner lieben Leipziger Maurersöhne. Nur eines konnte ich ihnen leider nicht austreiben: ihre verteufelten Vorurteile gegen das »schöne Geschlecht«. Zwar wären sie für mich durchs Feuer gegangen, wenn ich es von ihnen verlangt hätte, doch vor einer Damenloge schreckten diese wackeren Biertrinker und Hausväter mit dem Hang zum Dämonischen zurück wie der Teufel vorm Weihwasser. Serafina war denn auch ziemlich enttäuscht von den sächsischen Freimaurern, wenngleich sie den weichen, bald gemütlichen, bald nölenden Ton ihrer uns unverständlichen Mundart sehr mochte.

Die preußische Krankheit

Weshalb sind die Preußen eigentlich so grundanders als die Sachsen? So viel Zucht und Ordnung, so viel Pedanterie und Bürokratie wie in Preußen habe ich noch in keinem Lande erlebt.

In jedem noch so kleinen Städtchen und Flecken hielt man uns bei der Ein- und Ausfahrt an und fragte uns, wer wir seien, woher wir kämen, wohin wir reisen. Ich machte mir bald einen Spaß daraus, mich bei der Einfahrt so und bei der Ausfahrt anders zu nennen, beim einen Tore Abraham, beim anderen Isaak, beim dritten Sodom, beim vierten Gomorra, wodurch dann gar wunderliche Rapporte entstanden. Dass ein Graf von Sodom das Städtchen durch das eine Tor betreten, ohne es durch das andere wieder zu verlassen, indes ein Graf von Gomorra dieses verlassen, ohne zuvor durch jenes hereingekommen zu sein, sorgte bei den Schildwachen und Zollbeamten für beträchtliche Verwirrung. Einmal folgte uns gar ein Jägercorps, um uns zu arretieren. Erst nach endlosen Ermahnungen, langwierigen Verhandlungen und einer gehörigen Geldbuße ließen sie uns weiterziehen. Nein, mit den preußischen Ordnungshütern war nicht zu spaßen!

Am Stadttor von Potsdam nahm man unser Gepäck mit einem Argwohn auseinander, als seien wir verkleidete Spione. Mein Allerheiligstes, den Medikamentenwagen, durchwühlten die Zöllner, als berge dieser versteckte Conterbande. Zollerklärung, Meldebogen bei der Polizei, Papierkram ohne Ende. Dieselbe Schikane bei der Einfahrt in Berlin.

Berlin ist in Hinsicht der großen Alleen, der prächtigen Gebäude und gepflegten Plätze – wie dem Wilhelmplatz, dem Gendarmenmarkt und dem Dönhoffplatz – wohl eine der schönsten Städte Europas. Indes wurde uns schon die erste Promenade auf der prächtigen Allee *Unter den Linden* gründlich verdorben, da uns ständig eine Kutsche mit verhängtem Fenster folgte. Ganz »zufällig« parkte sie nahe derselben Kaffeehäuser, die wir betraten. Auch in unserem Gasthof hatten wir ständig das Gefühl, beobachtet zu werden. Dabei hatte man uns erzählt, die Preußen seien viel toleranter und aufgeklärter als die Sachsen, Schwaben und Bayern. Hatte Friedrich der Große nicht allen verfolgten Religionsgemeinschaften in seinem Reiche Asyl gewährt und verfolgte Aufklärer und Philosophen wie Voltaire, D'Alembert und La Mettrie in seinem Schlosse Sanssoucis persönlich empfangen?

Doch von diesem toleranten Geist war im Leben der Königsstadt kaum etwas zu spüren. Alles duckte sich unter dem diktatorischen Regime des großen Königs und seiner zu absolutem Gehorsam verpflichteten Staatsbeamten, die alles kontrollieren und argwöhnisch überwachen: Gewerbe und Handel, Presse und Buchwesen, die Kirchen, Akademien, Schulen, Theater und Logen. Vor allem aber die Ausländer! Da das Königreich Preußen nur durch die fortdauernden Kriegszüge und Eroberungen seiner Herrscher groß geworden ist, wird auch das Staatswesen wie eine Kaserne verwaltet. Der Staat gilt hier alles, das Individuum nichts. In keiner Stadt Europas sieht man so viele Kasernen, Soldaten und Invaliden wie in der Stadt an der Spree. Über das preußische

Heeres-Regime hatte ich schon andernorts furchterregende Dinge gehört. Doch erst in Berlin erfuhr ich durch einen Invaliden, den ich in Behandlung nahm, wie es wirklich im preußischen Heere zugeht. Der Heeresdienst ist lebenslänglich, nur der körperlich Unbrauchbare wird entlassen. Die Disziplin und Strafmittel sind barbarisch, Stockprügel an der Tagesordnung, Arrest und Festungsstrafen, durch allerhand Züchtigungen und Martern verschärft, nicht selten. Das Schrecklichste aber ist das Gassen- oder Spießrutenlaufen, wo der Delinquent zwanzig- bis dreißigmal mit entblößtem Oberkörper durch eine lebendige Gasse mit Ruten bewaffneter Soldaten hindurchlaufen muss, während die Offiziere darauf achten, dass jeder tüchtig zuhaut. Zahllose Unglückliche haben unter diesen Qualen ihren Geist aufgegeben. Zumal Vergehen gegen die Vorgesetzten und Desertionen finden nie Gnade bei Friedrich, der dadurch den ganzen Bestand der Armee für bedroht hält. Diese ist denn auch der ganze Stolz der Hohenzollern – und der Schrecken der anderen Nationen.

Der Drill bleibt indes nicht auf die Kaserne und den Exerzierplatz beschränkt. Auch gewöhnliche Bürger und Staatsdiener halten sehr auf »Ordnung«, »Zucht« und »Disziplin«. »Ehre«, »Pflichterfüllung« und »Aufopferung für das Staatswohl« gelten ihnen als heilige Tugenden – äußerst befremdlich für einen Südländer und halben Orientalen wie mich, der in der freien Wildbahn der Albergheria aufgewachsen. Nur wenn sie im Wirtshaus dem Branntwein zusprechen und betrunken sind, fallen die Preußen aus ihrer strengen Zucht, dann werden sie bald unzüchtig, bald jähzornig, bald rührselig. Aus der Sicht des Arztes leiden sie an einer Krankheit, für die es noch keinen rechten Namen gibt, an einer Art Verrenkung der Seele und heroischen Selbstunterdrückung: Als hätten sie den Stock, mit dem sie geschlagen worden, verschluckt.

Eine ganz besondere Spezies sind die Berliner »Aufklärer«. Sie gelten als die Avantgarde der Fortschrittspartei in deutschen Landen; dabei locken sie mit ihren humorlosen Doktrinen und ihren trockenen Appellen an die »Vernunft« keinen Hund hinter dem Ofen hervor. Jeder Neuankömmling, erst recht jeder Ausländer wird von ihnen argwöhnisch beäugt, zu welcher Partei er gehört: ob zur Partei der »Vernunft und Aufklärung« oder zur Partei der »Obskuranten« und »Dunkelmänner«. Tertium non datur! Hinter allem und jedem wittern sie ein »jesuitisches Komplott«, eine »Verschwörung der Gesellschaft Jesu«. Schon bald wurde denn auch meine Person zum bevorzugten Gegenstand ihres Argwohns und ihrer Pamphlete. In meinen magischen Auftritten und Mirakeln, von denen sie natürlich gehört oder gelesen hatten, sahen sie nichts als »Betrug« und »Schwindel«, in meinen orientalischen Fabeln und Phantasmagorien nichts als »Lügen«, in meinen erfolgreichen Kuren nichts als »Quacksalbereien« und in meinem ägyptischen Logenwesen nichts als »Scharlatanerie«. Der Berliner Buchhändler und Journalist Friedrich Nicolai, dem ich persönlich niemals begegnet, führte in der *Allgemeinen Deutschen Bibliothek* und später in der *Berlinischen Monatszeitschrift* eine regelrechte Kampagne gegen mich, indem er mich verdächtigte, ein »Sendbote der Jesuiten« zu sein – mit dem heimlichen Ziel, »durch seine angeblichen Wundertaten die Untertanen wieder an die Kette des Aberglaubens und des geistlichen Despotismus zu legen«. Ausgerechnet ich, ein verlorener Sohn der Kirche, ein Freigeist und Ketzer, sollte ein ›Sendbote der Jesuiten‹ sein? Es war geradezu lachhaft.

Nein, in dem frostigen Klima Berlins konnten meine orientalischen Zauberbäume schwerlich gedeihen. Ich machte denn auch gar nicht erst den Versuch, hier eine ägyptische Loge ins Leben zu rufen, beschränkte mich vielmehr auf meine ärztliche Tätigkeit.

Zwar fühlte ich mich nicht dazu berufen, es mit der preußischen Krankheit aufzunehmen; indes gelang mir an einem Invaliden namens Franz eine Kur, die sogar mich verblüffte.

Nach dem gescheiterten Versuch, aus Friedrichs Armee zu desertieren, war Franz zum Spießrutenlaufen verurteilt worden. Man hatte ihn so windelweich geprügelt, dass er nach der Exekution ohnmächtig zusammenbrach. Da er aus zahllosen Wunden blutete, schaffte man ihn ins Lazarett. Dort jedoch hatte sich eine offene Wunde an seinem Oberschenkel so stark entzündet, dass es zu einer Blutvergiftung kam. Das Bein musste geschnitten werden. Seither ging der arme Mann an zwei Holzkrücken. Obschon die Operation bereits etliche Monate hinter ihm lag, litt er noch immer starke Schmerzen, und zwar kurioserweise an dem nicht mehr vorhandenen Bein. Ich nahm ihn in Behandlung.

Dass er wirkliche Schmerzen an einem nicht mehr vorhandenen Körperteil litt, gab mir einige Rätsel auf; schien es doch so, als ob in seiner Vorstellung das amputierte Bein samt den durch die Verletzung erlittenen Schmerzen fortexistiere – ein schlagender Beweis für die geradezu körperliche Macht der Einbildungskraft.

Ich sprach lange mit ihm und befragte ihn nach seinen Träumen. Er gab zur Antwort, dass er seit der Amputation in all seinen Träumen immer zwei gesunde Beine habe. Wenn es gelingen würde – so folgerte ich –, ihn von der *Vorstellung* zu befreien, noch immer zwei gesunde Beine zu haben, wäre er wohl auch seine »eingebildeten« Schmerzen los, an denen er jedoch ganz realiter litt. Er empfand sich selbst als minderwertiges Wesen gegenüber allen Zweibeinern auf dieser Erde, als Krüppel, der nicht nur unter der Verachtung der anderen litt, sondern mehr noch darunter, dass er sich selbst verachtete. Und diese Selbstverachtung schien ihm alle Lebensfreude zu vergällen.

In der Folge malte ich ihm aus, wie viel schwerer zum Beispiel ein Blinder an seinem Schicksal zu tragen habe, dem die Schönheiten der sichtbaren Welt für immer verschlossen sind. Nicht mit dem zweibeinigen Menschen, der er früher gewesen, solle und dürfe er sich länger vergleichen, sondern mit solchen Kranken, die noch viel mehr als er verloren hätten, etwa das Augenlicht oder das Gehör! Warum sollte er sich nicht an all dem erfreuen können, was anderen Menschen Freude bereitete: an seiner Familie – er hatte eine brave Frau und zwei Kinder –, an der Natur, an der Musik, die er sogar selbst ausübte – er spielte Klarinette. Auch wenn er sein Leben lang an Krücken gehen werde, all diese Freuden würden ihm offen stehen, vorausgesetzt, dass er aufhöre, sich selbst als Krüppel zu sehen und zu verachten. Dies waren die Vorstellungen, die ich ihm im Gespräch und während des Zustandes des Schlafwachens suggerierte.

Und siehe da: Franz' Phantomschmerzen gingen mehr und mehr zurück. Bald schon berichtete er mir von einem Tagtraum, in dem er sich selbst erstmals mit nur einem Beine an einem Flusse sitzend sah, während sein Bub mit der Krücke des Vaters Steckenpferd spielte – und er habe sich dabei sehr wohl gefühlt. Nur einmal noch litt er schwere Schmerzen; vielleicht war es der Abschiedsschmerz, sich für immer von seiner Vorstellung als Zweibeiner trennen zu müssen. Danach war er von seinem Schmerz kuriert.

Die Mühlen des Teufels

Schon bald, nachdem ich meine ärztliche Praxe in einem Zimmer des Gasthofs eröffnet, suchte mich ein soignierter Herr namens Nadler auf, der unter häufiger Übelkeit und

Beklemmung der Brust litt. Im Zuge der Behandlung kamen wir uns menschlich näher, zumal er Freimaurer war und großes Interesse an der Alchemie zeigte. Eines Abends lud er uns in sein Haus, eine prächtige Villa an der Spree. Da er eine Seidenmanufaktur betrieb, war er sehr wohlhabend. Seine Gemahlin, eine große brünette Dame, die drei Monate zuvor eine glückliche Niederkunft hatte, empfing uns in einem violetten, mit Brüsseler Spitze besetzten Seidenkleid, das an sich schon ein Vermögen wert war. Sie gefiel sich darin, meiner Frau die Freuden der Mutterschaft in den idyllischsten Farben auszumalen. Kaum brachte sie einen Satz zu Ende, ohne ihren Säugling, »ihr Zuckerpüppchen«, den sie im Schoße hielt, mit ihren Küssen und Kosenamen zu bedecken. Es sei so natürlich, sagte sie, eine zärtliche Mutter zu sein, wie uns das jede Gluckhenne, jede Vogelmutter lehre. Und da Frauen von der Natur dazu bestimmt seien, das Schöne und Gefällige zu repräsentieren, sollten sie alles mit Leichtigkeit und Anmut tun; auch das Tun einer Mutter erhalte dann den Charakter eines gefälligen Spiels, selbst wenn sie ihrem Säugling die Windeln wechsle.

In der gleichen Art wie Madame Nadler das Spiel mit ihrem »Zuckerpüppchen« beschrieb ihr Gatte uns die Tätigkeit der jungen Frauenzimmer, die in seiner Manufaktur beschäftigt waren: »Glauben Sie mir, es ist ein wahres Vergnügen, und das Auge wird auf das entzückendste ergötzt, wenn man die Beschäftigungen so vieler hundert Hände dieser Pflanzschule und reizenden Schönen betrachtet, wo eine jede in ihrem Fach fast spielend bestrebt ist, das Ihrige zu verrichten und etwas zum Ganzen beizutragen.«

Da er uns dazu einlud, seine »Pflanzschule« weiblicher Wirksamkeit einmal zu besichtigen, begleiteten wir ihn am nächsten Tag in die Manufaktur. Doch welch bedrückendes Bild bot sich uns hier, als wir die große Werkstatt betraten, die nur zwei kleine Fenster zum Lüften hatte! Ein ätzender

Geruch von Säure schlug uns entgegen. Über den Werkbänken und Webstühlen hingen giftige Dunstwolken, dass man kaum atmen konnte. Etwa fünfzig Arbeiterinnen, unter diesen halbe Kinder von höchstens elf, zwölf Jahren, saßen hier auf engstem Raume zusammengepfercht, mit bleichen und hohlwangigen Gesichtern. Manche waren von der Arbeit so ausgemergelt, dass sie den Eindruck bekleideter Gerippe machten, und sahen so rachitisch aus, als hätten sie nicht mehr lange zu leben. Die einen wickelten die Seide von den Kokons, um die so gewonnenen Fäden zusammenzuwinden und dann zu zwirnen. Die anderen standen über große Holzbottiche gebeugt, in denen die Seide gefärbt wurde. Sie hatten die Fäden zu entwirren, diese erneut aufzuspulen und auf die Webstühle aufzuspannen. Die dritten, meist ältere Frauen, saßen vor den Webstühlen, wo sie feine Muster hineinweben mussten. Wenig Spiel und unendlich mühselige Arbeit, zwölf Stunden täglich, auch an den Sonnabenden, verrichtet von armen bleichgesichtigen Mädchen und ausgemergelten Müttern, die für die gleiche Arbeit vierzig Prozent weniger Lohn erhielten als die zünftigen Manufakturarbeiter. Eben darum, erklärte uns Herr Nadler freimütig, beschäftige er in seiner Werkstatt nur weibliche Arbeitskräfte.

Welchen Lohn denn eine Arbeiterin nach Hause trage, fragte ich ihn. Einen Taler pro Woche war seine Antwort. Und sie seien ihm sehr dankbar dafür, denn Geldverdienen sei für Frauen in Berlin schwerer als anderswo. Nicht weil es keine Arbeit, sondern weil es so viele beschäftigungslose Soldaten gebe. Nur jeder Fünfte von ihnen versähe nämlich seinen täglichen Dienst, der große Rest von Friedrichs Armee sei für zehn Monate des Jahres beurlaubt, sei es in die ländlichen Heimatorte, sei es als Wachen innerhalb der Standorte – auf jeden Fall ohne Sold. Heute könne man zu allem einen Soldaten um ein kleines Geld haben. Sie putzen die Schuhe, waschen, flicken, kuppeln und tun alles, was andernorts die

Weibspersonen tun. Er aber halte es für seine christliche Pflicht, das schwache Geschlecht vor der Konkurrenz des starken zu beschützen und strebsame Weibspersonen in Brot und Lohn zu setzen.

Mit solchen Räsonnements präsentierte sich uns der Manufakturist noch als Philanthrop und Menschenfreund. Dabei nutzte er das Zuviel an Arbeitskräften nur dazu, den Frauen den ohnedies kärglichen Lohn zu drücken.

Bedrückt verließen wir die Manufaktur. Da hatten Generationen von Alchemisten nach dem »Stein der Weisen« und dem Geheimnis der Transmutation geforscht: wie man Quecksilber in Silber und Silber in Gold verwandelt. Tausende und Abertausende hatten für diese Chimäre ihre Gesundheit und ihr Vermögen, nicht selten ihr Leben geopfert – und doch war keiner von ihnen hinter das ganz profane Geheimnis gekommen: Nicht in der Werkstatt des Alchemisten, vielmehr in der Manufaktur vollzog sich das Wunder der Transmutation, die Verwandlung des Schweißes und Lebenssaftes der menschlichen Arbeitstiere in klingende Münze – für den Unternehmer. Ist doch die unerschöpflichste Goldquelle die menschliche Arbeitskraft, die man nach Belieben auspowern und jederzeit durch neue ersetzen kann. Wohl darum werden die Manufakturen im Volksmund die »Mühlen des Teufels« genannt. Dabei hatte der feine Herr Nadler gar nichts Dämonisches an sich, er dachte nur ökonomisch. War der Teufel am Ende gar ein Homo oeconomicus?

Ausgleichende Gerechtigkeit

Als Herr Nadler das nächste Mal mit Schwindelanfällen und Beklemmungen der Brust in meine Praxe kam, fragte ich mich allen Ernstes, warum ich diesen modernen Menschenschinder, der sich auch noch als Philanthrop und Wohltäter gebärdete, eigentlich kurieren sollte? Der Eid des Hippokrates verlangt vom Arzt, mit seiner Kunst dem Kranken zu dienen. Er verlangt jedoch nicht, einen Kapitalisten gesund zu machen, dessen brutales Regime seinen Arbeiterinnen und ihren halbwüchsigen Kindern die Lebenskraft aussaugte. Außerdem hatte ich längst den Eindruck gewonnen, dass der Patient sich die meisten seiner Symptome nur einbildete, mithin der klassische Typus des Hypochonders war, wie man ihn oft bei den gebildeten Ständen findet, gehen doch Bildung und Einbildung Hand in Hand. Und ich erinnerte mich gewisser medizinischer Kniffe, die ich seinerzeit bei Dottore Ambrosius gelernt.

Nachdem ich die Brust des Patienten gehörig abgeklopft und ihn eingehend untersucht hatte, setzte ich eine sehr ernste Miene auf. Seine Symptome, an denen er nun schon eine geraume Zeit leide, seien in der Tat besorgniserregend. Die Beklemmung der Brust käme wohl von einem Tumor, einer bösartigen Geschwulst, die, wenn man sie nicht umgehend behandle, auch die benachbarten Organe wie Leber und Milz, ja, sogar das Herz angreifen könne. Herr Nadler wurde aschfahl, seine Lippe zitterte, im Geiste sah er sich wohl schon auf der Bahre liegen. Doch er solle nur die Hoffnung nicht aufgeben, ich würde ihm ein alchemistisches Mittel aus meiner Apotheke verabreichen, das wahre Wunder wirke: Meine berühmten *gouttes blanches* und *gouttes jaunes*, die schon manches böse Geschwulst zum Verschwinden gebracht. Allerdings habe dieses Wundermittel, da es ja auf den ganzen Organismus und nicht bloß auf ein bestimmtes Organ einwirke, zunächst die unangenehme Nebenwirkung, auch den Magen und Darm zu affizieren. Er solle sich daher nicht wundern, wenn zunächst eine gewisse Verstimmung im Magen- und Darmbereich eintreten werde. Doch sei diese Malaise nur vorübergehend und ein sicheres Anzeichen dafür, dass die Tropfen ihre heilsame Wirkung bereits entfalteten. Leider – fügte ich mit schmerzlicher Miene hinzu – seien die Ingredienzen, aus denen meine heilsamen Tropfen bestehen, gewisse mineralische Stoffe und Pflanzenextrakte, sehr schwer zu gewinnen und daher ziemlich teuer.

»Wie viel brauchen Sie?«

»Nun, für den Anfang würden wohl 50 Taler genügen!«

Mit leidender Miene zückte Herr Nadler seine Börse und zählte mir 50 Taler auf die Hand. Ich suchte ihn mit einem Bonmot Voltaires zu trösten: »In der ersten Hälfte des Lebens ruiniert man seine Gesundheit, indem man Geld verdient. In der zweiten Hälfte gibt man es aus, um seine Gesundheit wiederzuerlangen.«

Meinen *gouttes blanches*, die er von nun an täglich dreimal einnahm, hatte ich eine essigsaure Essenz beigemischt, die seinem Magen gelinde Pein bereitete, und ein Abführmittel, das seinen Darm in eine fließende Kloake gleich der Spree verwandelte. Als ich mich beim nächsten Hausbesuch nach seinem Befinden erkundigte, klagte er zwar über beständiges saures Aufstoßen und diesen »vermaledeiten Dünnpfiff«, doch die Beklemmung der Brust, erklärte er hoffnungsfroh, habe deutlich nachgelassen.

Für die Weiterbehandlung mit meinen *gouttes blanches*, denen ich nun die saure Essenz und das Abführmittel wieder entzog, nahm ich noch einmal 50 Taler. Eine Woche später indes empfing mich der Patient mit der Miene eines Todgeweihten. Zwar seien Magen und Darm wieder in Ordnung, dafür aber, so jammerte und wehklagte er, habe das beklemmende Gefühl in der Brust wieder arg zugenommen. Der Tumor sei wohl noch immer nicht gewichen. Der Mann war wirklich ein Hypochonder, wie er im Lehrbuche steht. Seine Ungeduld und seinen Unglauben gegen den Arzt gelinde tadelnd, erklärte ich ihm, dass er ja auch erst die halbe Kur hinter sich habe. Erst die Kombination meiner *gouttes blanches* mit meinen *gouttes jaunes* bringe das Geschwulst zum Verschwinden. Leider seien auch die Ingredienzien für Letztere …

Schicksalsergeben zückte Herr Nadler seine Börse und übergab mir weitere 50 Taler als Vorschuss.

Nachdem er eine Woche lang meine gelben Tropfen eingenommen hatte, empfing mich seine Frau beim nächsten Besuch mit der Freudenbotschaft, ihr Gatte fühle sich so wohl wie lange nicht mehr; er verspüre keinerlei Beklemmung mehr auf der Brust. Dass er auf einmal gänzlich symptomfrei geworden, wollte mir indes gar nicht behagen. Nachdem ich den Patienten gebührend abgetastet und abgehorcht hatte, sagte ich: Zwar habe die Kur wohl angeschlagen und das Geschwulst sich zurückgebildet, doch dürfe man nicht zu früh triumphieren. Auch ein symptomfreier Zustand könne trügerisch sein. Überhaupt gebe es nicht nur viele eingebildete Kranke, sondern noch mehr eingebildete Gesunde. Und diese seien am gefährdetsten, da sie vorschnell und leichtfertig die Behandlung abbrächen. Um einen Rückfall auszuschließen, sei es daher unabdingbar, die Kur um mindestens zwei Wochen fortzusetzen. – Nachdem ich derart Essig in den Wein gegossen, zeigte sich Herr Nadler ausgesprochen einsichtig. Die schmerzliche Miene, mit der er wieder seine Geldbörse zückte, zeigte mir an, dass er noch längst nicht über dem Berg war.

Einige Zeit später berichteten die *Berliner Abendblätter* von einer ungewöhnlichen Begebenheit:

Zeichen und Wunder

Am Samstag vor dem ersten Advent erlebten die Weibspersonen beim Verlassen der Seidenmanufaktur Nadler & Söhne, wo sie ihrem täglichen Gewerbe nachgehen, eine wunderliche Szene: Als sie gegen sechs Uhr abends die Werkstatt verließen und die Gasse hinaufgingen, stand da eine verschleierte Dame, die eine schwarze Pellerine trug. Schweigend drückte sie jeder Arbeiterin zwei blanke Taler in die Hand. Diese waren sehr erstaunt, den Wert zweier Wochenlöhne aus der Hand einer Unbekannten zu empfangen. Einige wollten das Geld erst nicht annehmen, da sie glaubten, es sei Diebesgut oder irgendein Betrug dabei. Da sie aber sahen, dass die anderen es auch annahmen, knicksten sie schließlich vor der verschleierten Wohltäterin und eilten beglückt mit ihrem kleinen Schatz davon. Es sei wie im Märchen von den Sterntalern gewesen, erzählte eine Weberin.

Wie man sieht, geschehen auch in Berlin noch Zeichen und Wunder!

Examen über eine traurige Wissenschaft

Gerne hätte ich – gegen saftige Honorare, versteht sich! – meinen *Malade imaginaire* noch von allerlei anderen Symptomen kuriert, die ich ihm suggerierte und zur Not auch applizierte. An einem kalten Dezembertage indes – meine Frau und ich saßen gerade beim Mittagsmahl – platzte ein Ratsdiener herein und übergab mir ein ellenlanges amtliches Schreiben. Dessen kurzer Sinn: Morgen früh, auf den Glockenschlag zehn, solle ich mich im Kleinen Rathaussaal einfinden, wo eine hochgelehrte medizinische Kommission, bestehend aus dem Obermedizinalrat Doktor sowieso, dem Hof-Medicus Doktor sowieso, dem Hofapotheker und den beiden Stadtphysici meine ärztliche Competentia und Praktika einer hochnotpeinlichen Prüfung unterziehen werde. Falls ich aber dieser Aufforderung nicht nachkäme, würde mir die Ausübung jeglicher medizinischen Tätigkeit im Königreich Preußen publice untersagt.

Wie! – ein Mann wie ich, den man in Holland respektvoll den »zweiten Boerhaave« nannte, sollte mich examinieren lassen? Ich, Alessandro di Cagliostro sollte diesen preußischen Medizinalräten und beamteten Kurpfuschern, bloß weil sie einen Doktortitel trugen, Rede und Antwort stehen! War's der Konkurrenzneid der preußischen Ärzte, der mir ans Leder wollte, oder hatten die argwöhnischen Berliner Aufklärer mir diese Suppe eingebrockt? Wie dem auch sei, ich kochte vor Wut.

Was mir denn schon passieren könne?, suchte meine Frau mich zu beschwichtigen. Allein die Testate meiner erfolgreichen Kuren müssten noch das übelwollendste Ärztekollegium von meiner Kunst überzeugen.

»Testate! Testate! Die Missgunst, der kleinliche Spießerneid findet immer Mittel und Wege, einem erfolgreichen Rivalen ein Bein zu stellen, zumal wenn sich's um einen Autodidactus handelt. Sie werden mir, verlass dich drauf!, mit ihrer verstaubten medizinischen Scholastik kommen, werden mich die galenische Anatomie durchexaminieren – vor und zurück. Ich bin ein Empiriker und kein Buchstabengelehrter! Mit Galen und all den anderen medizinischen Kirchenvätern kann ich nicht aufwarten.«

Ich hatte mich so in Rage geredet, dass ich die Küchenjungen gar nicht bemerkte, die ihre grinsenden Visagen schon durch das Schiebefenster streckten. Der Wirt eilte in die Stube und fragte mit besorgter Miene, ob dem Herrn Grafen etwas fehle, ob er wohl einen Arzt herbeirufen solle.

»Einen Arzt?«, fuhr ich ihn an. »Den Arzt möchte ich sehen, der mich kuriert!«

Nachdem mein Zorn sich ein wenig abgekühlt hatte, überlegte ich hin und her. Sollte ich mich dem Examen stellen oder nicht? Ihm fernzubleiben wäre glatter beruflicher Selbstmord gewesen. Die Kunde, dass Cagliostro vor einer Kommission der Medizinischen Fakultät Preußens Reißaus genommen, würde mir überall vorauseilen und womöglich weitere landesherrliche Kurverbote zur Folge haben. Sie würde meinem Ruf mehr schaden, als wenn ich beim Examen fallierte.

»Wer so vielen Gefahren getrotzt und so viele Arresthäuser überlebt hat wie du«, suchte Serafina mich zu ermutigen, »der wird sich doch vor ein paar preußischen Doktorhüten nicht fürchten!«

Doch just vor denen war mir bange.

»Votre serviteur, messieurs les docteurs!«, betrat ich, mit dem zehnten Glockenschlag, degenklirrend den Kleinen Rathaussaal, wo vor dem Berliner Stadtwappen an langen Tischen in Halbmondform die Prüfer in ihren schwarzen Talaren und gewaltigen Perücken saßen. »Je sais vraiement estimer l'honneur, d'être invité à cet' Assemblée très honorable, pour me faire participer à ce colloquium scientifique entre collègues de médecin.«

Die ernsten würdigen Gelehrten kniffen die Augen zusammen und sahen einander fragend an. Dass der Prüfling die Stirn hatte, das bevorstehende Examen als »wissenschaftliches Kolloquium unter Kollegen« zu qualifizieren, womit er sich mit ihnen auf dieselbe Stufe stellte – damit hatte keiner von ihnen gerechnet. Nachdem sich die erste Verwirrung gelegt, nahm der Vorsitzende sein perlmuttfarbenes Hörrohr vom Ohr und erklärte mit säuerlicher Miene:

»Der Herr Graf hat wohl nicht richtig verstanden. Er befindet sich hier nicht auf einem wissenschaftlichen Colloquium, vielmehr vor der Hohen Prüfungskommission der preußisch-königlichen Akademie der Medizinischen Wissenschaften ... Er möge sich setzen!«

Ich nahm Platz auf einer engen Bank, die verteufelte Ähnlichkeit mit einer Bußbank hatte und mich in eine höchst unbequeme Lage nötigte. Vor dem Tisch der Examinatoren stand, von einem Stativ gestützt, das klapprige Skelett des Homo sapiens. Es war freundlicherweise so arrangiert, dass der grinsende Totenkopf mich direkt anstarrte und sein erhobener Skelettarm mir mahnend drohte. Auf dem Tisch lagen diverse Demonstrationsobjekte: ein aufgeklappter Totenschädel, ein Steißbein, ein anatomischer Atlas, die Aderlasstafel sowie mehrere beschriftete Glaskolben mit in Spiritus oder Vitriol eingelegten Organen – Artefakte jener traurigen anatomischen Wissenschaft, die mittlerweile als Inbegriff medizinischer Weisheit galt. Ich ließ meinen Blick über die Reihe der Prüfer schweifen, die ihre schweren Lorgnettes auf mich richteten und in ihren schwarzen Talaren aussahen wie Saatkrähen auf einem Gräberfeld. Dem Obermedizinalrat, dem Ältesten der Runde, lehnten zwei Krücken neben der Schulter. Er war wohl Chirurg und Militärarzt gewesen, der selbst zum Invaliden geworden. Der beleibte Hof-Medicus hatte, wie zur Demonstration seiner Geringschätzung, einen Schnallenschuh abgestreift und wärmte den linken Socken auf dem rechten Fuß. Die beiden Stadtphysici blinzelten einander zu, als sei jeder des anderen Aufpasser und Konkurrent. Der Hofapotheker fixierte mich mit einem schadenfrohen Blick, als wolle er sagen: Wenn du wüsstest, was gegen dich vorliegt! Wir packen dich gleich am Schlafittchen! Etwas abseits stand mit gezücktem Federkiel der Amtsschreiber vor seinem Pult. Hinter dem Tisch der Kommission döste ein kleiner korpulenter Mann mit gewaltiger Perücke in einem Voltairestuhl, als halte er gerade sein Nickerchen. Auf seinem grauen Rock prangte das königliche Wappen des preußischen Adlers. Demnach musste er ein hoher Staatsbeamter sein, der dem Examen beiwohnte.

Der Vorsitzende räusperte sich vernehmlich: »Beginnen wir ab ovo, von Grund der Anatomia, darin jeder bewandert sein muss, der operative Eingriffe in corpore tut.«

»Verehrte Doctores!«, unterbrach ich ihn sogleich. »Ich praktiziere nicht als Chirurg und bin auch kein Anatom.«

»Gleichwohl ordiniert Er die allgemeine medicina! … Ergo: Wie erklärt man die Entstehung des Menschen?«

»Die menschliche Fortpflanzung«, antwortete ich mit übertriebener Feierlichkeit, »bildet im Haushalt der Natur eine höchst wichtige, gottgewollte Angelegenheit ... Doch leider Gottes« – bedauernd hob ich die Arme – »ist die Hopserei dabei ernst denkenden Gelehrten standesunwürdig!«

»Blasphemie!«, rief sogleich der Hof-Apotheker. Alle Brauen runzelten tiefer, der Vorsitzende juckte mit der Gänsefeder in seiner Perücke und stotterte, halb schon aus der Fassung:

»Verharren der Herr Graf ... bei solch ... solch despektierlicher Antwort?«

Ich parlierte einfach weiter: »Dabei ist der Gesundheit nichts förderlicher als eine liebreiche Ehe. Schon Hippokrates pries die Coagulatio von Mann und Frau als Arcanum gegen allerlei Krankheiten, im Besonderen gegen die schwarze Galle. Indem der Coitus die trägen Körpersäfte wieder in Wallung bringe, belebe er die Lebensgeister und verleihe der Seele Flügel. Leider hat unsere scholastische Medizin unter dem Einfluss der Christianitas und der Theorie von der Erbsünde diese alte Weisheit gänzlich vergessen.«

Grabesstille senkte sich über die fünf Perücken, unter denen die Gesichter regelrecht versteinerten. Der Vorsitzende musste sich erst wieder Mut anräuspern, bevor er das Wort ergriff.

»Ihre frivolen Äußerungen, Herr Graf, werden vor diesem Kollegium kaum als medizinische Weisheit durchgehen!«

»Aber verehrte Doctores!« versetzte ich im versöhnlichsten Ton. »Lehrt denn die Erfahrung uns nicht, dass wir die hartnäckigsten Krankheiten und seelischen Anomalien bei alten Jungfern, hagestolzen Junggesellen und Mönchen finden? ›Es ist dem Menschen nicht gut, allein zu sein‹, sagte schon der Apostel Paulus. Die Einsamkeit ist ein Gift, gegen welche all unsre Theriaks und sonstigen Arcana versagen. Denn erst frisst sie sich in die Seele, und dann in die Eingeweide, wo sie die schlimmsten Wucherungen und Geschwüre treiben kann. Auch wenn wir den Mönchen und der Klostermedizin vieles verdanken, vor allem auf dem Gebiete der Heilpflanzen – aus medizinischer Sicht ist der Zölibat eine höchst ungesunde Lebensform.«

Während dem Vorsitzenden die Lippe bebte, ließ der Hof-Medicus ein kaum unterdrücktes Kichern vernehmen. Auch die graue Eminenz im Hintergrund schien aus ihrem Nickerchen erwacht, ein Lächeln kräuselte ihre Lippen. Dem katholischen Klerus – dies wusste ich wohl – war man im protestantischen Preußen nicht wohlgesonnen.

»Bleiben wir beim Fache, der Anatomia!«, mahnte der Vorsitzende mit säuerlicher Miene. »Wie viele Zähne hat der Mensch?«

»Das hängt von den Zahnlücken ab.«

Der Amtsschreiber gluckerte vor Lachen, wobei er eine Zahnlücke in den oberen Backenzähnen entblößte.

»Keine Ausflüchte, Herr Graf!«

Ich runzelte angestrengt die Stirn, als müsse ich erst nachrechnen. »Sofern der Zahn der Zeit ihm nicht schon die Zähne gezogen, hat der Mensch dero zweiunddreißig.«

»Recte!«, bestätigte der Vorsitzende. »Kommen wir nun zu kniffligerer Materia! Plädieret vom Herzen und dem Umlauf des Blutes!«

Sogleich legte ich los: »Das Blut kreist durch unsere Adern ums Herz wie die Planeten auf ihren Bahnen um die Sonne. Wie wir von der Sonne, so wird unser Blut vom Herzen erwärmt. Man kann das Herz auch mit einem aufgeklärten Monarchen vergleichen – ich füge in Parenthesis hinzu: einem Monarchen wie Friedrich dem Großen –, von dem alle Kraft und Wärme bis in die letzten Winkel und Capillares seines Reiches dringt. Dafür erwärmt und ernährt das Blut alle Organe, einschließlich des Herzens, welche gut daran tun, dem ewigen Pulsschlag ihres Gebieters zu folgen. Wenn aber das Blut, der Lebenssaft, gefriert, respektive gerinnt, dann …«

Verärgert fiel mir der Vorsitzende ins Wort: »Er befindet sich hier nicht auf einem literarischen Colloquium. Das Herz ist weder Sonne noch König, sondern ein Muskel, eine Saugpumpe ... Wie sieht nun das Herz inwendig aus?«

»Inwendig?« Unwillkürlich griff ich zum Herzen, als könne ich durch äußeres Betasten des königlichen Organs die knifflige Frage klären. »Nun, das Herz hat wie die englische Verfassung zwo Kammern, welche durch mehrere Öffnungen miteinander verbunden sind, sodass ...«

»Sodass?« Die beiden Stadtphysici reckten die Hälse vor wie zwei Geier, die ihre Beute umkreisen.

»Sodass das Blut ohne Hindernis von einer Kammer in die andere gelangen kann!«

»Erratum! Erratum horribile!«, donnerte der Vorsitzende. »Die Herzscheidewand ist dick und undurchlässig!«

Das war mir neu. Ratlos blickte ich in die gestrenge Runde.

»Und welchen Weg nimmt das Blut, wenn es zum Herzen zurückwandert?«, hakte der Stadtphysikus nach.

»Den geradesten!«, sagte ich prompt und setzte mein gewinnendstes Lächeln auf.

»Erratum secundum!« Triumphierende Mienen in der ganzen Runde. »Das Blut muss den Umweg über die Leber machen, weil es sonst nicht vom rechten zum linken Ventriculum des Herzens gelangen kann.«

Nun haben sie dich am Schlafittchen, dachte ich resigniert.

»Und wer« – beugte sich nun der andere Stadtphysikus vor – »entdeckte die Zirkulation des Blutes und legte damit das Fundament unserer heutigen Physiologiae?«

Ich kratzte mich an meiner Perücke, als ob mich Flöhe belästigten. Man wartete wohl zwei Minuten, doch es kam keine Antwort.

»Ist Ihm der Name Howard kein Begriff?«

»Ja, natürlich!«, nahm ich dankbar den Köder auf. »Howard entdeckte die Zirkulation des Blutes!«

Mit kaum verhohlener Schadenfreude blickte der Stadtphysikus in die Runde seiner Kollegen. Dann erklärte er mit genüsslicher Perfidie: »Ich kenne zwar keinen medizinischen Forscher namens Howard, wohl aber einen Gelehrten namens William Harvey, welcher den Blutkreislauf entdeckte.«

Diese Canaille hatte mir eine Falle gestellt. Und ich war blindlings hineingetappt. Die Herren wieherten, sie schienen sich bestens auf meine Kosten zu amüsieren.

»Und Vesalio?« – der Medizinalrat hielt jetzt seine Lorgnette auf mich gerichtet. »Welches bahnbrechende Werk verdankt ihm die Medizin? Und in welchen Punkten hat er die galenische Anatomie berichtigt?«

Woher zum Teufel sollte ich das wissen? Ich war kein medizinischer Buchstabengelehrter. Dafür wusste ich manch anderes über den sinistren Leichenfledderer aus Brüssel zu sagen:

»Vesalio verschrieb sich mit Haut und Haaren dem traurigen Geschäft des Sezierens. Er buddelte nachts in Friedhöfen herum und klapperte alle Richtstätten der Gegend ab, um die jüngste Leiche vom Galgen zu schneiden. Er wurde zu seinen Lebzeiten schrecklicher Praktiken angeklagt. Es hieß sogar, er habe einen menschlichen Körper, in dem noch das Herz schlug, der Vivisektion unterzogen.«

Die Herren Doctores blickten mich finster an, als habe ich ein Sakrileg begangen, indem ich den hl. Vesalio gelästert.

»Verehrte Collegae!«, erklärte der Vorsitzende. »Ich fasse das Resultatum der bisherigen Examinierung zusammen: Vor uns steht ein angeblicher Wunderdoktor, der die großen Anatomen und medizinischen Forscher der Neuzeit, respektive Harvey und Vesalio, kaum vom Hörensagen kennt. Das ist wie ein Pfarrer, der die Kanzel besteigt, ohne je von Martin Luther oder Melanchton gehört zu haben.« Beifälliges Nicken in der Runde.

»Ignoratum! Ignoratum majorem«, bekräftigte der Hof-Medicus. Der Stadtschreiber notierte eifrig.

Die Herren Doctores ließen mich ihre ganze akademische Verachtung fühlen. Jetzt, da sie mir das Hemd halb ausgezogen, half nur noch die Conter-Attacke. Ich hatte ja auch nichts mehr zu verlieren.

»Meine Herren!«, begann ich und reckte das Haupt. »Sie rühmen sich einer Wissenschaft, die vor kurzem noch als Teufelszeug angesehen wurde und heute als dernier cri der medizinischen Erkenntnis gilt. Doch was ist die Anatomie, bei Lichte besehen? Sie ist die Beschreibung des Lebens vermittels seiner Abwesenheit. Das Leben wird erst dann zum Gegenstand ihrer Beobachtung, wenn es als solches aufgehört hat zu bestehen. Um den toten Körper aufschneiden zu können, muss der Anatom ihn vorher zum Ding, zum bloßen Objekt erniedrigen. Muss ihn all seiner menschlichen Eigenschaften entblößen und jeden Funken Mitgefühl mit der einstmals lebendigen, nunmehr toten Kreatur in sich selbst ersticken. Ein Arzt ohne Empathia aber gleicht einem Blinden, der von der Farbe spricht.«

Die Doctores machten so saure Mienen, als seien sie während der sonntäglichen Promenade im Tiergarten plötzlich von einem Gewitter oder Hagelschlag überrascht worden. Ihre momentane Verwirrung ausnutzend, fuhr ich fort:

»Mit dem Skalpell in der Hand feiert der Anatom Ruhmestaten in den Kadavern. Aus Knochen und Muskeln schneidet er die Organe heraus – den aufgeblasenen Dudelsack der Lungen, die kontraktile Medusa des Herzens –, konserviert sie in Spiritus oder Vitriol und begreift doch nimmer das verborgene Zusammenspiel der einzelnen Organe, geschweige denn deren Beziehung zu unseren Affekten. Glauben Sie denn im Ernst, meine Herren!, das geheimnisvolle Fließgleichgewicht all der vitalen Kräfte und Säfte, welches – nach des Hippokrates Lehre – erst das bewirkt, was wir Gesundheit nennen, ließe sich am toten Kadaver studieren? Mit Skalpell und Mikroskop können Sie vielleicht die feinsten Fibern und

Nervenstränge bloßlegen, aber die *vis viva*, die Lebenskraft, die ihnen innewohnt, werden Sie so nimmer ergründen … Je mehr sich aber die Anatomie im Mikrokosmos des Körpers verliert, desto mehr gerät ihr das Ganze, das Mysterium des lebenden Organismus, aus dem Blick. Wie Geist und Imagination auf den Leib wirken, wie durch Einflüsse der Seele Krankheiten entstehen und wie diese, außer durch Heilkräuter, natürliche und pharmazeutische Essenzen, auch durch den Geist, durch Magie und Psychologie kuriert werden können – davon haben, mit Verlaub!, die heutigen Anatomen und Physiologen nicht den blassesten Schimmer!«

Bedrohlich schunkelten die schweren Perücken, die Hand des Vorsitzenden auf dem Hörrohr zitterte vor Erregung.

»Hört! Hört den neuen medizinischen Weisen!«, rief der Hof-Medicus höhnend seinen Kollegen zu. Und indem er nun mit kaltem Spotte mich adressierte: »Der Herr Graf behauptet von sich, er heile vornehmlich durch den Geist. Ja, er selbst steht – wie man aus Leipzig hört – in Verbindung mit unsichtbaren Geistern und könne dieselben nach Belieben zitieren und lenken. Glaubt man seinen Adepten, regiert er gleichsam die Welt des Unsichtbaren und Okkulten. Nun, seit der Italiener Malpigi – Er weiß doch, wer Malpigi ist und was die Medizin ihm verdankt?« Prüfend richtete er seine Lorgnette auf mich, dann ließ er sie sinken. »Natürlich nicht! Vom Mikroskop ist die Rede, Herr Graf! … Seither hat sich auch dem Auge des Forschers eine neue, unsichtbare Welt erschlossen, die für die Medizin fortan zum Maßstab der sichtbaren wurde. Nun frage ich Ihn: Hat Er schon einmal durch ein Mikroskop geschaut?«

»Gewiss!«

»Und? Hat Er da Seine Geister und Fluida gesehen?«

Die Herren schütteten sich vor Lachen. Nach kurzem Bedenken erwiderte ich:

»Wie Sie wissen, vermutete René Descartes den Sitz der Seele in der Zirbeldrüse. Stünde er hier an meiner statt und Sie würden ihn fragen, ob er beim Mikroskopieren der Zirbeldrüse die Seele gesehen – was würde er Ihnen wohl antworten?«

Der Hof-Medicus kniff die Brauen zusammen und blickte hilfesuchend in die Runde seiner Kollegen.

»Das eben ist das Dilemma unsrer Medizin«, setzte ich sogleich nach. »Sie kennt und anerkennt Ursache und Wirkung nur im Bereich der Materie, erforscht nur das, was sich mit dem bloßen oder dem künstlichen Auge des Mikroskops sehen und erkennen – was sich sezieren, messen, wägen und präparieren lässt. Infolgedessen ist sie blind gegenüber den unsichtbaren und verborgenen Wirkkräften der Seele.

Sie stellt sich den Mikrokosmos des Leibes als kompliziertes Uhrwerk, als Newton'sche Maschine vor, die, wie der Makrokosmos, rein mechanischen Gesetzen folge. Darum kennt sie auch nur eine Schädigung der Organe, eine gestörte Funktion, einen kranken Leib – nie aber eine Erschütterung der Seele. Kein Wunder, dass sie dann für ihre Verstörungen nichts anderes weiß als die barbarische Bäderweisheit: Purgieren, Aderlassen und kaltes Wasser. Geistesgestörte schnallt man auf das Drehrad und kurbelt sie so lange an, bis ihnen der Schaum vom Munde läuft, oder prügelt sie bis zur Erschöpfung. Epileptikern pumpt man den Magen voll mit Quacksalbereien, alle nervösen Affekte erklärt man einfach als nicht existent, weil man ihnen nicht beizukommen weiß ... Nicht zufällig nennt man in Europa alle Symptome, auf die man sich keinen Reim zu machen weiß, ›Zufälle‹. Würde man diese ›Zufälle‹ nicht als bloße Störung eines einzelnen Organs, als Defekt der Newton'schen Leibmaschine, sondern als Ausdruck einer Störung des leibseelischen Zusammenhangs auffassen, dann wären es schon keine ›Zufälle‹ mehr. Dann wäre man auch imstande, den verborgenen Grund dieser ›Zufälle‹, den Sinn der Symptome zu verstehen.«

»Herr Graf!«, schnitt mir der Vorsitzende das Wort ab. »Wir

benötigen keine Belehrungen aus dem Munde eines medizinischen Ignoranten! ... Verehrte Collegae! Nach meinem Dafürhalten können wir das Examen beenden!«

Beifälliges Nicken in der Runde. Eben wollten sich die Herren von ihren Sitzen erheben, da ließ sich in ihrem Rücken plötzlich eine bellende Stimme vernehmen – die Stimme der grauen Eminenz.

»Halt! Nicht so eilig, meine Herren! Die Medicina practica war noch nicht Gegenstand der Prüfung. Bitte daher sehr, mit dem Examen fortzufahren!«

»Sehr wohl, Herr Minister!« Der Vorsitzende machte einen tiefen Bückling gegen die Eminenz und nahm wieder Platz. Mit teils devoten, teils betretenen Mienen folgten die anderen Doctores seinem Beispiel. Auch ich war über die unerwartete Intervention des Ministers erstaunt. Entsprang sie bloßer Pedanterie, oder war dieser am Ende gar ein heimlicher Sympathisant des medizinischen Ketzers?

Der Vorsitzende übergab nun dem Obermedizinalrat das Wort. Dieser lehnte sich gravitätisch zurück und richtete sein Lorgnon auf mich.

»So ein Kranker mit dem Harnglase zu Ihm kommt, was liest Er darin?«

»Ich stell's beiseite, denn ich les' zuerst in seiner Physiognomia!«

»Er stellt's beiseite«, wiederholte der Obermedizinalrat und schunkelte die Perücke.

Der neue Aufwind straffte mein Segel, und so erklärte ich forsch: »In des Kranken Visage steht nämlich mehr geschrieben als in seinem Pipi.«

»Hört, hört!«, näselte der Obermedizinalrat. »Was vermeint Er denn aus der Physiognomia des Patienten alles zu erkennen?«

»Seine Süchte, seine geheimen Laster und Leiden. Ob er ein Süffel ist und zu viel über den Durst trinkt, erkenn' ich an seiner Nase und seinem stocksteifen Gang. Ob die Völlerei seine Leber verdorben, seh' ich an seiner ungesunden Hautfarbe, die oftmals gelbstichig ist, sowie an dem überflüssigen Fett, das er mit sich schleppt, als trüg' er nicht schon schwer genug an der Erbsünde. Den Melancholischen diagnostizier' ich an seinem trüben, eulenhaften Blick, wie er Kopf und Schultern hängen lässt und die Hände verschränkt, als steckten sie in einem unsichtbaren Block.« Und indem ich nun den Obermedizinalrat ins Visier nahm: »Ob Bigotterie, Verachtung der Sinnesfreuden oder moralischer Hochmut den Menschen krank macht, erkenn' ich an seinem verbissenen Mund, dem spitzen Blick, der fisteligen Stimme und flachen Atmung, die den Bauch und alles, was darunter liegt, abschnürt.«

Der Obermedizinalrat zog eine beleidigte Miene. »Und in welchem Lehrbuch stehen all diese Weisheiten geschrieben?«

»Im Buche der Menschenkenntnis und Lebenserfahrung!«

»Er meint wohl, im Buch der gesammelten Vorurteile Lavaters*!«

»Ei, nicht so voreilig, Herr Medizinalrat!«, mischte sich nun wieder der Minister ein. »Lasst uns doch eine Probe machen!«

Der kleine korpulente Mann erhob sich von seinem Stuhl, trippelte um den Tisch der Examinatoren und postierte sich nahe vor mir.

»Nun denn, was liest zum Exempel der große Physiognom aus meinem Gesicht?«

Eine gespannte Stille trat ein.

»Pardon, Euer Exzellenz! Dies ist wohl kaum der rechte Ort noch die rechte Stunde für eine Diagnose.«

»Ei, warum denn nicht? Wir sind doch hier unter lauter

* *Schweizer Pfarrer, pietistischer Gelehrter und Physiognom, dessen »Physiognomische Fragmente« im 18. Jhd. als Inbegriff moderner Psychologie und Menschenbeobachtung galten.*

Collegae«, kicherte die Exzellenz. »Oder steht etwa *nichts* in meinem Gesichte geschrieben? Unterstehe Er sich!« Die Doctores lachten gehorsamst. Der Minister trat einen Schritt auf mich zu und fuhr mich an wie der Feldwebel seinen Rekruten: »Raus mit der Sprache! Oder Er verlässt morgen Berlin!«

Auf eine Blamage mehr oder weniger kam es jetzt auch nicht mehr an. »Wenn Ihre Exzellenz unbedingt darauf bestehen …«

Wohl drei, vier Minuten durchforschte ich, indes dieser keine Miene verzog, die Physiognomie des Ministers: Er war bleich wie ein Laken, hatte tiefe Schattenringe unter den grauen, scharf blickenden Augen, und manchmal zuckte er nervös mit den Mundwinkeln – wenig, zu wenig Anhaltspunkte für eine Diagnose. Es war die reinste Lotterie … Da fiel mir plötzlich ein, was mir Herr Nadler, der über gute Beziehungen zum preußischen Hofe verfügte, kürzlich erzählt hatte: dass in Hofkreisen über eine bevorstehende Kabinettsumbildung der preußischen Regierung gemunkelt werde. Vielleicht war von dieser ja auch der Herr Minister betroffen, und das Gespenst seiner Demissionierung bereitete ihm schlaflose Nächte. Jetzt hieß es: Alles oder nichts!

Mit einer Festigkeit, die mich selber verblüffte, sagte ich: »Euer Exzellenz leiden am Magen … an schwerem Blute … und …«

Die Doctores hielten den Atem an.

»An nervöser Störung des Nachtschlafes!«

Der Minister seufzte schwer, verzog indes keine Miene. Wortlos trippelte er zurück und nahm wieder in seinem Voltaire-Stuhl Platz. Hatte ich etwa ins Schwarze getroffen? Keiner wagte, das betretene Schweigen zu brechen. Nach einer Weile fragte die Exzellenz:

»Gesetzt, Er hätte richtig diagnostiziert, welche Kur brächte Er zur Anwendung?«

Der Hof-Medicus, mit einer Verbeugung zum Minister sich

wendend: »Gestatten Ihro Exzellenz, dass ich präzisiere!« Und indem er die Aderlasstafel über den Tisch zu mir hinschob: »Wo würde Er, gesetzt, Ihro Exzellenz ließe es zu, Ihro Exzellenz zur Ader lassen?«

»Nirgendwo! Denn mir scheint, Ihro Exzellenz wurde bereits reichlich zur Ader gelassen – und es hat doch nicht geholfen.«

Der Hof-Medicus schielte ängstlich zum Minister hinüber – und erntete einen vernichtenden Blick. Sofort ergriff ich meine Chance, den erlauchten Patienten, dem die Aderlassmedizin offenbar übel mitgespielt hatte, auf meine Seite zu ziehen.

»Wenn Sie mich fragen, Euer Exzellenz!, so ward durchs Aderlassen wohl mehr Blut vergossen als in den drei schlesischen Kriegen zusammen.«

»Das ist eine infame Beleidigung unseres großen Königs und Feldherrn!«, empörte sich der Hof-Medicus und reckte drohend sein spitzes Kinn. Die Lästerung eines der unantastbarsten Gebräuche und heiligsten Werkzeuge medizinischer Praxis hatte allgemeine Entrüstung zur Folge, welche sich nun in derben Ausdrücken Luft machte. Erst nachdem der Minister die Prüfer an die Würde ihres Amtes erinnert, kehrte wieder Ruhe ein. Dann wandte er sich an mich:

»Nun also, welche Kur würde Er zur Anwendung bringen?«

»Erstens eine strenge Diät: kein Fleisch, keine Milchspeisen, auch keinen Käse, nur leicht verdauliche Kraftsuppen und Vegetarisches. Die Hofküche ist, mit Verlaub, Gift – nicht nur für einen kranken Magen! Zweitens: Bewegung, viel Bewegung und frische Luft. Das ständige Sitzen lässt die Musculae erschlaffen und macht schweres Blut.«

»Und kein Purgiermittel?«

Abwehrend hob ich die Hände. »Um Gottes willen, Exzellenz! Es wurden wohl mehr Patienten durch die Medici und Apotheker zu Tode purgiert, als von ihnen kuriert worden sind. In keinem Berufsstand gibt es mehr Giftmischer!«

Der Hofapotheker schnappte nach Luft wie ein Karpfen, der kurz vor dem Exitus steht, die Doctores hielt es vor Empörung kaum mehr auf ihren Stühlen. Hätte der Minister die geifernde Meute mit seiner Autorität nicht in Schach gehalten, sie hätte mich wohl in Stücke zerrissen.

»Zur Regeneration des angegriffenen Magens und zur bessren Durchblutung«, fuhr ich fort, »verschriebe ich Euer Exzellenz meine vielfach bewährten *gouttes blanches* und *gouttes jaunes*, die ich nach einer Geheimrezeptur der größten arabischen Alchemisten selbst herstelle.«

»Euer Exzellenz!«, rief, japsend vor Ehrgeiz, der Hofapotheker dazwischen, doch der Minister schenkte ihm nicht die geringste Beachtung.

»Als Mittel gegen die Schlaflosigkeit«, fuhr ich fort, »ließe ich dem Patienten eine magnetische Behandlung angedeihen, damit er wieder in gehörigem Rapport mit sich selber komme und auf das horche, was ihm die inneren Stimmen, die Geister, die ihn des Schlafes berauben, verkünden.«

»Das ist der neue Humbug mit dem ›animalischen Magnetismus‹!«, keifte der Stadtphysikus. »Mit Verlaub, Euer Exzellenz! Hat die Wiener Medizinische Fakultät einem anderen Scharlatan, nämlich Franz Anton Messmer, die Pforten ihres ehrwürdigen Institutes verschlossen, damit dessen unverschämter Nachahmer nun in Berlin Gehör finde?«

»Wer weiß«, entgegnete der Minister spitz, »ob die Fakultät gut daran tat. Zur Strafe, dass Wien ihm die kalte Schulter zeigte, macht Messmer nun in Paris Furore.«

»Weil in Paris, mit Verlaub!, jede Mode – und sei sie noch so verrückt und exzentrisch – immer ihre Bewunderer findet. In Wien und Berlin dagegen wird seriöse Wissenschaft getrieben.«

»Nun, das ist noch sehr die Frage!«, servierte der Minister ihn ab.

»Euer Exzellenz« – wieder hob der Hofapotheker beschwörend die Hand –, »nicht nur in seiner hochmütigen Verachtung der anatomischen Wissenschaft zeigt sich der Scharlatan, sondern auch im unverschämten Betruge mit ...«

»Genug!«, unterbrach ihn barsch der Minister. Und indem er nun die Doctores scharf adressierte: »In punkto Anatomia mag Graf Cagliostro ein Ignorant sein, als Diagnostiker sticht er jeden hier aus! ... Darum, meine Herren, wird die Entscheidung der Kommission so lange vertagt, bis die Erfahrung gezeigt, ob seine Kur auch hält, was sie verspricht.« Und indem er sich nun zu mir wandte: »Herr Graf! Ich erwarte Sie morgen, sechs Uhr Abend, in meinem Haus. Und bringen Sie ein paar Fläschchen ihrer weißen und gelben Tropfen mit!«

Welch schallende Ohrfeige für die Herren Doctores! Mit versteinerten Mienen saßen sie da und verstanden die Welt nicht mehr. Der Hof-Medicus sackte in seinem Stuhl zusammen wie ein Ballon, aus dem man die Luft gelassen. Mein Triumph hätte nicht vollkommener sein können – wäre da nicht dieser vermaledeite Hofapotheker gewesen. Mit fliegenden Rockschößen war er dem Minister zur Tür gefolgt:

»Zu Diensten Euer Exzellenz! Hier sind Eure weißen und gelben Tropfen!« Der Minister drehte sich um und blickte verwundert auf die beiden Apothekerfläschchen, die ihm der Hofapotheker entgegenstreckte. »Ich habe mir erlaubt, die angeblichen Wundertropfen des Grafen Cagliostro einer chemischen Analyse zu unterziehen. Das Resultatum: Sie bestehen aus einer ganz gewöhnlichen alkoholischen Lösung und mehreren aromatischen Kräutern, wie sie in jeder Apotheke zu haben sind. Hier die genaue Rezeptur!«

Dieser verdammte Schnüffler! Er zog ein Rezept aus der Tasche und überreichte es dem Minister, der es mit gerunzelter Stirn überflog.

»Aber das ist noch nicht alles, Euer Exzellenz! Laut Original-Notification des Grafen, die er an Berlins Häuserwänden anschlagen lässt, sollen seine weißen Tropfen vor allem gegen Magen-, Darm- und Galleleiden, seine gelben Tropfen aber gegen kalte Füße, Rheuma, den Schwindel und das Ohrensausen helfen. Indes bestehen beide Arten von Tropfen – sowohl die weißen wie die gelben – *aus exakt denselben Ingredienzen.* Den letzteren hat er lediglich eine Brise Safran zugesetzt, damit es so aussehe, als handle es sich um völlig andere Tropfen. Hier von Scharlatanerie zu sprechen, scheint mir, mit Verlaub!, weit untertrieben. Es handelt sich um schweren Betrug – ein Fall für die Gerichte!«

Der Minister runzelte die Stirn, hob die Augen vom Rezept und heftete sie wie zwei spitze Pfeile auf mich.

»Nun, was sagt Er dazu?«

Ich setzte meine allerchristlichste Duldermiene auf und erklärte mit unendlicher Nachsicht:

»Seit ich die erste erfolgreiche Kur vollbrachte, verfolgt mich der Konkurrenzneid meiner Kollegen. Paracelsus erging es nicht anders.«

Die eisgrauen Augen seiner Exzellenz wanderten fragend zwischen mir und dem Hofapotheker hin und her. Dann befahl er:

»Erläutere Er uns die Zusammensetzung Seiner weißen und gelben Tropfen!«

Bedauernd hob ich die Arme. »Geschäftsgeheimnis!«

»Er will Seine Rezeptur also nicht preisgeben.« Plötzlich bellte der Minister los: »Ich gebe Ihm 24 Stunden Zeit, um samt Seinem Tross Berlin zu verlassen. Und unterstehe Er sich, in einer Stadt oder einem Flecken des Königsreich Preußens noch einmal als Arzt aufzutreten!«

Fortuna ist wahrlich eine launische Göttin. Eben noch hebt sie einen auf ihren Schwingen empor, im nächsten Augenblick lässt sie einen wieder fallen.

Der Leser wird jetzt vielleicht sagen: Ich hätte es nicht besser verdient, Betrug ist Betrug! Aber nicht ich bin der Betrüger, es ist nur der medizinische Augenschein, welcher hier trügt!

Erstens gehören meine berühmten *gouttes blanches* und *gouttes jaunes* zu jenen Naturheilmitteln, die »hauptsächlich nichts schaden«, wie die Maxime des Dottore Ambrosius lautet. Zweitens haben meine harmlosen Tropfen, wenn auch meist in Verbindung mit anderen, mentalen Medizinen, vielen Patienten nachweislich geholfen, wie ihre zahlreichen Dankesbriefe bezeugen. Der Glaube versetzt bekanntlich Berge. Und was ist der Glaube anderes als eine wirksame Form der Selbstsuggestion? Seit Anbeginn aller Medizin ist wohl die leidende Menschheit viel öfter durch Suggestion geheilt worden, als wir ahnen und die Heilkunde zugeben will. Wer aber meint, solche überraschenden Heilungen kämen nur bei eingebildeten Kranken vor, dem möchte ich mit jener Straßburger Ordensschwester antworten, die ich von ihren quälenden Ohrgeräuschen kurierte. Sie schrieb mir in ihrer Dankespost:

> *Will jemand sagen, ich hätte mir mein Ohrensausen bloß eingebildet, so bin ich's zufrieden und verlange von keinem Arzt der Welt mehr, als dass er zuwege bringt, dass ich mir fest einbilde, wieder gesund zu sein.*

Durchaus wunderbar sind solche Heilungen weder Wunder noch Einmaligkeiten, sondern sie spiegeln nur undeutlich ein okkultes Gesetz höherer Zusammenhänge zwischen Körper und Seele, die vielleicht kommende Zeiten ergründen werden. Eines Tages werden wir mehr darüber wissen, über welche Nervenbahnen und stofflichen Vorgänge Glaube und Hoffnung auf den Organismus wirken und wo die Schnittstellen zwischen Geist und Materie liegen.

Was aber den Autodidactus und »anatomischen Ignoranten« betrifft – dieser ist gegenüber dem sogenannten »Experten« insofern im Vorteil, als er sich auf seine eigene Beobachtung und Intuition verlassen muss. Ein Experte ist einer, der immer mehr über immer weniger weiß und am Ende alles über nichts weiß. Intuition dagegen ist das Vermögen, *okkulte*, das heißt: verborgene, Zusammenhänge zu erahnen, die dem Experten und dem kalten Tagauge der Vernunftwissenschaft verschlossen bleiben. Hätten wir weniger wissenschaftliche »Experten« und dafür mehr intuitiv begabte »Ignoranten« und »Autodidakten« – ich bin gewiss, die Menschheit wäre auf allen Forschungsgebieten viel weiter, als sie heute ist.

Auch wenn das Kurverbot ein empfindlicher Schlag für mein Renommee und meine Geldbörse war, Serafina und ich waren keineswegs traurig, dem unfröhlichen Reiche der Preußen wieder den Rücken zu kehren. So packten wir denn unsere sieben Sachen und querten bei regnerischem Wetter die wenig erbaulichen märkischen Sandwüsten, in denen unsere Kutsche mehr als einmal stecken blieb, in nordöstlicher Richtung.

In Danzig, das damals noch polnisch war, erwies mir eine Loge wie die andere die gebotenen Ehrenbezeugungen. Meine freimaurerischen Botschaften und meine satirischen Seitenhiebe auf die Preußen wurden hier mit Begeisterung aufgenommen; denn die Polen waren nicht gut auf Friedrich den Großen zu sprechen, der sich einen großen Teil des polnischen Staatsgebietes einfach einverleibt hatte.*

Ich war noch ganz von der Anhänglichkeit meiner Danziger Brüder erfüllt, als ich mich zwei Monate später, am 25. Februar 1779, ins Fremdenbuch des Gästehauses Schenck in der Kehrwiedergasse zu Königsberg eintrug. Umso größer

* *Im Zuge der 1. polnischen Teilung von 1772, da Polen fast 30 % seines Staatsgebietes und 35 % seiner Einwohnerschaft an Preußen, Russland und das Habsburger Reich abtreten musste.*

war mein Befremden über den unfreundlichen Empfang der hiesigen Bürger. Der Major und Kanzler von Korff erdreistete sich, nach einem höchst flüchtigen Kennenlernen derart abfällig über mich zu urteilen, dass ich von da ab an den Türen anderer angesehener Männer Königsbergs vergeblich vorfuhr. »Er mag der Henker, ein Graf oder dergleichen sein!«, warnte er seine Mitbürger. »Kinder, der Kerl ist wahrhaftig ein verkleideter Bedienter, traut ihm nicht!« – Womit der preußische Major eigentlich nur eines bekundete: seine grenzenlose Verachtung der Dienstboten, ohne deren täglichen Dienste er nicht mal imstande gewesen wäre, sich morgens korrekt anzukleiden, geschweige denn seinen Kamin zu heizen und seine Pferde zu bespannen.

Im Unterschied zu Königsberg wurde mir in der kurländischen Hauptstadt Mitau ein begeisterter Empfang bereitet. Die hiesigen Brüder und Schwestern waren ganz erpicht darauf, der Weisheiten der ägyptischen Loge teilhaftig zu werden und zu den höheren Mysterien des Orients initiiert zu werden.

XIII. Die Versuchung

Erschrocken fuhr Zelada auf, ein Alp hatte ihn aus dem Schlaf gerissen. Wie betäubt erhob er sich von der Bettstatt. Er fuhr in die Pantoffeln und schlurfte im Unterkleide zum Fenster, um die schweren Portieren wieder aufzuziehen. Über den roten Ziegeldächern stand ein schwärzlicher Himmel, der nur an einer lichten Stelle der Gewitterfront von einem funkelnden Strahlenbündel durchbrochen wurde. Das Pflaster auf dem Campo Santo glänzte von den niedergegangenen Regengüssen und Herbstgewittern, hie und da hatten sich große Wasserpfützen gebildet. Er öffnete die Fenster. Die kühle Luft tat ihm wohl und machte seinen Kopf wieder frei. Gottlob waren der stechende Migräneschmerz und die Übelkeit gewichen, die ihn den ganzen Vormittag geplagt. Er verspürte nur noch ein flaues Gefühl im Magen.

Er zog die Klingelquaste und trug Benito auf, ihm eine Bouillon mit Toast zu bereiten.

Wann hatte sein Migräneleiden eigentlich begonnen? Vor oder nach seiner Priesterweihe? Er wusste es nicht mehr. Jedenfalls plagte es ihn seit Jahrzehnten.

Wie oft hatte man ihn nicht zur Ader gelassen, wie viele Kuren hatte er nicht auf sich genommen – und es hatte doch nichts genutzt. Einmal hatte er sich sogar einer magnetischen Behandlung unterzogen, denn die neuen messmeristischen Heilmethoden wurden allgemein gerühmt. Waren Elektrizität und Magnetismus nicht neue Beweise für das Dasein Gottes? Auch gehörte es in den vornehmeren Kreisen zum guten Ton, einen magnetischen Salon aufzusuchen.

In der Mitte des hohen, mit schweren Vorhängen abgedunkelten Raumes stand breit wie ein Brunnen das sogenannte Baquet, der große, mit magnetisiertem Wasser gefüllte Gesundheitszuber. In tiefem Schweigen, wie in einer Kirche, saß er neben den anderen Patienten um diesen magnetischen Altar. Von Zeit zu Zeit bildeten auf ein Zeichen hin die um den Zuber Gereihten die sogenannte magnetische Kette. Jeder berührte die Fingerspitzen seines Nachbarn, damit der magnetische Strom, durch die Überleitung von Körper zu Körper verstärkt, die andächtige Reihe durchflute. In dieses tiefatmende, von keinem Wort, nur manchmal von leichten Seufzern unterbrochene Schweigen klangen vom Nebenzimmer her unsichtbare Akkorde und gepflegte Vokaltöne. Eine Stunde lang sollte auf diese Weise der Organismus mit magnetischer Kraft geladen werden. Zelada aber verspürte nichts von dieser geheimnisvollen Energie, er wurde nur immer schläfriger.

Dann endlich trat der Magnetiseur herein, er trug eine lilane Seidenrobe. Kaum dass er sich den Kranken nahte, lief schon leises Zittern wie von anklingendem Wind durch die Kette. Ernst, ruhig, langsam, mit hoheitsvoller Gebärde schritt er mit seinem dünnen Eisenstäbchen von einem Kranken zum anderen. Bei diesem und jenem blieb er stehen, fragte sie leise nach ihren Leiden, dann strich er mit seinem Magnetstab in bestimmter Richtung die eine Seite des Körpers hinab, die polare wieder empor. Schließlich näherte er sich dem Kardinal, mit starrer Pupille die Aufmerksamkeit ganz auf ihn konzentriert, und umkreiste, eine unsichtbare Aura in die Luft zeichnend, bedeutungsvoll seine Stirn – das Zentrum des Schmerzes. Doch Zelada hatte nur eine lästige Empfindung dabei, als wenn eine Mücke ihm vor den Augen tanzte.

Nicht lange indes und der erste Patient begann unter der Berührung des Magnetiseurs zu zittern, konvulsivisches

Zucken sprang über seine Glieder, er fing zu schwitzen, zu schreien, zu seufzen und zu stöhnen an. Kaum hatte sich bei dem ersten ein ersichtliches Zeichen der nervenaufrüttelnden Kraft eingestellt, so vermeinten auch die anderen in der Kette Angeschlossenen gleichfalls die heilbringende »Krise« zu spüren. Elektrisch flatterten in der festgeschlossenen Reihe die Zuckungen weiter, ein zweiter, ein dritter Patient verfiel in Krämpfe, und plötzlich war der Hexensabbat vollkommen: Einige wälzten sich mit verdrehten Augen in Zuckungen auf dem Fußboden, andere begannen grell zu lachen, zu schreien, zu schlucken, zu stöhnen, manche tanzten, von Nervenkrämpfen hin- und hergerissen, wie die gehörnten Teufel während der römischen Fasnacht, andere sanken in Ohnmacht oder fielen, unter dem Einfluss des Magnetstäbchens, in die kataleptische Starre. Dazwischen spielte die Musik von nebenan weiter, um die gespannten Zustände noch höher und höher zu steigern; musste doch nach Messmers »Krisentheorie« jede nervöse Krankheit auf den höchsten Punkt ihrer Entwicklung getrieben werden, um die gestauten magnetischen Fluida und Energieströme wieder in Fluss und damit dem Körper die Heilung zu bringen.

Bei Zelada indes zeigte sich nicht die geringste Wirkung – trotz intensiver Bemühung des Magnetiseurs, der mit seinem Magnetstäbchen immer wieder von unten nach oben vor sein Gesicht und seine Augen strich. Vergebens wartete er auf die erlösenden Zuckungen und Krämpfe. Er war nicht nur enttäuscht, er kam sich obendrein wie ein Stiefkind der Natur vor, schienen doch die segensreichen magnetischen Fluida wirkungslos durch ihn hindurch- oder an ihm vorbeizuströmen. Als hätte man just ihn von der magnetischen Kommunion ausgeschlossen!

Im Nachhinein kam ihm diese fluidale Gruppentherapie mit all den seufzenden, schreienden und zappelnden Patienten höchst dubios und lächerlich vor. Ihn reute nicht nur die erkleckliche Ausgabe, die ihn die Teilnahme gekostet; er war auch froh, sich gegen eine derart enthemmende, alle Sittlichkeit verletzende Kur gesperrt zu haben, die ihn, einen geweihten Kardinal, coram publico zum Nervenbündel, ja, zur Karikatur seines heiligen Standes gemacht hätte. Da wandte er sich in der Not doch lieber an Pater Domenico, der sich des althergebrachten Exorzismus bediente, um ihm den »bösen Dämon«, der ihm unter die Schädeldecke gefahren, wieder auszutreiben. Die inbrünstigen Anrufungen, Gebete und Beschwörungen des Exorzisten-Priesters, der ihn gehörig rüttelte, schüttelte und mit Weihwasser besprengte, blieben wenigstens unter vier Augen.

So viele Ärzte er auch aufgesucht hatte, keiner wusste ihm zu helfen – außer einem vielleicht ... Plötzlich erinnerte er sich wieder an den Traum, der ihn aus dem Schlafe gerissen:

Er betritt die Kerkerzelle des Inquisiten. Dieser sitzt, in eine Decke gehüllt, mit untergeschlagenen Beinen, auf der Pritsche. Im Schein der Fackel leuchtet sein Bocksgesicht wie die Fratze eines heidnischen Götzen.

»Warum erweisen Sie mir die Ehre Ihres Besuches an diesem Ort der Verdammnis?«, fragt Cagliostro in höhnischem Ton. »Wollen Sie mich konsultieren? *Ein* Kreuz, *ein* Leiden schleppt jeder Mensch mit sich herum – ob er nun reich oder arm, König oder Bettler, Inquisitor oder Inquisite ist. Auch Sie leiden oftmals schwere Schmerzen, die wie Messerstiche Ihren Kopf durchbohren.«

Verblüfft starrt der Kardinal ihn an. Woher wusste dieser Teufelskerl das?

»Seit langem«, fährt Cagliostro fort, »tun Sie Ihrer Seele und Ihrem Körper Gewalt an. Ich bin der einzige Arzt, der Ihnen helfen kann. Und Sie wissen das!«

Zelada will etwas erwidern, aber seine Zunge ist wie gelähmt. Ihm ist, als ob der Teufel selbst ihn versuche. Kein Arzt der Welt außer Cagliostro, flüstert ihm eine Stimme ein, kann ihn von seinem schmerzhaften Leiden befreien. Gleichzeitig ist ihm die Vorstellung ein Alp, sich in die Hände dieses Ketzers und infamen Betrügers zu begeben, sich gar von ihm messmerisieren und in diesem wehrlosen Zustand wer weiß was für unzüchtige und teuflische Gedanken einblasen zu lassen … Und wie stünde er vor sich selbst, dem Hl. Vater und dem Kardinalskollegium da, wenn ruchbar würde, dass just der Erste Kardinal-Staatsekretär die medizinische Hilfe des Mannes in Anspruch nimmt, dessen strengste Bestrafung er selber gefordert! Nicht auszudenken die Schmach! Nein, lieber würde er weiter die Messerstiche im Kopf ertragen, als dem Anti-Christen auch nur den kleinen Finger zu reichen.

Fluchtartig verlässt er den Kerker. Doch kaum ward die schwere Bleitüre hinter ihm zugeschlagen, erlischt plötzlich die Fackel. Er findet sich allein in dem unterirdischen Schacht. Im Dunkeln irrt er durch die labyrinthischen Gänge und findet den Ausgang nicht mehr. Verzweifelt ruft er nach dem Kerkermeister und hört doch nur das hohle Echo seiner eigenen Stimme. Vor Schreck wacht er auf.

Kapitel 14

Gastspiel im Reiche Katharinas

»Russland ist ein riesiges kaltes Land. Wodka hat uns Russen nicht nur immer gewärmt, sondern auch zu einem Volk vereinigt«, erklärte uns mit leuchtenden Augen der russische Major, der uns seit Kaporja, der letzten Poststation vor St. Petersburg, Gesellschaft leistete. Während unsere Kutsche bei regnerischem Wetter durch die eintönige Marschlandschaft rollte, ging seine Wodkaflasche von Mund zu Mund. Wir tranken abwechselnd auf »Väterchen Russland«, auf »Peter den Großen« und »Katharina die Große«, und immer wieder auf »Druschba« – die Freundschaft zwischen allen im Wodka selig vereinten Brüdern. Nach jedem neuen Trinkspruch küsste uns der russische Bär zweimal auf die rechte und linke Wange, schmatzte uns ab, dass es seine Art hatte. Serafina lachte Tränen und hatte es längst aufgegeben, ihre kunstvolle Hochfrisur wieder zu richten und das verschmierte Rouge auf ihren Wangen zu retouchieren.

Schon der Kiewer Großfürst Wladimir, erklärte uns unser russischer Freund in bestem Französisch, habe 988 vor allem deswegen die christliche Religion und nicht etwa den Islam angenommen, weil, so Wladimir, »Trinken die Freude unseres Reiches ist und wir nicht ohne es auskommen können«. Peter der Große, selbst ein gefürchteter Trinker, der seine Gäste zur Begrüßung schon mal eine Erstration von eineinhalb Litern Wodka bewältigen ließ, baute mit dem Trink-Geld Armee und Staat um. Allerdings sei der Wodka auch für manche verheerende Niederlage der russischen Armee verantwortlich gewesen. So blieb im Jahre 1506 von der 100 000-Mann-Streitkraft der Russen, die vor der tartarischen Hauptstadt Kasan lag, gerade ein Häufchen von 7000 Mann übrig. Der Grund: Nach einem anfänglich leichten Sieg hatten sich die russischen Soldaten erst mal zwei Tage lang hemmungslos betrunken, um dann von den neu gesammelten Tartaren aufgerieben zu werden. Seither gebe kein russischer General mehr die Wodkafässer vor der Schlacht frei.

Ich hielt mich immer für einen trinkfesten Kerl. Doch schon meine erste Wodka-Taufe zwischen Kaporja und St. Petersburg belehrte mich eines Besseren: Während unser russischer Trinkbruder auch nach der zweiten Flasche Wodka noch immer klare Sätze sprach, sah ich schon längst die Sterne über mir kreisen und fiel kurz darauf in einen ohnmachtähnlichen Zustand. Die Russen trinken jeden Ausländer unter den Tisch – und sich selbst ins Grab. Zehntausende im Land der Reußen sterben jährlich am Leberexitus – zum Wohle der Staatskasse. Diese bezieht bis zur Hälfte ihre Einnahmen aus jenen Abgaben und Steuern, die auf der Destillation und dem Verkauf der klaren Schnäpse liegen. Ist kein Rubel mehr im Beutel, nehmen Wirte auch Kleider oder Nachthemden in Zahlung, sodass viele Betrunkene – wie unser Freund es ausdrückte – »so nackt, wie sie zur Welt gekommen sind, wieder nach Hause wanken«. Eigentlich bräuchte ganz Russland eine Entziehungskur. Aber dann wäre der Staat bankrott, und die große russische Seele würde vertrocknen – wie ein See in der Salzwüste.

Ich wachte erst wieder auf, als meine Frau mich wachrüttelte: Vor uns lagen die berühmten goldenen Kuppeln von Sankt Petersburg, das Peter der Große auf einem gottverlassenen Fleckchen Erde, auf dem sumpfigen, moskitoverseuchten Delta der Newa, errichtet hatte.

St. Petersburg Juni 1779 – April 1780

Unsere Ankunft im »Venedig des Nordens« mit seinen zahllosen Kanälen und seinen schnurgeraden, von Ahornbäumen gesäumten Alleen stand unter keinem guten Stern. Die ersten Tage – was sage ich? –, die ersten Wochen wurden wir von niemandem empfangen, obschon die kurländischen Freimaurer überall mein Lob hatten erschallen lassen. Wie Sauerbier reichte ich meine Empfehlungsschreiben aus Mitau bei den hiesigen Adelshäusern und Freimaurern herum. Es war wie verhext: Die Ankunft des Abgesandten des »Großkophta« in Russlands Hauptstadt schien hier keinen Hund hinter dem Ofen hervorzulocken.

Dabei hatten wir uns standesgemäß einquartiert in einem geräumigen Haus am Quai du Palais, unweit des mit Granit befestigten Flussufers, wo die Paläste von Höflingen, ausländischen Gesandten und Generälen stehen. Von unserem Quartier aus konnte man die Zitadelle sehen, den weitläufigen, im italienischen Stil erbauten Winterpalast Katharinas.

Doch statt einer Einladung in die Eremitage, wo die Günstlinge der Zarin ein- und ausgingen, erhielt ich eine Vorladung durch den spanischen Botschafter Fernandez. Der kanzelte mich ab wie einen windigen Abenteurer. Er erklärte brüsk, ausländische Freimaurer seien am russischen Hof und in den Adelskreisen von Sankt Petersburg nicht erwünscht. Außerdem legte er mir nahe, mich nicht als Oberst in den Diensten der spanischen Krone auszugeben; denn in den spanischen Adels- und Dienstregistern gebe es keinen Grafen namens Cagliostro. Dafür liege der Polizeibehörde von Cadiz die Anzeige eines spanischen Edelmannes vor, dem ein Abenteurer namens Pellegrini vor Jahren einen wertvollen silbernen Stock gestohlen habe. Die Beschreibung jenes Pellegrini passe haargenau auf meine Person und Visage, ebenso die Beschreibung des entwendeten Spazierstocks auf jenen, den ich gerade bei mir führe.

Als ich das Haus der spanischen Botschaft verließ, stand mir der kalte Schweiß auf der Stirn. Maledetto! Sollte mich just hier, im hohen Norden Europas, eine Bagatellsache aus meiner Vergangenheit einholen, die im äußersten Süden Spaniens stattgehabt und über zehn Jahre zurücklag? ... Während unser Schiff in Cadiz auf Dock lag, hatte ich mit einem spanischen Edelmann eine Partie Pharo gespielt – und gewonnen. Da dieser jedoch meinte, ich hätte nicht ehrlich gespielt, wollte er mich nicht auszahlen. Da nahm ich seinen silbernen Spazierstock als Pfand – unter Spielern ein ganz gewöhnlicher Vorgang. Ich liebte diesen Stock, war doch in seinem Griff eine kleine vergoldete Repetieruhr eingebaut, ein technisches Wunderwerk. Sollte der mir jetzt etwa zum Stolperstein werden? Konnte Fortuna so boshaft zu einem Günstling des Glücks sein?

Jedenfalls musste ich auf der Hut sein. Wie ich aus unterrichteten Kreisen erfuhr, mochte die Zarin die Freimaurer nicht, sie sah in ihnen entweder lächerliche Schwärmer und Phantasten oder verkappte Konspirateure, wenn nicht gar Spione ausländischer Mächte. Und dass sie mit ihren Gegnern nicht gerade zimperlich umging, hatte sie genugsam bewiesen: Im Zuge der Palastrevolution, die sie auf den Zarenthron gehievt, hatte sie ihren legitimen Gatten, Zar Peter den III., von einem ihrer hünenhaften Liebhaber einfach erwürgen lassen. – War ein Aufenthalt in der Peter-und-Paul-Festung, die sich gegenüber dem Winterpalais erhebt und in der Katharina ihre Gegner und Rivalen unterzubringen pflegte, nicht doch wahrscheinlicher als eine Einladung in ihren Palast?

Nicht weit vom Quai du Palais wurde unter Arkaden Markt gehalten. Türkische Händler in Pluderhosen, verschleierte Musliminnen, langbärtige Bauern in groben Schafwellwesten, Tartaren mit gezwirbelten Schnauzern und sibirische Schamanen feilschten hier mit rauem Akzent um Linsen, Bohnen, Speck, Mehl, Tabak, Talismane und seltsame Heilmittel. Immer wenn ich diesen orientalisch anmutenden Volksmarkt betrat, überkamen mich heimatliche Gefühle.

Eine Frau guter Hoffnung

Wo ein Arzt ist, wird früher oder später auch nach ihm gerufen, ob in Russlands Hauptstadt oder in Sibirien. Eines Tages machte Senator Iwan Jelagin, einer der tonangebenden russischen Freimaurer, mir seine Aufwartung. Die hiesigen Logenbrüder, erklärte er mir, seien weniger an meinen Geister- und Engels-Zitationen als an der Demonstration meiner Heilkünste interessiert. Er bat mich, seine Nichte, Mme. Bourtouline, zu begutachten, die kurz vor einer schwierigen Niederkunft stehe. Ihr Arzt sei höchlich besorgt und habe keine gute Prognose. Man habe schon den Popen verständigt.

Ich eilte sogleich in das betreffende Haus, wo die Dame, bleich wie ein Linnen und völlig erschöpft von den Aderlässen, die ihr der Arzt verordnet, auf dem Diwan lag, während im Nebenzimmer der Pope bereits alles für die letzte Ölung vorbereitete. Ich fühlte ihr den Puls, er war besorgniserregend schwach. Als Erstes schickte ich den Popen weg. Dann setzte ich den Aderlass ab und ließ der Wöchnerin eine stärkende Bouillon bereiten. Als der herbeieilende Medicus dies gewahrte, schlug er die Hände überm Kopf zusammen und erklärte mich für einen medizinischen Ignoranten. Galt es doch als unumstößliches Dogma, dass die Schwangeren infolge des Ausbleibens der Mens zu viel Blut im Leibe hätten, welches sich dann in ihren Gefäßen staue – darum müsse man sie kräftig zur Ader lassen. Dabei musste einem doch der gesunde Menschenverstand sagen, dass sie infolge des fortwährenden Blutverlustes nur immer mehr geschwächt wurden. Der Medicus rief Gott zum Zeugen an, dass er alles getan, was in seiner Kraft stehe, und verließ beleidigt das Haus.

Ich setzte mich ans Bett der Hochschwangeren, legte ihr die Hand auf die fiebrige Stirn und redete ihr erst einmal die schwarzen Gedanken aus, welche sie plagten. Sie werde mit Gottes Hilfe glücklich niederkommen – so wahr ich Cagliostro bin, der berühmteste Arzt aus dem Morgenlande. Sodann ließ ich meine Phantasie spielen und erzählte ihr von dieser und jener Dame, die unter meiner medizinischen Aufsicht glücklich entbunden worden. Die Frau des Emirs von Mauretanien sei, nach anfänglichen Komplikationen, sogar mit zwei prachtvollen Zwillingen niedergekommen – zur großen Freude ihres Gatten, der Allah und mir auf den Knien dankte, dass er in derselben Stunde gleich zweimal Vater geworden. Sodann fragte ich sie nach dem Namen, den sie dem Kindchen zu geben gedenke, und malte ihr das kommende Mutterglück in den sattesten Farben. Nur eines müsse sie mir versprechen, den Zucker-Bausch, den man dem Säugling in das Schnütchen stecke, um ihn ruhigzustellen, nicht mit Wodka zu tränken, wie es die russischen Ammen täten. Er käme noch früh genug auf den Geschmack.

Mit solchen Histörchen und hoffnungsvollen Prospekten munterte ich die Wöchnerin auf, sodass ihr Puls schon nach wenigen Stunden wieder auf Trab kam und eine leichte Röte ihre Wangen überzog. Die halbe Nacht verbrachte ich an ihrem Bett, bis sie beruhigt einschlief. Am nächsten Tag kam ich wieder, ebenso am darauf folgenden, und jedes Mal flößte ich ihr, zusammen mit meinen Stärkungsmitteln, mehr und mehr Hoffnung ein. Der Medicus, ein rechter Miesepeter, der durch seine ewige Bedenklichkeit und seine düstere Prognose die Schwangere erst in Panik versetzt hatte, mochte wohl die Aderlass-Tafeln in- und auswendig kennen; doch wusste er nichts von der schlichten und heilsamen Weisheit, die schon in dem Worte liegt: eine Frau sei *guter Hoffnung*.

Am dritten Tage kam Mme. Bourtouline, nach heftigen, aber kurzen Presswehen, mit einem Knäblein glücklich nieder – zur großen Erleichterung ihres Gatten und der ganzen Familie. Mit dieser geglückten Entbindung war das Eis gebrochen. Senator Jelagin und Madame Bourtouline sangen mein Loblied, wo sie nur konnten.

Ein hoffnungsloser Fall

Eines Tages suchte mich Senator Iwan Perfiliewitsch Yelagunie, Direktor der kaiserlichen Theater, auf und bat mich inständig, meine Kunst an seinem Schwiegersohn, dem Assessor Iwan Isljenjew, zu versuchen, der an einem bösen Geschwulst oder Krebsleiden erkrankt sei, das ihm alle Lebenskraft raube. Ich sei die letzte Hoffnung der Familie, denn alle Ärzte von Sankt Petersburg hätten ihn aufgegeben.

Ich zögerte. Sollte ich mich wirklich an einem Fall versuchen, an dem ich höchstwahrscheinlich ebenso scheitern würde wie die anderen Ärzte? Andererseits hörte man hin und wieder von hoffnungslosen Fällen, die doch geheilt worden waren. Solche Heilungswunder waren gar nicht so selten, so rätselhaft sie auch sein mochten. Gerade derjenige Arzt, der den letzten Versuch wagte, hatte gegenüber all seinen Vorgängern einen entscheidenden Vorteil: Ihm kam die ganze verzweifelte Hoffnung des Kranken und damit das Äußerste seines Gesundungswillens entgegen. Wenn aber auch der letzte Arzt scheiterte, so tat dies seiner Reputation keinen Abbruch, waren doch seine Vorgänger gleichfalls gescheitert, was nur eines bewies: dass der Fall tatsächlich hoffnungslos war. Solches erwägend, erklärte ich mich schließlich bereit, den krebskranken Assessor Iwan Isljenjew aufzusuchen.

Als ich jedoch, unter den bangen und zugleich erwartungsvollen Blicken der ganzen Familie, das Krankenzimmer betrat und den armen Mann und Familienvater untersuchte, der wie das Leiden Christi aussah, wollte mich wieder der Mut verlassen: Das bösartige Geschwulst an seiner Leiste ließ sich mit der bloßen Hand ertasten, so dick und steinhart war es! Auch schien das Urteil der Medici dem etwa fünfzigjährigen Assessor bereits im Gesicht zu stehen. Mit trüben und wässrigen Augen blickte er mich an, seine Stimme hatte jede Kraft verloren, kaum verstand ich, was er mir sagen wollte, er wirkte so lethargisch und von den dauernden Schmerzen abgezehrt, als glaube er selbst nicht mehr an die Möglichkeit seiner Genesung. Der Fall schien tatsächlich hoffnungslos.

Ich bat mir eine Nacht Bedenkzeit aus. Ich schloss mich in meinem Hotelzimmer ein und überlegte hin und her, wie dem todkranken Assessor vielleicht doch noch zu helfen wäre.

Auf dem Markte unter den Arkaden wurde viel von den Schamanen-Priestern erzählt, die schier unglaubliche Heilungen vollbrachten – und zwar allein kraft wirkmächtiger magischer Rituale und Beschwörungen, durch welche sie die Hilfe der Ahnen und der Schutzgeister des Stammes aufriefen. Besonders beeindruckte mich das schamanische Ritual der Seelenreise, das in unmittelbarer Gegenwart des Kranken stattfindet und sich über viele Stunden, manchmal über Tage erstreckt: Der Schamanen-Priester, die Angehörigen des Kranken und die Stammesmitglieder fallen, bei ekstatischen Tänzen und dem monotonen Schlag der Trommeln, in den Zustand des Schlafwachens und machen sich auf in das »Land der Geister«, um die Seele des Kranken zurückzuholen, die seinen Körper verlassen hat. Erst wenn sie ihm seine Seele wiedergebracht haben, kann er gesunden. So abergläubisch dieses Ritual dem Europäer auch erscheinen mag, der ihm zugrunde liegende Gedanke zeugt von einer tiefen Intuition: dass nämlich bei jeder schweren Erkrankung die leibseelische Einheit gestört und außer Kraft gesetzt ist, dass der Leib dem Geiste und dem Willen nicht mehr gehorcht, vielmehr ein unheimliches Eigenleben zu führen beginnt, etwa indem ein Geschwulst in ihm wächst oder ein wichtiges Organ seinen Dienst versagt. In diesem Sinne kann man sagen: Der Geist, die Seele hat sich vom Körper getrennt. Da aber der Kranke aus eigener Kraft nicht mehr imstande ist, die verlorene Einheit in sich wiederherzustellen, bedarf er der Hilfe durch den Schamanen-Priester, der wiederum die vereinigten Kräfte der Gemeinschaft, der Ahnen und der Schutzgeister zu seiner Heilung aufruft.

Unlängst hatte ich von einem Schamanen ein seltsames Heilmittel gekauft: Es handelte sich um das Endstück eines Geweihes, das von den Maralen stammte, einer besonderen Spezies von Hirschen, die in Sibirien beheimatet sind. Wenn man – so hatte ich mir von meinem Dolmetsch erklären lassen – das Mark dieses Geweihes, zusammen mit dem Saft einer bestimmten Schwarzwurzel, in Wodka oder Milchschnaps einweiche und dieses Gebräu zwei Wochen lang im Dunkeln gären lasse, gewinne man daraus ein heilkräftiges Elixier, das in ganz Asien berühmt sei für seine wunderbaren Wirkungen: Es mache unfruchtbare Frauen wieder fruchtbar und lendenlahme Männer wieder potent, es reinige und verschließe eitrige Wunden, ziehe das Gift aus dem Körper und bringe böse Geschwüre zum Verschwinden.

Warum sollte ich dieses Heilmittel, das eine so lange und legendäre Tradition hatte, nicht an dem krebskranken Assessor ausprobieren? Vielleicht erwies es sich ja als ein *wirksames Antidotum*, das den Tumor zerstörte und die giftigen Keime aus dem Körper zog. Und warum nicht seine Wirkung durch ein *gemeinschaftliches Ritual* nach Art der Schamanen noch unterstützen? Allerdings müsste solch ein Ritual schon an die Glaubensvorstellungen gebildeter Russen anknüpfen, statt an die heidnischen Vorstellungen sibirischer Nomadenvölker. Ein großes Tamtam mit Getrommel und ekstatischen Tänzen war orthodoxen Christen wie den Isljenjews kaum zuzumuten, es wäre allen Beteiligten nur gotteslästerlich oder lächerlich erschienen. Doch an Engel und Geister glaubten fast alle Russen, und Ahnenkulte waren auch bei ihnen sehr verbreitet. Vor allem aber bedurfte es einer *wirkmächtigen Suggestion*, die dem apathischen Kranken den Lebensmut und die Hoffnung zurückgab und die so überzeugend für ihn sein musste, dass er dem Tumor in seinem Leib seine letzten Kraftreserven und seinen ganzen Gesundungswillen entgegensetzte. Was Letzteres anging, kam mir eine Idee, wie sie wohl nur einem Täuschungskünstler von Profession einfallen kann.

Am nächsten Morgen begab ich mich wieder zur Familie Isljenjew und befragte sie nach ihren Ahnen und verstorbenen Angehörigen und in welchem Verhältnis der Patient zu diesen stehe. Sodann bat ich Frau Isljenjew, die ganze Familie, auch die besten Freunde ihres Mannes, sollten sich heute Abend hier einfinden. Sie sollten in ihrer gewöhnlichen Kleidung kommen, ihre Gebet- und Gesangbücher sowie kleine Gaben mitbringen, die man den Ahnen als Opfer darreichen werde. Genügend Kerzen sollten bereitstehen und natürlich der Samowar brodeln. Dann klapperte ich diverse Trödelläden ab, bis ich schließlich das Gesuchte gefunden hatte: einen aus Ton geformten Lebensbaum mit stilisierten Ranken und grünem Blattwerk, das sich zu einer Krone mit sieben Kerzen rundete. Links und rechts im Blattwerk waren Adam und Eva verborgen, zwischen ihnen räkelte sich um einen Aeskulapstab die Schlange des Paradieses. Diesen symbolträchtigen Baum ließ ich ins Krankenzimmer des Assessors schaffen.

Gegen zehn Uhr abends fand sich die ganze Gesellschaft im Haus des Kranken ein. Ich trug einen schwarzen Talar samt dem dazugehörigen schwarzen Spitzhut mit breiter Krempe. Mit ernster Miene erklärte ich den Anwesenden, dass ich bei dieser schwierigen magischen Operation, deren Ausgang keineswegs gewiss sei, auf ihre gemeinschaftliche Sympathie für den Kranken zähle: durch ihre Gebete, Fürbitten und Gesänge sowie durch die kleinen Opfergaben sollten die Geister der Ahnen aufgerufen und um Mithilfe bei der bevorstehenden Operation gebeten werden. Dann instruierte ich sie kurz über den Ablauf des ganzen Rituals. Doch sollten sie das Krankenzimmer nicht mit Leichenbittermiene betreten, damit der Patient nicht etwa den Eindruck gewinne, sie seien zu seiner Beerdigung gekommen. Es gehe im Gegenteil darum, seine matten Lebensgeister wieder aufzuwecken!

So vorbereitet, betrat ich mit der kleinen Gesellschaft das Zimmer des Kranken. Iwan Isljenjew lag, den Kopf gegen das Stützkissen gelehnt, auf seinem großen Bett. Als er die vielen Besucher erblickte, weiteten sich seine müden Augen vor Schreck. Waren sie etwa gekommen, um sich von ihm zu verabschieden? Ich trat an sein Bett und bedeutete ihm mit leiser, eindringlicher Stimme, all seine Lieben und Freunde seien nur gekommen, um gemeinsam mit mir den Großen Gott und die Geister der Ahnen um ihren Beistand zu bitten für das Gelingen der magischen Operation, die ich an ihm vornehmen werde. Der Assessor schaute verwundert drein, dann fragte er angstvoll, was denn das für eine Operation sei. Keine Aderlässe und keine Purgiertränke, versicherte ich ihm, damit sei er ja genugsam traktiert worden, es handle sich um eine rein geistige Operation, die ihm auch gar nicht wehtun werde. Da huschte ein dankbares Lächeln über seine farblosen Lippen.

Das Zeremoniell, das durchaus Züge eines orthodoxen Gottesdienstes hatte, begann mit dem gemeinschaftlichen

Absingen eines Psalms. Danach trat jeder Besucher vor den Lebensbaum mit den sieben brennenden Kerzen und legte eine kleine, für die Ahnen bestimmte Opfergabe darunter: ein Schälchen mit Reis und gebratenem Entenflügel für den Geist des seligen Großvaters (das war zu Lebzeiten sein Leib- und Magengericht), eine kleine russische Steckpuppe für den Geist der seligen Großmutter, ein gehäkeltes Ziertüchlein für den Geist der seligen Mutter, ein Stück Ziegenkäse und ein Gläschen Wodka für den Geist des seligen Onkels usw. Währenddessen rief ich die Geister der betreffenden Ahnen auf, nannte sie bei ihrem jeweiligen Namen und bat sie um ihren Beistand. Dann wurde wieder ein Psalm gesungen und eine gemeinschaftliche Fürbitte gehalten. Der müde Blick des Assessors hatte sich mittlerweile belebt, mit staunenden Kinderaugen verfolgte er all diese heiligen, ihm wohlvertrauten Handlungen, welche hier allein zu seinem Wohle, für seine Genesung abgehalten wurden – und dies hatte er noch nie erlebt!

Nach diesen gemeinschaftlichen Eingangs- und Einstimmungsritualen, die in einer weihevollen Atmosphäre stattfanden und sich über eine Stunde lang hinzogen, kam das eigentliche, das magische Suggestivritual, von dem ich mir den entscheidenden Schub für den Gesundungswillen des Patienten erhoffte. Ich ließ die meisten Kerzen löschen und bat die Anwesenden, sich hinzuknien und in stummem Gebet zu verharren. Auch ich kniete mich nieder, sprach ein leises Gebet und bekreuzigte mich. Dann trat ich an das Bett des Assessors, schlug seine Bettdecke zurück und schob sein Hemd hoch, um seinen Bauch und Unterleib freizulegen. Sodann zog ich mit einem Sepiastift einen magischen Kreis um seine rechte Lende, wo der Tumor steckte, und malte verschiedene kabbalistische Charaktere drum herum. Mit sanfter, eindringlicher Stimme sagte ich zu dem Kranken:

»Gott hat mir die Kraft verliehen, über die guten Geister zu gebieten. Mit ihrer Hilfe werde ich jetzt das böse Geschwulst entfernen. Haben Sie keine Angst! Ich werde dazu nichts als meinen Geist und meine Hände gebrauchen!«

Der Assessor hielt gebannt die Augen auf mich gerichtet; ein kleines Leuchten glomm in ihnen.

Unter allerlei magischen Beschwörungen legte ich nun meine Hände auf seine Lende, massierte und knetete die weichen Stellen rund um das harte Geschwulst, krallte meine Finger, indes sich meine Stimme ins Crescendo steigerte, immer tiefer in seine Lende – und zog schließlich mit einem Aufschrei der Erleichterung einen blutenden Klumpen Gekröses heraus, den ich ihm sogleich vor die Augen hielt.

»Sehen Sie«, rief ich triumphierend, »das Geschwulst ist heraus!«

Iwan Isljenjew hatte sich halb aufgerichtet. Mit angehaltenem Atem starrte er auf das blutige Gekröse in meiner Hand, er konnte nicht fassen, was er da sah, hatte er vielleicht eine Erscheinung, eine Halluzination? Langsam streckte er seine zitternde Hand nach dem Klumpen in meiner Hand, berührte ihn zögernd, tauchte einen Finger hinein und betrachtete ihn verwundert: Nein, es war keine Erscheinung, keine Halluzination, das war wirkliches Blut an seinem Finger, und der Klumpen, das Gekröse in meiner Hand, von der das Blut auf sein weißes Laken tropfte, war keine Sinnestäuschung; es war wahrhaftig sein böses Geschwulst, der Tumor, der ihm den Leib vergiftet. Und nun war er mit Gottes und der seligen Ahnen Hilfe endlich heraus!

Iwan Isljenjew war so überwältigt von diesem Anblick, von diesem Wunder, dass sein Kopf zur Seite kippte. Er sank in Ohnmacht. Auch seine Angehörigen und Freunde waren fassungslos ob des Mysteriums dieser Operation, die ohne Messer und Schnitt vor sich gegangen. Ich forderte sie auf, nunmehr ein Dankesgebet für das Gelingen der magischen Operation zu sprechen. Danach weckte ich den Assessor aus seiner Ohnmacht, indem ich seine Lippen und sein Gesicht mit einem essiggetränkten Läppchen einrieb. Nachdem er wieder zu sich gekommen, holte ich die Phiole mit dem Maran-Extrakt aus meinem Arztkoffer und erklärte ihm, dass zwar das Geschwulst nun aus seinem Leibe entfernt sei, aber die giftigen Keime des Tumors noch immer in seinem Blute kreisten. Um das Gift herauszuziehen, müsse er dreimal täglich zwanzig Tropfen dieses Elixiers einnehmen, das ich nach den Geheimrezepten der größten arabischen Alchemisten selbst angefertigt. Da ich wusste, dass die gebildeten Russen auf die Heilmittel der Schamamen mit Verachtung herabzublicken pflegten, schien es mir ratsam, den Maral-Extrakt durch Alchemie zu adeln, die gerade in den höheren Kreisen großes Ansehen genoss.

Fast täglich besuchte ich meinen Patienten. Denn die Nagelprobe auf meine Geistheiler-Operation stand ja noch aus. Mit Erleichterung stellte ich fest, dass die Schwellung seiner Lende tatsächlich von Tag zu Tag zurückging und der vorher steinharte Knoten weicher und weicher wurde – ein sicheres Zeichen dafür, dass sich der Tumor zurückbildete. Nach etwa vier Wochen war der Patient von allen Schmerzen befreit und erhob sich gesund von seinem Lager. Ob seine wunderbare Genesung letztlich der Wirkung des Maral-Extraktes oder der wirkmächtigen Suggestion des aus seinem Leibe entfernten Tumors zuzuschreiben war – wer kann es wissen?

Hätte Iwan Isljenjew gewusst oder gemerkt, dass der »Tumor«, den er in meinen Händen erblickte, das Gekröse einer toten Katze war, das ich vor der Operation in »Theaterblut« getaucht, in ein Tuch gewickelt und in einer Tasche meines Talars versteckt hatte, um es im gegebenen Moment mit einem schnellen Griff hervorzuholen – er hätte seinen Geist wohl aufgegeben.

Bedenket daher, ehe ihr mir den Stempel des »Betrügers« aufdrückt: Illusionen können lebensrettend sein!

Die wunderbare Genesung des krebskranken Assessors ging wie ein Lauffeuer durch die Stadt. Das Vestibül und Treppenhaus unseres Hauses am Quai du Palais wurde bald von Kranken aller Art belagert. In dem Maße, wie meine Praxe sich füllte, leerten sich die der St. Petersburger Ärzte.

Nachdem ich mein Können als heilkundiger Rosenkreuzer unter Beweis gestellt, wetteiferten die Sankt Petersburger Logen förmlich um meinen Besuch. General Melissino stellte mir sein Haus zur Verfügung, damit auch die russischen Brüder von mir die Weisheiten des ägyptischen Ritus empfangen konnten. Der General hatte sogar seinen eigenen »Melissino-Ritus« gegründet – mit Katharina als Schirmherrin. Warum sollte mir das nicht auch gelingen? Unter meinen Zuhörern, die andächtig meinen Vorlesungen über Freimaurerei, Magie und Alchemie lauschten, waren immerhin so erlauchte Personen wie Graf Stroganow, der junge polnische Fürst Adam Poninski und der französische Gesandte am russischen Hof, Chevalier de Corberon, der mein begeistertster Fürsprecher in der russischen Hauptstadt und weit über diese hinaus werden sollte.

Vom Enthusiasmus der Sankt Petersburger Freimaurer getragen, eröffnete ich Anfang des Jahres 1780 in einem Hotel der Stadt mein erstes Volkskrankenhaus, in dem die Armen eine kostenlose medizinische Behandlung erhielten. Da nur wenige Patienten die Mittel hatten, sich selbst zu versorgen, ließ ich stärkende Fleischbrühe und Suppe gratis verteilen. Für die Patienten, die einer längeren Behandlung bedurften, standen auch Betten zur Verfügung. Unter tatkräftiger Mithilfe Serafinas und einiger russischer Laienschwestern wurden ordentliche Nachtdienste eingerichtet. Die Kosten des Betriebes wurden teils aus meinen eigenen Mitteln, teils aus Spenden der Petersburger Freimaurer gedeckt.

Nachdem die *St. Petersburger Nachrichten* eine entsprechende Meldung veröffentlicht hatten, strömten aus allen Teilen der Stadt die Armen und Kranken herbei, erhielten sie doch sonst keine medizinische Versorgung. Russen, Kosaken, Kalmücken, Tartaren, Kirgisen, Türken und Mongolen drängten sich im Vestibül und auf den Korridoren. Es ging hier zu wie auf einem orientalischen Basar. Jeder dritte Patient entpuppte sich nämlich als kerngesunder Händler, welche die jeweiligen magischen und Heilmittel seines Stammes und seiner Kultur – Amulette, seltsame Steine, Kräuter, Wurzeln, Muscheln, Schnecken, Vogeleier, Schlangenhaut, Hahnenfüße, Bärentatzen und Schnaps aus Stutenmilch – als wahre Wundermittel anpriesen und zu verkaufen suchten. Selbst mit den Medikamenten, die ich gratis verteilte, wurde hinter meinem Rücken ein schwungvoller Handel getrieben. Was sollte ich mich darüber aufregen! Von irgendwas müssen die armen Leute schließlich leben.

Die langen Wartezeiten pflegten sich die Kranken beim Karten- und Würfelspiel zu vertreiben, während die Wodka- oder Milchschnapsflasche von Mund zu Mund ging und manches fröhliche oder traurige Lied angestimmt wurde. Oft drang, während ich im Ordinierungszimmer behandelte, die schwermütige Weise einer Hirtenflöte, das monotone Zirpen einer Maultrommel, die perlenden Klänge einer Balalaika oder der heiße Rhythmus einer schamanischen Trommel an mein Ohr. So sorgten die Patienten für ihre eigene Unterhaltung. Laut, bunt und ziemlich drunter und drüber ging es in meinem Krankenhaus zu – wir waren ja auch nicht in Preußen!

Nur eines brachte mich anfangs sehr in Harnisch: dass viele Patienten nicht etwa nach meinen immerhin bewährten Rezepten und Arzneien verlangten, sondern nach dem Allheilmittel Wodka! Das Wässerchen, pur oder mit Honig oder Kräutern, so versicherten sie mir, besiege jeden Kummer, besänftige jeden Schmerz und sei besser als jede Medizin! Was soll man da machen? Der Weisheit des Volkes mich beugend, gab ich schließlich auch den Wodka gratis aus und vermehrte damit die Einnahmen des russischen Staates. Da mancher Patient, der das Krankenhaus nüchtern betreten, es im trunkenen Zustand wieder verließ, erhielt es bald den volkstümlich-zärtlichen Namen: »Haus des gesunden Wässerchens«.

Wie ich indes bald von befreundeten Freimaurern erfuhr, fand das neue Volkskrankenhaus nicht das Wohlwollen der Zarin, im Gegenteil: sie fürchtete wohl, dieser Freimaurer Cagliostro könnte sich womöglich als neuer Pugatschow* entpuppen, der mit seinem Ruf als Schamane eine unheilvolle Anhängerschaft um sich scharte. Ich musste also sehr auf der Hut sein.

Verrückte Kraftprobe

Eines Vormittags hielt vor dem Krankenhaus eine goldstrotzende Kalesche, der ein goldstrotzender Hüne mit riesigen Achselklappen und zerklüfteten Gesichtszügen entstieg: Grigori Potemkin, Fürst von Taurien, russischer Staatsmann, Feldmarschall und Favorit der Zarin. Die Menge wich flüsternd vor dem großen Manne zurück, als er sich zu mir hinaufbegab.

Ich muss sagen, die Bekanntschaft mit einem russischen Staatsmann hatte ich mir anders vorgestellt. Wohl gratulierte er mir während des Begrüßungs-Wodkas zu meinen außergewöhnlichen Heilerfolgen und nannte mich einen »edlen

* *Jemeljan Pugatschow gab sich für Zar Peter III. aus und rief Unzufriedene, Kosaken und Leibeigene auf, in einem heiligen Feldzug gegen alles Deutsche die »Tochter des Teufels« vom Thron zu stoßen. Der Aufstand wurde im 1773 von Katharina blutig niedergeschlagen, Pugatschow enthauptet und gevierteilt.*

Mann und Helfer der Armen«; doch zeugte es nicht gerade von hohem Respekt, dass er mich sofort duzte und »Väterchen« nannte. So gut wie jeden Bartträger hierzulande, der ein gewisses Alter überschritten hatte, nannte man nämlich »Väterchen«. Nur Analphabeten konnten einen hohen Begriff derart verallgemeinern. Dass mich meine ägyptischen Maurersöhne und -töchter »Vater« nannten, war etwas ganz anderes. Auch schien der Großfürst vornehmlich Augen für meine Frau zu haben, genauer gesagt hatte er *ein* Auge für sie, denn das andere hatte er bei irgendeiner Schlacht gegen die Türken eingebüßt, weswegen er im Volksmunde auch der »Zyklop« genannt wurde.

Nachdem er sich mit weltmännischer Galanterie bei Serafina erkundigt hatte, wie es ihr in Sankt Petersburg gefalle und ob ihr die russische Lebensart zusage, kam er, indem er sich gnädig mir wieder zuwandte, auf den eigentlichen Anlass seines Besuches zu sprechen: Er habe einen Verwandten, den Fürsten S… – der Diskretion halber wolle er seinen Namen nicht nennen –, der nicht ganz richtig im Kopf, ja, regelrecht verrückt sei. Er glaube nämlich steif und fest, der wiederauferstandene Zar »Iwan der Schreckliche« zu sein. Im Laufe der Jahre habe er immer mehr Züge seines Vorbildes angenommen und behandle jeden Menschen, der sich ihm nähere, mit der größten Verachtung und Brutalität. Infolge seiner Gewalttätigkeiten habe man sich leider gezwungen gesehen, ihn in einer Anstalt unterzubringen. Wenn ich mich als Arzt und Heilkünstler seiner annehmen würde, dürfe ich mit einer hohen Belohnung rechnen.

»Nun Väterchen, wie steht's?« Potemkin wandte seinen schweren Kopf zur Seite und ließ sein Zyklopenauge gefällig auf meiner Frau ruhen.

Wie hätte ich mich der Bitte eines russischen Großfürsten verweigern können, zumal es keinen besseren Türöffner zum Hofe Katharinas gab als den Favoriten der Zarin! Bevor er ging, fragte er Serafina, ob sie ihm nicht einmal die Ehre erweisen wolle, ihn bei einer Schlittenfahrt zu begleiten.

Am nächsten Morgen kutschierte mich sein Diener zu dem erlauchten Irren. Für alle Fälle hatte ich ein paar magische Requisiten eingesteckt – wer weiß, wofür ich sie brauchen konnte! Als ich die düsteren Gewölbe der Anstalt betrat, war mir sehr unwohl zumute. Die trostlosen Korridore, die kahlen Wände, die vergitterten Fenster und die hünenhaften Wärter, in deren Gürteln dicke Holzprügel steckten, erinnerten mich fatal an ein Gefängnis. War das Ganze etwa eine Falle? Hatte man vielleicht nur einen Vorwand gesucht, um mich ins Irrenhaus zu stecken und unschädlich zu machen? Doch warum sollte eine autokratische Herrscherin wie Katharina solche Vorwände und Listen nötig haben? Sie hätte mich ohne viel Federlesens gleich in die Peter-und-Paul-Festung stecken können.

Mit sehr gemischten Gefühlen betrat ich die Kammer des verrückten S., hatte ich doch meine ärztliche Kunst noch nie an einem Wahnkranken versucht. Kaum hatte ich mich dem erlauchten Patienten mit der gebotenen Höflichkeit vorgestellt, ging schon ein Zittern der Wut durch all seine Glieder. Er fing wie ein Tier zu brüllen an und wollte sich auf mich stürzen, hätten die beiden Wärter ihn nicht festgehalten. Erschrocken wich ich vor diesem Unhold zurück. Mit seinen rollenden Augen, seinen schwarzen Bartstoppeln, die sein teigiges Gesicht bedeckten, und seinen in alle Richtungen abstehenden Haaren bot er das Bild eines wilden Affen, dem Gott aus unbekannten Gründen menschliche Sprache verliehen hatte:

»Du Hundesohn! Du wagst es, ungebeten vor den höchsten Gebieter auf Erden zu treten. Du weißt wohl nicht, wen du vor dir hast! … Ich bin Iwan, der Schreckliche, der mächtigste und größte aller Herrscher, die Russland je gesehen. Ich werde dich elende Kreatur mit meinen Händen zerdrücken wie eine Laus!«

Hätte sich dieser bärenstarke Hüne mit seinen gewaltigen Pranken frei bewegen können, wäre es mit mir wohl zu Ende gewesen. Doch, gottlob!, hatte man ihn in Ketten gelegt. Seine Arme und Beine vergeblich verrenkend, torkelte er mit wutverzerrter Miene auf mich zu. Da seine Fäuste jedoch nicht an mich heranreichten, spuckte er mir ins Gesicht.

War dieser Irre auch ein Fürst von Geblüt – ungestraft anspucken ließ ich mich nicht. Ich trat auf ihn zu und verabreichte ihm eine so gewaltige Maulschelle, dass er zu Boden taumelte und alle viere von sich streckte, soweit seine Fesselung ihm dies erlaubte. Wie benommen hielt er sich die Backe, als könne er es nicht fassen, dass jemand es wagte, dem mächtigsten und schrecklichstem aller Iwane aufs Maul zu hauen.

»Und jetzt stellt dieses Geschöpf wieder auf die Beine!«, befahl ich den Wärtern. Sie hoben ihn auf und stellten ihn an die Wand, mit dem Gesicht zu mir. Wieder lief ein Zittern der Wut durch alle seine Glieder. Ich trat nahe an ihn heran, fixierte ihn scharf und sprach:

»Aus purem Mitleid komme ich zu dir, du elendes Geschöpf!, um dir Gutes zu erweisen. Und du? Was tust du? Du beleidigst und bespuckst den, der dir helfen will ... So wisse denn, ich bin viel stärker als du. Ich bin nämlich Mars, der mächtigste unter den Göttern, vor dem selbst Iwan der Schreckliche sich beugen muss.«

Er stierte mich aus seinen tiefen Augenhöhlen an, dann brach er in ein höhnisches Gelächter aus: »Wie? Du behauptest, stärker zu sein als ich? Lass mich nur von der Kette, und ich werde dir alle Knochen brechen!«

»Soll ich dir noch eine Probe meiner Kraft geben!«, sagte ich und hob drohend die Faust.

»Welch göttliche Kraft«, höhnte er, »einem angeketteten Mann ins Gesicht zu schlagen!«

Da hatte er allerdings recht; eine überzeugende Probe meiner überlegenen Kraft war das nicht, zu ungleich waren die Bedingungen. Da kam mir ein Gedankenblitz: die Schlüsselprobe!

Ich öffnete meinen Arztkoffer und holte einen zwei Zoll langen Schlüssel hervor, dessen eiserner Schaft in der Mitte so stark verbogen war, dass er eher wie ein rechter Winkel denn wie ein Schlüssel aussah.

»Siehst du diesen Schlüssel? Er ist so krumm und verbogen, wie dein Verstand es ist! Wenn du ihn mit deinen bloßen Händen wieder geradebiegen kannst, dann bist du wirklich stark!«

»Gib schon her!« Verwundert betrachtete S. den vollständig verbogenen Schlüssel, drehte und wendete ihn in seinen wuchtigen Händen, fuhr mit Daumen und Zeigefinger über den eisernen Schaft, um seine Dicke zu prüfen. Dann fasste er mit der Linken den Griff und mit der Rechten den Bart des Schlüssels und spannte seine Armmuskeln. Er ächzte und keuchte, fletschte die Zähne, die Adern auf seiner Stirn traten hervor, doch all seine Anstrengung war vergeblich: Der Schaft des Schlüssels blieb so krumm wie er war.

»Siehst du nun, was für ein Schwächling du bist!«, höhnte ich und nahm ihm den Schlüssel wieder aus der Hand. Nun krempelte ich meine Ärmel hoch und entblößte meine muskulösen Oberarme. Dann fasste ich, genauso wie er es getan, mit der Linken den Griff und mit der Rechten den Bart des Schlüssels, und bog mit einer einzigen konzentrierten Zangenbewegung den verkrümmten Schaft wieder *gerade* – als wäre er aus Wachs! Zur Prüfung übergab ich ihn dem Fürsten.

Ungläubig drehte und wendete dieser den wieder begradigten Schlüssel zwischen seinen Fingern – und konnte es einfach nicht fassen.

»Erkennst du nun, dass ich Mars bin, der Gott, der jedes Eisen biegen kann – und stärker als du?«

Er starrte mich an, als käme ich von einem anderen Stern.

Wie sollte er auch ahnen, dass Mars sich bei dieser Kraftprobe eines simplen Gauklertricks bedient hatte, indem er gar nichts anderes vollbracht, als einen geraden Schlüssel, den er mit dem krummen geschwinde vertauscht, unter der Deckung der Finger noch einmal »gerade« zu biegen!

»Und nun herbei mit einer gut gedeckten Tafel! Das Beste, was die Küche zu bieten hat!«, rief ich.

Ich aß und trank vor den Augen meines Patienten, soviel mein Appetit verlangte. Ich schmatzte bei jedem Bissen und schlürfte genüsslich den guten Wein, damit S. auch merkte, was ihm alles entging.

»Auf Iwan den Schwächlichen!«, rief ich und hob mein Glas. »Deine Heilung liegt in deiner Demütigung, du hochmütiges Wesen ohne Macht ... Na, komm her und iss mit!«, schloss ich versöhnlich. »Ich werde dich füttern!«

Im Grunde waren wir uns gar nicht so unähnlich. Auch ich war ja – genau genommen – ein Wesen ohne Macht und stellte etwas vor, was ich nicht war. Der Unterschied war nur, dass ich meine Rolle so überzeugend spielte, dass man sie mir abnahm, indes S. die seine sich bloß einbildete, ohne dass einer ihm glaubte.

Kaum ward die Tafel für ihn aufgetragen, fing er wieder schrecklich zu wüten an, schüttete mir seinen Wein ins Gesicht und warf mit dem vollen Teller nach mir. Wie sollte man diesen Wüterich bloß zähmen?

Ich bestellte einen Wagen, der für vier Personen Platz bot: mir, S. und den beiden Wärtern. Ich befahl dem Kutscher, zur Newa zu fahren und beim ersten Bootshaus anzuhalten.

Ein Kahn wurde gemietet, die Wärter ruderten los. Kaum waren wir in der Mitte des Flusses angelangt, ließ ich S. die Ketten lösen. Vielleicht, dachte ich, würde der Schock einer Kaltwasser-Kur ihn zur Vernunft bringen. Mit vereinten Kräften beförderten wir ihn über die glitschige Bordwand. Doch ehe ich mich's versah, schlug der rasende Patient Fingernägel und Zähne in meinen Rock, um mich mit sich in die Fluten zu ziehen. Kaum tauchte ich aus dem Strudel wieder auf, schlug er mir seine Faust auf den Schädel, dass mir Hören und Sehen verging – die Revanche für meine Maulschelle! Mein Mund füllte sich mit Wasser, ich spie es in hohem Bogen aus. In Gedanken überschlug ich die Honoraraussichten und verdoppelte sie. Dann tauchte ich wieder kopfunter, bekam aber sein Bein zu fassen. Da ein waschechter Italiener bekanntlich nicht schwimmen kann, blieb mir nur die Wahl, mich an meinen Patienten zu klammern. Auf seinen Schultern drückte ich mich wieder nach oben, er mich wieder nach unten. So ging das eine Weile hin und her. Plötzlich fiel er mich von hinten an und schwang sich wie ein bockender Kater auf meinen Rücken ... Dio mio! Als ob mein Gewicht allein nicht ausreichen würde, um in den Fluten zu versinken! Wenn schon absaufen, dann – bitte schön! – allein! Graf Cagliostro benötigt keinen Saufkumpan im Angesicht der Ewigkeit! Zumal es nicht Wodka ist, was ihm die Lunge füllt, sondern das schmutzige Wasser der Newa. Sollte dies etwa das Ende meines Gastspiels im Reiche Katharinas sein?

Plötzlich plumpst die schwere Last von meinen Schultern, ein kräftiger Arm legt sich mir um den Nacken und zieht meinen Kopf über Wasser! Ich japse und röchle wie ein verendender Fisch, bekomme endlich wieder Luft. Dann streckt sich mir eine Hand entgegen, die ich begierig ergreife ... Hätten sich die Wärter nicht rechtzeitig in die Fluten gestürzt, um das doppelte Strandgut zu bergen, hätten Arzt und Patient wohl ihr kühles Grab in der Newa gefunden.

Gesicht und Haare schlammüberkrustet und vor Nässe triefend, erreichten wir schließlich das rettende Ufer. Dann traten wir zähneklappernd die Heimfahrt an. Die gemeinsam durchlittene Kaltwasser-Kur und unsre wunderbare Errettung hatten uns menschlich näher- und den Patienten zur Einsicht gebracht; glaubte er doch, ich hätte ihm das Leben gerettet, indem ich ihm als schwimmende Unterlage gedient. Als wir wieder in der Anstalt waren und in warmen Kleidern vor dem Kamin und dem brodelnden Samowar saßen, sagte er mit feuchten Augen:

»Wahrlich, wahrlich, du bist Mars! An deiner Kraft habe ich dich erkannt. Keiner kommt der deinen gleich. Ich bin bereit, mich dir auf Gnade und Ungnade zu unterwerfen!«

Hatte ich's mir doch gleich gedacht, dass der Kerl eigentlich stinknormal war – ein gewöhnlicher russischer Untertan eben!

Zwar vermochte ich es nicht, S. von seinem Wahn zu kurieren. Doch hatte ich ihn so weit gezähmt, dass er fortan nicht mehr gegen die Wärter und Besucher tobte, sodass man ihm die Ketten abnehmen konnte. Nicht lange, und er ließ von der fixen Idee ab, Iwan der Schreckliche zu sein. Dafür empfing er mich bei einer späteren Visite gönnerhaft als Zar Peter der Große und präsentierte mir stolz die »kaiserliche Ostsee-Flotte« in Gestalt kleiner Papierschiffchen, die in seiner Badewanne schwammen. Warum sollte ich ihm diesen tröstlichen Wahn ausreden? Auch ich verkaufte schließlich Illusionen und lebte nicht schlecht davon.

Eines Vormittags erschien ohne Anmeldung ein hochgewachsener Herr im Pelzmantel, erzwang sich mit seinem englischen Doktorstock den Durchgang durch das überfüllte Vestibül des Krankenhauses, drang frech in mein Ordinierungszimmer ein und erklärte wutschnaubend, mit unverkennbar englischem Akzent:

»Mein Herr! Ich werde nicht länger zusehen und dulden, dass mein erlauchter Patient einem Quacksalber in die Hände fällt.«

»Wenn Sie meine ärztliche Hilfe brauchen«, wies ich ihn zurecht, »warten Sie gefälligst im Vestibül!«

»Sie wissen wohl nicht, wen Sie vor sich haben?«, krähte der

Eindringling. »Ich bin Dr. John Roggerson, Leibarzt Ihrer Majestät, der Kaiserin! ... Ich verlange von Ihnen Satisfaktion!«

Das hatte mir Potemkin nicht erzählt: dass Katharinas Leibarzt S. in Behandlung hatte!

»Gegen wen richten sich Ihre Anschuldigungen, Monsieur? Gegen den Grafen Cagliostro? In diesem Falle werden meine Diener Sie zum Fenster hinausbefördern! Aber falls Ihre Beschuldigungen dem Arzte Cagliostro gelten, werde ich Ihnen gerne Satisfaktion geben.«

»Sie gelten dem Quacksalber und Scharlatan Cagliostro!«, versetzte Roggerson mit funkelndem Blick.

»Nun gut, Monsieur«, erwiderte ich, »dann schlagen wir uns mit unseren eigenen Waffen, die unserem Berufe gemäß sind. Wir stellen uns beide auf diesen Balkon, wo uns jedermann sehen kann. Sie geben mir das stärkste Gift, das Sie haben. Ich werde es schlucken. Sie Ihrerseits werden zwei Pillen Arsenik schlucken, die ich Ihnen die Ehre habe zu übergeben. Dann nehmen wir beide unsere Gegengifte ein und werden sehen, wer von uns überlebt.«

Der Leibarzt der Zarin blickte mich konsterniert an. Er schien keinen Appetit auf solch ein Duell zu haben. Er musste sich erst mehrfach räuspern, bevor er die Sprache wiederfand.

»In den Kasematten von Schlüsselburg ist noch viel Platz für Subjekte wie Sie. Sie werden von mir hören!«

Degenklirrend verließ er den Raum. Das war eine unmissverständliche Drohung. Hatte Katharina ihn etwa vorgeschickt? Indes dürfte die Zarin, der man große Staatsklugheit nachsagte, wenig daran gelegen sein, einen ausländischen Arzt und Freimaurer zu inhaftieren, der durch seine spektakulären Heilungen und sein kostenloses Krankenhaus für die Armen den Respekt und die Bewunderung der hiesigen Bürger und Adelsfamilien gewonnen hatte. Und was konnte mir schon passieren, solange Großfürst Potemkin schützend seine Hand über mich hielt?

Potemkin und sein Adamsstab

Der allmächtige Favorit der russischen Zarin kam jetzt fast alle Nachmittage in seltsam irisierender Laune ins Haus am Quai du Palais. Er brachte immer etwas mit: Blumen, Naschereien, Kaviar, Sekt oder köstliche Weine. Oder galten seine Aufmerksamkeiten vor allem meiner Frau? Ihm ging ja ein außerordentlicher Ruf als Schürzenjäger voraus, dessen galante Affairen für viel Gesprächsstoff in den Sankt Petersburger Salons sorgten; selbst Katharina, so wurde erzählt, würde sich über diese totlachen. Bei all seiner Machtfülle war dem Großfürsten nichts Menschliches fremd, er hatte tausend hübsche Anekdoten auf Lager und konnte auch über sich selbst lachen. Dies machte uns seine Gesellschaft sehr angenehm. Da er selbst ein Emporkömmling war, ein Haudegen und Offizier, der Katharina in den gefährlichen Tagen ihrer Palastrevolution unerschrocken zur Seite gestanden und von ihr für seine Treue und seine Liebesdienste mit unermesslichen Gütern und den höchsten Staatsämtern belohnt worden war, mochte er Männer meines Schlages; seine erfahrene Spürnase sagte ihm wohl, dass auch ich mich aus kleinen Verhältnissen kühn emporgeschwungen hatte.

»Ich möchte wetten, Väterchen«, sagte er lachend zu mir, »du bist weder von Adel, noch ist dein wirklicher Namen Cagliostro. Vielleicht war dein Vater ein einfacher Fuhrknecht oder Abdecker, und du stammst aus irgendeinem trostlosen Kaff des Südens! Doch egal! Ich mag solche bunten Vögel wie dich, die sich über die Tristesse des Lebens kühn erheben und es verstehen, mit ihrer orientalischen Wundertüte das Publikum zu faszinieren. Ein Pfau, der sein prächtiges Rad dreht, ist einfach hübscher anzuschauen als ein grauer Gänserich mit Stummelschwänzchen … Und als Medicus bist du unschlagbar … Trinken wir auf den künftigen Leibarzt Ihrer Majestät der Kaiserin, den Grafen Cagliostro!«

Er hob sein Glas und prostete mir zu.

Leibarzt der russischen Zarin – wenn das keine glänzende Aussicht war! Schon von Berufes wegen muss sich ja ein Leibarzt mit den Intima des hochherrschaftlichen Leibes vertraut machen – und da kann denn so manches geschehen. Auch eine Zarin ist schließlich nur eine *femelle*!

»Da müsste allerdings erst Dr. Roggerson bei Katharina in Ungnade fallen. Und wie ich ihn kenne, hat er hat wohl keine Gelegenheit ausgelassen, mich bei ihr anzuschwärzen.«

»Roggerson!« – Potemkin machte eine wegwerfende Armbewegung. »Der Schotte ist ein medizinischer Einfallspinsel. In letzter Zeit ist die Zarin ziemlich unzufrieden mit ihm.«

»Unzufrieden? Warum?«

»Nun, sie macht gerade ihre Wechseljahre durch, klagt unaufhörlich über Verdauungsbeschwerden, geschwollene Beine, fliegende Hitze und Atemnot. Und dem Schotten fällt nicht mehr ein, als ihr kalte Umschläge zu verordnen und sie zur Ader zu lassen ... Im Übrigen – womit hat er sich seine Meriten bei ihr verdient? Diese bestehen zur Hauptsache darin, die Anwärter für das Bett der Zarin auf Geschlechtskrankheiten zu untersuchen, und wenn die Liebhaber ihr Soll nicht erfüllen, verabreicht er ihnen zur Stärkung die Spanische Fliege. Erfüllen sie aber ihr Soll, werden sie von der Zarin auf das Großzügigste beschenkt – erst recht dann, wenn sie wieder einem jüngeren Liebhaber weichen müssen, an denen unsere geliebte Herrscherin umso mehr Gefallen findet, je älter sie wird. Entre nous: Katharinas Kanal ist der teuerste in ganz Sankt Petersburg.«

Ich war ziemlich ernüchtert: Ich kam also nur als Leibarzt Katharinas in Betracht. Für ihren Leib – ich meine Liebhaber war ich entschieden zu alt.

»Ich, als Favorit außer Diensten«, fuhr Potemkin mit seinem trockenen Humor fort, »tue ja mein Bestes und gehe jede Woche die Garde meiner Offiziere durch, um für Nachschub zu sorgen. Doch inzwischen haben meine jungen Heißsporne mehr Angst, im Bett der Kaiserin zu versagen, als auf dem Schlachtfeld. Und da ich die Ehre habe, ihr die Liebhaber aussuchen zu dürfen, steht dabei immer auch meine Ehre auf dem Spiel.«

Serafina musste so kichern, dass sie sich am Wein verschluckte und zu husten anfing. Bevor ich ihr zu Hilfe kommen konnte, war schon Potemkin zur Stelle, klopfte ihr auf den Rücken und reichte ihr galant sein seidenes Schnupftuch.

Eines Abends – der russische Winter war mit tagelangem Schneefall über die Stadt hereingebrochen, die Newa war schon zugefroren – kehrte ich spät und ziemlich ermattet vom Krankenhaus zurück. Da Serafina nicht zu Hause war, wandte ich mich an unseren Hotelier, Generalleutnant Miller. Dieser teilte mir mit, Fürst Potemkin sei wieder da gewesen und habe meine Frau zu einer Schlittenpartie eingeladen. Bei den Worten »wieder« und »Schlittenpartie« schürzte er die Lippen zu einem spöttischen Lächeln. Was hatte das zu bedeuten?

Stunde um Stunde verging – doch meine Frau kam nicht zurück. Im Kamin brannten die Scheite. Die Flammen brieten meinen Rücken, aber die Fensterscheiben blieben gefroren. Ich hauchte Gucklöcher hinein, die rasch wieder zugingen … Es war also nicht das erste Mal, dass Potemkin hier erschien, während ich im Krankenhaus arbeitete. Nicht das erste Mal, dass er mit meiner Frau Schlitten fuhr! Maledetto! Plötzlich verstand ich, warum bei meinem letzten Vortrag über Freimaurerei und Alchemie die Logenbrüder so hämisch gegrinst hatten, als ich über die »chymische Hochzeit«, die Coagulatio des Goldes mit dem Silber, des männlichen mit dem weiblichen Elemente sprach. Woran dachten sie wohl dabei? Natürlich an die Coagulatio Potemkins mit meiner Frau! Alle wussten von der neuen Affaire des Großfürsten, halb Petersburg wusste davon – nur ich nicht! Welch eine Blamage! Ich hätte mich selbst ohrfeigen können für meine Blindheit.

Endlich, kurz vor Mitternacht kam sie. Ihre Hände steckten in einem Muff aus Biberpelz – wohl ein Geschenk ihres Liebhabers. Sie hatte eine ausgesprochen rosige Gesichtsfarbe, die gewiss nicht nur von der Kälte kam.

»So ist das also: Während ich mich für das Wohl der Armen und Kranken abrackere, rodelst du mit dem Großfürsten!«

Sie leugnete es nicht.

Ich machte ihr eine Szene, wie sie im sizilianischen »Handbuch für betrogene Ehemänner« steht. Nachdem sich der erste Wetterstrahl meines Zornes über ihr entladen, sagte sie mit unverschämter Ruhe:

»Was beklagst du dich, Dickerchen! Bei uns ist ja schon lang tote Hose. Bist ja nur noch mit deinen hochfliegenden Plänen und deiner Karriere beschäftigt. Wann lädt man mich endlich zu Hofe? Wann empfängt mich die Kaiserin? Werd ich vielleicht ihr Leibarzt? Wundert mich nur, dass du vor Ehrgeiz noch nicht geplatzt bist!«

»Ehrgeiz? Alles was ich tue, tue ich, um Gutes zu wirken und der bedrückten Menschheit zu helfen!«

Sie lachte mich aus. »Am schönsten sind die Illusionen, die man über sich selber hat!«

Ich hatte nicht übel Lust, ihr eine Tracht Prügel zu verpassen; doch in Anbetracht meines guten Rufes als Freund und Beschützer des schwachen Geschlechtes verkniff ich es mir.

»Reden wir lieber über deinen Ehrgeiz, du Pute! Wie sehr muss sich doch ein ehemaliges Dienstmädchen, eine ungebildete römische Gans gebauchpinselt fühlen, wenn sie zur Mätresse eines russischen Großfürsten avanciert!«

»Das hat mit Ehrgeiz gar nichts zu tun. Grigori gefällt mir als Mann – und nicht weil er ein Großfürst ist!«

»Wenn du schon andere Männer haben musst, solltest du wenigstens solche nehmen, die ich dir aussuche. So haben wir das früher gehalten. Auch ist es guter russischer Brauch! ... Übrigens hoffe ich nicht, dass es dir umgekehrt ergeht wie der Zarin, deren Liebhaber immer jünger werden, je älter sie wird. Potemkin geht bereits auf die fünfzig zu!«

»Dafür liebt er mit der Glut eines Zwanzigjährigen! ... Im Übrigen ist mein Verhältnis mit Grigori deiner Karriere nur förderlich: Er wird sich dankbar erweisen und dir das Tor zu Katharinas Hof öffnen. Das ist doch ein schöner Trost für dich – oder nicht?«

Leider gab es in Russland keinen Gesetzesparagraphen für betrogene Ehemänner. Das Land war eben noch sehr rückständig.

Der Samowar der Sensationen brodelte. Die Affaire Potemkins mit der Frau des Grafen Cagliostro war bald das Lieblingsthema der Petersburger Salons, zumal der Großfürst als Liebhaber einen ähnlich wunderbaren Ruf genoss wie ich als Arzt und Heilkünstler. Zwar tat ich so, als ginge der Klatsch mich nichts an und als bemerkte ich die grinsenden Visagen und das Getuschel hinter meinem Rücken nicht, innerlich aber kochte ich vor Zorn. Vor allem über jenes böse Bonmot, das bald die Runde in den Salons und Kaffeehäusern machte: »Cagliostro kann Tote zum Leben erwecken – ausgenommen seine Frau. Die erweckt Potemkin!«

Was tun? Ich konnte Serafina schlechterdings nicht den Umgang just mit dem Mann verbieten, der mein machtvoller Gönner und einziger Schirmherr bei Hofe war. Erst kürzlich hatte er mich vor einer gefährlichen Bloßstellung bewahrt. Der spanische Geschäftsträger Fernandez wollte eine Meldung in die *Sankt Petersburger Nachrichten* setzen, um das hiesige Publikum eindrücklich zu warnen vor dem »angeblichen Obersten in spanischen Diensten, der hier unter dem angemaßten Titel eines Grafen Cagliostro auftritt«. Potemkin ließ ihn zu sich bestellen und erklärte ihm in meiner Gegenwart barsch, er werde ihn auf der Stelle aus Russland ausweisen, falls er es wagen sollte, mich zu verunglimpfen oder je wieder zu belästigen. »Mon prince«, hatte der Botschafter indigniert erwidert: »Sie wissen, dass Diplomaten unantastbar sind. Bedenken Sie die Folgen!« Potemkin lachte schallend auf: »Glaubst du vielleicht, Narr, dein König wird deinetwegen einen Krieg mit mir anfangen? Er denkt nicht daran: Dein König hat Grütze im Kopf. Fort! Ich will dich nicht mehr sehen, Pasquillant!« Bleich und verstört zog sich der Diplomat zurück.

So suchte ich denn, gute Miene zu bösem Spiel zu machen, wenn der Großfürst mich mit seinem Besuche beehrte. Ich lachte höflich über seine Bonmots und Histörchen, obschon ich sie längst nicht mehr amüsant fand, und debattierte mit ihm über Gott und die Welt und sogar über sein neuestes Steckenpferd: die »Emanzipation der Weiber«.

»Findest du nicht auch, Väterchen, dass die französischen Frauen viel emanzipierter sind als die russischen? Die springen eher in die Newa, als ihren Haustyrannen mal die Hörner aufzusetzen.« Lachend fügte er hinzu: »Wenn ich deiner ägyptischen Loge beitreten würde, Väterchen, dann nur aus einem einzigen Grund: dass es eine gemischte Loge ist!«

»Ich bitte sehr, mein Fürst«, sagte ich mit heiserer Stimme, denn ich litt seit Tagen an einem schlimmen Katarrh, »mich nicht immer ›Väterchen‹ zu nennen. Meine Maurerbrüder und -töchter nennen mich ›Vater‹ – und das mit gutem Grund.«

»Unser Väterchen ist aber sehr verschnupft!«, wandte er sich mit gespielter Besorgnis an Serafina. »Ich schlage vor: Wir halten heute gemischte Loge in der Sauna, mit Sekt und Kaviar, versteht sich!«

Die russische Sauna tat nicht nur meinen verstopften Bronchien gut. Nachdem mich der Fürst ermutigt, nur kräftig zuzuschlagen, peitschte ich mit den Birkenruten seinen nackten Rücken, dass es seine Art hatte. Ich genoss seine Qual, und er schien mir diese Genugtuung sogar zu gönnen. »Fester!, Väterchen! Fester! Lass mich nur ordentlich leiden!«

Den Katarrh wurde ich bald wieder los, nicht aber den bitteren Geschmack im Munde und das Rumoren im Magen. Meine Frau suchte nicht einmal vor mir zu verbergen, wie verliebt sie in »ihren Grigori« war und dass sie sich gerne von ihm verwöhnen ließ – in jeder Beziehung! ... »Mit der Glut eines Zwanzigjährigen!« Nun ja, nach zwölf Ehejahren lässt die Glut eben etwas nach. In letzter Zeit hatte sich zwischen mir und meiner Frau ein Ton eingeschlichen, der nicht gerade geeignet war, sie wieder anzufachen: Wie oft nannte sie mich nicht »Dickerchen!« und ich sie »Pute«!

Ich konnte nur hoffen, dass diese Affaire bald zu Ende ging, wie Potemkins andere Affairen auch, und dass er sich wenigstens dankbar erweisen würde. Indes wartete ich Woche um Woche vergebens auf eine Einladung zu Hofe. Ich wurde zunehmend reizbarer und übellauniger und konnte mich kaum mehr richtig auf meine ärztliche Tätigkeit konzentrieren. In meiner Zerstreutheit unterliefen mir peinliche Schnitzer, die meinem Rufe ernstlich zu schaden drohten. Des Öfteren verwechselte ich bei der Ausgabe der Arzneien die Patienten und ihre Krankheiten. Der, welcher Ohrenschmerzen hatte, erhielt das Abführmittel und bekam nun zum Ohrenschmerz noch den Dünnschiss dazu, der andere, der an Obstipation litt, nahm dafür die Ohrentropfen ein, die seinem Magen übel bekamen. Kurz: Ich war auf dem besten Wege, zu dem Kurpfuscher zu werden, für den mich gewisse Leute hielten.

Nein!, so konnte es nicht mehr weitergehen. Etwas musste geschehen. Aber was? Gab es denn keinen Weg, kein Mittel, diesen russischen Liebestöter wieder von meiner Frau abzuziehen, ohne dass ich ihn dabei brüskierte und Gefahr lief, seine Gunst und seinen so dringend benötigten Schutz zu verlieren?

Eines Tages nahm ich wie gewöhnlich im Gasthof nahe dem Volkskrankenhaus mein Mittagsmahl. Der Wirt hatte mir einen Gulasch serviert, welcher dermaßen scharf gewürzt war, dass es mir fast die Zunge und den Mund verbrannte. Unter Protest ließ ich das Gericht zurückgehen. Während ich mir den brennenden Gaumen mit Wodka ausspülte, hatte ich plötzlich eine Erleuchtung: Ließe sich denn nicht auch ein anderes »Leibgericht« so stark verwürzen, dass dem Esser die Lust daran verginge? Von der Idee zur Ausführung war es nur ein kurzer Weg.

Just dieser Tage fand eine Soiree im Palais des Großfürsten statt. Während er in bester Champagnerlaune vor allen Gästen meine Frau karessierte, entfernte ich mich unbemerkt aus dem Salon und begab mich in die obere Etage, wo sein Schlafzimmer war. Auf dem Nachttisch neben dem französischen Himmelbett lag das, was ich suchte: ein angebrochenes Päckchen mit englischen Präservativen der Luxusklasse. Rasch zog ich aus meiner Tasche ein Tütchen mit weißem pulverisierten Pfeffer und gab eine Messerspitze davon in die schlauchförmigen Darmhäute, die innen mit Samt und Seide gefüttert waren. Die so präparierten Präservative rollte ich wieder zusammen und steckte sie in das Päckchen zurück.

Am nächsten Tage erschien der Diener des Großfürsten im Krankenhaus und bat mich, sofort ins Palais Potemkin zu kommen, sein Herr habe eine sehr schmerzhafte Havarie erlitten. Natürlich ließ ich sofort alles stehen und liegen, um meinem hohen Gönner zu Hilfe zu eilen.

Doch welch ein trostloser Anblick bot sich mir dar, als ich sein Kabinett betrat! Der Fürst saß in seinem Morgenmantel auf dem französischen Himmelbett und krümmte sich vor Schmerz: Mit beiden Händen hielt er seine Leisten, respektive sein Geschlecht umklammert und stöhnte wie ein verwundeter Krieger.

»Um Gottes willen, mein Fürst! Was ist Ihnen geschehen?«

Mit einer Gebärde stummer Verzweiflung schlug er die Schöße seines seidengefütterten Mantels auseinander und entblößte sein großfürstliches Glied. Es war über und über mit roten Pusteln und Placken bedeckt, welche so fürchterlich brannten und juckten, dass er sich in einem fort kratzen musste.

Ich klemmte mir die Lupe vors Auge, um mir die Kalamität genauer zu betrachten Vor allem die Spitze des Bajonetts, die Eichel, war in einem jammervollen Zustand – eine einzige rote juckende Wunde. – Strafe muss sein! Der Pfeffer auf Cayenne wird ja auch von Sträflingen geerntet.

»Hm! Sehr seltsam! Sieht aus, als hätten Sie den Scharlach, mein Fürst! ... Haben Sie diese roten Flecken und Placken vielleicht auch an anderen Stellen Ihres Corpus?«

»Nein! Nur hier an meinem ...« Ein neuer Juckreiz ließ ihn den Satz nicht vollenden.

»Dann ist es nicht der Scharlach«, erklärte ich mit wissender Miene, »denn der findet sich normalerweise auch an anderen Körperstellen, sondern ein Excema digitalis extremitatis.«

»Gott, was ist das?«

»Ein Ausschlag, der fast ausschließlich die Extremitäten, also die Endglieder des Corpus affiziert – leider auch jenes empfindliche Endglied, das der Anfang so vieler unsrer Wonnen ist ... Seit wann haben Sie diesen Ausschlag, mein Fürst?«

»Er ist ganz plötzlich gekommen«, erklärte Potemkin mit leidender Miene. »Es begann gestern Nacht, als ich dieses verfluchte Ding da überzog!«

Er deutete auf ein zerknittertes Artefakt, das auf dem Nachttisch lag. Ich ergriff das corpus delicti und nahm es unter die Lupe.

»Vielleicht haben Sie ja eine Idiosynkrasie gegen alles Englische, in Sonderheit gegen englische Kondome, mein Fürst? Ich hatte mal einen Patienten, der war gegen Chinaseide überempfindlich. Bei der Behandlung stellte sich heraus, dass er eine unüberwindliche Abneigung gegen alles Chinesische hatte: gegen chinesische Fächer und Handschuhe, chinesische Vasen und Porzellan.«

»Aber ich benutze die englischen Kondome seit vielen Jahren«, sagte Potemkin mit weinerlicher Stimme, »und hatte noch nie einen solch tückischen Ausschlag!«

Ich zog eine sehr bedenkliche Miene. »Dann ist es vielleicht doch keine Idiosynkrasie, mein Fürst, sondern …« Ich seufzte schwer und starrte bedrückt vor mich hin.

»Sondern? … Spuck's schon aus, Väterchen!«

»Die französische Krankheit!«

»Du meinst … die Syphilis?«

Potemkin erbleichte. Sein sonst so strahlendes Zyklopenauge blickte trübe – wie ein erloschener Stern.

»Doch wollen wir den Teufel nicht gleich an die Wand malen. Es kann sich, wie gesagt, auch um eine Idiosynkrasie handeln. Darum werde ich, wenn Sie erlauben, zunächst mit einer heilenden Wundsalbe gegen das Übel vorgehen, damit sich Ihr Adamsstab nicht weiter entzündet.«

Nachdem ich sein heiligstes Glied gehörig gesalbt – bei jeder Berührung der roten Flecken stöhnte er auf vor Schmerz –, es mit Watte und einer Binde umwickelt, bot der allmächtige Favorit der Zarin ein wenig fürstliches Bild; sah er doch aus wie ein Invalide, ein Spottbild der Liebe!

»Eine bittere Pille muss ich Ihnen leider verordnen, mein Fürst! Bis die Idiosynkrasie wieder abgeklungen und das Exzem verheilt ist – wir wollen mal von dem geringeren Übel ausgehen –, müssen Sie strengste Enthaltsamkeit üben – auch mit Rücksicht auf die Damen, die Sie mit Ihrer Gunst zu beehren pflegen!«

»Und wie lange wird das dauern?«

»Vierzig Tage zum mindesten.«

»Vierzig Tage Quarantäne?«, stöhnte Potemkin. »Das ist ja wie bei deiner ägyptischen Fastenkur ... Wie soll ich das durchstehen, Väterchen?«

»Nun, mein Fürst«, erwiderte ich, »auch die platonische Liebe – gewissermaßen eine endlose Vorlust – kann sehr erregend sein.«

Nun war endlich Ruhe im fürstlichen Puff. Dass ihre heiße Affaire mit dem Großfürsten fortan einer rein platonischen Beziehung weichen musste, war eine bittre Pille für Serafina. Mir schmeckte sie umso besser, zumal sich mein Magen schlagartig besserte und mein Appetit wieder zurückkehrte. Auch der üble Klatsch hinter meinem Rücken hörte auf. Während der ersten Zeit der Quarantäne litt meine Frau ganz schön unter dem Entzug. Doch wie man weiß, gibt es gegen Liebeskummer kein besseres Mittel als Arbeit. Indem sie sich im »Haus des reinen Wässerchens«, an der Seite ihres legitimen Mannes, aufopfernd der Pflege der Kranken widmete, fand sie denn auch die Ruhe ihres Herzens wieder.

Welch ein Gewese um das eigene Fleisch und Blut!

»Sususu, Bambino, sususu!«

Serafina wiegte den Säugling sanft in ihren Armen und sang ihm ein römisches Wiegenlied. Im Lehnstuhl vor dem Kamin saß, das Strickzeug im Schoß, die russische Amme, sie war eingenickt. Behutsam legte Serafina den Säugling in die Wiege und deckte ihn zu.

Es war ein kalter Nachmittag Anfang April. Eisige Winde fegten ums Haus. Nach dem ersten Erwachen des Frühlings lag Petersburg wieder in frostiger Starre. Ich trat an die Wiege und strich dem Säugling sanft über die entzündeten Äuglein und die heiße Stirn. Sein Fieber war noch immer nicht gewichen. Sein Atem ging schwach und unregelmäßig.

»Wirst du es durchbringen, Alessandro?«

»Ich denke schon!«

»Du hast es der Fürstin versprochen!«, mahnte Serafina. »Wenn du nur nicht das Geld schon genommen hättest!«

»Dio mio! Wenn man es mir freiwillig ins Haus bringt? Ich habe niemanden darum gebeten.«

»Du hättest es nicht annehmen dürfen – nicht eher, als bis das Kindchen wieder gesund ist!«

Vor zwei Tagen war unerwartet die Fürstin Golizin vorgefahren, in ihrem Arm hielt sie ihren dick verpackten fiebrigen Säugling. Mit Tränen in den Augen bat sie mich, ihr sterbenskrankes Kind wieder gesund zu machen. Die Ärzte wüssten ihm nicht mehr zu helfen. Wie konnte ich mich den Tränen einer jungen, verzweifelten Mutter verweigern, zumal sie mir – mit aller gebotenen Dezenz, versteht sich – gleich einen Umschlag mit 500 Silberrubeln zusteckte? Das Leben in Sankt Petersburg war nicht gerade billig, und der Betrieb meines Krankenhauses hatte sehr an unseren Reserven gezehrt. Da kam mir die Offerte der Fürstin Golizin gerade recht. Ich versprach ihr, das Kindchen zu heilen, machte aber zur Bedingung, dass es in meinem Hause bleibe, damit ich es ständig unter Beobachtung hätte. So blieb denn die Wiege mit dem Säugling samt der Amme vorerst in unserem Hause.

Verzückt ruhte Serafinas Blick auf dem schlafenden Baby. »Guck mal, wie fein seine Fingerchen sind! Und wie zierlich seine Öhrchen! Was für ein goldiger Schatz! … Wann machen wir endlich auch ein Bambino, Alessandro?«

»Sobald ich sicher sein kann, dass ich auch sein Vater bin.«

Sie schluckte. Der Stich hatte gesessen.

Die Wanduhr schlug fünf. Serafina riss sich vom Anblick des schlafenden Säuglings los, gab mir einen Kuss auf die

Backe und wandte sich zur Tür. Sie hatte heute ihren Nachtdienst im Krankenhaus. Auf der Schwelle drehte sie sich noch einmal um:

»Und dass du mir ja gut auf das Kleine aufpasst!«

»Keine Sorge! Ich werde an seiner Wiege wachen!«

»Wach auf, Alessandro! Es ist schon elf Uhr morgens!«

Serafina rüttelte mich wach. Ich gähnte, rieb mir die Augen und räkelte mich langsam aus meinem Lehnstuhl.

»Hab' ich so lange geschlafen? ... Kein Wunder! Hab' ja auch die Nacht kein Auge zugetan!«

»Geht's dem Bambino besser?«

»Besser? Es ist kerngesund. Überzeuge dich selbst!«

Wir traten beide ins Nebenzimmer, wo sich uns ein Anblick reinster Freude bot: der Säugling lag nackt auf dem Wickeltisch, strampelte lustig mit Ärmchen und Beinchen und krähte vor Vergnügen die Amme an. Die Verwandlung von gestern auf heute war wirklich frappierend.

»Und es hat auch kein Fieber mehr?«

»Seine Temperatur ist ganz normal!«

Serafina befühlte dem Säugling Wange und Stirn, dann kniete sie am Wickeltisch nieder und murmelte mit nassen Augen ein Dankgebet. Als sie sich wieder erhob, fiel sie mir um den Hals.

»Du glaubst gar nicht, wie froh und erleichtert ich bin! Ich fürchtete schon, das Kleine würde die Nacht nicht überleben ... Du bist wirklich ein Genie, Alessandro, der größte Heilkünstler auf dem Erdenrund!«, rief sie bewundernd aus und blickte mir zärtlich in die Augen. Wie lange hatte ich diesen Blick vermisst! Jetzt war sie vom Potemkin-Fieber kuriert.

Auch die Amme wusste sich vor Freude und Dankbarkeit kaum zu fassen. Erst küsste sie mir die Hände, dann schmatzte sie mich mit russischer Überschwänglichkeit ab und drückte mich an ihre große Brust, als sei ich ihr eigener Sohn.

»Und wie erst die Fürstin sich freuen wird!«, rief Serafina. »Wir müssen gleich nach ihr schicken!«

Es gibt wahrlich keine schönere Freude, als andere Menschen glücklich zu machen! Auch ich vergoss Tränen der Rührung, als die Fürstin Golizin mit tränenüberströmtem Gesicht ihr über Nacht gesundetes Baby in die Arme schloss. Dass es mir gelungen war, den bittersten Schmerz, den eine Mutter erleiden kann, von der Fürstin abzuwenden, versöhnte mich mit so manchen Widrigkeiten, Anfeindungen und moralischen Anfechtungen, die der Beruf des Arztes so mit sich bringt. Für die gelungene Kur erhielt ich noch einmal 500 Silberrubel.

Serafina indes wurde bald von einer wehmütigen Sehnsucht erfasst. Seit das Kindchen abgeholt worden war, kamen ihr die Räume leer und verlassen vor.

Eines Nachmittags, als sie gerade eine russische Steckpuppe zusammensetzte, die ich ihr geschenkt hatte, fragte sie mich wieder:

»Wann machen wir endlich ein Bambino, Liebster?«

Immerhin nannte sie mich jetzt wieder »Liebster!« und nicht mehr »Dickerchen!«.

»Sobald wir unser unstetes Leben aufgegeben und festen Boden unter den Füßen haben.«

»Aber wann wird das sein? Sind für eine Frau denn Kinder nicht das Natürlichste auf der Welt, Alessandro? Für fremder Leute Kinder tust du alles, aber sooft ich den Wunsch nach einem eigenen äußere, wiegelst du ab.«

Ein lauter Tumult im Treppenhaus ließ mich plötzlich aufhorchen. Eine schrille Männerstimme rief: »Lasst mich zu ihm! Lasst mich zu ihm! Er soll mir Rede und Antwort stehen – dieser Betrüger!«

Mir stockte der Atem, Serafina erblasste. Ich wollte mich gerade auf den Balkon flüchten, doch schon ward die Tür aufgestoßen, und mit der Miene eines Blutvergießers stürmte Fürst Golizin herein.

»Sie haben uns ein falsches Kind untergeschoben, Sie Schuft, Sie!«

»Aber mein Fürst! Wer hat Ihnen denn diesen Unsinn eingeredet?«

Der Fürst kam, die Hand am Degen, auf mich zu. Ich suchte Deckung hinter Serafinas Sessel.

»Sie haben wohl gedacht, meine Frau bemerke es nicht, da sie stark kurzsichtig ist. Aber ich habe sehr scharfe Augen. Als ich gestern von einer Reise zurückkehrte, sah ich sofort, dass dieses Kind nicht das meine ist. Es hat grünliche Augen, mein Wladimir dagegen hat himmelblaue Augen ... Wo ist er? Was haben Sie mit meinem Söhnchen gemacht?« Er zog den Degen blank.

»Auf ein Wort, mein Fürst!« Zum Zeichen meiner Ergebung hob ich beide Arme, indes mir die Knie schlotterten. »Die Augenfarbe der Babys kann noch wechseln. Wussten Sie das denn nicht?«

Golizin runzelte die Brauen; er war irritiert. Doch dann stieß er zornig hervor:

»Mein Wladimir hat, genau wie sein Vater und sein Großvater, einen verkürzten kleinen Zeh – der sichere Beweis, dass dieses Kind von mir ist. Der Balg aber, den Sie uns untergeschoben, hat einen kleinen Zeh von ganz normaler Länge.«

»Kein Wunder, mein Fürst! Die Gliedmaßen der Babys pflegen in diesem zarten Alter so rasch zu wachsen wie Bambussprossen. Bedenken Sie: Sie haben ihren kleinen Wladimir wer weiß wie lange nicht gesehen.«

Golizins Hand glitt vom Degengriff. Seine Miene wurde unsicher. Wenn dieses Baby nun doch sein Söhnlein wäre, jedoch ohne das untrügliche Merkmal seines Vaters – so fragte er sich wohl –, war es denn dann auch wirklich sein eigen Fleisch und Blut?

»Ich werde Ihre Erklärungen, Herr Graf, von der Kommission der Petersburger Ärzteschaft prüfen lassen! Sollte sich herausstellen, dass Sie gelogen und uns ein falsches Kind untergeschoben haben, werde ich dafür sorgen, dass Sie den Rest Ihres Lebens in der Peter-und-Paul-Festung oder den Bergwerken Sibiriens verbringen. Verlassen Sie sich drauf!«

Mit diesen Worten verließ Golizin das Haus. Serafina saß zusammengebrochen im Sessel und starrte mit toten Augen vor sich hin. Doch war jetzt keine Zeit für Erklärungen. Ich ließ sofort die Koffer packen.

Welch ein Gewese die feinen Leute doch um ihr eigen Fleisch und Blut machen!

Serafina hatte sich in die Ecke der Kutsche gedrückt, um mir ja nicht zu nahe zu kommen. Erst als wir die bedrohlichen Schatten der Peter-und-Paul-Festung und die Stadttore von Sankt Petersburg hinter uns hatten, fand sie ihre Sprache wieder:

»Einer Mutter ein falsches Kind unterschieben! ... Es ist ungeheuerlich!«

Wie soll man das einer Frau nur erklären! »Ich tat's doch aus Mitleid. Wollte der Fürstin den Schmerz ersparen! Und es wäre ja auch gelungen, wenn ihr bornierter Gatte nicht ...!«

»Sprich ein einziges Mal die Wahrheit, Alessandro! Du tatst es wegen des Geldes und wolltest eine verpfuschte Kur vertuschen, dem Tod selber ein Schnippchen schlagen. Tauschst einfach ein todkrankes gegen ein gesundes Baby aus, als wären es Requisiten aus deinem magischen Koffer! ... Hast du eigentlich gar kein Gewissen?«

Sie sah mich an, als begreife sie erst jetzt, mit welch einem Unhold sie verheiratet war.

»Was sollt' ich denn machen? Kurz nachdem du fortgingst, hörte das Baby plötzlich zu atmen auf und gab seinen Geist auf. Sein Fieber war zu hoch. Kein Arzt der Welt hätt' es noch retten können ... Ich war ganz untröstlich und dachte nur an die arme Fürstin und ihren Schmerz, wenn sie ihr totes Kind entgegennähme. Und plötzlich kam mir die rettende Idee: Warum sollte sie nicht das Mutterglück mit einem anderen, gesunden Baby genießen, zumal ja eines dem anderen gleichsieht? Und da sie, wie mir aufgefallen war, stark kurzsichtig ist …«

»Dachtest du, die Vertauschung würde nicht auffallen. Was bist du nur für ein Kindskopf! … Und von dir wollte ich ein Kind!« Serafina schlug sich mit der flachen Hand gegen die Stirn.

Was, zum Teufel!, hatte denn das eine mit dem anderen zu tun? Verstehe einer die Logik der Weiber!

»In ganz Russland wird man dich jetzt als Betrüger ausschreien. Und wir können von Glück sagen, wenn wir noch unbeschadet über die Landesgrenzen kommen.«

»Was heißt hier Betrüger? Hat der angebliche Betrüger denn nicht barmherziger an der verzweifelten Mutter gehandelt als der, der ihn des ›Betruges‹ zeiht? Ich erfüllte ihr ihren Herzenswunsch durch eine geglückte Illusion. Hätte ihr Gatte die Vertauschung nicht bemerkt, wäre sie eine glückliche Mutter geblieben, und der arme Findling hätte endlich ein feines Zuhause gehabt.«

»Ein Findling?«

»Hab' das neue Baby wohl kaum aus dem Ärmel geschüttelt. Ich holte es aus dem Findelhaus. Die Leiterin war froh, wenigstens eines ihrer vielen Findelkinder in guter Obhut zu wissen. Du glaubst ja gar nicht, wie viele Kinder armer Leute Tag für Tag ausgesetzt werden!«

»Verstehe ich dich recht, wolltest du also nicht nur ein, sondern gleich zwei gute Werke vollbringen: der Fürstin ihr Mutterglück erhalten und einem armen Findelkind ein neues Zuhause schenken?«

Endlich fühlte ich mich von meiner Frau verstanden!

Sie brach in höhnisches Gelächter aus.

»In einer Hinsicht«, sagte sie spitz, »bist du wahrlich ein

unübertroffener Meister, ein wahrer Genius: Du verstehst es, noch dem gemeinsten Betruge den Anschein einer guten und uneigennützigen Handlung zu verleihen – und biegst und lügst dir die Dinge so lange zurecht, bis du selber dran glaubst!«

Dass einen die eigene Frau so missverstehen kann! Ach, es ist schon ein Kreuz mit den Weibern!

Zwar kamen wir unbeschadet über die Landesgrenzen. Dafür goss die »aufgeklärte« Katharina fortan ihren ganzen Spott über meine Person aus. Sie griff sogar selbst zur Feder und schrieb drei Lustspiele von sehr dürftiger Qualität, die sie »Der Betrüger«, »Der Verblendete« und »Der sibirische Schamane« taufte. Meine Popularität und Beliebtheit beim russischen »Pöbel« muss die Zarin aller Reußen wohl sehr beunruhigt haben. Hätte sie es sonst nötig gehabt, mir gleich dreimal auf dem Theater die Hosen auszuziehen?

Nun, was sie mir schuldig blieb, sollte mir der polnische König Stanislaus-Auguste gewähren. Er empfing den »sibirischen Schamanen« mit allen gebotenen Ehren in seinem Warschauer Palast.

XIV. Opera Buffa Chymica

Seit Stunden über seine Akten gebeugt, ging Zelada noch einmal die diversen Enthüllungsschriften durch, die im Zuge der Entlarvung Cagliostro-Balsamos erschienen waren; bildeten sie doch, zusammen mit den Protokollen der Verhöre, das Fundament der Anklageerhebung gegen den Inquisiten: die Enthüllungen des *Courrier de L'Europe*, die Zeitungsartikel Carlo Sacchis, die *Echten Nachrichten von dem Grafen Cagliostro* des Marquis de Lumet, die *Nachricht von des berüchtigten Cagliostro Aufenthalte in Mitau* der Gräfin Elisabeth von der Recke und das *Journal des Grafen M.** über Cagliostros Auftreten in Warschau. Dem polnischen Grafen und Alchemisten M. gebührte das Verdienst, den größten Betrüger und Mysterienschwindler der Epoche als Erster entlarvt zu haben.

Bei einer alchemistischen Operation auf Schloss Wola, dem Landsitz des Fürsten Poniniski, hatte Cagliostro scheinbar das »Wunder der Transmutation« vollbracht, indem er mittels seines roten Pulvers, der »materia prima«, ein Pfund Merkur (Quecksilber) in einen Klumpen geschmolzenen Silbers verwandelte. Die Begeisterung des Fürsten und der Logenbrüder über die »gelungene Metallverwandlung« war grenzenlos. Nur Graf M., der dem Meister bei dieser chemischen Operation assistiert hatte, witterte den Betrug:

* *Graf Moyszinski*

8. *Juni 1780*

O vanitas mundi! O Torheit der Adepten!

Nachdem ich die ganze Operation im Geiste noch einmal durchgegangen, gelangte ich zu dem Schluss, dass das Silber von woanders herstammen musste, denn die Asche des Feuers war auf keinen Fall heiß genug für einen solchen Schmelzvorgang gewesen. Unter dem Vorwand, mit den Geistern zu sprechen und sie für die bevorstehende Operation günstig zu stimmen, hatte sich Cagliostro am Vortage eine ganze Nacht in seinem Laboratorium in Warschau eingeschlossen, wo er unstreitig eine starke Schmelzung des Silbers vorgenommen. Mir bei der Operation dann meinen Schmelztiegel mit dem figierten Merkur aus den Händen zu spielen und den anderen Tiegel, der mit dem vorab geschmolzenen Silber gefüllt war, an dessen Stelle zu setzen, war ziemlich einfach für ihn. Er hatte nämlich einen Freimaurerschurz vor, unter dem er vermutlich den zweiten Tiegel versteckt hielt. Die Sache ging bei wenig Licht auf einem schwarzen Teppich vor sich, und die Aufmerksamkeit aller, auch die meine, war in diesem Moment stark abgelenkt. Als ich den Brüdern meinen Verdacht kundtat, erntete ich nichts als Unglauben und Gehässigkeit. Wie ich es wagen könne, die Künste dieses begnadeten Spagyrikers in Zweifel zu ziehen, da doch alle das reine Silber in dem Schmelztiegel gesehen hätten? Ganz Warschau, wo der Meister ein Hospital für die Armen eröffnet, rühme die edlen Absichten dieses Menschenfreundes – und nur ich wolle seinen Ruf in den Schmutz ziehen.*

10. *Juni*

C. wurde gestern mit allen Ehren vom König empfangen. Er versprach, sich nun zum Nutzen aller Polen, in Sonderheit der Armen und Kranken, an das »Große Magisterium«, die Herstellung von alchemistischem Gold, zu wagen. Dabei weiß ein jeder Adept, dass dieses geheimnisvolle alchemistische Verfahren bislang noch

* Alchemist

nie beobachtet worden. Zunächst, erklärte er abends in der Loge, müsse ein weiteres »philosophisches Ei«* vorbereitet werden; dieses werde allmählich die Farbe ändern, während es sieben weitere alchemistische Passagen durchlaufe: Zunächst färbe es sich langsam schwarz, später werde es weiß wie Schnee, danach wunderschön zitronengelb, und zuletzt nehme es die leuchtende Farbe von rotem Klatschmohn an. Es klang wie ein Märchen aus dem orientalischen Zaubergarten. Indes habe man für das »Große Werk« viel Geduld und einen langen Atem nötig. Denn jede chemische Passage dauere mindestens sechs bis acht Wochen. – So sorgt dieser Gauner vor, um mit seiner Lieblingssultanin während der sieben Passagen, das heißt für ein ganzes Jahr, vom Fürsten P. und der Loge freigehalten zu werden und sich auf unser aller Kosten ein schönes Leben zu machen!

15. Juni
Unser edler Meister, der Großkophta, rollt alle Morgen im Cabriolett in die Stadt, um Patientinnen zu besuchen. Wer weiß, wie vielen polnischen »Tauben« er während der Visite seine »philosophischen Eier« ins Nest legt! Unterdes laboriere ich hier schwitzend seine Rezepte und verbrenne und beschmutze mir alle Finger.
Die erste Passage geht erwartungsgemäß sehr langsam vonstatten. Unser geschickter Meister decantiert, gießt frisches Scheidewasser in unser kostbares philosophisches Ei und weissagt uns den glücklichsten Erfolg, ungeachtet der Kleingläubigkeit manches Jüngers und sonderlich des Erzungläubigen, der durchaus die edlen und charakteristischen Gebräuche der ägyptischen Logen, als Rülpsen, Furzen, Schnaufen und Mit-dem-Fuße-Stampfen, nicht mitmachen will. Welche Tollheit!

* Retorte, in der vermittels der »materia prima« unedle Metalle in Gold und Silber verwandelt werden.

24. *Juni*

Ha! Die Rache ist mein!, spricht der Herr. Und sie schmeckt süßer als Candis!

Wer hätte gedacht, dass der »Stein der Weisen« just in einer Jauchegrube zu finden sei! Per Zufall hat gestern der Gärtner in der Mistgrube unter dem Fenster des Laboratoriums die Reste des zweiten Tiegels entdeckt, den der Meister bei der ersten Operation ausgetauscht hatte. Er brachte die Scherben und Gipsstücke sogleich zu mir und zeigte sie mir.

Endlich hielt ich den lange ersehnten Beweis in Händen. Als ich den Logenbrüdern das Corpus delicti zeigte, machten sie lange Gesichter. Einige schwiegen beschämt, andere hatten nicht übel Lust, gleich eine Operation auf dem Rücken des Meisters vorzunehmen.

Schließlich wurde der ganze Areopagus zusammengerufen. Der Meister erschien und erklärte, ich hätte die Scherben des Tiegels selbst in die Mistgrube geworfen, um ihn zu verleumden. Er sprach mit unglaublicher Salbung und trug seinen ganzen Schmerz vor, sich derart verkannt und verleumdet zu sehen. Er trieb seine Bescheidenheit sogar so weit, dass er sich erbot, mit Ketten an den Füßen am »philosophischen Ei« zu arbeiten, und dass ihn seine Jünger auf der Stelle erdolchen sollten, wenn er nicht vor Endigung der vierten Passage sein Wort halte. Überdies verlangte er, man solle Schlösser und Riegel an die Tür des Laboratoriums legen, um jeden Betrug auszuschließen. Hierauf legte er die Hände auf die Erde, küsste sie, erhob sie wieder gen Himmel und rief Gott zum Zeugen, dass er wahr rede. Mir aber prophezeite er ein ebenso schreckliches Ende, wie es dem Judas Ischariot ward.

Trotz seiner erhabenen Schauspielkunst wollte es ihm diesmal nicht mehr gelingen, die verstörte Herde hinter sich zu scharen. Die Scherben des Tiegels, den man nur allzu deutlich als denjenigen erkannte, der bei der ersten Operation benutzt worden, gingen von Hand zu Hand, der Argwohn stand den Jüngern deutlich im Gesicht, und ihre Fragen an den Meister wurden immer respektloser.

Schließlich erklärte er mit beleidigter Miene, er werde morgen fünfzig Pfund Merkur zum Besten der Armen in feines Silber verwandeln und dann wolle er abreisen und ganz Polen seiner Reue überlassen, welches keinen Großkophta oder Cagliostro je mehr sehen solle.
Ich warnte die Brüder, ihn keine Sekunde mehr aus den Augen zu lassen, denn er wolle nur Zeit gewinnen, um mit seiner Beute zu entwischen.

26. Juni
Der Galgenvogel ist entfleucht!
Ein Bediensteter, der keinen Schlaf fand, beobachtete vom Fenster aus, wie in der stockfinstren Nacht das Parktor lautlos aufschwang und eine schwarze Kutsche mit verhängten Scheiben leise durchs Tor glitt; außer einem fast unhörbaren Knirschen auf dem Kies verursachten die umwickelten Wagenräder kaum Geräusch.
Da habt Ihr die Bescherung, meine »erleuchteten Brüder«! In Eurem gläubigen Dünkel habt Ihr nicht einmal gemerkt, dass Ihr nur Mitspieler in einer Opera Buffa Chymica gewesen, welche Euch nach meiner Schätzung mindestens 8000 Golddukaten gekostet – an Aufwendungen für den fürstlichen Aufenthalt des erlauchten Paares und an Spesen für das »Große (Blend)Werk«. Aus Angst vor der öffentlichen Blamage wird sich selbstredend keiner von Euch getrauen, den phantastischen Bluff publik zu machen, an dem Ihr bereitwillig mitgewirkt.

Kapitel 15

Wenn der Berg zum Propheten kommt

Straßburg 1780–83

Unser Einzug in Straßburg am 19. September 1780 glich einem Triumphzug, wie er sonst nur Fürsten und Magnaten zuteil wird. Eine Kavalkade eleganter Equipagen, die uns seit Frankfurt Gesellschaft leisteten, gab uns das Ehrengeleit. Als wir in der beginnenden Dämmerung die Rheinbrücke bei Kehl überquerten, standen Hunderte von Bürgern Spalier, klatschten Beifall, warfen ihre Mützen und Dreispitze in die Luft und riefen: »Hoch lebe Graf Cagliostro!« Um die Huldigungen der Menge richtig genießen zu können, befahl ich dem Kutscher, die Rheinbrücke und die Strecke bis zum Stadttor von Straßburg im Schritt zu passieren.

Die Fama war mir wieder einmal vorausgeeilt. Wer verbreitete sie? Und was trieb die Massen unweigerlich zu mir? Was zog sie dermaßen an? Der Ruhm meiner erfolgreichen Kuren und mein Ruf als Wohltäter der Armen? Meine geheimnisvolle Aura als Freimaurer der höchsten Grade, als orientalischer Weiser und Sendbote des »Großkophta«? Mein Nimbus als großer Alchemist und Träger geheimen Wissens, dem sogar Fürsten und Magnaten ihre Reverenz erwiesen? War es das Phantastische und Außergewöhnliche, das scheinbar Übernatürliche und Wunderbare meines Wirkens, das die Einbildungskraft der Menschen aufregte und ihnen reichlich Stoff zum Fabulieren, Träumen und Spintisieren bot? War es das von der Kirche und der Moral Verbotene, Verketzerte und Verpönte, was ich in ihren Augen verkörperte – das, was sie sich selber nicht zu tun getrauten, obwohl sie es brennend gerne getan hätten?

Während ich die sich mir entgegenstreckenden Hände schüttelte, saß meine Frau mit düsterer Miene neben mir.

»Warum so trübsinnig, Serafina? Freust du dich denn gar nicht über diesen grandiosen Empfang?«

»Ich hab' Angst!«

»Angst? Wovor?«

»Vor der Zukunft.«

Ich kurbelte das Kutschfenster nach oben, um vor fremden Ohren sicher zu sein.

»Denkst immer noch an Warschau? ... Vergiss es, Serafina! Schnee von gestern. Graf und Gräfin Cagliostro ziehen mit Glanz und Gloria in Straßburg ein. Wer wird da noch nach dem zerbrochenen Schmelztiegel in einer polnischen Jauchegrube fragen?«

»Was macht dich so sicher? Dieser Graf Moyszinski hat Blut geleckt und wird früher oder später gewiss alles publik machen!«

»Und wenn schon! Wer wird einem kleinen polnischen Grafen und Alchemisten, einer verkrachten Existenz wie Moyszinski schon glauben? Was vermag er gegen Cagliostro! Schau nur, wie viele vornehme Equipagen uns folgen! Mein Name ist Legende! Wer sich an Cagliostro vergreift, verbrennt sich nur die Finger.«

»Je berühmter du wirst, desto mehr Neider hast du. Und desto mehr Leute werden dir auf die Finger schauen.« Und in einer plötzlichen Aufwallung von Unmut rief sie: »Ich bin es satt, immer in Angst vor der Verhaftung zu leben! Ich mache deine Betrügereien nicht länger mit.«

Jetzt reichte es mir. »Wer hat denn den vertauschten Schmelztiegel einfach in die Jauchegrube geworfen? Habe ich dir nicht ausdrücklich gesagt, du sollst ihn in deiner Kleiderkiste verstecken? Da hätte ihn niemand gefunden. Aber Madame war ja so besorgt, der dreckige Tiegel könne ihre Garderobe beschmutzen, dass sie es vorzog, ihn einfach aus dem Fenster zu werfen. Durch deinen verdammten Leichtsinn, deine Unachtsamkeit ist die Sache ans Licht gekommen – und durch nichts anderes!«

»Das ist ja wohl der Gipfel! Du drehst das krumme Ding – und wenn du auffliegst, ist es meine Schuld. Wie gut, dass du mich hast! ... Fragt sich nur, wie lange noch.«

In schweigendem Groll saßen wir eine Weile nebeneinander. Dann suchte ich ihre Hand und appellierte an ihre Einsicht. Sie habe doch selbst gesehen, wie viele Mittel der Betrieb des Krankenhauses in Warschau verschlungen: die teure Miete, die Suppenküche für die mittellosen Patienten, die kostenlosen Medikamente etc. pp. Ich musste die Kasse wieder füllen – und da kam das Angebot des Fürsten Poninski gerade zur rechten Zeit. Da ich aber nicht so lange warten konnte, bis sich der Merkur, das unedle Metall, zur Reife des Silbers entwickelt, habe ich eben mit künstlerischen Mitteln ein wenig nachhelfen müssen.

»Mit ›künstlerischen Mitteln‹ – dass ich nicht lache!«

»Aber es war doch für einen guten und wohltätigen Zweck!«

»Zwischen dir und dem guten Zweck«, höhnte sie, »herrscht nicht gerade das beste Einvernehmen. Irgendetwas liegt da im Argen.«

»Im Argen? Wieso?«

»Du gründest ein Krankenhaus für die Armen, alle Welt lobt und preist dich dafür. Dann aber drehst du wieder ein krummes Ding, fliegst auf und musst Hals über Kopf den Ort deines wohltätigen Zwecks wieder fliehen. So war's in St. Petersburg, so war's in Warschau.«

»Ja, ja! Lästere nur den Mann, der dich ernährt, dich in Samt und Seide kleidet und dem du ein Leben in Komfort und Luxus verdankst, von dem andere Weiber nur träumen können! Ich frage mich nur, womit ich so viel Undank verdient habe.«

»Ich finde es nicht sehr komfortabel, dauernd auf glühenden Kohlen zu sitzen. Und die Aussicht wenig erbaulich, meine Tage hinter Gittern zu beschließen, bloß weil mein Mann vor keinem Betruge zurückschreckt, um dem Publikum als ›Meister aller Meister‹ zu erscheinen. Alle Balken im Hause des Fürsten hätten sich biegen müssen von deinen Prahlereien und Lügen.«

»Lügen? ... Sagen wir lieber: Ich gehöre zur Kategorie ›phantastischer Mensch‹.«

»Wann wirst du endlich erwachsen, Alessandro?«

»Was soll die Moralpauke, Serafina? Wir ernähren uns nun mal von den mystischen Grillen und extravaganten Begehrlichkeiten der vornehmen Leute. Ist denn das so schändlich? Viel schändlicher ist es, sich von der Arbeit der armen Leute zu ernähren, wie jene es tun. Hast du die elenden Hütten gesehen, in denen die polnischen Leibeigenen hausen, die Bettelarmut in den Dörfern, die vielen zerlumpten Gestalten? Im Übrigen: Auch du hast das gute Leben im Hause des Fürsten genossen. Er hielt uns etliche Monate frei und bei bestem Komfort – dafür vertrieb ich ihm und den polnischen Brüdern den Ennui und streute den Goldstaub der Illusion über ihren muffigen Alltag. Ich wüsste nicht, was daran zu tadeln wäre.«

»Goldstaub der Illusion! Ihre Leichtgläubigkeit und ihre Goldgier hast du schamlos ausgenutzt ... Wir werden nicht immer so glimpflich davonkommen wie in Sankt Petersburg und Warschau. Darum hör bitte auf mit deinen Betrügereien, eh' es zu spät ist!«

Mamma mia!, war sie wieder bockig. Die reinste Kratzbürste! So lange mit mir verheiratet, hatte sie doch das humane Prinzip meines Wirkens noch immer nicht begriffen!

»Was heißt hier ›Betrug‹? Ich nehme von denen, die von allem zu viel haben, um es denen zu geben, die von allem zu wenig haben. Das ist nicht Betrug, sondern ausgleichende Gerechtigkeit. Im Unterschied zu Robin Hood gehe ich dabei nicht mit Gewalt, sondern mit Schläue, List und Genie vor.«

»Dass es mit Robin Hood ein schlimmes Ende nahm, hast du wohl vergessen! ... Auch bin ich des ewigen Wanderlebens müde. Ich möchte nicht immer auf gepackten Koffern sitzen. Warum können wir uns denn nicht, wie andere Leute auch, an einem Ort, in einer Stadt, wo's uns gefällt, niederlassen? Jeder Mensch braucht doch eine Bleibe, ein Zuhause. Und als sesshafter Arzt könntest du gewiss mehr für die Kranken und Armen tun, als wenn wir unsere Zelte alle paar Monate wieder abbrechen müssen.«

In letzterem Punkte hatte sie allerdings recht.

Wir nahmen Quartier im »Gasthof zum Geist« am Quai Saint-Thomas. Nach dem Souper auf dem überdachten Balkon, von dem man eine hübsche Aussicht auf die sich in den Wassern der Ill spiegelnden Straßburger Bürgerhäuser hat, sagte ich zu ihr:

»Diese Stadt, die uns einen so würdigen Empfang bereitet, hat es verdient, dass wir sie nicht so bald wieder verlassen. Und damit du wieder ruhig schlafen kannst, verspreche ich dir: Hinfort werde ich mich ganz meiner ärztlichen Tätigkeit und dem Wohle der leidenden Menschheit widmen. So – und jetzt verscheuch die schwarzen Gedanken, Serafina, und freue dich der Gegenwart!«

Erleichtert fiel sie mir um den Hals, vergoss ein paar Tränen der Dankbarkeit – und der Abend war gerettet.

Drei Jahre, länger als in jeder anderen Stadt, sollten wir in der schönen Hauptstadt des Elsass bleiben.

Was meine Frau indes nicht bedachte: dass ich – außer meiner ärztlichen Tätigkeit – noch eine andere Mission zu erfüllen hatte. Diesmal gedachte ich vorsichtiger zu Werke zu gehen als in St. Petersburg und Warschau. Statt waghalsiger Coups, schierer Geldnot oder der Laune eines genialischen Augenblicks entsprungen, bedurfte es jetzt eines von langer Hand vorbereiteten und klug eingefädelten Planes, um zum Ziel zu gelangen. Straßburg war nur das Sprungbrett für Paris!

Die schöne Grenzstadt am Rhein eignete sich vorzüglich dazu. Sie galt nicht nur als »Mekka des Mystizismus«, hier versammelten sich auch die Free Masons aus zahlreichen europäischen Ländern. Und da mein ägyptischer Orden so konzipiert war, dass er die unterschiedlichsten und gegensätzlichsten Bedürfnisse befriedigte – sowohl das Bedürfnis nach spiritueller und mystischer Offenbarung als auch das nach Naturerkenntnis mittels magischer und alchemistischer Praktiken, als auch das nach religiöser Toleranz, bürgerlicher Gleichheit und Emanzipation –, schien er wohl geeignet, die Freimaurer der verschiedensten Couleur und Richtungen unter seinem Dache aufzunehmen: die mystischen Schwärmer, Theosophen und Swedenborgianer ebenso wie die Naturforscher, Philanthropen und die heimlichen Oppositionellen gegen den Absolutismus. Doch bevor ich meine Hand nach Paris ausstrecken konnte, musste ich zunächst meinen Ruf als Magus, Heilkünstler und Wohltäter der Armen auf dem hiesigen Schauplatz unter Beweis stellen.

An der Ecke *Places d'Armes* und der *Rue des Ecrivains* mieteten wir ein ansehnliches Haus mit hohen Fenstern, großen Räumen und einer kleinen Marienstatue an der Vorderfront: daher sein Name: »Haus der Jungfrau«. Nicht lange, und die

Kranken drängten sich im Vestibül unseres Hauses. Auch wurde ich immer wieder zu solchen Patienten gerufen, an denen die Kunst meiner Kollegen gescheitert war. Einer an hohem Fieber leidenden Frau namens Gröbel, die kurz vor der Niederkunft stand und die der behandelnde Arzt Dr. Osterfeld mit Aderlässen und Purgiermitteln völlig erschöpft hatte, verhalf ich – nach derselben Methode wie Mme. Bourtouline in St. Petersburg – zur glücklichen Niederkunft. Mit Erfolg behandelte ich auch den Sekretär des Marschall Contades, der an Schwermut litt und von Selbstmordgedanken geplagt wurde. Viele Stunden verbrachte ich bei dem Melancholiker, redete mit ihm über Gott und die Welt, gewann sein Vertrauen, stritt heftig mit ihm und machte mich über seinen Trübsinn lustig. Binnen zweier Wochen kam er wieder auf die Beine. Was blieb ihm auch anderes übrig! – hatte ich ihm doch angedroht, wenn er seinen mehrfach angekündigten Selbstmord nicht endlich wahr mache, werde ich ihn höchstpersönlich auf die Plattform des Straßburger Münsters hinaufgeleiten, damit das Publico nicht länger auf die Premiere, vielmehr die Dernière warten müsse.

Meist verhieß ich den Patienten die Besserung oder vollständige Genesung innerhalb kurzer Zeit, nicht selten sagte ich ihnen sogar den Zeitpunkt der Heilung voraus und lud sie für den betreffenden Tag zum Souper. Natürlich war dies eine List, um ihren Gesundungswillen herauszufordern. Tatsächlich erschien am Tage des Ultimatums mancher Patient, pünktlich wieder gesundet, bei mir zum Souper. Nur die chronisch Maladen, vor denen mich schon Dottore Ambrosius gewarnt, hatten bei mir nichts zu lachen, zumal sie meinem guten Ruf nur abträglich waren. »Sie wollen gar nicht gesund werden!«, herrschte ich sie an. Oder: »Sie haben meine Anweisungen nicht gewissenhaft befolgt!« Oder: »Sie sind es nicht wert, von mir behandelt zu werden!« Aus Angst vor dem Abbruch der Kur beeilte sich mancher Patient, dann doch noch gesund zu werden, oder er bildete sich dies wenigstens ein.

Voll Staunen und Bewunderung nahm die Stadt an meinen wunderbar anmutenden Kuren und Heilungen Anteil. Marschall Contades, der militärische Oberbefehlshaber des Elsass, und seine Offiziere hießen mich und meine Frau in ihren Messen und Logen willkommen. Ehefrauen und Geliebte folgten dem Beispiel ihrer Männer. Abend für Abend versammelten sie sich, unter ihnen die Marquise de la Salle und die Baronin Flachsland, in unserem Salon.

Nicht lange, und wir konnten, unterstützt durch großzügige Spenden, im Haus der Mme. Lamarche ein *Maison de Santé* eröffnen, in dem die mittellosen Patienten ebenso Aufnahme fanden wie die Betuchten, oft von weit her Gereisten, gegen Bezahlung von Kost und Logis.

Vielen Menschen half ich – nicht wenigen um Gotteslohn. Geben ist bekanntlich seliger als Nehmen – vorausgesetzt, es wird auch bemerkt. Einmal ertappte ich meine Frau dabei, wie sie diesem und jenem armen Patienten heimlich Geld zusteckte.

»Was soll die Heimlichkeit, Serafina? Oder meinst du, gute Taten dürften nur im Verborgenen geschehen?«

Und ich legte noch einen Louisdor drauf, aber so, dass es alle auch sahen. Serafina blickte mich missbilligend an. In ihrer christlichen Einfalt glaubte sie, das Gute dürfe man nur um seiner selbst willen tun, ohne eigennützige Hintergedanken. Dabei wäre Jesus niemals Jesus geworden, hätte er sein Licht unter den Scheffel gestellt und wären nicht stets seine Jünger um ihn gewesen, die von seinen guten Taten und Wundern getreulich Bericht erstatteten.

Apropos Licht und Scheffel! Neuerdings erblickten Straßburgs Nachtwächter und Nachtschwärmer durch die Fenstergardine der ersten Etage des »Hauses zur Jungfrau«, wo ich mein Laboratorium eingerichtet, den Schattenriss eines Mannes, der sich gerade über ein gelehrtes Buch beugt. Sofort verbreitete sich in der Stadt die Kunde, dieser »neue Paracelsus« und große Alchemist, der unterschiedslos Reiche wie Arme empfange, opfere der medizinischen Wissenschaft sogar seinen Nachtschlaf. So weit indes sollte meine Aufopferung nicht gehen. Das nächtliche Studium überließ ich getrost meinem stummen Doppelgänger, einer in mildes Kerzenlicht getauchten Attrappe aus Pappmaché, während das Original längst den Schlaf der Gerechten schlief. Ich hatte ihn mir auch redlich verdient, musste ich doch bei den vielen Hausbesuchen, die ich trotz meiner Leibesfülle, ohne zu murren, auf mich nahm, treppauf und treppab steigen.

Seit wir am Paradeplatz wohnten, war es bei einem Teil der Garnison Mode geworden, ausgerechnet während der Mittagsruhe bei mir hereinzuplatzen, um ein Schwätzchen mit mir oder Serafina zu halten. Um die Herren Offiziere wieder loszuwerden, suchte ich sie zu brüskieren, indem ich ihnen erzählte, ich sei viel älter, als ich aussähe, und hätte schon viele Zeitalter erlebt, es gebe eben Menschen, die mehr Leben gelebt hätten als andere. Wie anders ließen sich meine uralte Wissenschaft und mein Genie auch erklären? Bald posaunten die Herren Offiziere überall herum, wer auch immer dieser geheimnisvolle Graf Cagliostro sei, jedenfalls sei er nicht von dieser Welt! – Es sollte mir recht sein: Umso eher würde die Welt mir zu Willen sein.

Unlautere Konkurrenz

Zu meinem Verdruss musste ich indes feststellen, dass mir just in Straßburg eine höchst unliebsame, noch dazu unsaubere Konkurrenz erwachsen war. Der Sammelpunkt aller Naturforscher, Ärzte und Philantropen, auch aller Schwarmgeister und Phantasten, war die hiesige, nach Pysegur'schem

System* eingerichtete magnetisch-somnambule Gesellschaft, die unter den Freimauern und Gebildeten Straßburgs den Ton angab.

Inzwischen war der Somnambulismus, wie zuvor der Messmerismus, zur regelrechten Obsession der gebildeten Stände geworden. Ein neuer Berufsstand trat hervor: die professionellen Somnambulen, die unter der Regie eines Magnetiseurs bald in jedem Salon, in jeder Loge, die auf sich hielt, auftraten und ihre »übersinnlichen Fähigkeiten« demonstrierten. In diesem geheimnisvollen Zustand zwischen Wachen und Schlafen – so hieß es – könnten sie wahrsagen, weissagen, durch Introspektion das Innere ihres eigenen Leibes sowie jeden fremden Leibes wahrnehmen und jede Krankheit unfehlbar diagnostizieren. Sie könnten in diesem Zustande sogar Griechisch, Lateinisch und Hebräisch reden, nie gehörte Namen sprechen, die schwierigsten Rechenaufgaben spielend lösen; ins Wasser geworfen, gingen Somnambule angeblich nicht unter. Sie vermöchten Bücher, die man ihnen verschlossen und versiegelt auf den nackten Bauch lege, mit der Herzgrube zu lesen. Sie vermöchten vor Jahrzehnten begangene Verbrechen durch ihr Geträumtes zu entlarven. Man führte Somnambule in Keller, in dem angeblich Schätze verborgen lagen. Man grub sie bis zur Brust in die Erde, auf dass ihr medialer Kontakt Gold und Silber auffinde. Fand man dann per Zufall im Boden ein paar alte Kupfermünzen, galt ihre Hellsichtigkeit als erwiesen. Oder man stellte sie mit verbundenen Augen in eine Apotheke, damit sie dank eines höheren Sinnes die rechte Medizin für die Kranken ahnen – und siehe da! Sie wählten blind unter den hundert Arzneien die einzig wohltätige. Dass ihre »Hellgesichte« sich in der Regel als Fehlschläge erwiesen, tat ihrem Nimbus kaum einen

* *Straßburger Arzt und Schüler Franz Anton Messmers, der den Somnambulismus wiederentdeckte und diesen erstmals der wissenschaftlichen Forschung zugänglich machte.*

Abbruch. Alle Leichtgläubigen, Faselhänse und Schwarmgeister, selbst angesehene Dichter, Philosophen und Gelehrten behaupteten und beschworen Wunder über Wunder des künstlichen Schlafwachens.

Der Leser wird mein Ärgernis wohl nachempfinden können, mich und meine Kunst einer solch nichtswürdigen Luder-Konkurrenz ausgesetzt zu sehen. Es war daher höchste Zeit, dem Publikum durch ein schlagendes Exemplum vor Augen zu führen, was der Unterschied zwischen einem echten Hell- und Geisterseher und jenen somnambulen Schlampen war, die sich neuerdings als Hellseherinnen aufspielten.

In monatelanger Vorbereitung und Übung, bei der mir mein Kammerdiener und die Zofe meiner Frau als verschwiegene Versuchspersonen dienten, entwickelte ich alsbald eine neue, sehr sublime Methode des Hellsehens. Sie hatte den großen Vorteil, dass sie sich, wie meine Geistheiler-Operationen, auf rein mentaler Ebene vollzog – ohne verräterische Requisiten und Vertauschungsmanöver, auch ohne Indienstnahme eines Mediums, auf das doch niemals ganz Verlass war. Da in Straßburg die Protestanten den Ton angaben und der Magnetismus und Somnambulismus in so hohem Ansehen standen, verzichtete ich hier auf die theatralische Geisterseherei, mit denen ich die kurländischen und polnischen Brüder so beeindruckt, ich gab der Séance vielmehr den Anschein eines wissenschaftlichen Experimentes in Sachen Somnambulismus.

Die Wirkung auf das Publico war exorbitant, wovon u. a. der Brief des Marschall Contades an einen Freund (den dieser mir freundlicherweise zur Verfügung stellte) Zeugnis ablegt:

Straßburg, den 15. Augusti 1781

Mein lieber Philippe!

Künftig dürfte wohl keine jener Damen, die derzeit als professionelle Somnambulen für so viel Aufsehen sorgen, es mehr wagen, dem Grafen Cagliostro unter die Augen zu treten, ohne schamrot zu werden. Denn was er kürzlich während einer magnetischen Séance im Salon des Kardinals Rohan präsentierte, war nicht bloß eingebildete oder vorgespielte, sondern echte Claivoryance und Hellsichtigkeit, wie man sie hierzulande noch nicht erlebt hat.

Von verschiedenen Zuschauern lässt er sich einen persönlichen Gegenstand – Medaillon, Taschenuhr, Schlüssel, Portemonnaie, Puderdose etc. – aushändigen. Nachdem er sich selbst in den somnambulen Zustand versetzt, nimmt er sich jeden einzelnen Gegenstand vor. Zeitweise die Augen schließend, sie dann wieder forschend auf den jeweiligen Eigentümer richtend, schildert er plastische Kinderszenen, verbindet Jahreszahlen und Sternzeichen mit Ereignissen wie Geburt oder Tod eines Kindes oder Elternteils, Heirat, Beförderung usw. Er erinnert an bestimmte Reisen, Krankheiten, schwere Geburten oder Unfälle und macht derart genaue – von den Probanden stets bestätigte – Angaben über bestimmte prägende Ereignisse ihres Lebens, oder als sei er selbst als unsichtbarer Zeuge zugegen gewesen. So ließ er anhand eines Medaillons, welches das Bildnis meiner geliebten Madelaine enthält, vor seinem geistigen Auge in allen Einzelheiten jene Szene wiedererstehen, da ich in der Schlacht von Kunersdorf verwundet worden und das Medaillon meiner Verlobten küsste, bevor ich die Besinnung verlor.

Ich sage dir, Philippe, dieser geheimnisvolle Graf aus dem Morgenlande, von dem es heißt, er habe schon mehrere Leben gelebt und etliche Reinkarnationen erfahren, ist ein Genie, ein Prophet und Gesandter des Himmels …

Nichts ist, wie es scheint! Das gilt auch und im Besonderen für die Kunst des Hellsehens, die mit *einer* einfachen Prämisse steht und fällt: nämlich mit der Glaubensbereitschaft und Suggestibilität des Publikums! Der gute Marschall Contades verstand sich wohl auf die schwierigsten militärischen Operationen und Logistiken, doch sobald er seinen Uniformrock auszog, pflegte ihn alle gesunde Vernunft zu verlassen – so sehr schwärmte er für das Okkulte und Übersinnliche. Er hatte denn auch glatt vergessen, dass er selbst mir die lange zurückliegende Szene seiner Verwundung in der Schlacht von Kunersdorf, bei Gelegenheit eines Besuches in meinem Hause, freimütig mitgeteilt hatte.

Selbstredend versetzte ich mich bei meinen Hellseh-Séancen nur zum Scheine in den somnambulen Zustand bzw. den Zustand des Schlafwachens, um die nötige weihevolle Stimmung zu erzeugen. In Wirklichkeit war und blieb ich während der ganzen Veranstaltung hellwach. Auch pflegte ich meine Versuchspersonen sorgfältig auszuwählen und vorab über sie und ihre Vita gewisse Erkundigungen einzuziehen, welche ich dann während der Séance wirkungsvoll zur Geltung brachte. Zeigte mir die Selbstvergessenheit, die Blödigkeit in Blick und Miene die geeigneten Probanden an, roch ich die Skeptiker und Kritikaster auf zehn Meilen gegen den Wind. Letztere mied ich wie der Teufel das Weihwasser.

Nachdem ich den betreffenden Gegenstand, den mir der Zuschauer ausgehändigt, auf meinen Geist habe wirken lassen, beginne ich mit der »visionären Schau«. Zunächst mache ich nur allgemeine und unscharfe Angaben, welche in Frageform gekleidet sind. Durch blitzschnelle Rückfragen bringe ich den Probanden indes zur Mitarbeit, seine unwillkürlichen Reaktionen – wörtliche Bestätigung oder Verneinung, Kopfnicken, Kopfschütteln oder Stirnrunzeln, eine unmerkliche Verfärbung des Gesichts, Blässe oder Erröten – geben mir die nötigen Hinweise. Meistens steuert er dieses oder jenes Attribut oder Detail selbst bei und ermöglicht es mir so, die ganze Szene oder das bestimmte Ereignis per Kombinatorik zu erraten. »Eine Jahreszahl, ein feierliches Ereignis? Ich sehe heitere – oder ernste? – Gesichter ... Sehe einen Trauerzug. Er hält vor einem Grab. Ein Sarg wird herabgelassen. Ist es ein kleiner oder großer Sarg? Ein kleiner Sarg ... Am Grab steht eine in Schwarz gehüllte Gestalt. Sie weint bitterlich ... Eine Frau oder ein Mann? ... Jetzt wirft sie einen Strauß Blumen auf den Sarg ... nimmt Abschied von ihrem geliebten Kinde!«

Peu à peu taste ich mich so an das jeweilige Ereignis heran. In ihrer Ergriffenheit bemerken die Probanden gar nicht, dass sie mir durch ihr unwillkürliches Mitspielen selbst die nötigen Anhaltspunkte, ja, oftmals die entscheidenden Stichworte liefern. Mache ich aber eine falsche Aussage, pflegen sie diese entweder zu überhören oder selbst so umzudeuten, dass sie zuletzt wieder »passt«. Einmal beschrieb ich einer Gräfin die Einrichtung ihres Salons: »Ich sehe eine chinesische Porzellanvase neben einer Ottomane mit geschweifter Lehne. Zu Ihrem großen Kummer ging die Vase kürzlich zu Bruch.« Hingerissen stammelte die Gräfin, ja, genau so sei es gewesen, ihre »kostbarste Büste« sei kürzlich, infolge der Unachtsamkeit der Kammerfrau, zu Bruche gegangen. Einem Marquis erklärte ich, er habe »große Sorgen mit seinem Kinde«. Ergriffen bestätigte er sogleich die Richtigkeit dieser Aussage. Erst nach der Séance, als wir miteinander sprachen, stellte sich heraus, dass er kinderlos war, aber dass sein »liebstes Kind«, nämlich sein arabisches Vollblut, an einer schweren Verletzung leide. – Wären die Probanden nur einen Moment aus ihrer quasireligiösen Andacht und verzückten Feierlichkeit erwacht, sie hätten über ihre eigene Blödigkeit vor Scham erröten müssen.

Mit Vorliebe las ich ihre Charaktereigenschaften in ihren Gesichtszügen; und fast immer bestätigten sie die Richtigkeit meiner Aussagen. Lange Erfahrung hat mich nämlich gelehrt, dass die meisten Menschen nur eine verschwommene Vorstellung von ihrem Charakter haben; d. h., sie kennen sich selbst nicht genau. Infolgedessen akzeptieren sie leicht Gemeinplätze und beliebig genannte Eigenschaften, auch wenn es gar nicht ihre typischen und ausgeprägtesten sind. Sie sehen sich selbst nicht so, wie sie sind, vielmehr so, wie sie gerne sein und von den anderen gesehen werden möchten. Diese Wunschbilder sind ziemlich universell, wenn auch je nach Geschlecht verschieden, und daher leicht zu bedienen. Diese beiden Phänomene – mangelnde Selbsteinschätzung und das Wunschdenken bezüglich des eigenen Charakters – machte ich mir beim Hellsehen vorzüglich zunutze. Ich habe es jedenfalls nie erlebt, dass eine männliche Person widersprach, wenn ich ihr einen wachen und regsamen Geist, Gerechtigkeitssinn, Zuverlässigkeit, Ehrlichkeit, Strebsamkeit und vielseitige Begabung zuschrieb. Habe auch nie eine Dame widersprechen hören, gleichviel ob es sich um eine Bürgersfrau oder vornehme Dame handelte, wenn ich ihr eine außerordentliche Empfindsamkeit, ein reiches Gefühlsleben, große Hingabe- und Liebesfähigkeit, Bescheidenheit, Selbstlosigkeit und Aufopferung für andere nachsagte.

Solche schmeichlerischen Charakteraussagen verbinde ich zumeist mit bestimmten Wahrscheinlichkeitsaussagen, bei denen ich nicht allzu fehlgehen kann: »Sie müssen als Kind einen heftigen Sturz erlitten haben.« Oder: »Sie haben eine Narbe am Bein.« Bei den Männern der älteren Jahrgänge, die meistens im Kriege gewesen, treffe ich damit fast immer ins Schwarze. Desgleichen, wenn ich ernsten und würdigen Jüngern der Wissenschaft erkläre: »Sie leiden an Hypochondrie!« – gilt doch die Hypochondrie als die »Gelehrten-Krankheit« par excellence, ja, für einen Gelehrten gehört es quasi zum guten Ton, an Hypochondrie zu leiden. Bei Frauen erkenne ich mit Vorliebe Unterleibsbeschwerden, Galle- und Magenleiden,

Fallsucht oder Migräne – denn dies sind ja die häufigsten Frauenleiden.

Indes begnüge ich mich keineswegs nur mit vagen und wahrscheinlichen Aussagen. Manche Szenen, die ich »vor mir sehe«, pflege ich mit zahlreichen Details auszumalen. Gerne beschreibe ich das Kinderzimmer, in dem die betreffende Person aufgewachsen, die Farbe und das Muster der Tapete etc. Indes wage ich solche detailgenauen Aussagen nur bei Damen und Herren, die dem Greisenalter schon recht nahe sind und bei denen ich annehmen kann, dass ihr Gedächtnis ebenso verblasst ist wie die Tapetenfarbe ihres Kinderzimmers.

Eine andere Szene, die ich mit Vorliebe Müttern vor Augen führe, ist die Stunde ihrer Niederkunft, Tod und Begräbnis eines ihrer Kinder. Damit treffe ich fast immer ins Schwarze, denn bei der hohen Kindersterblichkeit haben die meisten Mütter einen solchen Verlust zu beklagen. Für gewöhnlich ist die Erinnerung an das traurige Ereignis getrübt, weil die ausgestandene Angst oder der Schock viele Einzelheiten der betreffenden Szene aus dem Gedächtnis getilgt hat. Gleiches gilt für lebensgefährliche Situationen im Felde, die ich mit Vorliebe älteren Offizieren in Erinnerung rufe. Man behält die Angst im Gedächtnis, die man in solchen Situationen ausgestanden, nicht aber ihre genauen Einzelheiten. Sogar eingefleischte Skeptiker vermochte ich mit solchen scheinbar genauen Aussagen über weit zurückliegende Ereignisse zu bekehren.

Für den Fall aber, dass sich der Proband in meiner Aussage partout nicht wiedererkennen kann oder will, habe ich eine einleuchtende Ausrede parat: Das »momentane Nachlassen meiner Hellsichtigkeit«, erkläre ich dann, sei auf die Sabotage sogenannter »Stör- und Spottgeister« zurückzuführen, die immer dann zum Zuge kämen, wenn »krittelnde Vernunftmenschen« und »Menschen, die mir Böses wollen«, im Raume seien. Dann lasse ich mit finsterer Miene meine Augen forschend über das Publikum schweifen, um jenen Spötter oder Störenfried auszumachen. Und drohe mit dem sofortigen Abbruch meiner Experimente, wenn dieser nicht sofort den Raum verlasse. Erstaunerlicherweise findet sich das Publikum immer bereit, meiner Drohung nachzugeben und den Störenfried zum Verlassen des Salons zu bewegen. Nicht selten entledigte ich mich so der Skeptiker und Zweifler, die sich mir schon zuvor durch despektierliche oder höhnische Zwischenrufe und Kommentare bemerkbar gemacht.

Zuweilen benutze ich auch einen geschickten Vorwand, um mich einer Person zu entledigen, die sich als nicht suggestibel erweist und meine Aussagen Lügen straft. Einmal wagte es eine Pastorenfrau tatsächlich, meine hellgesehenen Bilder und Angaben zu ihrer Person als »pure Einbildungen« abzutun. Ich hielt in meiner Rede inne, meine Miene gefror, mein Blick wurde glasig, als habe ich eine Erscheinung. »Ihr Kind! Ihr Kind! Ich sehe Ihr Kind in großer Gefahr!« Welche Mutter würde da nicht alles stehen und liegen lassen, um nach ihrem Kinde zu sehen! Am nächsten Tage erfuhr die Stadt aus dem Munde der bekehrten Pastorenfrau, Graf Cagliostro sei wirklich ein »Hellseher«, denn als sie von der Soiree nach Hause geeilt, habe sie schon auf der Gasse das Geschrei ihres Kindes vernommen, und als sie in das Kinderzimmer geeilt, habe sie es wie am Spieße brüllend neben dem Bettchen gefunden.

Nun war sogar ich bekehrt und hatte keinen Grund mehr, an meinen hellseherischen Fähigkeiten zu zweifeln.

*

Verblüfft hielt Zelada inne … Ihm stand wieder jene Séance im Salon des Kardinals Rohan vor Augen, deren Zeuge er damals geworden und die ihn wider Willen so beeindruckt hatte. Jetzt verstand er endlich, vermittels welcher ausgeklügelter und raffinierter Methoden Cagliostro zu seinen angeblichen Hellgesichten gelangte ... Wenn aber die Menschen so leicht zu täuschen und so blind im Glauben sind, fragte sich der Kardinal in einem Anfall theologischen Katzenjammers, wie sollen sie da überhaupt zum wahren Glauben finden? Warum hatte der Schöpfer seine Geschöpfe denn nicht mit einem festen und untrüglichen Sinn ausgestattet, der sie gegen den Aberglauben und das Blendwerk ihrer eigenen Eitelkeiten, Illusionen und Selbsttäuschungen gefeit machte? Nur weil sie mit diesem Manko geschlagen waren, konnte ein so skrupelloser Mysterienschwindler wie Cagliostro sein betrügerisches Spiel mit ihnen treiben.

Ein dicker Fisch

Es dauerte nicht lange, und die hiesigen Freimaurer, unter ihnen angesehene und vornehme Mitglieder der magnetisch-somnambulen Gesellschaft, bedrängten mich, endlich auch in Straßburg eine ägyptische Loge zu stiften. Der Andrang war so enorm, dass der Logensaal erweitert werden musste.

Die ägyptische Loge zog rasch das Interesse des elsässischen und deutschen Hochadels auf sich. Besonders aber das Interesse eines hochmögenden Kardinals und Kirchenfürsten, der sehnlichst darauf wartete, endlich meine Bekanntschaft zu machen.

Prinz Louis René Edouard aus dem altehrwürdigen Geschlechte der Rohan-Guémenée hatte gerade die fünfzig überschritten und so gut wie alles erreicht, was ein Mann seines Standes erreichen konnte: Er war Kardinal und Titularbischof des Bistums Straßburg, des reichsten in Frankreich, er war deutscher Reichsfürst und gleichzeitig Landgraf des Elsass, Abt von Saint-Vaast und Chaise-Dieu, den fettesten

Pfründen des Königreiches, und außerdem Großalmosenier von Frankreich. Seine jährliche Revenue wurde auf 1,5 Millionen Livres geschätzt, was dem Staatshaushalt eines kleinen Landes entsprach. Den Seinen gibt's der Herr im Schlafe.

War es nicht geradezu ein Gebot ausgleichender Gerechtigkeit, den begütertsten und verschwenderischsten Kirchenfürsten Frankreichs, dem fünfundzwanzig Lakaien und vierzehn Haushofmeister zu Gebote standen, in meine Netze zu ziehen, um wenigstens einen Teil seines unverschämten, durch keinerlei Verdienst erworbenen Reichtums humanen und wohltätigen Zwecken zuzuführen?

Indes hütete ich mich, diesem großmächtigen Herrn auch nur die geringsten Avancen zu machen. Er würde schon von selbst kommen. Tatsächlich brauchte ich nicht lange zu warten, und sein Oberjägermeister, Baron von Millinens, machte mir seine Aufwartung.

»Meine Verehrung, Herr Graf!«

Den Dreispitz vornehm unter den Arm geklemmt, wartete der glatzköpfige Baron vergebens darauf, dass ich mich von meinem Sekretär erhob. Anerkennend glitt sein Blick über die glanzvolle Ausstattung meines Kabinetts.

»Was führt Sie zu mir?«, fragte ich barsch.

Er hatte wohl eine der blumigen Redensarten wie »Was verschafft mir die ungewöhnliche Ehre Ihres Besuches, Herr Baron?« erwartet. Schon halb aus der Fassung gebracht, stotterte er: »Ich möchte ... äh ... Ich wäre Ihnen sehr verbunden ... äh ... Seine Eminenz, der Kardinal Rohan, lässt Ihnen ...«

»Sie sehen in mir einen viel beschäftigten Arzt, dessen Zeit bemessen ist«, unterbrach ich ihn schroff. »Sagen Sie Ihrem Herrn: Wenn er krank ist, werde ich zu ihm eilen. Wenn er aber wohlauf ist, braucht er weder mich, noch brauche ich ihn.«

Der Baron starrte mich an, als sei er soeben Zeuge des achten Weltwunders geworden. Bisher hatte es noch kein Sterblicher gewagt, in diesem Tone von seinem Herrn, dem Fürstbischof und Großalmosenier von Frankreich, zu sprechen. Verstört und unter unwillkürlichen Bücklingen zog er sich zurück.

Ich spielte mit hohem Einsatz – und gewann! Drei Tage später wurde der Baron wieder in meinem Hause vorstellig und bat mich demütigst, ins Palais Rohan zu kommen, Seine Eminenz leide an Asthma.

Die Engbrüstigkeit, auf die sich Kardinal Rohan berief, entpuppte sich als harmlose Erkältung. Natürlich hatte er sie nur vorgetäuscht, um endlich meine Bekanntschaft zu machen. Die stumme Ergriffenheit, mit der er zu mir aufsah, während ich ihn mit der neutralen Miene des Arztes untersuchte, für den auch ein Fürstbischof nur ein Patient ist, verriet mir: Der Fisch zappelte bereits am Haken.

Selbstredend hatte ich über den in ganz Europa berühmten Mann vorab meine Erkundigungen eingezogen: Man rühmte den Glanz seiner Hofhaltung und seine Großzügigkeit, die Vollendung seiner Manieren, die Feinheit und Freiheit seines Geistes. Er war ja auch Provisor der Sorbonne, Mitglied der Akademie und Kommandeur des Ordens vom Heiligen Geiste. Von dieser letzten Würde war in seinen schlaffen Gesichtszügen, die nur allzu deutlich die Spuren eines lasziven Lebenswandels verrieten, am wenigsten zu merken. Anlässlich seines offiziellen Aufenthaltes als Gesandter in Wien bei Maria Theresia, deren Tochter Marie Antoinette jetzt auf Frankreichs Thron saß, hatte er einen Schwarm von Mätressen mitgenommen und die prüde Kaiserin gründlich damit vor den Kopf gestoßen. Einmal war er im Übermut quer durch die Fronleichnamsprozession geritten, einfach, weil ihm das Warten zu lange dauerte. Überdies hatte er die österreichische Kaiserin in einem Handschreiben an seinen königlichen Herrn, das dieser von der Dubarry zur Belustigung des Hofes laut vorlesen ließ, unsterblich blamiert – und zwar wegen der »Krokodilstränen«, die Maria Theresia um das »traurige Schicksal Polens« vergoss. Dabei hatte auch das Haus Österreich bei der Teilung Polens fette Beute gemacht. Indem er die kaiserliche Mutter derart brüskierte, hatte sich Rohan am Wiener Hof die heftige Abneigung Marie Antoinettes zugezogen. Die jetzige Königin von Frankreich sorgte denn auch für seine baldige Abberufung.

Wenn der Prophet nicht zum Berge kommt, muss der Berg eben zum Propheten kommen. Der Kardinal konnte es kaum erwarten, meinen Besuch zu erwidern. Er kam mit großem Gepränge. Eine festlich gekleidete Dienerschaft empfing ihn und geleitete ihn mit seinem Anhang in den Salon, wo Serafina und ich die Honneurs machten.

Ich hatte mir diesen Empfang einiges kosten lassen. Schon die prachtvollen Livreen der zwanzig gallonierten Diener, in Frankreichs Farben gekleidet, hatten ein kleines Vermögen gekostet. Auch ich hatte mir zu dem feierlichen Anlass eine neue Garderobe schneidern lassen: eine unter den Knien zugeschnürte Culotte aus bestem Genueser Samt in Giftgrün mit erhabener Musterung und einem hyazintfarbenen Rock mit kurzen Schößen. Dazu trug ich eine goldbestickte Weste aus farbiger Seide, auf der bedeutende Ereignisse aus Frankreichs Geschichte im Bilde wiedergegeben waren – was den Schluss nahe legte, dass auch der Träger dieser Weste eine bedeutende Person der Zeitgeschichte sein musste. Dass das Goldmachen für mich ein Kinderspiel war, bewiesen die funkelnden Goldringe und Rubine an meinen Händen – an jedem Finger mindestens einer – und die mit blitzenden Diamanten besetzten Schnallen meiner Schuhe aus Antilopenleder.

Auch Serafina hatte sich, auf mein Drängen hin, vom Pariser Haus der Mme. Bertin, der Herrscherin über Frankreichs Damenmode, ein neues Kleid anfertigen lassen, ein »Chemise à la Reine« aus roséfarbenem Musselin, in dem sie wie eine Königin aussah. Es war natürlich sündhaft teuer gewesen: 1500 Livres sind schließlich kein Pappenstiel.

Als sie die noch unbezahlten Rechnungen sah, stieß sie einen Schrei der Entrüstung aus: »Was für eine Verschwendung! Und bloß weil ein Fürstbischof und gebürtiger Prinz aus dem Hause Rohan-Guémenée zu Besuch kommt! ... Das Geld hätten wir besser in die Erweiterung des *Maison de Santé* gesteckt. Der Platz für die bettlägerigen Patienten reicht hinten und vorne nicht.«

»Du denkst noch immer wie eine Kleinbürgerin«, schalt ich sie. »Luxus gleich Verschwendung. Aber das ist grundfalsch! Luxus ist Repräsentation, Luxus schafft *Image*, wie der Engländer sagt. Wir demonstrieren dem Kardinal, wie vornehm und reich wir sind, auch wenn es nur so scheint, wir zeigen ihm, dass wir sein Geld gar nicht nötig haben – umso bereitwilliger wird er es uns nachwerfen. Glaub mir, was wir heute Abend verausgaben, bekommen wir hundertfach wieder herein. Darum lass deinen ganzen Charme spielen!«

Die hohen Schiebetüren zum Salle à la manger glitten langsam auseinander. Die Diener paradierten an den Wänden gegenüber den Tischseiten, um im passenden Moment den Gästen die Stühle unter die hochherrschaftlichen Hintern zu schieben. Auf dem mit blütenweißem Damast gedeckten langen Ausziehtisch blinkte und blitzte es von geborgtem Kristall, Gold, Silber und Meißener Porzellan. Unaufhörlich schleppten in bunte Seidenlivreen gekleidete Lakaien und Heiducken die erlesensten Speisen und Weine herbei. Das Erstaunlichste an dieser feinen Gesellschaft war ihr Appetit. Lange Zeit hörte man nur die Geräusche malender Kiefer und schlürfender Kehlen. Ich hatte ja auch zwei der besten Köche des Elsass engagiert.

Seine Eminenz, der fleischliche Genüsse jeder Art schätzte, hatte selbstredend Serafina zur Tischdame. Er verfolgte aufmerksam, wann sie den nackten Arm hob oder sich lebhaft zu ihm vorbeugte, wobei ihm ein kurzer Blick auf die Halbmonde in ihrem Dekolletee vergönnt war. Auch hing sein Auge an ihrer exquisiten Perücke, eine halbe Elle hoch, die starken Neid bei den anderen Damen erregte: Mit Schleifchen, Blümchen, Vögelchen und winzigen Spiegelchen garniert, wies sie als Krönung ein Schiffchen mit Segeln und Takelwerk aus purem Gold auf. Der beste Haarkünstler Straßburgs hatte sie angefertigt. Auch er wollte natürlich bezahlt sein.

Auf Rohans sattem Antlitz lag sonnige Milde. Seine Augen glänzten vor heimlicher Begierde, als er sich, nach dem Hors-d'œuvre, einer pikanten Création aus Austern und Trüffeln, galant seiner Tischdame zuwandte:

»Gnädigste Gräfin, ich bin entzückt! Nie ist in meinem Leben so die Sonne aufgegangen!«

»Sie wollen mir nur schmeicheln, mein Fürst!«, erwiderte Serafina mit reizendem Lächeln.

»O nein! O nein! Meine Augen trügen nicht ... Schöne Frauen fragt man nicht nach ihrem Alter, aber sehr schöne Frauen nach ihrer Jugend. Madame, Sie könnten wohl meine jüngste Tochter sein!«

Die Vorstellung, es mit der eigenen Tochter zu treiben, empfand dieser Lüstling wohl als Nonplusultra aller erotischen Pikanterien. Oder wollte er mir etwa mit dieser Bemerkung zu verstehen geben, dass er mich zum alten Eisen warf?

»Dreimal dürfen Sie raten ...«, sagte Serafina kokett.

»Zweiundzwanzig? Höchstens dreiundzwanzig!«

»Vielleicht ja, vielleicht nein! ... Ich will es Ihnen verraten, mein Fürst!«

Serafina beugte sich über den Tisch zu ihm hin und flüsterte ihm etwas ins Ohr, während seine Augen in ihrem Dekolletee förmlich versanken.

In seiner Miene malte sich Staunen und Unglauben zugleich. »Meine Gnädigste, Sie mokieren sich über mich!«

»Mokieren? Ich? Über einen Prinzen aus dem Hause Rohan-Guémenée? Halten Sie mich für so respektlos, mein Fürst? Ich habe mehrere erwachsene Söhne. Mein ältester ist seit fünf Jahren Kapitän bei der genuesischen Marine.«

Es war hübsch, wie Serafina ihren Bruder Gaetano mir nichts, dir nichts zu ihrem Sohn ernannte!

»Fünfzig?«, wiederholte der Kardinal fassungslos. »Das glaube ich nie und nimmer!«

»Fragen Sie meinen Gatten! Er kann Ihnen erklären, welcher Ursache ich mein jugendliches Aussehen verdanke. Er allein kennt das Geheimnis, er allein ist im Besitze jenes …«

Mit gespieltem Erschrecken legte Serafina ihre Hand vor den Mund, als habe sie sich soeben verplappert.

»Sie meinen«, fragte der Kardinal sichtlich erregt, »im Besitze jenes Elixiers, das dem Alter wieder die Schönheit und Kraft der Jugend verleiht?«

»Mein Fürst! Sie werden verstehen, dass ich … Ich hätte es gar nicht erwähnen dürfen.«

Rohan warf mir einen bewundernd-sehnsüchtigen Blick zu – ich tat so, als bemerkte ich ihn nicht. Serafina hatte, indem sie das Geheimnis ihrer Jugend andeutete, seine wundeste Stelle berührt: Er konnte nicht ohne Liebe leben, aber er konnte auch ohne Belebung und künstliche Stimulation nicht mehr lieben.

Sie spielte ihre Rolle, die wir natürlich vorher zusammen geprobt hatten, wirklich gut, geradezu blendend. Im Fortgang ihres galanten Flirts mit dem Fürstbischof kam dieser endlich auf sein eigentliches Anliegen zu sprechen:

»Wäre Ihr Gatte vielleicht bereit, mich in seine ägyptischen Loge aufzunehmen? Darf ich Sie bitten, gnädigste Gräfin, dass Sie bei Ihrem Manne ein gutes Wort für mich einlegen?«

»Aber Eminenz! Eine Persönlichkeit wie Sie brauchen doch nur zu befehlen …«

Ich machte Serafina heimlich ein Zeichen. Sie begriff und

ließ den Satz in der Schwebe. Nur nicht zu viel Entgegenkommen zeigen! Schließlich hatte der Berg zum Propheten zu kommen – und nicht umgekehrt.

Zu später Stunde, da der süße Tokaier schon seine Wirkung getan und die dunklen Äuglein des Kardinals vor Sehnsucht und Trunkenheit glänzten, vergönnte ich ihm endlich das, worauf er den ganzen Abend gewartet hatte: die Gunst eines intimen Gesprächs mit dem Meister.

Es war schon kurios: Obwohl dieser große Flaneur und Lebemann an bedeutenden Höfen verkehrt hatte, war ihm die hohe Kunst der Verstellung gänzlich fremd. Darum war er auch unfähig, die Schwächen und Angriffspunkte seines Charakters zu verbergen; diese lagen blank vor mir. Außer der Angst vor dem Altwerden und dem Verlust seiner Manneskraft zehrte, wie ich rasch herausfand, noch ein anderer Gram an seinem Herzen. Und der hieß: Marie-Antoinette. Je deutlicher die Königin ihm ihre Abneigung bekundete, desto mehr verehrte er sie. Warum ausgerechnet die fade, nachtragende Österreicherin? Es war nicht schwer zu verstehen: Fern von Paris fühlte sich der alternde Lebemann in seinem Zaberner Schloss wie im Exil. Die elsässische Hauptstadt erschien ihm prüde und langweilig; ohnehin war die Hälfte der Bevölkerung lutherisch. Er aber sehnte sich schmerzlich nach der Labsal von Liebe und Macht, die nur Versailles bieten konnte, doch die Königin hielt ihn vom Hofe fern. Er träumte davon, noch einmal zum Außenminister oder Kanzler des Königsreiches berufen zu werden, aber da war Marie Antoinette vor. Darum war ihm alles an ihrer Verzeihung gelegen. Sie zu erlangen, hätte er jedes Opfer auf sich genommen.

Nachdem er sich lange mit mir ausgesprochen, sagte ich mit Salbung: »Wer in der geistigen Welt lebt und agiert, hat durch sich selbst eine den Profanen unbegreifliche Macht über die materielle Welt, die er anwenden kann auf die Heilung von Kranken ebenso wie auf die Schwächen und Gebresten des Alters; er kann ebenso leicht die Geheimnisse des menschlichen Herzens durchdringen wie die verborgenen Schicksale der Nationen.« Und indem ich ihm tief in die Augen blickte, schloss ich huldvoll: »Ihre Seele ist der meinen ebenbürtig, mein Fürst! Sie verdienen es, der Vertraute meiner Geheimnisse zu werden.«

Welch größere Ehre konnte er sich erhoffen! Er dankte mir in überschwänglichen Worten. Als ich ihm meine Hand hinstreckte, beugte er sich unwillkürlich über sie, um sie zu küssen, besann sich dann aber doch auf die Würde seines hohen Amtes und ergriff sie nur. – Ist es nicht die geheime Sehnsucht aller Herrscher und großen Herren, sich einmal gehörig selbst zu erniedrigen und in Demut zu einem noch Größeren aufzuschauen?

»Regeneration!« heißt die Zauberformel

Schon nach kürzester Zeit fuhr ich in des Kardinals goldener Kutsche und war immer häufiger Gast in seinem schönen Sandsteinpalast auf Zabern. Bei aller wohlwollenden Freundschaft ihm gegenüber – niemals ließ ich einen Zweifel daran, wer hier der Meister und wer der Adept, wer der Prophet und wer der Berg war.

Trotz seines Alters und ungeachtet all seiner Würden war Prinz Louis René Edouard – inzwischen durfte ich mir erlauben, ihn bei seinem Vornamen zu nennen – ein großes Kind geblieben. Meine Frau mit ihrer spitzen Zunge behauptete gar, es hätten sich zwei Kindsköpfe gefunden, wir beide würden ein geradezu ideales Paar abgeben. Dies machte es mir leicht, mich zu seinem spirituellen Führer aufzuschwingen.

Wenige Tage, nachdem ich ihn in einem feierlichen Akt

in die ägyptische Loge aufgenommen, drängte er mir, ohne dass ich ihn darum gebeten hätte, zwanzigtausend Louisdor auf – für die Errichtung eines neuen Logengebäudes, das der »geistigen und physischen Regeneration« dienen sollte. Mein kleiner Vortrag über die Wiedergeburt, die, vermittels der Materia prima, früh gealterte Männer in Jünglinge zurückverwandele, hatte ihn offenbar sehr beeindruckt. Und so wurde schon bald, in der Nähe von Straßburg, der Grundstein für jenes Gebäude gelegt, das, auf Wunsch des Kardinals, auf den Namen »Cagliostranum« getauft wurde.

Indes war es keineswegs nur blinde Verehrung für meine Person, die ihn an mich band; auch er versprach sich von der Verbindung und Freundschaft mit mir handfeste Vorteile. Da er des festen Glaubens war, ein so großer Genius wie Cagliostro würde schon bald an den Hof von Versailles berufen werden, hoffte er, dass ein Teil dieses Glanzes dann auch auf ihn, den Mäzen des großen Mannes, fallen werde, dass er durch meine Fürsprache und Vermittlung die Verzeihung der Königin erlangen und seine ehrgeizigsten Karriereträume zuletzt in Erfüllung gehen würden.

Ich meinerseits zog gleich mehrfachen Vorteil aus seiner Freundschaft und unbedingten Hingabe. Erstens hatte ich an ihm eine unerschöpfliche Goldmine, die es mir und meiner Frau erlaubte, weiterhin ein standesgemäßes Leben zu führen und gleichzeitig mein wohltätiges Werk als Arzt und Helfer der Armen fortzusetzen. Zweitens gewann die ägyptische Loge durch die Schirmherrschaft eines so angesehenen und mächtigen Kirchenfürsten enorm an Prestige und Anziehungskraft. Schließlich sollte er mir – vermittels der einflussreichen Verbindungen, die er zum französischen Hochadel und zu den Pariser Ministerien unterhielt – den Boden für einen glanzvollen Einzug in die französische Hauptstadt bereiten.

Einen Vorgeschmack davon erhielt ich, als er mich bat, ihn für einige Tage nach Paris zu begleiten. Er hatte einen Brief von seinem Onkel, dem Prinzen Soubise, erhalten, der an Brand* erkrankt und von den Ärzten aufgegeben worden war. Soubise hatte von meinen Wunderkuren gehört und bat den Kardinal um meinen ärztlichen Beistand.

Es war ein sonderbares Gefühl, nach neun Jahren die französische Hauptstadt wieder zu betreten. Damals hatte ich kaum einen Sou in der Tasche und wusste nicht, wo ich nachts mein müdes Haupt betten sollte – jetzt saß ich in der goldenen Kutsche des reichsten Kirchenfürsten von Frankreich, logierte im herrlichen Hotel Rohan auf der Rue Vielle du Temple, das allgemein »Maison de Strassbourg« genannt wurde, und konnte das Geld zum Fenster hinauswerfen. Wenn das keine Karriere war!

Da die Pariser Medizinische Fakultät den Kranken noch nicht als unheilbar erklärt hatte, weigerte ich mich, die Heilung zu übernehmen, um mir nicht die Ehre einer Kur anzueignen, die ich selbst nicht von A bis Z durchgeführt. Ich willigte lediglich ein, in Begleitung des Kardinals zum Palais Soubise zu gehen und den Prinzen anzuschauen. Das Einzige, was ich an seiner Bettstatt tat: Ich legte ihm ein seidenes Tuch auf den Kopf, murmelte dazu einige magische Formeln und entwickelte einen genauen Zeitplan für seine Genesung.

Als am nächsten Abend die Nachricht kam, dass sich der Kranke bereits viel besser befinde, ließ Rohan es sich nicht nehmen, die Nachricht von diesem Wunder selbst in die Welt zu posaunen. Es war wirklich weit mit mir gekommen: Inzwischen schien meine bloße Anwesenheit zu genügen, um eine Besserung zu bewirken. Dies brachte mich auf die Idee, Patienten, die meine heilende Gegenwart entbehren mussten, ein Medaillon mit meinem Portrait übergeben zu lassen. Und

* *Wundfäule*

ich schwöre: Schon der Anblick meines Miniatur-Portraits bewirkte bei manchen eine Besserung – besonders bei den Damen. Eigentlich konnte ich mir das Ordinieren sparen.

Bald strömte halb Paris ins »Maison de Strassbourg«. Vom Morgen bis in die Nacht hinein musste ich mich mit den vielen Neugierigen und Leidenden abgeben, die sich zu mir drängten. Der Kardinal aber, an süßen Müßiggang gewöhnt, war über so viel Aufopferung und gediegenes Können nicht weniger erstaunt als über meine rasche Popularität in einer, wie er wähnte, mir völlig fremden Stadt.

O dieses Paris! Wann würde ich die Lichtstadt erobern? Sie war mein Schicksal, mein Blut sang es. Hier pulsierte nicht nur das Leben, sondern auch der tollkühne Erfindergeist und der schier unbegrenzte Fortschrittsglaube. Jeden Tag kündigten die Gazetten und Anschlagzettel, die Händler und Straßensänger neue Wunder an, die mit Hilfe von Wissenschaft und Technik bald in Erfüllung gehen würden. Scharen begeisterter Menschen trugen sich in Subskriptionslisten ein für Erfindungen, die noch gar nicht gemacht, aber demnächst zu erwarten waren: für Brillen zum Nachtsehen und für schachspielende Automaten, für Perpetua mobile, die aus eigener Kraft Korn mahlen, oder für elastische Schuhe, mit denen man über die Seine laufen konnte. Der Mensch hatte, dank der Gebrüder Montgolfieri, gerade die Luft und den Himmel erobert, warum sollte er nicht auch übers Wasser wandeln oder durch ein alchemystisches Elixier verjüngt werden können? Die Grenze zwischen dem Wirklichen und dem Möglichen war so durchlässig geworden, dass fast jede Phantasterei ihre enthusiastischen Befürworter fand. Mit einem Wort: Paris war wie geschaffen für mich!

Ein niedliches Gerücht, das ich selber rund, nett und wohltemperiert in die Welt gesetzt, machte denn auch sogleich die Runde durch die Pariser Salons: Ein alter Herzog, den Cagliostro vor einigen Jahren in Spanien kennen gelernt, habe gehört, dass dieser das einzig wahre Verjüngungselixier besitze. Er quälte den Meister so lange, bis dieser ihm endlich ein Fläschen davon überließ, eine Phiole mit der Etikette: Wasser, das um fünfundzwanzig Jahre jünger macht. – Des Herzogs Frau, die schöne Antonia, war erst dreißig Jahre alt. Eines Tages, als ihr Gatte abwesend war, fasste sie den Entschluss, von diesem geheimnisvollen Getränk zu kosten, und es mundete ihr so herrlich, dass sie das Fläschchen bis auf den Grund leerte. Allein, was war die Folge? Die Glieder der jungen Frau begannen alsbald zu schrumpfen, ihre Gestalt und ihr Kopf wurden zusehends kleiner, und schließlich war aus der vorwitzigen Herzogin ein winziges Mädchen von fünf Jahren geworden. Als der Herzog heimkam, begab er sich sogleich zu seiner Frau, denn schon der erste Tropfen Verjüngungswasser, den er genommen, hatte ihn in Stimmung gebracht. Aber wie entsetzt war er, als seine schöne Antonia, tränenüberströmt und ausweglos in ihre viel zu großen Röcke gewickelt, wie eine kleine Spielzeugpuppe hereingestolpert kam! So waren dem Herzog gleichzeitig das Verjüngungswasser und seine Frau genommen worden, denn eine weitere Dosis des so schlecht gehüteten Elixiers gab Cagliostro nicht mehr her, und ein Wasser zum Älterwerden besaß er nicht.

Ganz Paris sprach von dieser Anekdote, die ich eines Abends bei einer Flasche kanarischen Sektes zum Besten gegeben. *Regeneration* – das war das Lieblingswort des dekadenten, schnell alternden Adels geworden. Als ob er ahnte, dass seine Zeit bald abgelaufen sei! *Regeneration* – das war die Zauberformel, das magische Rezept, um Paris im Sturme zu nehmen!

Indes, noch war der richtige Zeitpunkt nicht gekommen. Noch immer nämlich waren die Pariser von meinem größten Rivalen, von Franz Anton Messmer, seinen Magnetzubern und magnetischen Kuren enthusiasmiert, ja, wie behext.

Erst musste Messmers Stern sinken, damit der meine in der Hauptstadt der Welt aufgehen konnte.

Als der Kardinal und ich wieder abreisten, folgten uns etliche vornehme Equipagen, Würdenträger und schöne Damen nach Straßburg, um meine Gegenwart genießen zu dürfen und die begonnenen Kuren fortzusetzen.

Unterwegs machte mir Rohan den Vorschlag, zu ihm auf sein Zaberner Schloss zu ziehen. Ich stellte mich spröde und berief mich auf meine ärztliche Mission, den Kranken und Armen zu dienen, was meine Anwesenheit in Straßburg dringend erforderlich mache.

Die Kur der Mme. Sarasin

Wie erstaunt aber war ich, als ich das *Maison de Santé* betrat und Serafina mir mit strahlender Miene verkündete:

»Du wirst es nicht glauben, Alessandro! Aber Gertrude hat ihren Appetit wiedergefunden. Sie lebt auf und wird, so Gott will, bald wiederhergestellt sein!«

Ich ging sofort in die Kammer, wo Gertrude Sarasin lag, und fand sie, zu meinem Erstaunen, mit munterem Blick im Schneidersitz auf ihrem Bette sitzend. Auf ihren Knien lag ein aufgeschlagenes Bilderbuch mit Karikaturen des bekannten Zeichners Chodowiezki. Ich war perplex, hatte ich doch mit ihrer Genesung nicht mehr gerechnet. Und das will bei mir etwas heißen.

Vor zwei Monaten hatte der Basler Bankier und Seidenhändler Jakob Sarasin seine todkranke Gattin zu mir gebracht. Sie war blass wie ein Linnen und so schwach, dass ihr Mann sie beim Gehen stützen musste. In ihrem Blick lag eine unendliche Mattigkeit und Traurigkeit. Sie war völlig vom Fleische gefallen und so dünn geworden wie ein Strich. Sie wurde von Schüttelfrösten und einem mysteriösen auszehrenden Fieber geplagt. Im bloßen Hemde schwitzte sie, und im Pelzmantel fror sie. Da sie nicht aß und kaum schlief, konnte sie auch keine neuen Kräfte mehr sammeln, ihr Ende schien nur noch eine Frage der Zeit. Ihr Mann war verzweifelt, er hatte bereits alle möglichen medizinischen und geistlichen Heilverfahren an seiner Frau ausprobieren lassen, jedoch ohne Erfolg. »Sie sind unsere letzte Hoffnung!«, erklärte er mir.

Auch nach eingehender Untersuchung und Befragung der apathischen Patientin, aus der wenig herauszubringen war, wusste ich mir ihre rätselhaften Symptome nicht zu erklären. Aufs Geradewohl verschrieb ich ihr meine weißen und gelben Tropfen. Doch es trat keine Besserung ein, zumal sie fast alle Speisen, die man ihr darreichte, unberührt stehen ließ. Vergebens beschwor ich sie zu essen, sonst würde sie nimmer gesund werden. Ja, ich drohte ihr, die Kur abzubrechen, wenn sie nicht endlich essen würde; doch all mein Reden blieb ohne Wirkung auf sie; es war, als habe sie sich vorgenommen, sich zu Tode zu hungern. Ihre Kur drohte ein Fehlschlag zu werden – und ich wollte sie schon zu ihrem Mann zurückschicken. Serafina aber bat mich, noch etwas Geduld mit der Patientin zu haben, sie werde sich während meiner Abwesenheit um Gertrude kümmern.

Ihre überraschende Gesundung war mir ein Rätsel.

»Nun«, sagte Serafina mit wissendem Lächeln. »Dieses Wunder hat sie mir zu verdanken.«

»Was du nicht sagst! ... Und wie das?«

»Wie du weißt, habe ich mich oft zu Gertrude ans Krankenbett gesetzt, ihr das Händchen gehalten, wenn sie vom Fieber geschüttelt wurde, ihr den Schweiß von der Stirn gewischt und ihr gut zugeredet. So fasste sie zu mir allmählich Vertrauen. Bald durfte ich ihr sogar ein wenig Suppe einlöffeln. Ich hatte mit ihr nämlich ein kleines Arrangement getroffen: Wenn sie aß, las ich ihr zur Belohnung eine kleine Fabel von Lafontaine vor, über die sie zuweilen sogar lächeln konnte.

Wenn sie aber die Nahrung verweigerte, gab es auch keine Geschichte. Dieses sanfte Druckmittel bewirkte, dass sie immer häufiger auch dann aß, wenn sie keinen Appetit verspürte, nur um meine Gesellschaft und meine kleine Vorlesung nicht missen zu müssen.«

»Davon hast du mir gar nichts erzählt.«

»Du warst ja auch mit tausend anderen Dingen beschäftigt! ... Doch höre weiter!

Eines Nachts, als ich im *Maison de Santé* meinen Dienst tat – du warst am nämlichen Tage abgereist –, drang ein angstvolles Keuchen und Stöhnen aus Gertrudes Kammer. Ich ging sofort zu ihr. Schweißgebadet und am ganzen Leibe zitternd saß sie in ihrem Bett. Ein Alp hatte sie aus dem Schlafe gerissen. Nachdem ich sie etwas beruhigt, bat ich sie, mir von dem bösen Traum zu erzählen: Als kleines Mädchen sitzt sie mit ihren fünf älteren Schwestern zu Tische, als plötzlich der Vater sie ins Visier nimmt und mit Donnerstimme ruft, sie solle sich dünne machen, für sie sei kein Platz mehr an diesem Tisch. Sie erstarrt zu Eis, und vor Schreck wacht sie auf. – Ich fragte Gertrude, ob sie ähnliche Szenen wie in diesem Traume in ihrem Elternhause erlebt habe. Sie bejahte. So manches Mal, wenn sie den Vater etwas fragen oder ihn um etwas bitten wollte, habe dieser in barschem Tone gesagt: *Mach dich dünne!* ... Plötzlich wurde mein Verstand hellwach. *Sich dünne machen* – war dies vielleicht der Grund, warum sie nicht aß, der verborgene Sinn ihrer chronischen Appetitlosigkeit?«

»Siehe da! Meine Frau spielt Arzt ... Das ist ja etwas ganz Neues!«

»Bin ja lange genug durch deine Schule gegangen!«, sagte Serafina und reckte stolz ihr Hälschen. »Jedenfalls wurde sie von Tag zu Tag zutraulicher und erzählte mir viel über ihre Familie und was sie in dieser gelitten: Nachdem ihm seine Frau vier Töchter geboren, wünschte sich der Vater, ein begüterter Weinhändler, endlich einen Sohn als Statthalter und Erben, doch zu seiner großen Enttäuschung wurde ihm stattdessen noch eine Tochter, nämlich Gertrude, geboren. Und er bestrafte sie durch konstante Nichtbeachtung. So wuchs sie in dem dumpfen Gefühl auf, gar nicht erwünscht zu sein und eigentlich gar kein Recht auf ihr Dasein zu haben. Bei dem strengen patriarchalischen Regiment, das zu Hause herrschte, durfte sie auch keinen eigenen Willen haben; ihre einzige trotzige Willensbekundung bestand darin, das Essen zu verweigern, weshalb sie schon mit vierzehn Jahren so dünn war wie eine Bohnenstange. Der Appetit – und damit die Lebensfreude – kam ihr erst wieder, als sie Jakob kennen lernte, der ihr zum ersten Mal das Gefühl von Zuneigung und Liebe gab und ihr ein fürsorglicher und liebevoller Ehemann war. Beide wünschten sich sehnlichst ein Kind. Umso verzweifelter war Gertrude, als sie Anfang des Jahres einen Abort hatte. Sie kam sich wieder so nutzlos und überflüssig vor und hatte furchtbare Angst, Jakobs Liebe zu verlieren. Danach wurde sie krank.«

Ich musste wohl zugeben, dass dies eine schlüssige Diagnose war.

»Es war mir klar«, fuhr Serafina fort, »dass ihre Genesung sehr vom Verhalten ihres Gemahls abhing, denn nur er konnte ihr die Angst nehmen, wegen ihrer Unfruchtbarkeit von ihm verlassen zu werden; nur er konnte ihr das Gefühl geben, dass ihr Dasein nicht nutzlos ist, dass er sie braucht und liebt, auch wenn sie keine Kinder bekommen sollten … Ich sprach mit Jakob darüber, und er verstand mich wohl. Er verschob sogar eine geplante Geschäftsreise, um seine Frau täglich besuchen zu können und für sie da zu sein.«

»Ein braver Mann!«

»Ich wiederum suchte mit allerlei Mitteln, ihr Erlebnisse der Freude zu verschaffen. Da ich wusste, wie sehr sie die Musik liebt, engagierte ich ein kleines Kammerquartett, das

Stücke von Gluck und Haydn spielte. Ein Quartett, das nur für sie und die anderen Patienten musizierte – wie begannen da Gertrudes müde Augen zu leuchten! Die Nacht darauf schlief sie das erste Mal durch. Vor ihrer Erkrankung hatte sie bei einem Zeichenlehrer Unterricht genommen. So brachte ich ihr denn Stichgraphiken von Chodowieki mit, die sie mit Hingabe betrachtete und über dessen gewitzte Milieusatiren sie schmunzeln musste. Nicht lange, und sie nahm selbst wieder den Bleistift in die Hand und zeichnete das karikaturistische Portrait einer siechen Jungfrau, die Gevatter Tod in letzter Minute von der Schippe springt. Von diesem Tage an begann sie wieder regelmäßig zu essen, das Fieber sank, die Schweißausbrüche und Schüttelfröste hörten allmählich auf.«

»Da siehst du, welche Wunder meine weißen und gelben Tropfen wirken!«

»Aber die hat sie ja gar nicht mehr eingenommen!«

»Nicht? Warum hast du sie ihr denn nicht weiter eingeflößt, wie ich es dir aufgetragen?«

»Weil sie die Medizin nicht nehmen wollte ... Als sie so weit wieder bei Kräften war, dass sie ihr Bett verlassen konnte, schenkte ich ihr ein Paar mit Perlen bestickter roter Samtpantoffeln und ein verführerisches Negligee à la Parisienne. Da sie noch immer tiefe Schatten unter den Augen hatte und leidend aussah, legte ich ihr ein wenig Rouge auf die Wangen, schminkte ihr die Lippen und Augenlider und steckte ihr probeweise die blond gelockten Haare hoch, damit ihr schön geformter Hals samt den zierlichen Schlüsselbeinen besser zur Geltung komme. Sie mochte kaum glauben, dass die hübsche Person mit den vollen roten Lippen, die ihr aus dem Spiegel schüchtern entgegenlächelte, niemand anderer war als sie selbst. Infolge ihrer pietistischen Erziehung hatte sie nämlich kein rechtes Verhältnis zu ihrem Körper und suchte ihre weiblichen Reize und Rundungen schamhaft zu verbergen; vielleicht wollte sie auch deshalb so dünn sein ... Wir legten dann beide das Negligee an, machten dazu allerlei Posen und kicherten wie zwei Freundinnen, die zusammen auf den Ball gehen wollen ... Ach, es ist eine Freude zu sehen, wie sie wieder auflebt und ihr der Appetit – der Appetit auf das Leben – zurückkommt! Inzwischen isst sie alles, was ihr schmeckt: Früchte und Vegetarisches, aber auch leichte Suppen und Kraftbrühen. Gestern aß sie sogar gebratenen Fisch.«

»Das hast du wirklich gut gemacht!«, lobte ich meine Frau.

»Du siehst«, rief sie übermütig, »manchmal geschehen auch ohne dich Wunder!«

Das war mir – ehrlich gesagt – gar nicht so recht.

Schon bald verließ Mme. Sarasin in bester Verfassung das *Maison de Santé* und kehrte mit ihrem Mann nach Basel zurück. Ein halbes Jahr später schrieb mir dieser, seine geliebte Frau sei inzwischen erneut guter Hoffnung. Im Frühjahr 1782 kam sie mit einem gesunden Knaben nieder, den die glücklichen Eltern Alexander nannten – nach dem »Retter der Familie«.

Ihre wundersame Genesung war die wohl einträglichste Heilung meiner ganzen Laufbahn, denn der steinreiche Sarasin stellte mir einen Bankkredit in unbegrenzter Höhe aus, auf den ich überall zurückgreifen konnte. Und nachdem er im *Journal de Paris* meinem Genius als »Wunderheiler« gehuldigt, verbreitete sich mein Ruhm in Windeseile durch ganz Frankreich, die Schweiz und die deutschen Landen.

Nur meine Frau wollte meine Freude darüber nicht teilen. Wütend knallte sie das *Journal de Paris* auf den Tisch.

»Wie kommst du dazu, dich in der Öffentlichkeit als Retter der Mme. Sarasin feiern zu lassen?«

»Nicht ich, cara mia, Jakob hat diese Dankadresse veröffentlicht.«

»Und wieso hast du ihm nicht gesagt, wem Gertrude ihre Genesung verdankt?«

»Nun, nun – was regst du dich denn so auf! Gewiss hat

Gertrude dir vieles zu verdanken … Aber – wie soll ich's dir nur erklären?«

Sie blickte mich an wie der Generalstaatsanwalt den Delinquenten.

»So ungerecht es in diesem Falle auch sein mag – aber einem Weibe traut man das Wunder der Heilung eben nicht zu!«

Ihre Lippen bebten vor Zorn. »Auch dann nicht, wenn sie es wirklich vollbringt?«

»Sieh mal, cara figlia!«, sprach ich zu ihr wie ein Vater zu seiner unverständigen Tochter. »Von alters her sind Magie und Heilkunst Männersache! Denk nur an Hippokrates, Avincenna, Albertus Magnus, Paracelsus, Messmer …«

»Und Cagliostro!«

»Ich rede nicht von mir … Aber sag selbst: Hast du je von einer bedeutenden Ärztin gehört?«

»Hildegard von Bingen zum Beispiel!«, schoss es aus ihrem Munde. »Manche ihrer Rezepte tragen noch heut' ihren Namen.«

»Hildegard von Bingen war eine Ausnahme. Außerdem war sie eine Nonne und Mystikerin, eine Heilige.« Humorig fügte ich hinzu: »Das kann man von dir ja wohl kaum behaupten.«

Da giftete sie los: »Willst du dich jetzt auch noch mit fremden Federn schmücken? Statt der Wachtel solltest du besser den Pfau in deinem Wappenschild führen!«

»Seit wann wachsen dir Federn auf dem Kopfe? Bildest du dir etwa ein, du könntest schon Ärztin spielen, bloß weil du dir das eine oder andere bei mir abgeguckt hast? … Schwester der Kranken, bleib bei deinem Leisten!«

Tief gekränkt blickte sie mich an. Dann drehte sie sich um und verließ das Zimmer.

Was, zum Teufel!, erwartete sie von mir? Dass ich mit Büßermiene vor das Publikum trete und im *Moniteur* oder *Journal de Paris* erkläre: »Nicht ich, Graf Cagliostro, sondern meine Frau hat Mme. Sarasin das Leben gerettet!« – Das konnte sie doch nicht im Ernst von mir verlangen. Schließlich hatte ich einen Ruf zu verlieren – und nicht sie!

Als ich des Nachts unser Schlafzimmer betrat, war Serafina nicht da. Sie war mitsamt ihrem Bettzeug ausgezogen – in die Kammer nebenan. Ich klopfte und klopfte – doch ihre Tür blieb zu. Und so sollte es vorerst bleiben.

Manchmal glaubte ich, meinen Beruf nicht mehr ertragen zu können. Der Anblick meiner Patienten verfolgte mich bis in den Schlaf, ebenso das Winseln und Jammern jener bedauernswerten Geschöpfe, die ihre erschlafften Hände gen Himmel reckten, um meinen Beistand herbeizuflehen. Ich hörte mich des Nachts mit ihnen reden, sah mich gereizt auf ihre endlosen Klagen eingehen und ihnen Arznei herbeiholen, ihnen gleichzeitig wider bessres Wissen eine baldige Genesung versprechen. Die Fälle häuften sich, wo es mich vor den Gebresten ekelte, vor den Schwären, dem Urin, den üblen Ausdüstungen – mit dem gesunden Ekel des Kraftvollen gegenüber den Hinfälligen, vielleicht aus Furcht, am Ende selber schwach und hinfällig zu werden.

So schränkte ich denn nach und nach meine ärztlichen Dienste und Visiten ein: Statt wie bisher an drei ordinierte ich nur noch an zwei Tagen die Woche.

Der Meister und sein Adept

Nicht lange, und ich siedelte nebst meinem Anhang in das prächtige Sandstein-Schloss von Zabern über. Rohan strahlte; wäre es nach ihm gegangen, hätte er seinen »teuren Meister«, sein »Orakel«, seinen »Kompass«, wie er mich wechselweise nannte, immer um sich gehabt. Abends saßen wir plaudernd auf der schönen, nach Westen gelegenen Terrasse des Schlosses, von der man eine wundervolle Aussicht auf die Vogesen hat, bis tief in die Mitternacht hinein, während die weißen Sterne über ihnen glitzerten.

Die Schornsteine des Zaberner Schlosses begannen sich nach und nach von dem Rauch der alchemistischen Öfen zu schwärzen. Unten aber, in den weitläufigen, fest ausgemauerten Kellern des Schlosses, standen Tiegel, Kolben und Retorten Tag und Nacht über dem bald heißen, bald gelinden Feuer. Auch der Kardinal war nämlich ein begeisterter Adept der königlichen Kunst. Jahre zuvor hatte er vergebens versucht, durch die Umwandlung von Salzwasser in Salpeter, das man für Schießpulver benötigt, Geld zu verdienen. Nun hoffte er, unter meiner Anleitung und vermöge meiner geheimen Wissenschaft endlich das »philosophische Gold« zu gewinnen. Denn trotz der zahlreichen einträglichen Ämter, die er versah, und trotz der ungeheuren Pfründe, auf denen er saß, war er immer verschuldet. Weiß der Himmel, wie er das fertigbrachte!

Es verstrich kaum ein Tag, ohne dass er sich um mein und Serafinas Wohlsein kümmerte. Oder aber er kam zu den Logensitzungen in das inzwischen fertig gestellte Cagliostranum. Wenn die Bewohner der Umgebung, Bauern und Pächter zumeist, sich mit gelüpften Kappen oder gezogenem Hute dem seltsamen Gebäude näherten, verstummten sie vor Ehrfurcht und senkten die Augen. Glaubte der Kardinal, hier die Stätte seiner baldigen Regeneration und Verjüngung vor sich zu sehen, so dachten jene, dass es sich hierbei wohl um sein oder mein künftiges Mausoleum handle.

Gedanken an Vergänglichkeit und Tod jagten ihm heillosen Schrecken ein; er hatte ja auch berechtigten Grund zu der Annahme, dass er sich bei seinem lasterhaften Lebenswandel kein Anrecht auf den Himmel erworben hatte.

»Unsterblicher Meister!«, flüsterte er, vor mir auf den Knien, »bleiben Sie mir erhalten!«

Ich hob ihn sanft auf und träufelte gelinden Trost in sein verängstigtes Herz, indem ich ihm ein langes Leben und eine angenehme Zukunft weissagte, wo alle Verstörtheit, aller Kummer, der um eine hohe weibliche Person an seiner Seele nagte, wie fortgeblasen sein würde. Dann lächelte er mich dankbar an.

Dass mein Seherblick nicht nur die Zeit, sondern auch den Raum durchdrang, davon hatte ich ihm unlängst während einer Abendgesellschaft in seinem Salon ein wirkmächtiges Beispiel gegeben: Inmitten der lebhaften Konversation erstarrte plötzlich mein Blick, ich griff mir ans Herz, als habe mich soeben ein tiefer Schmerz getroffen, und verkündete mit Grabesstimme: »Maria Theresia ist tot!« Fünf Tage später erreichte Straßburg die Nachricht vom Tod der Kaiserin. Wenige Tage zuvor hatte ich eine geheime Depesche erhalten, die mich über die tödliche Erkrankung der österreichischen Kaiserin unterrichtete – hatte der »Bund« doch an allen bedeutenden Höfen Europas seine geheimen Informanten. In Wahrheit tat Maria Theresia ihren letzten Atemzug erst zwei Tage nach meiner Prophezeiung. Doch da der Kardinal und sein Anhang an mich und meine divinatorischen Fähigkeiten glaubten wie an die Jungfräulichkeit der hl. Maria, fiel diese – immerhin beachtliche – Zeitdifferenz niemandem auf.

Derweilen siedeten im magischen Kreise über dem Schmelzofen die Tiegel, in denen das philosophische Gold heranreifte, und endlich kam der Tag, da das Gelingen des ersten Experimentes die Wahrheit aller weiteren besiegeln sollte.

Der Kardinal und ich waren allein im Laboratorium, genau wie vor zehn Tagen, da ich das Blei in den Tiegel getan, mein famoses rotes Pulver darübergeschüttet und darauf das Gefäß mit einer feuerbeständigen Gipshülle versehen hatte. Um jeden Verdacht auf Betrug im Keime zu ersticken – aus dem Fiasko von Warschau hatte ich meine Lehre gezogen –, war die Gipshülle mit dem schweren Siegelring des Kardinals, in dem das Wappen der Rohans eingraviert war, mehrfach versiegelt worden. Dabei drückte ich diesen heimlich auf ein Stück Wachs, das in meiner Hand verborgen war. Den gehärteten Wachsabdruck brauchte ich nur der noch weichen Gipshülle des zweiten Tiegels mit dem Golde einzuprägen – und die Sache war geritzt! Auch ein Goldmacher muss eben Einfälle haben.

Vorsichtig hob ich nach den üblichen Beschwörungen den Tiegel vom Feuer. Dann machten wir uns daran, die Siegel der Gipshülle zu prüfen. Sie waren unversehrt, eine Täuschung schien also ausgeschlossen. Ich hieß den Kardinal, vorsichtig die Gipshülle mit dem Hammer herunterzuschlagen. Er schrie auf, obwohl er es erwartet hatte: In dem Tiegel befand sich Gold, reines köstliches Dukatengold, was die sofort vorgenommene Probe mit Königswasser unwiderleglich bewies.

»Wenn ich es will«, sprach ich mit Salbung, »kann ich Sie zu dem reichsten Mann Europas machen!«

Der Kardinal seufzte vor Glück. Dann fiel er vor mir auf die Knie und umarmte mich: »Oh, unsterblicher Meister! Wie kann ich Ihnen jemals danken!«

Nun, im Zuge der »Halsband-Affaire« sollte er noch genug Gelegenheit haben, mir seine Dankbarkeit zu beweisen.

Nachdem er Zeuge dieser wunderbaren Transmutation geworden, war er felsenfest davon überzeugt, dass ich, kraft meiner alchemistischen Wundermittel, auch imstande sei, an ihm das Wunder der physischen Regeneration zu vollbringen und ihn wieder in einen Herkules von unerschöpflicher Manneskraft zu verwandeln. Trotz seiner Bitten durfte er das kleine Gemach neben dem Laboratorium nicht betreten. Denn hinter dieser mehrfach gesicherten Tür reifte in jahrelangem Prozess die *materia prima* heran, das Lebenselixier, formweich, reich an Verheißung und rot wie die Liebe.

Dass er mir meine Dienste und Verheißungen reichlich entgalt, versteht sich von selbst. Er bedachte mich und meine Frau mit kostbaren Geschenken, ich kam den guten Louis-René ziemlich teuer zu stehen: schätzungsweise rund 600 000 Livres. Aber es war ja auch für einen guten und edlen Zweck. Indem er sein Geld in mich, einen messianischen Heilsbringer und bewährten Wohltäter der Armen und Kranken investierte, machte er nicht nur seinem Amt als Großalmosenier von Frankreich alle Ehre, er beförderte auch, wenngleich ohne es zu ahnen, meine geheime Mission, die über die physische Regeneration adeliger Lebemänner und Damen weit hinausging.

Eine Kampagne

Mit Vorliebe pflegt einem die Vorsehung oder der Teufel immer dann ein Bein zu stellen, wenn die Dinge gerade bestens laufen.

An einem goldenen Oktobertage erschien in meinem Ordinierungszimmer ein Mann, der sich nur deshalb als Patient ausgab, um mit mir unter vier Augen sprechen zu können. Dreist gab er sich als einen alten Bekannten zu erkennen: Carlo Sacchi mit Namen, ein kleiner italienischer Abenteurer, derselbe Gesell, mit dem ich seinerzeit unter dem Pseudonym »Graf Pellegrini« durch das spanische Cadiz und Umgebung gezogen war, während unser Schiff auf Dock lag. Leider fruchtete meine Empörung und Ableugnung, besagten Pellegrini weder zu kennen noch jemals von ihm gehört zu haben, gar nichts; denn der freche Erpresser gab sogleich mit grinsender Visage so viele kompromittierende Einzelheiten über meine damalige Existenz zum Besten, dass mir der Schweiß ausbrach. Was blieb mir anderes übrig, als sein Stillschweigen zu erkaufen! Doch Sacchi wollte mehr: Er bestand darauf, als regulärer Arztgehilfe bei mir angestellt zu werden. Zähneknirschend willigte ich ein.

Indes begannen sich schon nach kurzer Zeit die Klagen meiner Straßburger Patienten über den neuen Arztgehilfen zu häufen: Er behandle sie grob und unflätig und sei überdies ein Stümper, der sein Handwerk gar nicht verstehe und seinem Herrn wenig Ehre mache. Mehrfach ermahnte ich Sacchi, sich streng an meine ärztlichen Verordnungen zu halten und keine eigenwilligen Kuren zu unternehmen. Doch er pfuschte weiter. Bald kam mir zu Ohren, dass er sogar die Unverschämtheit besaß, meine Rezepturen und Arzneien, die ich kostenlos verteilte, für viel Geld zu verkaufen und sich damit die Taschen zu füllen. Meine Geduld war am Ende: Ich entließ ihn.

Sacchi rächte sich auf der Stelle, indem er nächtens an verschiedenen öffentlichen Plätzen der Stadt ein übles Pamphlet anschlagen ließ, das mich als Abenteurer und Betrüger, als Quacksalber und Scharlatan verunglimpfte. Zwar wurden diese Affichen von der Polizei sofort wieder entfernt und Sacchi, auf Befehl des Stadtkommandanten, »wegen Verleumdung des Grafen Cagliostro« aus der Stadt gewiesen. Indes begann er nun, von jenseits des Rheins, in den öffentlichen Blättern Woche für Woche ein übles Pasquill nach dem anderen gegen mich zu schleudern – eine regelrechte Kampagne, die den offenen Beifall gewisser Straßburger Ärzte und der Medizinischen Fakultät fand und von ihnen mitgeschürt und finanziert wurde. Die Herren Medici, die mir meine erfolgreichen Kuren neideten, zogen ganz offen meine medizinische Competentia in Zweifel, ziehen mich mangelnder wissenschaftlicher Kenntnisse und bezichtigten mich der »Quacksalberei«. Sie waren sogar so schamlos, mir zwei Todesfälle unter meinen Patienten anzulasten. Als ob von ihren eigenen Patienten noch keiner gestorben wäre!

Kaum ein Tag verging, da nicht eine neue Libelle, ein neuer gehässiger Angriff gegen meine Person in den öffentlichen Blättern erschien. Schließlich war meine Geduld zu Ende. Ich beschloss, dieser Stadt, die meine Verdienste so übel belohnte, einstweilen den Rücken zu kehren. Ich begab mich mit meiner Frau zu Jakob und Gertrude Sarasin nach Basel. Nur höchst ungern ließ Kardinal Rohan uns reisen.

»Und Sie kehren auch wirklich bald zurück?«, fragte er mit bänglicher Miene.

»Ich kehre erst wieder zurück, Eminenz, wenn das üble Gerede gegen mich aufhört. Es ist an Ihnen, Maßnahmen gegen die Straßburger Ärzteschaft zu ergreifen!«

Er versprach es. Da er mich auch gerne während meiner Abwesenheit vor Augen haben wollte, hatte er von dem berühmten Bildhauer Houdon eine Marmorbüste von mir anfertigen lassen, die auf seinem Schreibtisch stand und die Inschrift trug: *Il divo Cagliostro.*

Ihr Gegenstück schmückte Sarasins Staatszimmer, in dem ich Loge abhielt, solange der chinesische Pavillon sich noch im Bau befand, der bei Basel, im nahe gelegenen Dorfe Riehen auf dem bischöflichen Landgut entstand. Bauherr und Ideengestalter war ich; Geldgeber mein dankbarer Freund Jakob Sarasin, den es gleichfalls nach der moralischen und physischen Regeneration gelüstetete. Dabei befand er sich noch im besten Mannesalter und hatte seine Zeugungsfähigkeit gerade durch die Geburt eines prallen Söhnleins, das meinen Vornamen trug, unter Beweis gestellt. Doch als Calvinist wie als Bankier war Jakob ein vorsorgender Mann, er dachte wohl, es könne nicht schaden, schon jetzt eine gehörige Investition für seine zukünftige Regeneration zu tätigen. Und da er den lieben langen Tag mit geschäftlichen Spekulationen, trockener Verwaltungsarbeit, der Herstellung und dem Verkauf seiner in ganz Europa gefragten Seidenwaren zu verbringen pflegte, dürstete seine Seele nach Spiritualität und höherer geistiger Erfüllung, die er bei mir zu finden hoffte. So zitierte ich denn ihm und Gertrude zuliebe Abend für Abend die sieben Engel der Planetensphären, wobei mir ihr zehnjähriges Söhnlein, der aufgeweckte Felix, als nimmermüde »Waise« diente. Bei Kerzenlicht hinter dem Wandschirm verborgen, seinen Eltern als erleuchteter Mittler zwischen dem Diesseits und dem Jenseits zu dienen, fand er viel aufregender als das ewige Räuber-und-Gendarmen-Spielen mit den Kameraden.

Im Hause Sarasins suchte mich wieder Caspar Lavater heim – schon in Straßburg hatte er sich mir förmlich aufgedrängt –, der von aller Welt gerühmte Verfasser der »Physignomischen Fragmente«. In diesem Werke, das als Nonplusultra psychologischer Gelehrtheit gilt, verficht er allen Ernstes den Grundsatz, dass man aus dem Vergleich menschlicher Visagen und Schädelformen mit denen von Tieren sowohl auf den Charakter als auch auf das künftige Schicksal eines Menschen schließen könne. Und solch ein Humbug gilt als Wissenschaft!

Da er nicht nur als Physiognom, sondern auch als pietistischer Apostel einen außerordentlichen Ruf genoss, nagte an seinem Herzen die Eifersucht, nunmehr von einem befugten »Sendling des Himmels« in den Schatten gestellt zu werden. Als gläubiger Anhänger der Lehre *Von den Engeln als dienstbaren Geistern, ausgesandt zum Dienste derer, welche die Seligkeit erwerben oder errettet werden wollen* war er von meinen mitternächtlichen Engels-Citationen so beeindruckt, dass er in mir wohl oder übel einen »heiligen Mann« erkennen musste, dem *die sieben Geister Gottes zu Diensten stehen.* Nichts leichter, als einen pietistischen Gelehrten einzuwickeln, der keinen sehnlicheren Wunsch hat, als von berufener Seite in seinem Spleen bestätigt zu werden!

Ende März 1783 kehrten wir wieder nach Straßburg zurück. Vor dem Hotel la Marche wartete schon Kardinal Rohan, um mir drei verschiedene Schreiben zu überbringen.

»Lesen Sie! Und dann sagen Sie noch, Sie wollen fort!«

Paris, den 13. März 1783

An den Prätor der Stadt Straßburg. Im Namen des Königs.
Graf Alessandro di Cagliostro fordert nichts als Ruhe und Sicherheit. Beides gewährt ihm das Recht der Gastfreundschaft; und da ich Ihre natürliche Gutherzigkeit kenne, so bin ich überzeugt, dass Sie ihm jenes und auch die Annehmlichkeiten angedeihen lassen, die er durch seine persönlichen Vorzüge verdienen mag.
Graf de Vergennes
Premierminister von Frankreich

Paris, den 15. März 1783

An den Prätor der Stadt Straßburg. Im Namen des Königs.
Der Gebrauch, den Graf Alessandro di Cagliostro von seinen Kenntnissen und Talenten bisher in Straßburg gemacht, gibt ihm ein Anrecht auf den Schutz der Regierung. Der König hat mir daher den Auftrag erteilt, darüber zu wachen, dass besagter Cagliostro nicht allein in Straßburg nicht beunruhigt werde, sondern dass man ihm daselbst auch jene Achtung erweise, die seine Dienste an den Kranken erfordern.
Marquis de Segur
Kriegsminister von Frankreich

Paris, den 18. März 1783

An den Prätor und Magistrat der Stadt Straßburg.
Die sehr menschenfreundlichen Handlungen des Grafen Alessandro di Cagliostro verdienen es, dass ihm besonderer Schutz zuteil wird. Der Magistrat hat ihm alle Unterstützung zuteil werden zu lassen, die ein Fremder, zumal wenn er Nutzen schafft wie dieser, in den Staaten des Königs von Frankreich zu beanspruchen hat.
Im Namen des Königs!
Baron de Miromenil
Großsiegelbewahrer

Im Namen des Königs! Welch eine Genugtung für mich! Und welch schallende Ohrfeige für all meine Widersacher auf dem Straßburger Schauplatz! Wer wollte es jetzt noch wagen, Cagliostro öffentlich einen »Quacksalber«, »Betrüger« und »Scharlatan« zu nennen! Trotzdem! Diese Stadt, die sich so undankbar gegen mich erwiesen, hatte einen Wohltäter und Genius wie mich nicht verdient. Es wurde Zeit, ihr den Rücken zu kehren.

XV. Der Widergänger

Zelada mochte es noch immer kaum glauben, dass drei königliche Minister Ehrenerklärungen zu Gunsten Cagliostros abgegeben hatten; die Abschriften mit den amtlichen Siegeln und ministeriellen Unterschriften hatte man in seiner Privatkorrespondenz gefunden ... Es war unfassbar! Der gefährlichste Betrüger, Mysterienschwindler und freimaurerische Konspirateur der Epoche hatte die Protektion der höchsten französischen Regierungsstellen genossen. Wie viel Weihrauch hatte man nicht um diesen vermeintlichen Menschenfreund und Ehrenmann gestreut, der den Boden der bestehenden Ordnung in aller Heimlichkeit verminte, bis er schließlich explodiert war! Waren denn die Herren Minister allesamt mit Blindheit geschlagen, oder hatte man sie bestochen?

Dass dieser Erzketzer und Betrüger, obschon mehrfach aufgeflogen, eine solch ungeheure Zelebrität genossen und das Publikum, in Sonderheit die vornehme und galante Welt, derart hatte in seinen Bann ziehen können – es war dem Kardinal noch immer ein Rätsel. Auf seinem Schreibtisch häuften sich mittlerweile die Zeitungsartikel und Publikationen – englische, französische, deutsche, polnische und russische – über Cagliostro. Und es war kein Ende abzusehen. Es erschienen immer neue – teils anonyme, teils unter Pseudonymen herausgegebene – Schriften, Mémoires, Korrespondenzen und Pamphlete über den betrügerischen »Wundermann«. Jeder, der einmal mit ihm in Berührung gekommen, fühlte sich berufen, hiervon öffentlich Zeugnis abzulegen, und sei dieses auch noch so läppisch und lächerlich! So rankten sich immer neue Anekdoten, Erzählungen und Legenden um seine geradezu mythisch gewordene Gestalt.

Was aber war das Geheimnis seiner Fama und seiner schier unheimlichen Wirkung auf die Zeitgenossen? War es vielleicht das, wovon viele brave Christenmenschen und Bürger insgeheim träumten: mittels magischer und alchemistischer Praktiken schrankenlose Herrschaft über die unsichtbare Geisterwelt und die Natur, ewige Jugend, Reichtum und Macht zu erlangen? War Cagliostro – und das, was die Journaille und das Publikum mit seinem Namen verbanden – nicht Ausdruck einer vom Fortschrittsglauben der Epoche aufgestachelten und irregeleiteten Einbildungskraft, Ausdruck einer kollektiven Hybris, sich über die Grenzen der Natur und der Conditio humana hinwegsetzen und selbst Gott spielen zu können? War er – so betrachtet – nicht eine Art Widergänger des sagenhaften Doktor Faustus, der, im Tausch gegen geheimes Wissen und magische Kräfte, seine Seele dem Teufel verschrieb?

Oder lag das Geheimnis seiner Faszination und seiner Wirkung vor allem darin, dass er ein geborener Spieler und Schausteller war, der sich wie ein Proteus jeder neuen Situation, jedem neuen Land, in dem er sein Unwesen trieb, anzupassen und in immer neuen Masken aufzutreten verstand? Wie viele verschiedene Rollen hatte er nicht während seiner langen Migration durch die Hauptstädte Europas in personam verkörpert? Bald trat er als edler Reisender auf, bald als Alchemist und eingeweihter Adept, bald als begnadeter Heilkünstler und selbstloser Menschenfreund, der die Patienten unentgeltlich behandelte, bald als Magus und Hellseher, der das Zukünftige voraussah, bald als freimaurerischer Reformator und orientalischer Weiser, bald als neuer Apostel und »Großkophta«, der gesandt worden, um die Menschheit zu erleuchten. Während der »Halsband-Affaire« präsentierte er sich dem Publikum gar noch in der hehren Rolle des »Kämpfers gegen die Despotie«.Wahrlich, einen Schausteller von solch stupender Verwandlungsfähigkeit, einen Betrüger mit so breit gefächertem Repertoire hatte die Welt noch nicht gesehen!

Auf der Klaviatur der Wünsche, Begierden und Sehnsüchte des aus den Fugen geratenen Zeitalters verstand er wie ein Virtuose zu spielen, indem er den einen dies, den anderen jenes versprach: den Kranken die baldige Genesung, dem schwachen Geschlechte die Emanzipation, den mystischen Schwärmern die Offenbarung, den Okkultgläubigen das Wunder, den nach Erkenntnis Strebenden geheime Wissenschaft, den Habgierigen Gold und Reichtum, den adeligen Lebemännern und -damen die »ewige Jugend« und den Bedrückten und Unzufriedenen das »neue Jerusalem«. Der Erfolg seiner Kuren verlieh ihm einen solchen Kredit, dass er sogar das Paradies auf Erden hätte versprechen können – und die Leute hätten ihre letzten Louisdor und Sous zusammengekratzt, um das Entrebillet zu erwerben und vor dem Tore mit den vergoldeten Lettern: EINGANG ZUM GARTEN EDEN Schlange zu stehen.

Und doch wäre er für das Publikum wohl kaum so überzeugend gewesen, wenn er seine diversen Rollen bloß simuliert hätte, wenn er nur so getan hätte, als ob. Wie bei vielen großen Mimen verschmolz seine Person mehr und mehr mit seiner Rolle, bis er schließlich selber glaubte, was er dreist von sich behauptete und bei den Verhören gebetsmühlenhaft wiederholte: dass er seine Visionen und seinen Auftrag von Gott empfangen und dass er gesandt worden, der Menschheit das Licht zu bringen und sie zu höherer Vollkommenheit zu führen. Es war wie in der bekannten Fabel von dem Fischer, der den Bewohnern seines Dorfes weismacht, ein Walfisch sei an den Strand gespült worden. Als alle zum Strand eilen, um den Walfisch zu sehen, glaubt er selber dran – und rennt hinterher.

Kapitel 16

Der Großkophta

Was stempelt einen auserwählten – oder wie die Deutschen sagen: einen *dämonischen* Menschen zum Himmelspropheten? Seine einzigartige Gabe, Visionen zu haben. Man schaue sich die Zunft nur ein wenig genauer an! War es nicht vor allem diese Gabe, der Moses, Jesus, Laotse und Mohammed ihre mythische Aura als Propheten und Religionsstifter verdankten? Behaupteten sie denn nicht alle, dass sie »erleuchtet« seien, dass sie mit Jehova, Gott oder Allah auf Vater-Sohn-Ebene verhandelten und vom »Allerhöchsten gesandt« seien, um die Menschheit aus ihrem irdischen Jammertal zu erlösen und eine neue Welt aufzubauen?

Schon in Straßburg war in mir der Entschluss gereift, mein Inkognito und meine bisherige Bescheidenheit baldigst abzulegen. Es war an der Zeit, mich selbst zu befördern: Hatte ich mich bisher als bloßer *Sendling des Großkophta* ausgegeben, so sollten meine Zeitgenossen nun endlich in mir den *Großkophta* höchstselbst erkennen, jenen, der von sich sagen darf: *Ich bin, der ich bin!* – und welcher gesandt ward, nicht nur einzelne Kranke, sondern eine an Kopf und Gliedern erkrankte Gesellschaft zu heilen.

Der Weg nach Damaskus

So trat ich denn in Bordeaux den Weg nach Damaskus an. Unser Einzug in der schönen Stadt an der Garonne Anfang November 1784 war nicht weniger glanzvoll als unser Empfang drei Jahre zuvor in Straßburg. Eigentlich hatte ich nicht die Absicht, hier länger zu verweilen, doch schließlich gab ich dem Drängen der Honoratioren nach, ich möge mein menschenfreundliches Werk, das ich in Straßburg verrichtet, in hiesiger Stadt fortsetzen. Nachdem man mir ein eigenes Hotel mit zwei weitläufigen Sälen für meine öffentlichen Audienzen zur Verfügung gestellt, nahm ich denn den Kurbetrieb auf.

Vor allem »Cagliostros ägyptischer Wein« erfreute sich als Aphrodisiakum unter den hiesigen Lebemännern und den bejahrten Militärs der Garnison steigender Beliebtheit, während die Damen sich mehr an »Cagliostros Jugendbalsam« hielten, der Haut und Gesichtsfarbe frisch erhielt. All diese Elixiere kosteten mich, die Bezüge für den Apotheker Monsieur Dumont mitgerechnet, keinen ganzen Louisdor und brachten mir mühelos ein Hundertfaches ein. Schließlich gibt es im Geschäftsleben einen bewährten Grundsatz: Billiges kann unmöglich viel taugen.

Aber auch meine mentalen Arzneien taten ihre heilsame Wirkung. Dass sie sogar auf die Gebärmutter wirkten, bewies der Fall der Mme. Boyer, die ich von einer schweren Migräne kurierte. Dass die seit sieben Jahren unfruchtbar gebliebene Dame schließlich sogar mit einem gesunden Knäblein niederkam, wurde allgemein als Wunder bestaunt; böse Zungen freilich behaupteten, der Arzt selber habe bei diesem Wunder tatkräftige Beihilfe geleistet. Um solchen Gerüchten nicht Vorschub zu leisten, ließ die glückliche Mutter ihr Söhnchen auf den Namen »David« taufen – und nicht auf den Namen »Alexander«, wie es eigentlich ihr Wunsch gewesen.

Mein Ruf erreichte in Bordeaux bald derartige Ausmaße, dass die Stadtpolizei den Verkehr vor meinem Haus regeln musste. Und so viele angesehene Bürger begehrten die Aufnahme in die ägyptische Loge, dass ich die Gebühren für das Entree verdoppeln konnte.

Dass just Bordeaux zu meinem Damaskus werden sollte, verdankte sich allerdings einem recht profanen Anlass.

Der Apotheker und Chemiker Dumont, der in meinem Auftrag Pillen, Pülverchen und Tränklein am laufenden Band herstellte, hatte eine sehr schöne, hüftenstarke und vollbusige junge Frau namens Babette. Sie fühlte sich von ihrem Gatten, dessen ungeteiltes Interesse der tadellosen Rundung seiner Pillen, der Mixtur seiner Theriaks und der Destillation neuer, noch unbekannter alkoholischer Lösungen galt, sträflich vernachlässigt. Man findet dergleichen öfter in Berufszweigen, in denen wissenschaftlicher Ehrgeiz das Begehren dämpft und beständiges Einatmen betäubender Dämpfe die Sinne und das Hirn vernebelt. Daher die offene Freude Babettes, als ich mich ihrer annahm. Hierzu hatte ich auch, obschon ansonsten ein treuer Ehemann, berechtigten Grund: fühlte ich mich doch meinerseits von Serafina sträflich vernachlässigt. Und dies seit Monaten. Welcher Ehemann, der gesundes Blut in den Adern hat, hält dies lange aus!

Der übliche Ärger erwuchs mir natürlich auch in Bordeaux, aber diesmal nicht von Seiten der Ärzte, sondern von der Zunft der Apotheker. Ihnen war das plötzliche Aufblühen von Dumonts Apotheke ein Dorn im Auge. Sie legten scharfen Protest gegen die einseitige Bevorzugung ihres Berufskollegen ein, der kurz davor sei, sich ein Monopol zu errichten, und drohten, ihm die Fensterscheiben einzuschlagen, falls er die Verbindung mit mir nicht löse. Natürlich hätte ich meine Pulver und Pillen auch von anderen Apothekern herstellen lassen können, doch keiner von diesen hatte eine so reizvolle und bedürftige Frau wie Babette.

Man rechnet in solcher Situation mit allem Möglichen, nur nicht mit der Tücke des Zufalls. Dumont nämlich kam uns just an dem Tag auf die Schliche, als ihm ein amtliches Schreiben der Apothekerzunft Berufsverbot androhte. Der Mann war außer sich. Nie hätte ich dem schmächtigen Pillendreher so viel Leidenschaft und Kraft zugetraut. Der Zusammenprall mit dem rasenden Ehemann trug mir außer etlichen blauen Flecken prompt eine Gallenkolik ein, die mich für Tage aufs Bett zwang.

Indes hatte meine schmerzhafte Kolik wohl noch eine andere Ursache. Sacchis wütende Pamphlete gegen den »Scharlatan, Quacksalber und Beutelschneider Cagliostro« verfolgten mich nämlich bis nach Bordeaux. Mit zusammengebissenen Zähnen musste ich mit ansehen, wie seine gehässigen Libellen unter der Hand von Apotheker zu Apotheker weitergereicht wurden und bald auch in den Salons die Runde machten. Bewirft man einen Menschen nur lange genug mit Dreck – es bleibt immer etwas hängen.

Rasches Handeln war also geboten. Nur – wie sollte ich handeln, wenn ich mit einer schmerzhaften Kolik darniederlag? Just als ich auf dem Abortstuhle saß, kam mir die Erleuchtung: Handeln bedeutete in diesem Falle gerade das Gegenteil: nämlich Liegen und Leiden – und zwar bis auf den Tod!

Als mich mein Sekretär Ray de Morande am nächsten Morgen aufsuchte, war er zu Tode erschrocken. Er fand seinen geliebten Meister nicht nur hohläugig, schweißgebadet und im Fieber allerlei wirres Zeug redend auf dem Bette liegen, dieser schien über Nacht auch die Hautfarbe gewechselt zu haben: so gelbstichig war sein Gesicht, sein Hals, seine Brust. Ja, selbst seine blauen Flecken unter den Augen und auf der Backe waren gelb geworden. Sogleich ließ mein Sekretär zwei Ärzte rufen, die nach eingehender Begutachtung meines Zustandes und einem besorgten Blick auf das Fieberthermometer miteinander unheilschwangere Blicke wechselten. Ihre Diagnose, die sie nur im Flüsterton zu äußern wagten: schwere Gelbsucht! Das war so gut wie ein Todesurteil.

Auch in den folgenden Tagen wollte das hohe Fieber nicht weichen. In stiller Trauer, mich schon fast gestorben wähnend, umlagerten meine ägyptischen Maurersöhne und -töchter mein Schmerzenslager. Die Kunde von der »gefährlichen, ja, tödlichen Erkrankung unseres Wohltäters und großen Arztes« verbreitete sich in Windeseile in der Stadt und entflammte das Mitgefühl ihrer Bewohner. Von überall her trafen besorgte Nachfragen, Bekundungen tiefster Anteilnahme und mit Blumen versehene Billets und Postillen ein, die mir mit Gottes Hilfe die rasche und vollkommene Wiederherstellung meiner Gesundheit wünschten. Die Familien schlossen die Fürbitte um meine Genesung in ihr Morgen- und Abendgebet ein, in den Kirchen Bordeauxs wurde für mich gebetet. Meine ruchbar gewordene Affaire mit einer »ehrbaren Tochter der Stadt« war ebenso vergessen wie Sacchis rufmörderische Pamphlete gegen mich; sie prallten wie stumpfe Geschosse am allgemeinen Mitgefühl mit dem »todkranken Meister« ab. Jetzt fehlte nur noch meine wunderbare *Regeneration und Wiedergeburt* – die Gelegenheit schlechthin für ein biblisch anmutendes »Erweckungserlebnis«, das meine göttliche Berufung als Prophet und Heilsbringer vor aller Augen und Ohren besiegeln würde.

Eines Abends, als Serafina, der Medicus und meine Maurerbrüder und -töchter in stiller Andacht um mein Krankenlager versammelt waren, überzog auf einmal wächserne Blässe mein Gesicht, meine Mundwinkel begannen unheilvoll zu zucken, von zagen Seufzern begleitet. Mein Atem ging nur noch stoßweise und wurde immer matter. In höchster Besorgnis schickte man nach dem Priester. Ich ließ einen letzten Seufzer hören – und schloss die Augen. Sofort griff der Medicus meine Hand und fühlte mir den Puls. Sodann verkündete er mit Trauermiene:

»Sein Puls schlägt nicht mehr!«

»Er ist tot«, schrie alles durcheinander, »unser geliebter Meister lässt uns allein!«

Serafina warf sich schluchzend über meinen gelbstichigen Leichnam, ergriff in jähem Schmerz meine Hand und drückte ihre Lippen auf meine eben verblichenen. Einen so heißen, inbrünstigen Kuss hatte ich schon lange nicht mehr von ihr bekommen. Muss man denn erst tot sein, damit man wahrhaft geliebt wird? Ihr Kuss schmeckte leicht nach Vanille, welches ihr Lieblingsparfüm war. Ich genoss ihn sehr, mehr noch ihre Tränen, mit denen sie nun mein Gesicht benetzte, ihren Schmerz und ihre vergebliche Reue ... Ja, du undankbares Weib, hättest du deinem legitimen Gatten nicht so lange das eheliche Beilager verweigert, wäre er nicht so schmählich dahingesiecht. Das hast du nun davon!

Alles ertrug ich, sogar das traurige Schauspiel meines eigenen Ablebens, nur nicht den Segen der Kirche! Als der Priester kam, um mir posthum die letzte Ölung zu verpassen und den Segen über mir zu sprechen, fing mein Puls pünktlich wieder zu schlagen an. Langsam bewegte ich die Lippen, hielt indes die Augen noch immer geschlossen und begann kaum hörbar zu lallen, als befände ich mich in einem tiefen Zustand des Schlafwachens:

»Geliebte Mau... Maurer... kinder!«

Alle hielten den Atem an, der heilige Schreck stand ihnen im Gesicht. Der Medicus wagte kaum, meine Hand zu ergreifen. Endlich besann er sich, fühlte mir den Puls und erklärte fassungslos:

»Sein Puls schlägt wieder ... Ein medizinisches Wunder!«

»Er lebt! Der Meister lebt!«, kam es wie ein Jubelschrei gleichzeitig aus allen Kehlen. »Ein Wunder ist geschehen!«

Ich schlug die Augen auf, sah mich benommen um, ließ meinen Blick, mit einem Ausdruck überirdischer Verklärung, über die Köpfe der Versammelten schweifen und sagte mit matter Stimme, die wie aus weiter Ferne zu kommen schien:

»Vernehmt die Kunde meiner prophetischen Erleuchtung im Todesschlaf!

Zwei Geister packten mich beim Halse und schleiften mich nach einer unterirdischen Höhle. Hier führten Sie mich durch eine offene Pforte an einen Lustort, der von tausend Kerzen erhellt war. Viele Geister in wallenden Gewändern feierten dort ein großes Fest, darunter waren nicht wenige von meinen bereits verstorbenen Maurerbrüdern … Ich war des festen Glaubens, dass meine mühselige Laufbahn in diesem Zährental nun endlich zurückgelegt sei. Befand ich mich denn nicht im Paradiese? Bekleidete man mich nicht mit einem weißen Gewande und drückte mir ein Schwert in die Hand, ähnlich dem, wie es auf Bildern der Würgeengel zu tragen pflegt? … ›Komm zu mir!‹, rief eine unirdische Stimme, und ich tat es, bis ich vor einem überirdischen Glanze stand. Geblendet sank ich auf die Knie. Dank! Dank, höchstes Wesen!, rief ich, dass du mich in die himmlische Glückseligkeit aufnahmst!

Die hallende Stimme jedoch gab mir zur Antwort: ›Dies ist das Geschenk, das du erhalten wirst, wenn du noch eine Zeitlang weiter wie bisher auf Erden Gutes getan haben wirst. Du warst schon tot. Lebe wieder! Lebe und handle, wie dein neuer, höherer Rang es von dir fordert.‹«

Alle sahen mich in stummer Ergriffenheit an; einige bekreuzigten sich, andere sanken vor meinem Lager auf die Knie und vergossen Tränen der Rührung und der Freude. Mit Ausnahme von Serafina, die mit argwöhnischer Miene und verbissenem Mund dastand. Mit unendlich müder Gebärde winkte ich meinen Besuchern zu, sich zurückzuziehen und mich den ersten scheuen Lebensregungen nach meiner Wiedergeburt zu überlassen. Kaum hatten sie auf Zehenspitzen das Zimmer verlassen, ging Serafina mit ihren kleinen Fäusten auf mich los.

»Das wirst du mir büßen!«, keifte sie und wollte mir schier das Gesicht zerkratzen. Ich wehrte mich, so gut ich es in meiner liegenden Haltung und bei meiner Ermattung vermochte. Erst als sie gewahr wurde, dass ihre Finger ganz gelb geworden und ein hässlicher gelber Fleck ihr schwarzes Samtkleid verunzierte, hielt sie inne, roch und leckte an ihren Fingern:

»Von wegen Gelbsucht! ... Safran ist das! Ganz gewöhnlicher Safran!«

Zwecks wirkungsvoller Vortäuschung einer Gelbsucht hatte ich mich eines alten Tricks bedient, den junge Männer aus meiner Heimatstadt Palermo anzuwenden pflegten, um sich dem Militärdienst zu entziehen. Gesicht, Hals und Brust hatte ich mir gehörig mit Safran eingerieben, sodass meine Haut schön gelbstichig wurde. Jeden Morgen vor der Krankenvisite nahm ich ein Präparat aus meiner eigenen Apotheke ein, welches kurzfristig das Fieber ansteigen ließ. Dazu kippte ich mehrere Gläschen eines hochprozentigen Alkohols hinunter, der mich ordentlich benebelte und mir den Schweiß aus allen Poren trieb. Damit im gegebenen Augenblick meines »Todes« auch mein Pulsschlag wirklich aussetzen würde, hatte ich mir einen Billardball unter die Achselhöhle geklemmt. Ich brauchte ihn nur gegen die große Arterie zu drücken – und augenblicklich wurde der Blutzufluss in meinen Arm unterbrochen, sodass mein Puls für einen Moment zu schlagen aufhörte. So täuschte ich selbst erfahrene Ärzte. Selbstredend hatte ich diese Prozedur und ihre verblüffende Wirkung zuvor an mir selbst genauestens erprobt.

»Was bist du nur für ein Heuchler und falscher Heiliger!«

Serafina musterte mich mit kalter Wut. »Der Allmächtige wird dich, wird uns noch einmal fürchterlich strafen!«

Wo war nur ihr Humor geblieben? Früher hatte sie über meine gewitzten Coups und Scharaden noch herzhaft gelacht. Jetzt dachte sie dabei nur noch an den Allmächtigen und an Strafe. Auch wenn wir beide seit über zehn Jahren nicht mehr zur Messe noch zur Beichte gegangen waren – der Katholizismus steckte ihr noch in den Eingeweiden. Musste ich jetzt vor meiner eigenen Frau auf der Hut sein?

Strafe? Von wegen! Eine solch rege Anteilnahme an meiner wundersamen Auferstehung von den Toten und meiner nunmehr öffentlich vollzogenen Selbstwerdung zum Großkophta, zum neuen Heiland, hatte ich selbst in meinen kühnsten Träumen nicht erwartet. Die Nachricht von meiner himmlischen Vision, die ich auf der Schwelle des Todes gehabt, und meiner spirituellen Rangerhöhung verbreitete sich, dank des Eifers meines Sekretärs, mit Blitzesschnelle. Von überall her, wo ich gewirkt, erreichten mich überschwängliche Glücks- und Segenswünsche getreuer Maurersöhne und -töchter. Aus Straßburg traf sogar eine Schatulle mit Edelsteinen nebst einem Huldigungsschreiben ein:

Nun haben Sie, teurer Meister!, das Wunder der Regeneration und Wiedergeburt an sich selbst vollbracht. Möge Ihnen dasselbe auch an Ihrem ergebensten Freund und Bewunderer gelingen! Gott, der Allmächtige ist mit Ihnen.

In tiefer Verehrung
Ihr Louis René Edouard

Geschenke folgten, und Geldspenden trafen in Menge ein. Einer suchte den anderen an Dankbarkeit zu übertreffen. Ein jeder wollte das Seinige zu dem großen Werk beitragen, das ich mehrfach öffentlich angekündigt und nunmehr ungesäumt in Angriff zu nehmen gedachte: die längst fällige Gründung einer Mutterloge nach dem ägyptischen Ritus, unter deren schützende Fittiche sich die bereits ausgekrochenen Küchlein flüchten und aus deren fruchtbarem Schoß ungezählte weitere hervorschlüpfen sollten.

Doch wo war die Stadt, würdig, um diesen stolzen Monumentalbau, diesen Tempel, mit dem verglichen das Cagliostranum bei Straßburg und der chinesische Pavillon bei Basel nur lumpige Kultstätten waren, in ihren Mauern zu bergen und meinem Namen Unsterblichkeit zu verleihen? Zuerst dachte ich an Paris, doch hier war die Konkurrenz einfach zu groß, es gab an die siebzig Freimaurer-Logen, die sich wechselseitig argwöhnisch beäugten, gegeneinander polemisierten und eifersüchtig darüber wachten, dass keine andere oder neue Loge ihnen die Klientel abzog. Mein Instinkt und meine Freunde rieten mir, den Neuen Tempel Salomonis in der zweiten Hauptstadt Frankreichs zu errichten.

So hielt ich denn mitsamt meinem Tross im Oktober 1784, unter dem Geläut aller Glocken, Einzug in Lyon.

Revierkampf der »Erleuchteten«

Nicht alle Beispiele der großen »Erleuchteten« und Religionsstifter erscheinen mir nachahmenswert. Wohl kann man von ihnen das ein oder andere lernen, indes muss man sich hüten, ihre Fehler zu machen. Buddha lebte in Armut und vollkommener Bedürfnislosigkeit, Laotse war ein armer Wanderprediger, Jesus lebte in Armut und wurde ans Kreuz geschlagen. Wenn man, wie der sanftmütige Nazarener, als neuer Messias auftritt, Wunder wirkt und ein neues Evangelium predigt, ohne schon über genügend Anhänger und entsprechende Protektion zu verfügen, geht es eben übel aus. Hätte Jesus damals über eine stabile Hausmacht unter den Pharisäern verfügt, den jüdischen Klerus mit seiner neuen

Lehre nicht dermaßen provoziert und nicht so leichtfertig gegen die Interessen der Händler und Wechsler verstoßen, die er mit der Peitsche aus dem Tempel trieb, wäre ihm wohl der Tod am Kreuze erspart geblieben. Ein hilfloser und ohnmächtiger Heiland, der sich freiwillig seinen Mördern ausliefert, von allen Gaffern, die seinen Weg nach Golgatha säumten, bespuckt und verhöhnt, ist ja nicht gerade ein erhebendes Beispiel. Dass der von seinen Jüngern und sogar von seinem himmlischen Vater verlassene Messias – »Eli!, Eli!, warum hast du mich verlassen?« – gleichwohl zum Erlöser und göttlichen Vorbild erhoben wurde, hat mich schon immer verwundert, ja, es beleidigte meinen Realitätssinn. Ist es denn so erstrebenswert, ein Schlachtopfer der Mächtigen zu werden und zu den Verlierern der Geschichte zu gehören?

Ungleich erfolgreicher als Jesus – »Mein Reich ist nicht von dieser Welt« – agierte der ehemalige Kaufmann und spätere Religionsstifter Mohammed. Vor seiner Erleuchtung ging er eine vorteilhafte Heirat mit einer reichen Witwe ein, denn es lässt sich besser erleuchtet sein und predigen mit gediegenen Sicherheiten und etwas Kapital im Rücken. Nach seiner Erleuchtung – er hatte ja, wie Jesus, unvernünftig lange in der Einsamkeit gelebt und nichts Rechtes gegessen – hätte man auch ihn beinahe umgebracht, nicht wegen seiner Lehre, sondern weil er den Geschäftsinteressen der Hoteliers und der Priesterschaft rund um den heiligen Stein, der Kaaba, in den Weg trat. Im Unterschied zu Jesus schloss er jedoch Kompromisse, indem er unter anderem den Kult des heiligen Steines in seine Religion mit einbaute. Ganz bewusst nahm er Glaubenselemente aus anderen Religionen, Riten und Kulten auf. So pries er Jesus als seinen Vorgänger, lieh sich bei ihm manche Ideen und Weisheiten aus und übernahm von den Juden die Beschneidung, das Fasten und das Verbot des Schweinefleischessens. Auf diese Weise verschaffte er sich eine internationale Kundschaft und blieb bis ans Ende seines Lebens nicht nur ein hochgeehrter und heiliger, sondern auch ein wohlhabender Mann. Sein Reich war eben mehr von dieser Welt.

Ebenso das meine, dessen spirituelles Zentrum nun in der Stadt an der Rhône entstehen sollte. Doch zuvor musste der Boden und die Flur bereinigt, das heißt: die Konkurrenz degradiert werden. Es gab hier nämlich ein Dutzend namhafter und höchst traditionsreicher Freimaurerlogen: unter anderem den von Pasqually begründeten Orden der *Chevaliers Élus Cohens* (Orden der auserwählten Priester-Ritter), aus dem auch Saint-Martin und die Martinisten-Logen hervorgegangen waren. Infolgedessen verfügte die Stadt bereits über etliche Apostel und sich »erleuchtet« dünkende Männer, die bei den hiesigen Brüdern in hohem Ansehen standen. Jede Loge pflegte ihr eigenes System und ihren eigenen Ritus, über deren Reinheit die Begründer eifersüchtig wachten, als hätten sie den einzig wahren Weg zur »Erleuchtung« gefunden.

Es schien mir nicht ratsam, mich mit diesen freimaurerischen Pharisäern und Hohepriestern auf einen offenen, geschweige denn öffentlichen Disput einzulassen, zumal sie spitzfindige Schriftgelehrte und Bibelexegeten waren und ihr jeweiliges System und ihren Ritus in zahlreichen Schriften ausgiebigst begründet und erläutert hatten. Ich war nun mal kein Stubenhocker, hatte auch keine gelehrten Abhandlungen vorzuweisen. Meine Lateinkenntnisse reichten gerade aus, um den medizinischen Laien zu beeindrucken oder einen hoffnungslosen Fall wieder loszuwerden.

Zwar traten bald einige Lyoner Brüder der ägyptischen Loge bei, indes sperrten sich die hiesigen Logenfürsten, im Verein mit den Stadtvätern, noch immer hartnäckig gegen mein Begehr, die Stadt an der Rhône mit dem Neuen Tempel Salomonis zu beglücken. Diesmal war es nicht die Ärzteschaft, auch nicht die Apotheker-Zunft, die mir die Knüppel zwischen die Beine warf, sondern die eigene »erleuchtete« Bruderschaft. Und just ihr spiritueller Kopf Jean Baptiste Willermoz, der bei den *Élus Cohens* das Sagen hatte, warf mir den Fehdehandschuh vor die Füße. Nachdem er mein System der ägyptischen Maurerei studiert, erklärte er mit unverschämter Effronterie:

»Cagliostro ist ein Freimaurer von der gefährlichsten Sorte, der, mit dem Namen Gottes im Munde, die Schwachen im Glauben fortreißt und dem Götzen Baal Altäre errichtet. Ein Initiierter, der die Göttlichkeit Christi leugnet, kann nichts anderes sein als eine Ausgeburt der Hölle.«

Es war nur zu deutlich: Die hiesigen Meister vom Stuhle wollten keinen Rivalen dulden, der ihnen das Revier streitig machte, erst recht keinen »Ausländer«.

Schon gedachte ich, dieser widerspenstigen Stadt den Rücken zu kehren, da kam mir mein bester Freund, der Zufall, wieder einmal zu Hilfe.

Tod, wo ist dein Stachel?

Eines Nachts im November – ich war eben eingeschlafen – pochte es laut an die Tür meines Hotelzimmers. Einer meiner ägyptischen Maurersöhne stand auf der Schwelle und bat mich dringend, ins Haus des Bruders Massud zu eilen, welcher im Sterben liege. Ich sei die letzte Hoffnung seiner Familie. Ich zog mich eilends an, nahm meinen Arztkoffer und bestieg die Kutsche. Es war eine regnerische und stürmische Gewitternacht. Immer wieder mussten wir anhalten, weil die Zugpferde vor den Blitzen und dem Donner scheuten. So brauchten wir mehr als eine Stunde, bis wir endlich, gegen zwei Uhr morgens, vor dem Haus des Bruders Massud ankamen, das in einem Vorort der Stadt jenseits der Rhône lag. Schon auf der Treppe hörten wir das Wehgeschrei und die

Klagen der Angehörigen. Im Vestibül kam mir mit Trauermiene der Medicus Dr. Renard entgegen. »Sie kommen leider zu spät, Herr Graf! Massud hat kurz vor Mitternacht sein Leben ausgehaucht.«

Ich betrat das Krankenzimmer, wo sich die trauernden Angehörigen um das Bett des Verschiedenen versammelt hatten. Über sein bleiches Gesicht und seine geschlossenen Lider huschte der rötliche Widerschein der Kerzen, die man zur Rechten und Linken seines Hauptes aufgestellt hatte. Ich sprach der schluchzenden Witwe mein Beileid aus, und dieses kam von Herzen, denn Bruder Massud war so jung gestorben, er zählte gerade achtundzwanzig Jahre. Und jetzt ließ er eine trostlose Witwe und drei kleine Kinder zurück.

Ich trat an die Bettstatt, um von ihm Abschied zu nehmen, und ergriff seine Hand, sie war nicht mehr warm und noch nicht kalt. Mehr einer ärztlichen Routine denn einer Hoffnung folgend, befühlte ich seinen Puls, doch da war kein Puls mehr. Ich legte meine Hand auf seine wächserne Stirn und seine Wange. Auch hier war noch ein wenig Wärme zu spüren, auch war das Fleisch der Wange noch ziemlich weich. Die Totenstarre hatte wohl noch nicht eingesetzt. Dafür zeichneten sich am Hals bereits die ersten Leichenflecken ab. Ich sprach ein leises Gebet für den Toten, dann zog ich mich still zurück.

Da die Rückfahrt in dieser stürmischen und gewittrigen Nacht nicht ungefährlich war, lud man mich ein, im Hause zu nächtigen – was ich dankend annahm. Am nächsten Morgen betrat ich noch einmal das Zimmer des Toten, um einen letzten Blick auf ihn zu werfen. Der Leichenbeschauer hatte gerade seine traurige Pflicht getan. Nachdem er mit mürrischer Miene den amtlichen Totenschein ausgefüllt, verließ er das Haus.

Noch einmal trat ich an die Bettstatt des so früh verstorbenen Bruders und nahm seine Hand in die meine. Sie fühlte sich – und dies verwunderte mich – noch immer ein wenig warm und noch immer nicht hart an, dabei hätte die Leichenstarre inzwischen weiter fortgeschritten sein müssen. Ich beugte mich über den Toten, beroch und beschnupperte sein Gesicht, seinen Hals, seine Schultern, seine Brust, doch ich hatte auch nicht den Hauch eines Verwesungsgeruchs in der Nase. – War der Tote etwa noch gar nicht tot? Auch wenn sein Puls nicht mehr ging und kein Herzton mehr zu vernehmen war, vielleicht war ja noch Leben in ihm, vielleicht befand er sich nur in einem Zustand tiefster Bewusstlosigkeit, in einer Art kataleptischer Starre. *Vita reducta* oder *Vita minima* nennen die Ärzte diesen minimalen Zustand des Lebens, der dem Tode zum Verwechseln ähnlich sieht. Solche Fälle waren gar nicht so selten. Immer mal wieder hörte man von scheinbar Toten, die nach Stunden, manchmal erst nach Tagen aus einem todesähnlichen Starrkrampf erwacht waren! Nicht ohne Grund hatten viele Menschen Angst, lebendig begraben zu werden, im Sarg aufzuwachen und einen qualvollen Erstickungstod zu sterben. Es gab Berichte über Leichen, die nach der Exhumierung in merkwürdigen Positionen lagen. Manchmal waren die Augen weit offen oder die Arme drückten gegen den Sarg. Manchmal fanden sich sogar Kratzer an der Innenseite des Sargdeckels ... Nicht auszudenken, wenn Bruder Massud jetzt womöglich lebendig begraben würde!

Ich riss mich vom Anblick des Toten los und stürzte aus dem Zimmer, aus dem Hause, vor dem meine Kutsche wartete. Es goss noch immer in Strömen. Ich wollte dem Kutscher gerade befehlen, dem Leichenbeschauer, der eben das Haus verlassen, nachzufahren, damit er sich den Toten noch einmal genauer besehe – da blitzte ein Gedanke, eine Idee in mir auf, so hell, kühn und ungeheuerlich, dass mich ein Schwindel erfasste und sich für Sekunden alles um mich herum drehte.

Ich befahl dem Kutscher, zur nächsten Apotheke zu fahren. Hier bekam ich alles, was ich brauchte: ein Fläschchen Kampfergeist und Ammoniakgeist, Senfplaster und eine weiche Bürste. Sodann besorgte ich mir bei einem Hutmacher eine Vogelfeder. Mit diesen Utensilien bewehrt, ließ ich mich ins Haus des Bruders Massud zurückkutschieren.

Als ich das Totenzimmer betrat, waren die Witwe und ihre Schwester gerade dabei, dem Verblichenen das Totenhemd anzuziehen. Zuvor hatten sie ihm den letzten Liebesdienst erwiesen, ihn gewaschen und seinen Körper mit einem wohlriechendem balsamischen Öl eingerieben. Als Frau Massud mich hereinkommen sah, unterbrach sie für einen Moment ihre Tätigkeit und sah mit Tränen in den Augen zu mir auf.

»Sie haben meinen Mann sehr lieb gehabt, nicht wahr?«

Ich nickte.

Kaum hatten die Frauen ihr trauriges Werk vollendet, kam schon die Leichenschmückerin mit ihrem Kasten herein und packte ihre Utensilien, Puder, Pinsel, Lippenstifte und Crèmes aus, um das letzte Gesicht des Toten für die Aufbahrung zu verschönern, wie es der Brauch war.

Dieses gewärtigend, brach Frau Massud in einen Weinkrampf aus. Ich trat zu ihr und barg ihren Kopf an meiner Brust.

»Ach, Meister!«, rief sie schluchzend aus. »Könnte Gott doch an meinem Mann dasselbe Wunder tun, das ER an Ihnen tat, als Sie in Bordeaux auf den Tod darniederlagen!«

»Vielleicht«, sagte ich ahnungsvoll, »schläft Ihr Mann ja nur. Mir scheint, seine Seele hat sich noch nicht von seinem Körper getrennt. Ich werde den Allmächtigen um seinen Beistand bitten … Lassen Sie mich jetzt mit dem Toten allein!«

Sie sah mich erschrocken an.

»Man darf Gott nicht versuchen, Meister!«, sagte sie mit einem Ausdruck kaum verhohlener Missbilligung. Und doch blitzte in ihren Augen eine irre Hoffnung.

Ich befahl der Leichenschmückerin, mit ihrem Werk noch

zu warten. Nachdem sie sich vor dem Toten bekreuzigt, verließ sie, von Frau Massud und ihrer Schwester gefolgt, das Zimmer. Ich drehte den Schlüssel im Schloss herum, denn bei dem, was ich jetzt vorhatte, wollte ich keine Zeugen haben.

Als Erstes öffnete ich die beiden Fenster, damit frische Luft hereinziehe. Ich beugte mich über den Toten, drückte seine Kinnlade nach unten, sodass sein Mund sich öffnete, was mir ohne viel Kraftaufwand gelang. Dabei hätte die Totenstarre dies eigentlich verhindern müssen. Dann presste ich meinen Mund auf den seinen und beatmete ihn, so viel meine Lungen nur hergaben. Als Nächstes rieb ich seine Arme und Beine, seinen Bauch und seine Brust mit einem Wolllappen ein, den ich über dem Kaminfeuer gewärmt und mit Kampfergeist durchtränkt hatte. Dann bearbeitete ich seinen Corpus mit der warmen Bürste und schrubbte ihn gehörig von oben bis unten. Zwischendurch legte ich mein Ohr an sein Herz. Aber noch immer kein Herzton, kein Anflug von Atem, kein Lebenszeichen! Ich legte ihm warme Kataplasmen von Senf auf die Brust und die Extremitäten und hielt ihm das offene Fläschchen mit Ammoniakgeist unter die Nase. Nichts regte sich. Ich nahm die Vogelfeder und kitzelte ihm die Fußsohlen, die ja besonders empfindlich sind, da hier viele Nervenbahnen endigen. Keine Reaktion, auch nicht das leiseste Zucken. Nun tat ich es den alten Römern gleich, die sich während ihrer Gelage mit einer Feder die Kehle kitzelten, um das eben Gegessene wieder zu erbrechen. Keine Reaktion, kein Brechreiz, nichts! Schließlich fasste ich die trockene Zunge des Toten – und zog und zog an ihr, dass Gott erbarm! Was ich auch anstellte und versuchte – kein Zucken, kein Hauch von Atem, kein Pulsschlag, kein Herzton! Es war, als ob der störrische Leichnam mir bloß die Zunge zeige, um mich und all mein Bemühen zu verhöhnen.

Noch mehrere Male wiederholte ich dieselben Prozeduren,

beatmete ihn, kitzelte ihn, striegelte und bürstete ihn wie einen lahmen Gaul – bis zur Erschöpfung, dann verließ mich die Hoffnung. Auch wenn die Leichenstarre noch längst nicht so weit fortgeschritten war, wie es nach zwölf Stunden üblicherweise der Fall ist – Bruder Massud war aus dem Reich der Schatten nicht mehr zurückzuholen. Dabei hatte ich doch gehofft, an ihm das vollbringen zu können, was Jesus an Lazarus vollbracht. Schon immer hatte ich ja vermutet, dass Jesus das Wunder seiner Wiedererweckung nur deshalb hatte vollbringen können, weil er als erfahrener Heiler wusste, wie man einen Scheintoten reanimiert.

Enttäuscht und nicht ohne Groll gegen den widerspenstigen Toten packte ich meine Utensilien ein, bedeckte ihn wieder mit dem Leichentuch und verließ das Zimmer. Die drei Frauen warteten in der Küche.

»Ich habe mein Möglichstes getan!«, erklärte ich unwirsch. »Und bin sehr erschöpft. Alles Weitere liegt in Gottes Hand ... Und jetzt möchte ich eine Tasse Schokolade!«

Frau Massud wollte eben einen Topf mit Milch auf den Ofen setzen, da hörte ich plötzlich von nebenan – die Tür zum Zimmer des Toten hatte ich vor Ärger offen gelassen – ein vernehmliches Räuspern. Und dann eine deutliche menschliche Stimme:

»Ich will auch eine Tasse Schokolade!«, sagte die Stimme in einem nörgelnden Ton. Es war unverkennbar – die Stimme Massuds.

Wie angewurzelt saß ich auf meinem Schemel, mir war, als sei ich verrückt geworden und höre im Geiste schon Stimmen. Dann riss ich mich hoch und stürzte in das Zimmer, Frau Massud mir nach – und da lag der eben noch Tote mit offenen Augen, reckte und streckte die Arme über dem Kopf und gähnte so laut, so rechtschaffen animalisch, als sei er eben aus einem langen und tiefen Schlafe erwacht.

»Ich bin die Auferstehung und das Leben!«, kam es mir unwillkürlich über die Lippen. »Tod, wo ist dein Stachel? Hölle, wo ist dein Sieg?« – Die Zitate aus den Evangelien, die mir seinerzeit im Seminarium San Rocho mit dem Stock eingebläut worden, hat man eben im Blut.

Es ist mir unmöglich, den Taumel der Freude, der Rührung und der Dankbarkeit zu beschreiben, in den nun die ganze, im Nu verständigte und herbeigeeilte Familie verfiel. Eine wahre Sturzflut der Tränen ergoss sich über den wiedererweckten Toten, der diese Aufwallung der Gefühle um seine Person gar nicht begriff, war er doch nach seinem Empfinden nur aus einem tiefen Schlafe erwacht. Erst als er bemerkte, dass er nicht sein gewohntes Nachtgewand, sondern sein Totenhemd trug, holte ihn nachträglich der Schrecken ein.

Die Nachricht von seiner Wiederweckung verbreitete sich blitzschnell durch die Stadt. »Bruder Massud ist von den Toten auferstanden. Cagliostro hat das Wunder vollbracht!« So ging es von Mund zu Mund, von Haus zu Haus, von Gasse zu Gasse. Da meine praktischen und höchst profanen Wiederbelebungsversuche ohne Zeugen vonstatten gegangen, war sofort die Legende geboren, Cagliostro habe allein kraft seiner geheimen ägyptischen Wissenschaft und kraft der Macht, welche der *Großkophta* ihm verliehen, das biblische Wunder vollbracht und dem grimmigen Tod seine Beute entrissen. Nun, Legenden soll man nie widersprechen, denn sie sind immer stärker als die Wirklichkeit.

Zwar wurden seitens der Lyoner Ärzteschaft sofort argwöhnische und skeptische Stimmen laut, Cagliostro habe allem Anschein nach einen Scheintoten zum Leben erweckt; und man müsse sich wohl fragen, ob Doktor Renard, der den Tod Massuds voreilig festgestellt, als auch der städtische Leichenbeschauer, der ihn tags drauf noch einmal begutachtet hatte, nicht ihren Beruf verfehlt hätten. Natürlich wiesen die beiden Angegriffenen diese Anschuldigungen auf das heftigste zurück, indem sie sogleich ein Mémoire des Inhalts verbreiten ließen: Seit mehr als zehn Jahren seien sie jetzt im Dienste und hätten in dieser Zeit viele hundert Leichen begutachtet. Noch nie aber sei ein Scheintoter darunter gewesen, den sie nicht auch als solchen erkannt hätten. Im Falle Massuds seien die sicheren Todeszeichen – kein Puls, kein Atem, keine Herztöne mehr, Leichenflecken und beginnende Totenstarre – allesamt vorhanden gewesen. Er sei wirklich tot gewesen, und wenn Cagliostro ihn jetzt mit Hilfe Gottes ins Leben zurückgerufen, dann sei dies ein echtes und vollkommenes Wunder, wie man es nur aus den Evangelien kenne.

Es amüsierte mich, mit welchem Furor der Arzt wie der Leichenbeschauer ihre angegriffene Berufsehre verteidigten und dass sie, um nicht als Pfuscher dazustehen, nunmehr ein Wunder bezeugen mussten, dem gerade sie von Berufs wegen am meisten hätten misstrauen müssen. Indes hatten ihre Stimmen ein solches Gewicht, und der Enthusiasmus für mich war so allgemein, dass die Stimmen der Skeptiker und Zweifler bald verstummten.

Triumphierende Weisheit

Nun liefen die Brüder der zwölf Lyoner Logen scharenweise zu mir über. Da am Anfang bekanntlich das Wort war, hatten sie mich mit DER GROSSE ANFANG anzureden. Natürlich sahen sie es als ihre »heilige Verpflichtung« an, zu Ehren des Großen Gottes einen prachtvollen Tempel zu bauen, der eines solchen Apostels, eines solchen Heilands würdig wäre. Auch die Lyoner Ratsherren waren auf einmal Feuer und Flamme, hofierten mich auf alle erdenkliche Weise und sagten mir jedwede Unterstützung zu. Welch hohe Ehre für die Stadt!, gaben sie überall kund, dass hier das spirituelle Zentrum des neuen Apostels entstehen solle. Natürlich ging es ihnen dabei vor allem um das Geschäftliche. Von dem

Tempelbau versprachen sich Stadt und Zünfte nicht nur eine Belebung des Gewerbes, neue Aufträge für Baumeister, Steinmetze, Zimmerleute, Bildhauer, Kupfer-, Silber- und Goldschmiede etc., sondern auch einen gewaltigen Zustrom von Besuchern und Wallfahrern, wovon das Hotel- und Gaststättengewerbe ebenso wie der Stadtsäckel profitieren würden. Schließlich war Cagliostro eine wandelnde Freimaurer-Legende, ein Magnet, der Kundschaft aus ganz Europa anziehen würde.

Rasch war an der Allée des Brotteaux ein geeignetes Grundstück gefunden und gekauft. Auf der Subskriptionsliste für den Bau des Tempels, der den Namen »Triumphierende Weisheit« erhalten sollte, fehlte der Name keines Lyoner Bank- und Handelshauses, keiner Zunft, keiner Tuch- und Seidenmanufaktur, keines Hoteliers und keiner Posthalterei der Region. Die Subskription brachte binnen kurzem so viel Geld ein, dass alsbald mit der Grundlegung begonnen werden konnte.

Triumphieren kann die Weisheit eben nur, wenn sie sich mit dem Geschäft vermählt. Hätte Jesus diesen Grundsatz beachtet, wäre er nicht am Kreuze gestorben, und seine neue Lehre hätte wohl schon zu seinen Lebzeiten triumphiert.

Nur Serafina wollte meine Freude nicht teilen, stattdessen mäkelte sie nur an mir herum: »Warum treiben wir solch protzigen und überflüssigen Aufwand? Ist es so weit mit dir gekommen, dass du, statt Krankenhäuser für das Volk zu bauen, jetzt Tempel zu deinem eigenen Ruhme errichtest?«

»Bist und bleibst eben eine dumme römische Gans!«, schalt ich sie. »Schaust über den eigenen Teich nicht hinaus. Drum misch dich gefälligst nicht in Dinge, die über deinen Horizont gehen!«

Von nun an jagte eine Besprechung die andere: mit Baumeistern, Steinmetzen, Zimmerleuten, Bildhauern, Kupfer-, Silber- und Goldschmieden. Bezüglich der Architektur,

Gliederung und Inneneinrichtung des Tempels hatte ich ziemlich genaue Vorstellungen: Schon in der Vorhalle sollte meine Büste aus carrarischem Marmor mit rosa Sockel in Überlebensgröße die Besucher von der Unsterblichkeit seines Stifters und Gründervaters überzeugen. Im Erdgeschoss würden sich die Kammern und Ateliers befinden, die der Lehrlinge zur Linken, die der Gesellen zur Rechten und die der Meister in der Mitte. Der Logensaal sollte das ganze erste Stockwerk umfassen. Eine Treppe aus Porphyr führte dann ins Allerheiligste, in den runden, fensterlosen Wiedergeburtsraum mit dreizehn Betten im zweiten Stock und dem achtzehn Quadratschuh großen Raum mit ovalen Fenstern im dritten. Der Neue Tempel Salomonis sollte ja vor allem der *moralischen und physischen Regeneration* der Adepten dienen.

Was wäre der Stifter eines neuen Kults ohne Gesetzbuch? Moses schrieb, vom Heiligen Geist inspiriert, der aus dem brennenden Dornbusch zu ihm sprach, seine Gesetzestafeln auf dem heiligen Berg Choreb. Wohl gab es im Rhône-Tal nahe Lyon viele Berghänge und schroffe Felsen mit Kruzifixen und Wallfahrtskapellen, aber keinen expressis verbis heiligen Berg. Außerdem blies einem auf diesen zugigen Höhen der Wind so scharf ins Gesicht, dass an eine ruhige Niederschrift gar nicht zu denken war. Ich zog es daher vor, mein Gesetzbuch, auf dessen erster und letzter Seite das Emblem meines Ordens, die vom Pfeil durchbohrte Schlange der Erkenntnis und Versuchung, prangte, und die Gründungsakte der Mutterloge in meinem gut beheizten Hotelzimmer abzufassen, zumal eine gute Bouteille Weingeist den Heiligen Geist durchaus ersetzen kann. Der Pluralis Majestatis und der bombastische Stil der Gründungsakte samt den dazugehörigen Siegeln entsprachen durchaus den Erwartungen und der Geisteshaltung meiner Adepten.

EHRE DER WEISHEIT
EINIGKEIT
WOHLTÄTIGKEIT UND WOHLERGEHEN

WIR, Großkofto, in allen morgen- und abendländischen Theilen der Erde, Stifter und Großmeister der erhabenen Mäurerey, thuen hiermit allen, die Gegenwärtiges zu Gesicht bekommen, kund und zu wissen, dass UNS, während UNSERES Aufenthaltes zu Lyon, mehrere Glieder der Loge vom Orient und gewöhnlichen Ritus ihre heißen Wünsche geoffenbaret haben, sich unter UNSERE Herrschaft zu begeben, und von UNS zur Kenntniß und Fortpflanzung der Mäurerey in ihrer wahren Gestalt und primitiver Reinigkeit die nöthige Beleuchtung und Gewalt zu bekommen. WIR haben UNS ihre Wünsche gefallen lassen, in der Überzeugung, dass WIR durch diesen Beweis UNSERES Wohlwollens und Zutrauens den doppelten Trost genießen werden, zur Ehre des großen Gottes und zum Beßten der Menschheit gearbeitet zu haben.
Nachdem WIR nun in Gegenwart des Venerablen und mehrerer Glieder dieser Loge die Macht und Gewalt, die WIR zur Vollziehung einer solchen Handlung besitzen, hinlänglich festgesetzt und erprobet haben, so errichteten und erschufen WIR aus besagten Gründen und unter dem Beystande jener Brüder für IMMERWÄHRENDE ZEITEN im Orient zu Lyon gegenwärtige ÄGYPTISCHE LOGE, erhuben sie für ALLE MORGEN- UND ABENDLÄNDER zur MUTTERLOGE, ertheilten ihr von diesem Augenblicke an den auszeichnenden Titel

TRIUMPHIERENDE
WEISHEIT

Zur urkundlichen Bekräftigung des Gegenwärtigen haben WIR dasselbe eigenhändig unterzeichnet, und das große Siegel, welches WIR in dieser Mutterloge zu führen erlaubten, sowie auch UNSER eigenes Maurer- und Profansiegel beygedruckt.

Gegeben im Orient zu Lyon

Unter den angesehensten und zahlungskräftigsten Hohlköpfen Lyons suchte ich mir zwölf Meister aus, die ich vorsorglich schon jetzt in ihr späteres Amt einführte.

Bei der Inauguration (die in der Loge »Zur Weisheit« stattfand, da der neue Tempel sich ja erst im Bau befand) enthüllte ich ihnen mit der gebotenen Salbung das Geheimnis des Osiris: dass aus dem Kreise der zwölf unsterblichen Magier und Eingeweihten, welche den Erdball regieren, einer von ihnen alle hundert Jahre wiedergeboren werde, um die Menschheit zu erleuchten, und dass ich, *GROSSKOFTO,* in allen morgen- und abendländischen Theilen der Erde vom Allerhöchsten gesandt sei, um den Menschen das Licht zu bringen, sie zu höherer Vollkommenheit zu führen und hienieden das *Neue Jerusalem* zu errichten. Sodann erklärte ich den vor Ergriffenheit sprachlosen Meistern, dass jeder von ihnen nunmehr ein Apostel Gottes auf Erden sei, um Gutes zu künden als auch zu tun und vom Bösen abzuraten, und dass sie, wie die biblischen Apostel, mir zu unbedingtem Gehorsam verpflichtet seien. Die Eidesformel sprach ich ihnen vor.

Wie aber begannen die Augen der Meister zu leuchten, als ich einen jeden mit dem Namen eines Propheten des Alten Testaments beehrte, den er fortan als Ordensnamen tragen durfte! Wie fühlten sie sich da gebauchpinselt und gleichzeitig im heilig-mystischen Geiste erhoben! Mr. Saint Costar, der reichste und skrupelloseste Bankier Lyons, den ich zum Venerablen und zu meinem Stellvertreter ernannte, hatte Tränen in den Augen, als er, nunmehr als »Bruder Ezechiel« angesprochen, aus meiner Hand das Meisterpatent empfing. Ich hatte es höchstpersönlich entworfen, dieses fein in Kupfer gestochene Patent, das die Sinnbilder der Maurerei wie

Kompass, Winkelmaß, Totenkopf, Würfel und Senkelwaage zeigte, umrahmt von Girlanden erhabener Sinnsprüche wie *Geben ist seliger als Nehmen! Wohltätigkeit oder Tod! Erkenne dich selbst! Ego sum homo!* Wie sie sich freuten, mit diesen dekorativen Abzeichen ihrer neuen Weisheit und Berufung das Vestibül ihres Hauses, ihren Salon oder den Hausaltar schmücken zu dürfen!

»Wenn Ihr nicht werdet wie die Kinder, werdet Ihr nicht ins Himmelreich kommen!«, hat Jesus gesagt. Unter meinen segenspendenden Händen wurden diese honorigen Amts- und Würdenträger, diese christlichen Geschäftemacher und biederen Familienväter wieder zu Kindern – und die Loge ihr Garten, in dem sie nach Herzenslust »Apostel« spielen durften.

Einen bitteren Wermutstropfen musste ich freilich in die allgemeine Freude gießen, das war ich meinem biblischen Vorgänger und seiner Passion schuldig.

»Aber«, heulte ich mit klagender Gebärde, »genauso, wie sich unter den zwölfen der Verräter Jesu Christi befand, ist einer unter euch, der mich verraten wird.«

Erschrocken sahen sie einander an und widersprachen mir heftig.

»Einer von euch wird mich verraten!«, wiederholte ich mit leidender Miene. »Einer wird an mir zum Judas. Wehe über ihn! Wehe! Die Hand des Höchsten sucht ihn dafür fürchterlich heim!«

Ein paar Tage darauf erklärte einer der neu ernannten Meister, ein betuchter Grundstücks- und Häusermakler, seinen Austritt. Wenige Wochen später verlor er, infolge einer Fehlspekulation, sein gesamtes Vermögen. Teufel, was für ein glücklicher Zufall! Wer wollte da noch an meiner prophetischen Gabe zweifeln? Nicht einmal ich konnte mir das mehr erlauben.

Das neue Jahr hatte glanzvoll begonnen. Kaum ein Tag verging, da nicht ein neuer Einladungsbrief namhafter Freimaurer und hochgestellter Persönlichkeiten aus Paris bei mir eintraf – mit der dringlichen Bitte, ich möge endlich auch die französische Hauptstadt mit den Weisheiten der ägyptischen Loge beglücken. Ich brauchte Paris nicht mehr zu erobern, Paris erwartete mich bereits.

Dies umso mehr, als der Stern meines größten Rivalen inzwischen rapide gesunken war. Messmers Ruf hatte schweren Schaden genommen, nachdem eine Kommission der Königlichen Akademie der Medizinischen Wissenschaften seinen »animalischen Magnetismus« und seine kosmische Theorie von den »magnetischen Fluida«, die angeblich den Äther und jeden Körper durchdringen, als »wissenschaftlichen Humbug« abgetan hatte. – Wie gut, dass ich zeitlebens frei von wissenschaftlichem Ehrgeiz war! Auch nie das Bedürfnis verspürte, meine erfolgreichen Heilmethoden, die mehr auf Intuition und Erfahrungswissen denn auf medizinischen Lehrsätzen beruhten, »wissenschaftlich« zu begründen, sie gar in ein theoretisches System zu zwängen! Die Herren Akademiker und Medici hätten mich ebenso grausam zerpflückt, wie sie es mit ihrem erfolgreichen Rivalen Franz Anton Messmer getan.

Nicht nur Messmers magnetische Kuren und Magnetzuber, auch die spektakulären Ballonfahrten der Gebrüder Mongolfieri hatten für die Franzosen inzwischen den Reiz des Neuen verloren. Ebenso Beaumarchais' »Figaro«, der eine Zeitlang *die* Pariser Theater-Sensation gewesen und alle Gemüter erhitzt hatte. Jetzt wartete, ja, gierte das Pariser Publikum förmlich nach einer neuen Sensation, nach einem neuen Heilsbringer, der wieder Schwung in das erschlaffte geistige Leben der Adelshäuser brachte und für neuen Gesprächsstoff in den Salons, Logen und Kaffeehäusern sorgte. Mit einem Wort: Paris war bereit für Cagliostro!

Allerdings ahnte es nicht, was Cagliostro – außer den Weisheiten des Orients und der ägyptischen Loge – noch im Gepäck hatte: nämlich einen verborgenen, im wahrsten Sinne des Wortes *okkulten* Sprengsatz, der unter dem Titel »Die Halsband-Affaire« in die Weltgeschichte eingehen sollte.

Darum hatte ich es mit der Abreise auch nicht eilig. Mit Bedacht wartete ich bis zum Stichtag: dem 30. Januar 1785. Sollte doch dieses Datum beim späteren »Halsband-Prozess« für mich von schicksalhafter Bedeutung werden.

XVI. Verlorene Seele

Es war ein kalter Dezembertag des Jahres 1790. In dem dunklen und langen Schacht war die Luft so stickig, dass Zelada das Atmen schwer wurde. Die Pechfackel des vor ihm gehenden Kerkermeisters warf gespenstische Schatten gegen die Wände aus nacktem Felsgestein. Immer wieder mussten sie anhalten, wenn sie vor einer der schweren Bleitüren standen, die ihnen den Durchgang verwehrten. Jede der sieben Türen wurde mit einem anderen Schlüssel auf- und hinter ihnen wieder zugeschlossen. Der Zugang zu diesem innersten Verlies der Engelsburg, in dem schon Giordano Bruno gesessen, war so gesichert, dass kein Schwarzmagier der Welt, auch wenn er alle Geister der Hölle zu Hilfe rief, aus ihm entkommen konnte.

Als der Kerkermeister den Riegel der letzten Bleitüre öffnete, hielt der Kardinal unwillkürlich die Hand vor den Mund: Ein pestilenzialischer Gestank von Urin, Moder und abgestandenem Schweiß schlug ihm entgegen. Das Verlies maß etwa zwanzig Zoll im Quadrat und war ziemlich hoch. Aus der Luke an der Decke fiel ein schwacher Lichtstrahl auf die Holzpritsche, auf der Balsamo, die Knie an den Bauch gezogen, unter einer Wolldecke kauerte. Ein leerer Blechnapf, ein Becher, eine halbgefüllte Karaffe Wein und ein Eimer für seine Notdurft – dies war die ganze Ausstattung. Am Fußende der Pritsche lag ein Buch, in schwarzem Leinen gebunden: die *Verteidigung des römischen Pontifikats und der Katholischen Kirche* des Paters Niccola Pallavicini. Der Kerkermeister setzte die Fackel in eine eiserne, in die Wand gemauerte Halterung.

Als der Inquisite den unerwarteten Besucher erblickte, richtete er sich langsam auf und setzte die Beine auf den nackten Steinboden. Seine strähnig-verfilzten und eisgrau gewordenen Haare, die Krähenfüße und Tränensäcke unter seinen müde blickenden Augen, seine eingefallenen Wangen, die tiefen Falten um seine Mundwinkel, die schwärzlich verfärbten Vorderzähne, nicht zuletzt die gebeugte Haltung, in der er auf der Pritsche hockte – dieses trostlose Bild eines Mannes, der einmal das Idol seines Zeitalters gewesen, ließ selbst Zelada nicht unberührt. Er schlug den Kragen seines Mantels um den Hals, denn es war lausig kalt in diesem Kerker. Nachdem er auf einem Schemel Platz genommen, den ihm der Kerkermeister durch die Tür gereicht, begann er in einem ungewöhnlich sanften, beinahe gütigen Ton:

»Ich bin nicht gekommen, Ihn wieder zu verhören, vielmehr in dem aufrichtigen Bemühen, Ihm zu helfen. Das hl. Offizium sieht es als seine heilige Pflicht an, die verirrte Seele wieder auf den Weg des Heils zurückzuführen, nicht darin, sie zu richten und zu strafen ... Hat Ihm die Abhandlung des Pater Niccola Pallavicini betreffs Seiner eigenen Irrtümer und Häresien endlich die Augen geöffnet?«

»Ich sehe wohl ein«, sagte Balsamo in überraschend bußfertigem Tone, »dass ich mich hinsichtlich der Religion in hundert Irrtümern befand.«

Zelada horchte auf. Entsprang dieses Geständnis echter Reue und Einsicht, oder war es nur geheuchelt?

»Wenn Er bereit ist, seine ketzerischen Irrlehren zu widerrufen und ihnen öffentlich abzuschwören, werden Ihm die Exkommunicatio und die ewige Verdammnis erspart bleiben. Zwar werden Ihm schwere Bußen auferlegt werden, doch würde sich das hl. Offizium nicht mehr genötigt sehen, Ihn dem weltlichen Arme zu überliefern ... Nun, wie denkt Er darüber?«

Für einen Moment erhellte sich der düster-schwermütige

Blick des Inquisiten. Doch dann kniff er die Brauen zusammen, ein misstrauischer Blick traf den Inquisitor:

»Wer bürgt mir dafür, dass man auch hält, was man mir verspricht, im Falle, dass ich widerriefe?«

»Einem Ketzer, der aufrichtig bereut, hat die hl. Kirche ihren Beistand noch niemals versagt.«

Eine Weile saßen sie sich schweigend gegenüber. Dann sprach Zelada in wohlwollend-väterlichem Tone:

»Lassen wir einmal die Theologie beiseite und betrachten die Dinge aus dem Blickwinkel der reinen Vernunft und der Staatsklugheit! ... Hat Er jemals im Ernst darüber nachgedacht, wohin das grassierende Freimaurerwesen, das Tohuwabohu der zahllosen neuen Sekten und Heilslehren führt? Siebenhundert Logen in Frankreich, dreiundsiebzig allein in Paris, Tausende in ganz Europa! Und jede zweite Loge zelebriert ihren eigenen Kultus, hat ihren eigenen Apostel, verkündet ihre eigene Heilslehre. Diese sind Jansenisten, jene Martinisten, diese Swedenborgianer, jene Deisten, Materialisten und Atheisten, diese heidnische Gnostiker und Theosophen, jene Schottische Ritter und verkappte Templer. Die einen leugnen die Unfehlbarkeit des Papstes, die anderen die Hl. Trinität, diese die Gottessohnschaft Christi, jene die unbefleckte Empfängnis, diese die Eucharistie, jene das Fegefeuer, das Jüngste Gericht und die Auferstehung von den Toten. Die einen negieren die Existenz des Teufels, die anderen beten ihn förmlich an und zelebrieren schwarze Messen. Die Illuminaten gar, die mit Erfolg ihre Netze über die Höfe und Staatsverwaltungen gespannt, schmieden geheime Komplotte und wollen alles Bestehende umstürzen. Am tollsten treiben es die Franzosen: Erst huldigen sie Voltaire und den Enzyklopädisten, dann Messmer und seinem ›animalischen Magnetismus‹, schließlich dem ›Großkophta‹ und seinem ägyptischen Ritus. Mit einem Wort: Jeder glaubt, was ihm beliebt und was grade ›en mode‹ ist: heute dies, morgen das und übermorgen jenes. – Nun frage ich Ihn: Was würde wohl aus dem christlichen Abendland werden, wenn jeder dieser selbst ernannten Propheten ungestraft sein eigenes System propagieren darf? Wenn jeder, der sich für ›erleuchtet‹ hält, seine Fackel schwingt und seinem Götzen einen eigenen Altar errichtet? Wenn gar die heidnische Vielgötterei wieder Einzug hält – wie bei den ›asiatischen Brüdern‹, die sogar Nicht-Christen, Juden, Mohammedaner, Parsen und Buddhisten in ihre Logen aufnehmen?«

Der Kardinal hielt seinen Blick prüfend auf den Inquisiten gerichtet. Dieser strich sich bedächtig über Mund und Backenbart. Dann gab er zur Antwort:

»Eine babylonische Sprach- und Geistesverwirrung wäre die Folge. Die Welt würde sich in einen reißerischen Jahrmarkt von Sektierern verwandeln. Sie würde im moralischen Chaos und geistiger Umnachtung versinken.«

Zelada war verblüfft über diese messerscharfe Conclusio, die ihm der Inquisite gleichsam aus dem Munde genommen. Er selbst hätte sie nicht besser auf den Punkt bringen können. War dieser wirklich zur inneren Einkehr gelangt, oder tat er nur so, um den Inquisitor zu täuschen?

»Andererseits«, fuhr Balsamo im Tone kühlen Räsonnements fort, »hat der Schöpfer den Menschen mit einem freien Willen begabt. Und die Freiheit des Geistes, welche die Freiheit des Denkens und Forschens ebenso einschließt wie die freie Religionsausübung, lässt sich auf Dauer nicht unterdrücken. Man kann dem Bürger heute nicht mehr ex cathedra vorschreiben, was er glauben soll. Dieser neuen Herausforderung muss sich auch die Kirche stellen.«

Der Kardinal runzelte die Stirn. Dass die hl. Kirche, angesichts der zersetzenden Ideen der Aufklärung und der Französischen Revolution, vor einer Herausforderung nie gekannten Ausmaßes stand, war ihm wohl bewusst. Mit Nachdruck erklärte er:

»Wohl hat uns Gott mit einem freien Willen begabt; nur leider wissen die meisten Menschen von der Freiheit keinen rechten Gebrauch zu machen. Die Erfahrung lehrt: Wenn der Mensch – der Mensch in der Masse wohlgemerkt! – die Freiheit erst einmal hat, missbraucht er sie nur und gleitet in die Anarchie ab – wie eben jetzt die mörderischen Ausschreitungen der Französischen Revolution zeigen. Darum bedarf die Masse der strengen Führung und Autorität durch die hl. Kirche. Sie nimmt ihm zwar viele Entscheidungen ab, dafür aber garantiert sie ihm zwei unschätzbare Dinge: Brot und die moralische Sicherheit im Glauben. Und dafür ist die Herde ihrem Hirten stets dankbar gewesen. Für dieses doppelte Gut, Brot und religiöse Geborgenheit, ist das gemeine Volk seit jeher bereit gewesen, auf seine Freiheit zu verzichten. Dieses System hat über anderthalb Jahrtausende bestens funktioniert. Es zu ändern und umstürzen würde katastrophale Folgen für die Menschheit haben: Chaos, Anarchie, Vielgötterei, schrankenloser Egoismus, Lasterhaftigkeit und Verbrechen aller Art wären die Folgen. Wenn es keinen einheitlichen christlichen Wertekanon mehr gibt, wenn jeder nur noch glaubt, was ihm beliebt, wird es kein Halten im Ausleben der niederen Instinkte und egoistischen Triebe mehr geben. Das Ergebnis wäre ein neues Sodom und Gomorra!«

»Eben darum«, bekräftigte Balsamo, »um dem grassierenden Egoismus und der Zügellosigkeit zu wehren, stehen die Achtung vor der Religion, Wohltätigkeit und Nächstenliebe in meinem Ritus ganz oben an. Grundlage meiner Logen ist die Gleichheit und die Brüderlichkeit – wie in der urchristlichen Gemeinde.« Nach einer Gedankenpause setzte er hinzu: »Auch die heilige Kirche wäre gut beraten, sich dem Geiste der Zeit zu öffnen und sich neuer Mittel und Methoden zu bedienen, um die auseinander laufende Herde wieder hinter sich zu scharen.«

Hatte er sich da eben verhört? Wollte sich der Inquisite dem Hl. Stuhl etwa als Konsultor empfehlen? ... Es wäre freilich nicht das erste Mal, dass die Inquisition just von den Häretikern gelernt hätte. Einige der erfolgreichsten Ketzerverfolger, die in den Dienst des hl. Offiziums getreten, waren selbst ehemalige Ketzer gewesen. Ohne die nützliche Mithilfe solch eifriger Renegaten wäre man bei der Verfolgung und Ausmerzung der Ketzerei nur halb so erfolgreich gewesen.

Zelada legte den Kopf zur Seite und musterte den Inquisiten mit zusammengekniffenen Augen: »Was meint Er mit ›neuen Mitteln und Methoden‹?«

Balsamo kreuzte die Arme vor der Brust und reckte sein Haupt. Der flackernde Schein der Fackel ließ seine Augen erglühen, sein vom Barte umwuchertes Bocksgesicht wirkte wie die verwitterte Maske eines heidnischen Götzen. Mit einem faunischen Lächeln gab er zur Antwort:

»Da Freiheit und Vernunft dem Menschen so teure Güter sind, sollte die hl. Kirche ihm diese nicht länger streitig machen. Es ist allemal klüger, ihn in der Illusion zu halten, dass er von Natur aus frei und mit gleichen Rechten geboren sei, als ihm diese schöne Einbildung zu nehmen. Wird doch der kluge Fürst und Staatenlenker stets Mittel und Wege finden, den ›freien Willen‹ seiner Untertanen in seinem Sinne zu lenken. Was aber den neuen Götzen des Zeitalters, die ›souveräne Vernunft‹, betrifft – diese lässt der Bürger allemal fahren, wo seine Begierde ins Spiel kommt und er zum Spielball seiner Einbildungskraft wird. Denn im Kampf zwischen Vernunft und Einbildungskraft, welche die mächtigste Kraft der Seele ist, obsiegt stets die Letztere. Der Mensch denkt, aber die Einbildungskraft lenkt! ... Zu bedenken ist ferner, dass durch Presse und Buchwesen längst ein öffentlicher Raum, eine öffentliche Meinung entstanden ist, die es in früheren Zeiten nicht gab. Das aber bedeutet: Nur der wird künftig Herr des Gemeinwesens sein, gleichviel ob er ein weltlicher oder geistlicher Herrscher ist, der die öffentliche Meinung und Phantasie, *die Wunschwelten der Massen beherrscht*. Dies ist vor allem eine Frage der Inszenierung und der geschickten Suggestion.«

Balsamo taxierte Zelada aus den Augenwinkeln, indes ein selbstgefälliges Lächeln seine Mundwinkel umspielte. »Nun, habe ich denn nicht mit einzigartigem Erfolg vorgeführt, wie man das macht?«

Der Kardinal war perplex. Eine solch bündige und zynische Diagnose neuzeitlicher Herrschafts- und Manipulationstechniken hatte er noch nicht vernommen; sie wäre wahrlich eines Machiavell würdig gewesen ... Eines musste man diesem Seelenfänger jedenfalls attestieren: Mit sicherem Gespür und diabolischer Intelligenz hatte er es verstanden, die öffentliche Einbildungskraft zu okkupieren und die diffusen Erlösungssehnsüchte des Zeitalters auf seine orientalischen Mühlen zu lenken. Gegen sein breit gefächertes magisches und mystisches Repertoire nahmen sich die Angebote und Heilslehren der hl. Kirche geradezu altbacken aus ... Und doch hatte er sich eben selbst eine Blöße gegeben, eine sehr verräterische Blöße, bei der man ihn packen konnte.

Im Tone scheinbaren Einverständnisses entgegnete der Kardinal: »Wenn ich Ihn recht verstehe, hat Er – ungeachtet seiner Ergebenheitsadresse, die er an die französische Nationalversammlung richtete – von der Freiheit und der souveränen Vernunft des Menschen nur eine geringschätzige Meinung; wenn Er sie nicht gar für bloße Chimären hält. Schließlich ist ja auch Sein eigener Orden ganz auf Unterordnung und strikten Gehorsam gegründet.«

Balsamo warf ihm einen misstrauischen Blick zu, als wittere er eine Falle.

»Ich habe die Statuten und Regeln seines Ordens studiert«,

fuhr der Kardinal mit kühler Sachlichkeit fort: »Im Vergleich zu diesem sind unsere herkömmlichen christlichen Orden geradezu Musterbeispiele an *Demokratie*. Bei ihm gibt es weder Kommissionen noch einen Konvent, um die Regeln und Statuten des Ordens zu bestimmen; was zählt, ist allein der Wille des Gründervaters. Dieser verfügt über das alleinige Recht, die Meister und Offiziere zu berufen und abzusetzen. Sie alle sind von seinem Wohlwollen, seiner Gnade und Herrlichkeit vollkommen abhängig. Auch der Ritus seiner Logen ist ganz auf seine geheiligte Person zugeschnitten. Die Einweihung der Adepten, vom Lehrlingsgrad aufwärts, beginnt mit der Formel: ›Infolge der Vollmacht, die ich vom Großkophta, Gründer unseres Ordens, erhielt‹. Auch die Großmeisterin eröffnet die Damen-Loge ›im Namen unseres Großen Gründers, dem Gott die Macht verliehen‹. Ebenso huldigen die Gebetsformeln der Brüder und Schwestern ausdrücklich IHM. Sein ganzer Orden dient letztlich nur einem Zweck: IHM selbst einen Tempel zu bauen, auf dass Er gottgleiche Verehrung genieße. Alles andere – die Verehrung der Religion, Wohltätigkeit, Nächstenliebe, sittliche Vervollkommnung, Gleichheit und Brüderlichkeit – ist nur Dekor, bloße Attrappe und Lockspeise, um Proselyten zu machen, diese in Seine hörigen Kreaturen zu verwandeln und ihnen gleichzeitig die Goldvögel aus der Tasche zu ziehen.«

In eisigem Schweigen hockte Balsamo auf der Pritsche; kein Muskel rührte sich in seinem undurchdringlichen Gesicht. Nur ein leichtes Zittern seiner kleinen Hände verriet seine innere Erregung.

»In Wahrheit«, bohrte Zelada unerbittlich weiter, »ist Sein ganzes Wesen und Treiben nur von einem einzigen Trieb beherrscht: von seiner maßlosen Eigenliebe und Eitelkeit, die sich mit einem grenzenlosen Hochmut paart. Der ›Großkophta‹ feiert sich unablässig selbst und lässt sich von seinen Jüngern als ein Apostel und Inspirierter feiern, als ein

Mittler zwischen Gott und den Menschen, der befähigt sei, über die himmlischen Mächte zu gebieten und sogar den Engeln zu befehlen. Er kokettiert mit dem Allmächtigen, Er imitiert gar das christliche Evangelium, indem Er inmitten seiner hergelaufenen Apostelrunde die blasphemische Rolle des ›neuen Messias‹ gibt. Ohne Skrupel missbraucht und beutet Er eines der elementarsten menschlichen Bedürfnisse für Seine Zwecke aus: das Bedürfnis, zu verehren! Schon wegen dieses schändlichen Missbrauchs hätte Er verdient, auf dem Scheiterhaufen zu brennen!«

Hatte Zelada geglaubt, des Inquisiten verstockte Seele würde unter der Wucht dieser Sätze, die wie Hammerschläge auf ihn niedergingen, gleichsam zerbersten und dieser würde endlich seine Schuld bekennen, so hatte er sich getäuscht. Mit glasigem Blick und herabgelassenen Lidern saß dieser da, als sei sein Gegenüber für ihn Luft und als befinde er sich längst in einer anderen Sphäre – jenseits dieses Kerkers. Erst nach einer Weile kehrte er aus seiner beleidigenden Absence zurück, kam wieder Bewegung in seine Miene. Mit spöttischer Geringschätzung erwiderte er:

»Was hätte das hl. Offizium davon, wenn es mich als Ketzer verbrennt? Meine Verurteilung würde nur auf es selbst zurückfallen und die öffentliche Meinung gegen den Hl. Stuhl aufbringen ... Dagegen könnte das hl. Offizium aus meinem reichen Erfahrungsschatz und geheimen Wissen, von dem ich ihm gerade eine Probe gegeben, großen Gewinn ziehen. Ein Magus, Medicus und Prophet meines Formats erscheint nur einmal in Jahrhunderten.«

Der Kardinal war sprachlos. Trotz der einjährigen Kerkerhaft und endloser Verhöre war der Hochmut, die Vermessenheit des Inquisiten noch immer ungebrochen. Hatte der Teufel seine verstockte Seele derart verhärtet und gepanzert, dass alles an ihr abprallte? Der Appell an seine Vernunft ebenso wie das Vorhalten des Spiegels, der Blick in die eigene Verderbtheit, die Drohung mit der ewigen Verdammnis ebenso wie die mit dem Feuertode? War seine Seele nicht unrettbar verloren?

»Worauf will Er hinaus?«

In beinahe gönnerhaftem Tone gab Balsamo zur Antwort: »Auf einen ehrlichen Handel zum Vorteil beider Seiten: Ich widerrufe und schwöre dem ägyptischen Ritus ab, die hl. Kirche hat die große Genugtuung, den ›gefährlichsten Häretiker des Jahrhunderts‹ bekehrt zu haben, womit auch die Abertausende seiner Adepten auf den Weg der Rechtgläubigkeit zurückgeführt werden. Ich stelle mein geheimes Wissen, meine Remedia und Wundermittel dem hl. Offizium zur Verfügung, dafür entlässt es mich und meine Frau in die Freiheit.«

Dass dieser Hundsfott es wagte, ihm einen solchen, das hl. Offizium kompromittierenden Handel vorzuschlagen! In schneidendem Ton entgegnete Zelada:

»Er glaubt wohl, das hl. Offizium ließe mit sich feilschen wie auf der Judengasse oder dem orientalischen Basar! Er hat wohl noch immer nicht begriffen, wo Er sich hier befindet. Und dass Er keinerlei Bedingungen zu stellen hat ... Damit Er es ein für alle Mal begreift: Ein Widerruf, der nur aus der Feigheit des Herzens, aus Angst vor der Strafe und vor dem Tode kommt, zählt in den Augen der hl. Kirche nicht. Nur wenn Er wirklich einsieht, wie tief Er sich im Irrtum befunden, welch schändliche Rolle Er sich hienieden angemaßt und welchen Schaden Er all denen zugefügt, die Er mit falschen Versprechungen betrogen, mit Arglist hintergangen und auf den Weg der Ketzerei und der Verderbnis geführt – nur wenn Er aus ganzer Seele bereut und die Bußen zu Seiner Läuterung in Demut auf sich nimmt, wird man Ihm den Widerruf auch glauben.«

Der Kardinal erhob sich von seinem Schemel und gab dem Kerkermeister ein Zeichen.

»Ich begehre nichts mehr«, sagte Balsamo, »als den Frieden meiner Seele!«

Auf der Schwelle des Kerkers wandte sich Zelada noch einmal um:

»Er hat so oft eine fromme Miene zu bösem Spiel gemacht. Wer sollte Ihm da noch glauben?«

Kapitel 17

Das Halsband der Königin – ein Masterplan

Am Morgen des 1. Juni 1786 erschien M. De Launay, Kommandant der Bastille, in Begleitung des königlichen Kommissars M. Chénon fils, in meiner Kerkerzelle, um mir die lang ersehnte Botschaft zu verkünden: Seine Majestät, der König, habe ihm soeben Ordre erteilt, den Kardinal Rohan und mich noch an diesem Abend aus der Haft zu entlassen.

Obschon hellwach, war mir, als ob ich träume. Neun Monate hatte ich die harte Gastfreundschaft des Königs genossen; neun Monate hatten meine Augen nichts anderes erblickt als Kerkerwände.

Tags zuvor war ich zur Vernehmung vor das Pariser Parlament geladen worden, das in seiner Funktion als Grande Chambre das Urteil im »Halsband-Prozess« zu fällen hatte – dem Sensationsprozess des Jahrhunderts, der auch über mein Schicksal entschied. Gegen sieben Uhr verließ ich das Palais de Justice, man brachte mich wieder in die Bastille zurück. Das Urteil wurde noch am selben Abend erwartet, doch die Sitzung der 65 Parlamentäre und Richter zog sich bis in die Nacht.

Obschon ich mit meinem Freispruch rechnete, wälzte ich mich schlaflos auf meinem Lager. Kaum war ich eingenickt, schreckte mich der Glockenschlag der Turmuhr oder ein neuer Albtraum wieder auf. Ich dachte an diesen und jenen berühmten Bastille-Häftling, manch einer war viele Jahre, sogar Jahrzehnte in diesen düsteren Gewölben eingekerkert gewesen und langsam dahingesiecht. Einmal glaubte ich gar, das berüchtigte Faktotum der Bastille über mir zu erblicken, den Mann mit der eisernen Maske, jenen armen Hund von prinzlichem Geblüte, der, um ihn von der Erbfolge auszuschließen und seine Person unkenntlich zu machen, über zwanzig Jahre lang eine eiserne Maske tragen musste, bis er sein Leben ausgehaucht hatte.

Jetzt war mir, als wäre ich neu geboren, als sei mir ein zweites Leben geschenkt worden!

Man hatte meine Entlassung auf elf Uhr abends festgesetzt, um jedes Aufsehen zu vermeiden. Achtungsvoll führte mich mein Anwalt, M. Thilorier, zu der vor der Bastille wartenden Mietskutsche, öffnete den Verschlag und half mir hinein. Ich dankte ihm nochmals für die unschätzbaren juristischen Dienste, die er mir erwiesen. Die Zugbrücke wurde heruntergelassen, erleichtert lehnte ich mich zurück. Die Rösslein trabten. Die Nacht war finster; Paris schlief längst. Eigentlich schade, dass die Stadt die Stunde meines größten Triumphes verschlief!

Ich schloss die Augen und dachte in freudiger Erwartung an Serafina ... Dio mio! Was sie in den letzten Monaten alles ausgestanden hatte! Und alles wegen mir oder vielmehr, weil sie das Pech hatte, den Ring einer weltgeschichtlichen Persönlichkeit am Finger zu tragen. Dabei hatte sie mit der Halsband-Geschichte nicht das Geringste zu tun gehabt. Ob sie es mir noch einmal verzeihen würde?

Plötzlich stoppte der Wagen.

»Warum halten Sie denn schon hier?«, rief ich, das Fenster herabkurbelnd, dem Kutscher zu. Ich rieb mir die Augen, glaubte wahrhaftig zu träumen ... Menschenmassen füllten den von brennenden Fackeln erleuchteten weiten Platz, strömten ständig aus Seitenstraßen herzu, brandeten gegen die Hausmauern. Sofort wurde die Kutsche von einer Traube von Menschen umringt, die wie im Delirium schrien:

»Salut! Salut! Hoch lebe Cagliostro!«

Unter nicht abreißenden Hoch- und Heilrufen eskortierten sie meine Kutsche bis zur Rue Saint Claude, wo die Tambourine und die Fanfarenbläser mich bereits erwarteten. Unser Domizil, das Hotel de Savigny, war illuminiert, ebenso die Häuser der Nachbarschaft, alle Fenster aufgerissen, alle Türen weit geöffnet. Menschen hockten auf den Dächern, hingen in Trauben an den Balkonen und an den Laternen. Abertausende Arme hoben sich taktmäßig, Abertausende Kehlen jubelten mir zu. In ihrem Enthusiasmus waren die Menschen sogar in unser Haus eingedrungen. Der Hof, die Treppen, die Zimmer hallten wider von ihren Freudenrufen.

O du mein teures Volk von Paris! Selbst gekrönte Häupter würden mich um diesen Empfang beneiden!

Mit Hilfe des Kutschers kämpfte ich mich langsam durch die Menge, die mein Gesicht, meine Hände, meinen Rock mit Küssen bedeckte, und schwebte mehr, als dass ich ging, auf Serafina zu, die mir von der anderen Seite her in Begleitung des Personals entgegenkam, das ihr mit Püffen und Knüffen einen Weg durch die Menge bahnte. Schluchzend fielen wir uns in die Arme.

»Carissima mia! Habe ich dich endlich wieder.«

Die Stimmen in meinen Ohren schwollen zu einem wirren, gewaltigen Brausen an, ich wurde von einem Schwindel erfasst, mir wurde schwarz vor Augen, ich sank in Ohnmacht – vom Glück hingefällt, nein, nicht gefällt, denn dies war bei dem Gedränge unmöglich. Hilfreiche Hände und Arme nahmen sich sogleich meiner an, hoben mich empor und trugen mich hinaus auf die Terrasse, die den Boulevard dominierte. Langsam kam ich wieder zur Besinnung, ich trat an die Balustrade und hob die Hand zum Zeichen, auf dass die jubelnde und tanzende Menge für einen Moment innehalte. Während mir die Tränen aus den Augen stürzten, rief ich:

»Ihr beglückten Geschöpfe, denen der Himmel das Geschenk eines mitfühlenden Herzens gemacht hat! Ich danke euch allen, dass ihr mich nicht verleugnet habt in der Stunde der Not, da ich das Opfer einer abscheulichen Verleumdung zu werden drohte. Ihr versteht gewiss, was es heißt, nach so langer Kerkerhaft den Augenblick wiedergekehrten Glücks zu genießen. Lieber würde ich meinen Kopf auf den Richtblock legen, als noch einmal neun Monate in der Bastille zu schmachten. So wie ich mich jetzt fühle, muss sich der Herr am Tag seiner Auferstehung gefühlt haben!«

Die Begeisterung kannte keine Grenzen mehr. Am nächsten Morgen gab es die gleichen Huldigungen und Manifestationen vor dem Hotel de Savigny. Hätte es nicht schon einen König und eine Königin gegeben, die Pariser hätten in ihrem Enthusiasmus mich und meine Gattin auf den Thron gehoben. In uns feierten sie den Sieg des Rechts über die Willkürherrschaft, den Sieg der Freiheit über die Despotie.

Ach, ihr guten Franzosen, deren Phantasie so leicht entzündlich und deren Herzen so leicht zu empören und zu begeistern sind! Es fällt mir wahrlich nicht leicht, euch nachgerade die bittere Pille zu verabreichen. Aber es muss sein – zu eurer eigenen heilsamen Ernüchterung und der Wahrheit zur Steuer. *Nichts ist eben, wie es scheint*, auch wenn 65 Parlamentäre und Richter darauf schwören möchten, dass sie nach bestem Wissen und Gewissen geurteilt haben.

Zwar habe ich mich als Freimaurer der höchsten Grade durch einen Eid verpflichtet, über meine verschwiegene Rolle in der »Halsband-Affaire« Stillschweigen zu bewahren. Doch mit dem Tode, das heißt: sub specie aeternitatis, erlischt auch die bindende Kraft solchen Schwurs.

Haltet euch gut fest, meine Freunde, und erst recht, meine lieben Feinde, damit euch nicht der Schlag trifft, wenn ich jetzt den Schleier des Geheimnisses lüfte und hiermit ein volles Geständnis ablege: Mein Freispruch im Halsbandprozess war, o göttliche Ironie des Schicksals, *der* Justizirrtum des Jahrhunderts! Nicht die vom Pariser Parlament schuldig gesprochene Jeanne de la Motte, sondern ich, *Graf Alessandro di Cagliostro, habe die Halsband-Affaire von A bis Z eingefädelt* und die beteiligten Mitspieler und Kontrahenten in Stellung gebracht; ich war es, der, als Regisseur hinter den Kulissen verborgen, die entscheidenden Szenen des Dramas in Gang gesetzt, auch wenn sein weiterer Verlauf nicht ganz nach Plan verlief.

Selbst neutrale Beobachter haben konstatiert: Keine politische Intrige mit so weit reichenden Folgen für Thron und Altar sei jemals mit so viel Geschick und Raffinesse eingefädelt, mit so viel Chuzpe durchgeführt und zugleich so wirkungsvoll mit dem Mantel des Geheimnisses zugedeckt worden wie diese größte Staatsaffaire des Jahrhunderts, die den Anfang vom Ende des Ancien Régime einläutete. Nun, ich darf wohl sagen: Sie war mein magisch-subversives Meisterstück, meine mit Abstand bedeutendste Kur, die Vollendung meiner freimaurerischen Mission und damit die Krönung meiner ganzen Laufbahn!

Verwundert werdet ihr euch jetzt die Augen reiben und voll Abscheu ausrufen: Dieser Schuft, dieses Ungeheuer hat nicht nur seine Freunde und Verteidiger getäuscht, er hat seine eigenen Mitspieler und Komplizen geopfert, um selbst mit heiler Haut davonzukommen! … Gemach, gemach, liebe Freunde, urteilt nicht vorschnell! Wo gehobelt wird, da fliegen Späne. Bin ich auch der Spiritus rector und Anstifter der ganzen Affaire und damit, rein juridisch gesehen, der Hauptschuldige – vor dem Richterstuhl der Geschichte wird mein sogenanntes Crimen ein ganz anderes Prädikat erhalten: nämlich das einer befreienden Tat zum Wohle der bedrückten Untertanen, ja, zum Segen der Menschheit!

Bevor ihr über mich urteilt, hört meine Gründe!

Im Zeichen des Uranus

Im März des Jahres 1781 war es zu einer Revolution gekommen, einer kleinen, zunächst unmerklichen Revolution in der längst fixierten Hierarchie des Sonnensystems, wodurch alle Astrologen in große Verlegenheit versetzt wurden. In diesem Monat war unter dem 24. Grad des Tierkreiszeichens der Zwillinge ein neuer Planet von Sir Frederic William Herschel zu Bath entdeckt worden: der Planet Uranus, den der Astronom zu Ehren seines Königs Georgium sidus nannte. Der kühle Gelehrte ahnte nicht, was es mit diesem Gestirn auf sich haben würde! So ungeheuer langsam es auch um die Sonne kreist – es vollzieht seinen Umlauf in mehr als dreiundachtzig Erdenjahren – und so entfernt es auch im ewigen Äther, dem Menschenauge unsichtbar, schwingt, so jäh, unvorbereitet und vernichtend soll seine unheilvolle und rätselhafte Wirkung sein, wie die Astrologen behaupten. Und in der Tat: Seit der Planet Uranus am 13. März jenes Jahres entdeckt worden, war es mit der heiligen Siebenzahl der Planeten ein für alle Mal vorbei, die alte Ordnung der Welt geriet aus den Fugen, und es begann eine Ära der Umwälzungen, die, von Frankreich ausgehend, den ganzen Erdball erschütterte. Was Wunder, dass der neue, im Tierkreiszeichen der Zwillinge beheimatete Planet just auf mich einen geheimnisvollen Einfluss ausüben musste, bin ich doch im Sternzeichen der Zwillinge geboren!

Dass just meiner Person eine Schlüsselrolle bei der »Halsband-Affaire« zufiel, hat indes nicht nur mit meinem Sternzeichen, es hat vor allem mit meinem Beruf als Arzt und Heilkünstler zu tun. Wie einst Arnald de Villanova und Valentin Andreae Rosencreutz fühlte ich mich dazu berufen, nicht nur einzelne Kranke zu heilen, sondern *eine an Kopf und Gliedern erkrankte Gesellschaft von ihren moralischen Gebresten und politischen Krebsgeschwüren zu kurieren.* Selbstredend mussten bei einer Kur dieser Größenordnung andere Heilmittel und Remedia als sonst zur Anwendung gebracht werden. Und sie mussten dem Patienten hinterrücks verabreicht werden, ohne dass er selbst es bemerkte, denn aus freien Stücken hätte er die bittere Medizin niemals geschluckt.

Wer die Zeichen der Zeit richtig zu lesen verstand, dem konnte nicht entgehen: Das verderbte Zeitalter war reif für die moralisch-politische Erneuerung, für die *Generalreformation.* Ich brauchte nicht erst Jacques Neckers Denkschriften *Compte rendu au roi* und *De l'administration des finances de la France* zu lesen, um über den zerrütteten Zustand des Hofes, der französischen Regierung und der Staatsfinanzen im Bilde zu sein. Mein gläubigster und mir ergebenster Adept, der Kardinal Rohan, seines Zeichens Großalmosenier von Frankreich, wusste hiervon schon lange ein traurig Lied zu singen. Seit Frankreich im Siebenjährigen Krieg auch all seine überseeischen Kolonien verloren hatte, war die Finanzkrise des Staates zu einer chronischen Krankheit geworden, zumal der Hof einen immer größeren Teil der Staatseinnahmen verschlang.

Da ich als Arzt mit nahezu allen Ständen in ständige Berührung kam, war ich auch mit den Nöten und Sorgen des einfachen Volkes vertraut. Wie oft habe ich nicht die *petits gens* über die vielen Steuern klagen hören, die auf ihnen lasteten, während Klerus und Adel, zu allen anderen Privilegien, die sie innehatten, auch noch das Privileg genossen, von der

Steuer befreit zu sein! Da die ganze Steuerlast allein auf den Schultern des dritten Standes lag, nahm die allgemeine Unzufriedenheit von Jahr zu Jahr zu.

Und in welchem Elend lebten erst die vielen Taglöhner und leibeigenen Bauern, die vom Landadel und der Kirche ausgepresst wurden! Sie mussten nicht nur den »Zehnten« in Form von Geldzahlungen und Naturalien entrichten, sondern ihren Seigneurs auch noch Frondienste leisten. Bei meinen Reisen durch den Westen und Südwesten Frankreichs sah ich die elenden Lehmhütten, in denen sie hausten, ihre von Missernten oder infolge Fronarbeit brachliegenden Felder, ihre durch die Jagden ihrer Herren verwüsteten Gehege und Forste, sah ihre barfüßigen, mit Lumpen bedeckten Kinder und Frauen, die sich bettelnd um meine Kutsche drängten! Klerus und Adel machen in Frankreich nur 2 Prozent der Bevölkerung aus, und doch besitzen diese beiden Stände zusammen fast 40 Prozent des Grundbesitzes. Infolge von Missernten und des schnellen Wachstums der Bevölkerung stiegen die Brot- und Lebensmittelpreise, in etlichen Provinzen des Königreichs kam es zu Hungersnöten und Hungerrevolten. In manchen Gegenden war die Not so groß, dass jeder fünfte Bewohner am Bettelstab ging und die Gendarmen und Jäger der vielen Räuber und Wilderer nicht mehr Herr werden konnten. Gleichzeitig gaben sich Hof und Adel dem verschwenderischsten Luxus hin, obschon sie nur noch auf Pump lebten. Überall im Volke gärte und rumorte es, der Hass auf den Hof und die Regierung Ludwigs XVI. war unüberhörbar geworden. – Nein, man brauchte wahrlich kein Prophet zu sein, um vorauszusehen, dass der obszöne Kontrast zwischen Palästen und Hütten, zwischen dem Luxus der wenigen und der Armut der vielen sich bald in einem gewaltigen Sturm entladen und das ganze morsche Gebäude des Ancien Régime zum Einsturz bringen würde.

Die Zeit war reif, um die geheime Mission *L. P. D. = Lilium*

Pedibus Destrue! (Zerstöre die Lilie der Bourbonen!) endlich ins Werk zu setzen. Natürlich wird man sogleich fragen: In wessen Auftrag hat Cagliostro diese geheime Mission vollstreckt? Wer verbarg sich hinter den *Geheimen Oberen*, auf die er sich zuweilen berief? Man wird wohl verstehen, dass ich mit Rücksicht auf gewisse, mir sehr nahe stehende Personen, die ich nicht gefährden möchte, diese Frage nicht beantworten kann. Nur so viel darf und will ich hier verraten: dass ich keineswegs aus eigener Anmaßung gehandelt habe, sondern in stillschweigender Übereinstimmung mit den besten und erleuchtetsten Köpfen der Epoche, mit jenen, die man *Illuminaten* nennt, ja, mit allen nach Freiheit und Gerechtigkeit strebenden Menschen.

Der Masterplan

Mit der geheimen Chiffre *L. P. D.* war nicht etwa der Plan einer großen freimaurerischen Verschwörung, eines bewaffneten Aufstands oder Staatsstreichs gemeint – solch ein Unterfangen wäre viel zu durchsichtig und von vornherein zum Scheitern verurteilt gewesen –, vielmehr die Idee, durch eine Intrige der besonderen Art einen öffentlichen Skandal zu provozieren, der die Repräsentanten von Thron und Altar derart kompromittierte, dass sie sich von diesem Schlag, diesem Verlust öffentlicher Reputation und herrschaftlicher Legitimation, nie mehr erholen würden.

Welcher Art aber müsste diese Intrige sein und wer ihre Protagonisten, um eine solch explosive öffentliche Wirkung zu entfalten?

Bezüglich der Hauptdarsteller war ich mir mit meinen wenigen Mitverschworenen einig: *der Kardinal und die Königin, Prinz Louis René aus dem angesehenen Geschlechte der Rohan-Guémenée und Marie Antoinette.* Waren sie nicht die ideale Besetzung für solch ein das Ansehen von Thron und Altar ruinierendes Schauspiel? Was den Kardinal betrifft, so lagen die Angriffspunkte seines Charakters offen zutage: Er hatte keinen größeren Wunsch, als die Gunst der Königin wiederzuerlangen, und keinen brennenderen Ehrgeiz, als noch einmal Außenminister oder gar Kanzler des Reiches zu werden. Und das Wichtigste: Er war Wachs in meinen Händen.

Was Marie Antoinette betrifft: Sie war der antibourbonischen Fraktion des französischen Hochadels verhasst. Diesem war die Allianz mit dem Haus Österreich seit je ein Dorn im Auge gewesen, zumal die alten mächtigen Adelsfamilien der Rohans, der Orléans und der Condés unter der Regentschaft der »Österreicherin« und ihres schwachen Gemahls mehr und mehr Einfluss bei Hofe verloren hatten. Durch ihre Arroganz hatte sich die Königin zudem den Hass des Volkes zugezogen, nicht zuletzt durch jenen Ausspruch, den sie anlässlich einer Hungerrevolte in der Provinz, sei es aus purer Ahnungslosigkeit, sei es aus Zynismus, getan: »Wenn die Armen kein Brot mehr haben, sollen sie doch Kuchen essen!«

Allgemein bekannt war auch, dass die Königin eine Vorliebe für das Tragen kostbaren Geschmeides hat. Nur konnte sie angesichts der zerrütteten Staatsfinanzen dieser Begier nicht in dem Maße frönen, wie sie es gerne getan. Zwar hätte sie ihren weißen Hals gerne mit dem schönsten und kostbarsten Halsband der Welt geschmückt, das die königlichen Hofjuweliere Boehmer und Bassenge angefertigt hatten, doch Marie Antoinettes Gemahl war eben ein Filz, da biss keine Maus einen Faden davon ab:

»Wie, Madame, ein Halsband für 1 600 000 Livres? Wenn Sie sich das leisten zu können glauben, bezahlen Sie es gefälligst selbst! Ich brauche meine Goldfüchse notwendiger: Kriegsschiffe gegen England!«

Punktum!

Fast alle genialischen Ideen haben ihre Vorläufer. Die Vorlage für die »Halsband-Affaire« lieferte mir der Fall der Mme. Cahonet, von dem mir gelegentlich ein Jurist erzählte, der Mitglied meiner ägyptischen Loge war: Die schöne Dame machte den Generalpächter des Königs in sich verliebt und schwätzte ihm vor, die verschuldete Königin wünsche eine große Summe zu leihen, von welcher der König nichts erfahren dürfe. Der Generalpächter wollte aber als Garantie eine Unterschrift der Königin sehen. Die Cahonet fälschte sie und erhielt darauf von ihm große Summen Geldes. Der Betrug kam ans Licht, und sie wurde zur lebenslangen Haft in der Salpétrière verurteilt.

Wenn Marie Antoinette selbst außerstande war, das teuerste Halsband der Welt zu bezahlen, konnte dann nicht – so meine Überlegung – ein hochmögender Kardinal und Kirchenfürst, der zu jedem Opfer bereit war, um ihre Gunst wiederzuerlangen, dieses Kleinod aller Kleinode *scheinbar* in ihrem Auftrag erwerben und als Bürge dieser horrenden Summe in Vorleistung treten? Wäre dies nicht ein fantastischer Coup, der, wenn er ruchbar würde, den Volkszorn auf die Spitze treiben musste? Während Bürger und Bauer unter der drückenden Steuerlast und den steigenden Brotpreisen seufzen, verschwendet die Königin aus Steuermitteln die ungeheure Summe von 1,6 Millionen Livres, nur um bei gewissen festlichen Anlässen ihren Hals mit einem Geschmeide zu behängen, dessen geschliffene Diamanten gleichsam die geronnenen Tränen des darbenden Volkes darstellen. Welch ein Skandal! Welch ein Zynismus! Schier unüberbietbares Exemplum für die moralische Verkommenheit der herrschenden Bourbonen und der Königsfamilie, für ihre abgrundtiefe Verachtung der Leiden und Bedrückungen der Untertanen!

Und, Hand aufs Herz, liebe Freunde der Gleichheit und Freiheit: Hat dieses Skandalstück namens »Die Halsband-Affaire« denn nicht ungleich größere Wirkung gezeitigt als alle gelehrten Abhandlungen unserer Enzyklopädisten, Philosophen und Staatsrechtler? War sie denn nicht ein heilsamer Schock, ein Erweckungserlebnis der besonderen Art für viele noch schlafende Zeitgenossen?

Um diesen Coup einzufädeln, bedurfte es freilich einer geeigneten *Mittelsperson*, einer zweiten Cahonet, die den Kardinal in sich verliebt machte, sein Vertrauen gewann und die scheinbar auch das Vertrauen der Königin besaß. Aber wie, durch welche Mittel konnte sie den Kardinal in der eitlen Illusion wiegen, die Gunst der Königin wiedergewonnen zu haben, vielleicht sogar mehr als bloß ihre Gunst, damit dieser bereit sein würde, das Opfer und Risiko einer solch gewaltigen finanziellen Vorleistung und Bürgschaft auf sich zu nehmen?

Die Erinnerung an meine Jugendliebe Rosalia und an meinen unliebsamen Konkurrenten Signor Magnelli brachte mich schließlich auf die Lösung. Mittels gefälschter Liebesbriefe hatte ich damals dem verliebten Gockel die schöne Illusion beigebracht, dass seine Gefühle erwidert würden, und ihm in der Folge ein galantes Geschenk nach dem anderen abgeluchst, welche ich Rosalia dann als die meinigen präsentierte. – Man bräuchte nur mittels gefälschter Briefe eine Liebesaffaire zwischen dem Kardinal und der Königin vorzutäuschen, die jenen glauben machte, diese fände an seiner Person Gefallen. Dann wäre er gewiss zu jedem finanziellen Opfer bereit. Diese Idee war nicht zuletzt deshalb so bestechend, weil sie der Öffentlichkeit leicht glaubhaft zu machen war. Es war ja ein offenes Geheimnis, dass Prinz Louis René, im Volksmund »die schöne Eminenz« genannt, ein Lebemann war. Und Marie Antoinette hatte sich in den ersten Jahren ihrer Regentschaft den Ruf einer »hübschen Leichtfertigen« erworben, da ihr Gemahl infolge einer anatomischen Anomalie die Ehe nicht hatte vollziehen können, obwohl er doch, wie das Volk witzelte, ein leidenschaftlicher Amateur-Schmied war und mit dem Hammer wohl umzugehen verstand.

Wenn erst die Öffentlichkeit von dieser heimlichen Liebeskorrespondenz erfuhr, wäre dies nicht die glanzvolle Krönung des ganzen Skandals? Die Königin als heimliche Maitresse eines Kirchenfürsten – welche Schande für Thron und Altar! Welch gefundenes Fressen für die liberale Presse und die vielen heimlichen Gegner und Feinde Marie Antoinettes! So konnte man die Königsfamilie gleich doppelt kompromittieren: erstens durch die »Halsband-Affaire«, zweitens durch die vorgetäuschte Liebesaffaire zwischen dem Kardinal und der Königin.

Wer aber sollte und konnte – dies war die entscheidende Frage – die *Rolle der Mittelsperson* übernehmen und sie auch glaubhaft verkörpern? Diese neue Cahonet musste erstens eine Circe sein, die einen Kardinal zu betören verstand, zweitens eine gute Schauspielerin und Lügnerin, drittens musste sie vortreffliche Manieren haben, damit sie glaubhaft machen konnte, dem engsten Kreise der Königin anzugehören. Außerdem musste sie sehr couragiert, geistesgegenwärtig und skrupellos sein, über kaltes Blut und eiserne Nerven verfügen. Wo aber war solch ein Teufelsweib zu finden, das gleichsam das weibliche Gegenstück zu mir verkörperte?

Die Suche glich wahrlich der nach der sprichwörtlichen Stecknadel im Heuhaufen. Immer wieder ging ich die lange Galerie meiner vornehmen Verehrerinnen und ägyptischen Maurer-Töchter durch; indes fand ich keine, die all diese Eigenschaften besaß. Offenbar war solch eine Eva, die unter dem reizenden Schein des Weibes so viele männlichen Tugenden verbarg, im Schöpfungsplane nicht vorgesehen, vielleicht um nicht den Neid und die Eifersucht der Adamssöhne zu erregen und ihr beruhigendes Bild vom »schwachen Geschlecht« nicht Lügen zu strafen. So schien denn der ganze genialische Plan mangels Besetzung der wichtigsten Rolle undurchführbar zu sein.

Schon wollte ich ihn resigniert ad acta legen, da kam mir wieder einmal mein bester Freund, der Zufall, zu Hilfe. Eines Tages im Frühjahr 1783, kurz vor meiner Abreise aus Straßburg, suchte mich ein junger blonder Gardist aus Lunéville wegen eines venerischen Leidens auf. Er hieß Rétaux de la Villette, war ein stattliches Mannsbild und hatte ein sehr lebhaftes Temperament. Nachdem ich ihm ein Quecksilberpräparat verschrieben und drei Monate Karenzzeit verordnet, schenkte er mir als Zeichen seiner Dankbarkeit den Stich eines holländischen Malers, den er selbst kopiert hatte. Es war eine vorzüglich gemachte Kopie, wie ich sofort erkannte. Der junge Mann war nämlich Federzeichner von Beruf, konnte davon aber nicht leben und war schließlich zur Armee gegangen. Im weiteren Verlauf unseres Gesprächs zeigte sich, dass er noch über andere Talente verfügte: Er war intelligent, konnte galante Gedichte schreiben, singen, fechten – und »lieben wie ein Stier«. Sehr freimütig erzählte er mir von seinen diversen Affairen. Er brüstete sich, es über Jahre mit einer jungen Dame aus dem alten Königsgeschlecht der Valois getrieben zu haben. Solch ein ausgekochtes Luder, setzte er grinsend hinzu, sei ihm während seiner ganzen amourösen Laufbahn noch nicht vorgekommen. Sie sei eine echte Circe – wie die böse Zauberin aus der griechischen Sage, die Männer in Schweine verwandelte.

Diese Dame begann mich zu interessieren. Wie sie denn heiße, frage ich beiläufig.

»Jeanne de Valois de Saint-Rémy de La Motte.«

Jeanne de Valois? Die junge Dame kannte ich doch ... War sie nicht im September 1781 zusammen mit ihrer Schwester aus Lunéville nach Straßburg gekommen, um den Kardinal und Großalmosenier von Frankreich um eine Unterstützung zu bitten? Nur hieß sie damals noch nicht de la Motte. Diese zierliche Person hatte sich als Mann verkleidet und sah aus wie ein Page. Da sie wohl gehört hatte, dass ich der Intimfreund des Kardinals war, erschien sie zuerst im »Haus zur Jungfrau«, wo ich praktizierte. Ich gab ihr die gewünschte Auskunft, wo sie den Kardinal finden könne. Tags drauf erzählte mir Prinz Louis René von der Begegnung mit der jungen Dame im Pagenkostüm: Als er gerade von seinem Zaberner Schloss eine Ausfahrt mit seiner Equipage unternahm, hatte sie ihn an einer Wegkreuzung abgepasst. Sie war in Begleitung ihrer Pflegemutter, der Marquise de Boulainvillier, gekommen, die eine alte Bekannte des Kardinals war. Diese hatte ihm ihre Ziehtochter mit dem reizenden Lächeln und dem traurigen Waisenschicksal vorgestellt.

Jeanne stammte aus Bar-sur-Aube in der Champagne und war wie ich in großer Armut aufgewachsen. Ihr Vater, Jacques de Saint-Rémy, hatte einst den Titel eines Barons von Luze und Valois getragen, der ihn als direkter Nachfahre einer königlichen Nebenlinie auswies, die auf Heinrich II. zurückging. Indes musste er seine Güter verkaufen, um seine Spielschulden zu bezahlen, und lebte fortan von Wilddieberei und Diebstahl. Später zog er von Bar-sur-Aube mitsamt seiner völlig verarmten Familie nach Paris, um Arbeit zu suchen. Kaum ein Jahr später starb er, dem Suff verfallen, im Hôtel-Dieu, dem Armenspital. Jeanne war nun dem neuen Liebhaber ihrer Mutter, einem brutalen sardinischen Gardisten, ausgeliefert. Nachdem er seine achtjährige Stieftochter vergewaltigt hatte, schickte er sie zum Betteln auf die Straße von Boulogne.

An einem Frühlingstag des Jahres 1764 ließ die Marquise de Baulainvillier ihre Equipage vor dem Dorf Passy unweit von Boulogne anhalten: So gerührt war sie vom Anblick eines mageren, zitternden Mädchens, das seine kleine Schwester auf den Rücken gebunden trug und ein Schild in der Hand hielt: »Habt Mitleid mit einer armen Waise vom Blute der Valois!« Die gutmütige Marquise erbarmte sich des Mädchens, das Jeanne hieß, nahm sie in ihr Haus auf und ließ sie und ihre Schwester zur Mantelschneiderin ausbilden.

Der Kardinal war vom traurigen Schicksal dieser armen Waise vom Blute der Valois so gerührt und zugleich von ihrem reizenden Lächeln so bezaubert, dass er ihr sogleich eine gut gefüllte Börse überreichte. Als Großalmosenier von Frankreich war er dazu verpflichtet, verarmte Adelige im Namen des Königs zu unterstützen.

»Und wie wurde aus dem armen Waisenmädchen Jeanne die Gräfin de la Motte?«

Rétaux de la Villette lachte auf. »Nun, das ist eine tolle Geschichte, nebenbei ein kleiner Sittenspiegel unserer galanten Epoche! ... Jeanne lernte im Haus ihrer Zieheltern, genauer gesagt: in der Kammer des Marquis de Boulainvillier, bald noch andere Fertigkeiten als das Zuschneiden von Mänteln. Als die Marquise dahinterkam, sorgte sie dafür, dass Jeanne und ihrer Schwester in einem Kloster für verarmte Adelige gute Sitten beigebracht wurden. Doch bevor die knapp zwanzigjährige Novizin die Gelübde ablegen sollte, floh sie aus dem Kloster in ihre Heimatstadt Bar-sur-Aube. Höchst wirkungsvoll ging sie mit ihrem Waisen-Schicksal hausieren und fand Aufnahme im Hause von Mme. Surmont, der Gattin des hiesigen Richters, dem sie gründlich den Kopf verdrehte. Als fleißige Besucherin der hl. Messe stachen ihre Reize bald auch dem Bischof von Langres ins Auge, von dem sie sich schwängern ließ. Zu gleicher Zeit becircte sie meinen Freund Nicolas Lamotte, der als Offizier in der Kaserne von Lunéville diente, und anschließend mich. Eines Abends erklärte sie Nicolas und mir: Da wir beide Kameraden seien und auch sonst alles teilten, könnten wir gleich eine Ménage à trois führen. Das taten wir denn auch.«

Rétaux' hellblaue Augen begannen zu glitzern, während er sich mit der Zungenspitze die Lippen leckte. Die Erinnerung an diese Ménage à trois war für den jungen Weiberhelden wohl der Höhepunkt erotischer Erfahrung gewesen.

»Jeanne hätte Nicolas gewiss nicht geheiratet«, fuhr er fort, »wäre da nicht das Geld des Bischofs geflossen. Die überstürzte Heirat sollte seinen Fehltritt vertuschen. Die Zwillinge, zwei Knaben, die Jeanne zur Welt brachte, starben – zum Glück für alle Beteiligten – wenige Wochen nach der Geburt ... Nicolas war übrigens gar nicht von Adel. Jeanne war es, die ihn und sich selber adelte, indem sie vor den Namen La Motte einfach ein ›de‹ setzte – und fertig war die Gräfin!«

So viel stand fest: Diese Circe und falsche Gräfin verfügte über eine Chuzpe und kaltblütige Intelligenz, als wäre sie durch meine Schule gegangen. Und hatte sie es nicht schon lange auf den spendablen Kardinal abgesehen? ... Einmal, im Sommer 1782, als er gerade von seiner Pariser Residenz nach Straßburg zurückgekehrt war, hatte er mir in pikanten Andeutungen von der Wiederbegegnung mit der »reizenden Bittstellerin« erzählt. Sie hatte ihren Gönner in seinem Pariser Palais aufgesucht, das (wie ich aus eigener Anschauung weiß) zur Verführung regelrecht einlädt: Betritt man den Palast durch die Marmorhalle, kommt man an vier anzüglichen Gemälden des bei der Venus liegenden Mars vorbei, Werke von François Boucher. In der ersten Etage liegt der Salon des Singes, wo der Kardinal Privatmessen abzuhalten pflegt. Diese kleine Kapelle war gleichsam ein Spiegel seiner zwischen katholischer Frömmigkeit und Lüsternheit hin und her geworfenen Seele: An den holzgetäfelten Wänden und dem Altarblatt hängen Miniaturen, die jeweils einen rotgewandeten Affen in obszöner Pose zeigen. Ein Affe grinst lüstern, während er mit dem Anus eine Kerze auspustet. In der Altartäfelung ist eine Geheimtür verborgen, die in ein luxuriös ausgestattetes Boudoir führt ... Vermutlich hatte der Kardinal die bedürftige Circe, nach Überreichung einer weiteren Spende aus dem königlichen Almosenfonds, in dieses Boudoir geführt, und sie hatte ihm ihre Dankbarkeit in erotischen Naturalien erwiesen. – War sie nicht die ideale Besetzung für die Rolle der neuen Cahonet? Zumal sie den Kardinal bereits geködert hatte, wenn auch in Verfolgung ganz anderer Ziele, als es die meinigen waren.

»Und was macht Mme. de la Motte jetzt?«

»Sie hat sich in einem Gasthof in Versailles eingemietet und überschüttet seit Monaten Beamte und Mitglieder der königlichen Familie mit Bittschriften, in denen sie Pension, Grundbesitz und Titel für sich fordert. Sie will, koste es, was es wolle, den alten Rang und Besitz ihrer Familie aus dem Geschlechte der Valois wiederherstellen.«

»Und wovon lebt sie?«

Rétaux grinste breit. »Wovon sie immer gelebt hat. Sie lässt sich von allerlei Liebhabern aushalten, die sie in ihrem schäbigen Hotel besuchen. Kürzlich schrieb sie mir, sie habe sogar Goubert, den Torhüter am Petit Trianon, dem Lieblingsgarten der Königin, becirct, damit er ihr den Zugang zu Marie Antoinette verschaffe.«

Mehr brauchte ich nicht mehr zu wissen. Es war sonnenklar: Diese Jeanne de la Motte war aus dem Holz einer Cahonet geschnitzt und scheute kein Mittel, um sich ihren ehrgeizigen Traum zu erfüllen. Sie kannte den Jargon der Höflinge und hatte in Versailles, der großen Schule der Korruption und der Intrigen, einschlägige Erfahrungen gesammelt. Kurz: Sie war die ideale Besetzung für die Rolle der Mittelsperson zwischen dem Kardinal und der Königin. – Wie aber kam ich an sie heran und konnte ihre Schritte und Handlungen in der von mir gewünschten Richtung lenken, ohne dass sie selbst es ahnte? Auch das war klar: über ihren ehemaligen Liebhaber aus Lunéville. Er war ein verwegener Bursche mit Köpfchen, er konnte »lieben wie ein Stier«, zudem war er ein vorzüglicher Kopist und Fälscher. Ich musste ihn nur als meinen Agenten gewinnen.

Das war nicht schwer. Den gut bezahlten Posten eines »Kuriers« in meinen Diensten zog Rétaux de la Villette dem schlecht bezahlten Dienst in der Kaserne gerne vor; umso mehr, als er die geheime Mission, mit der ich ihn betraute, als pikante Herausforderung ansah, die den geschickten Einsatz all seiner Fähigkeiten und Fertigkeiten verlangte. Außerdem fühlte er sich sehr geehrt, in meine ägyptische Loge aufgenommen zu werden. Der persönliche Eid auf mich, seinen Großmeister und »geheimen Oberen«, verpflichtete ihn zu absolutem Gehorsam und Stillschweigen in allen Belangen des Ordens. Und auf seine Dienstbarkeit und Verschwiegenheit konnte ich mich verlassen.

Damit waren die wichtigsten Spieler des Dramas in Stellung gebracht, ohne dass sie – Rétaux ausgenommen – ahnen konnten, wer der Regisseur hinter den Kulissen war. Um meine Deckung zu bewahren, folgte ich einem strikten Prinzip: Die Dramatis Personae nicht einfach wie Schachfiguren hin- und herzuschieben, vielmehr im richtigen Moment ihr Eigeninteresse zu wecken, sodass sie sich von selbst in die von mir gewünschte Richtung bewegten und sich zugleich in der schönen Illusion wiegen konnten, sie folgten nur ihrem eigenen Willen. – Macht es der Schöpfer und oberste Marionettenspieler des Universums denn nicht auch so mit uns, seinen Geschöpfen? Sind wir denn nicht alle in der schönen Selbsttäuschung befangen, unserem »freien Willen« zu folgen, ohne zu bemerken, dass wir an den unsichtbaren Fäden des Schicksals hängen?

Die Ausführung

Schon bald gelang es Rétaux in Paris, seine Stellung als Liebhaber der Mme. de la Motte zu erneuern und zu befestigen und ihr peu à peu meine Ideen einzusoufflieren, als ob es ihre eigenen wären. Natürlich hatte sie keine Ahnung, dass ihr Liebhaber mein geheimer Agent war, der mich über alle Schritte, die sie unternahm, auf dem Laufenden hielt.

Da sie in Versailles immer tiefer in Armut geraten war, zog sie es vor, wieder nach Paris zu ziehen. Hier mietete sie auf Pump ein elegantes dreistöckiges Haus mit schmiedeeisernen Balkonen, einer Conciergerie und Ställen, um sich einen Anstrich von Noblesse zu geben. Es war ideal gelegen, an der Rue Neuve St. Gilles im Marais, nur fünf Minuten vom Palast des Kardinals entfernt. Vorerst bewohnte sie mit ihren Dienstboten nur ein einziges Zimmer im oberen Stockwerk und stellte ihre Möbel bei einem Barbier in der Nachbarschaft unter, damit sie nicht von Gläubigern gepfändet wurden.

Rétaux brauchte ihr die nächsten Schritte, getreu meinen Anweisungen, gar nicht erst zu soufflieren; sie kam von selber darauf. So streute sie das Gerücht aus, sie stehe mit einflussreichen Leuten bei Hofe, unter anderem mit der Königin, auf vertrautem Fuße. Das Gerücht zeigte Wirkung. Schon bald wandten sich einige Geschäftsleute mit der Bitte an sie, ihre Interessen bei Hof zu vertreten. Es war auch Jeannes eigene Idee, diese Lüge am Kardinal persönlich zu erproben. Es bedurfte nur eines geringfügigen Anstoßes von Seiten Rétaux', ihr die Idee einer gefälschten Korrespondenz zwischen dem Kardinal und der Königin »einzugeben« und schmackhaft zu machen. Es war wirklich verblüffend: als ob derselbe Genius der Intrige mein und ihr Gehirn erleuchtete!

Bei der Einfädelung der fingierten Korrespondenz unterlief ihr nicht ein einziger Fehler. Rohan war entzückt über ihre angebliche Freundschaft mit der Königin. Glaubte er doch, nur deren persönliche Verbitterung gegen ihn verhindere seinen Aufstieg zum Ersten Minister Frankreichs. Nicht lange, und Jeanne schlug dem Kardinal vor, an Marie Antoinette zu schreiben und ihr eine Erklärung nebst Entschuldigung für seine früheren Entgleisungen als Botschafter am Wiener Hofe anzubieten. Eifrig wie ein schuldbewusster Novize schrieb Rohan seinen Brief wohl zehnmal um, bevor Jeanne zufrieden war und ihm versprach, ihn der Königin zu überbringen. Wie aber leuchteten seine müden Augen, als er den ersten Bogen kostbar geprägten Papiers mit Blumenbordüren in seinen zitternden Händen hielt, von Ihrer Majestät, der Königin, persönlich geschrieben und gesiegelt! Seine Entschuldigung war gut aufgenommen worden. Rétaux hatte saubere Arbeit geleistet.

Gleichzeitig ließ Jeanne all ihre Reize spielen, um den Kardinal an sich zu fesseln und von ihr abhängig zu machen. Ihrem Liebhaber Rétaux erzählte sie hin und wieder pikante Details von ihren nächtlichen Begegnungen mit dem Kirchenfürsten im Salon des Singes, wo im Scheine vieler Kerzen die erotische Messe zelebriert wurde. Besonders erregte es ihn, wenn sie im schwarzen Domino vor ihm erschien, er zuerst vor ihr niederkniete und ihr die kleinen Füße küsste, um sich dann langsam an ihren mit schwarzer Gaze verhüllten Schenkeln zum Venushügel emporzuarbeiten. Die Auferstehung des Fleisches vollzöge sich so ganz ohne künstliche Stimulanzien, kraft des wollüstigen Kitzels der Selbsterniedrigung vor der »großen Hure Babylon«. Wahrlich, dieses Teufelsweib kannte sich aus in der Psyche der Männer, in ihren geheimsten Wünschen und Phantasien!

Nach und nach wich die kühle Förmlichkeit der königlichen Antwortbriefe einem vertraulicheren und intimeren Ton. Der Kardinal erlaubte sich bald, seine an Ihre Hoheit adressierten blumigen Komplimente mit galanten Anzüglichkeiten zu versehen, die seitens der Königin mit dezenten Schmeicheleien beantwortet wurden, was wiederum seine Eitelkeit kitzelte und ihn noch wagemutiger machte. Da er des guten Glaubens war, Gottes Schöpfung sei vor allem ein Garten zur Befriedigung der eigenen Lüste, da er überdies den allgemeinen Gerüchten Glauben schenkte, die über Marie Antoinette als einer »hübschen Leichtsinnigen« in Umlauf waren, hielt er es bald für ganz natürlich, dass sie sich für einen Beau und Galan, wie er es war, erwärmte.

Schließlich konnte er es kaum noch erwarten, die Königin in personam zu sehen und mit ihr in intimen Kontakt zu treten. Wie aber sollte man ihm die Illusion einer solchen Begegnung verschaffen? Ich dachte lange darüber nach und fand doch keine Lösung. Dafür hatte Jeanne, die eifrige Theatergängerin, eine göttliche Inspiration, wie Rétaux mir mitteilte: Man könne ja, wie in Beaumarchais »Figaro«, die Rolle der Königin für eine Nacht von einer verkleideten Prostituierten spielen lassen. Ich wurde fast eifersüchtig auf Jeanne. Dieser weibliche Genius der Intrige hatte Einfälle, auf die nicht einmal ich gekommen wäre!

Es dauerte nicht lange, bis ihr Ehemann Nicolas im Garten des Palais Royal, wo die Müßiggänger ihren Vergnügungen und die Dirnen der gehobenen Klasse ihren Geschäften nachgehen, die geeignete Königin-Darstellerin gefunden hatte: Nicole Leguay, gelernte Hutmacherin und Gelegenheitsprostituierte, eine gertenschlanke, hübsche Frau von dreiundzwanzig Jahren, deren weiches blondes Haar und längliches blasses Gesicht mit den kornblumenblauen Augen eine gewisse Ähnlichkeit mit den Portraits von Marie-Antoinette hatte. Nicolas schmeichelte sich bei ihr ein, winkte mit Geld und stellte sie seiner Frau vor. Jeanne war sehr zufrieden und Nicole Leguay für eine ordentliche Gage bereit, für eine Nacht die Königin zu spielen. Mit sicherem Gespür wählte Jeanne die richtige Szenerie für das mitternächtliche Rendez-vous: den »Hain der Venus«, einer Laube im Petit Trianon, dem Lustgarten der Königin.

Am 11. August 1784 war es so weit. In Anbetracht der gefährlichen Liebschaft hatte sich der Kardinal in einen Umhang gehüllt und das Gesicht unter einem breitkrempigen Hut verborgen. In fieberhafter Erregung näherte er sich dem Hain der Venus. Seine letzten Zweifel an der erträumten Liebschaft schmolzen dahin, als die Königin in einem schlichten weißen Kleid und ohne Schmuck auf dem Haupt vor ihm erschien. Er warf sich ihr zu Füßen, sie hob ihn sanft auf, überreichte ihm eine rote Rose, murmelte hastig die Worte: »Sie wissen, was das bedeutet!« – und entschwand wieder in die mondlose Nacht.

Der Kardinal war im Glückstaumel. Am nächsten Tag schrieb er der Königin einen glühenden Liebesbrief, den er wie immer Jeanne als Überbringerin anvertraute. Rétaux, durch dessen Hände die Briefe des Kardinals gleichfalls gingen – Jeanne schätzte die stilistische Gewandtheit ihres Liebhabers und Komplizen –, bereitete mir das Vergnügen, daraus einige Zeilen zu zitieren:

Diese bezaubernde Rose liegt an meinem Herzen – ich werde sie bis zu meinem letzten Atemzug aufbewahren. Unaufhörlich wird sie mich an jenen ersten Augenblick meines Glücks erinnern … Kaum hatte ich die Büsche hinter mir gelassen, sehnte ich mich verzweifelt dorthin, wo Euer geliebter Sklave sich Euch zu Füßen warf … Ich suchte noch einmal den lustvollen Rasen auf, den diese hübschen kleinen Füße so sanft betraten. Ich eilte dorthin, als wäret Ihr noch da, und küsste mit ebenso großer Inbrunst Euren grasbedeckten Sitzplatz.

Dieser eitle Narr im Ornat des Kardinals bildete sich tatsächlich ein, der »geliebte Sklave« der Königin von Frankreich zu sein. Jeanne ließ ihn für die schöne Illusion kräftig zahlen: Im August forderte sie von ihm, im Namen der Königin, 50 000 Livres, im November 100 000 Livres – natürlich immer für wohltätige Zwecke. Wer hätte gedacht, wird sich der gute Louis René Edouard wohl verwundert gefragt haben, dass die gekrönte Herrscherin über ein 25-Millionen-Volk so knapp bei Kasse ist! Doch zahlte er willig, auch wenn er sich bei seinem Bankier verschulden musste. Jeannes Absicht war klar: ihn so lange auszunehmen, wie sich die Täuschung aufrechterhalten ließ. Dank des von ihm erpressten Geldes konnte sie es sich leisten, ihre Gläubiger zu befriedigen und ihre Wohnung in der Rue Neuve St. Gilles standesgemäß herzurichten.

Jetzt war der Zeitpunkt gekommen, Jeannes Habgier auf das berühmte und sündhaft teure Halsband und gleichzeitig das Interesse der beiden königlichen Hofjuweliere auf die Gräfin de la Motte zu lenken. Schon einmal hatten diese der Königin das Halsband zum Kauf angeboten und von ihr die abschlägige Antwort erhalten: »Für diesen Preis könnte man ein ganzes Schiff bauen zum Wohl des Königs und des Staates!« Mit diesem Ausspruch, der sogleich überall die Runde machte, wollte Marie Antoinette öffentlich demonstrieren, dass sie auf den Luxus verzichtet habe. Gleichwohl – so kalkulierte ich – würden die beiden Juweliere, deren ganzes Kapital in dem Halsband gebunden war und die sich selbst hoch hatten verschulden müssen, um die kostbaren Steine zu erwerben, keine Möglichkeit unversucht lassen, um einen Käufer zu finden. Man musste ihnen nur den richtigen Köder hinwerfen.

Es fügte sich gut, dass der Pariser Bankier und Gläubiger des Kardinals, M. Baudart de Saint-James, Schatzmeister der königlichen Marine, auch der Hauptgläubiger der beiden Hofjuweliere Boehmer und Bassenge war. Darum hatte er ein starkes Interesse daran, dass diese endlich einen Käufer für das Halsband fanden, damit sie ihre Schulden bei ihm begleichen konnten. Es war nicht nötig, aus meiner Deckung herauszugehen, um den Logenbruder Baudard de Saint-James zu aktivieren; es genügte, ihn durch einen diskreten Hinweis meines Agenten Rétaux auf Mme. de la Motte, »die Freundin der Königin«, aufmerksam zu machen – und er wusste, was zu tun war.

Im November 1784 erschien er, in Begleitung zweier anderer Freimaurer, in Jeannes Pariser Salon und malte der Dame des Hauses die Herrlichkeit dieses einzigartigen Halsbandes in den glühendsten Farben. Sodann beschrieb er ihr die Verlegenheit der beiden Juweliere, die ihr ganzes Kapital da hineingesteckt hatten. Ob sie, als Vertraute der Königin, diese nicht vielleicht doch bewegen könne, das einzigartige Kleinod zu erwerben? Ihre Majestät müsse ja den Kaufpreis nicht gleich auf einmal entrichten, man könne sich auf Raten einigen. Vielleicht ließe sich auch ein betuchter Bürge finden, der einen Teil der Kaufsumme vorstrecke, usw.

Natürlich roch Jeanne sofort den ungeheuren Braten, der ihr da vor die Nase gehalten wurde, sie erkannte wohl ihre Chance, zögerte aber noch: ein Halsband im Werte von 1 600 000 Livres an sich zu bringen und zu versilbern – dieser Coup überstieg ihre kühnsten Träume und machte sie schwindeln.

Endlich, am 29. Dezember, bestellte sie Boehmer zu sich, der ihr das legendäre Halsband präsentierte. Spätestens jetzt, nachdem ihr die kostbaren Diamanten die Augen geblendet, wusste sie, was zu tun war. Rétaux und Baudard hatten sie ja auch genugsam inspiriert. Sie schrieb dem Kardinal sogleich nach Zabern: Eine große Dame, die er kenne, verzehre sich vor Begier nach diesem Halsband, sie wolle es kaufen, aber in aller Verschwiegenheit, der König dürfe nichts davon wissen. Daher solle ein verlässlicher Freund für sie den Kauf übernehmen und die nötigen Garantien geben bis zum Datum des 1. August, an dem sie es dann bezahlen werde. – Es sei, appellierte Jeanne an den Kardinal, eine einzigartige Gelegenheit, sich der immerwährenden Gunst und Dankbarkeit der Königin zu versichern. Sie werde ihm diesen Dienst gewiss nie vergessen.

Am 5. Januar 1786 kehrte Rohan aus Zabern zurück nach Paris. Ich rechnete damit, dass er mich bitten würde, rasch aus Lyon zu ihm zu eilen, um mich, »seinen Kompass und sein Orakel«, wegen des beträchtlichen Risikos zu konsultieren, das er mit dem Kauf des Halsbandes auf sich nahm. Indes richtete ich es so ein, dass ich erst am 30. Januar in Paris eintraf. Am 29. sollte nämlich der Kaufvertrag zwischen dem Kardinal und den beiden Juwelieren unterzeichnet werden, wie mir Rétaux mitgeteilt hatte. Und es schien mir sehr ratsam, an diesem bedeutsamen Tag noch nicht am Ort des Geschehens zu sein.

Vor dreizehn Jahren hatte ein gewisser Giuseppe Balsamo, allen Unbilden des Wetters ausgesetzt, auf dem Dienerstand der Equipage des Herrn Duplessis die Reise nach Paris gemacht. Jetzt hielt sein illustres Alter Ego, Graf Alessandro di Cagliostro, mit einem Dutzend Extrapost-Chaisen – schließlich wollten seine Sekretäre, Geheimschreiber, Diener, Dolmetscher, Köche und Kuriere nicht zu Fuß gehen – seinen triumphalen Einzug in der Hauptstadt der Welt.

Der gute Louis René Edouard hatte es sich nicht nehmen lassen, mir in seiner goldenen Kutsche bis zur Bannmeile entgegenzufahren.

»Gottlob, Sie sind da! Sie wissen gar nicht, wie sehr ich Sie schon erwartet habe, Teuerster!«

Er schien mir überraschend gealtert; trotz seiner Freudenbekundungen verschwanden nicht die Sorgenfalten in seinem Gesicht, seine Haare waren jetzt fast weiß.

»Wenn ich Sie bitten dürfte, teurer Meister, trotz der späten Stunde noch in mein Palais zu kommen. Ich brauche dringend Ihren Rat in einer hochwichtigen Angelegenheit!«

Kaum hatte ich den Salon des Singes betreten, schüttete er mir sein Herz aus. Mit dem Ausdruck tiefer Dankbarkeit erzählte er mir von seiner »liebsten Freundin«, der Gräfin de la Motte, die das Versöhnungswerk zwischen ihm und der Königin in die Wege geleitet, und vom Erwerb des Halsbandes, für das er die Bürgschaft übernommen. Dennoch sei er besorgt wegen der großen finanziellen Bürde, die er auf sich geladen, und ob, angesichts der zerrütteten Staatsfinanzen, die Königin ihr Wort auch halten könne.

Ich tat sehr erstaunt, zog die Stirn in krause Falten und tadelte ihn sanft, dass er mich bei einer Angelegenheit von solcher Tragweite nicht schon früher konsultiert habe. Ob denn die Königin den Vertrag auch unterschrieben habe?

Der Kardinal fuhr sich mit der Hand über die schweißbedeckte Stirn. Ein wenig merkwürdig sei es schon gewesen. Zuerst habe Marie Antoinette ihre Unterschrift nicht unter den Kaufvertrag setzen wollen, obschon sie die Bedingungen akzeptierte – einschließlich der vier Ratenzahlungen auf zwei Jahre verteilt. Er aber habe als Bürge auf einer königlichen Unterschrift bestanden. Mme. de la Motte habe dann Ihre Majestät noch einmal aufgesucht und sei kurz darauf mit dem unterschriebenen Kaufvertrag zurückgekehrt. Ich bat den Kardinal, mir den Kaufvertrag zu zeigen.

Ich konnte mir Jeannes Verlegenheit wohl vorstellen, als der sonst so willfährige Kardinal, plötzlich misstrauisch geworden, auf der Unterschrift der Königin bestand. Doch Rétaux mit seiner geschickten Fälscherhand hatte das Problem offenbar rasch und zur Zufriedenheit aller Beteiligten gelöst.

Prinz Louis René kam aus seinem Kabinett zurück, den Kaufvertrag in der Hand. Ich las ihn sorgfältig durch, es war alles in Ordnung – bis auf eine bedeutsame Kleinigkeit, die Unterschrift der Königin betreffend: Da war Rétaux, wie ich sofort erkannte, ein schwerer Fauxpas unterlaufen, aber dies behielt ich für mich.

»Es ist doch alles geregelt!«, suchte ich den Kardinal zu beruhigen. »Eine bessere Garantie für den Bürgen als die Unterschrift der Königin kann es gar nicht geben ... Wann und wo soll denn die Übergabe des Halsbandes stattfinden?«

»Am 1. Februar – in der Wohnung der Gräfin de la Motte an der Place Dauphine in Versailles. Ein Kammerdiener der Königin soll die Schatulle mit dem Halsband aus meinen Händen übernehmen und sogleich nach Versailles zur Königin bringen ... Aber ist das nicht sehr riskant? Ich meine, kann man denn einem Kammerdiener ein Kleinod im Werte von 1 600 000 Livres anvertrauen?«

Rohan seufzte sorgenvoll und ergriff meine Hand: »Sie, die Sie alles wissen, teurer Meister, können Sie nicht die guten Geister befragen, ob der ganze Handel auch einen glücklichen Ausgang nimmt?«

Der Arme brauchte dringend meinen seelischen Beistand. Gott verhüte, dass er jetzt Manschetten bekam und in letzter Minute von dem Handel zurücktrat!

Obschon es bereits nach Mitternacht und ich todmüde von der Reise war, packte ich meine magischen Utensilien aus. Ich befahl, sämtliche Kerzen im Salon anzuzünden und gehörig das Weihrauchfässchen zu schwenken. Dann rückte ich meinen Dreifuß vor das Altarblatt mit den rotgewandeten Affen und setzte mich darauf. Da ich so müde war, fiel ich wie von selbst in den Zustand des Schlafwachens. Mittels der üblichen magischen Formeln begann ich die Geister zu zitieren. Sie erschienen mir diesmal in Gestalt rotgewandeter Affen, die mit vorgestrecktem Anus – offenkundiges Zeichen für die Würde des ganzen Handels – und mit eregiertem Glied, das symbolisch für den Erfolg der Operation stand, vor meinen Augen posierten. Wie die Phytia auf dem Dreifuß hockend und halb benebelt von den Weihrauchschwaden, verkündete ich schließlich das Orakel: Der Handel mit dem Halsband sei Seiner Eminenz, des Kardinals, würdig und werde von Erfolg gekrönt sein, zumal er das unübertreffliche Siegel der Güte der Königin trage. Auch sei der Tag nicht mehr fern, da die seltenen Talente Seiner Eminenz zum Wohle Frankreichs und der Menschheit erblühen würden!

Louis René Edouard dankte mir mit Tränen in den Augen für diese glückliche Prophezeiung. Seine letzten Zweifel waren besiegt. Im Geiste sah er sich wohl schon als Premierminister des Königreichs.

Am 1. Februar, dem Tag der Übergabe des Halsbandes, saß ich auf der Terrasse eines kleinen Hotel Garni, nahe dem Palais Royal, und spähte in Richtung der Arkaden – in quälender Erwartung des Kuriers, der die entscheidende, die erlösende Botschaft überbringen sollte. Meine Nerven waren bis zum Zerreißen gespannt ... Endlich kam der lang ersehnte Merkur mit dem Billet. Ich erbrach das Siegel und verschlang die chiffrierte Vollzugsmeldung förmlich mit den Augen: Die Übergabe des Halsbandes war plangemäß verlaufen. Der Kardinal, in einem düsteren Alkoven im ersten Stock von Jeannes Wohnung verborgen, war Zeuge, wie die Gräfin die Schatulle mit dem Halsband einem hoch gewachsenen, dunkel gekleideten königlichen Diener übergab. Beruhigt verließ er daraufhin die Wohnung. Er konnte ja auch nicht ahnen, dass dieser »Diener der Königin« niemand anderer war als mein Geheimagent Rétaux de la Villette. Sofort lösten Jeanne, Nicolas und Rétaux mit Hilfe eines Messer die kostbaren Steine aus ihrer Fassung.

Der Coup war geglückt. Und was für ein Coup! Wenn er erst ruchbar geworden, würde er – dessen war ich gewiss – ein politisches Erdbeben auslösen, das ganz Frankreich, ja, Europa erschütterte.

*

Zelada hörte sein Herz pochen wie eine Pauke – so aufgeregt hatte ihn das, was er eben gelesen … Es war also wahr, was er schon immer vermutet hatte: dass Cagliostro, trotz seines spektakulären Freispruchs durch das Pariser Parlament, der geheime Regisseur der »Halsband-Affaire« gewesen! Alles an dieser teuflischen Freimaurer-Intrige trug ja auch seine Handschrift, selbst wenn Mme. de la Motte sie ausgeführt hatte. Es konnte ja auch schwerlich bloßer Zufall gewesen sein, dass Rohan, das ahnungslose Opfer, zu gleicher Zeit von zwei Raubtieren belauert und umzingelt wurde, von dem Magier und der Circe, und dass sich deren Wege just im Hause des Kardinals kreuzten.

Bei aller Entrüstung über dieses unglaubliche Schurkenstück – Zelada konnte nicht umhin, diesem Meister der Intrige Bewunderung zu zollen. Wie ein virtuoser Schachspieler hatte er die Hauptpersonen des Dramas in Stellung gebracht, ihre heimlichen Begierden und Interessen genau kalkulierend. Die diabolische Lust an der Täuschung schien doch ein Quell unerschöpflicher Inspiration zu sein!

Nachdem man sich in vierzig Verhören mit ihm abgeplagt hatte, ohne dass er geständig und zum Widerruf bereit war, wurde es höchste Zeit, ihm die Folterinstrumente vorzuführen. Das hatte der Hl. Vater schließlich nicht verboten.

XVII. Aschermittwoch

Schon beim Anblick der Folterinstrumente in dem kahlen, fensterlosen Raum, der nur von zwei Pechfackeln beleuchtet wurde, schlotterten dem Inquisiten die Knie und brach ihm der Angstschweiß aus. Mit genüsslicher Pedanterie erklärte ihm der Kerkermeister die kommenden Prozeduren: Zuerst werde man ihm die Daumenschrauben anlegen und ihm die Daumen zerquetschen, damit er niemals wieder imstande sei, seine betrügerischen Taschenspielereien auszuüben. Dann werde man ihn – als Vorgeschmack auf die Hölle, die ihn erwarte, wenn er nicht geständig sei – nackt auf die Streckbank legen und mit der Schraubwinde so lange an seinen Armen und Beinen ziehen und zerren, bis er jedes einzelne seiner Gelenke knacken und krachen höre. Wenn er dann immer noch nicht geständig sei – der Kerkermeister deutete auf die Esse mit dem angefachten Feuer –, werde man sein sündiges Fleisch mit glühenden Zangen kneifen und es ihm bei lebendigem Leibe bröckchenweise ausreißen. Nein!, Blut werde nicht dabei fließen – denn die hl. Kirche verabscheue das Blutvergießen –, doch werde er alle Engel im Himmel singen hören …

Wimmernd fiel der Inquisite vor Zelada auf die Knie und flehte ihn an, ihm die Folter zu ersparen. Er werde alles bekennen, alles sagen, was man von ihm hören wolle.

Zelada winkte den Abbé Lelli herbei, der das Protokoll führte.

»Ich frage ihn also zum letzten Mal: Wer hat ihm seine geheime Mission erteilt, bevor er französischen Boden betrat? Wer waren seine Auftraggeber und Hintermänner?«

Stockend und mit angstgeweiteten Augen erklärte Balsamo: Auf dem Wege nach Straßburg habe er einen kurzen Aufenthalt in Frankfurt am Main genommen. Des Nachts habe man ihn, im Beisein zweier Oberhäupter der Strikten Observanz, zu einem Landhaus außerhalb Frankfurts kutschiert. Während der Fahrt habe man ihm die Augen verbunden. Seine Begleiter hätten ihm ihre Namen nicht genannt, er habe aber gehört, dass der eine mit »Bruder Ximinez« angesprochen wurde. Erst als man bei dem Landhaus angekommen, nahm man ihm die Binde wieder von den Augen. Seine Begleiter führten ihn sodann in den Garten zu einer, vom Rasen verdeckten Geheimtür. Mit einer Fackel stiegen sie eine steinerne Treppe hinab und betraten eine unterirdische, in die Runde gebaute Grotte. In ihrer Mitte stand eine eiserne Truhe. Besagter Ximinez habe die Truhe geöffnet, in der sich etliche Schriftstücke befanden; eines davon, das einem Missale oder Messbuch ähnlich war, nahm er heraus. Die Schrift begann mit einer Eidesformel, die mit Blut geschrieben war. Sie enthielt die Verpflichtung, *alle despotischen Monarchen zu stürzen*!

»Und? Hat auch Er diesen Eid mit seinem Blute unterschrieben?«

»Nein! Meine Chiffre – die vom Pfeil durchbohrte Schlange – stand schon da. Ich weiß nicht, wer sie dahin gesetzt hat.«

»Er lügt … Kerkermeister, walte deines Amtes!«

Der Kerkermeister ergriff die Hand des Inquisiten und legte ihm die Daumenschraube an.

»Ich schwöre: Ich habe nichts unterschrieben. Meine Chiffre stand schon da!«

»Standen noch andere Chiffren oder Namen unter der Eidesformel?«

»Ja! … Die Namen der zwölf *Großmeister der Illuminaten*.«

Zelada gab dem Kerkermeister ein Zeichen, dieser löste die Daumenschraube und ließ die Hand des Inquisiten wieder los.

»Und welches war der Plan der Verschwörung?«

»Aus dem, was ich in der Schrift lesen konnte und was meine zwei Begleiter mir erklärten, entnahm ich, dass der erste Streich dieses Geheimbundes gegen Frankreich gerichtet war. Nach dessen Fall sollte es dann gegen Rom und den Vatikanstaat losgehen.«

Zelada triumphierte: Endlich war es heraus!

Der Bund, so bekannte Balsamo weiter, habe in verschiedenen Banken zu Amsterdam, Rotterdam, London und Genua große Geldsummen liegen. Diese stammten aus den jährlichen Beiträgen von 180 000 Freimaurern, jeder zu 5 Louisdor gerechnet. Man bediene sich dieser Summen zur Unterhaltung der Ordensoberhäupter, zur Besoldung der Emissäre und Agenten, die an allen Höfen sich befänden, zur Bestechung hoher Staatsbeamter, zum Aufbau einer eigenen Flotte, zur Unterhaltung geheimer Druckereien und zur Besoldung all jener, die etwas wider die despotischen Souveräne unternähmen.

Für einen Moment bezweifelte Zelada die Glaubwürdigkeit dieses Geständnisses. Die Geschichte von dem konspirativen Treffen in der unterirdischen Grotte und der mit Blut geschriebenen Eidesformel klang ziemlich fabelhaft, roch nach Kolportage und Schauerroman. Hatte Balsamo sie vielleicht nur erfunden, um der Folter zu entgehen? Indes bestätigte sie – und darum musste sie einfach wahr sein! –, was für den Kardinal-Staatssekretär und die Hl. Kongregation von vornherein feststand: dass die Französische Revolution eine Verschwörung, ein Komplott des internationalen Freimaurertums war.

»Und wie viel Geld gab man ihm, damit er sich an der Verschwörung beteilige?«

»Man bot mir 600 Louisdor!«

»Er lügt. Mit lächerlichen 600 Louisdor kauft man doch nicht den *Großkophta.*«

»Ich habe das Geld nicht gezählt und nahm es nur an, um mit heiler Haut wieder aus der Grotte herauszukommen.«

»Er wurde in jener Nacht also zu einem der zwölf Großmeister der berüchtigten Illuminatensekte initiiert?«

»Nein! Ich habe nichts unterschrieben!«

»Kerkermeister! Entkleide Er den Inquisiten und lege ihn auf die Streckbank!«

Mit einem Ruck zog ihm der Kerkermeister das Hemd über den Kopf. Nun stand der »divo Cagliostro«, am ganzen Leibe zitternd, in seiner jämmerlichen Blöße vor ihm. Während der mehr als einjährigen Kerkerhaft war er sichtlich vom Fleische gefallen, von den Speckfalten seines Wanstes waren nur ein paar schlaffe Hautringe geblieben.

»Bekennt Er, dass Er ein bezahlter Agent der verbrecherischen Illuminatensekte ist?«

»Nein ... Ja ... Ich weiß nicht mehr, was ich bekennen soll.«

»Bekennt Er, sich der abergläubischen Magie verschrieben zu haben?«

»Ja ... Nein! ... Ich habe nie den Teufel herangezogen ... Ich bin apostolischer Katholik.«

»Bekennt Er, dass er in Hinsicht auf die Religion in den verwerflichsten Irrtümern gelebt hat?«

»Ja!«

»Ist Er bereit, seinen häretischen Irrtümern bezüglich der ägyptischen Freimaurerei abzuschwören und zu widerrufen?«

Balsamo bedeckte sein Gesicht mit den Händen; sein Wimmern und Zittern ging in ein Schluchzen über, das so gequält und verzweifelt klang, dass selbst die hart gesottenen Inquisitoren diesen peinvollen Anblick kaum ertrugen und den Blick von ihm wandten.

Man führte ihn in einen Nebenraum vor einen Tisch, auf dem das vorbereitete Blatt mit dem Widerruf lag. Mit Strenge erklärte ihm Zelada, nur ein ehrlicher Widerruf könne ihn jetzt noch retten. Da der Inquisite nicht mehr imstande war, selbst zu lesen, las er ihm den Widerruf vor:

Niedergedrückt von Trauer und Reue darüber, dass ich 45 Jahre elend in der Verdammnis meiner Seele und im Abgrund des Irrtums gelebt, bin ich, um meine Seele zu retten und das Unrecht wieder gutzumachen, das ich der Religion und den Seelen so vieler anderer zugefügt, bereit, jedwede Erklärung, jedweden Widerruf oder sonstigen Akt zu leisten, der erforderlich. Und da mir in Europa eine ungeheuere Zahl von Jüngern und Söhnen anhangen, die sich auf meine Einflüsterungen hin dem Systeme des ägyptischen Ritus angeschlossen, mehr als eine Million, die diesem Glauben so verbunden und meinem Willen so untertan waren … bin ich bereit, vorliegende Erklärung schriftlich niederzulegen und verbreiten zu lassen, die dazu dienen soll, sie zu erleuchten.
Ich bitte Eure Herrlichkeiten, diese meine Gefühle meinen Richtern und dem Heiligen Vater bekanntzugeben, auf dass sie wissen, dass ich ihnen meinen Leib überantworte, damit sie mich für meine Verbrechen bestrafen, denn ich bin es zufrieden, meine Seele zu retten. Ich vergebe all unseren Feinden sowie all jenen, die an dem Prozesse beteiligt, der gegen mich angestrengt worden, denn ich weiß, dass ich ihnen das Heil meiner Seele verdanke. Ich empfehle mich Euren Herrlichkeiten, die mich mit Wohlwollen behandelt und stets nach der Gerechtigkeit und ohne die mindeste Unregelmäßigkeit verhört, was mir noch nirgends begegnet ist …
Ich begehre nur das Heil meiner Seele. Ich bin bereit, die strengste öffentliche Bestrafung auf mich zu nehmen, ja dürste danach, denn ich bin bestrebt, das Übel wieder gutzumachen, das ich so vielen zugefügt, im Besonderen meiner Frau, die durch meine Schuld gleichfalls im Irrtum gelebt.
Gezeichnet …

Mit erloschenen Augen starrte Balsamo vor sich hin. Der Notarius reichte ihm den Federkiel – für Zelada und seine Kollegen ein Augenblick fast unerträglicher Spannung: Würde er den Widerruf unterschreiben oder nicht?

Als er endlich den Gänsekiel ins Tintenfass tunkte, ging ein hörbares Aufatmen durch den Raum. Indes hielt er die Feder, von deren Spitze ein Tröpfchen Tinte tropfte, noch eine ganze Weile unschlüssig zwischen Daumen und Zeigefinger, ehe der erlösende Augenblick kam: Der da endlich mit gebeugtem Nacken und zittriger Hand seinen Namenszug unter sein Todesurteil setzte, dachte Zelada mit grimmiger Genugtuung, war nicht mehr der »divo Cagliostro«, der schwarze Messias, dem Abertausende in ganz Europa gehuldigt und angehangen – er war nur noch ein Schatten seiner selbst, ein klägliches Wrack, ein gebrochener Mann! ... Gleichviel, ob er seine Missetaten bereute oder nicht, er hatte gestanden und widerrufen und sich damit auf Gnade und Ungnade der Autorität und höchsten Gerichtsbarkeit der hl. Kirche unterworfen!

Der Kardinal war hoch befriedigt; hatte er doch sein Ziel ohne Anwendung der Folter erreicht, wie es der Wunsch des Hl. Vaters gewesen. Jetzt konnte man die Verhöre endlich beenden.

Kaum hatte Balsamo unterschrieben, entriss ihm Zelada das Blatt, als könne er es sich noch anders überlegen. Kurz darauf schallte es durch alle Räume des Palazzo di Santi Ufficii: *Er hat widerrufen!*

Wie lange hatte der Erste Kardinal-Staatsekretär nicht auf diese Stunde gewartet und auf sie hingearbeitet! Es war die Stunde seines größten persönlichen wie politischen Triumphes seit dem Antritt seines hohen Amtes. Er begab sich sogleich zum Heiligen Vater, um ihm die frohe Botschaft zu verkünden: *Er hat widerrufen!*

Doch am nächsten Tag erklärte der Inquisite, er sei nicht bei sich gewesen, als er den Widerruf unterzeichnet, er nehme ihn zurück und verlange die Fortsetzung der Verhöre, er wolle neue Erklärungen abgeben.

Zelada vibrierte vor Zorn. Da nach den Statuten des Hl. Offiziums ein Widerruf nur dann Gültigkeit hatte, wenn der Inquisite auch nach den Verhören und nach der Tortur an ihm festhielt, sah er sich genötigt, ihn noch einmal vor die Hl. Kongregration zu laden. Kaum mochte er seinen Augen trauen: Derselbe Mann, der gestern noch wimmernd vor ihm auf den Knien gelegen, saß in Herrscherpose, das Haupt stolz in den Nacken geworfen und die Arme über der Brust verschränkt, auf dem Ketzerstuhle und erklärte mit hochmütiger Miene:

»Alles, was ich getan, habe ich auf Befehl Gottes, mit Hilfe der Macht, die er mir verliehen, getan – zum Wohle der hl. Kirche und der Christenheit. Man frage die Kranken, die ich unentgeltlich kurierte, und die Armen, die ich aus eigenen Mitteln unterstützte! Ihre Zahl ist Legion, ihre Dankespost kaum zu zählen ... Habe ich in Sachen der Religion Unrecht, so möge der Heilige Vater mich bestrafen; habe ich aber Recht, so möge er mich belohnen, und ich sage all meinen gläubigen und ungläubigen Brüdern, wenn der Heilige Vater heute Abend diese Erklärung in Händen hält, werde ich morgen früh auf freien Fuß gesetzt!«

Da hatte man geglaubt, den Hochmut des Inquisiten endlich gebeugt und gebrochen zu haben – und schon trumpfte der wieder auf, trotzte frech seinen Richtern, maßte sich sogar an, Kritik am Verfahren der Hl. Kongregation zu üben! ... Zelada forderte ihn auf, Beweise für seine guten Beziehungen zur Kirche aufzuführen. Wer sei bereit, für ihn einzustehen? Wen wage er zu nennen?

Ohne zu zögern, zählte er nun die Namen der erlauchtesten geistlichen und weltlichen Würdenträger auf: den Kardinal von Rohan, den Erzbischof von Bourges, den Erzbischof von Chartres, den Erzbischof von Lyon, den Bischof von Trient, den Herzog von Montmorency-Luxembourg, den Herzog von Orléans, den Herzog von San Demetrio, den russischen Großfürsten Potemkin, den polnischen Fürsten Poninsky, den polnischen König Stanislaus-Auguste, ferner die Namen zahlloser deutscher, kurländischer, russischer, polnischer und französischer Grafen und Gräfinnen, Barone und Baronessen.

Die Mitglieder der Hl. Kongregation machten betretene Mienen. Die ersten Familien des europäischen Hoch- und Kirchenadels hatten diesem schwarzen Messias gehuldigt und an seinem ketzerischen Ritus teilgenommen. Es war unerhört, ein Skandal ohne Beispiel! Höchste Zeit, diesen Demiurgen zum Schweigen zu bringen, ehe er auch noch die römische Kurie in Verruf brachte!

»Genug der Farce!«, schnitt ihm Zelada das Wort ab und legte ihm das Blatt mit dem Widerruf vor. In eisigem Tone erklärte er:

»Ist das Seine Unterschrift oder nicht? … Wenn Er Seinen Widerruf jetzt zurücknimmt, kann die hl. Kirche nichts mehr für die Rettung Seiner Seele tun. Dann sieht sich das hl. Offizium genötigt, Ihn als rückfälligen Ketzer zu behandeln und Ihn dem weltlichen Arme zu überliefern!«

Grabesstille senkte sich über den Raum. Balsamos Augen weiteten sich vor Schreck, unsicher glitten sie über die Runde der versammelten Magnifizenzen. Doch wohin er auch blickte – abweisende und versteinerte Mienen.

Plötzlich wechselte er, gleich einem gewieften Musikanten, Tempus und Tonart: »Warum, verehrte Magnifizenzen, machen Sie so viel Aufhebens um meine Person? Wenn einer während der römischen Fasnacht die Teufelsmaske trägt und lästerliche Reden führt, wird kein vernünftiger Mensch ihn für einen Diener des Teufels halten. Warum aber gerade mich? Meine magischen Operationen und Wunder, meine Logentätigkeiten – all dies war doch gar nicht so ernst gemeint. Es war doch bloß ein Spiel – zur Unterhaltung des Publikums! … Infolge einer mir selbst unbegreiflichen Neigung meiner Natur, die mir der Schöpfer eingepflanzt, fand ich schon in frühester Jugend großes Vergnügen an der Schauspielerei und Maskerade. Ist denn das so verwerflich? Tragen wir denn nicht alle unsichtbare Masken? … Was mich von anderen Christenmenschen unterscheidet, ist im Grunde nur dieses: dass ich mir einbildete, der Karneval gehe niemals zu Ende. Ich sehe wohl ein, dies war ein schwerer Irrtum.«

Diese Canaille gebrauchte immer neue Finten und Ausreden, um seine Richter gnädig zu stimmen und seinen Kopf aus der Schlinge zu ziehen. In sarkastischem Tone beschied Zelada:

»Nach der Fasnacht kommt der Aschermittwoch. Ob Er will oder nicht – auch Er wird Sein Haupt mit Asche bestreuen!«

Noch einmal wanderte der suchende Blick des Inquisiten über die Runde der Magnifizenzen, von einer zur anderen, ob er wenigstens *einen* Fürsprecher hier fände. Doch er prallte an einer Mauer des Schweigens, an einer Phalanx undurchdringlicher und feindseliger Mienen ab.

Endlich schob er mit resignierter Gebärde das vor ihm liegende Blatt mit dem Widerruf über den Tisch – zu Zelada hinüber. Dann sagte er unter Tränen:

»Ich bitte das hl. Offizium nur um eines: dass es wenigstens meine Frau verschone!«

Kapitel 18

Amour fou

Ich hatte allen Grund, mit mir und meinem Schicksal zufrieden zu sein – glich ich doch einem Kometen im Scheitelpunkt seiner Bahn. Noch ehe ich meinen Fuß nach Paris gesetzt, lag es mir schon zu Füßen. Die Kupferstiche mit meinem Portrait hingen in den Läden und Boutiquen. Mein Konterfei schmückte Damenfächer und Medaillons, Puder- und Tabakdosen. Bald war es Mode geworden, seinen Salon mit einer Büste des »divo Cagliostro« zu schmücken. Die Dichter und Barden überhäuften mich mit hyperbolischen Sonetten. Besonderer Beliebtheit erfreuten sich zwei Kupferstiche mit folgender Legende:

Ein Menschenfreund zeigt sich in diesem Bild
Mit Wohltun ist sein Tagewerk erfüllt.
Er macht das Leben lang und stillt die Pein
Die Lust am Wohltun ist sein Lohn allein.

Das ist der erstaunliche Mann, dessen erhabene Gabe
täglich den gierigen Tod überlistet,
der Mann, der keinen Eigennutz kennt,
nur an das Wohl der Menschheit denkt!

Vor unserem Pariser Domizil, dem »Hotel de Savigny« in der Rue St. Claude, einer Nebenstraße des Boulevard St. Antoine, versperrten die vornehmen Equipagen und Kutschen die Straße. Um jeden Tag meine Nähe genießen und mit Serafina flirten zu dürfen, die er gerne seine »petite comtesse« nannte, hatte Rohan in der Nähe seines Palastes dieses kleine hübsche Palais ausfindig gemacht. Es bot einen wahrhaft fürstlichen Komfort: Durch das Eingangsportal, das durch zwei Säulen gerahmt wurde, betrat man zwei gepflasterte Innenhöfe. Das marmorne Treppenhaus mit schmiedeeisernem Geländer, in dem bald zahlreiche Besucher – und nicht die geringsten! – hinaufstiegen, führte über drei Etagen zu geräumigen Zimmern. Der gute Louis René Edouard hatte nicht nur das alchemistische Laboratorium, sondern auch die luxuriösen orientalischen Möbel der *chambre égyptienne* bezahlt, wo ich meine Séancen abzuhalten pflegte. Auf der Konsole stand ein ausgestopfter schwarzer Ibis auf Stelzenbeinen, von der Decke baumelte ein konservierter Alligator mit klaffendem Maul, und die Wände bedeckten geheimnisvolle Hieroglyphen und kabbalistische Symbole. In der vornehmen Pariser Welt galt es bald als *dernier cri*, nach dem Besuch der Oper oder des Theaters das »Hotel de Savigny« aufzusuchen, um in der *chambre égyptienne* einer mitternächtlichen Séance des »divo Cagliostro« beizuwohnen.

Besonders die vornehmen Pariser Damen staunten mich wie ein Weltwunder an. Wie fühlten sie sich geschmeichelt, wenn sie, im Foyer oder im Salon, auch nur einen flüchtigen Blick von mir erhaschten! Und wie beneideten sie Serafina, dass sie mit diesem »Wundermann« und »Sendboten des Himmels« das Leben und das Bett teilen durfte!

Nun – das Bett teilten wir schon lange nicht mehr. Ich weiß nicht, was in Serafina gefahren war. War sie eifersüchtig auf meine vielen Verehrerinnen? Neidete sie mir meinen Ruhm? War sie noch immer vergrätzt wegen meiner Affaire mit der

Apothekersfrau in Bordeaux? Oder hielt sie mich gar für einen Scharlatan, Betrüger und Lügner? Wie oft habe ich nicht versucht, ihr den Wesensunterschied zwischen einem Genius und einem Scharlatan, zwischen einem echten Künstler und einem Betrüger, zwischen einem großen Mimen und einem Lügner klarzumachen! Doch sie blickte mich nur verständnislos an. Das alte christliche Vorurteil, wonach alle Schauspielerei im Grunde nur Verstellung und Lüge sei, war ihr einfach nicht auszutreiben.

War es da ein Wunder, dass meine Phantasien und Gedanken mehr und mehr um eine andere Dame kreisten, die nach meinem Dafürhalten zu den besten Darstellerinnen der Epoche zählte, auch wenn ihr Name bislang in keinem Pariser Schauspielführer Erwähnung fand! Dass der Coup mit dem Halsband geglückt, war vor allem Jeannes Verdienst gewesen; hatte sie doch jede Klippe mit Bravour gemeistert und, wenn auch ohne es zu ahnen, meine Inspirationen kongenial ergänzt. Ihr, der Primadonna dieser einzigartigen und verwegenen Inszenierung namens »Halsband-Affaire«, galt denn auch meine ungeteilte Bewunderung.

Gleichwohl vergaß ich keinen Moment, dass unsere Interessen und Absichten nicht dieselben waren. Jeanne war eine Intrigantin, die rein egoistische Ziele verfolgte. Sie wollte die verlorenen Besitztümer ihrer Familie wiedererwerben, um endlich das standesgemäße Leben einer Valois führen zu können. Darum musste sie auch daran interessiert sein, den Betrug mit allen Mitteln zu vertuschen und sich mit der Beute rechtzeitig aus dem Staube zu machen. Für mich (und meine geheimen Mitverschworenen) dagegen war die »Halsband-Affaire« nur Mittel zu einem politischen Zweck: nämlich das Ansehen von Thron und Altar gründlich zu ruinieren! Dass die Affaire irgendwann aufflog, damit sie ihre öffentliche Skandal- und Heilwirkung entfalten konnte und den Zeitgenossen die Augen öffnete, war ein wohlkalkulierter Teil, ja, die erwünschte Klimax des ganzen Plans. Wer letztlich von dem Verkauf des Halsbandes profitierte, war demgegenüber ein untergeordneter Gesichtspunkt.

Dennoch war ich nicht bereit, die fette Beute, zum Schaden für die öffentliche Wohlfahrt, einfach Jeanne und ihrem Ehemann zu überlassen. Wie viele gute Werke konnte man nicht mit dem Erlös der kostbaren Diamanten vollbringen! Wie viele wohltätige und philanthropische Einrichtungen ließen sich nicht damit finanzieren: Krankenhäuser für das Volk, Suppenküchen für die Armen und Hungernden, Waisen- und Findelhäuser, Blindenschulen, Werkstätten für gefallene Mädchen! Und wie viele minderjährige Dirnen konnte Serafina nicht mit einem Bruchteil des Erlöses freikaufen!

Fortuna ist eine launische Göttin. Wer weiß, wie lange mir noch solche spendablen Gönner wie Kardinal Rohan und so reiche Bankiers wie Jakob Sarasin und Saint-Costar zur Verfügung standen! Auch der »unsterbliche Cagliostro« wurde schließlich älter, auch an ihm nagte der Zahn der Zeit. Wenn ich mich morgens aus dem Bett erhob, hörte ich deutlich meine Gelenke knacken. Zwar sagte man mir nach, ich sei im Besitze jenes alchemistischen Wundermittels, welches das Leben verjünge, doch auf bloße Gerüchte und Legenden wollte ich mich in eigener Sache lieber nicht verlassen. Mit einem Wort: Es war an der Zeit, für mein und Serafinas Alter vorzusorgen.

Die Frage war nur: Wie kam ich an die Beute heran? Und wie konnte man so viele teure Diamanten absetzen, ohne Verdacht zu erregen?

Natürlich hatten Jeanne und Nicolas längst ihre Pläne gemacht. Einige kleinere Steine setzten sie in Frankreich ab. Doch den Großteil davon schaffte Nicolas nach England, wo niemand so leicht Verdacht schöpfen konnte. Eigentlich wollte ich Rétaux mit dieser Aufgabe betraut wissen, damit der Erlös aus dem Verkauf der Diamanten auf Bankkonten landete, über die auch ich verfügen konnte. Aber Jeanne und Nicolas wollten ihm diese heikle Mission keinesfalls überlassen. Misstrauten sie am Ende ihrem wichtigsten Komplizen? Zwar zahlten sie ihm ein hübsches Sümmchen aus; doch wo sie den großen Batzen Geld und die übrigen Diamanten versteckt hatten, hielten sie vor ihm geheim. Und dies bereitete ihm und mir ziemlichen Verdruss. Vor allem mir!

Die schöne Wespe

Von der Rue St. Claude zum Palast des Kardinals waren es nur wenige Minuten. Seit langem schon brannte dieser darauf, mir seine »liebste Freundin«, wie er Mme. de la Motte zu nennen pflegte, vorzustellen. Auch ich hatte ein gesteigertes Interesse, mich jener Dame auf diskrete Weise anzunähern, die nicht nur meine Ideen vorbildlich umgesetzt, sondern auch deren Früchte ganz allein für sich genießen wollte. Und überhaupt: War es nicht ein Gebot der Vorsehung, dass die beiden besten Schauspieler auf der illuminierten Bühne dieses Jahrhunderts sich endlich begegneten?

Eines schönen Märzabends hatte ich das Vergnügen.

»Gräfin Valois de la Motte!«, sagte Rohan, nachdem er mich ihr vorgestellt hatte.

Wir maßen uns, und ich wusste auf einen Blick: Diese Frau ist mir ebenbürtig – und darum gefährlich.

Von unserer ersten Begegnung in Straßburg hatte ich nur den flüchtigen Eindruck einer jungen und dreisten Person im Pagenkostüm behalten. Umso erstaunter war ich, jetzt einer berückenden Beauté gegenüberzustehen, einem leichten geflügelten Traum, halb dezent und halb nackt. Sie trug einen unterhalb der Knie gekürzten »Caraco«, der ihre Beine und den Ansatz ihrer prachtvollen Schenkel sehen ließ. Vielleicht war sie keine vollkommene Beauté, dafür war ihr Gesicht ein wenig zu lang, doch hatte sie einen breiten, sinnlichen Mund mit hohem Lippenbogen und sehr ausdrucksvolle blaue Augen unter dunklen, stark geschwungenen Brauen. Ihr Teint war ebenso hell wie der Serafinas, nur makelloser. Ihr tief ausgeschnittener Blouson aus grüner fließender Seide ließ einen wohlgeformten Busen erahnen, der durch die stark geschnürte Wespentaille noch gehoben wurde, und gab eine wohlgerundete Schulter frei. In ihren Bewegungen lag etwas ebenso Geschmeidiges wie Kraftvolles, eine verhaltene Energie, die jederzeit explodieren konnte.

Mit einem reizenden Lächeln streckte sie mir ihre Hand entgegen, die ich mit den Lippen berührte.

»Ihr Name ist Legende, Herr Graf! Paris sprach schon von Ihnen, als Sie noch gar nicht hier waren. Sie müssen über eine ganze Armee fliegender Boten verfügen, die Ihre Fama mit den Winden verbreiten … Ihr Kammerdiener trägt übrigens sehr zu dieser bei: Als ich ihn kürzlich fragte, ob es wahr sei, dass sein Herr über 300 Jahre alt sei, gab er zur Antwort: ›Ich weiß es nicht, ich bin erst seit 100 Jahren in seinen Diensten.‹«

Diese falsche Gräfin hatte eine lose Zunge. Hielt sie mich etwa für einen Scharlatan? Ich suchte nach einer passenden Replik, fand aber keine. Und mir schien, sie genoss meine momentane Verwirrung.

»Darf ich fragen, Herr Graf, unter welchem Sternzeichen Sie geboren sind?«

»Im Zeichen der Zwillinge, Madame!«

»Sieh an! Dann sind wir unter demselben Stern geboren … Und die Sterne lügen nicht.«

Sie lachte kurz auf – wie über einen schlechten Scherz des Schicksals. Und entblößte dabei ihre blendend weißen Zähne, die so regelmäßig wie die Perlen eines Colliers waren. Dann, indem sie den Kopf leicht zur Seite neigte, musterte sie mich von Kopf bis Fuß, als habe sie nicht die geringste Scheu, geschweige denn Respekt vor mir. Es war ein taxierender, zugleich seltsam irisierender Blick, in dem ebenso viel Glut wie Kälte lag. Er zog mich an und stach mich zugleich. Ich weiß nicht warum, aber diese schöne Wespe – im Geiste mochte ich sie schon nicht mehr »Jeanne« nennen, das erschien mir zu familiär! – beunruhigte und reizte mich zugleich.

»Wie Sie wissen, Meister«, wandte sich der Kardinal mir wieder zu, »steht Madame de la Motte unserer angebeteten Königin persönlich sehr nahe. Marie Antoinette ist wegen ihrer anstehenden Entbindung sehr besorgt. Irgendein Unglücksrabe bei Hofe oder ein boshafter Mensch aus den Reihen ihrer dynastischen Feinde hat ihr zugekrächzt, sie sei einer zweiten Geburt nicht gewachsen und ließe dabei ihr Leben. Nicht wahr, so war es doch, liebste Freundin?«

Die »liebste Freundin« bejahte durch anmutiges Nicken ihres hübschen, kunstvoll hochtoupierten kastanienbraunen Lockenköpfchens.

»Wäre es Ihnen doch möglich, Teuerster«, fuhr der Kardinal fort, »solche Befürchtungen zu zerstreuen, die Gräfin – und somit auch die Königin – über diesen Punkt zu beruhigen. Sie hat so viel von Ihren Wundertaten und Prophetien gehört, zumal Sie seinerzeit in Straßburg schon die glückliche Niederkunft ihres ersten Sohnes, des Herzogs der Normandie, vorausgesagt haben.«

Mme. de la Motte beobachtete mich gespannt. Oder soll ich sagen lauernd? Ich war mokante Blicke nicht gewohnt. Was führte sie im Schilde? Was bezweckte sie mit diesem neuen Bluff? … Natürlich war ihr nicht entgangen, wie sehr der Kardinal mich verehrte und wie sehr er mir ergeben war. Sie hatte seine Sinne mit den Waffen des Weibes betört, ich seinen Geist mit den Mitteln des Magiers umfangen. Es war eine zweifache Umklammerung, welcher der arme Louis René Edouard kaum entkommen konnte. Die Frage war nur: Wer von uns beiden hatte die größere Macht über ihn? Sie oder ich? In diesem verschwiegenen Wettkampf musste sie mich als ihren größten Rivalen betrachten, zumal sie wusste, dass der Kardinal mich in die Halsbandgeschichte eingeweiht hatte. Sie befürchtete wohl, ich könnte ihr Vorhaben gefährden. Darum schien es ihr ratsam, meine nähere Bekanntschaft zu suchen und sich gut mit mir zu stellen.

»Madame!«, rief ich und warf mich in Positur. »Alle Wahrsagereien sind die reinste Torheit. Raten Sie der Königin, sich der göttlichen Vorsehung zu überlassen, dann wird sie ganz von selbst auch das zweite Mal einem gesunden Prinzen das Leben schenken.«

»Nur keine Ausflüchte, Herr Graf! Alle Welt weiß: Sie haben die besondere Gabe, in die Zukunft zu schauen. Und Sie wollen diese Gabe der Königin von Frankreich vorenthalten, wenn Ihre Majestät Sie darum bittet? Bedenken Sie die Ehre und die hohe Gunst, welche Sie sich damit verdienen können! Ihrer Einführung bei Hofe dürfte dann nichts mehr im Wege stehen!«

Diese Schlange! Warum schmeichelte sie mir? Wollte sie meinen Ehrgeiz spornen, indem sie mich glauben machte, ich könne durch eine glückliche Prophezeiung die Gunst der Königin erwerben? Wollte sie mich etwa nach demselben Muster anlocken wie den Kardinal, um mich dann ebenso auszunehmen? Hatte sie mich als ihr neues Opfer auserkoren? ... Sollte sie nur! An mir würde sie sich die Finger verbrennen, sie wusste ja nicht – konnte gar nicht wissen –, was ich alles über sie wusste. Ich hatte sie schließlich in der Hand.

»Teuerster!«, der Kardinal legte mir seine gepflegte rundliche Prälatenhand auf die Schulter. »Wenn Sie nun in meinem und der Gräfin Beisein ... Falls einer es einwandfrei feststellen kann, dann nur Sie durch Ihre dienstbaren Geister!«

Nun, warum sollte ich das Spiel der Gräfin nicht mitspielen? Es war eine gute Gelegenheit, ihr näher zu treten und ihr peu à peu die Daumenschrauben anzulegen, bis sie geständig war.

»Ich gebe mich geschlagen!«, erklärte ich mit leidender Miene. Da ich aus Erfahrung wusste, dass die Glaubwürdigkeit einer Prophetie bedeutend erhöht wird, wenn man an das Medium ganz besondere Bedingungen stellte, fügte ich hinzu, zu Mme. de la Motte gewandt: »Aber ich benötige für eine so heikle Operation eine ganz besondere ›Taube‹. Sie muss von einer Reinheit sein, wie man sie nur bei den Engeln findet, sie muss zarte Nerven, große Empfindsamkeit und blaue Augen haben. Verschaffen Sie mir ein solches Kind von fünf oder sechs Jahren – und Sie und die Königin werden die volle Wahrheit erfahren.«

Sie versprach es und verabschiedete sich. In einem leichten Cabriolet in Ballonform, das mehr als drei Meter hoch war, fuhr sie davon. Ein solches Luxusgefährt hatte ihr wohl in die Augen gestochen, als sie noch hungernd und frierend am Rande der großen Landstraße hatte sitzen müssen, die von Paris über Passy nach Versailles führte. Damals – ich konnte es ihr nachfühlen – war in der armen Waise der gierige Traum erwacht, auch einmal schön und herzlos in einer feudalen Equipage zu sitzen und nachlässig an kleinen, verängstigten Bettelmädchen vorüberzurollen, die überall auf der Welt an den Landstraßen hocken und ihre blaugefrorenen Hände nach Almosen ausstrecken. Jetzt war sie so weit – dank des gestohlenen Halsbandes! Waren wir nicht verwandte Seelen?

Die Ironie des Schicksals fügte es, dass Mme. de la Mottes schöne junge Nichte, Marie Jeannette la Tour, alle Voraussetzungen einer vorbildlichen »Taube« erfüllte – bis auf eine Kleinigkeit: Sie war kein unschuldiges Kind mehr, sondern eine vollreife Göre von sechzehn Jahren. Ich gab der Gräfin deutlich meinen Unmut zu verstehen.

»Na und? Dann ist sie eben sechzehn«, gab sie schnippisch zur Antwort. »Kann man denn mit sechzehn nicht mehr unschuldig sein?«

»In Paris, Madame?«

Sie zuckte mit den Achseln – und warf mir zugleich einen koketten Blick zu.

»Paris, Herr Graf, ist nun mal die Stadt der Liebe. Da fragt man keine Frau nach ihrem Alter.«

Im Salon des Kardinalspalastes hatten ich und meine Helfer die üblichen Utensilien vorbereitet: Wachskerzen, Freimaurerinsignien, rote Rosen und silberne Bänder. Bevor ich mit der magnetischen Séance begann, nahm ich Fräulein de la Tour beiseite und katechisierte sie ein wenig:

»Ist's wahr, Demoiselle, dass sie ganz unschuldig sind?«

»Aber ja doch!«, sagte sie entrüstet.

»Ich hoffe zu Ihrem Besten, dass Sie die Wahrheit sagen. Denn wenn Sie nicht unschuldig sind, werden Sie auch keine Erscheinung haben, wenn Sie in die mit Wasser gefüllte Karaffe blicken! ... Sie wissen, es geht bei dieser Vision um die Niederkunft der Königin. Wir alle wünschen, dass diese glücklich verläuft. Sie doch gewiss auch?«

Fräulein Tour nickte.

»Dann begeben Sie sich jetzt bitte hinter den Wandschirm!«

Es war eine handverlesene Versammlung von Pariser Aristokraten und Freunden des Kardinals, die gespannt auf die Eröffnung der Séance warteten. Ich zog mit Kreide einen magischen Kreis um den Wandschirm und um mich selbst, psalmodierte die üblichen magisch-kabbalistischen Beschwörungen, zückte meinen Galanteriedegen, stampfte theatralisch mit dem Fuße auf und focht eine Weile gegen die bösen Geister, welche stets gegen den magischen Bannkreis anzustürmen suchen, den die guten Geister bewachen. Eigentlich hätte ich für diese solistische Darbietung einen gehörigen Applaus verdient, doch die ergriffenen Gäste wagten nicht, dieses erhabene Schauspiel durch irgendwelche Äußerungen profaner Art zu stören. Nur Mme. de la Motte folgte ihm mit dem gelangweilten Ausdruck einer snobistischen Dame.

Dann rief ich der hinter dem Wandschirm sitzenden »Taube« zu: »Blicken Sie in die Karaffe und sagen Sie mir, was Sie jetzt sehen.«

Keine Antwort. Ich wiederholte meine Frage, eine Spur dringlicher.

»Ich sehe nichts!«

»Denken Sie an nichts und konzentrieren Sie sich ganz auf die Karaffe! … Was sehen Sie jetzt?«

»Nichts!«

Maledetto! Wollte mich die Gräfin etwa coram publico blamieren, indem sie mir eine solch widerspenstige Göre als Medium angedreht hatte? Wollte sie auf diese Weise meine magische Autorität beim Kardinal untergraben?

»Das habe ich mir gedacht«, sagte ich vorwurfsvoll in Richtung Wandschirm. »Und Sie wollen noch rein und unschuldig sein, Demoiselle?«

Peinliche Stille.

Plötzlich rief die Stimme hinter dem Wandschirm erregt:

»Jetzt sehe ich etwas … Eine Frau in einem weißen Kleide.«

»Und? … weiter?«

»Sie hat einen dicken Bauch.«

Na also! Steht der gute Ruf einer Jungfrau auf dem Spiel, kommen die Visionen ganz von allein.

»Wie sieht die Frau aus?«

»Sie ist groß, hat blaue Augen und trägt eine Krone.«

Eine hörbare Erregung bemächtigte sich der Versammlung.

»Ist jemand bei ihr?«

»Ja. Hinter ihr steht ein Engel!«

»Frage den Engel, ob die Frau mit einem gesunden Kind niederkommen wird!«

Wieder gespannte Stille.

»Der Engel nickt. Jetzt breitet er seine Flügel über die schwangere Frau und segnet sie.«

Bravissimo! Nicht nur würde Marie Antoinette einem gesunden Erbprinzen das Leben schenken, die Séance hatte auch gezeigt, dass Fräulein Tour noch unschuldig war – für eine junge Pariserin freilich nicht gerade die beste Empfehlung.

Die versammelten Damen und Herren brachen in freudige Erleichterung aus. Nur Mme. de la Motte biss sich vor Ärger auf die Lippen, als mich der Kardinal umarmte und mir seinen tiefsten Dank für die glückliche Prophezeiung aussprach.

Nach dem Souper begab man sich in den Salon des Singes. Die schöne »Wespe« streifte meinen Arm, um mir ganz en passant einen Stich zu versetzen:

»Jetzt darf ich es Ihnen ja verraten, Herr Graf! Meine Nichte ist natürlich nicht mehr unschuldig. Aber das nimmt ihrer Vision nicht das Geringste.«

Vor Ärger war ich sprachlos.

»Auch ich habe zuweilen Visionen«, fuhr sie in frivolem Ton fort, während sie wie selbstvergessen am Spitzensaum ihres Dekolletees herumzupfte. »Engel sind mir aber noch nie erschienen, dafür umso reichlicher ihre gehörnten Brüder im Fleische. Ich verlor meine Unschuld schon mit acht Jahren – an meinen damaligen Stiefvater!«

Ihre Offenheit war wirklich umwerfend.

»Nein, nein! Sie brauchen mich nicht zu bedauern« – sie lachte ihr helles, girrendes Lachen und sah mich dabei herausfordernd an –, »mir konnte gar nichts Besseres passieren, als so früh durch die Schule der Männer zu gehen: Man lernt ihre geheimsten Begierden und Laster von Grund auf kennen und ist für immer gefeit gegen die Verführungen der Moral und der Tugend, mit denen die Männer die Weiber wie mit falschem Geschmeide behängen, um sie sich untertan zu machen … Finden Sie nicht auch, Herr Graf, dass das Prinzip der Gleichheit, von dem neuerdings so viel die Rede ist, seinen ursprünglichsten, banalsten und überzeugendsten Ausdruck im Sexus findet? Ob Bischof oder Gelehrter, ob Graf oder gemeiner Mann – Mann bleibt Mann!«

Diese Frau hatte einen schamlosen Esprit. Sie nahm ein Pralinee aus der emaillierten Dose, die auf dem kleinen Rosenholztischchen stand, legte es sich auf die Zunge und ließ es genüsslich im Munde zergehen. Dann sagte sie mit einer Nonchalance, als rede sie über das Wetter:

»Man kann jeden Mann rumkriegen, wenn man nur will! In Wahrheit sind die Männer das schwache Geschlecht!«

Diese Circe hielt sich wohl für unwiderstehlich. Schon wollte ich erwidern: ›Versuchen Sie es nur, Madame! Bei mir werden Sie auf Granit beißen.‹ Doch war ich mir dessen gar nicht mehr sicher und sagte stattdessen:

»Sie meinen also, die Frauen seien das starke Geschlecht?«

»Ganz recht! Das schwache Geschlecht, das angeblich kein Blut sehen kann, sieht es nicht jeden Monat Blut? … Bei den Schriftstellern, auch bei den aufgeklärtesten, liest man, Mut, Ausdauer und Verstandesschärfe seien Eigenschaften des männlichen Geschlechtes. Welch albernes Vorurteil! Ich bin der verkörperte Gegenbeweis. Man muss nur den Mut zum Mut haben und seine Leidenschaften zu beherrschen wissen.«

Jetzt verstand ich, warum ihr bei der Durchführung der Halsband-Intrige kein einziger Fehler unterlaufen war: Bei allem, was sie plante und tat, hielt sie sich an dieses eiserne Axiom, das sie gegen jede Art von »weiblicher Schwäche« gefeit machte … War sie nicht ein Machiavell in Weibsgestalt? Mit einem Ausdruck gespielten Bedauerns sagte ich:

»Sollten Sie, werte Gräfin, der Himmelsmacht der Liebe wirklich noch niemals erlegen sein und Ihren Verstand noch nie verloren haben? Dann wären Ihre männlichen Tugenden, auf die Sie sich so viel zugutehalten, um einen allzu teuren Preis erkauft … Darf ich?«

Ich nahm ein Pralinee aus der Dose und legte es ihr auf die Zunge, die sie mir mit einem koketten Züngeln entgegenstreckte. Hochmütig erwiderte sie:

»Bisher ist mir noch kein Mann begegnet, der es verdiente, dass ich um seinetwillen den Verstand verlöre … Doch wer weiß?« Wieder maß sie mich mit diesem seltsam irisierenden Blick, der voller Lockung und zugleich voller Kälte war. »Im Übrigen kann man die Lust der Männer auch genießen, ohne selbst verliebt zu sein … Sie entschuldigen, Herr Graf, aber ich muss mich um meine Nichte kümmern.«

Porco!, porco!, dieses Weib hatte es löffeldick hinter den Ohren.

Sie erhob sich und ging mit geschmeidigen Schritten, sich leicht in den Hüften wiegend, davon. Kurz vor der Tür drehte sie sich noch einmal und fragte mit spöttischem Lächeln:

»Darf Fräulein Tour nach ihrem erfolgreichen Debüt hoffen, dem großen Meister der geheimen Wissenschaften weiter als Medium zu dienen?«

Diese stolze Diana, die ihre spitzen Pfeile auf mich abschoss, während sie sich selbst als Göttin der Lust empfahl, sollte ihren Meister schon finden, bei dem sie endlich ihren Verstand und ihren Hochmut verlor … Wenn sie erst mit aufgelöstem Haar vor mir auf den Knien lag, ihrem Bezwinger ausgeliefert, würde ich sie schon dahin bringen, mir zu gestehen, wo sie ihre Beute versteckt hatte.

Wie leicht man sich doch über sich selbst täuschen kann! Ihr Pfeil hatte mich rücklings ins Herz getroffen.

Die folgenden Nächte wälzte ich mich schlaflos in meinem Bett – vor lauter Begierde nach dieser schönen Hexe. Ich war den ausschweifendsten Phantasien preisgegeben, Bildern von solcher Glut und Leidenschaft, wie schon lange kein Weib sie mehr in mir entzündet hatte. Bald nackt, bald mit hauchdünner, grün schimmernder Gaze umhüllt, sah ich sie vor und über mir in den verführerischsten und aufreizendsten Posen, wehrlos ihrem bezaubernden Lächeln, ihrem irisierenden Blick und den herausfordernden Bewegungen ihres kraftvollen Beckens ausgeliefert. Nicht sie, ich lag vor ihr auf den Knien, küsste ihr die Füße, die Schenkel, die Venusspalte, die Brüste, die Lippen und wälzte mich mit ihr im Sündenpfuhl. Es war wie ein verzehrendes Fieber.

Ich konnte kaum erwarten, sie wiederzusehen.

Da ich wusste, dass sie gewöhnlich zur Teestunde den Kardinal besuchte, richtete ich es so ein, dass ich wie zufällig um diese Stunde vorbeikam, um mit meinem Freund und hohen Gönner ein wenig zu plaudern. Natürlich durfte er nicht einmal ahnen, dass auch ich ein begehrliches Auge auf seine »liebste Freundin« geworfen hatte. Ihr wissendes Lächeln und ihre aufmunternden Blicke signalisierten mir bald ein heimliches Einverständnis, das meine Hoffnung beflügelte.

Als der Kardinal uns für einen Moment verließ, nutzte ich die Gelegenheit, setzte mich zu ihr auf die Ottomane und sah ihr tief in die Augen:

»Wissen Sie, Madame, dass ich seit Tagen von Ihnen träume?«

Sie sagte nichts, sah mich nur an. Plötzlich schlang sie den Arm um meine Schulter, zog mit einer herrischen Bewegung mein Gesicht an das ihre heran und küsste mich auf den

Mund. Es war ein so überfallartiger und leidenschaftlicher Kuss, dass mir Hören und Sehen verging. Als sich aus dem Nebenzimmer wieder die Schritte des Kardinals näherten, sagte sie rasch:

»Kommen Sie nächsten Mittwoch zu mir zum Souper, Rue Neuve St. Gilles 3!«

Die folgenden Tage benahm ich mich wie ein Schlafwandler. Kein Gedanke mehr an das Halsband und wie ich dieser Betrügerin die Beute wieder abspenstig machen könnte. Ich dachte nur noch an das bevorstehende Rendez-vous, träumte mit offenen Augen von der Liebesnacht mit dieser betörend schönen Hure, die meine Sinne derart in Aufruhr versetzt. Ja, ich war so in Gedanken an sie versunken, dass mir die peinlichsten Fauxpas passierten: Morgens beim petit déjeuner steckte ich, zur Verwunderung Serafinas, den Löffel in den Senf – statt in den Honigtopf – und wunderte mich dann, dass mein Toastbrot so scharf schmeckte. Ging ich aus dem Hause, griff ich aus Versehen den Rock meines schmächtigen Kammerdieners, der an der Garderobe hing, und wollte gar nicht verstehen, warum er so spannte und sich nicht zuknöpfen ließ. Hielt ich abends Loge, verwechselte ich, zum Befremden meiner Logenbrüder, die freimaurerischen Requisiten, sprach salbungsvoll von der Bedeutung des Zirkels, wenn ich die Kelle in der Hand hielt, und umgekehrt. Während ich über die »chymische Hochzeit«, die Coagulatio des Quecksilbers mit dem Silber sinnierte, geriet ich ins Stammeln, da ich im Geiste an eine ganz andere Coagulatio dachte. Kurz: Der Großkophta und Meister der geheimen Wissenschaften war auf dem besten Wege, zur Karikatur seiner selbst zu werden.

An besagtem Mittwoch stieg ich mit pochendem Herzen die Stiege zum »Hain der Venus« in der Rue Neuve St. Gilles hinauf. Um nicht erkannt zu werden, hatte ich mich in eine schwarze Pellerine gehüllt und mir den Schlapphut tief ins Gesicht gezogen.

Das Kammermädchen empfing mich und führte mich in den Salon, wo schon die Tafel für das Tête-à-tête gedeckt war. Kurz darauf erschien Jeanne in einem smaragdgrünen, sündhaft teuren Chemise à la Reine, das sie natürlich aus dem Erlös der gestohlenen Diamanten bezahlt hatte. Sie sah hinreißend darin aus. Ich küsste ihr die Hand und überreichte ihr mein Präsent: einen Fächer aus Pfauenfedern, auf dem mein Konterfei prangte. Sie bedankte sich und klappte ihn sogleich auf.

»Das ist sehr hübsch, mon cher ami et grand maître! So habe ich, ob während der Promenade oder in der Theaterloge, Ihr Portrait stets vor Augen ... Es missfällt mir nur, dass ich nicht die Einzige bin, da so viele Damen jetzt einen Fächer à la Cagliostro tragen.«

»Dafür sind Sie die Einzige, der es gelang, sein Herz zu stehlen, schöne Diebin!«

»Darf ich mir das wirklich einbilden? ... Ich werde es Ihnen vergüten mit allen Wonnen, die eine Frau zu vergeben hat ... Darf ich Ihnen meinen besten Spielkameraden vorstellen?«

Sie nahm einen mit bunten Federn bestückten, künstlichen Vogel von der Truhe und zog ihn wie eine Uhr auf. Der Vogel begann zu singen und schlug dabei kräftig mit den Flügeln. Es war ein kurioses Schauspiel.

»Finden Sie nicht auch, dass dieser automatische Vogel besser singt als jede Singdrossel?« Lächelnd fügte sie hinzu: »Ich habe ihn auf den Namen ›Alessandro‹ getauft.«

Sollte ich darin ein Zeichen ihrer besonderen Wertschätzung sehen? Oder wollte sie mich damit aufziehen?

Während des Soupers ließ ich meine Fabulierkunst spielen und erzählte ihr von meinen frühen Reisen durch den Orient, von Medina, Mekka, Alexandrien und den großen Pyramiden, gab auch die ein oder andere Schnurre aus meinem Gastspiel im Lande Katharinas zum Besten. Meine Histörchen schienen ihr sehr zu gefallen, denn sie quittierte sie mit ihrem hellen girrenden Lachen, das allerdings immer ein wenig spöttisch klang. Plötzlich legte sie Messer und Gabel beiseite, legte mir den Finger auf den Mund, wie um ihn zu verschließen, und sah mir tief in die Augen:

»Noch nie bin ich einem so faszinierenden Mann wie Ihnen begegnet!«

Meinte sie das wirklich ernst, oder wollte sie mir nur schmeicheln? Doch dann überzog eine plötzliche Röte ihr Gesicht, und sie hauchte mit schmelzendem Blick:

»Auch ich träume seit Tagen von Ihnen, mon cher maître! Um die Wahrheit zu sagen: Sie machen mich ganz verrückt vor Liebe!«

Ein Taumel des Glücks erfasste mich. Alle Etikette und Höflichkeit vergessend, riss ich sie an mich, bedeckte ihren Mund, ihre Augen, ihren Nacken mit meinen Küssen. Sie lockerte sogleich mit geübten Griffen ihr Dekolletee und bot ihren schneeweißen Busen meinem gierigen Munde dar. Ich vergaß, dass die schöne Frau in meinen Armen eine ausgekochte Lügnerin und Betrügerin war, bedachte sie mit den unschuldigsten und törichsten Kosenamen, nannte sie verzückt ›mein Reh‹, ›meine Gazelle‹, ›mein Schwan‹, ›mein Täubchen‹. Als meine Leidenschaft sich jenem Punkte näherte, da es kein Zurück mehr gibt, flüsterte sie mir mit kehliger Stimme zu:

»Komm, Liebster, das Dessert kann warten!« – und zog mich in ihr Boudoir, wo wir uns hastig entkleideten.

Im milden Schein des Kerzenlichts räkelte sie sich unter dem scharlachroten Samthimmel mit goldenen Fransen und Borten – eine wahre Götterspeise! Hätte mir jetzt auch einer zugerufen: »Vorsicht! Sie ist vergiftet!« – ich hätte sie unbesehen verschlungen, den nachfolgenden Exitus ohne Zögern in Kauf nehmend.

Als ich mich gerade anschickte, ihren Venushügel zu stürmen, legte sie plötzlich ihre Schenkel über Kreuz:

»Nicht so stürmisch, mon ami! Erst müssen Sie sich schützen!«

Ich hatte an alles gedacht – nur daran nicht. Meine Verlegenheit wohl bemerkend, sagte sie leichthin:

»De rien!, ich hab' noch eine eiserne Reserve!« Sie wandte sich zum Nachttischchen, öffnete die Schublade und holte ein schon angebrochenes Päckchen heraus. Mit spitzen Fingern zog sie eins, zwei, drei, vier englische Kondome hervor, die sie leichthändig wie ein Kartenspiel en miniature auffächerte.

»Ich denke, das dürfte reichen für ein Schäferspiel in vier Akten.«

Sie beugte sich über mich, um mir mit geübtem Griff die seidengefütterte Darmhaut überzuziehen. Auf einmal brach mir der Schweiß aus. Porco di bacco! Was erwartete dieses Weib von mir? Dass ich gleich vier Akte mit ihr vollzog? … Ich war nicht mehr fünfundzwanzig wie ihr Liebhaber Rétaux, der rammeln konnte wie ein Stier und von dem diese ›eiserne Reserve‹ wohl stammte. Sollte ich mich jetzt etwa mit ihm messen und an ihm gemessen werden? … Während mir solche Gedanken durch den Kopf gingen, verließ mich auch schon, o Pein, o Blamage!, die Manneskraft.

Sie gab sich redliche Mühe, aber ohne Ständer kein Überzieher! Kaum stand er, fiel er schon wieder – der Schwerkraft zum Opfer. Es war wie verhext.

»Es ist wohl doch nicht ihr Tag heute!«, resümierte sie trocken und feuerte das Kondom in die Ecke.

Und das mir! Das just bei dem Weibe, das ich so rasend begehrte! Vor Scham hätte ich mich am liebsten verkrochen.

»Sie sind jetzt wohl sehr enttäuscht von mir«, sagte ich kleinlaut, während sie sich in ihren seidenen Morgenmantel hüllte.

»Mais non! Pourquoi? … Auch der Mann hat eben seine Tage!« Sie lachte kurz über ihr eigenes Bonmot, dann sagte sie in scheinbar mitfühlendem Ton: »Grämen Sie sich nicht drum! Das nächste Mal wird ER, mit Gottes Hilfe, wieder stehen … Sie sind doch ein Stehaufmännchen, oder nicht?«

Ihr verhaltener Spott ging mir wie Nadelstiche unter die Haut.

Ich verließ ihr Haus wie ein Soldat nach verlorener Schlacht. Mit dem trostlosen Gefühl, mich unsterblich blamiert zu haben, fuhr ich in der Droschke durch die nächtlichen Gassen. »Smidollato!« – Schlappschwanz! Ein ärgeres Schimpfwort für einen sizilianischen Mann gab es nicht. Und wer es auf sich sitzenließ, hatte für immer den Respekt vor sich selbst und den seiner Geliebten verloren. Erst am nächsten Morgen fragte ich mich, ob sie mich nicht mit Absicht entmutigt hatte, um mich just dort zu treffen, wo ein Mann nun einmal am empfindlichsten zu treffen ist.

Jetzt begehrte ich sie erst recht – der Schlappe zum Trotz, oder vielmehr gerade wegen der Schlappe. Ich wollte eine Revanche d'Amour – und zwar so bald als möglich!

Drei Tage später, zur Teestunde im Kardinalspalast, sah ich sie wieder. Sie begrüßte mich höflich und wandte ihren Charme sogleich wieder den anderen Gästen zu. Wie das? Vor ein paar Tagen schien sie vor Liebe ganz verrückt nach mir zu sein, und heute behandelte sie mich wie einen flüchtigen Bekannten. Ich war tief gekränkt – und höllisch wütend auf sie. Als sie aufbrach, folgte ich ihr auf die Freitreppe, vor der schon ihr Cabriolet wartete, und stellte sie zur Rede. Sie tat ganz erstaunt und sagte mit gelindem Tadel:

»Was echauffieren Sie sich, mon ami? Sie sind ein verheirateter Mann, und ich bin eine verheiratete Frau. Wollen Sie etwa, dass morgen ganz Paris von unserer kleinen Affaire weiß? Wenn Sie schon nicht an Ihren und meinen Ruf denken, muss ich es wenigstens tun … Und unseren guten Ruf haben wir uns doch beide sauer verdient, nicht wahr?«

Ein kleines Augenzwinkern, ein gehauchter Kuss auf die Wange – und schon war sie in ihrem Cabriolet verschwunden.

Diese Wespe! Mal summte sie, mal stach sie. Und diese hinterhältige Vertraulichkeit! Als wüsste sie genau über mich und meine Vergangenheit Bescheid. Oder bluffte sie nur?

Nach zwei Wochen qualvollen Wartens gewährte sie mir endlich wieder ein Rendez-vous. Meine Erwartung schnellte hoch wie das Thermometer bei einem Fieberkranken. Diesmal hatte ich mich für die bevorstehende Liebesnacht vorsorglich präpariert und eine ganze Bouteille meines »ägyptischen Weins« geleert, der als Aphrodisiakum bei meinen Klienten hoch in Ansehen stand. Und per bacco!, dass er auch bei mir seine Wirkung tat, fühlte ich schon während der Kutschfahrt zur Rue Neuve St. Gilles, erst recht während des Soupers und der intimen Konversation mit Jeanne. Diesmal wollte ich es ihr so gründlich besorgen, dass ihr der spöttische Ton vergehen und ihr Boudoir von ihrem Brunstgeschrei widerhallen würde.

Doch kaum hatte ich sie schwungvoll aufgehoben, um sie über die Schwelle zu tragen, erklärte sie mir mit der Miene tiefsten Bedauerns, es täte ihr sehr leid, eine Stunde, bevor ich gekommen, habe sie ihre Mens bekommen. Mit anzüglichem Lächeln fügte sie hinzu:

»Sie wollen sich ja wohl nicht mit Blut beflecken – oder? Wie heißt es doch in der Hl. Schrift: ›An seinen unreinen Tagen halte dich fern vom Weibe!‹«

Die Rücksicht und die Autorität der Bibel geboten, meine Glut zu bezähmen. Und so begaben wir uns denn zurück in den Salon. Zwar suchte sie mich mit allerlei guten Likören für den entgangenen Genuss zu entschädigen, aber meine Laune war dahin, zumal ich den Verdacht nicht loswurde, sie habe nur eine schlaue Ausflucht gebraucht, um mich, nach der Blamage der ersten Nacht in der zweiten die Qualen des Tantalus fühlen zu lassen. Befand ich mich doch im nämlichen Fall wie der arme Sünder jenes jüdischen Witzes, der nach seinem Tod in die Hölle kommt, da er zu Lebzeiten allen Lastern, vor allem den fleischlichen Begierden gefrönt hatte. Doch als er zerknirscht die Hölle betritt, reibt er sich verwundert die Augen; er kann nicht glauben, was er sieht: Hier sitzen die Sünder an einer großen Tafel. Und ein jeder trinkt aus einer Bouteille köstlichen Weins und einem jeden sitzt eine wunderschöne nackte Venus auf dem Schoße. Da sagt der Neuankömmling: »Ich dachte, ich komme in die Hölle. Aber Ihr labt Euch an den köstlichsten Weinen und genießt die schönsten Frauen. Das muss der Himmel sein!« – »Leider trügt der Schein!«, klären ihn die anderen auf. »Denn sieh: Unsere Bouteillen haben unten ein Loch. Unsere Venusse aber haben dort keines. Und das ist die Hölle!«

Zweimal die Woche traf ich Jeanne zur Teestunde im Kardinalspalast. Mal flirtete sie mit mir und flüsterte mir kleine Obszönitäten ins Ohr, mal tat sie so, als ob wir uns kaum kennten, oder sie übersah mich einfach. Gab sie mir an einem Tag deutliche Zeichen ihrer Verliebtheit und lockte mich mit den süßesten Versprechungen, begegnete sie mir das nächste Mal mit kühler Höflichkeit und Distanz. So war ich einem quälenden Wechselbad der Gefühle ausgesetzt. Obschon ich ihre durchtriebene Taktik von erotischer Lockung und Abwehr durchschaute, war ich ihr doch wehrlos ausgeliefert. Sie brauchte mir nur ihr reizendes Lächeln zu schenken und mir galante Schmeicheleien zu sagen – und schon schmolz mein Herz wieder dahin.

Ich beschloss, den Spieß einmal umzukehren. Als ich das nächste Mal den Kardinal zur Teestunde besuchte, schnitt ich sie vorsätzlich und tat so, als sei mir ihre Gegenwart vollkommen gleichgültig. Und siehe da! Bei der anschließenden

Promenade durch den Lustgarten machte sie mir die lieblichsten Vorwürfe: Warum ich sie derart vernachlässige? Warum ich Sie keines Blickes mehr würdige? Ob ich Sie denn gar nicht mehr lieben würde? Und wann ich ihr wieder die Ehre eines Rendez-vous erwiese?

Auf ihren Wunsch verabredeten wir uns für nächste Woche in einem kleinen Hôtel garni, da ihr Ehemann eben aus London von einer »Geschäftsreise« zurückgekehrt war. Doch wer nicht kam, war Jeanne. Sie hatte mich einfach versetzt.

Als ich sie anderntags im Palast des Kardinals wieder traf, erklärte sie mir, es täte ihr furchtbar leid, aber Nicolas habe sie einfach nicht fortgehen lassen, auch habe sie ihm gegenüber ein schlechtes Gewissen, eben weil sie mich so liebe. Zornig wollte ich schon erwidern: »Sie lügen wie gedruckt! Hat Ihr Ehemann vielleicht etwas dagegen, wenn Sie es mit Ihrem Liebhaber Rétaux treiben?« Doch hielt ich gerade noch meine Zunge im Zaum. Gottlob!, denn damit hätte ich ihr bekundet, dass ich über ihr Privatleben bestens Bescheid weiß – und mich verraten. Stattdessen versetzte ich:

»Wenn Ihnen eine Rolle gar nicht liegt, Madame, dann ist es die der ehrbaren Ehefrau, die das Gewissen kratzt!«

Sie sah mich pikiert an, schnaubte mir ein beleidigtes »Bah!« entgegen – und ließ mich stehen.

Sosehr es mich auch stach, von ihr immer wieder hingehalten zu werden, ich war nicht nach Paris gekommen, um mich von dieser Circe am Narrenseil führen zu lassen. Ich hatte schließlich eine Mission zu erfüllen. Um die kommenden Stürme unbeschadet überstehen zu können, war es dringend geboten, mich einer gehörigen Hausmacht zu versichern, die mir helfend zur Seite stehen würde. So ließ ich denn all meine gesellschaftlichen Verbindungen spielen, um die ägyptische Loge in der Hauptstadt mit glanzvollen Namen zu umgeben. Wie in Lyon besetzte ich den Obersten Rat der ägyptischen

Freimaurerei mit den betuchtesten und einflussreichsten Persönlichkeiten: Als ihr Schirmherr und Großmeister figurierte der Herzog von Montmorency-Luxembourg, als Groß-Inspektor der Steuerpächter Jean-Benjamin de la Borde, der schon in seinen *Lettres sur la Suisse* mein Loblied gesungen, und als Großkanzler Baudart de Saint-James, der unermesslich reiche Schatzmeister der königlichen Marine, der – und das traf sich bestens – zugleich der Gläubiger Rohans und der beiden königlichen Juweliere Boehmer und Bassenge war. Auf solchen Säulen ruhend und von solch sprudelnden Geldquellen genährt, wurde die ägyptische Bewegung in Paris zu einem fulminanten Erfolg – und dies trotz der Konkurrenz von 72 Freimaurer-Logen, die sich wechselseitig die Mitglieder abspenstig zu machen suchten. Bald trat auch der Herzog von Orléans, Großmeister der französischen Freimaurerei, der ägyptischen Bewegung bei. Indessen suchte eine weitere hingebungsvolle Anhängerin, die Marquise de Flamarens, ihren Onkel, den Erzbischof von Brügge, zu bewegen, sich beim Papst für die Anerkennung meines Ritus einzusetzen. Auch Kardinal Rohan appellierte an den Vatikan, den ägyptischen Orden durch eine päpstliche Bulle bestätigen zu lassen, denn er verdiene die Anerkennung des Heiligen Stuhls nicht weniger als der Deutschritter- oder der Jerusalems-Orden. Was wollte ich mehr?

Natürlich war es Jeanne nicht entgangen, dass in Paris ein regelrechtes »Cagliostro-Fieber« ausgebrochen war. Einerseits erregte mein Nimbus ihren Neid – denn mit der aristokratischen Hautevolee, die mein Haus und meine Logen frequentierte, konnte sich der kleine schäbige Hofstaat, mit dem sie sich umgab, nicht messen –, andererseits schmeichelte es ihrer Eitelkeit, dass just der »Großkophta« an ihr Gefallen fand, ja, ihr regelrecht verfallen war. Und sie wusste nur zu gut, wie man einen verliebten Mann auf die Folter spannt. Dabei waren die Männer kaum zu zählen, von denen sie sich hatte beschlafen und aushalten lassen. Mit den heruntergekommensten Adeligen, Intriganten und Beutelschneidern hatte sie es getrieben, den Abschaum von Versailles in ihr Bett gelassen – aber just mich, den berühmten Cagliostro, ließ sie nicht an die Wäsche! ... Was aber bezweckte sie mit ihrer perfiden Taktik von erotischer Lockung und Abwehr? Geld wollte sie nicht von mir, sie hatte ja inzwischen genug. Wollte sie mich, ihren Rivalen bezüglich des Kardinals, langsam, aber sicher zermürben? Wollte sie mich partout als Mann demütigen, weil sie eifersüchtig auf meinen Nimbus als Wundermann war? Hasste sie das andere Geschlecht und ließ ihre Liebhaber büßen, was die bösen Männer ihrer Jugend ihr angetan? Manchmal kam es mir so vor, als führe sie mit den Mitteln des Weibes eine Art Privatkrieg gegen mich. Als wolle sie mir partout demonstrieren, dass der »divo Cagliostro«, der alle Weiber hätte haben können, just sie nicht haben konnte! Und dass auch er nur ein Vertreter jenes »schwachen Geschlechtes« war, das seine Begierden und Leidenschaften nicht beherrschen konnte, so wie sie es vermochte. Dass sie mir folglich *überlegen* war.

Was aber reizte mich so an ihr? Und warum kam ich nicht von ihr los? War es diese einzigartige Mischung, die sie verkörperte: *weibliche Schönheit, gepaart mit männlichen Eigenschaften* wie Mut, Tatkraft, Intelligenz, Verschlagenheit und Esprit? War es ihr zwittriger, androgyner Charakter, der mich so fesselte? Hatte ich mich wie Narzissus in mein eigenes Spiegelbild verliebt – und es nur darum nicht erkannt, weil es weibliche Züge trug? Oder war es gerade die anhaltende Kränkung meiner Männlichkeit, die mich wider Willen an sie band?

Lange genug hatte diese Circe mit mir und meiner Leidenschaft gespielt. Es war daher höchste Zeit, dass ich mich wieder auf mein Interesse und meine Trümpfe besann. Meinen stärksten Trumpf hatte ich ja noch gar nicht ausgespielt.

Der Juli neigte sich dem Ende zu. Am 1. August war die erste Rate von 400 000 Livres fällig, die den beiden Hofjuwelieren, laut Vertrag, aus der königlichen Schatulle ausbezahlt werden sollten. Sie würden aber ihr Geld nicht sehen, in Panik geraten und alsbald bei Hofe vorstellig werden, um an die säumige Königin zu appellieren – und dann würde der ganze Betrug auffliegen.

Dies alles war vorhersehbar, darum riet ich Rétaux, das Land schleunigst zu verlassen. Er setzte sich in die Schweiz ab. Was aber machte Jeanne? Sie ging in Paris einkaufen – und zwar in großem Stile. Nachdem ihr Gemahl vom nebligen Kriegsschauplatz des Londoner Juwelenhandels zurückgekehrt war, gingen über vierzig reich beladene Fuhren mit kostbaren Möbeln, Teppichen, Bronzen, Skulpturen, Uhren und Schmuck nach dem reizenden Landhaus ab, das sie in der Gemeinde St. Macloux in der Nachbarschaft von Bar-sur-Aube gekauft hatte. Ende Juli kehrte sie bestens gelaunt nach Paris zurück und erzählte während der Teestunde im Kardinalspalast von dem großartigen Empfang, den man ihr und ihrem Gemahl in ihrem Heimatort bereitet. Ganz Bar-sur-Aube nebst Umgebung speiste bei dem gräflichen Ehepaare. Man aß von silbernen Tellern und trank aus venezianischen Gläsern, als wäre Jeanne eine Königin und als würde dieses Leben nie ein Ende nehmen. Offenbar dachte sie mit keinem Gedanken an den 1. August.

Dies verwunderte mich, zumal Rohan immer unruhiger wurde. Wenn er in der königlichen Kapelle in Versailles die hl. Messe zelebrierte oder einem Empfang bei Hofe beiwohnte, blickte er oft verstohlen zur Königin hinüber. Doch an ihrem Hals war das kostbare Halsband nicht zu sehen. Und sie gab ihm auch nicht das mindeste Zeichen ihres Wohlwollens, behandelte ihn vielmehr so frostig und abweisend wie eh und je. Dabei hatte sie ihm doch so intime und zärtliche Briefe geschrieben und er ihr einen so großen Gefallen erwiesen. Der Kardinal verstand die Welt nicht mehr. Seine wachsende Unruhe und Bekümmerung suchte Jeanne mit allerlei Lügen zu beschwichtigen: Die Königin wolle das Halsband erst tragen, wenn es bezahlt sei; auch dürfe sie, mit Rücksicht auf ihre Stellung, ihre geheime Neigung für ihn nicht öffentlich zeigen, etc. pp. Doch wie lange konnte sie ihn mit derlei Ausreden und Lügen täuschen? Und warum machte sie keinerlei Anstalten, Paris zu verlassen? Spekulierte sie etwa darauf, der Kardinal würde, um den Skandal zu vermeiden, am Ende das Halsband selbst bezahlen? Wähnte sie sich darum in Sicherheit?

In den ersten Augusttagen gewährte sie mir endlich wieder ein Rendez-vous in der Rue Neuve St. Gilles, nachdem ihr Ehemann abgereist war; er hatte sich nach London abgesetzt. Ob sie wohl diesmal meine Wünsche erfüllen oder mich wieder zum Narren halten würde? Für letzteren Fall behielt ich mir eine Revanche vor, die sich gewaschen hatte.

Sie empfing mich in bester Laune. Der heißen Jahreszeit entsprechend war sie nur mit einer leichten Tunika bekleidet, die mit dem Emblem eines Luftschiffs der Gebrüder Montgolfieri bestickt war. Zum Horsd'œuvre gab es eine gefüllte Pastete und Austern. Während sie sich mit dem Fächer à la Cagliostro kühle Luft zufächelte, erzählte sie mir von den chinesischen Vasen und den wertvollen Gemälden, die sie gerade bei einer Auktion ersteigert. Sie gab sich ganz als stolze Gräfin aus dem königlichen Blute der Valois, die endlich wieder zu Besitz und Ansehen gekommen und ein standesgemäßes Leben führen konnte.

Nachdem wir uns an den Austern gelabt, wollte ich gerade beginnen, mit ihr intim zu werden. Plötzlich sah sie auf ihre kleine vergoldete Armbanduhr und entwand sich meiner Umarmung.

»Mon Dieu! Schon halb sieben? Wie schnell die Zeit vergeht! ... Ich muss schleunigst nach Versailles. Marie Antoinette erwartet mich ... Sie werden verstehen, mon ami! Eine Königin lässt man nicht warten.«

Ich hielt sie am Arm fest: »Gemach, gemach! Sie kommen gewiss nicht zu spät, weil die Königin Sie nämlich gar nicht erwartet.«

»Was erdreisten Sie sich? ... Lassen Sie mich gefälligst los!«, rief sie empört.

»Glauben Sie, ich hätte nicht längst erkannt, dass Ihre angeblich so enge Beziehung zur Königin nur vorgetäuscht ist!«

Sie kniff die Augen zusammen, als habe sie sich verhört.

»Und dass das Halsband niemals bei ihr angekommen ist! ... Der ganze Handel war ein Betrug!«

»Was Sie nicht sagen!«, mokierte sie sich. »Haben Ihnen das Ihre sieben Engel erzählt?«

»Die Engel nicht, aber der Kaufvertrag: Die Unterschrift der Königin ist gefälscht.«

»Gefälscht? ... Und woher wollen Sie das wissen?«

»Die Königin pflegt stets mit ›Marie Antoinette‹ zu unterschreiben. Nicht aber mit ›Marie Antoinette de France‹ ... Ja, liebste Diebin! Da ist Ihnen und Ihrem Komplizen leider ein dummer Fehler unterlaufen!«

Sie sah mich unsicher an, ihre Lider begannen zu zucken. Erst nach einer Weile fand sie die Sprache wieder.

»Wollen Sie mich etwa erpressen? Ausgerechnet mich, die ich Sie über alles liebe?«

»Liebe? ... Dieses Wort sollten Sie lieber nicht in den Mund nehmen, Madame! Sie verhöhnen damit all jene, die wirklich lieben. Für Sie ist die Liebe bloß ein Mittel zum Zweck, ein

Ausdruck von Schwäche, ein Machtspiel, in dem der verliert, der sich seiner Leidenschaft hingibt, und der gewinnt, der kaltes Blut bewahrt und nur so tut, als ob … Nun, Sie können sich auf Ihren Triumph etwas einbilden!«

Sie maß mich mit einem hochmütigen Blick; nur das Zucken ihrer Mundwinkel verriet ihre Nervosität.

»Was nun das Halsband betrifft«, fuhr ich mit eisiger Ruhe fort, »so können Sie mein Schweigen unter einer Bedingung erkaufen: indem wir uns die Beute christlich teilen … Andernfalls wird der Kardinal, wird ganz Paris morgen erfahren, wer das Halsband gestohlen hat.«

Verschreckt trat sie ein paar Schritte zurück und kehrte mir den Rücken zu. Eine Weile stand sie stumm, mit geballten Fäusten, am Fenster. Plötzlich drehte sie sich um, löste die Kordel ihrer Tunika und zog sich diese mit einer energischen Bewegung über den Kopf. Ebenso rasch entledigte sie sich ihrer Dessous – und warf sich nackt auf die Ottomane.

»Machen Sie mit mir, was Sie wollen!«

Da lag sie nun mit gespreizten Beinen vor mir und sah mich hasserfüllt an – gleich einer besiegten Raubkatze, die sich ihrem Bezwinger ergibt. Ich hob ihre Tunika und ihre Dessous vom Boden auf und warf sie ihr zu.

»Als ich Sie noch liebte, Jeanne, hätte ich alles für Sie getan. Ich hätte jede Lüge und jeden Meineid auf mich genommen, um Ihren Betrug zu decken und Sie zu beschützen. Jetzt will ich Sie nicht mehr.«

Sie sah mich an, als könne sie es nicht glauben, dass ich, dass überhaupt ein Mann auf diesem Erdenrund ihre Reize verschmähte. Ihre Überraschung wich einem Ausdruck maßlosen Gekränktseins. War das nicht ihr wahres Gesicht?

»Das Einzige, was ich von Ihnen noch will: den halben Erlös aus dem Verkauf des Halsbandes, das macht 800 000 Livres. In Gold- oder Silberdukaten, in Guineen, englischen Pfund oder in Edelsteinen, ganz wie es Ihnen beliebt!«

Mit einem Satz sprang sie auf und warf sich die Tunika über. Ihre Wangen glühten vor Zorn. In schneidendem Tone entgegnete sie:

»Bilden Sie sich etwa ein, eine geborene Valois ließe sich mit einem hergelaufenen Parvenu ein? Glauben Sie im Ernst, ich hätte Ihre Betrügereien nicht längst durchschaut und ließe mich von einem Scharlatan wie Ihnen erpressen?« Mit einer heftigen Bewegung schleuderte sie mir den Fächer à la Cagliostro vor die Füße. »Und jetzt verlassen Sie gefälligst meine Wohnung!«

Ich ging langsam zur Tür. Auf der Schwelle drehte ich mich noch einmal um und sagte:

»Ich erwarte Ihre Anzahlung von 100 000 Livres bis morgen Abend. Und bedenken Sie: Sie haben gar keine Wahl!«

Dachte ich. Aber ich hatte sie unterschätzt.

Tags darauf, am späten Abend, suchte mich nicht etwa Mme. de la Motte, sondern mein Logenbruder Baudart de Saint-James auf. Als Großkanzler der ägyptischen Loge war er mir, seinem spirituellen Oberhaupt, persönlich verpflichtet. Der sonst so bedächtige Mann war sehr aufgeregt. Er brachte alarmierende Neuigkeiten von den beiden königlichen Juwelieren, deren Bankier und Hauptgläubiger er war: Am Vormittag habe Mme. de la Motte dem Juwelier Bassenge einen Besuch abgestattet. Sie habe ihm erklärt, Marie Antoinette habe das Halsband niemals erhalten. Außerdem sei ihre Unterschrift auf dem Vertrag gefälscht. Um sich davon zu überzeugen, genüge ein Blick auf ein authentisches Dokument der Königin. Dann habe sie plötzlich die Frage gestellt: »Kennen Sie Herrn Cagliostro?« Es sei doch bekannt, dass der Kardinal, ein Liebhaber der geheimen Wissenschaften, völlig unter dem Einfluss dieses Scharlatans stehe, der sich rühme, Gold machen zu können. Auch speise der Kardinal fast jeden Abend mit der Gräfin Cagliostro, die seine heimliche Mätresse sei. Was aber sei verdächtiger als ein Magier, der niemals etwas erworben oder verkauft und dennoch in einem unsäglichen Überfluss lebe? Woher kämen denn die vielen Diamanten, die Cagliostro besitze? Gewiss nicht aus dem Alchemistenofen. Vielmehr bestehe der begründete Verdacht, er habe den Kardinal verhext und angestiftet, das Halsband zu stehlen, die einzelnen Steine herauszubrechen und sie ihm zu übergeben. Darum sollten sich die Juweliere mit ihren Forderungen an den Kardinal wenden, er sei schließlich ein vermögender Mann und werde sie gewiss für den Verlust des Halsbandes entschädigen.

»Aber woher« – Baudart hob resigniert die Arme – »soll Seine Eminenz die 1 600 000 Livres nehmen? Er ist ja selbst bis über beide Ohren verschuldet!«

Ich saß da wie vom Donner gerührt. Diese Schlange, diese heimtückische Intrigantin! Stand mit dem Rücken zur Wand und trat jetzt die Flucht nach vorne an, indem sie mich bei den Juwelieren anschwärzte! Jetzt verstand ich, warum sie sich so sicher fühlte und Paris nicht verlassen hatte: Für den Fall, dass der Kardinal nicht zahlen würde, wollte sie den ganzen Betrug mir in die Schuhe schieben. An alles hatte ich gedacht, nur nicht an diese Möglichkeit. Hatte diese schöne Viper mich deshalb umgarnt, betört und mit ihrem Giftzahn »geküsst«, um meinen Verstand zu betäuben?

Jetzt musste ich meine Deckung verlassen und in die Offensive gehen, um die eigene Haut zu retten.

Ich begab mich unverzüglich zum Kardinal. Er war in großer Aufregung, denn er wusste bereits, was die beiden königlichen Juweliere bei ihren Erkundigungen in Versailles festgestellt hatten: dass das Halsband nie bei der Königin angekommen war.

»Wo zum Teufel ist es nur geblieben? Ich habe doch mit eigenen Augen gesehen, wie Mme. de la Motte es dem Kammerdiener der Königin übergab!«

Der Entdecker eines Betruges kann unmöglich selbst der Betrüger sein. Darum musste ich dem verstörten Louis René jetzt die Augen öffnen. Erst wollte er es nicht glauben, dass seine »liebste Freundin« ihn betrogen habe. Ich habe nur ein Vorurteil gegen sie und beschuldige sie völlig zu Unrecht, verteidigte er sie. Ich forderte ihn auf, sich den Kaufvertrag einmal genauer anzusehen. Er, als hoher Würdenträger und Staatsbeamter, müsse doch wissen, wie die Königin ihre Dokumente zu unterzeichnen pflege: nämlich mit *Marie Antoinette* – und nicht mit *Marie Antoinette de France*!

Er holte den Kaufvertrag und besah sich die flüchtig an den Rand des Blattes gequetschte Unterschrift. Die Bestürzung machte ihn sprachlos.

»Werfen Sie sich dem König zu Füßen, Eminenz, und sagen Sie ihm die Wahrheit: Das ist Ihre einzige Chance!«

»Wollen Sie etwa«, rief er gequält, »dass ich Mme. de la Motte denunziere und ruiniere?«

»Wenn Sie es nicht übers Herz bringen«, entgegnete ich, »wird ein Freund diese Aufgabe für Sie übernehmen.«

Mit dem »Freund« meinte ich natürlich mich. Doch mein Vorschlag widerstrebte ihm. Mit schmerzlicher Miene murmelte er:

»Ich sehe wohl, man hat mich betrogen ... Ich werde bezahlen!«

»Wovon, Eminenz?«

Er sah mich verständnislos an. Dio mio! Was für ein Kirchenfürst, der nicht einmal den Stand seiner irdischen Konten kannte, geschweige denn seinen Schuldenstand im Himmel! An ihm hatte das Ancien Régime wahrlich einen würdigen Repräsentanten!

In den folgenden Tagen streute Mme. de la Motte in Versailles wie im Palais Royal, dem Umschlagsplatz aller Neuigkeiten, gezielt das Gerücht aus, der Kardinal überhäufe das Ehepaar Cagliostro förmlich mit Diamanten. Diese Schlange wollte nicht nur ihren Gönner, sondern auch mich und Serafina in den Abgrund reißen.

Damit nicht genug, bekam ich jetzt auch noch Ärger mit meiner Frau. Am 7. August war, in Anwesenheit der ersten Damen des Pariser Adels, in der Rue Verte-Saint-Honoré die ägyptische Frauenloge *Isis* feierlich eröffnet worden. Es war ein großer Erfolg – auch und gerade für die Großmeisterin. Doch tags darauf erklärte Serafina mir schroff:

»Ich will nicht länger der Loge vorstehen! Such dir eine andere Großmeisterin!«

Ich mochte es erst nicht glauben, dachte, sie erlaube sich nur einen Scherz. Doch es war ihr bitterernst:

»Ich will keine Rollen mehr spielen. Bin die ewige Maskerade satt! Will endlich ich selbst sein dürfen – ohne Maske, Verstellung und Ziererei. Will wieder Lorenza sein.«

Ich tobte und las ihr die Leviten: Sie sei wohl übergeschnappt! Was sie sich einbilde! Benehme sich wie eine launische und pflichtvergessene Diva. Aber sie könne nicht einfach während der Vorstellung die Bühne verlassen. Das Stück sei noch nicht zu Ende, der Vorhang nicht gefallen.

Aber sie blieb stur: »Ich will nicht mehr deine Helfershelferin sein, um vornehme Lebemänner und -damen ins Garn zu ziehen, die ganz erpicht auf das Elixier ihrer baldigen Verjüngung sind. Das ist doch alles ein großer Schwindel!«

»Was verstehst du schon von Alchemie und den wunderbaren Wirkungen der *materia prima*? ... Hast du vergessen, was du mir in Den Haag vor allen Brüdern der Loge *L'Indissoluble* feierlich gelobtest, als ich dich zur Großmeisterin der ägyptischen Loge erhob: unbedingten Gehorsam gegen die Statuten und Gesetze *de notre cher Fondateur*?«

Doch ihr Gelöbnis schien sie nicht im geringsten zu bekümmern. Mit vor der Brust verschränkten Armen stand sie da und musterte mich streng:

»Was sind das für geheime Depeschen, die alle Tage bei dir ankommen und die du, kaum dass du sie gelesen, sogleich zu Asche verbrennst? ... Planst du etwa wieder ein krummes Ding? Ein Grund mehr, mich schleunigst aus dem Orden zurückzuziehen! Mit deinen Machenschaften will ich nichts mehr zu tun haben!«

Am liebsten hätte ich ihr jetzt eine Tracht Prügel verpasst, doch das hätte alles nur schlimmer gemacht. So suchte ich denn an ihr Gewissen und ihre Dankbarkeit zu appellieren, die sie mir als ihrem Ernährer schulde:

»Und dafür hab' ich mich all die Jahre krumm gelegt, dich in Samt und Seide gekleidet und dich auf Händen getragen, um von dir so schmählich verkannt und verraten zu werden! ... Du verstehst nicht das Mindeste, urteilst bloß nach dem äußeren Schein. Als wüsstest du gar nichts von meiner hohen Mission – und zu welch erhabenem Endzweck dieser Orden erdacht und errichtet wurde. Und fällst mir gerad' jetzt in den Rücken, da diese Mission kurz vor ihrer Erfüllung steht. Womit hab' ich nur so viel Undank verdient!«

Doch all mein Reden und Klagen fruchtete nichts.

»Die Herzogin von Burgund«, erklärte sie spitz, »ist doch ganz versessen darauf, die Rolle der Großmeisterin zu spielen. Ich bin gewiss, sie wird die Aufgabe zu deiner vollsten Zufriedenheit erfüllen. Ansonsten kannst du dich ja an meine Stellvertreterin, die Marquise de Flamarens, halten!«

Sprach's und verließ das Zimmer.

Es gab kein gutes Bild für die Öffentlichkeit ab, wenn die Gattin des Großkophta den Dienst quittierte – und dies gerade jetzt, da Mme. de la Motte alles tat, um meinen Ruf zu ruinieren und die Schuld an dem gestohlenen Halsband mir in die Schuhe zu schieben. Um keinen weiteren Gerüchten Vorschub zu leisten, ließ ich verlauten, die Gräfin Serafina sei krank, bis zu ihrer Genesung werde die Marquise de Flamarens die Leitung der *Isis-Loge* übernehmen. Meiner Frau verbot ich, das Haus zu verlassen. Dies machte sie jedoch nur noch widerspenstiger:

»Wenn du mich jetzt wie eine Gefangene hältst«, schnaubte sie, »bloß weil ich dir in der Loge nicht mehr zu Diensten bin, werde ich der Pariser Journaille einmal erzählen, wie du das ›Wunder der Levitation‹ vollbringst. Von dieser Luftnummer sind deine ägyptischen Maurertöchter ja so geblendet, dass sie dich wahrhaftig für ein überirdisches Wesen ansehen.«

»Das wird ja immer besser! Willst auch noch meine Geheimnisse ausplaudern! ... Wäre Judas ein Weib gewesen, hätt' es wohl dein Gesicht getragen.«

Mit diesem Giftpfeil im Fleische ließ ich sie stehen. Indes schien es mir ratsam, sie nicht weiter unter Hausarrest zu stellen, denn die Vorstellung, sie würde ihre Drohung wahr machen, war mir ein Alp.

Während ich hin und her überlegte, wie ich mich der Botmäßigkeit meiner Frau wieder versichern und gleichzeitig Jeannes perfide Strategie durchkreuzen könnte, die Schuld an der Halsband-Geschichte auf meine Person zu lenken, explodierte am Abend des 15. August eine Nachricht, die nicht nur mich, sondern ganz Paris erschütterte: Prinz Louis de Rohan-Guémenée, Kardinal der Heiligen Kirche und Großalmosenier von Frankreich, war, nachdem er in Anwesenheit des Königs und der Königin die hl. Messe zelebriert, beim Verlassen der königlichen Kapelle verhaftet und auf Befehl des Königs in die Bastille abgeführt worden. – Der Skandal war da! Allerdings war es ein wenig anders gekommen, als mein Plan es vorsah: Auch mir drohte jetzt die Verhaftung.

Es wurde höchste Zeit, mich mit meiner Frau wieder zu

versöhnen – zumal sie bereits Verdacht schöpfte. Als ich zu später Stunde ins Hotel de Savigny zurückkam, war sie in heller Aufregung und löcherte mich mit ihren Fragen:

»Warum wurde der Kardinal verhaftet? Es geht das Gerücht, er habe ein Halsband von ungeheurem Wert entwendet. Glaubst du, dass er zu so etwas fähig wäre? ... Oder hast du etwas mit der Sache zu tun?«

»Wie kommst du denn darauf?«, echauffierte ich mich. »Ich weiß über die ganze Affaire nicht mehr als du!«

»Wenn man ihn verdächtigt, wird man auch dich verdächtigen. Du bist doch sein Intimfreund, sein Meister und Orakel ... Hast du denn keine Angst?«

»Warum sollte ich Angst haben?«, log ich. »Ich hab' ein reines Gewissen!«

Nachdem ich eine ganze Bouteille geleert, um meine Nerven zu beruhigen, kam ich behutsam auf ein anderes Thema zu sprechen:

»Ich war letzthin im Palais Royal! Man spricht dort viel von einer edlen Dame, die das Gute um des Guten willen tut und minderjährige Dirnen von ihren Kupplerinnen freikauft ... Weißt du eigentlich, wie sehr dich die Mädchen des Palais Royal verehren? Sie nennen dich die ›Gräfin mit dem goldenen Herzen‹!«

Serafinas Miene erhellte sich, ein kleines Glitzern kam in ihre Augen.

»Du siehst«, fuhr ich mit sanftem Spotte fort, »auch du entkommst der öffentlichen Verehrung nicht. Sie ist ja auch nur Ausdruck der Dankbarkeit für gute Taten, die man seinen Mitmenschen erwiesen ... Freilich kann sie einem auch zur Last werden.«

»Zur Last?« Sie sah mich zweifelnd an. »Du genießt doch den Götzenkult um deine Person, sonnst dich in deinem Glanze, als wärst du unter den hiesigen Logenfürsten der Sonnenkönig!«

»Du irrst dich sehr, cara mia!«, sagte ich mit leidender Miene. »Wenn du wüsstest, wie die Verehrung der Leute mich ennuyiert! Wie es mich anwidert, wenn die vornehme Klientel mir schmeichelt, mir nach dem Munde redet, mir in allem und jedem beipflichtet, als hätte man keine eigene Meinung und keinen Stolz zu verlieren! Glaub mir!, es ist kein Vergnügen, ein Idol zu sein: Man verliert den Respekt vor den Menschen.«

Sie zog erstaunt die Brauen hoch, als traue sie ihren Ohren nicht. Ich fasste ihre Hand, blickte ihr tief in die Augen und sagte in wehmütigem Ton: »Weißt du, wonach ich mich im Tiefsten sehne? Dass man mich als Menschen ansieht, als fehlbaren Menschen – und nicht als einen Gott! Wo aber kann ich noch Mensch sein – wenn nicht bei dir? Auch wenn du das Bett mit mir nicht mehr teilst, ich liebe dich noch immer, Madonna!«

Ihr Blick wurde auf einmal weich, eine Träne glitzerte in ihrem Auge. Während ich mit den Fingerkuppen sanft über ihren Handteller strich, erst ihre Lebens-, dann ihre Liebeslinie nachzeichnend, sagte ich leise:

»Weißt du noch, was wir uns damals versprachen, als wir noch arm und glücklich waren? Miteinander durch dick und dünn! ... Glaub mir, cara figlia! Am liebsten würde ich jetzt mit dir Paris verlassen und irgendwo in den Süden an einen kleinen verschwiegenen Küstenort ziehen, wo niemand uns kennt, niemand etwas von uns will. Ich wäre damit zufrieden, wie Candide am Ende seiner langen Reise, meinen Garten zu bestellen. Aber noch ist das Stück *Isis und Osiris*, in dem wir beide die Hauptrollen spielen, nicht zu Ende. Darum verlass bitte nicht vorzeitig die Bühne! Was ist Cagliostro ohne Serafina, was Giuseppe ohne seine Lorenza? Harre noch ein wenig aus – wenigstens bis zum Finale! ... Wie das Publikum unsere einzigartige Opera Buffa Magica am Ende aufnehmen wird, ob mit Ovationen oder mit Pfiffen – das weiß der Himmel! In jedem Falle wird die Welt sie nicht so schnell vergessen.«

Meine Liebeserklärung und inständige Bitte, mich jetzt nicht im Stiche zu verlassen, ließen sie nicht unberührt. Sie versprach, wieder in die Loge zurückzukehren, um mich nicht zu kompromittieren. Denn sie ahnte wohl, dass sich über meinem Haupte ein schweres Gewitter zusammenbraute. Dankbar sank ich in ihre Arme und vergoss ein paar heimliche Tränen der Reue. Was war sie doch für ein Schatz und eine treue Seele! Zum Glück wusste sie nichts von meiner Affaire mit Jeanne, ich fühlte mich auch nicht verpflichtet, ihr diese zu beichten, denn – genau genommen – war es ja gar keine Affaire gewesen.

Indes zogen die üblen Gerüchte und Verdächtigungen, die Jeanne über den Kardinal und mich ausstreute, immer weitere Kreise. Etliche Freunde und Logenbrüder rieten mir, Paris schleunigst zu verlassen. Ich hatte dafür auch einen ehrenwerten Grund: Am 20. August sollte in Lyon der endlich fertiggestellte neue Tempel Salomonis, die Mutterloge des ägyptischen Ordens, feierlich eingeweiht werden. Bei diesem festlichen Anlass durfte der Großmeister und Gründervater natürlich nicht fehlen. Doch als Serafina und ich am Morgen des 17. nach Lyon aufbrechen wollten, wurden wir von der Polizei daran gehindert: Man verweigerte uns die Pferde.

Nun jagte ein Theatercoup den anderen. Am 20. August wurde Mme. de la Motte verhaftet und in die Bastille gebracht. Es war mir klar, dass sie mich nun erst recht anschwärzen und beschuldigen würde, das Halsband entwendet und die einzelnen Steine verkauft zu haben. Ich machte mich auf meine eigene Verhaftung gefasst.

Am Morgen des 23. August war es so weit! Arme Serafina! Sie fiel in Ohnmacht, als der Polizeiinspektor M. Chénon fils uns den Haftbefehl vorlas, während die Polizeibeamten meinen Sekretär und meinen Schrank erbrachen und all meine Papiere, Effekten, Juwelen, Dukaten- und Goldmünzen-Rollen, den Schmuck meiner Frau, ja, selbst meine wertvollen Elixiere, Balsame und Tropfen beschlagnahmten. Schließlich nahm mich der Polizeiinspektor in Gewahrsam, um mich, wie er sich höflich ausdrückte, an den »Ort meiner Bestimmung zu bringen«. Ich sagte, ich zöge es vor, in meiner eigenen Kutsche zum »Ort meiner Bestimmung« zu fahren. Der Inspektor lehnte dies ab. Unter strengster Bewachung schleppte man mich den Boulevard Saint-Antoine bis zur Rue Notre Dame de Nazaret hinauf. Dort schob man mich in einen Fiaker, der sogleich den Weg zur Bastille einschlug.

Ich gebe zu: Diese dramatische Wendung war in meinem Masterplan nicht vorgesehen – so wenig wie meine Amour fou zu meiner Hauptdarstellerin, deren kriminelle Energie ich leider unterschätzt hatte. Fortuna ist eben eine launische Göttin. Es gefiel ihr, mich just im Zenit meiner Laufbahn noch einmal in den Abgrund zu stürzen.

Wer aber hätte gedacht, dass just das berüchtigte Staatsgefängnis der Schauplatz meines größten Triumphes werden sollte! »Das Stück hat gewechselt«, pflegen die großen Komödianten zu sagen. »Was zählt, ist auf der Bühne zu bleiben!«

XVIII. Melancholia

Während die ersten Frühlingsgewitter über den Campo Santo niedergingen, saß Zelada über seinen Schreibtisch gebeugt, die gespitzte Feder in der Hand. Doch er konnte sich nur schwer auf den Text konzentrieren, den er abzufassen hatte. Denn er stand noch ganz unter dem Eindruck des fatalen Berichts, den der soeben aus Frankreich zurückgekehrte Gesandte des Vatikans der Hl. Kongregation und dem Hl. Vater am Vormittage gegeben hatte:

Blasphemische Umzüge zur Verhöhnung der katholischen Geistlichkeit, bei denen Esel und Ziegenböcke die Mitra trügen, seien im Lande der Trikolore an der Tagesordnung. Die meisten Kirchen und Kathedralen habe man ihres heiligen Altarschmucks beraubt. Oftmals würden sie auch als Lagerhallen für Getreide oder als Waffenschmieden missbraucht. Die Kirchenglocken schmelze man ein, da man die Bronze und das Erz für die Geschütze gegen die feindlichen Armeen benötige, welche jetzt gegen Frankreich rüsteten. Selbst die Kryptas würden geplündert, das Kupfer und Blei der Sarkophage und Särge wandere in die Schmelzöfen, um daraus Kanonenkugeln zu gießen. Das Edelmetall, aus dem die Gerätschaften für die hl. Messe gefertigt sind, diene neuerdings zur Stützung des Wechselkurses. In vielen Provinzen und Städten Frankreichs würden die geistlichen Oberhäupter, die sogenannten »Volksbischöfe«, jetzt durch die Gemeinden gewählt. Die neue, von der Nationalversammlung verabschiedete »Zivilkonstitution des Klerus« verlange von jedem Geistlichen den Eid auf die Verfassung. Die eidscheuen und widerspenstigen Geistlichen aber, die an ihrem obersten Hirten, dem Hl. Vater, festhielten, würden ihrer Pfarrstellen enthoben, aus ihren Diözesen und Pfründen verjagt oder gar deportiert. Die herrenlos gewordenen Kirchengüter aber würden meistenteils vom Staate enteignet und verkauft. Die hl. Kirche und das Papsttum – so das alarmierende Fazit des päpstlichen Gesandten – seien durch die gottlose Revolution in ihren Grundfesten erschüttert, und wie eine Pest breite sich unter den Franzosen der atheistische »Kultus der Vernunft« aus.

Dieser gräuliche Sittenspiegel der Revolution hatte allgemeine Bestürzung ausgelöst. Auf dringenden Rat der Kardinalsversammlung beschloss Pius VI., unverzüglich ein päpstliches Breve aufzusetzen, das von den Kanzeln zu verlesen und in ganz Frankreich in Umlauf zu bringen sei. Darin solle die Menschenrechtserklärung als Ausfluss einer verdorbenen und gottlosen Philosophie gebrandmarkt, die demokratischen Wahlen der geistlichen Oberhäupter für null und nichtig erklärt, den Geistlichen, welche den Eid auf die »Zivilkonstitution des Klerus« leisteten, die Exkommunikation angedroht und über die vom Papst abgefallenen Gemeinden das Anathema verhängt werden. Der Kardinal-Staatssekretär wurde angewiesen, den Text für dieses päpstliche Breve vorzubereiten. Da zu befürchten sei, dass auch das vatikanische Territorium vom giftigen Keim der Revolution angesteckt werde, seien alle verdächtigen Freimaurer in Rom und Umgebung festzunehmen und das Sondertribunal zur Aburteilung des Balsamo schleunigst einzuberufen.

Unverzüglich hatte sich Zelada an die Arbeit gemacht, doch er hatte wieder Kopfschmerzen und kam nur schleppend voran. Kaum fand er die richtigen Sätze und Formulierungen, die einem päpstlichen Breve angemessen waren, immer wieder musste er das schon Geschriebene korrigieren. Endlich legte er die Feder beiseite und ließ die Arme sinken.

Sein Blick schweifte über die Bücherregale aus Palisander, die bis zur Zimmerdecke mit geistlichen Werken gefüllt waren. Auch er hatte etliche lateinische Abhandlungen zu theologischen Gegenständen verfasst. Wie viele Jahre seines Lebens hatte er nicht mit dem Studium der alten Sprachen verbracht, wie viel Fleiß und Lebensenergie nicht in das Übersetzen und Kommentieren der geistlichen Werke verausgabt! Wer aber würde in diesen gottlosen Zeitläuften solche Bücher noch lesen? War das jetzt alles Makulatur?

Die Kirche ist der mystische Leib Christi, hatte er damals geschrieben. *Ihre Grundlage, Organisation und Verfassung sind von Gott selbst gewollt – und somit heilig und unantastbar! Gleiches gilt für die katholische Glaubenslehre und die Dogmen – sie sind unfehlbar, weil Offenbarungen, welche die Stellvertreter Petri vom Hl. Geist unmittelbar empfangen haben …*

Diese Sätze klangen auf einmal seltsam hohl in seinen Ohren. Der *mystische Leib Christi* – wurde er denn nicht täglich von den französischen Jakobinern geschändet! Wie aber konnte der Allmächtige und Ewige es zulassen, dass seine Kirche, das Werk seiner eigenen Offenbarung, derart geschändet und zerstört wurde? Warum griff er nicht endlich ein? … Sollte auch diese schlimme Heimsuchung im Ratschluss der göttlichen Vorsehung beschlossen sein, Zelada vermochte keinen Sinn, geschweige denn eine »gerechtfertigte Prüfung« darin zu erkennen. Warum ließ der Allmächtige all dies geschehen, ohne seinen Blitzstrahl auf dieses verderbte Pariser Sündenbabel hinabzuschleudern? Hatten die Deisten vielleicht doch Recht, wenn sie behaupteten, der Schöpfer und erste Beweger des Universums habe sich aus der Schöpfung zurückgezogen, um in erhabener Gleichgültigkeit die Welt ihrem fatalen Selbstlauf oder, wie die alten Gnostiker glaubten, den Demiurgen und gefallenen Engeln zu überlassen? Europa stand am Rande eines verheerenden Krieges. Verzweifelt versuchten die gekrönten und gesalbten Häupter zu verhindern, dass die revolutionäre Flut über die Grenzen schwappte und die Throne und Altäre hinwegfegte. Und womit hatte der ganze Aufruhr begonnen? Mit der »Halsband-Affaire«! Balsamos Komplott hatte breiteste Wirkung gezeigt. In Polen, wo er schon früh seine Netze gespannt, hatte die Revolution bereits Fuß gefasst; ebenso in den Niederlanden, wo seine freimaurerische Saat ebenfalls aufgegangen war. Belgien und Savoyen waren von den französischen Revolutionstruppen bedroht, wie leicht konnte auch der militärisch schwache Kirchenstaat zu ihrer Beute werden! … War nicht auch die hl. Kirche letztlich nur *Menschenwerk* und daher, wie alles Menschliche und Irdische, der Zeit und der Vergänglichkeit unterworfen? Wenn man die Dinge nüchtern, aus staatsmännischer Sicht betrachtete, dann wurden auch die Geschicke der Kirche auf den Schlachtfeldern der Geschichte und in den Kabinetten der jeweils siegreichen Kriegsherren entschieden – und nicht per göttlichen Ratschluss oder per Inspiration durch den Hl. Geist.

Der Kardinal fröstelte ob dieser fatalistischen, ja, geradezu ketzerischen Gedanken, die ihn plötzlich überkamen wie eine ansteckende Influenza.

Er war jetzt siebzig Jahre alt, fast schon ein Greis, wenngleich noch ziemlich gut auf den Beinen. Wenn er auf sein Leben zurückblickte, kam es ihm wie ein unermüdliches anstrengendes Pensum vor, das ihn mehr und mehr ermüdet hatte. Wohl hatte er eine glänzende geistliche Laufbahn hinter sich und die Würde seiner hohen Ämter genossen. Aber die Süße des Lebens – wo war sie geblieben? Waren die geistlichen Würden und Ämter nicht nur ein trauriger Ersatz für die vitalen Freuden, die er sich versagt hatte? Er hatte keine Familie – außer der heiligen Familie, hatte weder Gatten- noch Vaterfreuden genossen. Nicht einmal eine Mätresse hatte er sich gehalten.

Eine bleierne Niedergeschlagenheit bemächtigte sich seiner, eine Art schlechten Gewissens dem Leben, *seinem Leben* gegenüber; schien es ihm doch auf einmal so, als habe er das Beste davon versäumt. Waren es die bestürzenden Zeitläufte oder war es die Lektüre dieser vermaledeiten *Bekenntnisse*, die ihm solche bittren Gefühle eingaben?

Im Vergleich zur buntscheckigen und brausenden Vita dieses italienischen Tausendsassas kam ihm die seine nachgerade wie ein gottgefälliges, doch eintöniges Kirchspiel vor. War der auch ein Erzschurke und Erzketzer, ein Spieler ohne Moral und Gewissen, jedenfalls hatte er aus dem Vollen geschöpft und jede Gelegenheit, die sich ihm bot, beim Schopfe gepackt. Er hatte nicht nur ein, sondern mehrere Leben voll stupender Verwandlungen, dramatischer Höhepunkte und Peripetien geführt – ganz wie im großen Theater! Dagegen war sein Leben immer nur Pflicht und Dienst gewesen, ora et labora, ora et labora ... Fing denn das wahre Leben erst nach dem Tode an? Oder war das jenseitige Leben nur eine Chimäre, eine tröstliche Illusion für das versäumte hienieden?

Erst nachdem der Kardinal die Hl. Mutter Gottes, deren Bildnis seinen Hausaltar zierte, flehentlich um ihren Beistand gebeten und hernach eine kräftigende Bouillon zu sich genommen hatte, verließen ihn die üblen Gedanken und Zweifel, welche ihn angefochten – und er besann sich wieder auf die Pflichten seines hohen Amtes.

Kapitel 19

Der Held der Nation

Eigentlich liebe ich Gefängnisse. Da ich in der ganzen Welt keine Stätte fand, die mir die Wohltat eines Heims bescherte, fühlte ich mich in ihnen fast wie zu Hause. Hier war mir alles sofort vertraut, hier fühlte ich mich aufgehoben, hier kam ich endlich zur Ruhe. Denn wie verschieden auch die Länder waren, die ich bereist, und das Leben in ihnen: Dies war immer trostreich das Gleiche gewesen, der ruhende Pol in der Erscheinungen Flucht, die sichere Heimstatt, die überall mit gleicher Strenge ihren rastlosen Sohn empfing.

Am Morgen nach meiner Verhaftung unterzog mich der Untersuchungsrichter M. Crosne im »Salle du conseil« einem ersten Verhör.

»Mir ist nicht bewusst«, erklärte ich, »etwas begangen zu haben, was meine Verhaftung rechtfertigt. Es sei denn den Mord an Pompeius, obschon ich, was dieses im Altertum begangene Verbrechen angeht, auf Befehl des Pharao gehandelt habe.«

»Monsieur Cagliostro!«, entgegnete der Untersuchungsrichter. »Ich werde mich nicht mit Straftaten befassen, die aus Zeiten ruchbar geworden, in denen meine Vorgänger jene Funktionen ausübten, die gegenwärtig mir obliegen.«

Der Mann hatte Humor, das Verhör ähnelte denn auch mehr einer gepflegten Unterhaltung als einer hochnotpeinlichen Befragung.

Da der Bastille eine schreckliche Fama anhaftete, hatte ich mir das Häftlingsdasein in diesen düsteren Mauern schlimmer vorgestellt, als es war. Die Regeln des alten Gefängnisregime aus dem vorigen Jahrhundert waren noch immer in Kraft: Jeder Häftling wurde von den Kerkermeistern nach der Nummer des Stockwerks und der Bezeichnung des Turmes benannt, in dem er die harte Gastfreundschaft des Königs genoss. Und da ich im fünften Stock des Comté-Turmes untergebracht war, der den Namen »La Calotte« trug, nannten mich die Kerkermeister »La Calotte-Comté« – ein hübscher Titel, wie ich fand. Wenn ich zum Verhör in den »Salle du Conseil« beordert wurde oder von diesem zurückkam, kreuzte ich stets die Garde der Wachsoldaten, welche sogleich ihre Augen mit dem Dreispitz bedecken mussten, um ihr Gesicht zu verbergen. Mein »böser Blick« hätte sie ja verhexen können. Trotz der militärischen Disziplin des Gouverneurs de Launy und trotz des Eifers seiner Adjudanten war es mit der Disziplin der Wachmannschaften nicht weit her – ein Umstand, den ich mir bald zunutze machen konnte.

Da die Bastille zuletzt nur noch vornehme Staatsgefangene und namhafte Kritiker des Ancien Régime wie Voltaire und Graf Mirabeau beherbergt hatte, waren die Gefängniszellen mit einem gewissen Komfort ausgestattet. Ich brauchte mein Haupt jedenfalls nicht auf Stroh zu betten, sondern lag auf einem ordentlichen Bett mit Matratze und seidenen Kissen. Die Verköstigung war gar nicht übel und wurde täglich besser infolge der Fürsorge meiner Freunde und Anhänger, die mich, dank der Lässlichkeit und Bestechlichkeit der Wachen, mit Pasteten, Kuchen, Maronen und Orangen versorgen konnten.

Nur vermisste ich schmerzlich meine geliebten Makkaroni. Mir stand sogar ein Sekretär mit Schreibzeug zur Verfügung – ein Luxus, den ich von anderen Gefängnissen nicht gewohnt war. Auch war ich von der Außenwelt keineswegs abgeschnitten. Der Großteil der Post meiner Freunde und Anhänger wurde mir zugestellt.

Nur zwei Dinge ertrug ich nicht: die fortwährende Einsamkeit und die quälende Ungewissheit bezüglich des Schicksals meiner Frau. Wie würde sie den Schlag verkraften, der sie getroffen, obschon sie gänzlich unschuldig war? Wo hatte man sie untergebracht? Und wie war ihr Gesundheitszustand? Man verweigerte mir hierüber jedwede Auskunft. Vor allem die Nächte wurden mir zur Qual, da alle Viertelstunde die Glocke der Turmuhr schlug und mich aus dem Schlaf riss.

Um nicht den schwarzen Gedanken zu erliegen, die mir die Sorge um meine Frau und die erzwungene Einsamkeit eingaben, brauchte ich dringend Gesellschaft. Und so spielte ich vor dem Kerkermeister, der mich auf meinem täglichen Hofgang begleitete, eine kleine Komödie: Immer wenn er mich zurück in meine Zelle brachte, brach ich in verzweifeltes Schluchzen aus und drohte, mir etwas anzutun, um die Qual meiner Einsamkeit zu endigen. Damit ich meine Drohung nicht wahrmache, sah sich M. de Launay schließlich genötigt, mir einen Bewacher und Gesellschafter beizugeben. Dieser, ein junger Unteroffizier namens Dory, war ein munterer Gesell, der die Gefangenschaft bereitwillig mit mir teilte. Er rechnete es sich geradezu als Ehre an, mich zu unterhalten und mir zu Diensten zu sein. In ihm hatte ich einen verlässlichen Boten und Kurier, der meine Briefe und Kassiber unbehelligt nach draußen trug und mich mit den wichtigsten Zeitungen versorgte. So konnte ich mich umfassend und unzensiert über die Alltagsneuigkeiten informieren. Und dies war in meiner Lage ein unschätzbarer Vorteil.

Da Dory sich in der Bastille mehr oder weniger frei bewegen konnte, hatte er auch Zugang zu den anderen Türmen, wo Kardinal Rohan und Mme. de la Motte untergebracht waren. Es gelang ihm, den Wärter zu bestechen, der bei den Verhören der Mme. de la Motte zugegen war, und ihn als Informanten zu gewinnen, sodass ich über die Verteidigungsstrategie meiner Kontrahentin genau im Bilde war.

Gekonnt spielte sie die publikumswirksame Doppelrolle der armen und ungerecht behandelten Waise *und* der vornehmen Prinzessin vom königlichen Blute der Valois. Den Untersuchungsrichtern erklärte sie im Ton der verwunderten Unschuld, sie wisse gar nichts von dem sagenhaften Halsband – wie sollte sie als mittellose, verwaiste Valois ohne Beziehungen zur Welt der Höfe denn irgendetwas wissen? Wenn das Ganze eine Intrige sei, dann habe gewiss dieser Scharlatan Cagliostro sie eingefädelt. Er sei der Drahtzieher des Komplotts gewesen und habe den Kardinal Rohan verhext, damit er an die Liebe der Königin glaube, und ihn überredet, das Diamantenhalsband zu stehlen. Dieses verteufelte Weib hatte zwar nichts Konkretes gegen mich in der Hand, ich glaube auch nicht, dass sie ahnte, dass ihr Liebhaber Rétaux mein Agent war, der ihr meine Ideen soufflierte, doch ihre Spürnase folgte der richtigen Fährte.

Noch mehr Sorge bereitete mir das juristische Memorandum, das der von ihr bezirzte Verteidiger Maître Doillot aufsetzte und veröffentlichte. Es war ganz darauf berechnet, meine Reputation als Freimaurer, Heilkünstler und Alchemist zu zerstören:

Aber was ist er wirklich? Nichts als ein Scharlatan zweifelhafter Herkunft; ein portugiesischer Jude, alexandrinischer Ägypter oder griechischer Abenteurer, der in ganz Europa wegen seiner Verbrechen gesucht wird.

In ihrem zweiten Memorandum wurde Mme. de la Motte noch dreister, indem sie nun auch die giftigen Invektiven Carlo Sacchis in ihre Polemik gegen mich einbezog und meine Vita unter die Lupe nahm. So boshaft und übertrieben ihre Behauptungen auch waren, sie kamen der Wahrheit gefährlich nahe. Den Großkophta schilderte sie als ehemaligen Kammerdiener aus den Elendsvierteln Neapels, der in Wirklichkeit »Thiscio« oder »Ticho« heiße (tatsächlich war ich ja während meines ersten Paris-Aufenthaltes unter diesem Namen aufgetreten). Als Sohn eines syphiliskranken Barbiers habe er seine exotische Herkunft frei erfunden. Unter dem Deckmantel der ägyptischen Freimaurerei aber würden in den gemischten Logen die reinsten Orgien veranstaltet werden. Auch könne sie selbst bezeugen, wie Kardinal Rohan die Gräfin Cagliostro mit Diamanten und wertvollem Schmuck überhäuft habe. Offensichtlich habe er das Halsband gestohlen, um seine neue Mätresse damit zu beehren.

Das war starker Tobak, ganz auf den Geschmack des Pariser Gossenjournalismus und der sensationshungrigen Massen berechnet. Schon vor meiner Verhaftung war ein übles Pamphlet *Echte Nachrichten von dem Grafen Cagliostro* erschienen, das meinem Kammerdiener zugeschrieben wurde, in Wahrheit aber von dem Pariser Skandaljournalisten Marquis de Lumet stammte. In diesem Traktat wurde geschildert, wie Cagliostro, nackt wie Erzvater Adam auf einer Kugel sitzend, von der Decke des Tempels der Isis-Loge herabschwebt und, unter Berufung auf Jean-Jacques Rousseau, die versammelten Damen auffordert, zur Natur zurückzukehren und ihre Kleider abzuwerfen. Hatte schon dieser gedruckte Ausfluss der schmutzigen Phantasie eines Pariser Lebemannes eine erstaunliche Auflage erzielt, so wurde nun das Memorandum der Mme. de la Motte ein Verkaufsschlager sondergleichen. Schon in der ersten Woche wurden 5000 Stück abgesetzt.

Am meisten Sorge jedoch bereitete mir, dass Mme. de la Motte von der mächtigsten politischen Fraktion im Lande und ihrem Wortführer Rückendeckung erhielt, nämlich vom Ersten Minister Baron de Breteuil, der die Interessen des Hofes und der Königin vertrat. Natürlich sah Marie Antoinette ihren Ruf durch die gefälschte Liebeskorrespondenz mit dem Kardinal auf das schändlichste kompromittiert. Sie und ihr Erster Minister waren denn auch entschlossen, die ganze Affaire dem Kardinal Rohan und meiner Person anzulasten. Darum kam ihnen das Memorandum der Mme. de la Motte gerade recht. Kurz: Die Sache sah gar nicht gut für mich aus.

Aber nicht nur ich hatte Jeannes kämpferischen Willen, auch sie hatte den meinen unterschätzt. Es würde sich noch zeigen, wer von uns beiden der bessere Schauspieler war und wer die stärkeren Bataillone hinter sich hatte.

Die Rolle der verfolgten Unschuld wusste ich mindestens so glaubhaft zu verkörpern wie sie. Wohl wissend, dass meine Korrespondenz von der Gefängnisaufsicht abgefangen und an höhere Stellen weitergereicht wurde, schrieb ich mehrere herzzerreißende Briefe an meine Gattin, in denen ich ihr mitteilte, ich sei todkrank und vermisse sie mehr als mein Leben: *Ein Lebewohl von deinem unglücklichen Gatten, der in tiefer Verehrung für dich stirbt.* Natürlich sorgte ich dafür, dass eine Abschrift dieser Briefe nach draußen gelangte – an die Pariser Journaille.

Bei den zwei offiziellen Verhören im August 1785 und im Januar 1786 bot ich den Untersuchungsrichtern das überzeugende Bild eines tiefgläubigen Katholiken und Wohltäters der Menschheit, der es als seine Mission betrachte, Arzneimittel und Elixiere herzustellen, die Schmerzen linderten, Kranke heilten und das Leben verlängerten, und der all diese Mittel kostenlos verteile. Es fehlte ja nicht an dankbaren Patienten und einflussreichen Persönlichkeiten, die das bezeugen konnten. Auf die beharrliche Nachfrage der Richter nach den Quellen meines mysteriösen Reichtums bekannte ich wahrheitsgemäß, dass mir zwei Freunde und Bankiers aus der Schweiz und Lyon, aus Dankbarkeit für meine Dienste als Heiler, einen unbegrenzten Kredit eingeräumt hätten, wie sich jederzeit nachprüfen lasse.

Da ich nach wie vor das Vertrauen des Kardinals besaß, zumal ich ihm den Betrug seiner »liebsten Freundin« persönlich entdeckt hatte, sprach dieser bei den Verhören von mir mit größter Ehrerbietung, sodass von seiner Seite auch nicht der Schatten eines Verdachts auf mich fiel.

Bald zeigte sich auch, was eine verlässliche Hausmacht wert ist. Mit Bedacht hatte ich die Ämter der ägyptischen Loge mit hochrangigen Persönlichkeiten besetzt und diese mit einem Kreis namhafter Freimaurer umgeben. Einer meiner Anhänger, der Anwalt Duval d'Eprémesnil, Wortführer der antibourbonischen und reformistischen Fraktion im Parlament, hatte gegen meine Verhaftung auf das heftigste protestiert und bot mir jetzt seine juristische Unterstützung an. Hinter ihm standen das Geld und der Einfluss dreier gewichtiger Adelsgeschlechter, der Rohans, der Condés und der Orléans. Der Herzog von Orléans, Oberhaupt der französischen Freimaurerei seit 1771, war ja ein großer Bewunderer von mir. Und da er selber Ambitionen auf den Thron hatte, unterstützte er mich und den öffentlichen Aufruhr, den die »Halsband-Affaire« allenthalben ausgelöst hatte.

Erst nach vier Monaten Haft wurde mir erlaubt, meinen Fall durch einen Anwalt vertreten zu lassen. Als Mitglied des Parlaments und seiner Grande Chambre, welche die gerichtliche Untersuchung der Staatsaffaire an sich gezogen hatte, konnte M. d'Eprémesnil mich schlechterdings nicht vor dem Aeropag seiner Kollegen verteidigen. Darum übertrug er diese Aufgabe seinem Schwiegersohn M. Thilorier, einem aufstrebenden Stern am Juristenhimmel. Erst durch ihn erfuhr ich, dass meine Frau in einem anderen Turm der Bastille einsaß, der ironischerweise den Namen »Tour de la Liberté« trug, und dass ihr Kammermädchen die Gefangenschaft mit ihr freiwillig teilte. Gottlob hatte auch sie inzwischen einen tüchtigen Anwalt.

Aladin aus dem Wunderland

Als M. Thilorier sich mir vorstellte, erklärte er mit der Nonchalance des gewieften Juristen: »Wenn M. Doillot aus der Kurtisane Mme. de la Motte ein unschuldiges Aschenputtel macht, dann machen wir aus Ihnen, Herr Graf, einen Aladin aus dem Wunderland.«

Der junge Anwalt war ein brillanter Kopf, und unsere Zusammenarbeit war das reinste Vergnügen. Für eine gute Verteidigung war natürlich eine eindruckerheischende Vita von besonderem Wert. Ich lieferte ihm die Ideen und den Stoff zu einer fabelhaften orientalischen Legende, die ich mit Motiven meiner ersten Romanlektüre, der äußerst populären *Vita del padre Tommaso figlio del Sultane Ibrahim*, verwob. Die Geschichte des Padre Tommaso, auch Padre Ottomano*

* *In einem Seegefecht gegen die Türkei gelang es 1644 dem Galeerengeschwader des Johanniterordens, südlich von Rhodos eines der größten Schiffe der osmanischen Handelsflotte zu kapern, die »Grand Sultana«. Sie war auf dem Wege von Konstantinopel nach Alexandria und beförderte vierhundert Mekka-Pilger. Auf dem Schiff befand sich auch der Aga des Harems von Sultan Ibrahim und Zafira, eine Favoritin des Sultans, mit einem seiner Söhne. Alle Muslime wurden in die Sklaverei nach Malta geführt. Die Favoritin des Sultans starb wenige Wochen nach der Ankunft auf Malta unter mysteriösen Umständen. Es heißt, sie wurde vergiftet. Ihr zweijähriger Sohn aber wurde unter die Obhut eines Ordensritters gestellt und erhielt den Namen Tommaso Ottomano. Er stand unter besonderem Schutz des Großmeisters Lascaris Castellar, der ihn nach den Regeln des Johanniter-Ordens erzog: nämlich Gutes zu tun, seinen Reichtum den Armen zur Verfügung zu stellen, durch die Welt zu*

genannt, die in keiner Klosterbibliothek fehlt, lieferte mir die Vorlage für meine fiktive Biographie in Gestalt eines orientalischen Märchens, das genau den Geschmack meiner Zeit und meines Publikums traf. Thilorier übernahm die literarische Ausgestaltung. Aus dieser Kooperation entstand das berühmte *Mémoire justificatif pour le comte de Cagliostro.*

Die Geburt des Großkophta war natürlich – wie bei jedem Religionsstifter – geheimnisumwittert. Da er früh von seinen Eltern getrennt wurde, hatte er keine genaue Erinnerung an seine Herkunft. War sein Vater vielleicht der Großmeister des Malteserordens Fonseca de Pinto und seine Mutter eine Prinzessin von Trapezunt? Jedenfalls war er bekannt mit dem Mufti Salahaim in Medina und dem Scherifen von Mekka, die ihn beide liebten wie ihren eigenen Sohn. Er wuchs als mus-

ziehen und sich für andere aufzuopfern. Im Alter von 13 Jahren brachte man den Sultanssohn zur weiteren Erziehung in das Dominikanerkloster von Porto Salvo in La Valetta, der Inselhauptstadt. 1656 wurde er in einer feierlichen Zeremonie in der Konventskirche christlich getauft. Im darauffolgenden Jahr wurde er durch besonderen Dispens von Papst Alexander VII. als Novize in den Dominikanerorden aufgenommen.
Im Zeitalter der Gegenreformation musste diese Geschichte natürlich als bedeutender Triumph der katholischen Kirche erscheinen: Ein Sohn des Oberhauptes der »Ungläubigen« gelangt zum rechten Glauben und tritt als Mönch in einen alten christlichen Orden ein. Der Fall erregte denn auch enormes Aufsehen in Europa. Alle Höfe des christlichen Abendlandes rissen sich darum, den kleinen Konvertiten zu sehen. Der Großmeister gab dem Drängen nach, und Padre Ottomano, wie er nun im Volksmund genannt wurde, durfte Malta verlassen. Er reiste auf besonderen Wunsch des Papstes nach Rom. Nicht lange, und der junge französische Sonnenkönig Ludwig XIV. lud den berühmten Konvertiten nach Paris ein. 1667 verließ er Paris und begab sich nach Venedig. Das venezianische Kreta wurde gerade von den Türken belagert, und Padre Ottomano erschien als die geeignete Person, die im Mittelmeerhandel so wichtige Insel für die christliche Sache zu retten. Nach seiner Grand Tour durch die europäischen Höfe und nach verschiedenen Missionen, die er als Botschafter zwischen dem christlichen Okzident und dem muslimischen Orient unternahm, kehrte er schließlich auf eigenen Wunsch 1676 nach Malta zurück, wo er wenige Monate später einer verheerenden Pestepidemie zum Opfer fiel.

limischer Prinz unter dem Namen Acharat auf und erhielt einen Haushofmeister namens Altothas (eine kleine Hommage auf meinen gleichnamigen Freund und Mentor), der ihn in den Geheimnissen der Pyramiden unterwies, »jenen unermesslichen, von den ehemaligen Bewohnern des Landes gegrabenen unterirdischen Orten, wo sie den Schatz der menschlichen Wissenschaften und Kenntnisse aufbewahrten«.

Acharat verbrachte anschließend einige Jahre auf Rhodos und Malta, wo er von Rittern des Malteserordens unterrichtet wurde. Dort nahm er europäische Kleidung, europäische Sitten und den Namen Cagliostro an. Und bekehrte sich zum katholischen Glauben (dies war mir besonders wichtig, denn nur ein muslimischer Prinz, der zum rechten Glauben konvertiert war, konnte der Sympathien der katholischen Welt gewiss sein). Mit seiner Bekehrung fand er zu seiner wahren Bestimmung:

Ich habe die Medizin studiert, ich habe sie ausgeübt. Doch nie habe ich die edelste und tröstlichste aller Künste durch schnöde Gewinnsucht erniedrigt. Ein leidendes Wesen übt auf mich eine unwiderstehliche Anziehungskraft aus, und so bin ich Arzt geworden ... Das Gute, das ich getan, habe ich stets in der Stille getan. Überall Fremdling, habe ich überall die Bürgerpflicht erfüllt. Überall habe ich die Religion, die Gesetze und die Regierung geachtet.

Für eine erfolgreiche Verteidigung waren entsprechende Referenzen vonnöten, die meiner veredelten Vita gleichsam als Bürgschaft dienten. Besonders überzeugend für meine Richter wie für das französische Publikum waren die Empfehlungsschreiben der drei königlichen Minister an den Straßburger Magistrat, mein wohltätiges Wirken in dieser Stadt mit allen Mitteln zu unterstützen. Die Liste der Persönlichkeiten und Großwürdenträger, die mir wohlgesonnen und mich ehrenvoll empfangen hatten, war lang: der Herzog von Braunschweig, der Herzog von Kurland, der russische Großfürst Potemkin, der französische Geschäftsträger am russischen Hof Chevalier de Corberon, der polnische Fürst Adam Poninski, der polnische König Stanislaus-Auguste, die schwedische Prinzessin Christine, der Erzbischof von Bourges, der Erzbischof von Chartres, der Erzbischof von Lyon, der Herzog von Luxemburg, der Herzog von Orléans, sowie zahllose deutsche, kurländische, polnische, russische und französische Grafen und Gräfinnen, Barone und Baronessen. In diese Aufzählung mischte ich auch die Namen illustrer Persönlichkeiten, denen ich zwar nie persönlich begegnet bin, die aber den Vorteil hatten, nicht mehr befragt werden zu können, da sie längst das Zeitliche gesegnet hatten: u. a. Friedrich den Großen, Herzog von Alba, die Kardinäle Orsini, York und Ganganelli und Seine Heiligkeit, Papst Clemens XIV. – Dieser ehrfuchtgebietenden Liste meiner großmächtigen und illustren Förderer, Gönner und Bewunderer hatte Mme. de la Motte nichts entgegenzusetzen.

Der letzte Teil des Memorandums ging auf ihre Anschuldigungen gegen meine Person ein, um diese Punkt für Punkt zu widerlegen. Und hier konnte ich meine beste juristische Trumpfkarte ausspielen: dass ich erst in Paris ankam – nämlich am 30. Januar 1785, abends um 9 Uhr –, als der Handel mit dem Halsband längst abgeschlossen und der Kaufvertrag zwischen dem Kardinal Rohan und den königlichen Juwelieren unterzeichnet war.

Als Beweis meines Edelmutes nahm ich zuletzt die Pose des guten Christen an, der auch seinen ärgsten Feinden noch verzeiht, dabei hätte ich diese hinterlistige Schlange am liebsten mit meinen Händen erwürgt:

Ich bin überzeugt, dass die Gräfin de la Motte alles Übel, das sie mir zugefügt, nicht aus Hass gegen mich, sondern nur in der Absicht getan hat, um sich zu rechtfertigen. Doch sei ihre

Absicht, wie sie wolle: Ich verzeihe ihr, so viel an mir ist, alle Tränen, die sie mich hat vergießen machen. Möge sie ja nicht denken, dass diese Mäßigung von mir nur erkünstelt sei! Noch aus der Mitte des Gefängnisses, in das sie mich schleppte, rufe ich für sie um Gnade! Und wenn dann endlich meine und meiner Gattin Unschuld zutage kommt ... so ist die einzige Genugtuung, die ich fordere, dass Seine Majestät der unglücklichen Gräfin de la Motte, auf mein Bitten, Gnade und Freiheit schenken möge!

Auch mein Memorandum wurde ein Publikumsrenner. Bereits am ersten Tag nach Erscheinen waren 2000 Exemplare verkauft. Soldaten mussten vor dem Haus des Verlegers postiert werden, um die Käufer am Eindringen zu hindern. Schon bald wurden Nachauflagen gedruckt, es folgten Übersetzungen in fast alle europäischen Sprachen. Wenn schon meine erfundene Biographie solch ein Verkaufsschlager war, wie würde dann erst meine wirkliche Biographie, die Veröffentlichung meiner *Bekenntnisse*, beim Publikum einschlagen!

Durch meine Verteidigungsschrift war ich, gleichsam über Nacht, zum Liebling der Franzosen geworden. Niemals erschien ihnen meine Person interessanter und würdiger ihres Mitgefühls und ihrer Verehrung, als da ich in der Bastille schmachtete. Im Winter 1786/87 nahmen die Sympathiebekundungen für mich ungeahnte Ausmaße an. Mein Name wurde zum Symbol staatlicher und königlicher Willkür, ich avancierte zum »Helden der Nation«, während Mme. de la Motte in der öffentlichen Sympathie immer mehr verlor.

Durch den Erfolg meines Memoires beflügelt, setzte auch Serafinas Anwalt Maître Polverit für seine Mandantin ein Memorandum auf, das sogar mich überraschte. Ich hatte ja nicht geahnt, mit welch einem »Engel in Menschengestalt« ich verheiratet war – und bekam fast ein schlechtes Gewissen.

Über ihre Herkunft ist nicht mehr bekannt als über die ihres Gatten. Sie ist ein Engel in Menschengestalt, der auf die Erde gesandt wurde, um das Los des Wundermannes zu teilen und zu verschönern. Schön, von einer Schönheit, wie sie nie eine Frau besessen, ist sie doch kein Muster an Zärtlichkeit, Sanftmut und Hingabe. Nein, denn sie ahnt die entgegengesetzten Tugenden nicht einmal. Ihr Wesen ist für uns arme Sterbliche das Ideal einer Vollkommenheit, das wir nur anbeten, aber nicht begreifen können. Und doch sitzt dieser Engel, dem es nicht gegeben ist, zu sündigen, hinter Schloss und Riegel; das ist ein grausamer Widersinn, dem man nicht früh genug ein Ende bereiten kann. Was hat ein Wesen dieser Art mit einem Strafverfahren zu tun?

Das engelsgleiche Bild meiner Frau umrankte das orientalische Märchen meiner Vita wie eine zauberhafte Vignette: Cagliostro und Serafina, der Magier und die überirdisch schöne Frau an seiner Seite, das war der ideale Traumstoff, der die Einbildungskraft der Zeitgenossen entzündete wie kaum ein Fürsten- und Königspaar der Epoche. Zugleich ein hochpolitischer Stoff – denn wir beide waren ja bedauernswerte Opfer der Despotie –, an dem sich das allgemeine Mitgefühl und die gärende Wut auf das Regime entzündeten. Unsere veredelten Konterfeis erschienen in zahllosen Journalen und Almanachen, die Kupferstecher konnten die große Nachfrage kaum befriedigen.

Es würde freilich ein noch besseres Bild für die Öffentlichkeit abgeben, wenn der Ehemann selbst seine Frau verteidigte. Am 24. Februar 1786 richtete M. Thilorier in meinem Namen ein Gesuch an das Gericht, in dem er um die Freilassung der Gräfin Cagliostro bat, die seit sechs Monaten eingesperrt war, ohne dass man Anklage gegen sie erhoben; ihre Gesundheit habe sehr darunter gelitten.

Falls seine Frau nicht aus dem Kerker entlassen wird, möge man ihrem Mann zumindest die Möglichkeit geben, sie zu besuchen, um sie zu pflegen oder, falls es dazu schon zu spät ist, ihr die Augen zu schließen.

Auch Thilorier verstand es, auf die Tränendrüse zu drücken. Mein Gesuch und das Memorandum von Maître Polverit hatten Erfolg: Am 26. März wurde Serafina aus der Haft entlassen. Kaum war sie ins Hotel de Savigny zurückgekehrt, eilten die Besucher herbei, um sie zu beglückwünschen und in die Arme zu schließen. Über eine Woche lang trugen sich diese in ein Gästebuch ein, das beim Concierge auflag. Jeden Abend konnte man über 300 neue Namen auf der Liste lesen. Es gehörte zum guten Ton, im Haus Cagliostros gewesen zu sein.

Einmal besuchte Serafina inkognito eine Kunstausstellung im Palais Royal, um sich ihr Portrait zu besehen, auf dem sie wie eine orientalische Prinzessin aus Tausendundeiner Nacht dargestellt war. Sie brach darüber in ein so tolles Gelächter aus, dass sie erkannt wurde. Die vornehmen Damen begrüßten sie enthusiastisch, und die vorübergehenden jungen Männer beschenkten sie mit den Blumen, die für ihre Freundinnen oder Dirnen bestimmt waren. Die besten Häuser rissen sich um sie. Leider redete sie zu viel und richtete mit ihrer naiven Aufrichtigkeit einigen Schaden an. So erklärte sie bei einem Dîner vor zahlreichen Würdenträgern, es sei ihr in der Bastille immer sehr gut gegangen, und sie könne sich über die Zuvorkommenheit des Gouverneurs de Launay nur lobend äußern. Es kam ihr gar nicht in den Sinn, wie sehr sie durch derartige Äußerungen das öffentliche Mitgefühl für die beiden Opfer der Despotie beleidigte.

Natürlich beantwortete Mme. de la Motte meine Verteidigungsschrift sofort mit einem neuen Memorandum, das Maître Doillot für sie aufsetzte. So entbrannte ein regelrechter Krieg der Advokaten, die zum Sprachrohr ihrer jeweiligen Mandanten wurden und den Gazetten das Futter für eine sensationelle und schier endlose Fortsetzungsstory lieferten. Tag für Tag verbreiteten die Zeitungen in ganz Europa neue anrüchige Details über die in die »Halsband-Affaire« verwickelten Personen, gewürzt mit Spekulationen über die Drahtzieher hinter den Kulissen. Jeden Morgen las ich bei einer Tasse Schokolade das »Journal politique«, den »Moniteur Universel« und das »Journal général de France« und verfolgte mit Plaisir, wie die Affaire immer weitere Kreise zog, wie das Duell zwischen mir und Mme. de la Motte die Kommentatoren und das lesende Publikum in anhaltende Spannung versetzte und der Kardinal und die Königin zu den meistbesprochenen Skandalfiguren der Epoche avancierten. Das nächtliche »Stelldichein« im Bosquet der Königin wurde zum Gegenstand der bissigsten Karikaturen, Satiren und Polemiken – nach dem Motto: Während das Volk hungert, tanzt und amüsiert sich der Hof und frönt ungeniert seinen Lastern. Und welch eine Schande für die Königin von Frankreich, mit einer Prostituierten verwechselt zu werden! Die Spekulationen über ihre »Liebesaffaire« wollten denn auch kein Ende nehmen. Von einigen liberalen Blättern und Kommentatoren wurde die These vertreten, Marie Antoinette habe das Halsband tatsächlich bestellt und wolle nun, nachdem die Affaire ruchbar geworden, ihren heimlichen Liebhaber, den Kardinal, opfern, um sich selbst zu entlasten. Andere wiederum glaubten, der Kardinal habe, um den Diebstahl des Halsbandes zu kaschieren, die Mär erfunden, einer vorgetäuschten Liebschaft mit der Königin zum Opfer gefallen zu sein. So schrieb zum Beispiel ein gewisser Saint Just, Mitglied der Pariser Loge *Amis réunis*:

O große und glückliche Affaire! Ein Kardinal als Schurke, der, um sich zu entlasten, gesteht, man habe ihn glauben gemacht, mit der Königin schlafen zu dürfen. Welche Schande über das

Kreuz und das Szepter! Welcher Triumph für die Ideen der Freiheit! Welch große Stunde für das Parlament!

Der Aufruhr gegen das bourbonische Königshaus war unüberhörbar geworden und wurde von der liberalen Presse wie auch von den dynastischen Feinden Ludwigs und Marie Antoinettes mit allen Mitteln geschürt. In ihrer Arroganz und Wirklichkeitsferne hatten die Bourbonen nicht einmal bemerkt, dass sich infolge der stürmischen Entwicklung des Presse- und Buchwesens eine neue Macht im Staate herausgebildet hatte, die ihrer Herrschaft gefährlich wurde: die öffentliche Meinung. Diese saß denn auch beim Halsband-Prozess, der vom 22.–31. Mai 1786 in einer aufgeladenen, vorrevolutionären Atmosphäre stattfand, mit am Richtertisch.

So hartgesotten Mme. de la Motte auch war, in dem sich über Monate hinziehenden öffentlichen Schlagabtausch, den wir mit der Feder und im Gerichtssaal gegeneinander führten, verlor sie allmählich die Nerven. Zwar widerrief sie keine ihrer Anschuldigungen gegen mich, doch fing sie plötzlich zu weinen an, oder sie bekam Krämpfe. Freche Beschimpfungen, Ausgelassenheit, Tränen, hysterische Ausbrüche und Ohnmachten lösten einander ab, je nachdem, ob sie ein Spektakel aufführte oder von ihren Befürchtungen übermannt wurde. Ich dagegen gab mich den Untersuchungsrichtern gegenüber so höflich und würdevoll, wie ich nur konnte, sprach in einem bald salbungsvollen, bald inspirierten Stil und hielt Mme. de la Motte mit kaltblütiger Sachlichkeit ihre Lügen vor: ihre angebliche Bekanntschaft mit der Königin, den angeblichen Wunsch der Monarchin, das Halsband zu erwerben, etc. Nur einmal, als sie vor den Richtern meine Frau beleidigte, verlor ich die Beherrschung und nannte sie eine »verfluchte Circe und Dirne«. Aus Wut warf sie mit einem Kerzenständer nach mir, der mich in den Bauch traf. Indes folgte die Strafe auf den Fuß, denn die Kerze ging ihr selbst ins Auge. Ich befürchtete schon, in ihrer Rage würde sie auch unsere Rendez-vous in ihrem Hause ausplaudern, doch so unbesonnen war sie, gottlob!, nicht; sie hätte sich damit ja nur selbst geschadet.

Inzwischen war auch die untergetauchte Nicole Leguay, welche die Königin gespielt hatte, der Polizei ins Netz gegangen und gründlich verhört worden. Durch ihre Aussagen geriet Mme. de la Motte immer tiefer in Bedrängnis. Von den beharrlichen Fragen der Untersuchungsrichter in die Enge getrieben, musste sie schließlich zugeben, dass sie für ihre Anschuldigungen gegen mich keinerlei Beweise anführen könne.

Schon wollte ich aufatmen, schon sah ich mich als Sieger aus diesem öffentlichen Zweikampf hervorgehen, der mit den Mitteln des Fabulierens, Renommierens und der Schauspielerei geführt wurde, da traf eine schlimme Nachricht ein: Rétaux de la Villette war in der Schweiz verhaftet und nach Paris zurückgebracht worden. Nicht auszudenken, wenn die Untersuchungsrichter herausfänden, dass sein Name seit 1784 auf der Lyoner Mitgliederliste der ägyptischen Loge stand, und wenn er selbst bei den Verhören gestand, alles in meinem Auftrag ausgeführt zu haben! Dann war ich geliefert.

Indes gelang es mir durch Bestechung der Wärter, mit Rétaux, der in einem anderen Turm der Bastille einsaß, sogleich in Verbindung zu treten, bevor er verhört wurde. Ich erinnerte ihn eindringlich an seine Schweigepflicht als Freimaurer und an den Eid, den er mir, seinem Großmeister, geschworen. Sodann beschwor ich ihn, vor Gericht nur das zuzugeben, was durch einen Schriftvergleich inzwischen erwiesen war: dass er die Briefe der Königin an den Kardinal und ihre Unterschrift auf dem Kaufvertrag gefälscht hatte. Er könne es ja so hinstellen, dass er dies nur aus Leidenschaft für Mme. de la Motte getan habe, ohne die Folgen zu bedenken. Ein Crimen aus Leidenschaft würden die Richter gewiss milder bestrafen denn eines aus Hab- oder Geldgier. Sollte er aber eidbrüchig gegen mich, sein spirituelles Oberhaupt, werden, und gestehen, dass er alles in meinem Auftrag ausgeführt habe, reiße er nicht nur mich, sondern auch sich selbst ins Verderben, dann würden wir beide bis ans Ende unserer Tage in der Bastille schmachten. Der zerknirschte Rétaux sah ein, dass es für ihn selbst am besten war, meinem Ratschlag Folge zu leisten.

Bei seinem ersten Verhör am 7. April hüllte er sich verabredungsgemäß in Schweigen. Beim zweiten Verhör am 5. Mai, da ich ihm gegenübergestellt wurde, führten wir beide vor den Untersuchungsrichtern ein höchst originelles Schauspiel mit verteilten Rollen auf: Ich redete dem Fälscher ins Gewissen, indem ich ihm eine lange Moralpredigt über die Pflichten des Ehrenmannes, die Macht der Vorsehung und die Nächstenliebe hielt. Und appellierte zugleich an die Güte Gottes und an die Nachsicht der Regierung. Der Untersuchungsrichter war von meiner Rede so ergriffen, dass er zu Rétaux sagte, er müsse wahrlich ein Ungeheuer sein, wenn mein »himmlischer Sermon« nicht auch sein Gewissen aufgerüttelt habe. Daraufhin brach Rétaux verabredungsgemäß in herzzerreißendes Schluchzen aus und gestand, die Briefe der Königin und ihre Unterschrift auf dem Vertrag gefälscht zu haben. Mir aber verblieb die Ehre, kraft meiner moralischen Autorität einen hartgesottenen Fälscher zum Eingeständnis seiner Schuld gebracht zu haben.

Mit Rétaux' Geständnis schien der Schleier des Geheimnisses, der die »Halsband-Affaire« umgab, endlich gelüftet. Das Parlament konnte das Urteil sprechen. Seit diesem Tage wurden auch die wenigen Restriktionen gelockert, die man mir auferlegt hatte. Ich durfte jetzt auf der Plattform des Turmes meine täglichen Runden drehen. Man erlaubte mir sogar, meinen Verteidiger M. Thilorier zum Dîner zu empfangen. Nur meine Frau erhielt noch immer keine Besuchserlaubnis.

Damit sich gleichwohl die Liebe der zwangsweise getrennten Gatten auch für das Publikum offenbaren konnte, bedurfte es einer eigenen Inszenierung. Vier dicke Türme der Bastille sind gen Paris gerichtet, die vier anderen gegen den Faubourg Saint-Antoine. Jeden Morgen zur selben Stunde, da ich meinen Rundgang auf der Plattform meines Turmes machte, erklomm Serafina die letzte Etage eines Hauses der Rue Saint-Antoine. So wurden die Nachbarn und Passanten der Rue Saint-Antoine Zeugen eines herzergreifenden Schauspiels: wie die durch tyrannische Willkür seit vielen Monden getrennnten Ehegatten ihre tiefe Liebe und Zärtlichkeit füreinander in der Sprache der Taubstummen ausdrückten – nämlich durch wildes Gestikulieren und fortwährendes Schwenken ihrer Schnupftüchlein, welche sie gleichzeitig brauchten, um sich die Tränen abzuwischen. Diese Szene wurde von den Journalisten mit zahlreichen sentimentalen Details ausgemalt und rührte besonders die weiblichen Herzen. Wenn alle Welt glaubte, dass Cagliostro und Serafina einander so innig liebten, dann musste es wohl wahr sein.

Auf den Rat meines Anwaltes wagte ich zuletzt eine sehr kühne Operation: In einer Broschüre mit dem Titel *Requête à joindre au memoire du comte de Cagliostro* erhob ich eine Schadensersatzklage gegen zwei Symbolfiguren der Unterdrückung: gegen den Polizeikommissar Chesnon und den Gouverneur der Bastille de Launay. Den Ersteren beschuldigte ich, eine beträchtliche Summe Goldes und zahlreiche Effekten in meinem Haus Rue Saint Claude konfisziert und unterschlagen zu haben, und den Zweiten, der Gräfin Cagliostro am Tag ihrer Entlassung wertvolle Schmucksachen, die man ihr bei der Einlieferung abgenommen, nicht mehr zurückerstattet zu haben. Als Entschädigung verlangte ich die hübsche Summe von 150 000 Livre für nicht herausgegebene Wertgegenstände und 50 000 Livre Schmerzensgeld. Selbstredend versprach ich, die Hälfte dieser Summe armen und notleidenden Gefangenen zugute kommen zu lassen.

Diese offene Attacke gegen zwei königliche Beamte machte großen Eindruck auf die Öffentlichkeit. Man bewunderte die Courage dieses Häftlings, der mit seinen Manifesten und Eingaben nicht nur seinen persönlichen Verleumdern und Feinden, sondern auch dem bourbonischen Königshaus die Stirn bot. So wünschte denn die überwältigende Mehrheit der Franzosen nichts sehnlicher als meinen Triumph.

Am Mittwoch, den 31. Mai 1786, gegen vier Uhr in der Frühe, bestieg ich die Karosse der beiden Gerichtsdiener, die mich von der Bastille zum Pariser Justizpalast brachten.

Als ich, nach längerer Wartezeit, endlich in den Saal der Grande Chambre gerufen wurde, kam mir auf der Schwelle Mme. de la Motte entgegen, die vor mir verhört worden war. Sie trug ein lavendelfarbenes, mit schwarzem Samt bekleidetes Satinkleid und schritt mit steinerner Miene an mir vorüber, als wäre ich für sie Luft – ganz die gekränkte Diva aus dem Blute der Valois. Wie man mir später erzählte, hatte sie, aufrecht auf der *sellette*, der Anklagebank, sitzend, den Auftritt ihres Lebens geliefert. Sie erklärte den Richtern, die Widersprüche ihrer Aussagen rührten allein von ihrer Verlegenheit her, eine »äußerst wichtige Person« zu schützen, deren Namen sie nicht auszusprechen gewagt, da ihr sonst noch eine Anklage wegen Hochverrats drohe. Doch jetzt sehe sie sich gezwungen, endlich die volle Wahrheit zu bekennen, ohne Rücksicht auf diese »hohe Person«. Tatsächlich habe Rohan ihr über 200 vertrauliche Briefe zwischen ihm und der Königin gezeigt, und er habe die Königin mehrmals des Nachts allein im Park des Trianon getroffen. – Es war ein gefundenes Fressen für die Journaille, jedoch ein schwerer taktischer Fehler der Angeklagten, die sich mit dieser Aussage selbst als Lügnerin entlarvte. Wusste sie noch nicht, dass ihr Liebhaber Rétaux längst gestanden hatte, die Briefe der Königin gefälscht zu haben? Oder wollte sie einfach nicht wahrhaben, dass sie das Spiel verloren hatte?

Auch ich hatte mich für meinen Auftritt vor dem Pariser Parlament sorgfältig präpariert. Ich trug einen Rock aus grünem Samt, der mit goldenen Borten gesäumt war – die reguläre Uniform des Großmeisters der ägyptischen Loge, als welchen mich der Pariser Adel seit längerem kannte und verehrte. Meine Haare, bis zum Scheitel in zierliche Zöpfchen geflochten, fielen mir in lockeren Kadenzen über die Schultern – eine Frisur, die selbst für die Pariser ungewohnt war und die man sogleich, kaum dass ich den Saal der Grande Chambre betreten, mit neugierigen und erstaunten Blicken musterte. Ein Angeklagter, der die Nonchalance besaß, selbst an einem solchen Tage, da sein Schicksal auf Messers Schneide stand, noch der Mode ein Schnippchen zu schlagen – das machte Eindruck.

Als der Vorsitzende der Kammer mit den Personalien begann und mich fragte, wer ich sei, antwortete ich kurz:

»Ein edler Reisender!«

Ein Lächeln glitt über die Mienen der Parlamentäre und Richter. Schließlich fragte man mich, aus welchen Quellen ich meine beträchtlichen Mittel beziehe, die es mir erlaubten, einen solchen Aufwand zu treiben.

»Es gibt nur einen einzigen Weg«, entgegnete ich, »um auf ehrliche Art und Weise zu Reichtum und Wohlstand zu gelangen.«

»Und der wäre?«

»Aha! Sie, Herr Richter, kennen ihn also auch nicht.«

Ein orkanhaftes Gelächter wogte durch den Saal. Nach kurzem Verhör gab man mir Gelegenheit, mich zu verteidigen. In ruhigem und würdigem Tone fasste ich noch einmal die Argumente zusammen, die ich in meinem *Mémoire justificatif* gegen die Anschuldigungen der Mme. de la Motte vorgebracht hatte, wobei ich in meine Rede hin und wieder arabische, griechische, lateinische und italienische Brocken einflocht, die bei meinen Richtern erst recht den Eindruck erwecken mussten, es hier mit einem »edlen«, wahrhaft weltmännischen Reisenden zu tun zu haben, der das Opfer einer üblen Verleumdung geworden. Nach sechs Minuten erklärten die Herren des Parlaments sich zur Genüge instruiert. Ich erhielt die Erlaubnis, mich zurückzuziehen.

Als ich um sieben Uhr abends den Palast der Justiz verließ, wurde ich mit Ovationen empfangen. Tausende von Menschen drängten sich auf der Treppe, an den Geländern am Pont au Change, auf der Île de la Cité bis hinunter zum Seine-Ufer. Aus allen Stadtteilen war das Volk herbeigeströmt, um den Richterspruch des Parlaments in diesem Sensationsprozess zu hören, der an diesem Abend erwartet wurde.

Nach einer stürmischen Nachtsitzung war es dann endlich so weit: Die 65 Parlamentäre und Richter sprachen den Kardinal Rohan und mich von jeder Schuld los, meine Schadensersatzklage wiesen sie ab. Auch Nicole Leguay wurde freigesprochen. Die Richter sahen es dagegen als erwiesen an, dass Mme. de la Motte, ihr Ehemann Nicolas de la Motte und ihr Liebhaber Rétaux de la Villette das ganze Komplott geschmiedet, den Kardinal arglistig getäuscht und hintergangen, das Diamantenhalsband gestohlen und die einzelnen Steine in England verkauft hatten. Rétaux kam, wie ich es ihm vorausgesagt, mit einer milden Strafe davon: Er wurde des Landes verwiesen. Nicolas de la Motte, der sich rechtzeitig nach England abgesetzt hatte, wurde in Abwesenheit zu einer lebenslänglichen Galeerenstrafe, Mme. de la Motte zu Stäupung, Schlägen auf den nackten Leib und lebenslänglicher Haft in der Salpêtrière verurteilt.

Am Morgen des 21. Juni wurde sie in den Hof des Palais de Justice geschleift, wo Bänke für das öffentliche Schauspiel aufgestellt waren. Nachdem der Beamte das Urteil verlesen, wurde sie an einen Karren gebunden und ausgepeitscht. Als sie dem Scharfrichter gegenüberstand, der ihr das Brandeisen mit dem glühenden V (für Voleuse*) auf die Schulter drücken wollte, warf sie sich herum, sodass das glühende Eisen sie auf der Brust anstelle der Schulter versengte. Bevor sie in Ohnmacht fiel, fügte sie dem Scharfrichter noch eine Bisswunde zu. Schaulustige berichteten, sie habe während der ganzen Prozedur gegen mich, den Kardinal und die Königin die obszönsten Verwünschungen ausgestoßen. Danach wurde sie in die Kutsche gesteckt und zur Salpêtrière, dem berüchtigten Frauengefängnis, befördert.

Indes war sie in ihrem Kerker keineswegs verlassen. Der Herzog von Orléans, Prinz Louis-Philippe, der die französische Freimaurerei leitete und sich auf seine revolutionäre Rolle als »Philippe d'Égalité« vorbereitete, und seine Gattin setzten sich schon bald an die Spitze der »Bewegung des Mitleids« für die zu entehrenden Strafen verurteilte Gräfin aus dem Blut der Valois. Die Schwestern der Pariser Adoptionslogen besuchten sie in ihrem Kerker und verhalfen ihr schließlich zur Flucht nach England, wo ihr Gatte sie schon erwartete. Wie man hört, schreibt sie jetzt an ihren Memoiren. Was ihre Liebhaber betrifft – diese werden es wohl als besondere erotische Pikanterie empfinden, die Brust einer skandalumwitterten Circe zu küssen, die das glühende Brandeisen des Scharfrichters versehrt hat.

Eine Volkswallfahrt

Für den Hof, den König und die Königin war der Freispruch des Kardinals und des Magiers, »der ihn verhext hatte«, eine öffentliche Kränkung sondergleichen. Marie Antoinette war

* *Diebin*

darüber so empört, dass der König versuchte, ihr wenigstens die Genugtuung eines kleinen Racheaktes zu verschaffen. Er nötigte Rohan zum Verzicht auf das Amt und den Titel des Großalmoseniers von Frankreich und verbannte ihn durch einen erneuten *lettre de cachet* in das abgelegene Kloster Chaise-Dieu.

Auch ich durfte den Triumph meines Freispruchs nur eine Nacht und einen Tag lang genießen. Am Morgen des 2. Juni – vor dem Hotel de Savigny hatte sich wieder eine jubelnde Menschenmenge versammelt – erschien ein Beamter des Außenministeriums und verlas mit düsterer Miene ein Dekret des Königs, das Ehepaar Cagliostro *habe Paris binnen acht Tagen und das Königreich binnen drei Wochen zu verlassen.*

Nach dem begeisterten Empfang, den mir die Pariser bereitet hatten, befürchtete der König wohl weitere Unruhen und Tumulte. Er wollte mich daher so schnell als möglich loswerden.

Nach langen Besprechungen mit dem zuständigen Leutnant der Polizei erhielt ich die Erlaubnis, mich mit meinem Gefolge nach Passy zu begeben, wo der Logenbruder M. Boulainvillier uns in seinem Hause Asyl bot. M. d'Eprémesnil hingegen riet mir, den Ausweisungsbefehl, gegen den er schärfsten Protest einlegte, einfach zu ignorieren und die offene Konfrontation mit dem Königshaus zu suchen:

»Glauben Sie mir, ganz Paris wird kommen, um Ihr Haus und Ihre Person mit einem menschlichen Schutzwall zu umgeben!«

»Nicht mit mir, werter Freund!«, bremste ich seinen Eifer. »Cagliostro ist Arzt. Er hat stets danach getrachtet, des Menschen wertvollsten Saft, sein Blut, zu schonen. Er will nicht, dass man es um seinetwillen vergießt!«

Ich hatte kein Bedürfnis, als Märtyrer in die Geschichte einzugehen. Die Bastille hatte meinen diesbezüglichen Bedarf gedeckt. Außerdem war es nicht ratsam, den Abschied von Paris hinauszuzögern – zu wankelmütig ist die Sympathie der Masse. Es war abzusehen, dass nach meinem spektakulären Freispruch die französische Regierung alles daransetzen würde, die Herkunft und wahre Identität jenes geheimnisvollen Mannes aufzudecken, der das bourbonische Königshaus dermaßen kompromittiert hatte. Und leider hatte sich Serafina bei ihrer ersten Vernehmung verplappert. Auf die Frage nach ihrem Namen hatte sie angegeben: Serafina Feliciani, ungefähr 30 Jahre alt, geboren in Rom. Das heißt, sie hatte ihren wahren Familiennamen preisgegeben und damit den französischen Behörden den entscheidenden Hinweis geliefert. Schon im Jahre 1773 war ja eine gewisse Lorenza Balsamo, geborene Feliciani, die wegen Ehebruchs drei Monate in Ste. Pélagie einsitzen musste, aktenkundig geworden.

Wohin aber sollten wir uns jetzt wenden? Die in Paris zu erwartenden Enthüllungen würden bald auch in Amsterdam, Rom, Berlin, Prag, Warschau und Sankt Petersburg kursieren. Es blieb eigentlich nur London übrig, das wegen seiner Anonymität und weltstädtischen Offenheit zum Zufluchtsort für viele Emigranten und politische Flüchtlinge geworden war.

Derweilen flatterte Serafina wie ein aufgescheuchtes Huhn im Hause umher. Ständig fragte sie mich, was mit diesem oder jenem Stück geschehen, was in Kisten, was in Säcke verpackt werden solle.

»Wenn ich bloß wüsste, wohin mit all den Sachen?«, stöhnte sie.

»Werden an die Armen verschenkt!« Sie sah mich konsterniert an. »Oder hast du je von einem Apostel gehört, der mit einem Möbelwagen durch die Wüste zieht! ... Was du schon eingepackt hast, pack wieder aus! Natürlich nicht das Geld, die Kleider und die Wertsachen!«

Am 3. Juni brachen wir nach Passy auf. Auf dem Wege dorthin begleiteten uns Scharen meiner Pariser Anhänger zu Fuß oder zu Pferde. Man konnte das Ende des Zuges nicht mehr erkennen, es waren schätzungsweise 5000 Menschen – eine wahre Volkswallfahrt! Die Straßenhändler konnten die Nachfrage nach Cagliostro-Souvenirs kaum befriedigen. Neben den üblichen Kupferstichen, Tabatièren und Medaillons mit meinem Portrait erwarben die Leute eifrig Fächer, nunmehr bedruckt und bemalt mit Darstellungen des Großkophta, wie er den Armen beisteht und die Härten der Bastille stoisch erduldet. Vielleicht bin ich der einzige Heilige der katholischen Christenheit, um den schon zu Lebzeiten ein schwungvoller Reliquienhandel blühte.

Das Städtchen Passy – ironischerweise hatte hier die Karriere meiner Lieblingsfeindin Mme. de la Motte begonnen – vermochte die Scharen meiner Anhänger, die mir aus Paris gefolgt waren, kaum zu fassen noch zu beherbergen. Die Gassen waren verstopft von den vielen vornehmen Karossen und Equipagen. Viele Menschen mussten in Scheunen oder im Freien kampieren. Hohe Persönlichkeiten aus Versailles kamen mir nachgereist und baten um die Gunst, nachts vor meinem Zimmer Wache zu stehen.

M. d'Eprémesnil, der ein Talent für publikumswirksame Inszenierungen hatte, sorgte hier für eine äußerst symbolträchtige Zusammenkunft mit einer anderen zeitgenössischen Berühmtheit: der Salmon. Das arme Mädchen war vom Parlament von Rouen wegen eines angeblichen Giftmordes dazu verurteilt worden, auf dem Scheiterhaufen zu brennen; doch war es vom Pariser Parlament, in dem die liberale Partei die Oberhand hatte, soeben rehabilitiert worden. Im besten Gasthof von Passy dinierte ich mit der Salmon. Zwei unschuldige Opfer der Despotie am gleichen Tisch, flankiert von ihren Anwälten – welch ergreifendes Bild! Wir vergossen Tränen der Rührung, und die Gazetten säumten nicht, diese symbolträchtige Szene ihren Lesern nahezubringen.

Wie in Passy, so in St. Denis: Menschenmassen, wohin ich auch blickte! Jeder Tag führte mir neue Anwärter der ägyptischen Loge zu, die ich im Eilverfahren und ohne weitere Formalitäten – ich begnügte mich mit den fünf Küssen der Brüderlichkeit – zu ägyptischen Maurersöhnen und -töchtern machte.

Als ich St. Denis den Rücken kehrte, standen die Menschen dichtgedrängt in den Straßen, durch die unsere Wagen rollten. Zwei Tage später empfing uns auf gleiche Weise Boulogne-sur-Mer, wo unser Schiff nach England abging. Unter den Tausenden, die uns bis zum Quai folgten, machte sich einer zum Sprecher für alle. Er dankte mir in überschwänglichen Worten für die vielen Wohltaten, die ich den Menschen erwiesen, und für das einzigartige Beispiel an Bürgermut, das ich den Franzosen gegeben.

Als die Matrosen die Taue einholten und das Schiff vom Ufer ablegte, fiel alles auf die Knie und erbat meinen Segen. Ich kletterte auf die Kommandobrücke und hob die Hände gen Himmel:

»Adieu, meine teuren Brüder und Schwestern«, rief ich. »Adieu meine Kinder! Nun ist dem Willen eures Königs Genüge getan. Herbeigerufen, ersehnt, überall begehrt, hatte ich mir euer Land zur Stätte meines Bleibens erkoren. Ich habe dort nach meinen Kräften und Gaben Gutes gewirkt. Straßburg, Bordeaux, Lyon, Paris! Ihr werdet vor der Welt für mich Zeugnis ablegen! Ihr werdet sagen, ob ich je den Geringsten eurer Einwohner beleidigt habe. Ihr werdet sagen, ob mir die Religion und die Gesetze nicht immer heilig waren. Und dennoch hat die Stimme meiner Feinde obsiegt: Eine Verweisung außer Landes auf unbegrenzte Zeit, das ist mein Lohn. Einwohner dieses glücklichen Landes, liebenswertes und mitfühlendes Volk, nehmt die Abschiedsgrüße eines Unglücklichen, der vielleicht eurer Achtung und eures Mitleids würdig ist. Er ist gegangen, doch sein Herz ist bei euch geblieben!«

Leider blies der Wind vom Westen her, sodass meine Abschiedsworte kaum mehr das Ohr der knienden Menge erreichten. Aber welcher Hirte und heilige Vater, der zu Pfingsten vom Fenster des Vatikanpalastes aus den »Urbi et Orbi«-Segen spendet, wird schon von seiner Herde verstanden!

Die Segel blähten stärker, und Frankreichs Küste entschwand meinen Augen.

Ich verließ die Kommandobrücke. Während ich auf Deck hin und her wanderte, legte ich den Seeleuten meine eben geborene Idee dar, durch die praktische Ausnutzung der Energie von Ebbe und Flut ganz London in künstliches Licht zu tauchen. Sie sahen mich verständnislos an, einige tippten sich unzweideutig an die Stirn. Ihre beschränkten Hirne vermochten das Grandiose und Zukunftsweisende dieser Idee nicht zu fassen.

Umso begeisterter nahmen die Franzosen meine Prophetie und Vision auf, die ich, wenige Tage nach meiner Ankunft in London, in meinem berühmt gewordenen *Lettre au peuple français* aussprach:

Jemand hat mich gefragt, ob ich, falls die Verbannung aufgehoben würde, nach Frankreich zurückkäme. Gewiss, war meine Antwort, vorausgesetzt, die Bastille ist in eine öffentliche Anlage umgewandelt. Gebe es Gott! Ihr Franzosen habt alles, dessen es zum Glück bedarf: fruchtbaren Boden, mildes Klima, ein gutes Herz, einen bezaubernden Frohsinn, Genie und Charme, Redegewandtheit. Ihr seid ohnegleichen in der Kunst, zu gefallen, unübertroffen in den übrigen Künsten. Nur eine Kleinigkeit fehlt Euch noch, meine lieben Freunde: dass Ihr auch ruhig schlafen könnt, wenn Ihr ein reines Gewissen habt. Es ist eine

Eurer Gerichte würdige Aufgabe, an dieser glücklichen Revolution zu arbeiten. Nur schwachen Seelen erscheint es schwierig. Sie gut vorzubereiten ist das ganze Geheimnis …

Gebt mir zwanzig Jahre, und ihr sollt Euch nicht mehr fürchten vor dem Tower in London, vor den Kerkern der Inquisition und vor der Bastille. Diese Gefängnisse werden vernichtet, auf den Trümmern sollen Eure Frauen und Kinder tanzen. Die Monarchie soll gestürzt, die Priesterschaft, die Minderwertigkeit der armen Klassen, die aristokratischen Klassen sollen aufgehoben werden. Um eine alte Welt zu zerstören und eine neue aufzubauen, verlange ich zwanzig Jahre. Dünkt Euch das noch zu viel?

Dieses Manifest fand in Paris und anderswo bald eine solche Verbreitung, dass Ludwig XVI. sich gezwungen sah, durch einen königlichen Erlass die Veröffentlichung und den Verkauf »sämtlicher Rechtfertigungs- oder Verteidigungsschriften, Gutachten, Darstellungen, Entgegnungen oder anderer Schriftstücke im Zusammenhang mit den bei Gericht anhängigen Rechtsfällen« (gemeint war die »Halsband-Affaire«) zu verbieten und unter Strafe zu stellen. Es sollte den Bourbonen nicht mehr viel nützen.

Bekanntlich traf meine Prophezeiung drei Jahre später ein: Die Generalstände wurden einberufen, und am 14. Juli 1789 stürmten die Pariser Volksmassen die Bastille. Ein Jahr später fiel sie unter den Schlägen der Piken, und das Volk tanzte auf den Trümmern des ehemaligen Staatsgefängnisses, das in eine öffentliche Anlage umgewandelt wurde.

Wie auch immer die Nachwelt mein abenteuerliches Leben und Wirken beurteilen mag, ich, Alessandro di Cagliostro, habe vor der Geschichte die Ehre, dieses Jahrhundertereignis, das eine neue Epoche der Weltgeschichte einleitete, nicht nur vorausgesagt, sondern es auch nach Kräften mit vorbereitet zu haben. Hat doch die »Halsband-Affaire« dem Publikum beispielhaft demonstriert, wie dekadent und korrupt die herrschende Aristokratie geworden und dass ihr parasitäres und überlebtes Regime wohl verdiente, vom gerechten Zorn des Volkes hinweggefegt zu werden.

Ich erspare dem Leser die nachfolgende Skandalgeschichte meiner Entlarvung. Mag M. Théveneau de Morande, Herausgeber des *Courrier de l'Europe* und bezahlter Agent und Skribent des französischen Königshauses, sich bis ans Ende seiner Tage rühmen, mir »die Maske vom Gesicht gerissen zu haben« – meinen Verdiensten und meinem Ruhm vor der Geschichte tut dies keinen Abbruch.

Natürlich war es ein schwerer Schlag für all meine hochwohlgeborenen Mäzene, Anhänger und Adepten, als sich herausstellte, dass der »berühmte Graf aus dem Morgenland« aus den Armenvierteln Palermos stammte und der »divo Cagliostro« seine Laufbahn als kleiner Gaukler, Apothekerlehrling und Federzeichner begonnen hatte. Sie sahen sich durch mich nicht nur düpiert und getäuscht, sondern auch öffentlich blamiert und bloßgestellt. Hatte ich durch meine erfolgreiche Scharade doch vorgeführt, wie leicht sich jene blaublütige Elite, die sich selbst für einzigartig und zur Führung der Welt berufen hält, in Habitus und Lebensstil kopieren lässt und wie leicht man sie am Narrenseil ihrer eigenen Eitelkeit, Einbildung, Habgier und Leichtgläubigkeit führen kann. – Es gibt nur zwei Dinge, die wirklich unendlich sind: der Himmel und die Dummheit der Mächtigen. Sie merken nicht einmal, wenn ihre Zeit abgelaufen ist.

Dass die Bourbonen mich noch im Exil mit tödlichem Hass verfolgten, dass die Hochwohlgeborenen, Kleriker, Moralapostel, Pastoren und Schulmeister mich fortan einen skrupellosen Betrüger, Gauner, Schwindler, Hochstapler, Erzketzer und Bösewicht schimpften – wer kann sich darüber wundern? Ein kluger Zeitgenosse wusste es besser:

Cagliostro hat Narren nach ihrer Narrheit behandelt – und darin tat er nicht unrecht.

Wer mich nun aber, nach diesen freimütigen Bekenntnissen, für nichts weiter als einen Gaukler, Komödianten und Scharlatan ansieht, der möge sich vorsehen! Man bilde das Anagramm von »Scharlatan« und stelle die Buchstaben um! Heraus kommt: *Lach Satan!* Das R bleibt übrig – als metaphysischer Rest.

Finis

XIX. Autodafé

Der Kardinal stieß einen Seufzer der Erleichterung aus. Endlich war er fertig mit dieser infamen Lektüre, die alles beleidigt hatte, was ihm heilig war. Gleichviel, ob diese *Bekenntnisse* nun von Cagliostro-Balsamo stammten, der hier, zur Düpierung der Nachwelt, seine eigene Legenda aurea fabriziert hatte, ob es sich um das Auftragswerk eines von ihm bezahlten Skribenten oder um das Machwerk eines raffinierten Fälschers handelte – dieses blasphemische und schändliche Buch gehörte verbrannt, zu Asche verbrannt!

Das hl. Offizium hatte Balsamo jedenfalls nicht hinters Licht führen können – wie das französische Parlament, das ihn, o sancta simplicitas!, von aller Schuld an der »Halsband-Affaire« freigesprochen hatte. Dies sollte aber auch sein letzter Triumph gewesen sein. Im Londoner Exil wurde er hinterrücks von seiner kriminellen Vergangenheit eingeholt.

Seine Entlarvung war in der Tat ein Kuriosum der Kriminalgeschichte gewesen. Auf mehreren voneinander unabhängigen Wegen war die Identität des illustren Grafen Cagliostro mit dem sizilianischen Federzeichner und Betrüger Giuseppe Balsamo ermittelt und schließlich erhärtet worden: durch akribische Nachforschungen der französischen Polizei, durch die Entlarvungen des *Courrier de L'Europe* in London, dessen Herausgeber Théveneau de Morande in einer Serie von Artikeln und Polemiken Balsamos kriminelle Vergangenheit bloßlegte. Durch die Privatrecherche des deutschen Dichters Johann Wolfgang von Goethe* – und nicht zuletzt durch die Ermittlungen des hl. Offiziums selbst. Noch nie in der Kriminalgeschichte hatte es einen solchen länderübergreifenden Ermittlungsaufwand gegeben.

Vor der spitzen Feder Théveneau de Morandes und dem Hohn des Londoner Publikums hatte Balsamo schließlich die Flucht ergriffen und sich zu seinem Freund Sarasin nach Basel begeben. Da kein Land dem berühmt-berüchtigten Mann mehr eine Bleibe gewährte, hetzte er mit seiner Frau von der Schweiz durch Norditalien, von Savoyen in das Herzogtum Mailand, von dort nach Verona. Überall eilte ihm sein zweifelhafter Ruf voraus. Nur in Rovereto, auf dem Territorium des Besitztums Trient, erhielt er eine Verschnaufpause von sieben Wochen, bis Kaiser Joseph II., Bruder von Marie Antoinette, den dortigen Magistrat anwies, den gefährlichen Freimaurer und Magier auszuweisen. Wo er seinen Fuß auch hinsetzte, die Bourbonen verfolgten ihn überall.

Warum aber – dies war Zelada noch immer ein Rätsel – hatte sich dieser eingefleischte Feind der katholischen Kirche und das Papsttums zuletzt *freiwillig* nach Rom, in die Höhle des Löwen begeben? Er musste doch wissen, was ihn in der hl. Stadt erwartete. Wollte er, wie in Frankreich, so auch in Italien die rechtmäßige politische Gewalt und Religion unterminieren und eine Verschwörung anzetteln? Oder bildete er sich tatsächlich ein, die offizielle Anerkennung seines heidnischen Ordens durch den Hl. Stuhl zu erhalten? Oder hatte er zuletzt dem Drängen seiner Frau nachgege-

* *Goethe war über Cagliostros Treiben auf der europäischen Showbühne so empört und gleichzeitig so fasziniert, dass er sich während seiner Italienreise auf dessen Spuren setzte und sich unter falschem Namen in Palermo bei seiner Familie einschlich, um das Geheimnis seiner Herkunft zu lüften. Man darf vermuten, dass vor allem der sizilianische Magus, Alchemist und Täuschungskünstler den Weimarer Dichter zu seinem wohl berühmtesten literarischen Figurenpaar, Faust und Mephistopheles, inspiriert hat.*

ben, die nichts sehnlicher wünschte, als in ihre Heimatstadt und in den Schoß der hl. Kirche zurückzukehren, um von ihrem kompromittierten Gatten endlich loszukommen und die Ehe mit ihm annullieren zu lassen, denn sie wollte nicht mit ihm untergehen. War es nicht eine tragische Ironie, dass der »große Hell- und Geisterseher« in eigener Sache wie mit Blindheit geschlagen war und seiner Gattin, die ihn an das hl. Offizium verriet, bis zuletzt vertraute? Wie abhängig er von seiner »cara figlia« war, hatte sich, zum Erstaunen der Inquisitoren, während der Verhöre gezeigt.

Und warum – auch dies gab Rätsel auf – hatte er just in Rom, gleichsam unter den Argusaugen der Hl. Inquisition, eine ägyptische Loge eröffnet, obschon er doch wusste, dass er sich damit eines todeswürdigen Vergehens schuldig machte? Waren nach dem Abfall auch seiner letzten Mäzene und Gönner seine Mittel so erschöpft, dass er dringend neue Einnahmen brauchte? Oder wollte er mit diesem halsbrecherischen Schritt das hl. Offizium herausfordern, seine Verhaftung geradezu provozieren? ... Dieser eitle und größenwahnsinnige Mensch konnte ohne Publikum nicht leben, nicht atmen. Er war so süchtig nach Geltung und Ruhm wie andere nach Opium. Wollte er, nachdem er von der großen Bühne abgetreten, noch einmal auf diese zurückkehren – wenn auch um den Preis seiner Freiheit und seines Lebens? Suchte er förmlich den Prozess, um noch einmal im Rampenlicht zu stehen – wenn schon nicht mehr als »divo Cagliostro« und »Großkophta«, so doch als Angeklagter eines Inquisitionsprozesses, den ganz Europa mit Spannung verfolgte? Und nahm er für den eitlen Selbstgenuss dieser – seiner letzten – Hauptrolle sogar das Martyrium und den Tod in Kauf? Schien es doch so, als wollte dieser diabolische Gaukler, dessen Vita sich las wie ein tolldreistes Mysterienspiel, wie eine blasphemische Imitatio des Heilands und seiner Wundertaten, zu guter Letzt auch noch dessen Passion imitieren. Glaubte er etwa, sich selbst und der Welt dadurch beweisen zu können, dass er eben doch kein Betrüger und Scharlatan, sondern ein echter Apostel und »Gesandter des Himmels« sei? – So lange sich der Kardinal nun schon mit diesem sonderbaren Heiligen respektive Scheinheiligen befasste und sich das Hirn über ihn zermarterte, etwas an seinem Wesen blieb rätselhaft, so unergründlich wie das Gesicht der Sphinx.

Jedenfalls hatte die göttliche Vorsehung ihn zuletzt dorthin geführt, wo er den verdienten Lohn für all seine Missetaten empfangen würde. Alle Wege führen eben nach Rom!

Nach vierundvierzig Verhören in fünfzehn Monaten trat das päpstliche Sondergericht unter dem Vorsitz Zeladas endlich zusammen. Ihm gehörten die Kardinäle Antonelli, Pallotta und Campanelli, der römische Stadtkommandant Rinuccini und der Rechtsexperte des hl. Offiziums Roverelli an. Als Notarius des Tribunals fungierte Monsignore Marcello, den Zelada mit der Abfassung der Biographie des Angeklagten betraut hatte.

So lang die Anklageschrift, so kurz war der Prozess. Balsamo wurde in allen Punkten der Anklage für schuldig befunden: schwerer Betrug, Diebstahl und arglistige Täuschung in zahllosen Fällen; Ausübung der abergläubischen und schwarzen Magie; Mitgliedschaft in der verbotenen Freimaurerbewegung; politische Umtriebe und Konspiration gegen die Souveräne; und – was am schwersten wog – Blasphemie, Häresie und Feindschaft gegen die römisch-katholische Kirche und das Papsttum.

Am 31. März 1791 fällte das päpstliche Sondergericht das Urteil: *Tod durch Enthaupten.*

Indes wollte Pius VI., um das Ansehen des Hl. Stuhls besorgt, im Falle Balsamo Milde walten lassen und wandelte das Todesurteil in eine *ewige Gefangenschaft ohne Hoffnung ei-*

ner Begnadigung um. Vergebens machte der Kardinal-Staatssekretär seine Einwendungen. Er erinnerte den Hl. Vater an den Vers im 2. Buch Moses: »Aber die Zauberer sollst du nicht leben lassen!« Auch werde der Kirchenstaat nicht zur Ruhe kommen, solange Europas berühmtester Häftling am Leben sei. Doch der Pontifex maximus blieb bei seiner Entscheidung.

Dass Zeladas Besorgnisse keineswegs übertrieben waren, zeigte sich schon vor der Urteilsverkündung. Spitzel berichteten, Balsamo habe seinen fanatischen Anhängern befohlen, die Engelsburg in Brand zu stecken, um ihn zu befreien. Auch kursierten Gerüchte über freimaurerische Pläne, in verschiedenen Provinzen des Kirchenstaates zur gleichen Zeit Aufstände anzuzetteln. Das Staatsekretariat und der Stadtkommandant ordneten umfangreiche Sicherheitsmaßnahmen an: Weitere verdächtige Freimaurer wurden festgenommen, die Wachposten an strategisch wichtigen Brücken und Straßen in und außerhalb Roms verstärkt und Dekrete erlassen, die Versammlungen innerhalb der Stadt verboten. Sogar die Umzüge und Illuminationen während des Karnevals wurden untersagt.

Am Morgen des 7. April wurde Balsamo vor das Tribunal gebracht. Auf den Knien, gefesselt, den Kopf mit einer schwarzen Kapuze verhüllt, vernahm er aus dem Munde des Vorsitzenden das päpstliche Urteil:

Giuseppe Balsamo, mehrerer Verbrechen Beklagter, Bekenner und gegenseitig Überwiesener, ist in all jene Zensuren und Strafen verfallen, welche wider förmliche Ketzer, Irrlehrer, Erzketzer, Meister und Anhänger der abergläubischen Magie verhängt sind, sowie auch in die Zensuren und Strafen, welche sowohl in den apostolischen Konstitutionen Klemens XII. und Benedikts XIV. wider all diejenigen, die auf irgendeine Weise die Gesellschaften und Zusammenkünfte der Freimaurer begünstigen und befördern, als auch in dem Edikte des Staatssekretariats wider diejenigen bestimmt sind, welche sich über diesen Punkt in Rom oder an einem anderen Ort der päpstlichen Herrschaft vergehen. Aus besonderer Gnade aber wird ihm die Auslieferung an den weltlichen Arm in eine ewige Gefangenschaft in irgendeiner Festung verändert, wo er ohne Hoffnung einer Begnadigung in strenge Verwahrung genommen werden soll.

Das handgeschriebene Buch mit dem Titel »Ägyptische Freimaurerei« wird feierlich verdammt, da es Riten, Lehrsätze, eine Doktrin und ein System enthält, die dem Aufruhr Tor und Tür öffnen, und da es als abergläubisches, gotteslästerliches, ruchloses und ketzerisches Machwerk geeignet, die christliche Religion zu zerstören: Dieses Buch ist durch die Hand des Henkers samt den Instrumenten, deren sich diese Sekte bedient, öffentlich zu verbrennen.

Pünktlich zur Urteilsverkündung legte Monsignore Marcello das Werk seiner monatelangen Fleißarbeit dem Kardinal-Staatssekretär zur Begutachtung vor. Das umfängliche Manuskript, das unter dem Pseudonym Giovanni Barberi publiziert werden sollte, trug den etwas umständlichen, aber gediegenen Titel: *Leben und Taten des Joseph Balsamo, sogenannten Grafen Cagliostro. Aus den Akten des 1790 in Rom wider ihn geführten Prozesses gehoben.* Zelada las es in einem Zuge durch, und es fand seine volle Billigung. Es war in einer kernigen und volkstümlichen Sprache geschrieben, im Stile wechselnd zwischen polemischer Kanzelpredigt, kriminalistischem Rapport und höhnischer Karikatur jenes Possenreißers und Scharlatans, der sich für einen Apostel und neuen Heiland ausgegeben. Barberi stützte sich vornehmlich auf die Anklageschrift, auf erwiesene Fakten und beglaubigte Zeugnisse, er schilderte en détail Balsamos Lebenslauf, seinen verdorbenen, verschlagenen und schändlichen Charakter, der sich schon in frühester Jugend gezeigt; er rapportierte seine gottlosen Anschauungen und blasphemischen Handlungen, seine infamen Machenschaften und Betrügereien, seine ketzerischen Lehren und Rituale, seine freimaurerischen Umtriebe und Verschwörungen.

Wie aber konnte dieser Galgenvogel so viel Aufsehen erregen und eine solche Zelebrität in der vornehmen und galanten Welt gewinnen? Barberis Erklärung war von so bestechender Simplizität, dass selbst der gestrenge Kardinal-Staatssekretär sich das Lachen nicht verkneifen konnte:

Man wird vielleicht darüber erstaunen, dass dieser Mann sich so leicht bei dem weiblichen Geschlechte einzuschmeicheln wusste: klein von Statur, braun von Farbe, mit fettem Körper, schielenden Augen, ohne irgendeine Eleganz, welche in der galanten Welt gemein ist, ohne Kenntnis und Wissenschaften war er wirklich aller Vorzüge beraubt, welche fähig gewesen wären, Liebe gegen ihn zu erwecken. Wie hat nun ein solcher Mann sich bei dem weiblichen Geschlechte in Gunst setzen können, und zwar noch auf eine solche Weise, dass er von ihnen, noch nachdem er sie vom Pfade der Tugend abgeführt hatte, reichliche Beschenkungen und Belohnungen erhielt? Dieses Phänomen löset der Prozess auf, und diese Auflösung besteht darin, dass … die Weiber, deren Gunstbezeugungen er genoss, bereits allzu weit in ihrem Alter vorgerückt waren, um bei jemand anderem, als bei dem Balsamo, ihre Liebschaften finden zu können.

Zelada war hochzufrieden. Die *Compendia*, wie Barberis Schrift von den vatikanischen Theologen fortan genannt wurde, erfüllten ihren doppelten Zweck: den Nimbus des »Wunderheilers« und »Menschenfreundes« restlos zu zerstören und seine Verurteilung durch das hl. Offizium durch die Blume zu rechtfertigen. Nach der Lektüre der *Compendia* würde jeder ehrliche Bürger und anständige Christ das hl. Offizium dafür lobpreisen, dass es diesem schielenden Unhold, Urbild des hässlichen, geilen und betrügerischen Juden, endlich das Handwerk gelegt hatte. Zelada wies die

Apostolische Kammer an, die *Leben und Taten des Joseph Balsamo* unverzüglich in den Druck zu geben. Noch im gleichen Jahr wurden drei weitere Auflagen gedruckt, und es erschienen Übersetzungen in sechs Sprachen. Die *Compendia* wurden ein beispielloser vatikanischer Publikumserfolg.

Am 20. Juni fand die feierliche Abschwörung statt: Im schwarzen Büßergewand mit aufgenähtem gelben Kreuz, dem Zeichen der verurteilten Ketzer, barfüßig, einer Kerze in der Hand, ging Balsamo zwischen zwei Reihen von Mönchen den Weg von der Engelsburg zur Kirche Santa Maria. Dort bat der ehemalige Großkophta, vor dem Altar kniend, mit brüchiger Stimme Gott und die heilige Kirche um Vergebung und schwor seinen Irrtümern ab. Auch wenn er den reuigen Sünder nur mimte, indem er dergestalt dem Pöbel zur Schau gestellt wurde, demonstrierte die hl. Kirche, gerade in diesen Zeiten des Aufruhrs gegen Thron und Altar, ihre von Gott gegebene Macht und Sanktionsgewalt.

Desgleichen mit der öffentlichen Verbrennung auf der Piazza Minerva. War es nicht ein prachtvolles Spektakel, das einmal mehr die natürliche Verbundenheit der Herde mit ihrem obersten Hirten offenbarte? Bei jedem Utensil, das der Henker ins Feuer warf – Ordensbänder, Freimaurerschurze, Schärpen, Fahnen, Winkelmaße, Kompasse, Kellen, Totenköpfe, Sanduhren, Bücher und Schriften des ehemaligen Großmeisters –, klatschte die Menge in die Hände und stieß Freudenschreie aus. Es war das reinste Volksfest. Sic transit gloria mundi!*

Im purpurnen Hermelin, angetan mit allen Insignien seiner geistlichen und amtlichen Würde und umgeben von zahlreichen Inquisitionsbeamten, stand Zelada auf der kleinen Tribüne und blickte voller Genugtuung auf den lodernden Scheiterhaufen. Es war ein stattlicher Haufen, der hier zu Asche

* *So vergeht der Ruhm der Welt!*

verbrannte. Es roch nach verbranntem Leim und Leinen. Der Kardinal ließ es sich nicht nehmen, die in rotes Saffianleder eingebundene Schrift mit dem Titel *Lach, Satan! Bekenntnisse des Grafen Cagliostro* eigenhändig dem reinigenden Feuer zu übergeben. Mit grimmigem Behagen beobachtete er, wie die züngelnde Flamme die Blätter erst an den Rändern versengte, sich sodann, unter leisem Geknister der sich von selbst umschlagenden Seiten, in die Mitte fraß, bis auch die letzten Flecken weißen Papiers geschwärzt und das ganze gotteslästerliche Werk verkohlt und zu Asche verbrannt war. Schon manche Brände und Feuersbrünste hatte Zelada erlebt, als Benediktinermönch war er sogar Zeuge eines öffentlichen Autodafés in Valencia gewesen. Aber noch nie hatte er die reinigende und göttliche Kraft des Feuers so stark und tief empfunden wie jetzt, noch nie hatte ein lodernder Scheiterhaufen in ihm ein solch erhebendes Gefühl ausgelöst.

Um sicherzustellen, dass auch sonst kein irreführendes Zeugnis dieses Erzketzers und Erzfeindes der hl. Kirche und des Papsttums auf die Nachwelt überkomme, hatte er alle diesbezüglichen Schriftstücke aus den vatikanischen Akten säuberlich ausgesiebt. Dazu gehörten Cagliostros Privatkorrespondenz, die vielen Ergebenheitsadressen seiner Bewunderer und die unzähligen Dankesbriefe seiner Patienten, die jetzt gleichfalls ein Raub der Flammen wurden. Seiner Magnifizenz Saverio Francesco de Zelada – und niemandem sonst – ward es vorbehalten, die *Akte Cagliostro* ein für alle Mal zu bereinigen. Niemandem, auch keiner weltlichen Macht, sollte jemals Gelegenheit werden, die Richter des Hl. Stuhls zu belangen oder gar zu verklagen. Schließlich war es dem hl. Offizium, in Sonderheit der Energie und Entschlossenheit des Ersten Kardinal-Staatssekretärs zu danken, dass die abendländische Christenheit von diesem *Monstrum* – im lateinischen Doppelsinne des Wortes *Ungeheuer* und *Wunder* – endlich befreit worden war.

Nach diesem Autodafé würde dieser Erzgauner und Erzketzer als derjenige in die Annalen der Geschichte eingehen, der er in den Augen des hl. Offiziums schon immer gewesen. Denn es blieb jetzt nur noch *eine* schriftliche Quelle übrig, die den Anspruch erheben konnte, wahrhaftig und authentisch zu sein; und aus dieser mussten künftig alle Chronisten, Biographen und Historiker schöpfen, ob es ihnen passte oder nicht: aus der ersten, von der Apostolischen Kammer selbst herausgegebenen Biographie: *Leben und Taten des Joseph Balsamo, sogenannten Grafen Cagliostro*. Damit war sein Bild für die Nachwelt so unwiderruflich geprägt wie eine vatikanische Münze.

Während seine Augen der schwärzlichen Rauchsäule folgten, die aus der Asche der verbrannten Bücher, Schriftstücke und freimaurerischen Requisiten in den azurnen Sommerhimmel aufstieg, glitt ein maliziöses Lächeln über das Gesicht des Kardinals. Es war das Lächeln einer siegreichen Vergeltung. Und ihm fiel jene Sentenz eines römischen Klassikers ein, die ihm, als er noch ein kleiner Benediktinermönch war, auf Anhieb eingeleuchtet hatte:

Victores scribent historiam. Die Sieger schreiben die Geschichte.

XX. Dies irae

Und doch hatte Zelada zu früh triumphiert. Der Staatsgefangene des Vatikans sollte ihm schlaflose Nächte bereiten und die Nemesis der Geschichte auch seinen Richter noch ereilen.

In Rom – darin war sich die Hl. Kongregation mit dem Hl. Vater einig – konnte man Balsamo nicht einkerkern, ohne Gefahr zu laufen, dass seine Anhänger versuchen würden, ihn zu befreien. Daher entschloss man sich, ihn in die abgelegene und ausbruchssichere päpstliche Festung San Leo bei Montefeltro im Herzogtum Urbino zu überstellen. Diese trutzige Festung, die sich ringsum auf einem steil abfallenden Gipfelplateau des Apennin inmitten einer Landschaft aus zerklüfteten Felsen, tiefen Schluchten und mächtigen Felsbrocken erhob, galt als eine der stärksten und sichersten Wehranlagen Europas.

Zelada übermittelte seine Instruktionen dem päpstlichen Legaten von Urbino, Kardinal Doria, und dem Gefängnisdirektor San Leos, dem Kaplan Semproni. Beide waren für die Sicherheit des Gefangenen und für die Einhaltung der strengen Haftbedingungen dem Papst persönlich verantwortlich: Balsamo durfte mit niemandem sprechen, er erhielt auch kein Schreibzeug, jede Verbindung mit der Außenwelt sollte unterbunden werden. Man wusste ja, wie er als Häftling der Bastille die Wachen bestochen, wie ihm Post und Zeitungen zugestellt worden und wie geschickt er die Feder benutzt hatte, um das französische Publikum und Parlament für sich einzunehmen.

Balsamo wurde erst in den Tesoro, die ehemalige »Schatzkammer« der Festung, und später in den sogenannten Pozzetto gesperrt, einen tiefen Brunnen aus Basaltgestein, dessen Wände zusätzlich verstärkt worden waren. Dieser zweieinhalb Quadratmeter große Raum hatte gegenüber den anderen Kerkerzellen der Festung den Vorzug, dass man nur von oben durch eine Dachklappe hineingelangte. Auf diese Weise konnten die Wachen das Essen hinunterreichen, ohne einen Hinterhalt des Insassen befürchten zu müssen. Das eingebaute Gitter hinderte ihn daran, mit den Wachen zu sprechen. Der einzige Ausblick, der ihm vergönnt war durch das winzige, dreifach vergitterte Fenster, war die Pfarrkirche von San Leo, die ihm für den Rest seines Daseins als Mahnung vor Augen stehen sollte.

Zwar war der ruchlose Ketzer und Staatsgefangene des Vatikans in dieser umgebauten Zisterne so gut wie lebendig begraben; doch ließ er keine Gelegenheit unversucht, die Wachmannschaften zu schrecken und zu entzweien und seine Beichtväter zu zermürben. Es war, als ob er noch aus seinem unterirdischen Verlies heraus Macht über jene gewann, die ihn zu bewachen, zu bestrafen und seine Seele zu läutern hatten.

Schon bald war es ihm gelungen, sich über das strikte Verbot von Schreibuntensilien hinwegzusetzen. Bei einer Visite fand man, versteckt in seinen Kleidern, einen kleinen Almanach und eine spitz zulaufende Schreibfeder, die er aus dem Stroh der Matte am Fenster hergestellt hatte. Als Schreibtinte benutzte dieser findige Alchemist den mit seinem eigenen Urin vermischten Ruß eines abgebrannten Kerzendochts, der in die Zelle gefallen war. Man bohrte ein Guckloch in die Dachluke des Pozzetto, um den Gefangenen zu jeder Tages- und Nachtzeit beobachten zu können. Aber nicht lange und man entdeckte neue Verstecke, die er in den massiven Steinmauern angelegt hatte. In einer Ritze fand man einen spitzen Knochensplitter, mit dem er sich Blut abzapfte, das er als Tinte verwendete; in einer anderen Ritze eine Eierschale, die mit einem geheimnisvollen goldfarbenen Liquid gefüllt war, wohl dazu bestimmt, die Wärter zu vergiften.

Im Oktober 1791 erstattete Doria dem Staatssekretariat über die neueste Teufelei des Gefangenen Bericht:

Jüngst gelang es ihm mit Gewalt, Bretter aus seiner Bettstatt anzuheben – was nie zuvor ein Gefangener versucht hatte –, um einen dicken langen Pflock herauszuheben und in einem Spalt des steinernen Querbalkens zu verstecken, mit dem das Eisengitter der Zelle gesichert ist. Anschließend ordnete er die Bretter geschickt wieder so an, dass niemand es bemerkte … Durch das Guckloch beobachtete die Wache, wie Balsamo den Holzpflock an seinem Fensterpfosten wetzte, um ihn schärfer und spitzer zu machen.

Ein spitzer Holzpflock in den Händen eines so kräftigen Mannes wie Balsamo konnte zur Mordwaffe werden. Er musste vorübergehend in den Tesoro zurückverlegt werden. Währenddessen wurden die Bettbretter im Pozzetto durch eine neue, festere Holzkonstruktion ohne Nägel ersetzt und in die Wand neben dem Bett schwere Eisenketten und Halterungen verankert. All dies kostete natürlich Geld, und es wurmte Zelada ungemein, dass dieser widerspenstige Häftling immer neue Kosten und Scherereien verursachte. Zwei Monate, nachdem er mit schweren Ketten in den renovierten Pozzetto zurückgekehrt war, fand man im Abflussrohr des Aborts eine zugespitzte Schraube. Sie war beängstigend scharf geschliffen und konnte als Angriffswaffe benutzt werden. Zelada wies den Legaten Doria barsch zurecht, er solle solche gefährlichen Machenschaften endlich unterbinden. Die Kloake wurde zugeschüttet und das Abflussrohr verschlossen. Balsamo musste seine Exkremente fortan in einen Eimer entleeren, der an einem Seil durch die Dachluke herabgelassen wurde. Die Wachen verstärkten ihre Aufmerksamkeit und führten doppelt so viele Inspektionen durch.

Doch dieser Dämon gebrauchte immer neue Finten, um seine Bewacher und Beichtväter zu schrecken. Er bemalte die Wände seines Kerkers mit geheimnisvollen freimaurerischen und magischen Symbolen, die jene vergebens zu enträtseln suchten. Aus den Holzfasern seiner Bettstatt hatte er den Griff eines Pinsels gefertigt, an dem er Stroh oder Baumwolle befestigte. Die Farbe hatte er sich aus einer Mischung von Urin und Eisenrost hergestellt, den er von den Zellengittern kratzte. Bald beschmierte er die Wände mit den abscheulichsten und obszönsten Zeichnungen: mit Pentagrammen, welche die Form sich kreuzender Vaginas hatten; mit Krummstäben, die wie geknickte Phallusse aussahen; mit koitierenden Ziegenböcken und Eseln, die Heiligenscheine und Mitras trugen, etc. Seine Beichtväter waren so schockiert, dass sie seine Zelle kaum mehr zu betreten wagten.

Natürlich wusste er, dass sich die hl. Kirche verpflichtet fühlte, ihn zu wahrer Buße zu führen. Und das Mitgefühl der Kirche nutzte er schamlos für sich aus. Um seine Zelle immer häufiger verlassen zu können, stellte er eine tiefe Zerknirschung zur Schau und verlangte, in aller Ausführlichkeit in der kleinen Kapelle zu beichten. Kurz vor der Absolution jedoch schlug er seinen Beichtvater vor den Kopf, indem er erklärte, er glaube weder an den Papst noch an die Dogmen der katholischen Kirche. An den Bischof von Montefeltro richtete er zermürbende Beschwerden, sein Seelenheil werde vernachlässigt, weil der Geistliche, der ihn betreue, ihm geistig nicht gewachsen sei. Und verlangte einen neuen Beichtvater, der das Zeug habe, ihn zu bekehren. Wohl ein Dutzend Beichtväter verschliss er während seiner viereinhalbjährigen Haft, ohne dass es einem von ihnen gelungen wäre, ihn auf den Weg der echten Reue und Buße zu führen. Gott allein wusste, welcher Teufel diesen Ofen heizte!

Immer wieder verkündete er den Wachen, der *Dies Irae*, der Tag des Zorns und der Rache sei nahe. Zelada war denn auch höchst alarmiert, als ihm der Legat Doria mitteilte, er sei vor einem Überraschungsangriff französischer Revolutionäre gewarnt worden. Diese seien in Montgolfieren, in Heißluftballons unterwegs, mit denen man die Festung leicht überwinden und innerhalb der Mauern landen könne, um Balsamo zu befreien. Man habe die Soldaten der Festung in Alarmbereitschaft versetzt, in Erwartung der Luftflotte suchten sie Tag und Nacht den Himmel über San Leo ab. Indessen habe sich der arglistige Häftling auf eine neue Taktik verlegt: Er verweigere jedwede Nahrung und lebe nur noch von Wasser. Gewiss wolle er sich mit diesem Fasten auf seine Flucht vorbereiten, um dann in einem Ballon leichter in die Lüfte zu entschweben. Er, Doria, wisse beim besten Willen nicht mehr, wie man die Festung gegen den Angriff einer aeronautischen Flotte schützen solle. Der Legat verlor allmählich die Nerven.

Bald begannen auch die Zeitungen das Gerücht zu verbreiten, jakobinische Ballonfahrer planten eine Luftinvasion Italiens, um den Vatikanstaat anzugreifen und den berühmten Häftling in San Leo zu befreien. Zelada alarmierte den Hl. Vater. Die französischen Revolutionstruppen hatten bereits die Niederlande, das Rheinland und Savoyen besetzt. Als Nächstes war Italien an der Reihe. Und der militärisch schwache Vatikanstaat war gegen eine solche Invasion nicht gerüstet, schon gar nicht gegen einen Überfall aus der Luft.

Der fernab von Rom in einem Brunnenloch versenkte Ketzer aber schien die umgehende Hysterie genau zu spüren und schürte sie mit allen Mitteln. Er schreckte die Wärter und Soldaten mit apokalyptischen Weissagungen über den Untergang des Vatikanstaates und das baldige Ende der päpstlichen Herrschaft. Eine Prophezeiung vom November 1793, die Doria dem Staatssekretariat übermittelte, löste Panik aus. Der Papst, so hatte Balsamo verkündet, werde in seinem Empfangszimmer von einer als Mann verkleideten Frau getötet werden. So abstrus diese Vision auch war, sie erinnerte fatal an die Ermordung des französischen Revolutionsführers Marat durch Charlotte Corday. Woher aber wusste Balsamo davon? Trotz seiner vollständigen Isolation schien er über die wichtigsten Ereignisse und den Fortgang der Französischen Revolution auf dem Laufenden zu sein. Hatte er im Delirium tatsächlich wahre Eingebungen bezüglich der Zukunft? Oder unterhielt er heimliche Kontakte mit den Wachen? Obschon lebendig begraben, verfügte diese Ausgeburt der Hölle noch immer über unheimliche Fähigkeiten.

Schließlich verlegte er sich darauf, den Verrückten zu spielen. Er phantasierte wie im Fieber und bildete sich ein, seine geliebte Serafina* sei in der benachbarten Zelle eingesperrt. Er fing an, herzzerreißend nach ihr zu rufen, und flehte die Wachen an, sie sollten, seine »Madonna« und »cara figlia«, milde behandeln, sie sei so zart wie eine Blume. Dann wieder lief er zum Fenster seiner Zelle, rüttelte an den Gitterstäben, heulte wie ein geschundenes Tier und drohte den Wachen. Einem Wärter schleuderte er einen vollen Urintopf an den Kopf, einem anderen biss er in die Wade. Um seine Beichtväter zu peinigen, versteckte er stinkenden Fisch in seiner Zelle. Diese erklärten denn auch einmütig, er habe »den Teufel im Leib«.

Schließlich sah man sich gezwungen, den tobsüchtigen Gefangenen zu prügeln und an sein Bett zu ketten. Aber auch mit dem Stock war ihm nicht beizukommen. Wenn

* *Mit der Verurteilung ihres Mannes war auch Serafinas Schicksal besiegelt. Ohne Anklage und Urteilsspruch blieb sie fünf Jahre lang im Klostergefängnis San Apollonia eingesperrt, wo sie zuletzt in geistige Umnachtung fiel.*

man ihm Prügel androhte, lief er zum Fenster des Pozzetto und brüllte durch die Gitterstäbe, er werde gefoltert und ermordet. Seine mächtige Stimme verschreckte das ganze Dorf. Man musste ihn wieder in eine andere, tiefer gelegene Zelle verlegen, wo sein tierisches Gebrüll nicht zu hören war. Einige Wärter verweigerten den Dienst, weil sie sich vor dem »bösen Blick« und den fürchterlichen Weissagungen dieses Gefangenen fürchteten. Sie mussten gegen neue Bewacher ausgetauscht werden. Der Scherereien war kein Ende!

Mit Bestürzung vernahm Zelada im Juni 1793 die Nachricht, ein riesiger Felsblock habe sich von der Bergflanke gelöst und zwei Bollwerke der Festung und einen Teil der äußeren Befestigungstürme mit sich gerissen. Wochen zuvor hatte Balsamo geweissagt, der Wetterstrahl des göttlichen Zornes werde die päpstliche Festung treffen. Der Kardinal konnte bald nicht mehr an diesen unheimlichen Propheten denken, ohne dass ihm eine Gänsehaut über den Rücken kroch.

Im Frühjahr 1794, als die Revolutionstruppen näher rückten, gab Kardinal Doria auf und trat von seinem Posten als päpstlicher Legat in Urbino zurück. Er könne – schrieb er resigniert an das Staatssekretariat – für die Sicherheit des Gefangenen und der Festung nicht länger die Verantwortung übernehmen. Der neue Administrator, der Doria ersetzte, meldete bald darauf nach Rom: Balsamos Beichtväter weigerten sich, diesem gottlosen Menschen die Sakramente zu erteilen. Er sei ein »hoffnungsloser Fall«. Auch die Wachen hätten resigniert. Nicht einmal Prügel vermöchten die »wilde Raserei« dieses Mannes zu zügeln. Ob er wahnsinnig oder heimtückisch, unverbesserlich oder geistig umnachtet sei – niemand vermöchte es zu sagen.

Nur eines konnte als sicher gelten: dass seine apokalyptischen Weissagungen gegen den Papst keine bloßen Hirngespinste waren; denn die französischen Revolutionstruppen rückten immer näher. Und dies bereitete Zelada schlaflose Nächte. Darum war er auch keineswegs beruhigt, als er die vom Erzpriester Aloysius Maria ausgefüllte Sterbeurkunde endlich in Händen hielt:

Diesen 28. August im Jahr der Gnade 1795
Joseph Balsamo, genannt der Graf von Cagliostro, zu Palermo geboren, christlich getauft, aber unselig berühmt als Ketzer und Ungläubiger, ist … nachdem er die Leiden des Kerkers, auf seinen Irrtümern beharrend, vier Jahre, vier Monate und fünf Tage erduldet, schließlich von einem heftigen Schlaganfall getroffen, der natürlichen Folge seiner aufrührerischen Seele und seines unbußfertigen Herzens, ohne jedwedes Zeichen der Reue und Buße, ohne den Beistand unserer Heiligen Mutter Kirche, im Alter von 52 Jahren, zwei Monaten und achtundzwanzig Tagen verstorben. Elend geboren, ist er nach einem noch elenderen Leben am 26. August obengenannten Jahres um drei Uhr morgens höchst elendiglich verschieden …

Da man einem eingefleischtem Betrüger und Schausteller wie Balsamo niemals trauen konnte, galt es, bis zur Feststellung des Gefängnisarztes, als keineswegs gewiss, dass er nicht auch seinen Tod nur vortäuschte. Um sicherzugehen, hielt Kaplan Semproni ein brennendes Schilfrohr an seine Fußsohlen. Gottlob, sie zuckten nicht mehr!

Als Häretiker, Exkommuniziertem, Unbußfertigem ist ihm das kirchliche Begräbnis verweigert und sein Leichnam auf dem Gipfel des Berges, wo dieser nach Westen abfällt, … auf dem Boden der apostolischen und römischen Kurie, am 28., um elf Uhr nachts verscharrt worden.
Sterberegister von Santa Maria Assunta, L. III, Fol. 25 und 26

Bei aller Genugtuung darüber, dass dieser unbußfertige Ketzer endlich sein elendes Leben ausgehaucht hatte – es bekümmerte Zelada, dass alle Gnadenmittel der hl. Kirche an seiner verstockten Seele abgeprallt waren, sosehr man sich auch um sie bemüht hatte. Nicht ohne Bitternis musste er sich eingestehen, dass Balsamo, indem er allen Versuchen getrotzt, seine Seele zu retten, einen letzten Sieg über die Hl. Inquisition und ihren Erlösungsauftrag errungen hatte.

Und noch etwas ärgerte ihn über die Maßen: dass sein Tod seine Fama geradezu beflügelte. So verbreiteten die französischen Gazetten das Gerücht, Cagliostro sei gar nicht tot, er sei vielmehr aus der Festung San Leo geflohen, um demnächst an der Spitze einer französischen Armee gegen den Vatikanstaat vorzurücken. In der Freimaurerpresse wurde gemutmaßt, der »Großkophta« sei auf einer Wolke gen Himmel gefahren und bereite sich auf seine nächste Reinkarnation vor. Bühnenautoren, Librettisten und Komponisten griffen begierig die Legende Cagliostro und den Stoff seiner phantastischen Vita auf und ließen den zwielichtigen Magus und Helden der »Halsband-Affaire« im Theater des revolutionären Frankreich wiederauferstehen. Selbst in Wien, wo Kaiser Joseph II., Bruder der Marie Antoinette, das Zepter führte, war eine Freimaurer-Oper unter dem Titel »Die Zauberflöte« uraufgeführt worden. War es nicht eine schallende Ohrfeige für das hl. Offizium, dass die Figur des Sarastro, Oberpriester eines ägyptischen Weisheitstempels, eine kaum versteckte Hommage auf Cagliostro war?

Was Zelada am meisten wurmte: Dieser exkommunizierte Erzketzer, dessen sterbliche Überreste auf San Leo verscharrt worden, hatte sich *unsterblich* gemacht, während der Name seines Anklägers und Richters längst in Vergessenheit geraten war. Auch wenn er es sich selbst nicht eingestand: An seinem Herzen nagte wie eine giftige Natter die Eifersucht.

Der verfluchte Geist des toten Ketzers ließ ihn nicht mehr in Ruhe. Im Februar 1798, als die siegreichen napoleonischen Truppen in Rom einmarschierten, erfüllten sich seine apokalyptische Weissagungen, und Zeladas Alptraum wurde wahr. Die französische Soldateska drang in den Palast des Papstes ein, um Hand an den Hl. Vater zu legen. Vergebens bat Pius VI., ihn hier, wo er gelebt, auch sterben zu lassen; er sei schon über 80 Jahre alt. Man antwortete ihm, sterben könne er überall. Man beraubte seine Gemächer vor seinen Augen, auch seine kleinsten Bedürfnisse nahm man ihm weg, den Siegelring, den er trug, zog man von seinem Finger. Und setzte ihn in seinem eigenen Palast gefangen.

Vom Fenster seines Kabinetts aus, die Finger um das kleine silberne Kruzifix gekrampft, das seine Brust zierte, verfolgte Zelada fassungslos das Geschehen auf dem Campo Santo: Ein Eselskarren, von einem Trupp französischer Soldaten eskortiert, dem eine johlende Menge folgte, passierte gerade den Campo. Der Karren war mit allerlei heiligen Gerätschaften, mit zinnenen und bronzenen Leuchtern, Brevieren, Betbüchern, Messtüchern, Tabernakeln, ja, selbst mit den Insignien der geistlichen Würdenträger, mit Messgewändern, Krummstäben und Mitras beladen. Damit nicht genug, hatte man dem Maulesel, der den Karren zog, eine durchlöcherte Mitra über die Langohren gezogen ... Welch abgefeimte Parodie auf die römische Geistlichkeit! Und kein Wetterstrahl göttlichen Zorns, kein Blitz und Donner, kein Himmelszeichen störte dieses gotteslästerliche Schauspiel!

Zelada wurde zu General Dombrowski befohlen. Der General, der eine polnische Legion unter französischer Flagge befehligte, musterte ihn mit kalter Verachtung. Dann sagte er, während er genüsslich die Spitzen seines schwarzen Schnauzers zwirbelte:

»Bei der Eroberung Urbinos und der päpstlichen Festung San Leo hatten wir gehofft, Cagliostro aus seinem Kerker zu befreien. Leider kamen wir zu spät. Man fand nur noch seine sterblichen Überreste. Die *Marseillaise* singend, haben meine Offiziere und Soldaten sodann aus der Hirnschale des *divo Cagliostro* Champagner getrunken und den Propheten der *Grande Revolution* dreimal hochleben lassen. Tags darauf haben wir die Festung in die Luft gesprengt ... Von nun an, Herr Inquisitor, hat die Henkerei ein Ende!«

Zelada wurde all seiner Ämter und Funktionen enthoben. In stummer Verbitterung musste er mit ansehen, wie die hl. Stadt samt ihren Kunstschätzen von der napoleonischen Soldateska geplündert, die hl. Kirche, der *mystische Leib Christi*, von ihr geschändet wurde und sich nun auch der andere Teil von Balsamos Prophezeiung erfüllte: Der Kirchenstaat, der älteste Staat der Welt, wurde mitsamt dem hl. Offizium aufgelöst – so hatte es das Pariser Direktorium verfügt. Die Beamten der Hl. Inquisition wurden entlassen, die Kürassiere, Kavalleristen und Schweizer Gardisten entwaffnet. Statt ihrer patrouillierten nun die republikanischen Garden vor dem Quirinalpalast und der Engelsburg, deren Tore man erbrochen und deren Festungswerke man geschleift hatte. Und um die Schmach vollzumachen, wurde am 15. Februar 1798 in einer feierlichen Deklaration, unter dem frenetischen Jubel des römischen Pöbels, die »neue römische Republik«* ausgerufen.

Pius VI. aber wurde von Napoleons Truppen verschleppt,

* *Gegen Ende des Jahres 1798, als die Engländer nach der Seeschlacht von Abukir wieder die Hoheit über das Mittelmeer zurückgewonnen hatten und die Truppen der Koalition gegen die hl. Stadt vorrückten, gaben die Franzosen Rom wieder auf und zogen sich zurück. Die Kommandeure der österreichischen und neapolitanischen Truppen bereiteten der »römischen Republik« ein jähes Ende. Der Vatikanstaat wurde erst im Zuge des Wiener Kongresses wieder restituiert.*

von nur sechzehn Personen seines Kollegiums und seiner Dienerschaft begleitet, nach Siena, Florenz, Parma, Turin. Zelada folgte ihm nach ins Exil. Bereits schwer krank wurde der Hl. Vater schließlich in die südfranzösische Stadt Valence deportiert, wo er im Sommer 1799 starb.
*Vae victis!**

* *Wehe den Besiegten!*

Zeittafel

1743, 2. Juni: Geburt Giuseppe Balsamos in Palermo

1756 bis 1758 im Kloster der Barmherzigen Brüder (Benefratelli) in Caltagirone

1758: wieder in Palermo, Zeichner, Anwaltsgehilfe, kleinere Betrügereien und Fälschungen

1763/64: Flucht aus Palermo, Messina

1766/67: verschiedene Reisen, wahrscheinlich: Malta, Alexandria, Palästina, Neapel

1768, 20. April: Hochzeit Giuseppe Balsamos und Lorenza Felicianis in Rom. Das Paar besteht die folgenden Abenteuer gemeinsam.

1769: Loreto, Bergamo. Verhaftung wegen Wechselfälscherei

1769, Mai: zufällige Begegnung mit Casanova in Aix-en-Provence

1770: Marie-Antoinette heiratet den zukünftigen König Ludwig XVI. von Frankreich.

1771: Barcelona, Cadiz, Lissabon

1772: London. Balsamo verbringt mehrere Wochen im Schuldnergefängnis Kings Bench.

1772, November: Ankunft in Paris

1773, Februar: Balsamo lässt seine Frau wegen »Untreue« in Ste. Pélagie, Paris, einsperren (Affaire Duplessis).

1773: Aufhebung des Jesuitenordens

1773, August: wieder in Palermo: Verhaftung wegen früherer Betrügereien

1773/74:Längerer Aufenthalt auf Malta/La Valetta im Palast des Großmeisters Pinto de Vanseca, Einführung in den Malteser-Orden

1775/76: Marseille, Spanien, Portugal

1776/77: zweiter London-Aufenthalt. Cagliostro tritt als kabbalistischer Gelehrter auf und sagt die Lottozahlen voraus.

1777, 12. April: Aufnahme in die Londoner Freimaurerloge »Espérance«. Erhebung in den Meistergrad

1778, Februar: Franz Anton Messmer beginnt seine magnetische Praxis in Paris.
1778: Den Haag. Eröffnung der ersten ägyptischen Frauenloge mit Serafina als Großmeisterin
1778: Nürnberg, Leipzig, Berlin, Königsberg, Danzig
1779, Februar bis Ende Mai: Mitau
1779, Juni bis März 1780: St. Petersburg. Gründung des ersten Volkskrankenhauses
1780, April bis 27. Juni: Warschau. Der Alchemist Moyszinski ertappt Cagliostro bei einer betrügerischen Manipulation.
1780: Bei Frankfurt: Anwerbung Cagliostros durch Mitglieder des Illuminatenbundes
1780, September: Ankunft in Straßburg
1781 bis Ende 1783: von Straßburg aus kleinere Reisen nach Paris und Basel
1781: Treffen mit Lavater in Straßburg und Bekanntschaft mit Kardinal Rohan
1781, September: Bekanntschaft Kardinal Rohans mit Jeanne de la Motte in Saverne/Zabern
1783, 8. November bis Oktober 1784: Bordeaux
1784, 11. August: Treffen der Nicole Leguay (als Marie Antoinette) mit Kardinal Rohan im Bosquet de Venus von Versailles
1784, 20. Oktober bis 27. Januar 1785: Lyon
1784, November: Gründung der ägyptischen Mutterloge »Sagesse Triomphante« in Lyon
1784, Dezember: Erstveröffentlichung von Kants Beantwortung der Frage »Was ist Aufklärung?« in der berlinischen Monatsschrift
1784/85: Verbot des Illuminatenordens in Bayern und Illuminatenverfolgung
1785, 30. Januar: Cagliostros Ankunft in Paris
1785, l. Februar: Kardinal Rohan übergibt das Halsband an Jeanne de la Motte.
1785, 7. August: Eröffnung der ägyptischen Frauenloge »Isis« in der Rue Verte-Saint-Honoré
1785, 15. August: Verhaftung des Kardinals Rohan
1785, 20. August: Verhaftung Madame de la Mottes
1785, 23. August: Verhaftung und Einkerkerung Cagliostros und Serafinas in der Bastille
1786, 20. Februar: Erscheinen von Cagliostros Rechtfertigungs-

schrift *Mémoire justificatif pour le comte de Cagliostro, accusé, contre Monsieur le Procureur-Général, accuseur*

1786, 22. bis 31. Mai: Halsbandprozess. Cagliostro wird freigesprochen.

1786, 1. Juni: Entlassung aus der Bastille

1786, 2. Juni: Cagliostro und Serafina werden durch ein königliches Dekret des Landes verwiesen.

1786, 18. Juni bis März 1787: Londoner Exil

1786, 20. Juni: Brief Cagliostros an das französische Volk mit der Prophezeiung des Bastille-Sturms und der Einberufung der Generalstände

1786, 3. September: Die Dokumentensammlung von Monsieur Bernard und Antonio Vivona aus Palermo, welche die Identität des Grafen Cagliostro mit dem Federzeichner Giuseppe Balsamo aus Palermo belegt, trifft beim Pariser Polizeichef Fontaine ein.

1786, 22. August: Thévénand de Morande eröffnet im Londoner *Courrier de l'Europe* die Kampagne gegen den Betrüger und Scharlatan Cagliostro.

1787, 20. April: Cagliostro verlässt London und begibt sich zu seinem Freund Sarasin nach Basel.

1787, 14. April: Goethes Besuch bei der Familie Balsamo in Palermo

1787/88. Nach dem Zerwürfnis mit Jakob Sarasin, seinem letzten Freund und Gönner, zieht das Ehepaar Cagliostro weiter durch die Schweiz und Oberitalien.

1789, Mai: Ankunft in Rom

1789, 14. Juli: Die Pariser Volksmassen erstürmen die Bastille.

1789, 4. August: Die französische Nationalversammlung hebt die Privilegien des Adels und Klerus auf.

1789, 27. Dezember: Verhaftung Cagliostros und seiner Frau durch die römische Inquisition

1790, 2. Januar: Beginn des Inquisitionsprozesses

1791, 10. März: Pius VI. verurteilt in einem päpstlichen Breve die französische Menschenrechtserklärung und die neue »Zivilkonstitution des Klerus« als Ausfluss einer »gottlosen Philosophie«.

1791, 7. April: Das Todesurteil gegen Balsamo wird in lebenslängliche Haft umgewandelt.

1791, 30. September: Uraufführung von Mozarts Freimaurer-Oper »Die Zauberflöte« in Wien

1793, 21. Januar bzw. 16. Oktober: Hinrichtung Ludwigs XVI. und Marie Antoinettes

1795, 26. August: Tod Cagliostros in der päpstlichen Festung San Leo

1797/98: Die napoleonischen Truppen erobern Italien und besetzen den Vatikan-Staat.

1798, 15. Februar: Ausrufung der »Römischen Republik«. Der Vatikanstaat wird aufgelöst und die Inquisition abgeschafft. Papst Pius VI. wird von Napoleons Truppen nach Frankreich verschleppt, wo er ein Jahr später in Valence stirbt.

Quellen (Auswahl)

Giovanni Barberi, *Leben und Taten des Joseph Balsamo, sogenannten Grafen Cagliostro. Aus den Akten des 1790 in Rom wider ihn geführten Prozesses gehoben*, 1791 in der päpstlichen Kammerdruckerei in Rom erschienen, danach vielfach nachgedruckt und übersetzt.

Cagliostro. Dokumente zu Aufklärung und Okkultismus. Herausgegeben und mit Erläuterungen von Klaus H. Kiefer. Mit Originaltexten zeitgenössischer Autoren und Publizisten über Cagliostro, u. a. von Johann Wolfgang Goethe, Friedrich Schiller, Charlotta Elisabeth Konstantia von der Recke, Friedrich Nicolai, Augustus Moyszinsky, Johann Joachim Christoph Bode, Clementino Vannetti und Ludwig Ernst Borowsky. München 1991

Constantin Photiades, *Les vies du Comte de Cagliostro*, Paris 1932

Ribadeau François Dumas, *Cagliostro. Ein Lebensbericht*, München-Esslingen 1968

Raymond Silva, *Die Geheimnisse des Cagliostro*, Genf 1975

Jean Villiers, *Cagliostro. Le prophète de la Révolution*, Paris 1988

Presenza di Cagliostro. Atti del *Convegno Internationale Presenza di Cagliostro, San Leo, 20.–22. Juni 1991*, hrsg. von Daniela Gallingani, Florenz 1994

Thomas Freller, *Cagliostro. Die dunkle Seite der Aufklärung*, Erfurt 2001

Iain McCalman, *Der letzte Alchemist. Die Geschichte des Grafen Cagliostro*, Frankfurt a. Main 2004

Manfred Agethen, *Geheimbund und Utopie. Illuminaten, Freimaurer und deutsche Spätaufklärung*, München 1987
Hartmut Böhme, Gernot Böhme, *Das Andere der Vernunft*, Frankfurt a. Main, 1985

Karl R. H. Frick, *Die Erleuchteten. Gnostisch-theosophische und alchemistisch-rosenkreuzerischee Geheimgesellschaften bis zum Ende des 18. Jahrhunderts*, Graz 1973

Eduard Fuchs, *Illustrierte Sittengeschichte vom Mittelalter bis zur Gegenwart. 3 Bände. Reprint-Ausgabe. Bd. 2: Die galante Zeit.* Berlin, Guhl 1980

Reinhard Federmann, *Die königliche Kunst. Eine Geschichte der Alchemy*, Wien, 1964

Charles Lichtenthaeler, *Geschichte der Medizin*, Köln 1975

Christoph Daxelmüller, *Zauberpraktiken. Eine Ideengeschichte der Magie*, Zürich 1993

Claus Süßenberger, *Abenteurer, Glücksritter und Mätressen. Virtuosen der Lebenskunst an europäischen Höfen*, Frankfurt a. Main, 1996

Matthijs von Boxsel, *Die Enzyklopädie der Dummheit*, Frankfurt a. Main 2001